SARAH LARK, autora superventas alemana afincada en España, ha seducido a siete millones de lectores en más de veinte países con sus grandes sagas familiares ambientadas en parajes exóticos. Ampliamente imitada, Lark ha sabido crear y consolidar un nuevo género narrativo, el *landscape*, en el que sus heroínas viven unos destinos marcados por la aventura, los viajes, el romanticismo y la historia. Con la Saga de la Nube Blanca (*En el país de la nube blanca, La canción de los maoríes, El grito de la tierra* y *Una promesa en el fin del mundo*), se encumbró a la categoría de best seller internacional, en un fenómeno de boca a boca sin precedentes. A ella le han seguido dos nuevas sagas también ambientadas en Nueva Zelanda: Trilogía del Kauri (*Hacia los mares de la libertad, A la sombra del árbol Kauri* y *Las lágrimas de la diosa maorí*) y Trilogía del Fuego (*La estación de las flores en llamas, El rumor de la caracola* y *La leyenda de la montaña de fuego*), así como la Saga del Caribe (*La isla de las mil fuentes* y *Las olas del destino*). Su última novela es *Bajo cielos lejanos*, también ambientada en Nueva Zelanda.

www.sarahlark.es

MAXI

Papel certificado por el Forest Stewardship Council®

MIXTO
Papel procedente de
fuentes responsables
FSC® C117695
FSC
www.fsc.org

Título original: *Die Zeit der Feuerblüten*

Primera edición en B de Bolsillo: junio de 2018

© 2013 by Bastei Lübbe AG, Köln
© 2015, 2018, Penguin Random House Grupo Editorial, S. A. U.
Travessera de Gràcia, 47-49. 08021 Barcelona
© Susana Andrés, por la traducción

Printed in Spain – Impreso en España

ISBN: 978-84-9070-570-4
Depósito legal: B-6.507-2018

Impreso en Liberdúplex
Sant Llorenç d'Hortons (Barcelona)

BB 05704

Penguin
Random House
Grupo Editorial

La estación de las flores en llamas

Sarah Lark

MAXI

Agradecimientos

También en esta ocasión han sido muchos los amigos y lectores de pruebas que me han ayudado a reunir los datos para redactar esta historia. A Klara le doy las gracias por las traducciones del francés y los datos sobre técnica armamentística, y a Fatima, por su ayuda con el portugués. El libro debe a mi editora Melanie Blank-Schröder importantes sugerencias, y Margit von Cossart, mi correctora de texto, no solo ha trabajado con su habitual esmero, sino también a una velocidad vertiginosa. Por lo demás, nada habría funcionado sin el apoyo de Joan Puzcas y Anna Koza, y mi héroe sigue siendo Bastian Schlück, ¡el mejor agente de todos los tiempos!

Por supuesto, doy las gracias a todos los demás empleados de la editorial Lübbe y de la agencia Schlück que me han ayudado a sacar al mercado con éxito este libro. Quiero hacer una mención especial a Christian Stüwe, del departamento de derechos, quien, en lo que va de tiempo, ha hecho famosa a Sarah Lark en medio mundo. También me hace mucha ilusión conocer a mis lectores españoles a través de las numerosas campañas de promoción de mi editorial española.

Asimismo, muchas gracias a los libreros que suelen colocar tan a la vista mis títulos en sus librerías, lo que me alegra sumamente. Y doy las gracias en especial a mis lectores, muchos de los cuales me escriben tras visitar los lugares de Nueva Zelanda que se mencionan en las novelas. ¡Me hace inmensamente feliz ayudarles a descubrir ese maravilloso país!

SARAH LARK

NUEVA ZELANDA

Auckland •

ISLA NORTE

MAR DE TASMANIA

Sankt Paulidorf • • Nelson

• Wellington

Llanura de Wairau

Cloudy Bay

Riccarton

• • Christchurch

Península de Banks

Port Cooper*

Llanuras de Canterbury

ISLA SUR

$\mathcal{N}$

* También llamado Port Victoria, el actual Lyttelton.

NUEVA ZELANDA

ISLA NORTE

- Nelson
- Sankt Paulidorf

- Wellington

Cloudy Bay

Llanura de Wairau

Llanuras de Canterbury

ISLA SUR

- Riccarton
- Christchurch
- Port Cooper*
- Purau

Península de Banks

- Akaroa

*Bahía de Piraki***

* También llamado Port Victoria, el actual Lyttelton.
** En la actualidad: Peraki Bay.

N

Mehemea ka patai koe ki ahau
he aha te mea nui o tenei ao,
maku e kii atu:
he tangata, he tangata, he tangata

Si me preguntaras
qué es lo más importante del mundo,
esta sería mi respuesta:
los seres humanos, los seres humanos, los seres humanos.

Sentencia maorí

INICIACIÓN

Raben Steinfeld - Mecklemburgo
Bahía de Piraki - Nueva Zelanda (Isla Sur)

1837

1

—¡Buenos días, señor profesor!

Treinta y cinco niños de entre seis y catorce años se levantaron respetuosamente de los sencillos bancos de madera cuando entró el profesor Brakel y entonaron a coro el saludo.

Brakel paseó brevemente la mirada por sus rostros. Si bien en las últimas semanas no había impartido ninguna clase, muchos niños no presentaban un aspecto descansado, sino extenuado, incluso consumido. No era de extrañar, pues al menos los hijos de los jornaleros y campesinos habían pasado las vacaciones de otoño, las llamadas «vacaciones de las patatas», cosechando en los campos. Brakel era consciente que, de sol a sol, sus alumnos recorrían de rodillas los surcos de los campos desenterrando tubérculos. A los hijos de los arrendatarios les iba un poco mejor; quienes se dedicaban a los oficios manuales también tenían patatales, pero más pequeños y de cosecha más fácil que los de los campesinos.

—¡Buenos días, niños! —les devolvió el saludo, al tiempo que indicaba que se sentaran.

Sin embargo, Karl Jensch, un muchacho de trece años alto y flaco, permaneció en pie.

—¿Qué sucede, Karl? —preguntó el profesor con severidad—. ¿Quieres seguir la clase de pie?

El chico negó con la cabeza, abatido.

—No —respondió—. Es que... he venido solo para decir que

a partir de hoy ya no volveré, señor profesor. Todavía hay trabajo en el campo y también con el Junker. Y mi padre está enfermo y necesitamos el dinero. Así que no puedo... no podré seguir viniendo a clase...

La voz de Karl parecía a punto de quebrarse. Era probable que su padre le hubiese prohibido seguir asistiendo a la escuela con palabras mucho más rudas, y al joven le resultaba difícil hacer esta última visita a la escuela del pueblo.

También el maestro lo lamentaba. Ya lo había previsto, pues los hijos de los jornaleros asistían a la escuela solo unos años, pero sentía lástima por Karl. Era un muchacho listo y aprendía con facilidad, y Brakel ya había pensado hablar con el pastor acerca de él. Tal vez si lo propusieran para asistir a un seminario lograran que continuara educándose. Sin embargo, todavía era demasiado joven para ello y su padre tampoco se lo permitiría. Karl tenía razón, la familia necesitaba el dinero que él pudiese ganar. Y el Junker, el noble terrateniente...

La aldea de Raben Steinfeld pertenecía a un gran ducado. Brakel habría podido hablar con el gran duque y su Junker sobre un patrocinio para el avispado hijo del jornalero Jensch. ¡Si Jensch no fuese tan terco! ¡Si no estuviera siempre buscando pelea —como la mayoría de los aldeanos— con el gran duque!

El terrateniente era partidario de la Iglesia reformada, como también el rey y la mayoría de los nobles. Sin embargo, en Raben Steinfeld una gran mayoría de gente se aferraba a las doctrinas de la antigua Iglesia luterana y la congregación no dejaba pasar ninguna oportunidad de desafiar a su señor. Por fortuna, este no castigaba a sus súbditos por ello, como sí había hecho hasta poco antes el rey de Prusia. Aun así, los conflictos con el pueblo y sus pastores disgustaban al Junker. Seguro que no financiaba la carrera de ninguno de sus hijos con tal de no tener que aguantar después a un nuevo pastor respondón.

Brakel suspiró.

—Es una pena, Karl —lamentó—. Pero ha sido muy amable por tu parte habernos informado. —La mayoría de los hijos de jornaleros simplemente dejaban de asistir a la escuela cuando cumplían los trece años—. Que Dios te acompañe, hijo mío.

Mientras Karl recogía sus escasas pertenencias, el profesor se volvió hacia la segunda estudiante modélica de su clase: Ida Lange, un capricho de la naturaleza. Brakel no entendía por qué Dios había castigado al hijo de los Lange con tan poco talento, mientras que Ida, la hija mayor, absorbía como una esponja el contenido de las clases. Al varón solo le había concedido belleza y encanto, atributos ambos que también distinguían, junto con la inteligencia, a Ida. La muchacha de doce años tenía un cabello castaño brillante, ojos de un azul porcelana y dientes armoniosos. Su rostro en forma de corazón reflejaba dulzura y docilidad, resultado, sin duda, de la escrupulosa educación de su padre. Jakob Lange era herrero, poseía una casa alquilada y gobernaba a su familia con férrea disciplina. A diferencia de la familia de Karl, podría haberse permitido que Ida asistiera más tiempo en la escuela, pero en el caso de una niña eso ni se planteaba. Con toda certeza, Ida abandonaría los estudios al final del siguiente curso.

De momento, no obstante, la muchacha podía seguir sacando provecho de las clases y mitigando el aburrido día a día de Brakel, un maestro de vocación. Alumnos como Karl e Ida lo hacían feliz, pero no le gustaba enseñar a los simplones hijos de campesinos que tan poco interés mostraban por aprender a leer y escribir. A veces tenía la sensación de que su único logro consistía en mantenerlos despiertos durante la clase.

—Nos has traído un nuevo libro, Ida... hum... ¿Anton?

Sobre el pupitre del primogénito de los Lange descansaba un librito. *Los viajes del capitán Cook.* No daba la impresión de que el muchacho estuviera muy interesado en su lectura, pero el día anterior, en la iglesia, Ida ya había comentado emocionada al profesor que su padre les había traído un libro nuevo de Schwerin. Eso sucedía de vez en cuando. Jakob Lange se sentía atraído por países exóticos e intentaba fomentar en sus hijos ese mismo interés. Su actitud era inusual en un trabajador de oficio, además de antiguo luterano estricto, pero Brakel suponía que Lange se proponía emigrar algún día. Al herrero y reputado experto en caballos seguramente no le satisfacía la imposibilidad de acceder a una propiedad ahí en el pueblo y tener que contentarse con ser arrendatario. De ahí que siempre estuviera discutiendo con el noble terrateniente, que en algún momento, y por mucho que apreciase su trabajo, acabaría sacándoselo de encima. En las últimas décadas muchos antiguos luteranos habían partido hacia América. Era posible que Lange planeara a largo plazo algo similar.

Anton, su hijo, asintió aburrido y empujó el libro hacia Ida. Pero la muchacha no lo cogió ansiosa por presentarlo a la clase como cabía esperar, sino que miró a Karl, quien apenas si lograba separarse de su pupitre. La mención del libro había despertado el interés del joven. Y él mismo, al parecer, la compasión de Ida.

—¡Ida! —la llamó al orden Brakel.

La muchacha se recobró y levantó la vista.

—Es un libro extraño —dijo con su voz dulce y suave, que incluso solía atraer la atención de los más somnolientos cuando leía en voz alta—. Trata de un capitán que se lanza a la mar y descubre países desconocidos. E imagine, señor profesor, estaba escrito en otra lengua. Para que nosotros podamos leerlo han tenido que tradu... traducirlo. —Y señaló el nombre del autor, un tal John Hawkesworth.

—¿Del griego? —intervino Karl.

Ya debería haberse marchado, pero el nuevo libro le recordaba la historia de un navegante que el profesor les había contado una vez. Versaba sobre un hombre que respondía al nombre de Odiseo y que había vivido aventuras espeluznantes en la antigua Grecia.

Brakel hizo un gesto de negación.

—No, Karl. John Hawkesworth escribió la historia del capitán Cook en inglés. Y no se trata de una ficción, como *La Odisea*, sino de un relato verídico. Pero ahora decídete, Karl. Si quieres quedarte, siéntate. De lo contrario...

El chico se dirigió a la puerta. La última mirada que lanzó al aula oscilaba entre la pena y la envidia, y casi fue tierna al deslizarse sobre Ida. La niña le gustaba. A veces, cuando trabajaba en el campo y dejaba vagar el pensamiento, se permitía soñar despierto. Se veía a sí mismo como un hombre joven, pidiendo la mano de Ida Lange, fundando con ella una familia y, cada tarde que Dios le concediera, regresando a la casa donde ella estaría esperándolo. Día tras día escucharía esa dulce voz, y lo primero que vería cada mañana sería su cabello liso y suave y su hermoso y afable rostro. De vez en cuando también surgían en su interior pensamientos pecaminosos, pero Karl se los prohibía severamente. Y también debería prohibirse esos inofensivos sueños sobre una vida futura con la muchacha, ya que nunca se harían realidad. Incluso si Ida correspondía alguna vez a su afecto (y no había ningún motivo para suponer que eso fuera a suceder), su padre nunca aceptaría que se comprometiera con el hijo de un jornalero. Karl, comprensivo, no guardaba ningún rencor a Jakob Lange por ello. Él mismo no habría pedido a Ida que llevase una vida como la de su madre.

La familia Jensch se mantenía a flote con muchas dificultades. El padre de Karl, su madre y él mismo a partir de ese día trabajaban todo el día en las tierras del Junker o en otros encargos. A los hombres les pagaban un penique por hora; aunque con frecuencia el patrón ni siquiera pagaba con dinero, sino en especie. Tampoco ese día vería Karl ningún dinero después de pasar diez horas desenterrando patatas. Era probable que el propietario de la parcela, que lo había contratado para ese día, lo enviara a casa solo con un saco de patatas.

Karl alimentaba sombríos pensamientos cuando se encaminaba a trabajar los campos de un arrendatario. El trabajo de carpintero no dejaba a Peter Brandmann nada de tiempo libre para cosecharlos y, por lo visto, sus hijos Ottfried y Erich tampoco lo habían conseguido durante las vacaciones de las patatas. Algo difícil de creer, pues al arrendatario correspondía un único *morgen* de tierra, es decir, la superficie que se podía arar en una mañana, donde tenían el patatal y el huerto que cultivaba por su cuenta la resoluta esposa de Brandmann. Karl no necesitaría más de uno o dos días para la cosecha. Pero Erich todavía era pequeño y Ottfried ni siquiera en la escuela era muy diligente. Tal vez nunca se habían esforzado especialmente.

Así pues, el muchacho agitó con rabia la azada, al menos así se liberaría un poco de la furia que le bullía por dentro desde que su padre, el día anterior, le había ordenado que abandonara la escuela. Y eso que él no se oponía a trabajar. Era muy consciente de cuánto necesitaba la familia ese dinero. Pero esas pocas horas de clase matinales tampoco le impedirían trabajar. ¡Podía haberlas recuperado por la tarde o la noche, alguna solución encontraría! ¡O en el invierno que se avecinaba! Arrojó porfiado las patatas sueltas a un cesto.

Tardó media hora en tranquilizarse. Se secó el sudor de la frente y se mordió el labio. No, no tenía ningún derecho a enojarse con su padre. Al contrario, a fuer de ser sincero, debía darle la razón: en la estación fría ya era de por sí muy difícil encontrar alguna tarea durante las horas del día. Al ponerse el sol, se dejaba de trabajar en las granjas y en los talleres de los artesanos. Si bien en estos últimos, de todos modos, poco había que un jornalero pudiese hacer. Allí únicamente trabajaban los arrendatarios solos o con un compañero, y después de la escuela echaban una mano los hijos, que luego también aprendían el oficio. Karl, por el contrario, nunca aprendería nada...

Desanimado, volvió a hundir la azada en la tierra negra y prosiguió con la labor. La única esperanza habría sido el seminario para sacerdotes que el profesor Brakel había mencionado alguna vez. Pero eso también se había terminado. Por mucho que Karl se lo propusiera, no pudo evitar que los ojos se le llenasen de lágrimas. Se los restregó con las manos. Los chicos no lloraban. Y un buen cristiano aceptaba su destino con sumisión...

Entretanto, el sol ya estaba en lo alto. Los primeros niños regresaban de la escuela pasando junto al campo de Brandmann. Se trataba sobre todo de hijos de campesinos, cuyas granjas se hallaban entre el pueblo y el castillo del terrateniente. Las casas, talleres y pequeñas propiedades de los trabajadores de oficio solían agruparse en torno al núcleo del pueblo, con la iglesia y la escuela. La herrería de Jakob Lange se encontraba en el extremo más alejado. Karl se sorprendió buscando a Ida con la mirada. Si no daba ningún rodeo para cumplir algún encargo, pasaría junto a la parcela de Brandmann camino de su casa.

Poco después descubrió a sus hermanos, Elsbeth, que brincaba feliz, y Anton, que la seguía malhumorado. Sin duda, también a él le esperaba una tarde de labor en el campo o, en el mejor de los casos, de trabajo en la herrería. Lange no toleraba la ociosidad, sus hijos no debían trabajar menos que los jornaleros que cobraban por día. Pero al menos ellos tenían un futuro...

Decepcionado por el hecho de que Ida no apareciera, Karl apartó la vista del camino. Volvió a blandir la azada y se sobresaltó cuando alguien gritó su nombre. Alguien con una voz cristalina y dulce.

—¡Ida! —Karl se dio media vuelta y casi sonrió. Luego adoptó la expresión indiferente y mohína que se esperaba de un jornalero—. ¿Qué... qué quieres?

Confiaba en que no parecería descortés. Le encantaría conversar con Ida, pero entonces ella se fijaría más en él y tal vez advertiría que tenía lágrimas en los ojos...

Ida le tendió algo.

—Toma —dijo—. Te has olvidado el cuaderno.

Karl no hizo ademán de acercarse para cogerlo. De hecho, no lo había olvidado, era uno de los cuadernos de deberes que el profesor había recogido antes de las vacaciones. Había descansado sobre el pupitre con los otros, pero Karl no se había atrevido a pedírselo al profesor. Y eso que guardaba su cuaderno como si fuese algo muy valioso. Nunca había tenido uno propio hasta que Brakel se lo había regalado el curso anterior.

—Has sacado sobresaliente —añadió Ida—. Era el mejor trabajo...

Karl no pudo resistirse. Quería ver al menos una vez más el «muy bien» estampado con la nítida caligrafía del profesor, en tinta roja... Se acercó, se quitó la gorra y se pasó la mano por el desgreñado cabello rubio. Antes de ir a la escuela se había alisado los rizos con agua, pero en ese momento estaban revueltos por el viento. Ningún traje de gala para presentarse ante la muchacha a quien cortejaba en sueños... Karl se avergonzaba de su andrajosa camisa y los pantalones sucios y holgados.

Ella le tendió el cuaderno. Estaba guapa con su vestido oscuro y el delantal blanco. También su indumentaria era sencilla, pero estaba limpia y no tan gastada. A Ida, que no tenía ninguna hermana mayor cuyas prendas pudiese heredar, de vez en cuando hasta le regalaban vestidos nuevos.

—He dicho al profesor que te lo traería —le dijo cuando Karl abrió el cuaderno—. Yo...

Ida quería contarle más, pero no podía confesar a Karl que después de la clase se había demorado hasta que los demás alumnos se habían ido. Entonces le había pedido al profesor el cuaderno de Karl.

—Pero ya no lo necesito —dijo el joven con pesar—. Podrías haberlo dejado allí.

Ida jugueteó con la trenza que casi le llegaba a la cintura.

—A mí me habría gustado conservarlo —respondió con gesto entristecido.

Karl vio de repente que Ida lo comprendía bien. También ella disfrutaba en la escuela, pero no tenía esperanza de poder seguir asistiendo cuando cumpliese los trece años. El chico no pudo evitarlo y en su cara se formó una sonrisa.

—No lo decía en ese sentido —murmuró—. Yo... te lo agradezco. También quería conservarlo.

Ida bajó la vista.

—Lo siento —dijo.

Él se encogió de hombros.

—No queda más remedio —contestó—. Pero... pero sí que me habría gustado escuchar la historia del capitán Cook.

Un destello cruzó el semblante de la muchacha. Sus ojos claros se iluminaron.

—¡Ay, sí, es una historia maravillosa! —exclamó, y con su voz cantarina cautivó a Karl—. Imagina, había una sociedad en Inglaterra, una sociedad de sabios que equiparon una embarcación para navegar por los mares del Sur y observar las estrellas. ¡Las estrellas!, ¿te lo imaginas? ¡Y para lograrlo pagaron mucho dinero!

—Pero también desde aquí se ven las estrellas —señaló Karl—. ¿Para qué hay que ir a los mares del Sur?

—Allí brillan mucho más. Y, además, seguro que se ven otras, al otro lado del globo terráqueo... ¡Pero eso no fue todo! ¡El capitán tenía otro encargo, uno secreto! Se suponía que allí, en el otro extremo del mundo, había un país desconocido y él tenía que descubrirlo. Lo acompañaron estudiosos de las plantas y los animales... ¡Es increíble cuántos animales extraños descubrieron allí! ¡Y lo peligroso que fue el viaje...!

Mientras Ida hablaba, sus manos pequeñas y ásperas de trabajar en el huerto dibujaban en el aire todas esas maravillas. Karl las contemplaba fascinado y se reía y asombraba con ella. La chica contó que había unas liebres enormes, que los nativos de aquellas tierras llamaban canguros, y unos peces de colores que habitaban en imponentes y peligrosos arrecifes.

De ese modo, ambos se olvidaron del tiempo, así como del pueblo austero y aburrido, incluso al sol otoñal, sobre cuya tierra arenosa los dos se encontraban. Ida describía playas blancas como la nieve y palmeras agitadas por el viento...

De repente, un carro que pasaba junto a ellos tirado por un gran caballo de sangre fría los devolvió a la realidad. Los dos se separaron al oír la voz autoritaria de Jakob Lange.

—¡Ida! ¿Se puede saber, por el amor de Dios, qué estás haciendo aquí? Acabo de reñir a Anton por haber lanzado una calumnia contra ti. Mi hija, le he dicho, no pierde el tiempo después de la escuela dando vueltas por ahí, y menos aún con un chico que...

—¡Es que me ha traído mi cuaderno! —osó decir Karl para defender a la muchacha, que permanecía callada, con la vista baja y mordiéndose el labio inferior—. Por... por indicación del profesor.

A la misma Ida se le podría haber ocurrido esta excusa, pero en presencia de su padre esa muchacha tan vivaz se quedaba como paralizada.

—¿El profesor te ha enviado tu cuaderno? —se burló Lange—. ¿Con mi hija? ¡Ni tú mismo te lo crees, Jensch! Y por lo que me ha contado mi hijo, a partir de hoy ha terminado tu período escolar. Así que, ¿para qué necesitas el cuaderno?

Lange miró con recelo el cuaderno abierto que yacía en el cesto medio lleno de patatas. Karl lo había dejado ahí para charlar con Ida. Jakob Lange debió de descifrar desde el pescante la calificación anotada por el profesor y torció la boca.

—¡Mentiroso y, encima, soberbio! —espetó—. ¡Te vanaglorias de tus calificaciones como si eso fuera a cambiar en algo el destino que Dios te ha deparado! ¡Vergüenza debería darte, Jensch!

Karl sabía que debía bajar la vista dócilmente. A fin de cuentas, Jakob Lange también repartía trabajos de vez en cuando entre los jornaleros. Más valía no hacerlo enfadar. Pero el joven no consiguió contenerse y miró iracundo al herrero.

—¿Cómo puede usted saber el destino que Dios me ha deparado?

Ida pareció estremecerse. Karl confirmó que se sobresaltaba cuando otra persona contradecía a su padre. Aunque ella ocupase un rango social muy superior al suyo, él sentía lástima por la muchacha.

Jakob Lange no se dignó responder al hijo del jornalero. En su lugar, se dirigió de nuevo a su hija.

—Y tú tendrás tiempo para reflexionar sobre tus pecados, Ida, cuando trabajes esta tarde en el huerto —advirtió con severidad—. Vagas por ahí y robas a Dios el tiempo y a Brandmann el trabajo del chico, que por tu culpa se queda boquiabierto en lugar de estar cosechando patatas. Por supuesto, informaré a Peter Brandmann. Tu jornal, joven, se verá proporcionalmente reducido. ¡Y ahora, vamos, Ida!

Ella ni siquiera se volvió para mirar a Karl. Con la cabeza gacha, subió a la parte trasera del carro y se sentó con las piernas colgando. Una postura extraña para una chica en un carro con adrales... Pero entonces Karl vio lo que se proponía con eso. Cuando su padre puso en marcha el armatoste, de uno de los pliegues de la falda de Ida cayó, como por azar, un librito: *Los viajes del capitán Cook*. Karl solo tenía que recogerlo del suelo. Dudó unos segundos: ¿debía correr hacia el vehículo para alcanzárselo? A lo mejor lo había perdido de verdad. Pero entonces Ida levantó la cabeza. Y le guiñó el ojo.

2

—¡Ella no!

Priscilla advirtió con determinación al cliente antes de que su mirada se quedara prendida en la delicada muchacha de cabellos melosos que limpiaba las mesas del pub. Ya atardecía y los cazadores de ballenas estaban trabajando en el nuevo barco en cuya construcción George Hempleman los tenía ocupados mientras no salían de cacería. Sería después cuando, apestando a sudor y aceite de ballena, sedientos de cerveza y whisky, además de ávidos de mujeres, acabarían en el pub de Barker, pero entonces ya no verían a la muchacha. Esta también se habría retirado ahora a la menor señal, pero Barker había llegado de sopetón con ese cliente, un hombre alto y delgado, con un raído traje negro y una camisa con un cuello raro. Tenía un aspecto más cuidado y se expresaba mejor que la clientela normal. Sin embargo, mostraba la misma falta de escrúpulos a la hora de elegir chica.

—¿Por qué no? —protestó con una voz sorprendentemente alta—. ¡El señor Barker me dijo que podía elegir!

De hecho, todas las putas se habían reunido en la sencilla taberna atendiendo a la llamada de Barker. El cliente, sin embargo, no tenía mucho donde elegir. Solo estaban la enérgica y huesuda Priscilla, la gorda Noni y la rubia y tierna Suzanne. Esta había sido bonita tiempo atrás, pero su apatía desconcertaba a los hombres, al igual que los ahuyentaba su olor a whisky y abandono. La mujer llevaba un vestido de lentejuelas color melocotón y apelmazado por la suciedad. Nunca lo lavaba, como tampoco ella se bañaba jamás si no la obligaban Priscilla y Noni. Con la mirada vacía contemplaba la nada. No parecía ni percatarse del cliente y, por supuesto, tampoco hizo ningún ademán de proteger a su hija de él.

—¡La niña todavía es demasiado joven! —objetó en cambio Priscilla, señalándola—. ¡Por Dios, usted mismo debería darse cuenta, reverendo Morton!

Hizo una mueca burlona con los labios al dirigirse al hombre por su título y miró a Barker con ceño. En realidad era el administrador del pub quien debería haberse encargado de echar a la niña de la sala.

Esta levantó la vista. «Reverendo», eso tenía algo que ver con la Iglesia, la señora Hempleman había mencionado algo parecido, pero claro, ella normalmente se refería al «pastor». La señora Hempleman casi no hablaba otra cosa que alemán y prefería que la llamasen Frau Hempelmann. Siempre se refería con profundo respeto a la gente de la Iglesia, se diría que la echaba de menos. Hempelmann le había prometido conseguirle un reverendo si es que alguno se dejaba ver por los alrededores. Pero ese hombre del pub no daba la impresión de ser la respuesta a las oraciones de Linda Hempelmann. Su mirada era tan lasciva como la de cualquier otro, lo que no se merecía mucho respeto. Así y todo, su posición u oficio explicaba las extrañas palabras con que se había presentado: deseaba, según había dicho enfático a Barker, relajarse un poco antes de partir a predicar la palabra de Dios a los salvajes.

La muchacha sacó la conclusión de que se trataba de un misionero. Otra palabra más que había atrapado al vuelo en la conversación acerca de lo mucho que Linda Hempelmann añoraba el consuelo de un sacerdote: el señor Hempleman esperaba que llegara pronto un misionero para convertir al cristianismo a las tribus maoríes de los alrededores de la bahía de Piraki.

—Tampoco es tan joven —gruñó el señor Barker, apartando la vista de Priscilla.

El propietario del pub, corto de estatura y rollizo, era el único, salvo Suzanne, que conocía la edad real de la niña. Había llevado a Suzanne y la pequeña a Nueva Zelanda desde Sídney, atraídos por el sueño de que se fundaran nuevas colonias en un país nuevo; habían sido expulsados de la bahía de Botany a causa de una reyerta en el barrio portuario. La muchacha todavía recordaba vagamente una pelea a puñetazos y con cuchillos, y luego que Barker había cerrado su pub en Australia y había huido precipitadamente con Suzanne. En algún momento se unieron a ellos Noni y Priscilla. La joven todavía recordaba que Priscilla le había aguantado la cabeza cuando vomitaba una y otra vez en el barco.

—Pronto cumplirá trece años, entonces se pondrá a trabajar, reverendo. Pero hasta que llegue ese momento... —cedió Barker. Si por él hubiera sido, no habría tenido ninguna consideración con la niña, pero era evidente que temía la reacción de Priscilla. Si lo abandonaba y se buscaba otro chulo, el establecimiento resultaría más desangelado de lo que ya aparentaba.

El reverendo se limitó a mirar a la chica más de cerca. La obligó a levantar su rostro tierno y oval hacia él. Tenía unos grandes ojos castaños. Con un suspiro, el misionero se rascó la entrepierna. La niña le gustaba, pero sus rasgos, todavía infantiles, lo hicieron tomar conciencia de que no iba a encontrar ningún pretexto más o menos grato a Dios para buscar «relajación» entre sus brazos. Forzó una sonrisa paternal.

—¡Eres una niña muy guapa, pequeña! —dijo—. ¿Me dices con qué nombre te han bautizado?

La muchacha se encogió de hombros. Seguro que nunca la habían bautizado, pero tampoco sabía exactamente qué se entendía por ello. Y un nombre... Si Suzanne todavía era lo suficientemente dueña de sí misma para poder elegir uno cuando la niña nació, nadie se había tomado la molestia de conservarlo. El único nombre que la chica conocía era Kitten, cachorro de gato. Las putas del burdel de Barker en Sídney habían llamado así a la cría abandonada porque les recordaba a un gatito extraviado que maullaba hambriento.

—Es terca —se disculpó Barker ante el reverendo, que esperaba—. Y también algo retrasada. La madre está como un cencerro. Pero es dócil y agradable a la vista... —Señaló a Suzanne, esperando que el cliente hiciera de una vez su elección.

Este dejó por fin en paz a Kitten y se decidió por Noni. No tan vistosa, pero tampoco tan ida como Suzanne, ni tan enérgica y burlona como Priscilla. Resignada, la pelirroja regordeta se levantó y llevó al hombre a uno de los cobertizos montados con huesos de ballena y lona que había detrás del pub para el uso de las prostitutas. Los huesos sustituían la madera en toda la estación ballenera de la bahía de Piraki; los cazadores los utilizaban para construir sus diminutos alojamientos, y las mesas y sillas del pub eran del mismo material.

La taberna se había construido juntando restos: cuatro pilares de unas hayas del sur taladas a toda prisa, sin descortezar ni dejar secar, procedentes del bosque que había por encima de la bahía, más algunas maderas sobrantes de la construcción de la casa de los Hempleman. Las lonas apenas ofrecían protección. El viento se colaba silbando, llevando a los borrachuzos y las adustas putas el hedor de la ballena que se pudría en la arena. Pero al menos la cubierta era impermeable.

Kitten salió fuera, aliviada de que el reverendo eligiera a Noni. Por fortuna, Barker la dejó ir sin discutir acerca de la fecha de su «contratación» definitiva. Por supuesto, ella notaba que estaba enfadado. El hombre descargó en Priscilla su rabia.

—¡Que sea la última vez! —gritó a la mujer de fuerte estructura ósea y ya algo madura, que aguantó inmutable—. ¡Que sea la última vez que me atacas por la espalda en lo tocante a la cría de Suzanne! Ya llevamos demasiado tiempo dando de comer a la gatita. Si hubiera sabido lo que iba a costarme la habría ahogado entonces, cuando vino con ella. Pero está bien, es mona, y a la larga nos hará ganar dinero. Y si lo pienso bien, ya va a hacer trece años que Suzanne la parió. Por lo que he oído, ya sangra cada mes. Tan joven no puede ser.

Kitten, que se había quedado delante del pub para escuchar,

se mordió el labio. Priscilla le había dicho que Barker no debía enterarse de que ya tenía la regla. Y ella se había esforzado por lavar a escondidas las compresas que Noni le daba para absorber la sangre. Kitten no era una retrasada, sino todo lo contrario, una muchacha despierta, acostumbrada desde hacía años a evitar a Barker. Pero ese último mes, Suzanne la había delatado. Había encontrado las compresas y empezado a lamentarse a gritos de «la maldición de Eva» y «la desgracia de la mujer». Kitten no había prestado atención, pero Barker debía de haberse enterado. Y ahora haría realidad sus amenazas e incluiría a Kitten entre sus furcias.

—¡Después de la próxima caza grande le tocará a ella estrenarse, Pris! —advertía Barker en el pub—. En cuanto Hempleman haya atrapado una buena pieza y los marineros tengan el bolsillo lleno. Claro que antes tendré que desvirgarla...

Kitten se quedó petrificada. ¿Qué decía ese... esa bola de sebo? ¿Quería ser el primero en...?

—¿Tú? —preguntó Priscilla estirando la palabra, con un tono inconfundible: ¡el de los celos!

Kitten suspiró. Sabía que había algo entre Priscilla y Barker, pese a que, por muy buena voluntad que pusiera, no entendía qué encontraba su eventual protectora en ese macarra gruñón. Quizás esperaba que algún día quisiera tenerla solo para él y la dejase de vender a los cazadores de ballenas. Priscilla le había contado en una ocasión que odiaba la peste a aceite de ballena y sangre que se desprendía de sus cuerpos. Tal vez prefiriese el olor de Barker, a cereza y grasa de freír rancia...

—Pues serías bien tonto... —el tono de Priscilla volvió a cambiar, Kitten lo conocía bien, era el que utilizaba cuando intentaba que la gente bailase al compás que ella marcaba— si dejaras escapar una buena ganancia.

Barker soltó una risa obscena.

—Cariño, no se estropeará por eso. ¡Ya ganaré suficiente con ella! Pero primero he de domesticarla...

Priscilla resopló.

—¡Bah, ya es dócil ahora! —afirmó—. Sabe muy bien que no tiene otra opción. Y es probable que hasta esté deseándolo...

Kitten se mordió el labio. ¡Priscilla no podía creer en serio que ella estuviese «deseándolo»! Al contrario, ¡Kitten no quería ser puta! ¡Ya le había dicho muchas veces que estaba decidida a no acabar como Suzanne! Y tampoco le apetecía llevar una vida como la de Priscilla o Noni. De acuerdo, las dos se las apañaban, tenían para comer y beber —aunque con la bebida se moderaban, no se permitían más que uno o dos whiskis después de trabajar—. En cualquier caso, tenían para vivir y a veces se reían juntas y parecían divertirse. Noni tenía un amigo que le había prometido casarse con ella cuando hubiera ahorrado algo de dinero con la caza de la ballena. Y Priscilla tenía a Barker...

—Entonces ¿para qué tomarse la molestia? —preguntó la puta madura—. ¿O es que te gusta? —Su tono era receloso.

Barker emitió una risa ronca y su voz adquirió un acento insinuante.

—¿Gustarme, a mí...? ¡Como si me atrajera esa mosquita muerta! Ya lo sabes... A mí me gustan las mujeres altas y fuertes...

Kitten se obligó a no escuchar los sonidos que indicaban que Priscilla y Barker se estaban haciendo carantoñas en el interior.

—¡Entonces no le pongas las manos encima a la cría! —advirtió al final Priscilla—. ¡Y piensa en lo que vas a ganar! Seguro que alguno de esos tipos se muere de ganas por ser el primero con Kitten.

La muchacha oyó la risa ronca de Barker.

—Puede que tengas razón... ¿Tú qué crees que puedo pedir, Pris? ¿El doble? ¿El triple de un precio normal? —En su voz había codicia—. O no, ya sé, ¡la subastaremos! Se la adjudicaremos al mejor postor. Será un espectáculo, ya te lo digo yo, como en los grandes clubs de Inglaterra... Le pondremos morbo al asunto, la exhibiremos... Durante toda la noche los hombres solo podrán mirarla, hasta que se pongan cachondos, cachondos, y... Necesitará un vestido bonito.

La muchacha se dio media vuelta, ya no quería seguir escuchando. Ya estaba mareada, y no a causa de la pestilencia que desprendía el cadáver de ballena en la playa.

¡Una subasta! Y Priscilla no había protestado, al contrario, había contribuido a que a Barker se le ocurriera esa idea... Kitten se sintió traicionada. Pero entonces recordó que Priscilla nunca había dudado de cuál sería el destino de la pequeña. Mientras había sido una chiquilla, Priscilla había intentado protegerla y también ahora había conseguido una demora de un par de meses, incluso de años. Pero al final, para Priscilla no había escapatoria: una mujer sola en ese nuevo y apenas colonizado país no tenía ninguna posibilidad de ganarse la vida decentemente. Ni se planteaba que Kitten tuviera otra profesión que no fuera la de prostituta.

—¡Sacarás buen partido! —La había animado Priscilla cuando Kitten se negaba a seguir el camino de su madre—. Y, además, no es para siempre. Al fin y al cabo, eres muy bonita, seguro que pronto encontrarás a un hombre que se quiera casar contigo. Lo único que tienes que hacer es mantenerte lejos del alcohol y estar atenta a no enamorarte del primer granuja que pase. Elige un hombre serio, que ahorre para algún día invertir en algo... Están poblando las tierras más allá de Port Victoria, con un poco de suerte acabarás siendo toda una campesina.

A Priscilla le parecía que merecía la pena esforzarse por vivir en una granja, pero Kitten no se lo podía imaginar. Nunca había visto una granja, su mundo se limitaba al entorno de la estación ballenera y, si no hubiera sido por Frau Hempelmann, nunca habría conocido otro refugio más que el pub.

Solo de pensar en ella, la chica se sintió mejor. Tal vez hubiera, a pesar de todo, una salida para su desdichada situación. George Hempleman era el fundador y propietario de la estación ballenera. Seguro que podría hacer algo por ella si su esposa se lo pedía. Kitten solo tendría que contarle a la mujer sus aspiraciones. Suspiró. La horrorizaba tener que molestar a Linda Hempelmann con estos asuntos, pero no se le ocurría otra salida. Lo mejor sería hacerlo ya mismo, ahora que además le convenía alejarse de los alrededores del pub. Pronto aparecerían los primeros hombres...

Dejó la playa a sus espaldas y se internó en la penumbra del bosque claro. Ahí, junto a la costa, crecía el nikau, hayas del sur azotadas por el viento, una especie de adelfas y otros tipos de árboles y arbustos que la niña desconocía. Le gustaba el bosque. El aire más fresco, el suelo húmedo y las plantas parecían mantener a distancia el hedor que llegaba desde la playa. Kitten se sentía consolada, era casi como si los árboles fuesen sus amigos...

Se reprendió por esas ideas absurdas y siguió el sendero que conducía a la casa de los Hempleman. Se trataba de una cuesta bastante empinada, George Hempleman había construido su casa por encima del bosque que se extendía como un fino cinturón alrededor de la bahía y la playa y que luego se convertía en una meseta cubierta de tussok. En medio del prado se hallaba también la casa de madera desde la cual se disfrutaba de una maravillosa vista sin tener que soportar el ruido y el hedor que producía la caza de la ballena. Hempleman también solía ocuparse de que los cetáceos se colocaran fuera de la vista de su casa cuando se procedía a trocearlos, y el pub y las cabañas de los trabajadores tampoco afeaban el panorama que Linda Hempelmann se permitía disfrutar cuando reunía fuerzas para descansar en la terraza.

Lamentablemente, eso era cada vez más raro en los últimos tiempos. Frau Hempelmann estaba enferma, su corazón era débil. En cualquier caso, sufría ataques constantes y luego había de guardar cama durante días. Su marido siempre advertía que no había que irritar o importunar a su esposa con ningún asunto de la estación ballenera. Al principio incluso había visto con malos ojos las frecuentes visitas de Kitten a su casa, pero Frau Hempelmann no se cansaba de asegurarle lo mucho que le alegraba la presencia de la niña.

George y Linda Hempleman se habían instalado dos años atrás, poco antes de que Barker llegara con sus putas, en la bahía de Piraki, en la península de Banks. Por aquel entonces ella estaba mucho mejor. Claro que había oído hablar de las mujeres de la playa y había bajado a ver cómo eran, posiblemente en busca de compañía. Pero ni Priscilla, ni Noni ni Suzanne eran personas con quienes la señora fuera a tratar. Solo de pensar en que esas putas pudiesen tomar asiento con sus vestidos desgastados y por lo general mugrientos sobre los pulcros sofás y butacas... Y la idea de que sus vulgares conversaciones llegasen a turbar la calma de su casa, de que llegasen a acallar las palabras dulces y amables que solía dirigir a Kitten...

La niña sonrió al pensar en la voz agradable con que Linda Hempelmann solía hablar una lengua que entonces todavía le resultaba extraña. En la residencia señorial, Kitten y la solitaria mujer enseguida se habían entendido bien. Todo había empezado cuando Kitten se quedó mirando, casi sin dar crédito, el dulce que Frau Hempelmann le ofreció la primera vez que la vio en la playa. Nadie le había dado nunca un dulce. La palabra *plätzchen*, «galleta», fue la primera que aprendió en alemán.

—Y cuando te hacen un regalo, tienes que decir *danke* —le enseñó la Frau cuando Kitten se metió en la boca la golosina con las dos manos a la vez.

Kitten la miró con atención y repitió la palabra. El trato era amable en la casa de Linda Hempelmann. Kitten tenía mucho que aprender, pero absorbía como una esponja las lecciones de buenos modales y, sobre todo, el nuevo idioma. Cuando la cariñosa señora la acogió por las tardes y las noches en su casa, a la hora en que el pub abría y las mujeres recibían a sus clientes, aprendió enseguida el alemán. Y puesto que por regla general Suzanne dormía la mona en los brazos del último cliente y, como consecuencia, Kitten no tenía sitio en el cobertizo, la niña pernoctaba en el establo de la casa señorial.

George Hempleman lo ignoraba. Kitten se deslizaba de la casa a las cuadras cuando lo oía llegar, y ya llevaba tiempo levantada y de vuelta en la playa cuando él dejaba a su esposa por la mañana. Linda Hempelmann, por el contrario, lo sabía. Cuando su estado de salud se lo permitía, dejaba a la niña algo de leche, pan y miel delante de la puerta del establo cada mañana. Pero ya hacía semanas que eso no ocurría... Entretanto, era Kitten la que llevaba la comida a la cama de su maternal amiga.

Tampoco ese día presintió la muchacha nada bueno al entrar en la casa y encontrar las salas y la cocina vacías. Se notaba la ausencia de un ama de casa, por mucho que el señor Hempleman se esforzara por disimularlo para que su esposa no se inquietara. Reinaba el desorden. Los cubiertos del desayuno estaban sin lavar, los cojines del sofá no se habían sacudido bien y, naturalmente, nadie había limpiado.

Kitten llamó a la señora Hempleman para anunciarse y se dirigió al dormitorio que hacía poco el señor había instalado para su esposa en la planta baja. Una escalera conducía al piso superior, donde se encontraban las habitaciones privadas del matrimonio, pero en esas fechas Linda Hempelmann estaba demasiado débil para subir hasta ahí. Mientras Kitten recorría la casa, al tiempo que enderezaba una u otra cosa a su paso y colocaba algún mueble en su sitio, se le ocurrió una idea. Ya que oficialmente era una adulta, la señora podría contratarla como doncella en su casa. Podría vivir allí con ella, cuidarla y mantener en orden el hogar de los Hempleman. O no, quizá fuera mejor no vivir ahí...

Por mucho que Kitten soñase con una cama decente en una habitación decente, no bajaba la guardia. La señora estaba enferma y su marido era un hombre. Kitten había oído quejarse con frecuencia a Barker de que el jefe no encontraba lo suficientemente buenas a sus putas. Los cazadores de ballenas afirmaban que visitaba un burdel en Port Victoria.

—¿Gatita? —La señora abrió los ojos cuando Kitten entró en su habitación. Era bastante pequeña, antes había hecho las veces de cuarto de las labores. Kitten solía encontrarla ahí, bordando junto a la ventana que daba sobre la bahía—. ¡Cuánto me alegro de verte! ¡Y qué flores en llamas tan bonitas me traes!

Kitten correspondió la sonrisa que le dirigió la mujer enjuta y pálida desde la cama. Sabía que se alegraría del ramito de flores del rata que había recogido delante de la casa. El rata crecía abundantemente en la zona, de forma autónoma como arbusto y también como parásito en la copa del rimu u otros árboles. Pero Frau Hempelmann adoraba sus flores y les había puesto el poético nombre de flores en llamas inventado por ella.

—Voy a ponerlas en un jarrón —anunció Kitten, diligente, y cambió las marchitas flores amarillas del kowhai, que había llevado el día anterior, por las nuevas y resplandecientes color escarlata.

La niña se esforzaba por parecer despreocupada, aunque el aspecto de la señora la asustaba. Con cada día que pasaba se veía más decrépita y envejecida. Linda Hempelmann no tenía más de treinta años, pero incluso la curtida y alcoholizada Suzanne parecía más joven y vital a su lado. Su cabello, antes rubio brillante, se veía ahora deslucido y grisáceo. Tenía el rostro macilento y se le marcaban los huesos, los ojos se hundían en las cuencas rodeados de una sombra negra.

—Entonces se encuentra bien, ¿verdad, Frau? —inquirió Kitten, intentando que la pregunta sonara sincera. Sin embargo, era fácil distinguir que su maternal amiga no experimentaba ninguna mejoría—. ¿Le preparo un té? ¿Prefiere que le traiga otra cosa?

Linda Hempelmann intentó enderezarse un poco. Kitten colocó el jarrón sobre la mesilla de noche y la ayudó a erguirse. La mujer pareció reunir algo de fuerza y se pasó los dedos por el cabello, que no se había recogido para la noche.

—¿Te importaría peinarme, hija mía? —pidió con su voz débil pero todavía melodiosa—. Y un té... un té sería delicioso. Pero tenemos tiempo. Primero hazme un poco de compañía, gatita, luego preparas té y pan con miel para las dos, ¿de acuerdo?

Linda Hempelmann no parecía realmente hambrienta, pero daba por sentado que Kitten todavía no habría probado bocado ese día. Priscilla y Noni solo cocinaban para ellas o sus eventuales amigos, pocas veces sobraba algo para la chica. Y Suzanne no cocinaba en absoluto y apenas le quedaba nada del dinero que ganaba para que Kitten pudiese comprarse algo. La niña sospechaba que los clientes engañaban a su madre con la paga y, naturalmente, Barker también se quedaba con algo de lo que la mujer ingresaba. Suzanne se gastaba el resto en whisky.

Pero Kitten tenía paciencia. Estaba acostumbrada desde pequeña a pasar hambre. No iba a molestar a Frau Hempelmann. En lugar de ello, cogió el cepillo de pelo que había sobre la mesilla y empezó a pasarlo por el cabello cada vez más ralo, para luego recogerlo en lo alto con las bonitas peinetas de carey que la señora había traído de Sídney.

—¿No desearía también refrescarse un poco? —preguntó Kitten, y se dispuso a coger una palangana con agua, una manopla de baño y un trozo del perfumado jabón de Linda Hempelmann.

—Será un placer, pero tendrás que ayudarme —contestó entristecida.

Era evidente que no le gustaba depender de nadie. Pero a Kitten no le importaba ocuparse de ella. La ayudó gustosa, incluso a quitarse el camisón y a ponerse uno limpio después de lavarle el cuerpo. ¿Sería tal vez un buen momento para formularle su deseo?

—Creo que debería tener siempre a alguien que la ayudara un poco —empezó con cautela—. En... en casa y... y ahora que está enferma...

Linda Hempelmann asintió abatida.

—Desde luego, estaría muy bien, hija. Pero tendría que ser una mujer, y no se encuentra personal doméstico. George quería preguntar entre los maoríes... pero no quiero tener a mi lado a una salvaje a la que ni siquiera se la entiende... —Frunció el ceño desdeñosa.

Tampoco Kitten llegaba a imaginar a una mujer maorí en esa casa. Las dos recelaban un poco de esos nativos chaparros y medio desnudos que de vez en cuando se acercaban curiosos a la estación ballenera para vender boniatos o cereales a los cazadores. Los maoríes debían de tener campos de cultivo y huertos en sus poblados y eran siempre muy amables, pero solo conocían unas pocas palabras en inglés y no tenían aspecto de que les gustara pulir muebles o ayudar a vestirse a una dama. Además, Kitten encontraba que su apariencia era amenazadora: unos extraños zarcillos se entrelazaban en torno a la boca de las mujeres y por todo el rostro de los hombres. Los maoríes se tatuaban, y Frau Hempelmann se llevaría un susto de muerte al verlos.

—¡Pero yo sí podría ayudarla! —sugirió Kitten animosa—. Sé dónde está todo y cómo le gustan las cosas a usted y...

—¡Todavía eres una niña, gatita! —Linda sonrió. Su voz tenía un deje bondadoso—. Es muy amable por tu parte querer colaborar, y ya ahora me eres de gran ayuda. Pero para trabajar en serio todavía eres demasiado joven.

—¡Eso piensa usted! —se le escapó a la infeliz Kitten—. El señor Barker opina de distinto modo. Claro que él tiene una idea muy diferente de lo que significa trabajar.

Se interrumpió asustada. No había querido hablar de forma tan clara. Confirmó horrorizada que la señora se alarmaba. Su rostro pálido se cubrió de un rubor enfermizo... Seguro que Kitten la había inquietado y tendría ahora un ataque. La niña buscó presurosa las sales. Con ellas a veces se podía evitar...

Pero la mujer se repuso por sí misma. Rechazó el botellín que Kitten le sostenía ante la nariz.

—¿Significa eso que ese tipo pretende que te... que te vendas?

Kitten asintió apenada.

—Aquí no hay otro tipo de trabajo —contestó—. Al menos para una chica. Si fuera hombre podría cazar ballenas, o focas o lo que fuera. Pero como chica solo puedo hacer lo mismo que mi madre. —Querría haber sido más valiente, pero se le escapó un puchero—. Si no me toma usted como empleada... —Casi esperanzada levantó la mirada hacia la enferma—. Yo me esforzaría. Trabajaría mucho y de verdad que podría ayudarla, yo...

Linda Hempelmann levantó débilmente la mano.

—Pero yo no seguiré aquí por mucho tiempo —dijo con dulzura.

Kitten frunció el ceño.

—¿Se marcha? —preguntó desconcertada—. ¿El señor Hempleman cierra la estación?

A la niña eso le parecía increíble. Seguro que el negocio de Hempleman funcionaba muy bien. Cada dos meses, su socio, el capitán Clayton, dejaba la estación con un barco cargado hasta los topes y en Inglaterra se pagaba muy bien el hígado de bacalao y otros productos de las ballenas. Por otra parte, los hombres habrían comentado en el pub que la estación estaba a punto de cerrar.

Su amiga negó con la cabeza.

—No —susurró—. Mi esposo se quedará aquí. Y con ayuda de Dios tal vez encuentre a otra mujer...

—¿A otra...? Pero ¿por qué iba a hacerlo? Usted no quiere abandonarlo, usted...

—Sí —contestó Linda con dureza—. Aunque no se trata de una cuestión de querer. Georg... —como siempre, mencionó el nombre de su esposo en alemán, no podía acostumbrarse al hecho de que él hubiese anglicanizado su nombre completo— ha sido un buen marido, yo he sido una buena esposa. Pero ahora yo... Dios mío, hijita, ¿es que he de decirlo? Me muero. Me reuniré con Dios. Ya oigo cómo me llama, gatita.

De repente, Kitten sintió odio hacia ese Dios del que nunca había oído hablar antes de conocer a Frau Hempelmann, pero que al parecer desempeñaba una función muy importante en la vida de los alemanes creyentes. Un Dios que ahora se proponía arrebatar a Kitten la única protección para ella concebible.

—¡No puede ser! —protestó—. ¡Usted no es vieja! Claro que está enferma, pero volverá a ponerse bien. Hasta ahora siempre se ha repuesto cuando ha sufrido un ataque. Y si deja que yo la cuide... mejorará enseguida, y...

Linda volvió a negar con la cabeza.

—No volveré a estar bien, hijita, hazme caso. El último ataque fue demasiado fuerte... y estoy cansada, gatita. Obedeceré complacida la llamada de Dios. Solo lo siento por ti y por George, claro. —Tendió la mano hacia Kitten y le acarició levemente la mejilla.

—Pero... pero cuándo...

Kitten pugnaba por retener las lágrimas, tenía la voz ahogada. Pero ella sabía que no había respuesta para esa pregunta. La señora no podía saber cuándo exactamente pensaba llevársela su Dios. A lo mejor no sucedía tan deprisa. A lo mejor todavía quedaban muchos meses... un año... Kitten ahorraría el dinero que ganase en casa de los Hempleman. Y luego huiría a otro lugar, lejos de la estación ballenera, cuando la señora muriese...

—Quizás en un par de días —respondió la enferma, destruyendo las últimas esperanzas de la niña. Por su tono se diría que ya quería desaparecer—. Como mucho, un par de semanas. Y tienes que comprender... comprenderás... que no puedo acogerte en mi casa. ¿Qué impresión daría? ¿Qué impresión daría mi marido metiendo a una jovencita como tú en su casa justo dos días antes de que muera su esposa? Lo siento de verdad, pequeña...

Kitten hizo una mueca compungida. La reputación de George Hempleman no le importaba. Pero incluso si la señora cambiaba de opinión, sería inútil escapar del pub solo por un par de días o de semanas. En cuanto Linda Hempelmann falleciera, Barker volvería a echar mano de ella.

—¿Quieres preparar un té, querida gatita? —susurró—. A lo mejor... a lo mejor podría volver a hablar de ello con George. A lo mejor existe la posibilidad de que una familia en Port Victoria o un sitio similar necesite... necesite una doncella...

La enferma se esforzaba por parecer animosa, pero Kitten no se hacía ilusiones. Port Victoria era un lugar tan salvaje como la bahía de Piraki, e igual de poblado de cazadores de ballenas y aventureros. Sin embargo, había oído hablar de que recientemente se habían asentado en las llanuras de Canterbury algunos colonos entre los que, sin duda, habría mujeres y niños. ¿Necesitarían criadas? ¿Mientras todavía no tuviesen siquiera casa? ¿Y emplearía una mujer casada a una niña como Kitten? ¿La hija bastarda de una puta que ni siquiera tenía nombre pese a que, según la opinión general, era bonita? Incluso Priscilla parecía tener celos al hablar de Kitten con Barker, y Frau Hempelmann parecía temer que llegase a seducir a su marido.

Kitten abandonó toda esperanza mientras preparaba el té y cortaba el pan, aunque casi había perdido el apetito. No había para ella ninguna salida decente. Si no se le ocurría algo a la desesperada, tendría que someterse a los deseos de Barker.

3

Hubo que esperar una semana larga para que volviera a aparecer en la bahía de Piraki una ballena, y para Kitten significó un plazo de gracia. Construyendo un barco, los hombres no ganaban lo suficiente para permitirse el gasto adicional de una puta, ni siquiera Priscilla, Noni y Suzanne solían tener entonces trabajo suficiente. Pero al menos Noni esa semana estuvo a pleno rendimiento. El misionero no parecía dispuesto a seguir su viaje para reunirse con los «salvajes». En lugar de ello pasaba cada día muchas horas acompañando a Linda Hempelmann, respondiendo al deseo del marido de que rezara con ella y le infundiera valor. Hacia el atardecer su presencia en el pub no fallaba y elegía entonces a una puta, siempre Noni. Era evidente, sin embargo, que seguía soñando con Kitten, a la que se comía con los ojos cuando ella ayudaba a Linda en su presencia.

Kitten habría preferido evitarlo, pero era incapaz de dejar a su amiga enferma a solas con el reverendo. En el ínterin, la mujer cada vez necesitaba más ayuda con las cosas más sencillas y, naturalmente, no se podía exigir al reverendo que la sentase o le acercase un vaso de agua a los labios. Además, el religioso anglicano no hablaba alemán y el inglés de Frau Hempelmann era deficiente. Esta se alegraba de que Kitten conociera ambas lenguas y tradujese, y el reverendo estaba encantado con ello. Continuamente pedía a la niña que se sentara a su lado junto a la cama de la enferma. Buscaba el contacto físico, incluso pasaba un brazo por encima de Kitten de vez en cuando, como si se viese llevado por un arrebato paternal o jubiloso cuando ella encontraba una cita en la Biblia alemana y la leía en voz alta. Sin embargo, no leía especialmente bien, pues la señora había empezado a enseñarle cuando su salud empeoró.

—Querrá participar en la subasta —dijo desanimada Kitten a Noni, quien por encargo de Barker le había arreglado un vestido de su madre.

El dueño del pub incluso había comprado lentejuelas para adornarlo. Por la mañana había llegado Tom Carpenter, un vendedor ambulante que solía comerciar con los blancos de las granjas apartadas y con las tribus maoríes. Los indígenas se volvían locos con las baratijas de colores, mientras que los colonos preferían las provisiones básicas como la harina y las legumbres. Y, cómo no, Carpenter también vendía whisky, más barato que Barker, que solía abastecerse por su cuenta. El capitán Clayton le suministraba toneles de Irlanda.

Noni suspiró.

—Y es posible que tenga dinero suficiente, la congregación de su país habrá recolectado bastante. ¡Si supieran dónde acaba su dinero!

—¡Pero yo no quiero ir con él! —se rebeló Kitten.

Noni la empujó delante del viejo espejo que compartían las prostitutas, pero Kitten volvió a un lado la cabeza con rebeldía. No quería verse con su nueva indumentaria. Ya una mirada de reojo bastaba para reconocer que su cuerpo delicado, cubierto con el vestido rojo y ceñido, enloquecería a los hombres. Si Barker la obligaba además a soltarse el cabello, que solía recoger en una trenza, para que su melena dorada cayera ondulada sobre la espalda...

—Lo mejor es que te resignes y te acostumbres —respondió indiferente Noni y arrugó la tela por debajo del escote. Casi parecía como si tuviese pecho—. Nosotras no podemos elegir a los hombres. Y el cura al menos no huele a aceite de ballena, tampoco es agresivo ni acaba pronto; visto así los hay peores. ¡Tampoco es tan fantástico que el primero que pase sea joven, fogoso, y que además te tenga sorbidos los sesos! Te llevarías una falsa impresión de lo que te espera.

Kitten no respondió. No quería a ningún cliente joven y fogoso, ¡no quería a ningún hombre en absoluto! En cualquier caso, a ninguno que pagara por su cuerpo. Cada vez más desesperada, buscaba una salida. Desde que Barker había anunciado que iba a subastarla después de la siguiente cacería de la ballena, casi todos los hombres de la estación la seguían con miradas ávidas. Ni se atrevía a entablar conversación con ellos.

Una mañana soleada en que se hallaba en la casa señorial, tras pasar una noche atroz en la que Linda Hempelmann parecía que iba a morir, resonó el tan temido grito.

—¡Ballena a la vista! ¡Todo el mundo a los botes!

Desde la mansión, Kitten no alcanzaba a ver los preparativos que se realizaban en la bahía, pero oía las voces de los hombres y percibía la tensión en el aire. En esos momentos, los cazadores echaban al agua los botes, dotados de doce remeros y un arponero. Si bien eran embarcaciones grandes, ofrecían un aspecto frágil y vulnerable ante la enorme criatura con que iban a enfrentarse. La ballena podía volcar un bote de un solo coletazo, pero no lo hacía. Esos animales eran pacíficos, e incluso cuando los hombres les disparaban, intentaban escapar en lugar de defenderse. Y siempre permitían que los cazadores se aproximaran a una distancia de tiro, aunque en realidad habría sido sencillo ponerse fuera de su alcance o sumergirse tan pronto los veían.

Solo cuando los garfios de los pesados arpones se les clavaban profundamente, intentaban, desesperadas, desprenderse de las cuerdas que colgaban de ellas, con las que los hombres querían arrastrarlas a tierra, pero entonces casi siempre era demasiado tarde. El dolor y la pérdida de sangre dejaba sin fuerzas a esos gigantes del mar y al final se rendían, aunque con frecuencia tras debatirse durante horas. Y, también los cazadores acababan exhaustos. Aun así, el auténtico trabajo empezaba cuando el animal yacía en la playa. Entonces lo troceaban, con la ballena aún viva, y hervían los trozos para obtener el aceite... Kitten se estremeció. El hedor de la marmita flotaría durante días sobre la bahía.

Esa noche, los hombres estarían demasiado cansados para ofertar por la muchacha. Seguramente, Barker postergaría veinticuatro horas el gran día. Kitten todavía carecía de un plan adecuado, aunque podía alegar que debía ocuparse de Frau Hempelmann. Barker no la alejaría de la cama de la señora enferma...

—¡Gatita!

La débil voz de la señora la apartó de la ventana. Había despertado, para Kitten era una buena señal. Se obligó a sonreír al volverse hacia ella.

—El... el reverendo vendrá ahora. ¿Puedes... arreglarme un poco?

También esto parecía significativo, después de una noche tan mala. Kitten no esperaba que tuviera esa voluntad de vivir. Mientras lavaba y cepillaba a la mujer, apareció su marido.

—¡Linda, cariño! ¿Cómo te encuentras?

Depositó un beso fugaz sobre la pálida mejilla de su esposa, pero enseguida se separó de ella, aunque la tez de ella debía de oler muy bien, al jabón de rosas con que Kitten la había lavado.

Linda le sonrió pese a todo.

—Bien... —musitó. Hacía días que le faltaba la fuerza para subir la voz—. Por... por favor... siéntate un momento conmigo... —Tendió la mano hacia su marido y ese simple pequeño esfuerzo ya le provocó la tos—. Tengo que decirte algo...

George Hempleman, sin embargo, rechazó la solicitud.

—Cariño, es imposible, han avistado una ballena. Tengo que bajar y controlar a los hombres que han salido en los botes para procurar que ese animal no los hunda... —George Hempleman solía observar la acción de los botes desde una embarcación más grande y coordinar la operación impartiendo órdenes con un megáfono—. Y mira, aquí llega el reverendo...

El sacerdote apareció en ese momento por el pasillo que daba a la habitación. George Hempleman no había cerrado la puerta.

—Nos vemos esta noche... —Era evidente que tenía prisa por marcharse.

—Dios lo quiera... —susurró su esposa.

Estaba muy pálida. Kitten tenía la sensación de que esa noche se había encogido todavía más. A esas alturas tenía claro que el triste desenlace era inminente.

—Reverendo, no sé cómo podría agradecerle todo lo que hace por mi esposa —dijo Hempleman, dando una rápida palmada de gratitud en el hombro del clérigo.

Y salió corriendo, antes de que el reverendo pudiese abordar el tema de las donaciones. Una y otra vez intentaba convencer a Linda de que dejara un generoso legado para su misión, pero ella nunca respondía a sus pretensiones. Kitten suponía que no tenía dinero que dejar como herencia. A fin de cuentas, era el marido quien sufragaba todos los gastos de la pareja. E incluso aunque este fuera generoso, ¿de qué dinero podría disponer Linda Hempelmann?

Kitten recogió los utensilios del tocador y obedeció de mala gana la petición del reverendo de que se sentara a su lado y rezara con él, leyera la Biblia y escuchase a la moribunda, que pedía constantemente confesión. Kitten prestaba atención a sus pecados veniales. Consideraba a Frau Hempelmann una santa, pero, por lo visto, Dios se tomaba a mal incluso un ligero pensamiento soberbio. La Frau, en cualquier caso, no tenía que arrepentirse más que de ese tipo de menudencias y el reverendo la absolvía cada día de sus pecados.

Hacia el mediodía, Linda se durmió y Kitten huyó de la sofocante casa, y sobre todo del reverendo, dirigiéndose hacia el muro sombrío que daba a la playa. Los hombres seguían bregando en el mar con la ballena, pero ya se estaban acercando a la orilla, en cuestión de una o dos horas el animal yacería en la playa. Kitten deseaba que el señor Hempleman tuviese tiempo de ir a ver a su esposa antes de supervisar cómo descuartizaban la presa. Ese día, el estado de Linda Hempelmann la inquietaba bastante. La enferma estaba más despierta que los días anteriores, pero alarmantemente débil. El reverendo, que siempre le tomaba el pulso, también había movido la cabeza preocupado. Si Linda debía decir algo a su esposo, más valía que lo hiciera pronto.

Kitten recogió un ramo de flores rojas de rata, suficientes para adornar la habitación de la enferma. Ya estaba lista cuando la señora despertó. Con ojos fatigados, miró a Kitten.

—Mi esposo... —susurró— y... y... el sacerdote... Yo... ha llegado el momento, pequeña, oigo... oigo a los ángeles... ¿Tú... también?

Lo único que Kitten oía eran gritos de júbilo a lo lejos. Probablemente, los hombres habían conseguido arrastrar la ballena hasta la arena.

—Y tú... gatita... he estado reflexionando y he decidido que te daré...

Buscó aire y quería seguir hablando, pero en ese momento el reverendo volvió a la habitación. Debía de haberse ausentado para comer algo o para escapar en brazos de su prostituta de aquel hálito de muerte, tal como Noni decía que se refería a la atmósfera reinante en la habitación de la enferma. Era algo que hacía de buen grado al mediodía. Kitten ya sentía asco solo de pensar en esos dedos largos y flacos que sobaban los pechos de Noni y poco después cogían la mano de la moribunda. Por no mencionar el resto de cosas que hacía con la furcia.

Lanzó un breve vistazo a la mujer que yacía en la cama y luego dirigió la vista a Kitten.

—¡Ha llegado el momento, pequeña! Corre abajo y ve en busca de su esposo, ya debe de haber desembarcado. Estaré rezando con ella. Si Dios quiere, todavía podrá despedirse...

—Pero... gatita...

Linda Hempelmann intentó llamar a Kitten, todavía tenía algo que decirle. Pero la niña no se atrevió a volver a sentarse. Abandonó la casa y descendió corriendo hacia la playa. Entre el pub y el mar se hallaba el colosal cuerpo de la ballena rodeado de hombres excitados y armados con cuchillos y ganchos. La sangre ya empezaba a teñir de rojo la arena, se habían encendido los primeros fuegos... Kitten se esforzó por no mirar al animal. En una ocasión había contemplado el ojo de una ballena y nunca olvidaría su mirada. Pero por suerte, ahí estaba George Hempleman. Kitten no tenía mucho que explicarle. Al verla, enseguida se acercó a ella.

—Muchacha... —Nunca se dirigía a Kitten por su nombre, a veces ella se preguntaba si sabía cómo la llamaban—. ¿Ha ocurrido algo con...?

Kitten asintió.

—Le está llamando —contestó, y apenas consiguió seguir a Hempleman cuando este se precipitó cuesta arriba hacia la casa.

Los dos jadeaban al llegar al dormitorio de la enferma. Desde fuera se oía todavía la voz de falsete del reverendo rezando. Así pues, la señora seguía con vida.

Pero Kitten solo pudo mirarla un instante. Ahora que era evidente que llegaba el fin, su marido quería estar a solas con ella.

—Espere fuera, reverendo —pidió mientras se sentaba en la cama—. Y tú, muchacha, muchas gracias... Estos días has sido de gran ayuda para mi esposa y con toda seguridad tendrás una pequeña compensación...

—Gatita... —musitó Linda Hempelmann, pero su marido no hizo caso, sobre todo no hizo ningún gesto para permitir que Kitten se acercase.

—Ahora vete, por favor. En la playa encontrarás algo que hacer... o lo que sea... Creo que Barker incluso ha preguntado por ti. Así que, por favor... —Hizo un gesto con la mano, como queriendo apartar a la niña de su vista.

—Luego vuelvo, Frau Hempelmann —dijo Kitten.

No le parecía que su amiga fuera a morirse enseguida. Era posible que el reverendo exagerase y que la enferma volviera a reclamar a Kitten por la tarde. La niña se animó con estos pensamientos al salir de la casa. Pero en su mente seguía resonando la última y débil llamada de su maternal amiga: «gatita...».

Kitten no tenía ningunas ganas de ir a la playa. Prefirió esconderse en el bosque y no perder la casa de vista. A lo mejor Linda percibía su presencia... En cualquier caso, a la niña, esa cercanía la tranquilizaba. En algún momento se le ocurrió que a la moribunda tal vez le habría gustado que rezara por ella. Kitten lo intentó, pero no tenía la sensación de que alguien la estuviese escuchando. Incluso los árboles, en los que a menudo creía intuir una presencia sobrenatural, callaban. Ni una vez susurró el viento entre sus ramas.

Durante horas no se percibió ningún movimiento en el interior de la casa, fue mucho más tarde, cuando ya empezaba a oscurecer y las hayas del sur proyectaban sus espectrales sombras, que Kitten oyó un jadeo y una voz airada que la llamaba. ¡Una voz de mujer! Al principio pensó absurdamente en Frau Hempelmann, pero luego reconoció a Noni. La rolliza prostituta se arrastraba fatigosamente cuesta arriba.

—¡Kitten! —resolló medio enfadada y medio aliviada—. ¡Aquí estás! Vente o Barker nos desollará a las dos. Hace una hora que ha enviado a Suzanne a buscarte. Pero ella se ha olvidado, si es que ha llegado a enterarse. Hoy ha estado todo el día ida. Y ahora tenía que vestirte bien y llevarte al pub, pero no estabas... y Barker...

—¿He de cambiarme de ropa? ¿Ponerme... el vestido nuevo? Pero hoy no irá a...

Noni negó con la cabeza.

—Qué va, hoy los hombres están demasiado cansados después de todo ese trabajo con la ballena. Quiere abrirles el apetito. Mañana, cuando el animal está descuartizado, cobrarán la paga y querrán celebrarlo. Y si hoy te ven con tus mejores galas, se pasarán la noche soñando contigo. Así que vente ahora, ha llegado el momento. No querrás que el mismo Barker suba hasta aquí y te baje arrastrándote por los pelos, ¿verdad?

El seboso macarra y dueño del local era capaz de hacerlo. Y si empezaba a vociferar por ahí posiblemente lo oyeran desde la casa. Kitten suspiró. Lanzó una última y cariñosa mirada de preocupación al hogar de los Hempleman y siguió a Noni rumbo a la playa. En cuanto terminara con su patético desfile en público, regresaría junto a Linda Hempelmann.

—¡Mirá qué mona has quedado! —la animó Noni.

Había ayudado a la niña a ponerse el vestido rojo, le había soltado el cabello y se lo había cepillado, y también la había maquillado un poco, solo un poco, pues no iba con la cara pintarrajeada como las otras putas. Pero Kitten tampoco debía ejercer un efecto demasiado frívolo, a fin de cuentas, se subastaba a una virgen.

Algo de carmín en los labios y lápiz negro resaltando los grandes ojos color avellana. Ese día tenían un brillo casi artificial, reflejaban su lucha interior entre la rebelión y la resignación.

—¡Estás muy guapa! ¡Los hombres pagarán una fortuna por ti! ¡Piensa en el dinero! —prosiguió Noni—. Nos quedamos con el diez por ciento del dinero...

—¡Tendría que ser al revés! —replicó malhumorada Kitten—. Sois vosotras las que tendríais que llevaros la parte mayor. Sois vosotras las que hacéis el trabajo, no él...

—¡Nosotras, cielito! —Sonrió Noni—. También tú formas parte ahora del equipo. Yo, de todos modos, no le pediría más dinero a Barker. Todas lo hemos intentado alguna vez, bueno, excepto Suzanne, esa vive en su propio mundo... Pero recuerdo muy bien lo mucho que me dolía el trasero después...

Kitten se preguntó si Barker también había pegado a Priscilla. Probablemente no. La alta y fuerte mujer seguro que se había impuesto y se quedaba en secreto con un porcentaje más elevado de los ingresos que obtenía. A menos que se hubiese dejado deslumbrar por las promesas de amor de Barker...

—¡Y ahora ven, pequeña!

Noni la arrastró fuera del «camerino», separado de la taberna por unas cortinas sencillas. En el local reinaba la excitación. Pese a que los laterales estaban abiertos, imperaba un hedor infernal a aceite de ballena y sangre, no solo procedente de la playa, sino de la ropa, el pelo y posiblemente la piel de los hombres que estaban bebiendo. La mayoría tenía grandes jarras de cerveza ante sí. Tras el fatigoso trabajo de despiece, todos llegaban casi muertos de sed.

Kitten temía que esa mezcla de hedor a aceite y vapores de cerveza le provocara náuseas, además tenía el estómago vacío. En ese momento, Barker la arrastró, en medio de sonoros vítores de admiración por parte del público previamente advertido, hacia una mesa y una silla en medio de una parte que habían despejado.

—Súbete a la silla y luego a la mesa, pequeña —ordenó Barker con tono tan amenazador que Kitten no rechistó.

Subió al «escenario», pero mantuvo la cabeza gacha.

—¡Aquí la tenéis, amigos! La cría de Suzanne, más joven, más bonita y no tan chiflada como la madre. Tampoco cuesta ningún suplemento por el whisky, todavía es una niña... —Barker hizo un gesto burlón—. Pero a partir de mañana empezará a trabajar aquí como el resto de las mujeres. Después de que uno de vosotros la haya preparado. Amigos, no sé si antes os ha ocurrido algo así, ¡pero aquí tenemos a una auténtica virgen! Uno de vosotros será el primero que le meta mano... ¡y no solo mano!

Las carcajadas resonaron. Kitten trataba de pasar inadvertida, pero su timidez excitaba tanto a los hombres como las miradas furibundas que solía arrojarles cuando amenazaban con tocarla. Ya podía hacer ella lo que quisiera, que los hombres enloquecían de solo verla.

—Naturalmente, esta maravilla tiene su precio —prosiguió Barker, relamiéndose—. Pero habría tenido que esforzarme mucho para fijar un precio justo. Así que he tomado una decisión salomónica: ¡se la llevará el que más ofrezca! Mañana, poco antes de que cierre el pub, podréis ofertar por pasar la primera noche con la niña. ¡Y será toda una noche, chicos! Os lo garantizo,

¡una noche de bodas! ¡Quien gane la subasta, la tendrá solo para él hasta el amanecer!

Barker dio tiempo a los hombres para que intercambiaran impresiones ante esa perspectiva y pidieran a Priscilla y Noni más cerveza. Entretanto, indicó a Kitten que girara sobre sí misma y se levantara un poco el vestido. Ella obedeció con la menor coquetería de que era capaz y preguntándose qué excitaba tanto a aquellos hombres. Ya hacía tiempo que su viejo vestido le iba demasiado corto. Cada día, cuando recorría la colonia, enseñaba más piernas que en esos momentos sobre el improvisado escenario.

—Resumiendo, muchachos —volvió a hablar Barker—, ¡mañana será el gran día! Después del trabajo, os espero a todos aquí!

—¡Un momento!

Kitten se volvió asustada hacia la voz autoritaria que acababa de interrumpir a Barker desde la entrada del pub. No podía tratarse de un paladín que acudiera en su rescate, solo existían en las novelas de príncipes y princesas. Reconoció entonces al señor Hempleman. Este avanzó y se irguió ante sus empleados.

—Mañana el pub no abrirá sus puertas. Linda, mi querida esposa, Dios la tenga en su gloria, ha fallecido hace una hora. Mañana, después de trabajar, asumiré la triste tarea de darle sepultura y espero la asistencia de todos vosotros.

Mientras hablaba, deslizaba la mirada retadora sobre todos los reunidos en el local, incluida Kitten, que bajó la vista. Ojalá no la reconociera con el maquillaje y ese vestido que le hacía parecer mayor. Ojalá...

Pero, claro, era imposible.

—También la tuya... putilla insolente —espetó Hempleman con desprecio después de haber examinado su atuendo—. Mi esposa siempre se preocupó por ti. Y ahora, en su hora aciaga, te subes aquí para pavonearte ante tus clientes. ¡Qué asco! No... no te mereces nada... —Se pasó la mano por los ojos—. ¡Eso es todo!

—Y se dio media vuelta para marcharse—. Y, por cierto, ahora mismo se cierra el local. No quiero oír el jaleo de unos borrachos durante el velatorio.

Kitten se sentía fatal, aunque también experimentaba cierto alivio por el plazo de gracia que se abría ante ella. Bajó temblando de la mesa. Barker la dejó en paz, en esos momentos revoloteaba alrededor de Hempleman para expresarle sus condolencias y aparentar comprensión por el cierre del negocio.

La niña aprovechó la oportunidad para deslizarse al exterior. Pese a que había empezado a llover, se fue al bosque y se ovilló al amparo de las palmas de un joven nikau. La protegía de la lluvia, pero ella ni se daba cuenta. Las lágrimas ya mojaban sus mejillas.

4

El día siguiente siguieron destripando la ballena, despiezándola como decían los entendidos. Al animal no solo lo destripaban, sino que lo despojaban de las preciadas barbas, que se utilizaban luego en la confección de corsés y miriñaques, de la cavidad del cráneo se extraía la sustancia conocida como esperma de ballena y se buscaba en el intestino el ámbar gris, un ingrediente empleado para confeccionar perfume que valía su peso en oro. Los hombres estaban apesadumbrados, se sentían defraudados por no celebrar la fiesta nocturna y estaban preocupados por si Hempleman les pagaría o también postergaría la paga unos días.

Kitten volvió aterida y empapada con las mujeres después de pasar la noche en el bosque. Estaba hambrienta y cansada tras velar a la difunta en solitario y resistió resignada que Noni la riñera por haber ensuciado el «vestido de novia». Había que lavar el traje rojo y la rolliza prostituta se explayó comentando cuán aliviada estaba de que al menos no tuviese que ponérselo hasta el día siguiente.

Al atardecer llevaron a la tumba a Linda Hempelmann, no se habían demorado en confeccionar el ataúd. A Kitten le habría gustado decorarlo con las flores del rata, pero no osaba acercarse al flamante viudo, que apenas se apartaba de su malograda esposa. Para no arriesgarse a recibir más reproches, durante el funeral permaneció detrás de los hombres, y también las putas se mantuvieron alejadas. Suzanne canturreaba ensimismada, mientras el reverendo recitaba la oración por la difunta y Priscilla intentaba mantenerla más o menos callada. Al final, el sacerdote entonó un himno y los hombres que lo conocían cantaron desafinados con él. La mayoría emitía, como mucho, una especie de gruñido. Un par de irlandeses cantaron al final *Danny Boy*, que fue el que Kitten encontró más bonito de todos los cánticos y oraciones. A continuación se puso punto final a la ceremonia. Se bajó el ataúd a la fosa y los hombres que no estaban encargados de tapar el hoyo se retiraron.

Kitten se recogió con Priscilla y Noni delante del cobertizo de esta última. Por suerte, la lluvia había dado paso a una suave temperatura primaveral. Puesto que el pub estaba cerrado, los hombres se reunieron en torno a una hoguera en la playa e hicieron circular una botella de whisky. Aunque Barker no vendía botellas para llevar, Carpenter había pasado de nuevo después de su visita a las tribus maoríes de la zona. En los alrededores de la bahía de Piraki había un par de poblaciones más pequeñas y el comerciante solía utilizar la estación ballenera como base para sus negocios. Había presenciado el entierro y aprovechado la ocasión para vender un par de botellas de whisky a los cazadores, que ya habían cobrado, antes de marcharse a la mañana siguiente como había planeado. Se alegraba de que se le presentara la oportunidad de viajar al norte de la isla. El capitán Clayton lo conduciría con la goleta *Bee* al delta del Wairau. Allí, en Cloudy Bay, junto a la desembocadura del río, había otra estación ballenera cuyos productos había que cargar en el barco antes de que el capitán emprendiera el largo viaje a Europa. El oficial no había puesto reparos cuando Carpenter le pidió que lo transportase con el carro y el caballo hasta Cloudy Bay. El comerciante tenía la intención de buscar tribus maoríes más grandes y conocidas, más civilizadas que las de ahí.

—Que no me guste quedarme aquí de noche tiene sus motivos —confió al misionero, el reverendo Morton—. Ese Hone Tuhawaiki, el jefe tribal de los de aquí, vendió la tierra a Hempleman, pero eso no le impide atacar por sorpresa a los colonos.

Y la sangre puede correr si sus guerreros escapan de su control. Incluso se habla de canibalismo.

Kitten, que escuchaba la conversación sin querer, vio a la luz de la hoguera que el misionero se estremecía. Por el momento no había mostrado ninguna prisa por ir a ocuparse de los «salvajes» de los alrededores de la estación ballenera, pero ahora parecía sentir todavía menos ganas.

—Y... ¿son más pacíficos en el norte? —preguntó preocupado al comerciante.

—Bueno, no necesariamente —respondió Carpenter—. Pero allí hace más tiempo que viven colonos blancos, tienen más contacto con ellos y... en cierta medida han aprendido a hacer lo que conviene. Ahí no se comen unos a otros, sino que se negocia... al menos la mayoría de las veces. Yo al menos prefiero esa zona. Es más fácil negociar con la gente, desean todo lo que facilita la vida a los blancos: mantas, ollas, sartenes... y tienen dinero porque no dejan de vender tierras a los nuevos colonos.

El reverendo Morton respiró hondo.

—Tal vez... —reflexionó—. ¿Estarán más predispuestos a escuchar la palabra de Dios? —Miró esperanzado al comerciante.

Este se encogió de hombros.

—No lo sé, reverendo. Por el momento nadie me pide la Biblia. Si quiere, puedo llevarlo conmigo.

—¿Lo haría? —El reverendo se animó—. Mi misión caería allí en terreno... fértil, ¿verdad?

Carpenter puso los ojos en blanco.

—Solo sé que no sería conveniente para mi negocio aquí que Bloody Jack devorase a un misionero —bromeó. Bloody Jack era el apodo del jefe tribal Tuhawaiki—. Y prefiero evitar todo lo que abra el apetito a esos sujetos. Naturalmente, espero una pequeña compensación por los gastos del viaje... —Por supuesto, el capitán Clayton no se llevaba al comerciante sin más.

Morton se volvió.

—Dispongo de pocos medios, yo...

—Vaya, pues he oído decir que para putas sí dispone de lo suficiente —observó Carpenter—. Oiga, reverendo, no creo que mi alma pueda salvarse solo por llevar un cura a los salvajes. O paga usted su parte o se queda e intenta convertir a Tuhawaiki...

Morton cedió.

—¿Es necesario irnos mañana mismo? —preguntó abatido—. No creo que sea muy... piadoso, teniendo en cuenta que la señora Hempleman acaba de dejarnos. Había pensado prestar asistencia durante un par de días al viudo... El capitán seguro que lo entenderá...

Carpenter, un hombre bajo y regordete de ojos astutos, a quien no se le escapaba fácilmente nada, soltó una carcajada.

—¿Prestar asistencia al viudo? Ande, reverendo, a usted lo que de verdad le importa es la subasta de la rubita. ¡Desde que llegó se le ve suspirando por ella! Y no es que eso sea muy bueno para la reputación de la Iglesia... Debería contenerse. Pero lo dicho, a mí no me importa lo que usted haga. Y me temo que al capitán Clayton tampoco. Allá usted con el duelo del viejo Hempleman. El barco está cargado y levará anclas a la hora prevista. El tiempo es oro.

Kitten no pudo evitar sonreír cuando el reverendo resopló. Ser el primero en acostarse con ella no le importaba tanto como para correr el riesgo de que se lo comieran. Pero la conversación no había aliviado las cuitas de la niña. En las últimas horas había estado pensando en refugiarse entre los maoríes. Podría sisar semillas y aceite de ballena del carro de Carpenter y comprar su libertad. Solo que... si esos aborígenes eran tan peligrosos...

Sin embargo, otra idea cruzó por su mente. ¿Y si huyera en el *Bee*? Hasta entonces, Kitten había creído que el capitán navegaría directo hacia Europa, como solía hacer normalmente. Ya antes había pensado en esconderse en el barco y escapar de Barker por mar. Sin embargo, siempre había sentido temor ante una travesía tan larga y un país tan distinto; además, no podría ocultarse durante tres meses entre los barriles de aceite. Se moriría de hambre y sed. Pero Cloudy Bay no podía estar tan lejos, o si no al capitán Clayton no le saldría a cuenta dar ese rodeo. Podía esconderse en el carro de Carpenter. El hombre solía proteger sus mercancías del sol y la lluvia con una lona, ¡un escondite ideal para Kitten! Y, sin duda, encontraría entre las mercancías algo que llevarse a la boca, aunque solo fuera harina o galletas náuticas. Era un buen plan.

Lo único que no le agradaba era el destino. Cloudy Bay no dejaba de ser otra estación ballenera. Quizás iría de mal en peor. Pero ¿no había hablado Carpenter de colonos blancos que trataban con los maoríes de allí? ¡A lo mejor la estación se encontraba cerca de una población más grande o incluso de una ciudad! Si ese era el caso, solo en una localidad de ese tipo podría haber trabajo decente para una chica joven en una casa o una tienda. El corazón de Kitten latía con fuerza. Claro que también existía la posibilidad de acabar en algún burdel de Cloudy Bay...

Al final, se decidió. De acuerdo, podía fracasar, pero la huida seguía siendo su única oportunidad. Quedándose ahí, habría sellado su destino. Kitten resolvió no pensárselo más. Miró a Noni, que contemplaba la hoguera con ojos soñadores. Posiblemente fantaseaba con su amigo y futuro prometido. Priscilla ya llevaba rato con Barker, consolándolo por la pérdida de los ingresos del día, y Suzanne, sentada junto a otra hoguera, miraba al vacío y tomaba de vez en cuando un trago de una botella de whisky que le tendía uno de los hombres. No pasaría la noche sola y, sin lugar a dudas, no se preocuparía en absoluto por dónde se encontraba su hija.

Kitten se levantó discretamente. Noni no dijo nada, solo el reverendo la miró con aire desdichado cuando se alejó de allí para ir en busca del carro de Carpenter.

La muchacha encontró el vehículo del comerciante algo apartado de la estación ballenera. Seguro que Carpenter no quería que el hedor del aceite de ballena impregnara sus mercancías, pues también vendía mantas y ropa. Exceptuando la luz de la luna, que esa noche volvía a asomar contrariamente a la lluviosa noche anterior, y una miríada de estrellas titilantes, reinaba una oscuridad absoluta y el silencio envolvía el lugar. Kitten subió ágilmente a la plataforma de carga y se escurrió bajo la lona. Hasta se sentía cómoda ahí, pese a que olía a algo extraño... Kitten encontró a tientas un pequeño barril de chucrut. ¡Así que de ahí salía el olor! El repollo cortado en tiras, machacado y fermentado era muy apreciado entre los navegantes y había sido el manjar predilecto de Linda Hempelmann. Debía de tratarse de un plato nacional alemán, Carpenter siempre se lo llevaba a la mujer. Ese día no había querido ofrecérselo al señor Hempleman.

George Hempleman se esforzaba por olvidar sus raíces alemanas cuanto le era posible. Probablemente tampoco habría sabido cómo preparar el chucrut. La misma Kitten comía de buen grado la col blanca en salmuera tanto hervida, como la servía Frau Hempelmann, como también cruda. De todos modos, siempre estaba hambrienta y lo comía casi todo. Con lo único que no podía era con la carne de ballena; después de la cacería siempre se encontraban en la marmita de los hombres trozos de grasa que eran considerados una exquisitez. Desde otro punto de vista, el chucrut constituía un golpe de suerte. No solo aplacaría el hambre de Kitten durante el viaje al norte, sino también su sed, aunque el agua con vinagre en que nadaba la planta no fuera su bebida favorita.

Satisfecha, se puso cómoda entre las numerosas mantas del carro. Si a Carpenter no se le ocurría vender algunas de esas cosas a los cazadores de ballenas antes de llevar el carro al barco, no tenía por qué suceder nada.

Para sorpresa de Kitten, incluso pudo conciliar el sueño en su escondite. Harta y agotada de la larga noche anterior, se quedó dormida y despertó cuando el carro se puso en marcha. Así pues, Carpenter no había levantado las lonas y un rápido vistazo hacia el exterior le reveló que ya no lo haría. Estaba amaneciendo y en la playa todavía reinaba la tranquilidad. Aun así, el comerciante se detuvo brevemente y saludó al reverendo. En general, este no era madrugador, pero era evidente que el miedo de acabar en el plato de un jefe maorí lo había arrancado pronto de los brazos de Noni. Morton tomó asiento en el pescante y Carpenter se dispuso a embarcar el carro.

Todo transcurría sin contratiempos, todavía estaban montadas las rampas del cargamento del día anterior. Kitten contuvo la respiración cuando pasaron por las tablas oscilantes y también cuando Carpenter y el reverendo bajaron y los hombres del capitán Clayton amarraron el carro a la cubierta. El comerciante se llevó los caballos, que se instalaban en una cubierta inferior, y la muchacha se quedó sola. Temía que Carpenter viniera a coger un par de mantas u otra cosa, posiblemente para vendérselas a Morton, quien quizá no iba preparado para pernoctar durante la travesía. Pero sus temores no se vieron confirmados. Y entonces empezaron a oírse las voces del capitán y sus hombres. Impartieron órdenes, izaron las velas y recogieron las rampas.

Kitten se relajó cuando sintió que el barco se mecía. El *Bee* zarpaba y ella navegaba, ¡había escapado de las garras de Barker! Incluso si la descubrían en ese momento, el capitán Clayton no daría la vuelta para devolverla al dueño del pub. Kitten estuvo a punto de rezar una oración de gracias tal como le había enseñado la amable Linda. Pero al final renunció. ¡Más valía no llamar la atención del Dios del reverendo Morton!

La travesía a Cloudy Bay duró dos días y discurrió con calma para todos. Salvo por las voces de los marineros en cubierta y el sonido del viento en las velas, la niña no vio ni oyó nada durante el viaje. Nadie se acercó al carro y ella incluso se atrevió a deslizarse fuera para hacer sus necesidades. Y por la noche no corría peligro alguno. El carro iba en la proa, amarrado entre cajas con barbas de ballena y otros artículos, y la mayor parte de la tripulación dormía bajo cubierta. Con el viento suave y el mar tranquilo, bastaba con unos pocos hombres para gobernar el barco.

Kitten apenas si lograba dar crédito a la suerte que estaba teniendo. Pero esta se acabó cuando llegaron a Cloudy Bay. Por ejemplo, la esperanza de que la estación ballenera tal vez formase parte de una población se esfumó. Por debajo de la lona, observaba la playa, pero ahí no había nada más que huesos de ballena, botes y las tradicionales y primitivas cabañas de los cazadores de ballenas. La estación era, en realidad, más pequeña que la de George Hempleman. Y parecía más vieja. Kitten no se hacía ilusiones, también ahí habría un sencillo pub con un par de putas. El dueño y proxeneta estaría tan encantado como Barker de recibir carne fresca. Más le valía, pues, que no la descubrieran, si es que eso era posible.

Pero detrás de la estación el paisaje era maravilloso. Justo al lado de la playa era más plano que en la bahía de Piraki, pero en el fondo se alzaban montañas nevadas y por encima de la playa, unas colinas verdes. También se distinguía la desembocadura del río. El Wairau, a cuya vera se hallaba la estación, debía de ser impetuoso. ¿Recorrería también la población que había mencionado Carpenter? Si lo seguía, ¿llegaría a alguna ciudad? Kitten sopesaba la idea de intentarlo, pero tenía mucho miedo de internarse sola en la naturaleza. Además, Carpenter no le dio ni siquiera la posibilidad de salir de su escondite después de atracar. Aunque el reverendo protestó —le habría gustado detenerse un poco en la estación y posiblemente «relajarse», como él decía—, el comerciante enseguida azuzó a los caballos para alejarse de la playa y seguir el cauce del río.

—Una vez tuve problemas aquí —comentó someramente, cuando Morton le preguntó—. El dueño de la estación es un maleante. Le suministré todo un carro de víveres y me dijo que era demasiado caro. ¿Y qué iba a hacer yo? Cuando insistí en el precio, me vi rodeado por una chusma de armas tomar, todos más altos que yo. Al final ni siquiera me pagó el precio del coste y tuve que darme por satisfecho con salir de ahí con vida. Así que nos marchamos ahora mismo, puesto que todavía está por aquí el capitán Clayton. De lo contrario, esos tipos son capaces de vaciarme otra vez el carro. Pero, por supuesto, puede usted quedarse, reverendo. Aunque se lo advierto: si esos brutos quieren llevarse al estómago otra cosa que no sea pescado, y seguro que tienen ganas, no dude de que se cocinarán a un misionero... —Rio y Kitten se imaginó la cara que ponía el reverendo al escuchar esas palabras.

Ella ya no tenía oportunidad de bajar. Solo le cabía esperar que Carpenter condujera el carro hacia una colonia de blancos. Sin embargo, esa esperanza pronto se desvaneció cuando Morton le preguntó por su destino.

—¿Llegaremos hoy a alguna ciudad? —quiso saber—. Me refiero a que usted... mencionó la presencia de colonos blancos...

Carpenter resopló.

—Dije algo de la región alrededor de la bahía de Tasmania, reverendo. Si hubiese echado un vistazo a un mapa, sabría que los únicos lugares poblados por blancos se encuentran al otro extremo del estrecho de Cook. Casi en la costa Oeste. Para llegar tendríamos que cruzar la isla. En un día no lo conseguiremos. ¿Y qué íbamos a hacer ahí? Mis clientes (y sus futuras ovejitas) viven en el interior. Te Rauparaha, el famoso jefe tribal, vive con su tribu junto al río Wairau. Y hacia ahí nos encaminamos. No sé si llegaremos hoy; pero mañana, seguro. Ya puede pensarse un par de oraciones. O aprender alguna palabra en maorí. *Kia ora* significa «buenos días». Y «bienvenido» se dice *haere mai*. Ah, sí, y creo que «me muero» es *ka mate*. Hay un conocido *haka*, una danza ritual de los nativos. Puede cantar hasta que hierva el agua...

El misionero protestó porque el comerciante se burlaba continuamente de su temor a los salvajes, pero Kitten ya no prestó más atención. Ella misma se sentía presa del miedo. ¡Carpenter iba directo hacia una tribu maorí! Y la descubrirían, a más tardar, cuando empezara a vender sus mercancías. Decidió saltar del carro, ahora que todavía estaban cerca de la estación ballenera, para llegar luego de algún modo al otro extremo de la bahía. El vehículo traqueteaba ruidosamente sobre el camino de tierra, así que, con algo de suerte, los hombres sentados en el pescante no se percatarían de nada cuando ella saltase. No sería difícil orientarse, un vistazo por debajo de la lona le reveló que todavía avanzaban junto al río. Las orillas estaban densamente pobladas de vegetación, mucho más abundante que en la bahía de Piraki. Unos helechos arbóreos enormes sumergían sus ramas en el agua; los árboles del hierro rodeados de raíces aéreas se alzaban al cielo; y Kitten creyó reconocer incluso un árbol del kauri, por lo visto la madera más preciada de Nueva Zelanda. De ella estaban hechos los muebles de los Hempleman.

El río se ensanchaba y crecía ahí, seguro que también era navegable, lo que explicaba el mal estado de las carreteras. Era posible que se circulara en botes para llegar hasta los maoríes desde la costa. Kitten se preparó para saltar, pero, justo cuando iba a hacerlo, el camino mejoró y Carpenter puso los caballos al galope. Tenía prisa por llegar al poblado maorí y, por lo visto no tenía en mente pernoctar antes.

Kitten abandonó su idea. Saltar al galope era demasiado arriesgado, podía hacerse daño. Y en el fondo tampoco quería ir a la estación ballenera. Suspiró y se resignó a que la condujeran hasta el campamento maorí y que la descubrieran allí. No era lo peor que podía ocurrirle. Carpenter sin duda se enfadaría, pero seguro que podía convencerlo de que se la llevara cuando concluyera sus negocios. Seguro que se iría a la siguiente población grande para reponer sus reservas. Probablemente querría una compensación por el transporte, y, si no había otro remedio, ella tendría que someterse a su voluntad. Pero en la colonia seguro que encontraría otra oportunidad para huir...

Kitten se resignó a su destino y se quedó contemplando los reflejos plateados de la corriente al sol. El lecho del río era pedregoso y poco profundo en las orillas, había bancos de arena y con frecuencia el Wairau parecía indeciso acerca de por dónde discurrir. Consecuencia de ello eran las múltiples ramificaciones.

—Aguas rebosantes de peces —señaló Carpenter a su pasajero, que cuanto más se adentraban en tierras salvajes más callado iba—. Los maoríes pescan en nasas cuando no tienen ningún misionero en el asador... —Kitten creyó percibir la ironía en la voz—. Por lo demás, cuecen raíces y otras partes de los helechos y cultivan boniatos. También cereales desde que están aquí los blancos, antes no los conocían. Las semillas se venden bien. Ah, sí, ¿he dicho ya que el jefe Te Rauparaha debe su nombre a una planta comestible? Uno de sus antepasados, que se hizo con el poder tras vencer al padre de Te Rauparaha y comérselo, amenazó con devorar también al hijo... con una guarnición de raíces de *rauparaha*. Con pescado son también muy ricas...

Era evidente que Carpenter se divertía y Kitten esperaba que conservase su buen humor cuando la descubriera. El bosque de helechos clareaba un poco y al final la niña creyó distinguir cultivos: campos donde crecía alguna hierba comestible y maíz. Kitten bajó la lona. Mejor perderse el paisaje que ser descubierta antes de hora.

En efecto, los caminos eran más regulares y pronto oyó gritos y voces que se aproximaban. Voces masculinas y femeninas, y su acento era alegre y afable. Al parecer, Carpenter era conocido por la zona.

Al final, el carro se detuvo e intercambiaron saludos. El comerciante chapurreaba en maorí y Kitten entendió el *kia ora* que había mencionado antes. Al menos uno de los indígenas contestó al saludo también en inglés.

—Buenos días, Ca-pin-ta —dijo una voz oscura y amable—. Haber esperado a ti muchas lunas. ¡Nosotros contentos!

Carpenter rio.

—¡Yo también me alegro, Te Puaha! —respondió—. Sobre todo de comer un buen plato, hace días que no me llevo algo fresco al estómago.

Kitten se imaginó el sugerente gesto que lanzó al reverendo al pronunciar estas palabras. Fuera donde fuese que estuvieran, la gente estaba preparando la comida. En el aire flotaba un prometedor aroma a pescado asado.

—¿Y tú traer alguien? ¿Quién? —El joven Te Puaha preguntaba por el misionero, que pareció recuperarse.

—Soy el reverendo Morton —dijo con su voz aguda—, y os traigo el saludo de Dios y su bendición.

Kitten se estremeció cuando se alzaron unos gritos de alarma y unos sonidos martilleantes. Echó un breve vistazo por debajo de la lona y descubrió horrorizada que varios jóvenes golpeaban amenazadoramente el suelo con sus lanzas y se acercaban al misionero, que había levantado los brazos para dar la bendición.

—¡Baje las manos, idiota! —gruñó Carpenter—. Tranquilo, Te Puaha, solo quiere dar los buenos días. Es un gesto de *kia ora*, muchachos, ¿entendido?

Aterrado, Morton bajó los brazos y Te Puaha volvió a sonreír. Era un joven robusto, como casi todos los maoríes, que daban la impresión de ser pesados y achaparrados. Tenía tatuada la piel oscura, especialmente en el rostro, con zarcillos azules y dibujos semejantes a hojas. Comprensiblemente, el misionero había palidecido cuando parecía que se iban a abalanzar sobre él.

—Creer que maza de guerra —explicó Te Puaha apaciguador—. O cosa de fuego. Mos-que-to se llama, ¿verdad? ¿Haber traído alguno, Ca-pin-ta? ¡Tú prometer!

Kitten volvió a bajar la lona y no llegó a ver si el comerciante asentía.

—Más tarde hablaremos de la mercancía —anunció al joven maorí—. Pero di primero *haere mai* al reverendo Morton. Si no, tendrá miedo. No os hará nada. No es de los que predican amenazando con el fuego y saqueando, para eso es demasiado miedoso.

El misionero dijo algo que quedó sofocado por los amistosos saludos de los maoríes.

—¡Amigo de Ca-pin-ta también amigo de los ngati toa! —dijo Te Puaha, dándole la bienvenida—. Ahora saludamos. Chicas bailan *haka*, mujeres preparan comida, tú traes whisky, ¿sí?

Kitten se afligió. Hasta ahí había llegado. Las botellas se encontraban junto al barril de col. Para sacarlas, Carpenter tenía que levantar la lona. Y de hecho, eso hizo en ese momento Te Puaha. Mientras fuera se oían risas y canciones, el robusto maorí levantó complacido la lona y se quedó mirando a la joven ovillada entre las mantas y los sacos de grano.

—¡Eh, Ca-pin-ta! ¿Qué traído? ¿Querer vender niña a nosotros?

Kitten habría querido cerrar los párpados y hacerse invisible, pero en cambio levantó sus hermosos ojos color avellana hacia el joven maorí y luego hacia Carpenter, que apareció al momento.

—¡No me lo puedo creer! —exclamó atónito—. ¿Cómo has llegado hasta aquí? Tú... tú eres de la bahía de Piraki, ¿no es cierto? ¡La chica que iban a subastar!

—¿Subastar chica? —preguntó sorprendido Te Puaha.

A su alrededor se habían agrupado más maoríes, entre ellos también mujeres y niños. Pedían que alguien les tradujera. Te Puaha dio unas pocas y rápidas explicaciones a una mujer delgada y de tez oscura, con el cabello negro y largo y unos rasgos suaves que, pese a sus tatuajes, no producía una impresión amenazadora.

Kitten asintió.

—No se enfade —suplicó al comerciante—. Quería marcharme de Piraki y me escondí en su carro antes de que lo subieran al barco. He comido un poco de chucrut... lo... lo siento de verdad. Pero si me lleva con usted a ese poblado, entonces me buscaré un trabajo decente y le devolveré el dinero y...

—¡Baja de ahí! —ordenó Carpenter—. Me liarás a la clientela.

Kitten obedeció temblorosa. Al hacerlo se atrevió a mirar alrededor y se sorprendió al ver que se encontraba en un pueblo de verdad. En torno a la plaza en que estaban, había bonitas casas de madera con fachadas de colores que, como las galerías similares a porches, estaban decoradas con hermosas tallas de madera. Las construcciones eran de distintos tamaños y al parecer servían para propósitos diferentes. Delante de una se preparaban alimentos, se diría que era una especie de cocina. Delante de otra había figuras de tamaño natural, también talladas en madera y pintadas de colores. Kitten se había imaginado un precario campamento con unos pocos salvajes.

Contempló entonces a los individuos, fuertes, de tez oscura y ojos redondos. Tanto hombres como mujeres llevaban un cinturón ancho y adornado, y faldas guarnecidas con cintas que, al caminar, emitían un susurro similar al gorjeo de un pájaro. Los hombres no llevaban camisa, sino capas de plumas, las mujeres iban cubiertas con prendas tejidas. Se apartaban el pelo del rostro con unas cintas anchas en la cabeza, los hombres se recogían el cabello con una especie de moño. Si bien tenían un aspecto extraño, no los encontró amenazadores. En cambio, cuando su mirada se posó en el reverendo Morton, que se la devolvió con lascivia, este sí le pareció inquietante. Seguro que él sí podía convertirse en alguien más peligroso para ella que esos indígenas.

—¡Tú! —Morton avanzó hacia ella y volvió a levantar las manos como para rezar o dar las gracias a su Dios—. Los caminos del Señor son insondables. Tú... y yo...

Kitten se volvió hacia Carpenter.

—No quería que me vendieran —dijo—. No quiero convertirme en una puta. Por favor... por favor, lléveme con usted a la colonia en el estrecho de Cook. Encontraré algún trabajo... como criada o lo que sea...

Carpenter sonrió, casi parecía sentir compasión hacia ella.

—Pequeña, no sé qué te imaginas, pero ese pueblucho no es una gran ciudad. Hay unos pocos granjeros que se han traído a sus esposas y tienen un montón de críos. No necesitan personal doméstico. También andan por ahí unos misioneros y un par de agrimensores. Para todos ellos hay un colmado y un par de pubs, donde encontrarías trabajo, sí, pero no decente.

Kitten bajó abatida la cabeza. Otra vez nada, otra vez un sueño roto... y de nuevo la voz aflautada del reverendo.

—Cada uno debe aceptar su destino y ocupar el puesto que Dios le ha otorgado.

Kitten se lo quedó mirando. Cuando el misionero se santiguó, los hombres volvieron a palpar sus lanzas vigilantes. La mujer de rasgos suaves —la niña tomó nota en ese momento de su porte distinguido y del hecho de que sobre sus hombros llevaba una capa igual de suave y plumosa que la de algunos hombres— instó de nuevo a Te Puaha para que tradujera. Pero la forma de expresarse del reverendo superaba los conocimientos del maorí.

—¡Haga el favor de moderarse! —le reprochó Carpenter—. ¡Vender a la niña como si fuera un animal no puede ser voluntad divina! ¿Acaso no predican que las mujeres casquivanas están condenadas? ¿Y que sus clientes no lo están menos? —Volvió a sonreír burlón.

—¡Por eso mismo! —aclaró excitado el misionero—. Es lo que intento explicar a la muchacha. No está condenada. Dios, en su infinita piedad, ha preservado su virginidad y la ha enviado aquí. ¡Me la ha enviado a mí! Seguiré su llamada y tomaré por esposa a esta niña. Fundaremos un matrimonio bondadoso y cristiano...

Kitten se encogió, el mundo se desvanecía ante sus ojos y el aroma de la comida le producía náuseas. Todo en ella se rebelaba ante la idea de casarse con el reverendo Morton. Aunque fuera, con toda certeza, la única posibilidad de convertirse en una mujer decente. Entre los maoríes, que en su propio poblado se habían transformado en espectadores de ese drama incomprensible para ellos, comenzó a extenderse la inquietud. Te Puaha tradujo a la mujer alta y delgada.

—¿Un matrimonio bondadoso? —exclamó indignado Carpenter. Era más bajo que el reverendo, pero la cólera le hacía crecer—. ¡Es usted tres veces más viejo que la niña, so cabrón! ¡Míresela! Vergüenza debería darle solo de pensar en llevarse a la cama a esta criatura.

El misionero se encogió de hombros.

—Más vale una esposa joven que una pecadora joven —observó, aproximándose a Kitten—. ¿Qué opinas, bonita mía?, ¿quieres convertirte en mi buena esposa con la ayuda de Dios?

Kitten dio un paso atrás.

—¡No! No; yo...

Buscó una huida mientras Morton la acechaba como el gato al ratón. Si seguía caminando hacia atrás acabaría chocando con una de las casas... Horrorizada, echó a correr y casi tropezó con la maorí de la capa. Kitten murmuró una disculpa y ya iba a seguir corriendo cuando las grandes y cálidas manos de la mujer se posaron en sus hombros. Y, obedeciendo a una señal que ella les dirigió, tres fornidos guerreros se colocaron entre Kitten y el reverendo.

Te Puaha se volvió inquisitivo hacia Carpenter.

—¿Este amigo de Ca-pin-ta? —preguntó.

Carpenter resopló.

—No mucho —respondió—. Pero no le hagáis nada, él...

—Hija del jefe dice él marchar —indicó el guerrero—. Y ella se queda con niña. Si tú quieres, ella da dinero para dejar libre.

Kitten no se lo podía creer. Alzó la vista agradecida a su salvadora, mientras Carpenter empezaba a negociar. Seguro que le habría gustado librarse del misionero, pero no podía limitarse a abandonarlo en aquel lugar. Naturalmente, dejaría a la niña en manos de la hija del jefe sin cobrar nada, o, como mucho, una pequeña suma, pero Morton tenía que alojarse en algún sitio hasta la mañana siguiente.

Kitten dejó de prestar atención a los hombres cuando la mujer le dirigió la palabra.

—¿Tú *ingoa*? —preguntó.

La niña la miró intimidada. La palabra no era de las que Carpenter había enseñado al reverendo.

—Yo Te Ronga. —La mujer se señaló paciente y luego señaló a Kitten—. ¿Tú?

—¿Cómo tu nombre? —acudió Te Puaha en su ayuda.

Kitten inspiró hondo. Ya había entendido el gesto de la mujer, pero estaba harta de que la llamaran gatita, y, pasara lo que pasara, su infancia ya quedaba atrás, así que necesitaba un nombre de mujer adulta. Por desgracia, no se le ocurría ninguno.

—Cat —dijo al final. Era lógico que la gatita, Kitten, se convirtiera en una gata, Cat.

Te Puaha rio.

—*Poti!* —tradujo, y señaló un gato gordo y tricolor que se

estaba lavando delante de una casa—. Eso *cat*, ¿verdad? Nosotros decir *poti*.

La muchacha asintió.

—¡Poti! —repitió. Sonrió y se señaló a sí misma.

Los maoríes rieron y aplaudieron.

—*Haere mai, Poti!* —Te Ronga se inclinó teatralmente para indicar que se trataba de un saludo de bienvenida—. *Haere mai* en la tribu de los ngati toa.

Cat la miró sin dar crédito. ¿De verdad le estaba ofreciendo que se quedara ahí? ¿Como miembro de su familia? Vaciló. Pero entonces vio el rostro sonriente de Te Ronga y el de las demás mujeres de la tribu. Y de repente se acordó de Linda Hempelmann. Esas mujeres podían ser extrañas, y sus ropas y su lengua eran totalmente distintas a las de la noble alemana, pero no eran menos amables que ella y sin duda eran decentes.

Cat inspiró hondo.

—¡*Kia ora*, Te Ronga! —contestó.

EL *SANKT PAULI*

Raben Steinfeld - Hamburgo
Bahía, Nelson - Nueva Zelanda (Isla Sur)

1842-1843

1

Hacía muchos años que el invierno no empezaba tan pronto. Con la nieve y el hielo, los habitantes de Raben Steinfeld tenían más problemas para trabajar. Y noviembre acababa de empezar. El frío y la humedad habían calado la delgada y gastada chaqueta de Karl, cuyos pantalones y zapatos estaban empapados de agua helada. Karl tosía y maldecía ese tiempo deprimente. También porque se había puesto a nevar justo después de haber terminado de despejar con la pala el acceso a la casa de la viuda Kruse. Seguro que la mujer estaría enfadada, a fin de cuentas al día siguiente volvería a tener miedo de resbalar. Y, en efecto, la mujer adujo ese pretexto para reducir a la mitad la paga de Karl, como si el joven tuviera la culpa de que hiciera ese tiempo de perros. Y el campesino Friesmann, a quien había ayudado a reconstruir un pajar que se había hundido bajo el peso de la nieve, le había pagado en especie, pero no con un trozo de tocino o unas salchichas, sino con un saco de harina y un par de patatas.

—Da gracias a Dios por lo que recibes, tu madre hará con eso una buena sopa para toda la familia —había dicho el campesino cuando Karl le había pedido con cautela que le pagara en metálico.

Así pues, el chico se había marchado. Si Friesmann se enteraba de que ya no tenía familia —su madre había muerto a finales del verano y su padre y su hermano menor, mucho antes—, seguro que no accedería a aumentarle la paga. Al contrario, la mermaría, pues uno solo no necesitaba tanto.

Karl suspiró. Tras ese día tan duro estaba muerto de cansancio y aterido, y al pensar que tenía que prepararse él mismo una sopa, después de haber partido leña y haber calentado el horno de su cabaña, le bajaban escalofríos por la espalda. Pero entonces se reprendió. No debía ser petulante: a pesar de todo, algo había ganado ese día, algo que no estaba garantizado en invierno. Gracias al penique que la viuda le había pagado después de dos horas de trabajo y a lo que le había dado el granjero, sobreviviría dos días más sin pasar demasiada hambre. No obstante, era una vida miserable, una vida a causa de la cual habían muerto sus padres y hermanos y que también consumía sus energías.

Claro que todavía era joven y fuerte. Si bien a veces tosía, hacía tiempo que no escupía sangre y también podía realizar las labores más duras sin que le faltara el aliento. Pero a la larga... Karl no se hacía ilusiones. La esperanza de vida de un jornalero en Mecklemburgo no solía ser mucha. Así que tampoco pensaba en casarse y fundar una familia, aunque habría podido alquilar la cabaña de sus padres por ser su hijo. Habría sido una responsabilidad demasiado grande para él. Karl aguantaba pasar hambre y frío, pero no habría podido ver en ese estado a su esposa. Y menos aún a Ida...

La nevada arreciaba y casi le impedía distinguir el camino y el pueblo. Confundió con una sombra a la mujer que en ese momento, envuelta en una capa de lana, luchaba por salir del acceso de la granja cercana. Se diría que el viento se la iba a llevar. Además, cargaba con un saco que, a todas luces, era pesado.

Karl dudó si debía ayudarla, aunque ya tenía ganas de ponerse al abrigo en su propia casa. Entonces reconoció a Ida y se estremeció. Precisamente estaba pensando en ella cuando había aparecido. Extraña coincidencia, aunque, por otra parte, tampoco tan significativa. A fin de cuentas, pensaba continuamente en ella. No quería. Pero daba igual lo que hiciera o lo que intentara hacer para apartarla de sus pensamientos: su bonito rostro con forma de corazón siempre estaba presente en su interior.

—¡Hola, Ida! —la saludó para advertirla de su presencia. Ella había bajado la cabeza para avanzar contra la ventisca y la repentina aparición del joven podría asustarla.

Ida levantó la vista. Los gruesos copos de nieve transformaban sus cejas y el nacimiento de sus cabellos oscuros en plumosos cabellos de ángel. Sonrió levemente cuando lo reconoció.

—¡Hola, Karl! —respondió, al tiempo que cambiaba el saco del hombro izquierdo al derecho—. Qué tiempo tan horrible, ¿verdad?

Él asintió.

—¿Qué haces aquí fuera? —preguntó al tiempo que la liberaba del saco—. Deja que te lo lleve, seguimos el mismo camino.

Ida dejó complacida la carga y a Karl se le hizo la boca agua cuando percibió el olor que desprendía el saco de yute. Carne y pan fresco...

—El campesino Vieth ha hecho la matanza. Y mi padre ha convocado una asamblea hoy al anochecer. Tenía que ir a buscar un par de salchichas para servir a los hombres. Ya debería estar de vuelta, pero la señora Vieth... hablaba, hablaba y hablaba y no me dejaba marchar. Y ahora ya casi ha oscurecido y nieva. Al menos me ha regalado un pan porque ya no tengo tiempo de hacerlo yo misma...

Karl suspiró. El obsequio que recibía la hija del arrendatario por charlar con la campesina era mejor que lo que se pagaba a un jornalero por trabajar tres horas. Los campesinos ni siquiera habían dado una hogaza de pan a su madre sin que ella trabajara antes para ganársela.

Decidió pensar en otra cosa. En cualquier caso, era su día de suerte. No solo había tenido trabajo, sino que el cielo le había concedido el regalo de recorrer el camino con Ida y hablar con ella. No habían podido hacerlo desde que él había dejado la escuela y ella había hecho otro tanto apenas un año más tarde. Se encontraban en raras ocasiones, y menos desde que la madre de Ida había fallecido al dar a luz a su hermano menor. De un día para otro, todo el trabajo de la casa de los Lange y el cuidado del enfermizo bebé había recaído sobre los hombros de Ida. Pese a los intensos cuidados que la adolescente de trece años dedicó a la criatura, su hermanita se había reunido en el cielo con su madre medio año más tarde.

Dios da y Dios quita, había dicho resignado Jakob Lange. Pero Ida estaba desconsolada.

—¿Tu padre los reúne para rezar? —preguntó Karl y se acercó a Ida, que tiritaba, de modo que su cuerpo la protegiera un poco del viento. Lo habría dado todo por tener una gruesa chaqueta que poder quitarse para cubrir a su amiga. La capa de ella no parecía abrigarla lo suficiente—. ¿Con este tiempo? ¿Y en martes? ¿Está alguien enfermo?

No le sorprendía que a él mismo no lo hubiesen invitado. Y eso que su padre había sido un pilar de la comunidad de antiguos luteranos. El pastor había tenido gran aprecio por la hermosa voz de Friedrich Jensch, un profundo creyente, que daba vida a través del canto a las composiciones de Martín Lutero en todos los oficios divinos. Pero a Jensch eso no le había servido de gran cosa, los miembros más importantes de la comunidad pronto se habían olvidado de él cuando yacía moribundo en su casa. Era algo que a Karl todavía le pesaba y causa de que siempre se le escapasen críticas hacia el pastor y los campesinos y arrendatarios. Desde entonces lo calificaban de pendenciero y levantisco. En la iglesia lo toleraban, pero no lo consideraban uno de los suyos.

Vio que Ida negaba con la cabeza.

—No, no se reúnen para rezar —contestó, sacudiéndose la nieve que cubría el paño que se había puesto sobre la cabeza—. Se trata de... Mi padre ha estado recientemente en Schwerin. —Solía suceder con frecuencia, pues Jakob Lange era un herrero notable y un reputado experto en caballos. Hasta el Junker lo reconocía como tal y le pedía que lo acompañase cuando tenía que comprar un ejemplar. Esta vez el asunto trataba de un tiro para un trineo. Karl había contemplado desde lejos los elegantes animales—. Vio un anuncio... y luego se reunió con un hombre, un ilustre con un nombre extraño. Bueno, el apellido es Beit, es fácil. Pero el nombre de pila, algo así como Joon Nicholas.

Karl reflexionó.

—Es la primera vez que lo oigo. ¿Quién será?

—Pertenece a un... No sé si a una casa comercial o algo así. Es una compañía de Nueva Zelanda, la New Zealand Company. Y una compañía naviera de Hamburgo también tiene algo que ver con ella... —Ida hablaba con voz entrecortada pero vehemente. Algo en ese asunto parecía preocuparla.

—Hace tiempo leímos alguna cosa sobre Nueva Zelanda —recordó Karl, contento de aportar algo a la conversación—. En el libro del capitán Cook, ¿te acuerdas?

Le dirigió una sonrisa cómplice. Ida se la devolvió algo forzada. Seguro que la habían reñido cuando el libro había desaparecido. Tal vez eso también tuviera algo que ver con los planes de su padre.

—¡Quiere emigrar! —se le escapó a la muchacha—. Bueno, mi padre. Ese Beit busca colonos para Nueva Zelanda. Por lo visto ahí hay mucha tierra y cualquiera puede comprarla. No como aquí...

En Mecklemburgo, pese a que se había abolido la servidumbre hacía veinte años, los campesinos y trabajadores manuales solo podían adquirir tierras a través de un contrato enfitéutico. Si bien se daba por válido, precisamente los hombres pertenecientes a congregaciones del antiguo luteranismo recelaban de esa regulación. Aunque el duque de Mecklemburgo no los había perseguido a causa de su religión, sí lo había hecho el último rey, Federico Guillermo III de Prusia. El hijo de este había decretado la prohibición de celebrar misa según la antigua Iglesia luterana, pero Jakob Lange y los otros no creían que se tratase de una paz duradera. Los nobles terratenientes podrían utilizar siempre como pretexto que se aferraban a la doctrina luterana pura para desterrarlos de sus tierras.

—Y ahora mi padre quiere que los otros arrendatarios se unan a la iniciativa —siguió contando Ida—. El señor Beit opina que podríamos marcharnos con toda la congregación, no sería caro. Trescientas libras esterlinas por el pasaje y más de ochenta *mor-*

gen de tierra. No sé cuánto es en táleros, pero mi padre dice que nos lo podríamos permitir todos.

Karl volvió a suspirar. Los arrendatarios se lo podían permitir, puede que también algunos campesinos, pero para él sería inconcebible aunque se tratara solo de trescientos peniques. Sin embargo, el corazón se le aceleró al pensar en un nuevo país. Abandonar todo lo que tenía ahí y empezar una nueva vida...

Ida no parecía compartir su entusiasmo. Tenía aspecto abatido.

—Pero ¿es que no quieres ir? —preguntó Karl.

Ella se encogió de hombros.

—Iré allá donde mi padre vaya —dijo simplemente—. O mi marido...

A Karl, esas palabras le sentaron como una puñalada en el corazón, pese a que sabía que Ida Lange estaba prometida con Ottfried Brandmann, ya que el pastor lo había anunciado desde el púlpito hacía poco tiempo. Ambos podrían celebrar pronto los esponsales. Ida estaba por cumplir los diecisiete y las chicas en general se casaban a esa edad. Sin embargo, la muchacha todavía cumplía las funciones de madre con sus hermanos menores y Lange quería conservarla en casa hasta que los pequeños fueran más autónomos. Por otra parte, no parecía que Ottfried tuviera mucha prisa por acabar su aprendizaje de carpintero. Si bien trabajaba en el taller de su padre, todavía no había realizado el examen de oficial. Pero todo eso podía resolverse en cuestión de meses.

—¡Ese Ottfried! —exclamó Karl. No sabía qué le ocurría, tal vez fuera la extraña atmósfera del paseo, la penumbra en que la nieve tejía un velo espectral que los escondía juntos de la realidad—. ¿De verdad quieres casarte con él? ¿Lo amas?

Ida se detuvo y lo miró con los ojos de par en par, desconcertada.

—Es un buen hombre —respondió—. Y el primogénito. Heredará el puesto de arrendatario. Si no emigramos... Mi padre...

—¡Olvídate de tu padre por una vez, Ida! Reflexiona, ¿qué sientes cuando piensas en esa boda? ¿Quieres... deseas a Ottfried?

El rostro de Ida, ya de por sí pálido, pareció palidecer todavía más hasta entender el significado de las palabras del joven. En el acto, se ruborizó de vergüenza.

—¡Qué vocabulario es ese, Karl Jensch! —lo regañó, y Karl se arrepintió de su arrebato.

Posiblemente ella pondría punto final a la conversación y no volvería a hablarle nunca más. Pero se equivocaba. Ida precisó de unos segundos para recomponerse y encontrar una respuesta.

—Todas las chicas se casan... —contestó a media voz—. Es... la voluntad divina. Ottfried encaja conmigo. Es un artesano, creyente... Mi padre dice que debe encajar. Lo demás ya vendrá. —Ida esperó desafiante el asentimiento de Karl.

Pero él no iba a fingir comprensión.

—Pero ¿qué sucede con tu corazón, Ida? —la apremió—. ¡Tienes que sentir algo por tu futuro marido! ¿Te ha preguntado alguien si quieres casarte con él? ¿Te lo ha preguntado él?

Karl no podía reprimir estas preguntas que le atormentaban desde que se había anunciado el compromiso. No obstante, era una locura soltar la lengua de ese modo. Ida notaría lo que él sentía por ella y entonces todo sería lamentable.

—Ottfried es un buen hombre —repitió ella—. Me dio un regalo estas últimas navidades. Y después de la misa ya nos hemos cogido varias veces de la mano. Encaja muy bien... Él viene de una buena familia de la antigua Iglesia luterana...

Karl se rindió. Ida no parecía entender qué pretendía él o no quería enfrentarse a ello. En cualquier caso, no ponía en cuestión la decisión de su padre de casarla con Ottfried Brandmann, y también este estaba dispuesto a aceptar el destino que Jakob Lange y Peter Brandmann, sin duda en una conversación formal, habían acordado para sus hijos. No era extraño: gracias al acuerdo de sus respectivos padres a él le esperaba la boda con la muchacha más guapa del pueblo.

—¿Y ahora emigrarás con Brandmann? —preguntó entristecido, cambiando de tema—. ¿A Nueva Zelanda? Está más lejos que América...

Ida intentó asentir y encogerse de hombros a un tiempo.

—Está mucho más lejos que América —confirmó—. Creo que se tarda tres meses en barco. Pero no sé si vendrán los Brandmann. Es lo que quieren discutir hoy los hombres... Muchas gracias por llevarme el saco, Karl.

La casa de los Lange apareció detrás de la cortina de nieve e Ida hizo el gesto de coger el saco con las exquisiteces. Por lo visto, no quería que la sorprendieran con él. Pero no había ningún peligro. La nieve seguía cayendo en abundancia y además la casa de los Lange estaba rodeada por un seto de zarzamora cubierto por una espesa capa de nieve.

Karl le devolvió el saco, pero no estaba dispuesto a dejarla marchar.

—¿Y si los Brandmann no se van? Entonces... entonces, ¿no te casarás con Ottfried? —preguntó.

El joven ignoraba qué deseaba. Si a Ida en una tierra extraña pero libre, o ahí unida a un hombre por el que él no sentía gran estima y por el que era evidente que ella no sentía nada, salvo una especie de consideración basada en el criterio de su padre.

—Ocurra lo que ocurra me casaré con Ottfried —dejó claro Ida—. Si los Brandmann no emigran, me quedaré aquí con él. Pero en tal caso, deberíamos casarnos enseguida. Creo... creo que el barco zarpa en diciembre. —Y se dio media vuelta para marcharse.

—¿Y a ti qué te gustaría? —le preguntó Karl cuando ella ya se alejaba, en un último intento de liberarla de su coraza de obediencia y autosacrificio—. ¿Qué preferirías?

Ida se volvió una vez más y lo miró con los ojos bien abiertos. Su mirada, llena de pena y resignación, le llegó hasta la médula.

—Yo no deseo nada —respondió convencida—. Los deseos son para soñadores y fantasiosos que hacen perder el tiempo a Dios.

—¿Y por qué rezas tú? —insistió Karl desesperado. Tal vez ella reaccionaría si planteaba la pregunta de otro modo. ¡Alguna opinión debía de tener acerca de su futuro!

—Por la humildad —susurró Ida—. Rezo por ser sumisa.

La mayoría de los arrendatarios de Raben Steinfeld ya estaban reunidos alrededor de la gran mesa de la sala de los Lange cuando Ida entró. La muchacha reconoció al talabartero Beckmann, al panadero Schieb y al zapatero Busche. Y, claro está, también a los Brandmann, Peter Brandmann había acudido acompañado de su hijo Ottfried.

La chica se disculpó por el retraso y saludó a los presentes. Ottfried retuvo su mano algo más de tiempo y se la apretó fuerte y como tomando posesión de ella. Al mismo tiempo le sonrió con complicidad. Ida intentó responderle con una sonrisa inocente, sin muestras de coqueteo alguno. Se sorprendió a sí misma examinando fríamente al joven de quien iba a convertirse en esposa en breve.

Ottfried era bien parecido, de complexión más compacta que Karl. Era probable que engordara en el futuro, como su padre. También en lo demás se parecía a Peter Brandmann. Tenía una cara más bien redonda y de rasgos agradables, los ojos tal vez demasiado juntos pero, no obstante, bonitos. Por primera vez, Ida se percató de que eran castaños; hasta ese día no había observado con detenimiento a su prometido. La boca de Ottfried era grande y los labios carnosos. Ida enrojeció al pensar que muy pronto la besaría. Tenía la nariz recta, ni demasiado grande ni demasiado pequeña, el cabello castaño y no muy abundante. El de su padre ya clareaba, era de esperar que cuando Ottfried llegara a una edad madura le ocurriera lo mismo.

Ida llegó a la conclusión de que Ottfried no le repelía, pero tampoco le aceleraba el corazón. Al encontrar a Karl, el corazón le había dado un brinco, quizá porque había aparecido de forma inesperada y porque ella sabía lo poco que a su padre le gustaba que hablara amistosamente con el jornalero. Por otra parte, siempre había sabido que los ojos de Karl eran verdes, un verde claro e intenso como los prados en verano.

—¿Y quién nos garantiza que ese Beit no es un estafador?

Los hombres reanudaron la conversación cuando Ida fue a la cocina. Escuchaba sus voces fuertes mientras cortaba el pan y colocaba la salchicha y el jamón sobre una bandeja. Pensó con cierta culpa en Karl, que había cargado hasta la casa con todas esas exquisiteces cuando seguramente él no tenía nada que llevarse a la boca. Debería haberle dado algo como agradecimiento por su ayuda. Pero él lo habría rechazado; Karl era orgulloso, no aceptaba limosnas.

—Viene respaldado por esa compañía neozelandesa —respondió Jakob Lange a la pregunta de Peter Brandmann, cuando Ida sirvió la comida—. Y una compañía comercial de Hamburgo: De Chapeaurouge & Co. Esta pondrá el barco. Beit dispone de certificados y cartas de confirmación. Seguro que no es un maleante...

—¿Es de la auténtica religión? —preguntó el zapatero.

Lange se encogió de hombros.

—Esto no se lo he preguntado. Pero es padre de familia, su esposa y sus hijos viajarán con nosotros. Además de dos misioneros. Así que no estaremos en el barco sin ayuda espiritual.

—¿Auténtica ayuda? —preguntó Busche con severidad.

—El señor Beit me ha asegurado que en los alrededores de Nelson, donde está la tierra prevista para nosotros, ya hay una misión habitada por sacerdotes que escaparon del mandato del rey de Prusia. Así que seguro que no son reformados. Además, Beit me ha confirmado que podremos fundar nuestra propia congregación. Por tanto, si emigramos juntos podremos seguir con nuestra acostumbrada vida comunitaria. —Lange tomó un pedazo de pan de la bandeja que Ida acababa de dejar sobre la mesa y lo untó con una gruesa capa de paté de hígado—. Todo será igual que aquí, conservaremos nuestra lengua y nuestras costumbres...

—Ahora en Nueva Zelanda es verano. —Ida se mordió el labio en cuanto se le escaparon estas palabras. Pero tenía que decirlo. No iba a ser «igual que aquí». Era otro país, con otras plantas, otros animales... y ¡otras estrellas! Recordó el libro del capitán Cook.

Los hombres soltaron una carcajada benévola.

—¡Vaya, pues eso ya es una buena razón para emigrar allí! —exclamó Horst Friesmann, el campesino al que el día anterior se le había caído la techumbre del pajar por el peso de la nieve.

—¡Razones hay muchas! —resopló Lange, lanzando una mirada reprobatoria a su hija—. Precisamente para vosotros los campesinos. ¡Hombre, Friesmann, piénsatelo! ¿Qué tierra tienes aquí? ¿Siete hectáreas? Apenas bastarían para vivir si en verano no trabajases para el Junker como un asqueroso jornalero. ¡Pero ahí! Veinte hectáreas al momento y tanta tierra como quieras para ir comprando. ¡Kilómetros y kilómetros de tierra salvaje y libre esperando a que nosotros la hagamos cultivable!

—Lo que a mí me parece demasiado «salvaje» son los indígenas —observó Beckmann, el talabartero—. ¿Qué sucederá con esos... indios?

Los demás asintieron. Todos habían escuchado historias espeluznantes sobre los indígenas americanos.

—Según Beit, allí no hay indios —explicó Lange—. En su origen no había seres humanos en ese país. Antes que los ingleses llegaron unos pocos negros de alguna isla. Pero son inofensivos. Y si ya se ha asentado alguno en la tierra que nosotros queremos, se la compramos por un par de abalorios...

Ida se mordió el labio. En el libro del capitán Cook la situación se describía de otro modo. Según el navegante, los nativos de Polinesia eran capaces de combatir, incluso se mencionaba el canibalismo.

—¡Ni que fuera el paraíso! —se mofó Brandmann—. Un paraíso por trescientas libras esterlinas. Pero ¿responde eso a la voluntad divina, Lange? ¿Es algo grato a Dios?

Jakob Lange juntó las manos.

—El don de la gracia de Dios... —citó a Martín Lutero— será

concedido a quien lo acepte con fe. No a los pusilánimes, Peter. ¡No a los vacilantes! Confiemos en Jesucristo, confiemos en que Dios nos guíe, en que fue Él quien me condujo hasta Schwerin, justo cuando John Nicholas Beit pronunciaba su discurso. Siempre hemos permanecido fieles a la doctrina pura, es pues justo y equitativo que nos premie por ello. No tenéis que decidirlo de inmediato, pero sí pronto. —Señaló los folletos que había traído de Schwerin, esparcidos sobre la mesa—. Lleváoslos, tengo también un par de anuncios que clavaré fuera, en cuanto amaine la nevada. Y ahora, recemos todos para que Dios nos ilumine y nos lleve por el buen camino. Aunque sea largo...

«Mucho más largo que hacia América», pensó Ida.

Y al día siguiente hizo algo que ni ella misma comprendió. Cogió los folletos y los pasó por debajo de la puerta de la cabaña arrendada donde vivía Karl Jensch. Por supuesto, puso cuidado en que nadie la viera, en especial el mismo Karl. No debía pensar que ella quería tomarle el pelo... a fin de cuentas, nunca reuniría las trescientas libras. Pero tenía que saber al menos... tenía que saber adónde se marchaba ella.

2

La conversación con Ida había agitado a Karl. Así que sucedía tal como él había sospechado. Incluso si ella no delataba nada de sí misma, si ni siquiera admitía sus sentimientos, deseos y sueños, en el fondo estaba tan insatisfecha con su destino como él. Deseaba algo más que dedicarse al cuidado de la casa y a ser madre en ese pueblucho perdido. Habría preferido estar leyendo libros y escribiendo redacciones antes que ocupándose a los trece años de un bebé que, encima, se le había muerto en las manos. Ida era obediente, pero en el fondo no quería casarse con un hombre elegido por su padre. Si bien, naturalmente, su futuro tampoco habría cambiado mucho si Jakob Lange le hubiese permitido asistir más tiempo a la escuela. Las dos hijas del Junker habían asistido al instituto, pero al final también las habían casado.

Karl ignoraba qué era lo que deseaba para Ida, tampoco se podía plantear pedirla él mismo en matrimonio. Probablemente ella acertaba practicando la sumisión. Y puede que él mismo tuviese que hacerlo en lugar de estar siempre rebelándose y protestando. Algún propósito debía de tener Dios al adjudicar a cada uno el lugar que le correspondía.

Karl trató de rezar, pero no se sintió reconfortado cuando al final se tapó con la manta e intentó conciliar el sueño en la cabaña apenas caldeada. A la mañana siguiente volvía a esperarle la entrada de la casa de la viuda Kruse... ojalá esta vez le pagara lo justo.

La viuda no pagó lo justo, pero recompensó a Karl con algo mejor que un penique: le llevó una jarra de cerveza caliente mientras trabajaba y al final le dio un pan y un trozo de salchicha. Junto con la sopa del día anterior tendría una opípara comida. Eso lo consoló de no encontrar trabajo durante el resto del día. Con un frío así, los campesinos y arrendatarios se guarecían; si no se les derrumbaba el pajar, cumplían con las tareas de rutina, para las que se bastaban con la familia.

Karl abrió la puerta de la cabaña y miró sorprendido las hojas impresas que yacían en el suelo. New Zealand Company... Leyó la cabecera del escrito y se quedó como hechizado. Se olvidó del pan y la salchicha y leyó a toda prisa el texto. Y luego, mientras comía, lo leyó una segunda y una tercera vez. ¡Era tal como Ida lo había descrito! En un lugar llamado Nelson, en la Isla Sur de Nueva Zelanda, se habían colonizado tierras y se necesitaban inmigrantes para poblarlas. También vio impreso el nombre de John Nicholas Beit. Y su dirección en Hamburgo.

Durante la cuarta lectura, se gestó un proyecto cuya audacia le asustó a él mismo. Sumisión... Si hacía realidad sus propósitos, si lo intentaba, demostraría justo lo contrario. Y en ese asunto gastaría los peniques ganados con tanto esfuerzo. Si no encontraba ninguna tarea en los siguientes días, pasaría hambre. Pero entonces volvió a recordar la mirada triste de Ida que le había desvelado todo, tanto su inapetencia por la vida que le habían predeterminado en Raben Steinfeld, como el miedo ante la llegada a un nuevo país. Si su plan salía bien, no la dejaría sola.

Karl no necesitó buscar mucho para encontrar el viejo cuaderno de la escuela, guardado en el último rincón del arcón de la ropa. También el lápiz seguía ahí, primorosamente afilado, y el libro sobre el capitán Cook, que desde entonces había leído muchas veces. Lo colocó junto al cuaderno, sobre la mesa: a lo mejor le daba suerte.

Humedeció con la lengua la mina del lápiz; hacía cinco años que no escribía ni una palabra. Pero el «muy bien» plasmado por el profesor Brakel le infundió ánimos. Si antes lo había hecho bien, seguro que no se había olvidado.

Con las últimas luces del oscuro y nevoso día invernal, Karl Jensch escribió la carta más seria de toda su vida.

La misiva se encontraba pocos días después sobre el escritorio de John Nicholas Beit, cuya oficina compartía. Su hija Jane abrió sin ganas el correo dirigido a él, una tarea que este le cedía de buen grado mientras estaba fuera, preparando el embarque de los colonos alemanes a Nelson. La fecha de partida se avecinaba y el humor de Jane empeoraba con cada día que transcurría. Y ese día había llegado a su peor momento. Al probarse el vestido de fiesta para el baile de la familia, la tela había vuelto a tensarse en los pechos y las caderas. Y eso después de que le hubiesen tomado las medidas dos semanas atrás. Jane había fingido enfado y culpado a la modista de haber tomado mal las medidas. Naturalmente, había leído en los ojos de su madre y sus hermanas que no le creían ni una sola palabra. No se podía negar, Jane iba camino de convertirse en una mujer fuerte, como habían expresado prudentemente la madre y la modista. Las hermanas decían que estaba gorda como una vaca. Pero Jane no podía controlarse. Cuando estaba malhumorada o aburrida, se le abría el apetito. Y como siempre estaba de mal humor desde que su padre había decidido que se iban a Nueva Zelanda, se había convertido en la mejor clienta de las chocolaterías de Hamburgo.

¡Jane no quería marcharse a Nueva Zelanda! ¡Odiaba Nueva Zelanda! Lo cual no tenía que ver necesariamente con el paisaje o el clima de ese país, el invierno en Hamburgo era casi tan deprimente como la perspectiva de marcharse a Nelson. En Nueva Zelanda el aire era mucho más diáfano y al menos en la costa no solía llover ni nevar de forma continuada. Incluso en invierno el sol no dejaba de lucir y en esa época, de todos modos, era verano. También la región era bonita. Quien quisiera tierras montañosas y vírgenes, ilimitadas llanuras herbosas y colinas boscosas que solo esperaban que alguien construyera en ellas una casa de madera y cultivara campos, podía llegar a ser feliz ahí. Jane pensaba en todas las ávidas lectoras de las revistas ilustradas en que se narraban las aventuras de intrépidas pioneras en las praderas de América. Muchas chicas de la buena sociedad hamburguesa ya soñaban con vivir en medio de la naturaleza salvaje.

A ella no le ocurría igual. Al contrario, disfrutaba de las comodidades de la residencia en Hamburgo que el señor De Chapeaurouge había alquilado para su padre y su familia. El agua corriente —una red de tuberías llevaba agua del Elba directamente a las casas—, las modernas lámparas de aceite, el calor de las chimeneas y las estufas de azulejos... Y tampoco le apetecía nada cultivar ni criar ganado. Era una chica inteligente, sus maestros estaban encantados con ella. Le gustaba sobre todo hacer cálculos, y su sueño era llevar la contabilidad de una gran compañía comercial.

Había descubierto por azar esa inclinación. Sarah Beit había contratado a un contable de Chapeaurouge como profesor privado para sus hijas. Las chicas tenían que aprender a llevar el presupuesto doméstico. Pero después de la primera hora de clase, Jane ya iba más allá, quería más, y el complaciente joven la introdujo también en la complicada contabilidad comercial. No se consideraba inapropiado para una joven, había muchas esposas de comerciantes que llevaban los libros de sus maridos. A Jane Beit le encantaría dedicarse a eso. Y en realidad no se oponía a la idea de casarse en Hamburgo antes del viaje de sus padres y hermanos a Nueva Zelanda, adonde su padre acompañaría a los emigrantes que había reclutado para la compañía neozelandesa. Después de observar la prudencia con que Jane ayudaba a su padre en la oficina, el señor De Chapeaurouge incluso se había ofrecido a su padre para hablar al respecto con algunas de las familias de los comerciantes más notables.

Pero Beit se había negado. Al parecer, consideraba a Jane demasiado joven todavía para casarse. Qué absurdo. Jane ya casi tenía veinte años y era urgente que contrajera matrimonio. Así pues, el motivo auténtico debía de ser otro, y Jane se temía que ella misma era la culpable de su situación. ¡No debería haberse hecho imprescindible en la oficina! Había cometido un error al liberar a su padre del trabajo organizativo que exigía la emigración de la gente de Mecklemburgo a partir del mero reclutamiento. Pero Jane se aburría en compañía de sus hermanas y las amigas de estas, no disfrutaba con las diversiones a que se entregaban en general las chicas de su mismo nivel social. No le interesaba la ropa, no le gustaba bailar. Las salidas por el lluvioso Hamburgo no la entusiasmaban y montar a caballo era para ella un horror.

Prefería despachar la correspondencia de su padre, ocuparse de los alquileres de casas de huéspedes para los colonos antes de que embarcaran y gestionar el papeleo del viaje. Naturalmente, también se ocupaba de los pagos, en caso de duda hacía las reclamaciones, y coordinaba el trabajo en colaboración con De Chapeaurouge, que había negociado el flete de un barco adecuado. Jane incluso había escrito el anuncio mientras su padre se limitaba a hacer lo que mejor sabía: hablar y negociar, establecer contactos y pronunciar arengas para reclutar colonos. No era extraño que no quisiera renunciar a esa libertad. Y aún más por cuanto habría costado tiempo y dinero, claro está, introducir a un escribano o contable en el trabajo que desempeñaba su hija.

Jane suspiró y cogió ensimismada un bombón, mientras abría la primera carta. No tenía ningunas ganas, aunque se decía que debería seguir disfrutando del trabajo en la oficina mientras durase. Pues no se hacía ninguna ilusión sobre lo que la esperase en Nueva Zelanda. En el momento en que el *Sankt Pauli*, el barco de tres palos que De Chapeaurouge había fletado, zarpara del puerto, Beit ya no necesitaría más a su hija. En el barco no había nada de lo que ella pudiese ocuparse, y de la distribución de tierras y la redacción de los documentos necesarios se harían cargo los colaboradores de la New Zealand Company o el gobernador. Jane no haría otra cosa que aburrirse con sus hermanas hasta que su padre le encontrara un marido. Probablemente, uno que estaría deseando construirle una casa de madera y recluirla dentro...

Sin embargo, la carta atrajo su atención. Era una hoja primorosamente doblada de un cuaderno escolar en que alguien, con una caligrafía casi infantil, había escrito la dirección de la oficina de Beit. No reconoció el sello, pero al leer la carta supo que el remitente se la había confiado al escribano de algún terrateniente noble. Probablemente por un pago muy oneroso para sus circunstancias...

Estimado Sr. John Nicholas Beit:

Por la presente, desearía plantearle humildemente una pregunta en relación a la emigración a Nueva Zelanda. Tengo en mis manos un folleto que anuncia la venta de tierras en un lugar llamado Nelson y muchos miembros respetables de mi congregación local están considerando trasladarse allí. También para mí resultaría sumamente estimulante vivir en un nuevo país. Soy un trabajador eficiente y aplicado y podría prestar mis servicios en cualquier lugar al que quisiera destinarme su compañía, tal vez para construir casas o trabajar la tierra. No dispongo, sin embargo, de dinero alguno, trabajo a destajo como jornalero en el pueblo de Raben Steinfeld. Trabajo duro, pero los ingresos apenas llegan para vivir y no concibo que este sea realmente el sitio en que Dios quiere verme. Es por ello que, tras rezar fervientemente, me dirijo a su ilustrísima persona con la esperanza de que sabrá disculpar mi atrevimiento. ¿Hay también trabajo para colonos sin medios en Nueva Zelanda? ¿Existe tal vez la posibilidad de que la New Zealand Company me adelante el dinero para el viaje en barco a cambio de disponer en los primeros meses o años de mi trabajo? Soy un hombre honrado, puede usted confiar en que haré todo cuanto esté en mi mano por devolver hasta el último céntimo de mis deudas lo más pronto posible.

Con la esperanza de la ayuda, comprensión e indulgencia de Dios y de vuestra excelentísima persona,

KARL JENSCH

Abajo se leía una dirección, una finca en Mecklemburgo. El escribano del Junker comunicaría la eventual contestación. Mientras pensaba en la respuesta que debía dar, Jane se tiraba del lóbulo de la oreja. En realidad, las instrucciones de su padre no dejaban lugar a las dudas: en principio se rechazaban las solicitudes de jornaleros y otros pobres diablos. Más tarde, poco antes de embarcar, eso tal vez cambiara. Si no encontraban ningún colono más que pagara, las plazas libres en el barco podrían cederse a emigrantes sin medios. La New Zealand Company estaba abierta a esta posibilidad desde que no se habían encontrado en Inglaterra suficientes colonos para las tierras recién descubiertas en Nelson, y se reclutaban mayormente jornaleros. En un principio, Beit trataba de evitarlo y solía repetir con énfasis las palabras con que los pastores y los Junkers ponían en su sitio a los pobres: «Aceptad con humildad aquello para lo que Dios os ha destinado y no cometáis el pecado de la soberbia ansiando algo más elevado.»

De hecho, tras estas palabras se escondían unos sólidos razonamientos financieros. Razonamientos que Jane había descubierto y reprochaba a su padre. Podía comprender su cálculo, pero detestaba que la tomase por tonta. Sin embargo, las cuentas estaban claras: John Nicholas Beit cobraba dieciocho libras esterlinas por cada colono en buen estado de salud que desembarcara en Nelson. En el caso de quienes habían pagado, esta cantidad constituía un beneficio neto. Las trescientas libras que desembolsaban las familias de emigrantes cubrían fácilmente los costes del barco, y el dinero con que se compraba a las tribus maoríes las tierras vecinas a Nelson era irrisorio. Por añadidura, también sacaban provecho la New Zealand Company, a la que obviamente Beit quería satisfacer, y De Chapeaurouge, que era quien ponía el barco. Por el contrario, si se aceptaban jornaleros sin blanca, el coste de su viaje se restaba de lo que Beit ganaba y, además, se corría el riesgo de contaminar la vida de la nueva comunidad de Nelson con un hatajo de vagos e inútiles. Así pues, si quedaban plazas disponibles, Beit investigaba a los viajeros sin medios que querían emigrar, interrogando acerca de ellos a sus pastores y sus patrones previos.

En el caso de ese Karl Jensch, Jane lo veía negro. El modo en que la carta estaba redactada reflejaba una mente inteligente, pero también un espíritu rebelde. El tono de la misiva era el de alguien a quien ya le han reprochado demasiadas veces su falta de humildad y sometimiento. ¡Pero Karl Jensch estaba decidido a darle el esquinazo a Dios! No quería aceptar su penoso lugar en este mundo y ahora, por las ironías del destino, su suerte estaba en manos de Jane Beit.

Inmersa en sus pensamientos, hincó el diente a un tercer bombón. Reflexionó sobre si debía orar para que Dios la ayudase antes de tomar una decisión. Pero no tenía ganas de ponerse a rezar. Además, ¿para qué? Aquí Dios no hacía ningún milagro, sino, como mucho, una chica gorda que sentía la tentación de hacer pagar a su padre por sus injusticias. Sonriente, cogió papel, pluma y tinta. Qué sensación tan agradable la de tener poder...

Una semana más tarde, Karl Jensch abrió con dedos temblorosos el grueso sobre que acababa de entregarle el escribano del Junker. No sin antes retribuirle con otro penique, claro, aunque el emisario seguramente ya le había pagado para que repartiera la carta. Karl se esforzó por no estropear el sobre marrón, tal vez le fuera útil en otra ocasión. Pero estaba demasiado nervioso. El papel se desgarró entre sus dedos y de ahí salió un... ¡billete para Nueva Zelanda! Karl no podía creérselo, pero el billete incluía embarcarse el 26 de diciembre de 1842 en el *Sankt Pauli* y la pensión durante la travesía en la entrecubierta, y contenía indicaciones acerca del equipaje permitido y aconsejado, así como precios por el transporte de otros enseres personales. El sobre contenía además un vale que debía presentarse en la pensión Hanse para recibir alojamiento antes del embarque; la orden para someterse a examen médico en el puerto de Hamburgo antes de la partida, y un permiso para viajar en uno de los carruajes que la casa comercial De Chapeaurouge ofrecía para transportar a los emigrantes y sus pertenencias desde Mecklemburgo hasta Hamburgo. Otro documento indicaba dónde solicitar el pasaporte, necesario para la emigración, y qué documentos se requerían para ello. Karl tendría que dirigirse a una oficina del principado de Mecklemburgo y llevar su libreta de trabajo, así como una copia del registro parroquial.

El joven buscó agitado la misiva en que se respondía positivamente a su solicitud. Al final descubrió la contestación a su carta escrita en un delicado papel.

Muy estimado señor Jensch:

En nombre de la New Zealand Company le agradezco sinceramente su predisposición para establecerse en Nelson, Nueva Zelanda. La construcción de esta nueva comunidad necesitará de mucho esfuerzo y trabajo. Por ese motivo damos la bienvenida a colonos jóvenes y saludables, incluso si su asentamiento no viene acompañado de la compra inmediata de tierras. Lo único que se exige es valor, empeño y rectitud, cualidades de las que usted dispone en abundancia, según se desprende de su carta.

Me alegro pues de poder adjuntarle sus documentos de viaje. Le ruego que lea todo con atención y que se presente puntualmente con todos los documentos solicitados en los lugares indicados.

Cordialmente,

J. BEIT

J. Beit... El delegado de la New Zealand Company se había ocupado personalmente de su solicitud. Karl no sabía si echarse a reír o a llorar. No podía creerse lo que tenía entre manos, pero se dominó, se puso de rodillas en el polvoriento suelo y dio gracias a Dios por esa nueva vida.

3

Después de recibir la carta, el primer impulso de Karl fue contarle la buena nueva a Ida. Ignoraba si era ella la que había deslizado los folletos bajo la puerta, pero lo suponía. Y si no lo era, esperaba al menos que se alegrara cuando él la siguiera a su nuevo hogar. Naturalmente, eso no cambiaría sus planes de casarse con Ottfried Brandmann, Karl no dudaba de que eso sería lo primero que ella le aseguraría.

Entretanto, los Brandmann se habían decidido a emigrar con el resto. En total eran once las familias de Raben Steinfeld. A la llamada de Nueva Zelanda acudían sobre todo arrendatarios, pero también algunos campesinos. Todos notables del lugar. El pueblo ya no sería el mismo cuando se hubiesen marchado, y el Junker lamentaba la pérdida de Lange como herrero y experto en caballos. Por otra parte, las familias en el campo eran numerosas y, pese a que la mayoría de los hijos varones de un arrendatario aprendían su oficio, solo el primogénito podía ocupar el taller y la casa. Los demás se convertían en individuos errantes, siempre en busca de lugares que se quedaran libres. Por esa causa, Jakob Lange, Peter Brandmann y los otros emigrantes enseguida habían logrado vender sus granjas con contrato temporal y puestos de trabajo. El Junker había adelantado a sus sucesores el dinero para que las comprasen. Los artesanos y campesinos permanecerían durante años endeudados con él, nuevos siervos del señor del castillo.

Mientras Karl contemplaba una y otra vez los documentos, imaginaba la conversación con Ida y su reacción ante ese logro. No sería sencillo provocar un encuentro «casual». El pueblo seguía cubierto de nieve, y quienes emigraban, las mujeres, en especial, estaban ocupadas en sus casas haciendo el equipaje y seleccionando sus cosas. ¿Y si pasaba simplemente por la casa de los Lange, llamaba a Ida para que saliese y se lo contaba? La tentación era grande ya que ahora daba igual si eso causaba el enojo de su padre. En el nuevo país no se vería obligado a trabajar para la gente de Raben Steinfeld, seguro que habría muchos colonos de otras partes.

Pero algo lo hacía vacilar. Tal vez fuera superstición o quizás una especie de instinto que le advertía. Al menos de Raben Steinfeld, Karl era la única persona sin medios que Beit se llevaba a Nueva Zelanda, y seguro que los habitantes del pueblo desaprobarían que ellos hubiesen pagado sus pasajes mientras que la Company llevaba gratis a Karl. A saber qué se les ocurriría a los envidiosos notables del lugar para aguarle la fiesta... Era probable que dieran con algo que lo atara a la fuerza a ese lugar, pondrían al Junker en su contra o impedirían que el pastor le extendiera la copia del registro parroquial, entorpeciendo así la obtención del pasaporte.

Tras meditarlo, Karl llegó a la conclusión de que era mejor ser prudente y no decir nada a nadie. Era mejor que todos se enterasen en el barco de que él formaba parte de la expedición... incluida Ida. Ella podría delatarlo si alguien lo veía hablando con ella. Si su padre la presionaba y le interrogaba acerca de ese encuentro, ella diría la verdad. Ida podía callar algunas cosas, pero mentir le resultaba inconcebible.

Así pues, Karl no compartió la noticia y también engañó al cura de la comunidad sobre la razón por la que necesitaba el pasaporte. «Aquí en invierno no tengo ingresos, señor pastor —le dijo, cruzando humildemente las manos—. Y no quiero pedir limosna. Pero si me marcho un par de semanas a Brandemburgo o Holstein, a lo mejor encuentro algo.»

Transitar entre los principados y los estados pequeños exigía un documento de identidad, y el sacerdote hizo las copias necesarias sin más preguntas.

Karl también decidió no viajar con todos en los carruajes suministrados por De Chapeaurouge. No tenía más equipaje que un hatillo, así que podría llegar de otro modo a Hamburgo, que se hallaba a más de cien kilómetros. En el peor de los casos, iría a pie.

Cuando Karl, muy orgulloso, tuvo en su poder el pasaporte, todo estaba preparado y decidido... si no hubiesen sido tantas las preguntas que le urgían. Ya estaba pensando en escribir otra carta a John Nicholas Beit, pero no podía molestar a ese hombre tan importante con sus dudas y preguntas. Justo en el último momento se le ocurrió alguien que seguramente sabría más y que no lo delataría aunque le contase que se marchaba de ahí. El propio Karl ignoraba por qué tenía esa confianza ciega en el profesor Brakel. Desde que había abandonado la escuela, no habían intercambiado más que saludos. Sin embargo, todavía tenía la sensación de poder contar con él como con un amigo. Quizá porque el maestro no hacía diferencias entre los hijos de arrendatarios, campesinos o jornaleros. Lo único importante para Brakel era que uno fuera aplicado e inteligente, y en eso Karl nunca lo había decepcionado.

El día anterior a su partida —había pensado abandonar el pueblo una semana antes de la marcha de los demás colonos—, llamó a la puerta del maestro. Este abrió enseguida. Volvía a nevar y con ese tiempo todo el mundo se quedaba en casa.

Karl manoseaba nervioso la gorra, que se había quitado educadamente. Esperaba no importunar a Brakel con su visita. Suspiró aliviado cuando el profesor sonrió una vez que la sorpresa hubo desaparecido de su rostro.

—¡Karl Jensch! ¡Qué alegría que vengas a verme! Esto no me lo esperaba, la verdad... Pero pasa, estás tiritando. Quítate la chaqueta, aquí se está caliente. La pondremos a secar junto al fuego.

Titubeante, Karl siguió al maestro hacia el interior de su pequeña y acogedora vivienda. En la chimenea ardía un fuego trémulo; los padres de sus alumnos siempre abastecían de leña al maestro, y también cuando había matanza y se hacía cerveza solían reservarle algo. El hombre había estado sentado al fuego, leyendo un libro. Junto al cómodo sillón de orejas —todo el mobiliario de la casa era sencillo pero sólido— había una jarra de cerveza caliente.

—Siéntate.

Brakel acercó una silla al fuego, mientras Karl, tímido, cambiaba el peso de un pie al otro. No sabía cómo comportarse en una visita, nunca nadie había invitado a los Jensch, ni viceversa.

—¿Quieres un poco de cerveza? Bah, pues claro que sí, aunque sea para entrar en calor...

El profesor vertió cerveza en una olla que colgaba encima del fuego. De ahí ascendió un aromático olor. Brakel sacó de un armario de pared otra jarra. Parecía muy familiarizado con esos quehaceres, llevaba años viviendo solo. Su esposa había fallecido poco después de llegar a Raben Steinfeld.

—¿Qué te trae por aquí, Karl? —preguntó Brakel complacido cuando el joven hubo tomado asiento en el borde de la silla y sorbía algo intimidado la cerveza—. Cuéntame.

—Esto —respondió sacando la carta de Beit de una riñonera. Se la había hecho con un pantalón de trabajo viejo para poder llevar encima sus pocas cosas de valor y para proteger sus documentos.

Cuando Brakel la leyó, se le iluminó la cara.

—¡Cuánto me alegro por ti, Karl! —exclamó sincero—. Siempre he lamentado verte vivir en la miseria. ¡Tienes una mente lúcida y mereces algo más que matarte trabajando aquí por un par de peniques!

—¿De verdad, señor profesor? —Karl levantó la vista sorprendido y se sintió mejor—. ¿Usted no lo censura? ¿No opina que soy soberbio y que debería quedarme en el lugar al que Dios me ha destinado?

Brakel hizo un gesto de rechazo.

—Bah, ¿quién conoce los designios de Dios, muchacho? ¿Y sus caminos? ¿Acaso no sería soberbio pensar que no pueda cambiar los planes que te tiene reservados? No, Karl, por eso no tienes que preocuparte. Nada sucede contra la voluntad del Todopoderoso. Si te ofrece la oportunidad de ir a buscar fortuna, ¡acéptala!

Karl sonrió.

—¡Gracias, señor profesor! —dijo desde lo más profundo de su alma.

El profesor le restó importancia con un gesto.

—No tienes que darme las gracias. Pero ¿es esto lo que te ha traído aquí? En fin, yo le habría planteado esta pregunta al pastor más bien.

«Quien posiblemente la habría contestado de modo muy distinto», pensó Karl irrespetuosamente, y negó con la cabeza.

—No, señor profesor. Hay otros asuntos que me ocupan. Tengo preguntas acerca de ese nuevo país.

—¿Nueva Zelanda? —Brakel sonrió—. Pues no eres tú el único. Mis alumnos no hablan de otra cosa que de la emigración. No es algo que yo conozca, así que no me atrevo a decir que mis respuestas sean siempre correctas. Pero empecemos por el principio. Quieres saber dónde está, ¿no?

Karl negó de nuevo con la cabeza y esta vez pareció casi ofendido.

—¡Eso lo sé hace tiempo! Lo he leído.

—En el libro sobre el capitán Cook, ¿verdad? La única cosa que nuestra prudente Ida ha perdido en su vida. —El profesor esbozó una ancha sonrisa—. Me lo imaginé cuando el libro desapareció poco después de que recogiera tu cuaderno de la escuela para llevártelo. ¿Te lo dio ella o...?

Karl frunció el ceño.

—¡Yo no robo, señor profesor!

—¡De acuerdo, de acuerdo! —Brakel levantó las manos en señal de disculpa y sacó la olla del fuego para volver a llenar el vaso de Karl—. Era solo una pregunta, acababas de cumplir trece años y estabas muy ansioso por conocer la historia. En fin: si has leído el libro, es posible que sepas más sobre tu nuevo hogar que yo. En cualquier caso, más que tus compañeros de viaje. Anne Bensemann, al menos, creía que Nueva Zelanda estaba al otro lado de Brandemburgo.

Karl volvió a reír.

—Pero hay algunas cosas que no están en los libros —observó—. Al menos, en este. Por ejemplo, se dice que allí hablan otra lengua...

El profesor asintió.

—Sí. Nueva Zelanda es una colonia británica. La mayoría de los colonos proceden de Inglaterra, Irlanda o Escocia. Hablan inglés.

—Anton Lange dice que no deberíamos aprenderlo... —Karl había estado espiando a los hijos de los emigrantes tan discretamente como había podido—. Que debemos quedarnos con nuestro grupo.

Brakel arrugó la frente.

—Puedo imaginar que Anton no tenga ganas de aprenderlo —observó sonriente—. Nunca le han gustado los libros.

—Y Heinz Bensemann dice que es fácil. Que se aprende como si nada. Los niños aprenden por sí mismos a hablar. ¿Es fácil, señor profesor? No lo puedo remediar, pero una lengua extranjera... me da miedo.

Brakel reflexionó. Él mismo nunca había oído una palabra en inglés, en la academia solo había aprendido un poco de griego y latín. Recordaba unos estudios eternos de vocabulario y gramática.

—No, Karl —respondió—. No se aprende una lengua como si nada. Cuando uno es adulto ya no funciona así. Y seguro que tampoco es sencillo. Me imagino que algunos lo tendrán difícil, precisamente los emigrantes de más edad. Pero tú, Karl, eres joven y despierto. Seguro que muy pronto hablarás el inglés con la misma fluidez que el alemán. Y más hablando tan bien como hablas el alemán... —Muchos aldeanos no se tomaban la molestia de hablar el alemán tal como el profesor esperaba que hicieran en la escuela. Fuera de las horas de clase hablaban el dialecto—. Lo mejor es que en Hamburgo te compres un diccionario. Así lo podrás estudiar en el barco, será un viaje largo...

Karl asintió y volvió a sentirse mejor. Lo de comprar un diccionario era buena idea. Se gastaría en ello de buen grado los pocos peniques que tanto le había costado ahorrar.

—¿Y qué otra cosa te preocupa? —preguntó el profesor.

Karl parecía compungido.

—No es asunto mío —murmuró—. Porque... porque no puedo solicitar tierras...

—¡Pregunta de todos modos! —lo animó el maestro.

—Me... me preocupa un poco...

De hecho, sus preocupaciones giraban en torno a Ida, pero no iba a decírselo al profesor. Karl se pasaba el vaso de una mano a la otra.

—Venga, dime qué te preocupa. —Brakel sonreía—. A lo mejor ahorras y te planteas adquirir tierras. Un asunto en el que no tengo experiencia; yo tampoco he tenido nunca tierras. —La comunidad ponía la casa de la escuela a disposición del profesor, él no era su propietario.

Karl reunió valor.

—Señor profesor, esa tierra que se hará cultivable en Nueva Zelanda... es mucha, veinte hectáreas para cada uno. Y todavía irán más colonos. ¿Es posible que no pertenezcan realmente a nadie? ¿Es posible? ¿Cientos de hectáreas de tierra sin propietario? Me refiero a... claro que puede que haya selva, pero aquí en Mecklemburgo también tenemos bosques espesos. Se podrían roturar y asentarse ahí. Pero no se puede porque son del príncipe. O de otra persona. Quiero decir que... América...

Karl no expresó lo que pensaba, al final podía pasar que el

profesor le riñera mucho por ello. Si él había entendido bien lo que se contaba sobre la colonización de América, allí también había ocurrido que habían vendido tierras supuestamente libres a los colonos. Hasta que llegaron los indios y arrancaron la cabellera a la gente... Algún malentendido había habido ahí, cuando no engaño.

Brakel suspiró.

—Pues no lo sé —contestó—. He preguntado un poco a unos y otros, pero nadie ha podido darme información fidedigna, el que menos Jakob Lange. Es cierto que hay nativos en Nueva Zelanda. Cuántos, no se sabe. A lo mejor son muy pocos para ocupar todo el país. Las informaciones se contradicen. A veces se dice que las tierras en que se construye Nelson son totalmente vírgenes y no pertenecen a nadie, y que antes de que llegaran los ingleses nadie había intervenido en ellas. Sin embargo, el señor Beit de la compañía neozelandesa también mencionó en una ocasión que se la habían comprado a los indígenas.

—¿A los salvajes? —preguntó Karl dudoso.

Cook había escrito que los caníbales de Polinesia y los indios de América solían masacrar a sus víctimas. Karl no consideraba a esos pueblos unos interlocutores muy abiertos a la negociación.

—Ignoro lo salvajes que son —señaló Brakel—. A lo mejor son muy razonables. Y tal vez les han pagado un precio correcto por las tierras que ellos no necesitan.

—¿Pero? —inquirió Karl.

—Quizá los colonos iban mejor armados —observó el profesor con tono de censura—. Tal vez esas negociaciones se realizaron con los mosquetes apuntando. Se dice que los ingleses no trataron con especial cautela a los «salvajes». Acuérdate de los negros africanos... No sé, Karl. Tendrás que averiguarlo tú mismo. Sea como fuere, te aconsejo que seas prudente. Pues por muy convencido que esté de que haces lo correcto, y por mucho que te desee toda la suerte del mundo, ¡no te vas al paraíso, muchacho!

No hay nada en este mundo sin malicia, ni caminos sin piedras. ¡No lo olvides, Karl! Ve a ese nuevo país con el corazón abierto, ¡pero también con los ojos abiertos!

Karl Jensch dejó Raben Steinfeld al amanecer del siguiente día. No se despidió de nadie y la nieve que volvía a caer borró sus huellas en cuanto salió del pueblo.

4

Entre todas las cosas que tenía que ordenar y las que había que empaquetar, Ida Lange ya no sabía dónde tenía la cabeza. El transporte del mobiliario era caro, por lo que Jakob Lange había decidido dejar gran parte de las pertenencias de la familia. Había adquirido la casa ya amueblada, pero Ida tenía que decidir si llevarse o no pequeños objetos de uso diario. ¿Debía coger los manteles bordados y las delicadas sábanas del ajuar de su madre? También era el suyo, Ida no podía imaginarse yendo al matrimonio sin su arcón de novia. Su padre se llevaba sus herramientas de herrero a su nuevo hogar. Pero ¿necesitarían también las ollas y sartenes, platos y vasos? Los Lange no poseían una vajilla fina, solo platos de loza que por poco dinero se podían comprar en todo el principado. ¿Y si no había nada de eso en Nueva Zelanda?

Ida tenía muchas preguntas que nadie podía contestarle. Al final, se limitó a lo imprescindible. Se llevó dos vestidos y delantales para ella y para su hermana, así como prendas interiores de muda. También para el padre y los hermanos cogió solo una camisa y un pantalón de más, junto con las prendas que llevarían puestas. No era mucho, pero Ida dejaba sitio para el ajuar. Podría comprar seguramente vestidos en Nelson, a fin de cuentas nadie andaba desnudo por ahí. Pero era dudoso que hubiese ropa de cama y de mesa, y que su padre estuviese dispuesto a gastar dinero en su dote y en la de Elsbeth, después de que ella hubiese dejado todas esas maravillas en Mecklemburgo sin más. Por añadidura, tal como rezaban las instrucciones de Beit, durante el viaje no tendrían a mano los arcones. Así que bastaba con empacar la muda en unos hatillos.

Ida también se preguntaba si debía llevar provisiones. Beit había prometido darles de comer durante el viaje, pero ¿no sería mejor llevarse algo de pan y unas salchichas? Tres meses en alta mar... La travesía la horrorizaba.

Con todo eso no tenía tiempo de pensar en Karl, pero cuando por fin se hubo sentado en el carro (bastante incómodo) que los llevaría de Schwerin a Hamburgo sintió pesar. Debería haberse despedido al menos de él. ¡Y él podría haber pasado por su casa para desearle buen viaje! La idea de no volver a verlo jamás causaba un vago dolor en su corazón, pero intentó no pensar en ello. Cada uno debía mantenerse en el lugar que Dios le había deparado... Al menos el hombre, mientras que la mujer tenía que seguir a su marido. ¿Quién era ella para afligirse porque sus suertes, la de Karl y la de ella, fuesen tan distintas?

El viaje a Hamburgo significó pasar un día y una noche de traqueteo y agitación en el incómodo vehículo. Elsbeth, la hermana menor, se quejaba sin parar, igual que Franz, el hermano pequeño, que lloriqueaba de cansancio. Anton, el mayor, estaba por el contrario de un humor excelente. Viajaba en el carro con Ottfried y otros jóvenes y hacían planes para el nuevo país. Cazarían para tener carne en abundancia, ya que en esa tierra no había ningún Junker que reclamara para sí todos los animales de caza.

Se burlaron cuando la muchacha objetó que en Nueva Zelanda no había ciervos ni caza mayor, sino solo insectos y pájaros. Al parecer era ella la única que había leído el libro sobre Nueva Zelanda y Australia que su padre había comprado en su última visita a Schwerin. A Ida siempre la había tranquilizado que en Nueva Zelanda no hubiera serpientes venenosas ni otros animales peligrosos, contrariamente a lo que ocurría en Australia.

Y el tiempo en ultramar, señaló Anton entusiasmado cuando empezó a nevar otra vez... Se decía que en algunas partes de la Isla Sur llovía mucho, pero Ida no tenía idea de dónde se encontraba la ciudad de Nelson. Y los chicos querían construirse unas bonitas casas con el dinero que ganasen con su oficio. Anton creía que tendrían mucho trabajo, ya que en Nelson seguro que de momento no había herreros. La idea de que a lo mejor tampoco había caballos ni se le pasaba por la cabeza, como tampoco pensaba Ottfried en la madera para construir los muebles. Con toda certeza en el nuevo país había bosques, pero según lo que Ida había leído, allí predominaban las grandes praderas... Se preguntaba distraída si Ottfried habría superado la prueba para ejercer su oficio, pero seguro que nadie se lo pediría en Nueva Zelanda.

En un momento dado dejó de escuchar la conversación de los jóvenes. Se sumergió en una inquieta duermevela, y cuando llegaron a Hamburgo no estaba nada relajada. La ciudad era imponente y abrumadora. Ida se alegró de que el cochero supiese dónde se encontraba la pensión y de que los dejase allí. Ottfried y Anton enseguida se marcharon a explorar la ciudad, algo que, naturalmente, el señor Lange nunca le habría permitido hacer a Ida, aunque ella tampoco sentía la necesidad. Acostó a los gimoteantes niños en una de las salas dormitorio, sencillas pero limpias y ordenadas, y lavó la ropa interior a toda prisa. A fin de cuentas, no sabía si volvería a tener agua para ello. A la mañana siguiente los esperaba la revisión médica y no quería parecer sucia. Por último, también ella se acostó. Agotada, se durmió enseguida, pero se despertó brevemente cuando los jóvenes regresaron y su padre y el señor Brandmann riñeron a Anton y Ottfried. Los dos olían a alcohol, debían de haber estado celebrando la partida.

—¡Pero si es Navidad! —se justificó Anton.

Era cierto. Ida se acordó de repente, con toda esa agitación y todos los preparativos se había olvidado de que era 24 de diciembre. El *Sankt Pauli* zarpaba el 26.

—Peor aún, que ofendáis a Dios emborrachándoos la noche en que nació su hijo... —se sulfuró Lange.

Los hombres obligaron a sus hijos a ponerse de rodillas y pedir perdón a Dios, pero despertaron a otros emigrantes que se quejaron. Al final, Brandmann y Lange postergaron la penitencia para la primera misa a la mañana siguiente. La dueña de la pensión conocía una iglesia donde se celebraba el rito de los antiguos luteranos.

Ida y sus hermanos menores se presentaron limpios y aseados en la iglesia. Ella llevaba una falda larga azul oscuro y una blusa clara de cuello cerrado, encima una bata azul claro. Escondía el cabello recogido bajo una inmaculada capota blanca. Elsbeth vestía igual, pero bajo la bata llevaba un vestido. Ida lo había alargado previsoramente, de modo que casi era tan largo como la decente indumentaria de una adulta. Después de todo, la niña podía crecer durante el viaje, y mejor no pensar en la que se armaría si el vestido solo le llegaba hasta la rodilla. El hermano más pequeño iba pulcramente vestido con un pantalón de hilo y una camisa blanca y holgada. Ida le había arreglado además una chaqueta de Anton. A pesar de todo le iba demasiado ancha, Franz tenía siete años y Anton dieciséis. Pero no importaba, porque los hijos de los emigrantes llevaban vestidos anchos para cuando crecieran. Ida no tenía nada de lo que avergonzarse. Anton era el único que parecía algo desaliñado tras el breve descanso, la ropa le olía a la taberna portuaria donde había pasado la mitad de la noche. La muchacha esperaba convencerlo de que se cambiara de ropa en la pensión antes de la revisión médica, pero no lo consiguió.

Tras la misa, ya esperaba a los viajeros un John Nicholas Beit al borde del ataque de nervios. Junto a él se hallaba una muchacha regordeta que ponía el visto bueno junto a los nombres de una lista. Ida miró con curiosidad al hombre a quien debía agradecer el giro que había tomado su vida. Lo encontró imponente. Beit era alto y corpulento, y una barba espesa le cubría casi todo el rostro, ancho y huesudo. Su apariencia infundía respeto, así era como Ida se imaginaba a un patriarca bíblico. En el trato con los viajeros, que se arremolinaron en torno a él para hacerle preguntas, se mostró áspero y malhumorado. Después de haber comprobado sus pasaportes, les indicó el camino al puerto, donde los esperaba el médico para la revisión.

—¡Llegan tarde, yo había comunicado que a las ocho debían personarse para el control sanitario! —reprendió a los futuros pasajeros del *Sankt Pauli*.

Jakob Lange se encogió de hombros.

—El día de Navidad, la primera obligación del cristiano es cantar alabanzas al Señor y celebrar el nacimiento de su hijo —respondió dignamente.

Beit puso los ojos en blanco.

—¡Durante las tres horas que tiene de espera disfrutará de todo el tiempo que quiera para rezar! —contestó burlón—. Entretanto ya han llegado todos los viajeros para América y están haciendo cola, y yo había acordado con el médico que los atendiera a ustedes antes. Ahora ya no es posible, la gente protestaría. Así que vayan y pónganse en la cola.

En efecto, cientos de individuos aguardaban más o menos pacientemente delante del almacén del muelle donde el médico realizaba los exámenes. Ida contempló por primera vez el mar, o lo que ella creía que lo era. Más tarde se enteró de que esa extensa superficie de agua era la desembocadura del Elba. Preocupada, miró el agua gris y turbia sobre la que flotaban témpanos y el enorme barco que esperaba su carga humana. Un *Amerikafahrer* zarparía al poco rato cargado de emigrantes hacia América. Sus pasajeros formaban fila delante de Ida y su familia.

Hubo que esperar horas. Cuando llegó el momento de que Ida y sus hermanos entrasen en el local, ya estaban muertos de frío, si bien no nevaba. Pudieron observar entonces el trabajo del médico, al que nadie se había molestado en ofrecer un recinto cerrado o al menos aislado con una cortina. Ida se inquietó en un principio, ¡seguro que las mujeres tenían que desvestirse para la exploración! Pero sus temores no se vieron justificados. La revisión era sumamente superficial, el médico miraba en un momento la lengua, tomaba el pulso a los pacientes y hacía bajar la cabeza a los niños para ver si tenían piojos.

Ida se habría muerto de vergüenza si hubiese actuado de ese modo con sus hermanitos, pero el médico ya se daba cuenta de qué familias iban desastradas y qué niños estaban bien cuidados. En el caso de Jakob Lange y su comitiva, se limitó a preguntarles si alguien tosía o tenía alguna enfermedad contagiosa. Luego subió las mangas del vestido de Elsbeth para comprobar si tenía enrojecimientos o pústulas en los brazos que pudiesen indicar la presencia de sarampión u otras enfermedades infantiles.

Pocos minutos después, el examen había concluido, todos los emigrantes de Raben Steinfeld gozaban de buena salud, según opinión del médico.

—Así pues, mañana temprano al control de pasaportes —ordenó John Nicholas Beit, que recogió sus certificados en la pensión—. La aduana está al lado del muelle, no hay pérdida. ¡Pero no vuelvan a ir a la iglesia! Hemos acordado la cita para las siete. Les harán el favor de despacharles rápido, ¡no lo dejen escapar! ¡El barco zarpa a las tres!

Así pues, los de Raben Steinfeld —algunos algo ofendidos por el modo altanero con que Beit los trataba— decidieron asistir juntos a la misa de la tarde para rogar a Dios que les concediera un viaje tranquilo. Ida habría preferido quedarse en la pensión. Todavía tenía un frío tremendo y la sala del dormitorio no se caldeaba. De todos modos, había sopa caliente. Le habría gustado acurrucarse en su cama, pero no podía eludir la asistencia a la iglesia. Así que dirigió fervorosas alabanzas a Dios y esperó entrar en calor de ese modo.

A Karl Jensch le fue mucho mejor. Se había ahorrado la misa de la mañana, decidido a hacerlo todo exactamente como indicaban las instrucciones. Así que a las siete y media estaba delante del almacén del muelle en que el médico atendía y un minuto después de las ocho ya estaba de nuevo fuera. De esta forma pudo entregar directamente a Beit su certificado de buena salud y tan solo se sintió algo decepcionado cuando el agente de la New Zealand Company no hizo caso de sus humildes muestras de gratitud. Por lo visto no recordaba su carta, pero, claro, esos hombres tan importantes tenían muchas cosas que hacer. Karl se limitó a saludar con todo respeto también a la chica regordeta, que llegó con una lista para Beit cuando este hubo acabado con el muchacho, y se encaminó hacia la ciudad. No había tenido tiempo hasta entonces de explorarla, pese a que ya llevaba tres días ahí.

Su viaje había transcurrido sin incidentes, aunque había tenido que caminar mucho. Pocas veces había encontrado algún vehículo que lo recogiera. El conductor del último carro, sin embargo, le había dado un buen consejo: en el puerto siempre buscaban voluntarios para cargar y descargar las naves. Ahí había ajetreo día y noche, y Karl, que no tenía dónde hospedarse —el vale de la pensión solo servía para dos noches—, trabajó dos días y una noche antes de instalarse en el albergue. Eso le reportó un buen dinero para el viaje, cosa con la que no había contado. En la pensión había tres comidas gratuitas, así que no necesitaba comprarse nada. Cuando se tendió en una cama en el rincón más alejado de la sala dormitorio, Karl no recordaba ninguna Navidad anterior en que se hubiese sentido tan contento y satisfecho. Lo único que empañaba su alegría era que todavía no había visto a Ida. Había esperado al menos verla de lejos. Pero la dueña de la pensión le explicó que habían alojado a las familias de los emigrantes en otro albergue. Ella misma solo acogía a jóvenes solos, a emigrantes por períodos cortos de tiempo y también a trabajadores del puerto por períodos más largos.

Así pues, mientras Ida hacía cola para hacerse la revisión médica, Karl paseaba por las calles de Hamburgo y admiraba los enormes almacenes del puerto, los suntuosos edificios donde residían las familias ricas de comerciantes y por último las calles comerciales. Ahí encontró una librería donde descubrió, en efecto, un diccionario alemán-inglés. Mejor dicho, descubrió tres. Vacilante, se dirigió al dependiente, que le recomendó un librito verde.

—Mire, aquí no solo tiene las palabras elegidas, alemán-inglés e inglés-alemán, sino que al final incluye giros idiomáticos... —El hombre abrió el librito y le mostró una lista de frases habituales—. Buenos días, *good morning* —leyó en voz alta.

Tampoco era tan difícil, pensó Karl, casi sonaba como el alemán dialectal.

—Está bien, me lo llevo —asintió.

Observó cómo el dependiente lo envolvía y decidió sacrificar un par de peniques más y pedirle algún libro sobre Nueva Zelanda. Ahí no había tanto donde elegir, pero encontraron un volumen delgado dedicado tanto a Nueva Zelanda como a Australia. Karl decidió llevárselo cuando vio, nada más abrir el libro, el dibujo de un nativo neozelandés. Se llamaban maoríes y tal vez la lectura le enseñaría cosas acerca de ellos.

Regresó encantado a la pensión, disfrutó de la sabrosa cena y se fue a dormir pronto. Puesto que las lámparas de gas ardían hasta que la patrona las apagaba a las diez, Karl aprovechó para estudiar un poco. Y mientras se adormecía murmuró sus primeras palabras en inglés.

«*Gud ivinin, Ida! Glad tu si yu!*»

A la mañana siguiente, los ciento cincuenta y tres pasajeros del *Sankt Pauli* se reunieron en la aduana antes de la hora fijada. Esta vez, Karl vislumbró una imagen de Ida y su familia. La gente de Raben Steinfeld estaba toda apiñada. Brandmann se quejaba del modo tan descortés con que los aduaneros lo habían tratado. Al parecer habían registrado sus baúles suponiendo que era un contrabandista...

—¡Ya les advertí que llegasen puntuales y esperasen a que yo viniera! —respondió Beit al indignado emigrante—. Llegar demasiado pronto es tan poco útil como llegar con retraso como ayer. Ahora denme sus pasaportes y esperen aquí. Les iré llamando uno a uno y acabaremos pronto.

En efecto, con la mediación de John Nicholas Beit los trámites se realizaron con extrema celeridad. El agente iba con un padre de familia tras otro a la aduana y a continuación un empleado de la compañía de De Chapeaurouge cogía sus baúles. Los llevaban directamente al barco. Brandmann se lamentaba porque no le gustaba perder de vista sus haberes, pero nadie le hizo caso. Al final, el joven empleado indicó a los de Raben Steinfeld el camino al navío. Karl ya lo conocía. Ya había ido a ver el *Sankt Pauli* el primer día de su estancia en Hamburgo y sabía que se trataba de un antiguo barco de guerra rehabilitado como transporte de pasajeros. Un barco de tres mástiles que con viento favorable navegaba con dieciséis velas.

—¡Un barco totalmente seguro! —le había garantizado un marinero con acento de Hamburgo—. Ahí puedes enrolarte sin el menor reparo.

En esos momentos vio a Ida y su familia encaminándose hacia el muelle, mientras él acompañaba a Beit a la aduana y abría su hatillo para su control. El aduanero casi ni lo miró.

—No tienes aspecto de sacar grandes riquezas del país —bromeó otro—. ¡Suerte con tu nueva vida!

5

Aunque el barco ya estaba listo para embarcar, los emigrantes seguían en el muelle cuando Karl se reunió con ellos. Una rampa con barandilla conducía a la cubierta, de modo que uno podía subir sin correr peligro. Dos marineros estaban preparados para ayudar, pero todavía no se permitía la entrada. Karl distinguió que los futuros colonos habían bajado la cabeza para rezar. Un desconocido alto y calvo, con alzacuellos y una sonora voz dirigía la oración, luego cogió el testigo un sujeto de menor estatura que también se suponía que era clérigo. Ambos rogaron a Dios en nombre de todos para que el viaje transcurriese seguro y por el éxito de la empresa que les esperaba en aquel lejano país.

—Misioneros —comentó alguien.

Karl recordó haber oído hablar en el pueblo de que no solo iban a prestar apoyo espiritual en la nueva tierra, sino también en el mar. Se recogió y rezó con devoción. Un par de filas delante de él, Ida indicaba a sus hermanos que hicieran lo mismo, pero ni Franz ni Anton podían estarse quietos. Los chicos estaban impacientes por embarcar, mientras Elsbeth se agarraba a las faldas de su hermana y sollozaba; parecía tener miedo tanto de subir al barco como de emprender el viaje.

Entretanto, John Nicholas Beit se había reunido con su familia, que esperaba algo apartada. Una mujer robusta y corpulenta y un tropel de hijos entre los cuales también se hallaba aquella joven regordeta que, de nuevo, sostenía una lista en la mano. Había, además, un criado y una doncella. Ambos vigilaban el equipaje de mano de los Beit, un sinnúmero de baúles y cajas, nada comparable a los pobres hatillos que se les había permitido llevar a los colonos. Pero Beit había bajado la cabeza para rezar como el resto, aunque parecía impaciente. Estaba deseando meter de una vez a su rebaño en el barco.

Antes, no obstante, apareció en la rampa un hombre delgado, de estatura media y con uniforme de capitán, que se mantenía tan erguido que daba la impresión de ser más alto que el corpulento Beit.

—¡Damas y caballeros! —saludó a los reunidos en voz fuerte y autoritaria—. Les doy la bienvenida a bordo del *Sankt Pauli*. Mi nombre es Peter Schacht y soy su capitán. Es decir, el responsable de que su travesía sea segura y agradable, con la ayuda de Dios... —Dedicó un gesto a los misioneros, mientras el calvo lo miraba con severidad—. No duden en dirigirse a mí si tienen cualquier pregunta. Su bienestar es para mí un imperativo. Con toda certeza, durante la travesía sufrirán ustedes las estrecheces e incomodidades propias de la limitación de espacio en un barco. Por desgracia, eso no puede cambiarse, pero haré lo posible por contentarlos a todos. En general, olvidarán pronto las penurias del viaje cuando tengan ante su vista la belleza de su nuevo hogar. Así pues, suban por favor sin prisas, las familias no se separarán. En la entrecubierta les esperan miembros de la tripulación que les mostrarán sus alojamientos. En primer lugar, pido que suban los pasajeros de los camarotes de la cubierta superior. El señor Beit con su familia y los señores pastores Wohlers y Heine...

En total fueron diecisiete las personas que acudieron a esta llamada. La hija mayor de Beit todavía discutió un poco con su padre. Ella habría preferido quedarse en la rampa para completar la lista, pero su madre no la dejó. Al final, el propio Beit se apostó con los documentos al pie de la pasarela y fue marcando el nombre de los que iban subiendo. Karl se puso al final de la cola; Ida y sus hermanos ya hacía rato que habían embarcado cuando el chico subió a cubierta. Le habría gustado echar un vistazo alrededor, pero un marinero hacía señas desde una pequeña escotilla para que pasaran al interior de la nave. Detuvo a Karl cuando encontró su nombre en la lista.

—¡Los que viajan solos, los últimos! —dijo—. Los demás pasarán primero. Mientras, os podéis ir presentando.

Remitió a Karl a tres jóvenes que esperaban tras él, dos rubios desgarbados que no conocía y, para su sorpresa, ¡Ottfried Brandmann!

—¿Qué haces tú aquí? —Ottfried miró atónito a Karl—. ¿De dónde has sacado el dinero para el pasaje?

—¡Yo también te deseo un buen día, Ottfried! —lo saludó Karl complacido. Ahora que ya estaba a bordo, le divertía destapar su secreto—. Y...

—¡Aquí no necesitamos dinero! —intervino uno de los rubios, y vaciló—. Es así, ¿no, Hannes?

Su acompañante asintió tranquilizador.

—Gracias a Dios, la compañía neozelandesa nos paga la travesía —aclaró con énfasis—. A ti también, ¿o qué? —preguntó a Ottfried.

Este resopló rabioso.

—Mi familia ha pagado por las tierras que tendremos en propiedad en Nelson —explicó—. El pasaje está incluido en el precio. De todos modos, me pidieron que compartiese camarote con otros jóvenes porque el de mi familia es pequeño. Pero no me hablaron de escoria ni de pobres. ¡Marinero! —Ottfried se acercó a un miembro de la tripulación que en ese momento enviaba a dos mujeres que viajaban solas hacia su camarote—. ¿Es que no hay diferencias entre los alojamientos de los pasajeros que pagan y los que no pagan? ¡Mi padre se quejará si me instalan en peores condiciones que a mi familia!

El tripulante se encogió de hombros.

—El capitán recibe lo mismo por cualquier persona que entregue sana y salva en Nelson —respondió—. Y ahí abajo todos los alojamientos son iguales. El vuestro quizás es un poco más pequeño, pero no iréis cambiando pañales a nadie. Además, deberías agradecer por alojarte con estos jóvenes. ¡Estar entre niños que berrean y se marean es un infierno!

Pese a las explicaciones, Ottfried daba la impresión de estar indignado. Entretanto resonaban otras voces enojadas desde el interior del barco.

—¡Esto es intolerable! —gritaba Jakob Lange—. ¡Quiero hablar inmediatamente con el señor Beit!

El marinero puso los ojos en blanco.

—¡Ahí hay otro al que tampoco le gusta su alojamiento! Bien, es mejor que entréis y ocupéis vuestro camarote. En cuanto lleguéis abajo, a la izquierda.

Señaló la escalera y los dos rubios descendieron por ella sin titubear. Karl los siguió, sin sorprenderse del aspecto de la entrecubierta. A fin de cuentas, había descargado esos últimos días distintos *Amerikafahrer* y también había ayudado al carpintero del barco a instalar la entrecubierta de los barcos vaciados. Los veleros llevaban carga humana a las colonias, y a la vuelta traían artículos de consumo. Mientras que en la parte inferior del barco se cargaban los baúles de los viajeros y las provisiones, se introducía otra cubierta entre el suelo del barco y la sobrecubierta, la entrecubierta: sobre unos toscos maderos se levantaban tabiques con camastros donde dormir. Naturalmente, en el alojamiento de los chicos el espacio era sumamente angosto, las dos literas casi ocupaban por entero la diminuta habitación. Karl escogió solícito una de las camas superiores, no tenía más que su pequeño hatillo y los dos libros, y Ottfried seguramente insistiría en quedarse la cama de abajo, que parecía más cómoda. Pero este último volvió a quejarse.

Ida encontró lamentable que lo primero que hiciera su padre fuera levantar la voz, pero comprendía su indignación. También ella se había desmoralizado al bajar a la entrecubierta y ver su alojamiento. Los Lange tenían que compartir una cabina para cuatro con unas camas estrechas que, por añadidura, estaban colocadas unas encima de otras.

—Es lo suyo —respondió el marinero que les atendía—. Tres adultos... —señaló a Jakob, Anton e Ida—, y dos niños que comparten cama. Así está previsto, nadie tiene más sitio.

—¿Que nadie tiene más sitio? —tronó Lange—. ¿Y qué ocurre con los Beit? ¿Y con los misioneros? ¡Esos sí que tienen sitio para la servidumbre!

El marinero hizo un gesto de impotencia.

—Entonces tendría usted que haber reservado primera clase, señor —explicó—. Pero es caro. Un pasaje cuesta más que el pasaje de toda una familia en la entrecubierta. Si desea cubrir la diferencia, hable con el capitán. —Y dicho esto, se dio media vuelta para atender a otros pasajeros descontentos.

—¡Yo no duermo con Franz en una cama! —declaró Elsbeth con determinación. Por fin había dejado de llorar por el aspecto de la cabina y en su lugar estaba resuelta a luchar.

Ida suspiró. Ya veía que le tocaría a ella compartir cama con su hermano pequeño durante la travesía. Al menos si quería que más o menos reinara la calma. Elsbeth tenía doce años, una edad difícil, y era terca, sabía imponerse. Además era la favorita del padre, que con frecuencia hacía la vista gorda ante sus berrinches y escapadas, algo que a Ida, a la edad de Elsbeth, le hubiese valido unos azotes.

—¡Tampoco está bien que una niña y un niño duerman en la misma cama! —se quejó Elsbeth.

Con este argumento intentaría convencer a su padre y seguramente lo conseguiría. Entonces este ordenaría que Franz durmiera con Anton y se armaría un nuevo alboroto.

—¡Pero yo necesito una cama! —Franz estaba a punto de romper a llorar. Temía que tal vez lo abandonaran allí.

—No pasa nada, te vendrás conmigo —lo tranquilizó Ida—. Nos acurrucaremos bien apretados y estaremos calentitos cuando los otros tiriten de frío.

Franz se calmó en el acto.

—¡Elsbeth tendrá frío, Elsbeth tendrá frío! —canturreó mientras Ida hacía las camas.

Se habían distribuido sacos de paja y disponían también de unas mantas gruesas.

En la entrada a los camarotes se producía en esos momentos una discusión entre Jakob Lange, Peter Brandmann y John Nicholas Beit, en la que se metió también Ottfried. El prometido de Ida se quejaba de su alojamiento, lo que no la sorprendía. Pero entonces aguzó el oído: habían mencionado el nombre de Karl Jensch.

—¡Pues sí, tal como os digo! —exclamaba el joven, dirigiéndose a su padre y a Jakob Lange—. Comparto mi alojamiento con ese Jensch, un jornalero, un pícaro y un maleante que no ha pagado ni un penique por su pasaje. Y tiene una cama, como todos los pasajeros que sí han pagado...

—¿Da dormitorios a pobres diablos, Beit? —increpó Brandmann—. ¿Y a una familia de seis personas la mete en un cuartucho oscuro con cuatro camas?

Era evidente que también habían asignado a Brandmann un camarote como el de Lange. Los cuatro hijos menores, algunos de los cuales ya tenían más de trece años, habían tenido que repartirse dos camas.

—¡Conmigo no utilice este tono! —La voz de John Nicholas Beit resonó cortante y tan decidida que silenció de golpe el rumor imperante de los pasajeros que se instalaban en los camarotes de alrededor—. Ustedes sabían que habían reservado un pasaje en la entrecubierta. ¿Qué esperaban ahí? ¿Camas con doseles? Y claro que hemos dado un lugar a los emigrantes voluntarios cuyo pasaje financia la compañía. Se trata de adultos. ¿O debería haberlos puesto en las camas de sus hijas? —Lange y Brandmann se quedaron sin respiración—. Y ahora ocupen sus camarotes y no obstaculicen más la circulación. El buque va a zarpar...

—¡Quiero hablar con el capitán! —exigió Brandmann.

—¿Peter, qué significa todo esto...? —intervino su esposa, intentando calmar los ánimos—. El capitán ya sabe cómo estamos alojados. Siempre ocurre así...

—¡Es intolerable que un jornalero salga mejor parado que nuestros hijos! —insistió Lange—. ¡Dé esa cama a mi hijo y que el jornalero duerma en el suelo!

Ida sintió pena por Karl. ¡Menos mal que no estaba ahí para escuchar lo que decían! Pero al menos Beit tomó partido por él.

—¡Ese joven no puede dormir en el suelo! —gruñó—. Hay normas al respecto. Ustedes mismos verán por qué es imposible cuando el oleaje sea alto y se filtre agua.

—¿Va a entrar aquí el agua? ¿Es que va a inundarse esto?

Brandmann se olvidó de golpe del jornalero y empezó a quejarse de la pésima confección de las vigas y tablas de la entrecubierta.

Ida dejó de escucharlos. En ese momento también se sobrepuso a la vergüenza que había sentido por el hecho de que su familia estuviese en el centro de un alboroto. Tras saber que Karl estaba a bordo, le daba igual lo que los demás emigrantes, resignados a su destino, pensaran sobre los Lange y los Brandmann. El corazón de Ida latió más deprisa. ¡Qué bendición para Karl poder empezar desde cero en Nelson! Ignoraba lo que sucedería en Nueva Zelanda, pero se decía que en América todo el mundo podía labrarse su destino, también un pobre diablo.

En cuanto a ella... Lo soportaría, otros ya habían sobrevivido al viaje en la entrecubierta. De repente sintió algo así como alegría, pero se prohibió la reconfortante idea de que ya no estaba sola.

Los pasajeros de la entrecubierta no tenían permiso para subir a la cubierta para contemplar por última vez su país natal. El barco, explicaba el capitán Schacht, era demasiado pequeño para eso, los marineros necesitaban espacio para maniobrar. Más de cien personas por ahí, probablemente llorando y agitando la mano, no harían más que molestar. Casi nadie protestó. Los emigrantes procedían casi todos del rural Mecklemburgo y no se interesaban por la última visión de Hamburgo, ni tenían familiares que los hubiesen acompañado al muelle. Así que solo se derramaron unas pocas lágrimas cuando el *Sankt Pauli* soltó amarras.

Jakob Lange reunió a los miembros de su congregación en el pasillo de los camarotes para rezar una breve oración a la que, para su regocijo, se unieron otros emigrantes. Todos eran antiguos luteranos, lo que enseguida creó vínculos, y también viajaban en grupo. Solo dos familias de los alrededores de Güstrow habían decidido viajar independientemente de su comunidad. Lange estaba convencido de que antes de llegar al nuevo país, todos se habrían unido en una única congregación. Solo los que viajaban solos constituían la excepción y eran vistos con el consecuente recelo. Hannes y Jost, los compañeros de camarote de Karl, eran los únicos que no procedían de Mecklemburgo, sino de Hamburgo. Karl no averiguó enseguida si eran antiguos luteranos o reformados, pero parecían sumamente creyentes y participaban con fervor en las oraciones. Hannes contó que Beit los había reclutado en una misión cristiana para marineros, donde ellos habían ido a parar por razones que no explicó en detalle. La iniciativa, pues, había salido de Beit. Según la larga perorata de Hannes, había aparecido en el asilo y les había ofrecido los pasajes «como un ángel en persona». Hannes se santiguó al relatarlo.

Karl se maravilló. ¿Acaso era él realmente el único jornalero y pobretón de todo Mecklemburgo que se había dirigido a Beit pidiéndole una oportunidad para poder emigrar? ¿Es que en los pueblos pequeños no había hijos de campesinos o arrendatarios que hubiesen emprendido el viaje gratis, tal vez incluso con la bendición de su comunidad? Eso habría sido mucho más sencillo que ir a buscar colonos en asilos de mendigos, pensó.

La primera noche transcurrió serena, pero la embarcación todavía se deslizaba por la desembocadura del Elba. Hasta el día siguiente no llegaron por fin a mar abierto. Beit aprovechó la bonanza del tiempo para familiarizar a los pasajeros con la manera en que se desarrollaba la vida cotidiana a bordo, y quedó claro que tenía la intención de dirigir un disciplinado regimiento. Ya la primera mañana reunió a todos los hombres en cubierta y distribuyó las tareas. Lange y Brandmann se encargaban de las raciones de comida, otros del reparto de la misma, y otros de las tareas de vigilancia y orden.

—Son ustedes los encargados de que el reglamento del barco se cumpla rigurosamente —señaló Beit.

Con voz sonora recitó todo el catálogo de sanciones con que se castigaba la infracción de las normas. Entre otras cosas, los pasajeros de la entrecubierta no estaban autorizados a permanecer en cubierta, solo podían tomar aire fresco una hora al día y acudir el domingo a misa.

—¡Como en la cárcel! —se indignó Ottfried, pero luego se consoló con la importante misión que le asignaron: vigilar la distribución del rancho.

También otros emigrantes se habían ofrecido para realizar distintas tareas. Todos se tomaban sus tareas muy en serio y hacían valer su autoridad. Cuando Karl fue a buscar las raciones de la cena para su camarote, lo controlaron tres veces por el camino. A la mañana siguiente incluso reprendieron a Hannes por no vestir de forma adecuada, y lo enviaron de vuelta al camarote cuando iba a los retretes con el torso desnudo.

El mismo Karl no se había ofrecido para realizar ninguna tarea, aunque tampoco se la habrían asignado. La gente de Raben Steinfeld no le dirigía la palabra. Se rumoreaba que había conseguido el pasaje «de forma subrepticia». También Beit era algo antipático. A lo mejor ya se arrepentía de haber cedido a la petición del jornalero, a fin de cuentas había tenido problemas con Brandmann. Karl había oído hablar de la discusión que se había producido en el pasillo. Así que se recluyó y pasaba el tiempo con sus libros en el camarote. Leyó el librito sobre Nueva Zelanda deprisa y profundizó luego en el diccionario inglés. Solo abandonaba el camarote durante la hora libre en que les permitían salir a la cubierta. Alimentaba la esperanza de ver ahí a Ida e incluso de entablar conversación.

Los dos primeros días, sin embargo, eso resultó imposible. La joven se hallaba rodeada por la gente de Raben Steinfeld junto a la borda y contemplaba asombrada el mar, que se desplegaba gris e infinito. Puesto que soplaba poco viento, no había oleaje y tampoco se deslizaban témpanos por el agua. Era una superficie gris como el acero que ondulaba ligeramente y se fundía a lo lejos con el cielo también gris. Karl encontró esa visión menos conmovedora de lo que se había imaginado tras leer el libro del capitán Cook, sino más bien monótona y deprimente.

Sin embargo, al tercer día, ya en el Atlántico, se levantó viento. De repente las olas mostraban unas crestas de espuma que rompían en los flancos del barco y salpicaban a quienes se atrevían a asomarse a la borda. Llovió también por vez primera. Una lluvia fina y fría como el hielo azotaba las mejillas de los pasajeros, y los tripulantes acabaron conduciendo a la gente a sus alojamientos antes de la hora señalada.

—Se avecina una tormenta —advirtió un marinero a Karl, que en lugar de protestar como muchos otros, había preguntado amablemente por el motivo de que los sacaran de la cubierta—. Cerramos las escotillas.

En efecto, Karl observó preocupado que cerraban las aberturas de la entrecubierta. De ese modo el aire todavía se cargaría más y la gente se quejó cuando, además, oscureció antes de hora. El movimiento del barco, cada vez más intenso, infundía miedo a los viajeros, algunos de los cuales empezaron a marearse y colapsaron los retretes. Pero eso era solo el principio. La tormenta no tardó en zarandear la embarcación, y la entrecubierta se convirtió en un infierno de ruido, objetos rodando de aquí para allá, y personas rezando, gritando y vomitando.

Karl, que al principio se quedó en su camarote, oía a los encargados del orden impartir consignas a gritos y a las mujeres llorar. Habría preferido centrar su atención en los sonidos de la cubierta superior, en los gritos de los marineros, del viento en las velas (¿o acaso se recogían las velas con ese tiempo?). Tal vez de ahí se habría podido deducir cuál era el auténtico peligro de la tormenta. Encontró tranquilizador que Hannes y Jost, quienes ya tenían experiencia en navegar, no estuvieran especialmente inquietos. Simplemente trataban de dormir. Karl, por el contrario, no aguantó tanta inactividad. Se abrió camino, pese a que el suelo se balanceaba peligrosamente, hacia donde suponía que se encontraba el camarote de Ida. Quizá no la vería, pero sentía la necesidad de estar cerca e incluso de dirigirle un par de palabras reconfortantes.

Y entonces se cruzó con ella en el pasillo. Pálida, agotada y temerosa, balanceaba un cubo lleno de vómitos hacia los retretes.

—¡Ida! ¿Estás bien? —De modo espontáneo, Karl trató de cogerle el cubo, pero ella lo retuvo con fuerza, le resultaba demasiado lamentable.

—¿Bien? —preguntó débil. Karl era consciente de que su pregunta había sido absurda—. ¿El barco se hunde y tú me preguntas si estoy bien?

Él hizo un gesto de rechazo.

—El barco no se hunde. En el Atlántico siempre hay tormentas, ya lo cuenta el capitán Cook. Y a mí me dijeron que el *Sankt Pauli* es sólido y resistente. El balanceo durará unas horas, luego volveremos a la normalidad.

La gente se amontonaba delante de los retretes. Los encargados de mantener el orden intentaban controlarla, pero unos a otros se empujaban desesperados por llegar al váter y algunos, que no lo conseguían, vomitaban allí mismo.

—No hay suficientes retretes. —Karl suspiró e intentó abrir paso a Ida—. Solo tres para más de ciento treinta personas...

Ida se recogió un mechón bajo la capota. Se veía desarreglada, al igual que las esposas de los antiguos arrendatarios, que por lo general iban tan aseadas. Con esa tormenta habían tenido tareas más urgentes que colocarse bien la capota y alisarse los delantales.

—Beit ha asegurado a mi padre que solo se podía poner a disposición uno por cada cincuenta personas...

Karl hizo una mueca.

—Vaya, pues entonces hemos tenido suerte —observó sarcástico—. ¿No estás mareada?

—No. Pero los demás sí. Elsbeth cree que se va a morir... ¿Será así el resto del viaje, Karl?

Se tambaleó cuando el barco fue empujado por una ráfaga de viento. Karl la agarró y por un segundo la estrechó entre sus brazos.

—Disculpa. —Ida se liberó enseguida de él y se puso roja como la grana, como si Dios le hubiese susurrado una advertencia—. Tengo que volver... es posible que hayan vuelto a vomitar.

La muchacha por fin había logrado vaciar el cubo y avanzó a tientas por el pasillo oscuro hacia su camarote, Karl la siguió dispuesto a volver a cogerla si perdía de nuevo el equilibrio.

—Estoy aquí por si me necesitas —dijo a media voz, cuando ella desapareció tras la improvisada puerta—. Si es que puedo ayudarte en algo...

Ida rechazó la ayuda valientemente, pero no pudo mantener por mucho tiempo su negativa. Lo que sucedía en el camarote de su familia sencillamente la superaba. Los pequeños lloraban y vomitaban cada dos minutos. Anton no servía para nada, yacía gimoteante en una de las camas. Incluso el padre era incapaz de levantarse de la litera para ir a los lavabos y vomitar. Cuando no estaba devolviendo, rezaba con un hilillo de voz. Al instante, Ida volvió a salir oscilando al pasillo con el siguiente y apestoso cubo, y esta vez no protestó cuando Karl se lo cogió.

Al final, ambos pasaron una noche terrible. Karl iba llevando los cubos llenos de vómito y pronto también de excrementos, pues el pequeño Franz se lo había hecho encima, tanto miedo tenía. Karl volvió a cargar con otro cubo y lo devolvió con agua para que Ida pudiese fregar el suelo. Y luego, tal como había predicho Beit, entró agua. Las olas debían de ser altísimas para inundar la cubierta y el agua se filtraba en la entrecubierta por las escotillas, no lo bastante herméticamente cerradas. Karl se esforzaba por recoger los ríos de agua que llegaban al pasillo, delante del camarote de

Ida; para ello la tripulación había facilitado a los pasajeros bayetas y cubos. Pero al poco tiempo ese caldo, mezclado con suciedad y vómito, ya llegaba a la altura de los tobillos.

Elsbeth gritaba como una histérica cuando al final el agua se introdujo también en el camarote y Karl escuchaba a Ida intentando tranquilizarla.

—¿Es que no lo habéis oído antes? ¿Cuando padre y el señor Brandmann han hablado con el señor Beit? El señor Beit ha dicho que era normal...

Nadie se lo había comunicado a Karl, y tampoco lo sabían los otros pasajeros que no se encontraban presentes cuando Beit y Lange habían discutido. La inundación provocó las lógicas reacciones de pánico. Los viajeros volvieron a gritar y rezar en voz alta. Delante de las salidas se amontonaban, histéricos, los que querían acceder como fuese a la cubierta y que todavía se asustaban más cuando veían las escotillas cerradas. Parecía que esa pesadilla nunca iba a concluir.

Pero la tempestad cesó de repente. El viento amainó y el barco volvía a navegar sereno. Karl vio que Ida salía exhausta del camarote.

—¿Crees... crees que ya ha pasado? —preguntó, frotándose los ojos.

Karl se encogió de hombros. Le dolían, igual que la espalda y, en realidad, todo el cuerpo. Durante horas se había esforzado por mantener el equilibrio sobre el suelo oscilante para no derramar el contenido de los cubos.

—Eso parece —respondió para consolar a Ida—. Puedo tratar de encontrar a alguien que responda a tu pregunta, pero seguramente tardaré, todos los marineros están ocupados. ¿Tengo... puedo entonces... volver?

Ida negó pesarosa con la cabeza.

—Si ya ha pasado, mi padre pronto se sentirá mejor. Y se enfadará conmigo si te ve aquí.

Karl sonrió con amargura.

—Pues debería estar agradecido... Seguro que no me ve con

buenos ojos, ¿verdad? No quiere verme a tu lado... —señaló los pasillos— ni dentro del barco.

Ida asintió y se apartó el cabello del rostro. Todo estaba mojado en la entrecubierta. Hasta ese momento, Karl no había notado la ropa empapada.

—Es lo que todos opinan —dijo Ida en voz baja—. Dicen que has dejado el lugar que Dios te ha asignado. Que has infringido las normas...

Karl la miró a los ojos enrojecidos por el esfuerzo y en las mejillas, por lo general pálidas, vio unas manchas púrpuras. Se le había soltado el pelo y asomaba por debajo de la capota húmeda de sudor; el vestido sucio colgaba mojado. Pero él la encontraba hermosísima. Y quería saber qué pensaba ella.

—Pero yo recé para tener esta oportunidad —observó él—. A lo mejor Dios oyó mis ruegos. —Se acercó y puso las manos con suavidad sobre sus brazos, como si quisiera evitar que ella rehuyera contestar a su pregunta—. ¿O habría tenido que rezar para ser sumiso?

Ida no respondió, pero su rostro reflejaba un abanico de sentimientos cambiantes. Preocupación y miedo, resignación y rebelión.

—¿Debería haberme quedado allí rezando para ser sumiso, Ida? —insistió Karl, con un tono más duro.

Pareció como si la chica quisiera desprenderse de él, pero cedió y sacudió con vehemencia la cabeza.

—Me alegro de que estés aquí —susurró deprisa—. Y quizá... quizá yo también haya rezado por ti.

6

En los días siguientes, el tiempo mejoró un poco, al menos no hubo otra tempestad. Pese a ello, las invasiones de agua estaban a la orden del día, no era necesario que la cubierta se inundase. Bastaba con las fuertes lluvias que en ese período del año caían casi a diario.

—A quién se le ocurre emigrar en pleno invierno —observó uno de los marineros a quien Lange se estaba quejando de las contrariedades—. En el Atlántico ya hay tormentas en pleno verano, así que imagínese ahora... ¡Es un milagro que todavía no esté peor!

Ida ya encontraba la situación lo suficientemente desagradable. Después de la tempestad, la entrecubierta no había vuelto a secarse. Ni su ropa ni la de los niños dejaba de estar húmeda, y cambiarse era inútil pues también los hatillos con las pertenencias estaban mojados. La entrecubierta olía a moho y podredumbre, y los pasajeros tenían problemas con los retretes, que rezumaban porquería. Tampoco se podía ventilar, ya que con esa incesante lluvia había que dejar cerradas las escotillas. Por supuesto, la gente se quejaba, y Beit todavía lo empeoró todo cuando hizo responsables del caos de la entrecubierta a los encargados del orden. Los sustituyó hablándoles con rudeza. Como las cosas no mejoraron con los nuevos vigilantes, recortó —sin obtener mejores resultados— las raciones para castigar a los futuros colonos por no ocuparse de que en sus alojamientos reinara el orden y la limpieza. Lange protestó en nombre de los de Raben Steinfeld y de inmediato perdió su cargo en la cocina.

Para disgusto de los emigrantes, Beit se comportaba de forma más despótica. Impartía reglas a los encargados del orden, establecía a su libre albedrío el tamaño y la combinación de las raciones de comida y mandó a algunas jóvenes al camarote de su familia para limpiarlo y echar una mano a la doncella. Cuando las muchachas regresaron, informaron con voz entrecortada de lo confortables que eran los alojamientos de los pasajeros de primera clase, lo que todavía encendió más la cólera de la gente. Sufrían a causa de la escasez de comida y la humedad de la entrecubierta. Cuando los primeros niños empezaron a toser y un pequeño murió de neumonía, la situación se tensó casi al límite.

Karl se consolaba pensando que la terrible situación era pasajera. Pronto, así se lo habían comentado los marineros, el barco llegaría al golfo de Vizcaya y el tiempo sería más benigno. Y después se volvería más caluroso...

—¡Demasiado caluroso! —exclamó sonriente un tripulante—. Espera y verás, en un par de meses estaréis quejándoos del calor.

Karl no podía imaginárselo, pero estaba dispuesto a dar crédito a aquellos hombres, muchos de los cuales ya habían recorrido varias veces esa ruta. Se mantenía lejos de sus compañeros de viaje y pasaba las horas inmerso en sus estudios de inglés. Ya hacía tiempo que se sabía de memoria todos los giros idiomáticos del librito, ahora empezaba a buscar palabras que le parecían importantes y a aprenderlas. Ardía en deseos de practicar con alguien y al principio se buscó a un interlocutor en las horas que le quedaban libres. Parecía complicado. Los pasajeros de primera clase —Karl suponía que al menos la familia de John Nicholas Beit sabía inglés— no se mezclaban con el resto, sino que permanecían en sus camarotes cuando la gente de la entrecubierta salía a tomar el aire. Solo se veía de vez en cuando a los misioneros, que los fines de semana dirigían grupos de oración. Karl se atrevió al final a abordar a uno de ellos, el pastor Wohlers, pero él tampoco conocía el idioma inglés.

—¡Ya tendrá ocasión, joven, cuando estemos en tierra! —señaló.

Karl se preguntaba cómo iba a apañárselas ese hombre en la misión. Los nativos no sabrían nada de alemán. En el mejor de los casos, se les podría predicar en inglés. Pero tal vez el pastor tenía la intención de aprender la lengua de los maoríes que, por otra parte, debía de ser bastante singular, por lo que Karl había deducido del libro. Fuera como fuese, el joven tenía que recurrir a otros medios para practicar el inglés. Aunque eso significara saltarse las normas.

Una tranquila y bonita mañana en que se colaron en la entrecubierta unos rayos de sol, subió las escaleras que conducían a la cubierta superior y salió en busca de alguien con quien conversar.

Jane Beit exponía el rostro al sol y disfrutaba del calor sin que eso serenase especialmente su humor. Había tomado la costumbre de pasear un poco cada mañana por cubierta. Lo mejor era hacerlo durante el desayuno, así su madre no podía criticarla por las grandes raciones con que se tragaba el aburrimiento y depresión que sentía. Sabía, por supuesto, que no le sentaba bien comer tanto y se había propuesto sustituir cada día el desayuno por un paseo. Sin embargo, después solía estar congelada y otra vez de mal humor, y Peter Hansen, el mayordomo, ya tenía preparada una taza de chocolate caliente para ella.

Al menos el tiempo parecía mejorar. Así tal vez podría pasar más tiempo en cubierta y no tendría que oír las disputas de sus hermanas ni las discusiones religiosas que mantenían los misioneros. Su padre no dejaba de meterse con los futuros colonos, que eran unos inútiles y unos descuidados: ya habían perdido a un niño y, si las condiciones no cambiaban, podían producirse epidemias y morirían todavía más personas. El médico lo confirmó y aconsejó que se adoptaran severas medidas para que la gente se atuviese a las reglas y cuidase de la higiene. Los misioneros rezaron para que Dios brindara su ayuda y comprensión a los hombres que viajaban bajo la cubierta.

También los pasajeros de primera clase se unieron a las oraciones, pero Jane sabía perfectamente que su padre solo pensaba en su provecho personal. En lo que a ella concernía, sus expectativas se habían cumplido. No había nada, absolutamente nada, que pudiera hacer desde que el barco había zarpado. Estaba condenada a aburrirse sin remedio. Entretanto, se dedicó a buscar ballenas, que ahí, según el capitán, aparecían con frecuencia. Y eso que las ballenas le resultaban indiferentes e incluso sentía una especie de odio hacia ellas, debido al corsé de barbas de ballena que su madre le obligaba a llevar ahí en el barco y que le ceñía inmisericorde el cuerpo.

Jane pasó sin saludar junto a un marinero que fregaba la cubierta y descubrió por fin a alguien para descargar su mal humor. ¡Un pasajero de la entrecubierta andaba deambulando por ahí! Y ni siquiera intentó esconderse cuando ella se aproximó, sino que sonrió amistosamente. ¡Y ahora hasta se atrevía a dirigirle la palabra!

—*Good morning, lady!* —dijo, pronunciando tal cual.

Jane lo miró incrédula.

—*Isn't a nice day?*

Jane frunció el ceño. El joven parecía desconcertado.

—¡Usted no puede andar por aquí! —le dijo ella en tono imperioso—. ¡Menuda desfachatez! ¡O se retira a su camarote o tendré que informar a mi padre!

El hombre, joven, rubio y en realidad no tan loco como le hacía parecer esa endiablada forma de hablar, la miró atónito y en cierto modo herido. Jane casi tuvo ganas de volver a expresarse con condescendencia, pero se lo pensó mejor. ¿Qué le importaba a ella ese chiflado? Se dio media vuelta y se dirigió hacia los camarotes. Dignamente, esperaba ella. No tenía que engordar nunca tanto como para acabar anadeando como un pato igual que su madre.

Karl la siguió infeliz con la mirada y se aproximó después al marinero, que contemplaba a Jane moviendo la cabeza.

—¿He hecho algo mal? —preguntó al hombre.

Este se encogió de hombros.

—Pues no lo sé, no escuchaba —respondió en dialecto hamburgués, aunque se esforzaba en hablar en alto alemán—. Pero es probable que no hayas hecho nada. Esa señorita siempre está así, no hay que preocuparse. Le echa bronca a todo el que se le cruza...

Karl se frotó la frente.

—Es que... he hablado en inglés con ella. Y a lo mejor he dicho algo que... que quizá la ha ofendido.

El marinero, un hombrecillo de ojos saltones, miró un momento al alto muchacho antes de seguir fregando la cubierta.

—¿Qué le has dicho? —inquirió sin volverse.

Karl repitió las palabras que le había dirigido a la joven.

El marinero interrumpió la tarea y lo miró con una mueca.

—Bueno, ofenderla no la habrás ofendido —confirmó—. Pero eso tampoco es que sea inglés.

—¿No? —Karl se quedó desconcertado—. ¡Pero si está aquí, en mi diccionario! Lo he comprado en Hamburgo. ¿Y ahora resulta que no es cierto lo que pone? —El precio que había pagado por el libro... y todas las horas que había perdido estudiándolo... ¿Y para nada?

El marinero se echó a reír.

—Lo que pone en el libro será verdad —respondió tranquilizador—. Lo que pasa es que se pronuncia distinto a como se escribe. Es lo que creo yo, aunque no he leído mucho inglés...

—Pero ¿lo ha hablado? —preguntó ansioso Karl—. Usted... tú... ¿tú hablas inglés?

El hombre silbó entre los pocos dientes que le quedaban.

—Bueno, no como la gente fina —observó—. Solo lo que se aprende en el puerto... a pedir una cerveza y un ron, a buscarme a una puta, a regatear o comprar algo que comer...

La comida estaba al final de la lista del marinero, mientras que lo primero que Karl había aprendido era el nombre de los alimentos más habituales. Justo después de «trabajo» y «dinero».

—¡Di algo! —le pidió al marinero.

Este volvió a hacer una mueca.

—A ver, lo que querías decirle a esa señorita se dice bien así: *Gud monin, leidi.* Los ingleses más bien dirían *miss.* El capitán llama a la lady «*miss* Jane» o «*miss* Beit».

—¡*Miss* significa «señorita»! —señaló ávido Karl. Acababa de aprender esa palabra y felizmente se escribía igual que se pronunciaba. Pero las otras...

—*Isn't a nais dei?* —repitió el marinero cuando Karl le tendió el diccionario con los giros idiomáticos.

Sonaba muy extraño y a Karl le zumbaba la cabeza. Pero al menos ahora conocía a un experto.

—¿Me puedes enseñar? —pidió—. A cambio te pagaría... —Con el corazón encogido calculó el dinero que tenía.

El marinero, sin embargo, negó con la cabeza.

—Lo poco que sé seguro que tampoco es correcto del todo. Guárdate el dinero...

—¡Pero sabes más que todos los demás! —suplicó Karl—. ¡Por favor! No puedo... ¿no puedo hacer algo por ti? A lo mejor ayudarte aquí... —Señaló la cubierta—. Y me enseñas a cambio. Pero ¿cómo te llamas?

El hombrecillo se presentó con el nombre de Hein y Karl le dio a conocer el suyo. E inmediatamente se puso a buscar un cubo y un cepillo.

—Tú no deberías estar en la cubierta —objetó Hein—. ¿Cómo te las apañarás?

Karl meditó. Estaba decidido a pagar por su clase. Por un momento pensó en pedir a Beit un permiso especial. Pero seguro que no era buena idea... Vacilante, levantó la vista al puente y vio al capitán Schacht hablando con el timonel.

Karl reunió todo el valor que pudo. El capitán les había dado una bienvenida muy cordial al subir al barco y siempre intentaba calmar los ánimos cuando los pasajeros discutían con Beit. También dio la impresión de ser un hombre afable durante el casamiento de dos parejas y el funeral del pequeño Rudolf. No se lo pensó más. Si el capitán se enfadaba por su osadía, tampoco lo arrojaría al mar.

Resuelto, subió al puente y se sintió esperanzado cuando Schacht sonrió.

—¿En qué puedo servirte, hijo?

Poco después, Karl tenía un trabajo como ayudante en la cubierta y había aprendido que en inglés trabajo se decía *job*. Tenía que echar una mano a Hein y los otros marineros, y al capitán le resultaba indiferente la lengua que hablara al hacerlo. Al final, Schacht incluso se despidió de él en inglés, y Karl encontró que sus palabras sonaban amistosas aunque no entendiera su significado.

—*So good luck, boy. After you have finished your studies, you will be welcome in every harbour. I hope they won't forget to teach you the word «french desease»...*

El tiempo mejoró en las siguientes semanas, brilló el sol y a diferencia de los pasajeros de la entrecubierta, pálidos como muertos, Karl pronto se bronceó trabajando al aire libre. Los marineros le hacían fregar la cubierta, repasar los botes salvavidas y, a veces, ayudarles a izar las velas. Mientras trabajaba, le iban enseñando palabras en inglés cuyo significado, en parte, ni siquiera conocía en alemán. Tenía el presentimiento de que se trataba de cosas que como cristiano no debía necesariamente conocer. Aun así aprendía muchas cosas de provecho y, en cierto momento, comprendió que la pronunciación de las palabras de su diccionario respondía a unas reglas. Una doble O se pronunciaba siempre como una U; una A casi siempre como EI; y una E como una I. Estudiaba el libro en su tiempo libre y empleaba lo que acababa de aprender al hablar más tarde con los marineros. Por desgracia, ignoraban muchas cosas, ya que para ligar con una chica en el puerto no se necesitaba ni arado ni rastrillo, ni semillas ni pala. A Karl le resultaba también difícil componer frases con las palabras que aprendía. Los conocimientos de los marineros se limitaban a expresiones hechas y él no comprendía la gramática subyacente.

Sin embargo, Karl avanzó más cuando el mayordomo de los Beit se unió a ellos. Peter Hansen, un hombre bajo y cordial, hablaba un inglés casi fluido, pues había vivido con sus señores en Australia y Nueva Zelanda. Además, su esposa era escocesa. Hansen estaba dispuesto a ayudar a Karl, y aún más por cuanto el chico no se burlaba, como los marineros, de su «trabajo de mujer». Que el mayordomo ganara dinero cepillando trajes, planchando blusas, sacando el polvo y sirviendo chocolate era, para Karl, más bien una razón para envidiarlo y no para menospreciarlo. ¡Qué otro puesto exigía un trabajo tan liviano!

Pero Beit no era un patrón fácil. Apenas dejaba tiempo libre al mayordomo y lo increpaba con rudeza por cosas absurdas, por ejemplo, porque Hansen no fuera capaz de adivinar en su semblante qué deseos tenía. Karl se preguntaba cómo podía soportarlo. Él mismo ya hacía tiempo que habría protestado y dejado el trabajo. Pero, por lo que le contó un día, Hansen se limitaba a encogerse indiferente de hombros.

—Es parte del trabajo, chico. Él quiere un felpudo... y ese soy yo. Vosotros los colonos haríais bien en tranquilizaros un poco ahí abajo. Esas quejas continuas ponen a Beit iracundo... y aquí en el barco estáis a su merced, no lo olvidéis.

Lange y Brandmann, así como otros arrendatarios arrogantes, protestaban casi cada día, aunque la situación había mejorado en la entrecubierta desde que ya no llovía sin cesar. Los puntos de la discordia eran la alimentación y el tiempo de permanencia en cubierta. La estrechez de los camarotes y el aire enrarecido eran catastróficos para la salud. Cuando otros dos pequeños fallecieron a causa de la fiebre, los colonos exigieron con vehemencia mejores condiciones. Beit los acusó entonces de haberse saltado distintas normas, impuso multas y volvió a reducir las raciones, alegando que las provisiones se estaban agotando. Los colonos tendrían que conformarse hasta que hicieran escala en Bahía. El cocinero aclaró que comida había suficiente, pero que la calidad de la misma —galletas de navegante, legumbres secas, patatas y carne en salazón, lo único que se servía en la entrecubierta— dejaba que desear. Todos podían confirmarlo. La comida era mala y sentaba mal. Muchos niños sufrían recurrentes dolores de barriga.

—En Bahía acudiremos al consulado —anunciaron algunos hombres de otra congregación.

Y redactaron una carta en la que se quejaban de Beit. Lange y Brandmann departieron largamente acerca de si debían unirse a ellos, incluso durante los paseos diarios por la cubierta.

Gracias a ello, a Karl se le presentó la oportunidad de volver a acercarse a Ida. Como las demás mujeres, ella pasaba las horas libres ocupándose laboriosamente del cuidado de la ropa y la salud de los niños. Las prendas de vestir por fin volvían a estar secas y la predicción de los marineros de que cada vez haría más calor se hizo realidad. Ida y las otras mujeres secaron la ropa de las familias y aprovecharon los botes salvavidas, llenos de agua de lluvia, para lavar las prendas en agua dulce. Desvistieron a los niños más pequeños y dejaron que jugaran desnudos al sol, aunque los misioneros lo desaprobaran. Durante la travesía había nacido un niño. La orgullosa madre lo llamó Peter Paul, por el capitán Schacht y su barco. Después de todo, pese a las tensiones, la vida seguía su curso y el capitán incluso celebró tres bodas.

Karl tropezó con Ida en la cubierta cuando ella estaba tendiendo un vestido de su hermana para secarlo al sol. Lo había lavado, pero todavía estaba manchado pues los emigrantes carecían de jabón. Pero al menos, Ida estaba sola. Karl se acercó discretamente, le sonrió y la saludó con las frases que tanto tiempo había practicado.

—*Good morning, Ida! I am glad to see you! How are you and how is your family?*

Ida levantó la vista desconcertada. Luego también ella sonrió.

—¡Karl! —exclamó con alegría—. ¿Qué estás diciendo? ¿Es inglés? ¿Dónde lo has aprendido?

—*Yes, Ida. I am learning English.* —Resplandecía cuando ella adivinó el significado de las palabras.

—¿*Yes* significa «sí»? —preguntó con avidez—. ¿E *ínglis*, «inglés»? Pues no es tan difícil. Pero ¿por qué me llamas «Aida»?

Estaba tan emocionada que se olvidó de disimular que estaba hablando con Karl y sin darse cuenta lo siguió detrás de una estructura de la cubierta. Habitualmente, seguro que no lo habría hecho, pero ¿qué importaba un poco de desobediencia ante la posibilidad de escuchar por vez primera la lengua de su nuevo hogar? Ya solo la idea de aprender inglés le daba alas.

—¡Es tu nombre, Ida! —le explicó solícito Karl—. En inglés, las letras se pronuncian de otra manera. Al principio parece muy complicado, pero no lo es. Mira...

Se acuclilló y escribió un par de palabras en el polvo posado en las planchas de la cubierta pese a estar fregada. Parecía arena, estaban acercándose realmente a tierra.

Ida leyó concentrada, pero se sobresaltó al oír que la señora Brandmann la llamaba.

—¡Ida! ¿Qué estás haciendo ahí? Con...

Karl saludó educadamente a la madre de Ottfried, pero esta no le respondió y por la cara de Ida se intuía que iba a haber problemas.

—Ven, tenemos que subir los sacos de paja para que se sequen de una vez por todas —indicó con severidad la señora Brandmann.

—Las ayudaré de buen grado —se ofreció Karl, pero la madre de Ottfried solo le dirigió una mirada de desdén.

—¡Ida!

La muchacha solo se atrevió a hacerle un tímido gesto con la cabeza antes de seguir con la vista baja a su futura suegra.

Y, naturalmente, por la tarde, tuvo que aguantar el chaparrón de su padre. Apareció cuando ella aprovechaba un rato de calma con sus hermanos pequeños para enseñarles las primeras palabras en inglés. Elsbeth repetía las frases con desgana, pero Franz con auténtico afán.

—*Good morning, Ida! Good afternoon, Elsbeth! Good night, Franz!* —repetía, y se reía al desearse las buenas noches a sí mismo.

Jakob Lange los observó con el ceño fruncido.

—¿De qué va esto, Ida? ¿Franz?

El niño bajó la cabeza.

—Es inglés, padre —respondió Ida—. Tenemos que aprenderlo si queremos entendernos con la gente de Nueva Zelanda. Karl Jensch me lo ha enseñado... —Quería ser ella misma quien mencionara el nombre de Karl antes de que su padre le reprochara haber conversado con él.

—¡Ya me han dicho que has estado hablando con ese sujeto! —apuntó Lange con severidad—. Aunque te lo he prohibido varias veces, incluso en casa... Y sin contar con que es un atontado y un desgraciado, no es decente que una chica hable a solas con un hombre. ¡Estás prometida! ¿Es que tendré que casarte aquí en el barco para salvaguardar tu buena reputación?

Ida se sobrecogió y no entendió por qué se quedaba helada al pensar en la boda con Ottfried. En realidad debería alegrarse, o al menos sentirse indiferente y ser sumisa. No tenía ninguna gana de consumar su unión en ese barco y sobre un húmedo saco de paja, en el mismo cuartucho que su padre o que la familia de Ottfried. Eso no parecía importarles a otras jóvenes parejas, e Ida no entendía qué razones impulsaban a esas mujeres a casarse con tanta precipitación.

Inclinó la cabeza.

—No, padre. Perdóneme... La conversación ha sido correcta en todo momento. No obstante, si vuelve a presentarse la ocasión, llamaré a Ottfried. También a él le convendría aprender algunas palabras en inglés antes de que lleguemos.

—¡Bobadas! —resopló Jakob Lange—. Ottfried ya lo aprenderá cuando hayamos desembarcado. Si es que lo necesita... A fin de cuentas, vamos a fundar nuestro propio poblado. Todos hemos acordado que se llame Sankt Paulidorf, porque aquí es donde nos hemos convertido en una comunidad. Y nosotros hablamos la lengua de Lutero, la lengua de la Biblia...

Ida se mordió el labio inferior. ¿Acaso Lutero no había traducido la Biblia de otra lengua?

—Pero las autoridades... —apuntó la muchacha—. En las oficinas hablarán inglés. Y los comerciantes... Algo tendremos que comprar, ¿no?

Lange hizo un gesto de rechazo.

—Claro que tendremos que aprender algunas palabras —admitió—. Pero no vamos a molestar a nuestras mujeres con eso. ¿O es que cuando pasaba algo en Mecklemburgo tú acudías al príncipe? ¿Comprabas tú caballos o pedías cabras? —Sonrió indulgente.

Ida se rascó la frente.

—No sé si podremos trasladar tan fácilmente Raben Steinfeld al otro extremo del mundo —observó con una audacia impropia de ella—. Ya no estamos en Mecklemburgo...

Pero Lange meneó la cabeza.

—De eso ya me ocupo yo. Y tu marido. En cuanto nos distribuyan la tierra, Ottfried y tú os podréis casar. Elsbeth cumplirá trece años el mes que viene, ya será lo suficiente mayor para administrar la casa. Ya habrá llegado el momento de que te cases, eso te quitará esas ideas de la cabeza. Válgame Dios, ¡hablar inglés mejor incluso que tu esposo! ¡Hasta ahí podíamos llegar! ¡Ahora métete en la cama y pide a Dios que te dé humildad!

Ida suspiró cuando se tendió en su jergón, por fin seco pero todavía con olor a moho. Así que de eso se trataba: ¡santo cielo, no tenía que hablar el nuevo idioma mejor que Ottfried! Sin embargo, ella siempre había sido más rápida aprendiendo. De repente se acordó de la escuela, de cuánto le gustaba leer y escribir. Y de lo bien que se sentía cuando el profesor la elogiaba. A ella y a Karl.

Durante las horas libres del día siguiente, Jakob Lange y los Brandmann no dejaron de vigilar a la muchacha. A pesar de ello, tuvo que ir al bote salvavidas en que había tendido el vestido de Elsbeth el día anterior. Se inclinó para recoger la prenda ya seca y lanzó una fugaz mirada hacia donde suponía que estaba Karl. Y sí, él la estaba mirando.

Ida deslizó rápidamente su libro sobre Nueva Zelanda bajo el remo del bote. Karl seguro que lo encontraría ahí, y le gustaría leerlo. Para su sorpresa, descubrió en ese mismo sitio otro libro. Lo cogió y se lo escondió en el bolsillo de la falda. Karl le guiñó un ojo cuando la campana advirtió a los emigrantes que tenían que volver a la entrecubierta.

Luego, en la cama, sacó el libro y contempló asustada el dibujo de un hombre grueso y cubierto de amenazadores tatuajes. Era un guerrero maorí. ¡Karl también tenía un libro sobre su nuevo país! Y entonces un trocito de papel se deslizó por las páginas del ejemplar: *The first things to learn...*

Con el corazón palpitante, Ida volvió a releer las primeras frases que Karl le había escrito: *My name is Ida. I live in Nelson, New Zealand. Your name is Karl. You live in Nelson, New Zealand. Ida has a sister. Her name is Elsbeth. She lives in Nelson, New Zealand. Karl and Ida and her familiy live in Nelson, New Zealand.*

Solo cuando se las sabía de memoria, cayó en que la última frase debería decir «Ottfried and Ida». Pero no era esta la primera frase que quería pronunciar en su nuevo idioma. Recordó lo que había aprendido el día anterior: *Good night, Karl*. Quería añadir un *I am glad to see you*, pero lo dejó porque, a fin de cuentas, no lo tenía delante. Aunque en sus sueños vio, en efecto, a Karl.

7

Después de navegar durante semanas, el 3 de marzo el *Sankt Pauli* llegó a Bahía, una región de Brasil. El lugar en que atracó se llamaba Salvador. Los pastores explicaron que se había puesto este nombre a la ciudad en honor a Jesucristo, el Redentor. Sin embargo, los habitantes de ese país eran papistas convencidos. De ahí que no fuera posible asistir a una misa o acudir al menos a un templo.

Muchas mujeres se quejaron de ello, y más aún porque había que celebrar varias misas de difuntos. Poco antes de llegar a Bahía había surgido una enfermedad que se parecía un poco a la viruela. El médico no podía asegurarlo. La fiebre de la que iba acompañada se había llevado a tres niños pequeños más. Ida daba gracias al cielo de que Franz hubiese salido bien librado. En esos momentos no había nada que desease más que volver a poner los pies en tierra firme y escapar de la agobiante estrechez de la entrecubierta.

De hecho, la excursión a tierra se convirtió en algo más que un relajante intermedio. Para Ida, la primera visión de Bahía fue una especie de revelación. Para ella, era el lugar que más se aproximaba a su idea del paraíso. La joven miraba fascinada las anchas y claras playas de arena, flanqueadas de bosques verdes y recargadas casas de colores bajo un sol cálido y resplandeciente, casi inimaginable. En el puerto vendían unas frutas frescas cuyo nombre Ida ignoraba, pero solo con verlas se le hacía la boca agua.

Tras pasar semanas comiendo siempre lo mismo, sería maravilloso saborear una fruta jugosa.

Por desgracia, al principio Beit no dio permiso para abandonar el barco. Salvador no era lugar seguro, advirtió a los emigrantes, y, si andaban por ahí por cuenta propia, podrían ser víctimas de ladrones y asesinos. Lange, Brandmann y otros protestaron. Entendían la advertencia y ellos no expondrían a sus mujeres e hijos a ese peligro, pero ¿qué había de malo en que los hombres echaran un vistazo al lugar?

Al final, once jóvenes y exaltados emigrantes dejaron el barco sin autorización y se las arreglaron para llegar al consulado alemán y entregar la carta de queja contra Beit. Sin embargo, sus acusaciones no tuvieron consecuencias inmediatas. El personal del consulado oyó sus quejas, cogió la carta y prometió hacérsela llegar a la New Zealand Company; pero ellos no podían aplicar medidas concretas. No obstante, un funcionario consular los acompañó de vuelta al barco y pidió una entrevista con Beit y el capitán. El resultado fue un Beit echando pestes que se vengó en cuanto el funcionario bajó del barco. Mandó llamar a los firmantes de la carta a cubierta y los hizo esperar durante horas bajo un sol abrasador, hasta que pronunció su «sentencia»: multa de media corona a cada uno por haber desembarcado sin su permiso. Desmoralizados y decepcionados, los colonos —todos habían esperado que el cónsul interviniera— regresaron en silencio a la entrecubierta y se resignaron a las galletas y la carne en salazón, a la espera de que los autorizaran a bajar a tierra.

Karl Jensch abandonó el barco a escondidas con el grupo de marineros que había obtenido de inmediato permiso para desembarcar. Exploró la ciudad fascinado y contempló a las personas, en general de baja estatura, piel oscura y cabello negro, que vestían coloridas indumentarias. Reían mucho y hablaban a voces una lengua desconocida para Karl, pero casi todos comprendían en el barrio portuario algunas palabras chapurreadas en inglés. El joven se sintió orgulloso cuando respondieron a sus tímidas preguntas acerca de dónde había una casa de baños. No obstante, resultó un establecimiento de dudosa reputación, ya que eso designaban las palabras que los marineros le habían enseñado, que ofrecía el uso de bañeras junto con mujeres que ruborizaron a Karl. Más éxito tuvo con la comida. En un puesto callejero le ofrecieron a cambio de uno de sus bien guardados peniques un suculento plato de judías, además de arroz y frutas. Estas se las llevó al barco y las colocó bajo el asiento del bote salvavidas para Ida.

To eat, escribió en otra hoja arrancada de su antiguo cuaderno de la escuela; pronto necesitaría otro. *Mango, banana, orange.* Y añadió en alemán: «Tienes que pelarlas antes de comerlas.» Él mismo había intentado morder directamente el plátano y el dueño del local le había mostrado riendo cómo se quitaba la piel. Podría haber buscado en el diccionario cómo se decía en inglés, pero habría sido demasiado para Ida.

Sin embargo, los conocimientos del inglés de la joven aumentaban, al menos en lo referente a la palabra escrita. Karl le dejaba cada día una hoja con nuevas palabras y frases, e Ida le contestaba invirtiendo el orden de las frases e intentando construir otras nuevas.

I am glad arrive in Bahia. I see forest and sand. Y en los últimos tiempos incluso breves misivas que ambos intercambiaban en el nuevo idioma: *Beit say, we live in house in Bahia. Ida see Karl, when live in house.*

Cuando los colonos bajaran a tierra, les resultaría más fácil verse, y Karl se alegró cuando el capitán anunció a los pasajeros, un día después del incidente, que ya tenían alojamientos a su disposición algo alejados de Salvador.

Suspirando de alivio, la gente de la entrecubierta ocupó unas cabañas junto a la playa que Brandmann llamó con desprecio «barracas». Volvió a quejarse cuando su esposa descubrió las primeras cucarachas.

Ida, por el contrario, estaba como hechizada. Era cierto que las casas de madera, cubiertas con hojas de palma eran primitivas, pero la playa en que se encontraban le pareció increíblemente hermosa y el bosque tropical que se extendía detrás, un milagro. El sol brillaba cada día en un cielo límpido, dando un brillo dorado a la arena y un azul intenso al mar. Olía a flores exóticas y por la noche se oía música procedente de la ciudad. Tambores, flautas y mandolinas cuyos sonidos se unían a un ritmo vibrante. Ida nunca había escuchado ritmos tan rápidos, melodías tan arrebatadoras. Los latidos de su corazón se aceleraban siguiendo el compás de la música, casi deseosa de ponerse a bailar.

La población de Bahía era cordial y abierta. Muy pronto aparecieron curiosos por la colonia improvisada de los alemanes, también mujeres, jóvenes y maduras con vestidos de colores, que vendían verdura y fruta. Ida se asombró al ver que tenían los lóbulos de las orejas perforados y adornados con aros dorados o de colores, y grandes cadenillas y brazaletes que resonaban cuando gesticulaban vivamente. Unos vendedores ambulantes les ofrecieron frutas y pastelillos de gambas asadas, y los marineros enseñaron a los colonos cómo pescar y asar los pescados en la playa sobre un fuego abierto. Su sabor era delicioso, especialmente si se rociaban con zumo de limón, muy distinto al de las carpas de Mecklemburgo y los esperlanos que Anton a veces pescaba a escondidas en el lago del Junker.

También los otros colonos empezaron a completar las escasas raciones que Beit les hacía llegar con fruta y otros alimentos frescos. Las mujeres miraban con desconfianza las frutas tropicales e Ida casi se delató cuando estuvieron a punto de comer los mangos y plátanos con piel. Karl le guiñó el ojo desde lejos, mientras se pelaba la fruta como un buen conocedor y fingía que se le había ocurrido hacerlo así de casualidad.

Los nativos iban siempre descalzos, lo que no dejaba de escandalizar a las esposas de los colonos pero incitó a Ida a quitarse furtivamente los zapatos y medias y pasear por la playa con los pies desnudos. La arena estaba caliente y le cosquilleaba entre los dedos; la sensación de caminar en contacto con el agua del mar y dejar que las olas jugueteteran con sus pies fue sencillamente indescriptible. Nunca antes se había sentido tan feliz y ligera como en esa playa al oeste de Salvador.

Los demás emigrantes no compartían esa ligereza, sino que se ceñían cuanto podían a las reglas y costumbres de la vida rural en Mecklemburgo. Muchos de ellos tampoco se sentían seguros. Desconfiaban de todos los brasileños debido a las advertencias de Beit sobre ladrones y asesinos, y recelaban también de la comida extraña: se suponía que los ingredientes extraños y la forma de preparación les caía mal en el estómago. Jakob Lange prohibió severamente a sus hijos que consumiesen la comida de los nativos; parecía temer que los vendedores ambulantes fueran a envenenarlos. Frau Brandmann llegó hasta a ahuyentar a los niños nativos que se acercaban curiosos a las hogueras. Y eso pese a que aquellos chiquillos de tez oscura y cabello rizado eran muy monos.

—¡Negros! —dijo Ida fascinada cuando vio jugar con las olas a los niños desnudos.

—¡Negros! —exclamó asustada la señora Brandmann—. ¿Cómo es posible que no se les vaya la suciedad de la piel?

Todos se quejaban de que no hubiese ninguna iglesia, pero los misioneros celebraban las misas y las horas de oración en la playa. Daban gracias a Dios por el viaje, que de momento transcurría sin grandes peligros, y los emigrantes entonaban juntos canciones de su hogar. Algunas mujeres lloraban, ya parecían sentir añoranza. Durante horas hablaban sobre sus pueblos y sus familias, como hacían en Mecklemburgo, mientras zurcían los calcetines de sus familiares. La futura comunidad de Sankt Paulidorf se iba consolidando cada vez más.

Solo Karl permanecía marginado, así que tardó una semana, tras su llegada a Bahía, en poder hablar con Ida. Las mujeres iban a buscar agua potable a un arroyo que corría en el bosque por encima de la playa y, excepcionalmente, nadie acompañaba a la joven muchacha cuando un atardecer decidió ir por más provisiones de agua. Karl se la encontró junto al arroyo y le cogió el cubo.

—*Good afternoon, Ida!* —la saludó—. *Can I help you?*

Los dos resplandecieron cuando ella contestó con un *thank you.*

—¡Oh, Karl, nunca había pensado que sería tan bonito! —exclamó la joven, sin poder contenerse.

Hasta el momento no había encontrado a nadie que estuviese tan fascinado por Bahía como ella. Los otros colonos se quejaban de la arena que se introducía sin remedio en las cabañas, del calor que les hacía sudar y de los perezosos nativos que dejaban de trabajar al mediodía para retirarse a la sombra a holgazanear. Esto demoraba el abastecimiento de provisiones y las tareas de acondicionamiento del *Sankt Pauli.* Antes de proseguir el viaje, el capitán había mandado dar un repaso general al barco y limpiarlo.

—¿Será Nueva Zelanda como esto?

Karl se encogió de hombros.

—No lo sé —respondió—. Pero no creo. Según lo que Beit ha contado a tu padre, allí es más parecido a Mecklemburgo. Los marineros dicen que es como Inglaterra. Por lo visto llueve mucho. ¿Te gusta esto?

Ida asintió vehemente.

—¿Si me gusta? —dijo con una sonrisa feliz—. Es poco decir. Esto es maravilloso, ¡paradisíaco! ¡Desearía poder quedarme aquí!

Karl dejó el cubo. No sabía si lo que hacía era inteligente, pero era una oportunidad...

—¡Pues hagámoslo! —declaró convencido—. ¡Escapémonos simplemente! Me buscaré un trabajo aquí, en el puerto. En Hamburgo estuve estibando barcos y está bien pagado. Y qué más nos da aprender inglés o portugués... Si hasta he aprendido ya una frase, Ida: *Você é linda.* Significa: ¡Eres bonita! —La miró radiante. Ella miró atrás sin entender, pero Karl no se rindió—. ¡Hasta hay un consulado alemán! —prosiguió—. Podemos ir ahí y quizá nos ayuden... —Le tendió las manos—. ¿Quieres quedarte aquí conmigo, Ida Lange? ¿Quieres casarte conmigo?

Ella se estremeció y sonrió nerviosa.

—Estás... estás bromeando... No podemos huir simplemente, nosotros...

—¿Quién nos lo puede impedir? —replicó él, cogiéndole las manos. Se sintió fortalecido cuando ella no las retiró enseguida—. ¿Tu padre? ¿Beit? Si nos escapamos por la noche, antes de que todos embarquen, no nos buscarán mucho tiempo. Tal vez uno o dos días, el capitán no permitirá un retraso más largo. Mientras, nos esconderemos en el bosque. O alquilaré una habitación... —Pensó en el simpático dueño del puesto de fruta. Seguro que lo ayudaría de nuevo.

Ida negó con la cabeza.

—Pero no puedo casarme contigo —objetó—. Me voy a casar con Ottfried, ya lo sabes. Está decidido, y mi familia... Debo ir a Nueva Zelanda. —Se liberó con suavidad de las manos del joven.

Karl hizo un gesto de rechazo.

—¿Quién lo ha decidido? —preguntó—. ¿Dios? Pues yo no he oído ninguna voz celestial que haya informado al mundo de que Ida Lange está obligada a casarse con Ottfried Brandmann.

Ida se santiguó.

—¡Estás blasfemando, Karl! —le reprochó y en sus ojos apareció el miedo—. Estoy prometida con Ottfried. Se comunicó desde el púlpito...

—¡Desde un púlpito en Mecklemburgo, a más de ocho mil kilómetros de aquí! ¡Este es otro país, otro continente! ¡Somos libres!

Ida negó con la cabeza.

—Nadie puede huir de su destino, Karl —sentenció con gravedad—. Sí, lo sé, tú lo intentas, y también está bien. Y creo incluso que es lo que Dios ha decidido para ti. Pero no para mí. Yo he de hacer lo que diga mi padre. La Santa Escritura dice que uno ha de honrar a su padre y su madre. ¿Qué pensaría la gente del pueblo si me limitara a escaparme contigo? ¡Sin que nuestra unión haya sido bendecida ante Dios y los hombres! ¡Sería pecado, Karl!

El chico sabía que en ese momento debía contenerse. No iba a hacerla cambiar de opinión... al menos todavía no; quizá se había precipitado en su avance, pero no podía remediarlo. Desesperado, volvió a coger a Ida del brazo y la obligó a detenerse y mirarlo.

—¡Pero yo te amo, Ida! ¿Es que eso no cuenta?

—No —contestó ella, mirándolo a los ojos—. No cuenta para nada. Es decir... es bonito que me ames, tenemos que amarnos los unos a los otros, dice Jesucristo. Pero no como... como hombre y mujer. Como hombre y mujer solo podemos amarnos Ottfried y yo.

Karl oscilaba entre el impulso de zarandearla o estrecharla entre sus brazos. ¿Cómo podía ser tan estrecha de espíritu? Tenía que sentir algo, él lo veía en sus ojos... De pronto la abrazó. Antes de que ella supiera lo que sucedía, la atrajo hacia sí y su lengua se abrió camino entre los labios de la joven. Ida se revolvió, intentando apartarse, pero luego cedió. Sus labios se abrieron y por un segundo pareció que iba a devolverle el beso. Pero no lo hizo, aunque tampoco huyó cuando él la soltó. Desconcertada, levantó la vista hacia él.

—Lo siento... —susurró Karl—. Pero... pero no vuelvas a decir nunca más que eso no cuenta.

Y tras estas palabras, se dio media vuelta. A lo mejor lo había estropeado todo, ¡pero al menos la había besado!

Ida permaneció inmóvil, petrificada. Cerró los ojos unos segundos, se permitió paladear el beso. Debería sentirse avergonzada e iracunda, incluso debería denunciarlo por haberla agredido, pero se sentía feliz. Y eso era peor que todo lo demás. Nunca más debía intimar tanto con Karl, lo mejor era que también prescindiera de compartir secretos con él. Su padre estaba en lo cierto, no tenía que aprender inglés. A fin de cuentas, allí tampoco entendían la lengua de los brasileños y, aun así, vivían bien.

Volvió a abrir los ojos. Decidió mantener las distancias en el futuro y no pensar en las tres palabras que acababa de escuchar en portugués: *Vocè é linda*... Palabras para soñar, pero ¡ella no tenía que soñar! Tal vez ese era el peligro, tal vez en esa lengua extranjera había demasiadas palabras para soñar...

Ida trató de no pensar más en Karl. A lo mejor sí tenía que casarse con Ottfried en el barco. Y demostrarle así a Karl —y a Dios— que ella iba en serio. Debería familiarizarse con la idea. Pero por mucho que se arrepintiera, ahora sabía que no iba a conseguirlo. Ida Lange aceptaría humildemente su destino, pero no iba a forzarlo.

Así pues, todos los emigrantes de Raben Steinfeld estaban a bordo cuando el *Sankt Pauli* zarpó, tras veinticuatro días de estancia en Bahía, para emprender la segunda parte de la travesía. No obstante, en Salvador se quedaron dos pasajeros. Hannes y Jost, reclutados en Hamburgo, habían desaparecido.

—¡Qué chusma desagradecida! —gruñó Beit.

Pero era impensable salir en busca de ambos hombres para obligarlos a embarcar. Tal vez pretendían enrolarse en otro barco para engatusar a una tripulación más o menos cristiana. A Karl no le sorprendió. La devoción de aquellos dos le había parecido desde un principio forzada, debían de haber aceptado los dos pasajes en el *Sankt Pauli* solo para pasar un par de meses sin hacer nada y a pensión completa. Al menos en el barco nunca habían movido un dedo cuando había cosas que hacer. Y ahora el colorido y vivaracho Brasil les resultaba más atractivo que una comunidad rural y religiosa en el otro extremo del mundo. Karl comprendía a los dos jóvenes, pero no se le habría pasado por la cabeza unirse a ellos. Eso, pensaba sonriendo con amargura, habría significado escapar a su destino.

Pues de una cosa seguía estando convencido: ¡su destino estaba unido al de Ida!

8

Llegar a Nueva Zelanda requirió dos meses y medio más, y ya era junio cuando por fin volvieron a tener tierra a la vista. La travesía transcurrió tranquila pese a los cambios de tiempo. Después de haber sufrido un calor casi insoportable y de que durante unos días reinara una calma chicha, refrescó de nuevo.

—En Australia y Nueva Zelanda ahora es invierno —anunció Hein a Karl, que ya se había acostumbrado a su dialecto, mientras tendía un jersey al joven, que temblaba a causa del viento frío—. Dentro de poco veremos Tierra de Van Diemen.

—Es la isla prisión, ¿verdad? —preguntó Karl, recordando los libros que había leído.

Seguía conservando el que el padre de Ida había comprado, mientras que la muchacha guardaba el que él había adquirido en Hamburgo. Desde la estancia en Bahía no habían tenido ocasión de cambiarlos, Ida no había vuelto a hurgar en el escondite del bote salvavidas. Ya no recogía más papeles con palabras en inglés y tampoco buscaba la mirada de Karl cuando subía a cubierta. Solía pasar la mayor parte del tiempo en el camarote. El joven se maldecía por haber tratado de intimar con ella en Bahía. Con lo bien que había evolucionado en el barco su relación, lo había arruinado todo con su precipitada proposición y el beso.

—Sí, es la isla prisión, pero no te preocupes, no bajaremos a tierra. Navegaremos entre Tierra de Van Diemen y Australia —siguió contando Hein relajadamente—. Y luego solo faltarán mil quinientos kilómetros hasta Nelson. Deberías pensar si deseas quedarte allí. El capitán te aceptaría encantado si quieres enrolarte.

Karl rio. Le divertía la alabanza, pero, claro está, rechazó la sugerencia. Por muy buena voluntad que pusiera no podía imaginarse pasando los mejores años de su vida en un barco. Ya se alegraba de volver a trabajar la tierra, aunque tampoco fuera la suya.

Los emigrantes hubieran deseado echar un primer vistazo a su nuevo hogar, pero el *Sankt Pauli* atracó en Nelson cuando era noche cerrada. La mayoría de los colonos dormían al llegar y al amanecer contemplaron asombrados las modestas casas de madera que flanqueaban la dársena. Nada de alegres edificios como en Bahía, sino casitas con frontón, bonitas y funcionales, la mayoría de dos pisos, con porche delante o el local de una tienda en la planta baja. En general estaban recién pintadas, la mayor parte con colores pastel, azul y amarillo sobre todo. Rodeando el puerto se extendía un muelle del que partían varias callejuelas; construido con esmero, era acogedor y limpio. Los hombres estaban empezando su jornada de trabajo y su presencia incluso tranquilizó a la señora Brandmann, quien, desde la estancia en Bahía, estaba preocupada por el contacto con los «nativos». Los habitantes de Nelson eran blancos y no vestían de forma distinta de los emigrantes. Los hombres llevaban trajes o ropa de trabajo, las mujeres pulcros vestidos, delantal y capota. Se protegían con chales del frío del invierno, que ahí ni se acercaba al rigor de Mecklemburgo. Únicamente en las cumbres de las montañas a lo lejos se distinguía la nieve.

—¿Cuándo podemos desembarcar? —preguntó impaciente Lange al capitán Schacht, que estaba conversando en la cubierta con el capitán del puerto—. Quiero ver lo antes posible nuestra tierra, queremos...

El capitán hizo un gesto apaciguador con las manos y sonrió.

—¡Calma, señor Lange! De hecho, el señor Beit ya ha salido al amanecer para ver a Arthur Wakefield. Es el fundador de la ciudad de Nelson y el delegado de la compañía neozelandesa. Él se encargará de repartirles las parcelas en los próximos días. Hasta entonces pondrán a su disposición viviendas en Nelson. Pero yo no dispongo de información detallada. Tenga un poco de paciencia y dé gracias a Dios por este viaje tranquilo y bastante afortunado.

Durante la travesía de seis meses solo habían muerto seis niños. Una tragedia, pero en realidad un pequeño tributo exigido por el mar. En viajes similares solía haber pérdidas humanas más elevadas.

Puesto que los misioneros habían desembarcado con Beit, Lange y Brandmann reunieron a los colonos para celebrar una misa improvisada; pero estos no estaban del todo de acuerdo. Los hombres estaban ansiosos por ver aparecer a Beit y se inquietaron sumamente cuando ya desde lejos distinguieron que venía despotricando pestes.

—¿Y ahora qué pasa con nuestras tierras? —le preguntó Lange en cuanto puso el pie en la rampa del barco—. ¿No podemos ir...?

Beit negó con la cabeza.

—¡No hay tierras! —espetó. Le latía una vena en la frente, era evidente que estaba indignado—. Lo siento, estoy tan decepcionado y enfadado como usted. Hace poco llegaron nuevos colonos de Inglaterra y Wakefield les dio las tierras previstas para nosotros. Ahora tenemos...

Sus palabras quedaron ahogadas por los gritos de los colonos.

—¿Que no hay tierras?

—¡Nos han engañado!

—¿Y qué pasa con nuestro dinero?

Algunas mujeres y varios niños se echaron a llorar. Beit levantó la mano para que lo escucharan. Al final rugió.

—¡Calma! ¿Cómo voy a contarles lo que vamos a hacer si no me dejan hablar? Engañar, no les ha engañado nadie, miren alrededor, hay tierra de sobra, así que algo encontraremos para ustedes. Pero no tan deprisa. Salvo que prefieran restos de parcelas. Wakefield no lo ha repartido todo. Pero esas tierras no lindan las unas con las otras, así que tendrían vecinos ingleses...

—¡Nos prometieron que podríamos fundar una comunidad propia! —objetó Lange—. Fue con estas condiciones que...

Beit lo hizo callar de nuevo con un gesto adusto.

—Lo sé, y si insisten en ello, así se hará. En breve se poblarán nuevas tierras. En la llanura de Wairau, junto a un río, a unos cincuenta kilómetros al este de aquí. Una tierra extraordinariamente fértil, y ahora mismo deberían estar mensurándola.

—¿Cómo que deberían? —receló Brandmann—. ¿La están midiendo, sí o no?

—Esto... hum... hay algunos conflictos con los indígenas, los maoríes —admitió vacilante Beit.

—¿Con los salvajes? ¿Qué tienen que ver con esto? —Lange resopló.

—Bueno... pues ellos... en cierto sentido consideran que esta tierra es suya.

De nuevo se armó alboroto. Una parte de los colonos se sublevó ante la desfachatez de los salvajes; otros, ante John Nicholas Beit y Arthur Wakefield, que habían tomado decisiones acerca de las tierras de otra gente. Pero esta vez fue Peter Brandmann quien pidió silencio y se irguió amenazador delante del agente.

—¿Qué nos espera, Beit? ¿Ataques de indios? ¿No se han establecido los términos de la propiedad antes de traer aquí a los colonos?

Beit se mesó la barba.

—Sí —respondió—. El capitán Wakefield compró las tierras a los maoríes. Los alrededores de Nelson, la tierra de cultivo que en principio estaba destinada a ustedes y la llanura de Wairau. Pero el jefe tribal ahora no quiere reconocerlo. Pide más dinero e intenta rebelarse. Ha quemado las cabañas de los agrimensores y los ha echado. Esto es lo que acaba de suceder y el capitán Wakefield todavía no ha podido reaccionar. Pero es cuestión de días. Augustus Thompson, el oficial superior de Policía, ya está organizando una partida de hombres que irán al campamento maorí y arrestarán al rebelde. Luego, en Nelson, lo acusará de incendiario ante el tribunal, lo que intimidará a los jefes que están por debajo de él. Por lo visto, se trata de Te Rauparaha, que es el causante de los alborotos. En general, los nativos son muy sociables. Ya ven, todo se andará. Pero no de la noche a la mañana, por mucho que lo lamente...

Beit parecía realmente compungido, algo que tranquilizó a los colonos. Era la primera vez que veían así de contrito al agente.

—¿Y qué haremos hasta entonces? —lo urgió Brandmann—. ¿Tenemos que volver a acampar en la playa?

Beit negó con la cabeza.

—Claro que no. Su subsistencia está garantizada durante los próximos tres meses. Muchos notables de Nelson están dispuestos a acogerlos en sus casas, y la compañía se ocupará de su manutención. Todo esto me resulta muy lamentable, y lo mismo debo decirles de parte del capitán Wakefield. Él no había contado con que llegásemos tan pronto, y además esos retrasos en Wairau... Por otra parte, me pide que, pese a todas las decepciones y contrariedades, les transmita su más sincera bienvenida a su nuevo hogar. Sus nuevos pasaportes ya se están emitiendo, pues con la llegada a esta isla se les concede la nacionalidad británica. Pueden recoger a partir de mañana los documentos en el ayuntamiento. Y ahora prepárense para desembarcar. Mi hija está elaborando una lista de quienes aceptarán huéspedes y entre los que serán distribuidos. Las familias, por descontado, permanecerán juntas, no se preocupen, consideren el retraso tal vez como una oportunidad. Tienen ahora la posibilidad de conocer de cerca a sus nuevos compatriotas, visitar Nelson... Una vez más, *ladies and gentlemen*, ¡bienvenidos a Nueva Zelanda!

Ida había empaquetado las pertenencias de su familia en un santiamén, por lo que los Lange se encontraron pronto con sus hatillos en el ventoso muelle. La joven recordaba su partida de Hamburgo, donde hacía el mismo viento. Beit les había dicho que era absurdo descargar los baúles para llevarlos a las casas de las familias anfitrionas, pues allí solo ocuparían espacio. Los colonos tendrían que alojarse en condiciones modestas.

Ida suspiró al pensar que posiblemente tendría que volver a vivir con su familia en una habitación y seguir llevando la misma ropa que no se había quitado ni de día ni de noche a bordo del *Sankt Pauli*. Había abandonado la intención de ponerse un camisón por la noche a causa de la estrechez del camarote. ¡Y ahora tenía que estar agradecida a unos extraños! Lo único bueno era que de esa manera la fecha de la boda volvía a alejarse un poco más. Ida se reprendió por esa idea. ¿Por qué era incapaz de alegrarse de poder fundar por fin un hogar propio?

Siguió apenada a su padre, a quien Jane Beit había entregado un papel con unas señas. «Mortimer Partridge, 8 Trafalgar Street.» Lange intentó preguntar por la dirección pero, naturalmente, no sabía cómo se pronunciaban las palabras. De todos modos, la gente era muy simpática y se esforzaba por ayudar a los emigrantes. Al final, un hombre cogió la dirección e intentó explicarles el camino mediante señas. Por último, dibujó un plano en el polvo de las calles de tierra.

—*Thank you* —dijo Ida tímidamente cuando se despidió. Jakob Lange le lanzó una mirada ceñuda.

—Le presento mi más sincero agradecimiento por las molestias que se ha tomado para con nosotros, caballero —dijo a voz en cuello, como si delante no tuviera a un inglés sino a un sordo.

El hombre sonrió y guiñó complacido un ojo a Ida.

—*You're welcome. Have a nice day!*

El corazón de Ida dio un brinco de alegría porque el hombre la había entendido.

Por lo demás, el día, que había empezado de forma tan decepcionante, se desarrolló bastante satisfactoriamente para los Lange. Partridge, un hombre diligente y pelirrojo, y su esposa, una mujer rolliza de aspecto maternal, que se presentaron enseguida familiarmente como Mort y Alice, eran propietarios de una casa en una calle concurrida y solo tenían un hijo, un niño de la edad de Franz. Era evidente, sin embargo, que al construir la casa habían pensado en una mayor descendencia, pues había dos dormitorios amplios y vacíos. La señora Partridge ofreció uno de ellos a Jakob y Anton, y el otro a Ida y sus hermanos pequeños. Solo tenía dos camas, pero le explicó a Ida que no costaría nada hacer una tercera. Tal como informaron, los anfitriones eran propietarios de un almacén donde también se vendían colchones y ropa de cama.

—Quizá podríamos comprar ahora mismo la cama para Franz —sugirió Ida a su padre. La incomodaba que los Partridge pusieran a disposición de sus huéspedes sus cosas con tanta generosidad.

Pero Lange negó con la cabeza.

—No nos sobra el dinero, Ida —dijo con severidad—. Yo mismo haré nuestras camas, o las hará Ottfried. Así el dinero quedará al menos en familia.

A voz en cuello, igual que con el viandante, Lange dio las gracias a los anfitriones, que le respondieron con una amable sonrisa. Los Partridge eran cordiales y locuaces, pero no entendían ni una palabra de alemán. Esto no impidió a la señora Partridge dirigir continuamente la palabra a Franz, al que había sentado al lado de su hijo Paul. Mientras que Jakob Lange, malhumorado, e Ida, intimidada, comían de mala gana una especie de asado de carne con salsa que la señora les sirvió y que llamó *yorkshire pudding*, el jovencito aprendía entre risas sus primeras palabras en inglés.

—*Pea!* —decía Paul, y lo bombardeaba con guisantes.

—*Roastbeef* —llamaba el señor Partridge la carne que, para el gusto de Ida, no estaba suficientemente hecha.

Cuando Paul quiso saber el nombre de Franz, la señora Partridge se lo presentó como Francis, y el pequeño se rio, contento con su nuevo nombre.

Ida superó su temor ante la reacción de su padre, se señaló a sí misma y dijo «Aida». Los Partridge la aplaudieron encantados.

—¿Puedo tener yo también un nombre nuevo? —preguntó Elsbeth, y al instante le pusieron el de Elizabeth.

—*Or would you prefer Elsie or Betty?* —preguntó la anfitriona, sonriente y tirando de una de las trenzas rubias de Elsbeth—. *You are such a pretty little girl, but you need a bath!*

En realidad, todos los Lange necesitaban un baño, e Ida y Anton pasaron la mitad de la tarde transportando agua para llenar la bañera de los Partridge. Su simpática anfitriona enseguida proporcionó a Elsbeth e Ida vestidos y ropa interior limpia de la tienda, que estaba bajo la casa, y Elsbeth insistió en que su padre los pagara.

—¡Pasará mucho tiempo hasta que nos hayamos hecho unos! —explicó, haciendo una pirueta con el vestido azul y con bordes rojos que la señora Partridge había elegido para ella—. ¡Y con los viejos no podemos salir a la calle, están raídos y llenos de lamparones! ¡Mira qué bonitos son, padre! ¡Nunca había tenido uno con puntillas!

Jakob Lange miró con ceño el adorno del vestido de su hija menor, esa ropa no correspondía a la posición de la hija de un arrendatario ni a la visión del mundo de un genuino luterano. En general, las mujeres de la congregación vestían de forma modesta y sobria.

La indumentaria que llevaba Elsbeth, por el contrario, no iba acompañada siquiera de una virtuosa capota, y la señora Partridge no le había hecho trenzas en el cabello recién lavado, sino que solo se lo había cepillado y le había dejado dos pequeños mechones a ambos lados que luego había enlazado en la parte posterior de la cabeza. Por añadidura con una cinta azul... No cabía duda de que estaba muy guapa, pero su padre estaba indignado.

Ida, que había temido que pasara algo así, llevaba un modesto vestido marrón con solo un ribete amarillo en el escote y las mangas, si bien de una tela mucho mejor que todo lo que había tenido hasta entonces; además, no sería nada caro, al menos eso le parecía. Ahí ya no se utilizaban los peniques ni los táleros, sino la libra esterlina.

Para cenar había pan y embutido, y después de que el señor Partridge solo hubiese rezado una breve oración al mediodía, en esta ocasión Jakob Lange dio gracias a Dios extensa y enfáticamente, y de nuevo a grito pelado (como si los Partridge estuviesen sordos), por sus dones y por la generosa acogida de su anfitrión, así como por haber llegado sanos y salvos a la nueva tierra. Los Partridge escucharon pacientes y con atención, solo Paul miraba ansioso por encima de las manos unidas hacia su plato.

—*Thank you, Jakob!* —murmuró Mortimer al final, cuando Lange dijo amén y los Partridge lo repitieron con un suspiro de alivio—. *But you have to learn English. God might understand you. But the rest of us...*

Ida durmió estupendamente, sola en la cama limpia y recién cambiada, y cuando a la mañana siguiente se encontró con los Partridge, los saludó en inglés. Elsbeth repitió la fórmula y la señora volvió a reaccionar entusiasmada. Seguro que Ida aprendería rápido, dijo, y Betty lo mismo. Se ofreció solícita a tomar a las chicas bajo su tutela y acto seguido les enseñó a preparar un desayuno inglés. Ida preparó *porridge* y Elsbeth *coffee*.

Después del desayuno, Jakob Lange se dirigió al ayuntamiento para recoger los pasaportes, informarse de las posibles novedades y, sobre todo, para hablar con los demás colonos de Mecklemburgo. A su regreso, lo acompañaban Peter y Ottfried Brandmann, y encontraron a los chicos Lange ocupados en distintas labores. El señor Partridge había colocado a Anton en la tienda, lo llamaba Tony y le encargaba que apilara sacos y que ordenase el contenido de los paquetes en las estanterías. Franz y Paul se pasaban en el patio una pelota de cuero con forma de huevo que Paul llamaba *football*, y de la cocina salían las voces complacidas de las chicas, canturreando una canción que imitaba las voces de distintos animales.

—*And on his farm he had a cow... muu... muu!*

Elsbeth saludó encantada a los hombres.

—¡Oye, padre! ¡Vaca es *cow* y cerdo *pig*! ¡Y ahora yo soy Betty!

Jakob miró a su hija con desagrado y significativamente a los Brandmann.

—Ya veis a qué me refiero —le oyó decir Ida, después de que presentara a los Brandmann a la señora Partridge, que no entendía nada—. Tenemos que irnos de aquí lo antes posible, van a distanciar a los niños de nuestra forma de ser.

9

Jane Beit volvía a aburrirse. Explorar la noble residencia que la New Zealand Company había destinado a la familia solo había durado un par de horas. Ocupó malhumorada el gran dormitorio totalmente amueblado. Tal vez otras mujeres habrían tenido ganas de decorarlo o de poner tapetes, cuencos o candelabros de plata sobre los pesados muebles ingleses, pero a Jane esas cosas la dejaban indiferente. Y querer controlar cómo Margaret Hansen sacaba sus cosas de los baúles y las distribuía en armarios y cómodas también era inútil. La experimentada doncella ya lo hacía perfectamente.

Así pues, Jane vagó por la planta baja y se contuvo para no ir a la cocina a pedir alguna golosina. La cocinera ya debía de haber puesto manos a la obra... Pero entonces descubrió a su padre en el despacho y este pareció alegrarse de verla.

—Ah, Jane, ¿no estás ocupada? —preguntó—. Aquí hay un ajuste que hacer...

Ella se acercó intrigada y reconoció los documentos de los colonos. Seguramente, su padre tenía que hacer una nota de la «entrega» efectuada de los pasajeros del *Sankt Pauli* para presentarla a la compañía. A partir de entonces podría cobrar. Naturalmente, no tenía ningunas ganas de ponerse con todo ese papeleo, no le gustaba el trabajo de oficina.

—Te lo haré encantada —se ofreció solícita—. ¿Hay formularios? ¿O tengo que escribir la lista en papel con tu membrete? ¿Ya está desempaquetado?

Beit se levantó, aliviado de traspasar a su hija ese farragoso trabajo.

—Tiene que estar por aquí —contestó—. Antes, cuando Hansen ha vaciado los baúles que trajeron los empleados de la compañía, lo he tenido en las manos... ¿Podrás apañártelas con este fastidioso asunto? Debería ir al ayuntamiento. Wakefield prepara una expedición al poblado maorí, por lo de Wairau... A ver si puedo conseguir que algunos del *Sankt Pauli* lo acompañen. Así al menos estarán ocupados.

Jane asintió. También ella había oído hablar de la proyectada expedición, había que castigar a los nativos rebeldes.

—Claro que me apaño —respondió y, contenta, tomó asiento en la pesada butaca de piel del escritorio—. Ya lo encontraré todo, ve tranquilo.

Decidida, cogió los papeles de los colonos y sonrió animosa a su padre. Beit se despidió muy sonriente, dispuesto a buscarse por fin alguna actividad no demasiado aburrida.

Hacer cuentas no es que fuera muy emocionante, pero comparado con ordenar los armarios, para Jane era casi como estar en el cielo. Al principio se documentó basándose en las listas del capitán Schacht y luego buscó el papel de carta de su padre. Podía escribir directamente en limpio la lista, no era difícil apuntar el nombre de la familia, y todavía recordaba los casos de nacimiento y de muerte...

Sin embargo, no encontró enseguida el nuevo papel de carta, ella misma lo había encargado en Hamburgo. Buscó metódicamente el monograma de la imprenta. A lo mejor la factura estaba sujeta al sobre del fajo de papeles y el sello no se veía. Echó un vistazo a las direcciones de varias cartas y a los sobres de las actas que estaban encima del escritorio. Todavía reinaba algo de orden, su padre aún no había pasado mucho tiempo en el despacho.

«Demanda gubernamental por la compra de tierras y establecimiento de inmigrantes en la bahía de Tasmania-Nelson.»

Jane se quedó atónita al ver el encabezamiento del acta que

había bajo un par de cartas. ¿Qué estaba pasando ahí? Cogió perpleja la hoja, a la que estaban sujetos varios documentos. La firmaba un tal William Spain, *land claims commissioner*, es decir un delegado oficial del gobernador de Auckland responsable de la concesión de tierras.

Jane sabía que su padre probablemente no se lo hubiese permitido, pero aun así empezó a leer. Al fin y al cabo, seguro que también estaba relacionado con los colonos de Mecklemburgo. Ya se le ocurriría algún pretexto si él se percataba.

El *commissioner* Spain empezaba su escrito con un par de fórmulas cordiales, pero enseguida entraba en materia. Era evidente que se había presentado una reclamación sobre la manera de proceder de la New Zealand Company al comprar las tierras donde se había fundado Nelson y las colonias ya establecidas que habían de asentarse en los alrededores. El reclamante era, y Jane se quedó sin respiración, un jefe maorí. Te Rauparaha, *ariki* de los ngati toa. Te Rauparaha sostenía que al vender las tierras de su tribu al capitán Wakefield le habían engañado. También Jane encontró ridícula la suma que Spain mencionaba en su escrito como pago por las vastas tierras de que se trataba. Claro que era habitual comprar la tierra de los maoríes por un precio de risa y luego revendérsela mucho más cara a los colonos. Pero el beneficio que esperaba la New Zealand Company era, como Spain calificaba con prudencia, «desproporcionado».

Arthur Wakefield había tenido la mala suerte de que Te Rauparaha no solo se había dado cuenta enseguida, sino que ya conocía suficientemente bien las costumbres de los blancos como para enfrentarse a ellos con una tropa de guerreros mal armados. El jefe había dirigido su queja de forma totalmente civilizada al gobernador de la Isla Norte y había señalado que se habían repartido tierras a los colonos que no estaban comprendidas en lo acordado entre Wakefield y la tribu. Spain observaba que la correspondencia adjunta hacía suponer que los maoríes se hallaban en lo cierto.

Jane comprobó la prudente observación con los documentos

que acompañaban el escrito y volvió a sobresaltarse. Era incuestionable que el jefe decía la verdad. El capitán Wakefield había ignorado parte del contrato con Te Rauparaha.

En su escrito, William Spain amenazaba con desvelarlo, y Jane podía imaginar muy bien lo que ello significaba. Si el *land claims commissioner* exigía el cumplimiento estricto del acuerdo con los nativos, algunos colonos perderían sus tierras. Y otros, como esos alemanes del *Sankt Pauli*, no podrían obtener sus parcelas en un futuro próximo, y sin duda exigirían que les devolvieran el dinero... Jane se mordió el labio inferior. Aquello era dinamita pura y, posiblemente, significaría el fin de la New Zealand Company.

Spain aseguraba que podían encontrarse soluciones al conflicto de intereses creado, pero... A Jane la recorrió un escalofrío al pensar en lo que Arthur Wakefield entendía por ello. Tal vez su padre todavía lo ignoraba, pero ese escrito era, sin duda, el motivo de la expedición al poblado maorí que habían planeado el oficial Thompson y el capitán Wakefield. En lugar de las negociaciones que seguramente Spain tenía en mente, los dos militares habían optado por un procedimiento expeditivo. ¿Se dejaría amedrentar el altivo jefe? ¡Pero tenía que haber otras soluciones!

La joven se puso a trabajar en ello con frenesí. Encontró las actas de la New Zealand Company en el armario de su padre y repasó los gastos e ingresos. Las sumas de los haberes eran considerables, lo que la tranquilizó. Incluso si había que pagar más a los maoríes, la compañía podría hacerlo sin correr ningún peligro. Al menos, si ese pago adicional no era demasiado elevado... Jane reflexionó sobre las estrategias que podrían satisfacer a los maoríes, a ser posible sin consultar con William Spain, quien, a Dios gracias, todavía no se había desplazado de la Isla Norte.

Redactó una carta tranquilizadora al *land claims commissioner*, en la que expresaba el deseo de la compañía de aclarar de inmediato los eventuales malentendidos que se hubieran producido. Pensó que quizá podían enviar a su padre para negociar con los maoríes. Aunque no hablaba su lengua, cuando se esforzaba solía ser muy convincente. En eso Jane era igual que él: no eran diplomáticos natos, pero sí muy hábiles a la hora de presentar argumentos que apoyaran sus propósitos. A fin de cuentas, Beit había convencido a una multitud de arrendatarios y campesinos de Mecklemburgo a lanzarse hacia lo desconocido bajo su dirección, así que seguro que también podía convencer a Te Rauparaha para que renunciara a las tierras mal distribuidas a los colonos a cambio de una compensación económica.

Por el contrario, la incursión que Thompson y Wakefield proyectaban en territorio maorí, junto al río Wairau, constituía un grave error. Las actas de la compañía contenían datos sobre Te Rauparaha, y cuanto más leía sobre él, más se justificaba su rechazo hacia el proceder agresivo de Wakefield. ¡No había que forzar ni encarcelar a ese importante dignatario de su pueblo! En el peor de los casos, eso llevaría a una guerra que luego saldría más cara a la compañía que los convenientes pagos adicionales.

A este respecto, el plan de Jane también incluía reflexiones acerca de cómo reunir el dinero necesario. Los beneficios para la compañía, y por tanto también para Wakefield y Beit, serían, naturalmente, mucho más reducidos que los previstos. Probablemente no podrían seguir financiándose sus aristocráticas residencias a ese nivel y también deberían limitarse las inversiones en construcción de carreteras y edificios públicos. Pero los ciudadanos lo entenderían; al menos si se lo explicaban de modo correcto. O reducían el ritmo de crecimiento o estallaba la guerra: la elección era sencilla. Jane se permitió apuntar sugerencias para el discurso correspondiente. Su padre, o mejor aún Wakefield, tendría que pronunciarlo delante de los colonos.

Tras un par de atareadas horas, durante las cuales se sintió realmente feliz y no se llevó ningún bombón a la boca, varias páginas con la relación de las posibles medidas a adoptar, así como esbozos de cartas y discursos, descansaban sobre el escritorio de su padre. Esperó orgullosa la llegada de este. Él le reconocería su esfuerzo y extraería las consiguientes conclusiones: ¡había que evitar que Thompson siguiera reclutando «mercenarios» para una intervención armada contra los maoríes! Y John Nicholas Beit tenía que volver a personarse ante Wakefield de inmediato.

Jane tendió los borradores a su padre en cuanto él entró en el despacho. Parecía de buen humor, seguramente Wakefield le había ofrecido whisky. Pero Beit no estaba borracho, lo que tal vez era una desventaja para lo que Jane se proponía: el alcohol hacía a su padre más campechano y, con ello, más accesible.

—¿Qué haces todavía aquí? —se sorprendió—. ¿Aún no has acabado con las cuentas?

Jane se mordió el labio. Ni siquiera se había acordado de hacer las liquidaciones para el *Sankt Pauli*.

—Todavía no he empezado —admitió—. Es que he encontrado esto. Tienes que leerlo... —Le tendió el escrito del *land claims commissioner*—. Mira, es del señor Spain, de Auckland. Me lo encontré cuando...

—¿Lees mis cartas?

La voz de Beit tenía un tono amenazador, pero antes de reprender a su hija, cogió la carta de la demanda gubernamental. Jane tenía razón: hasta el momento no se había enterado de las reclamaciones de Te Rauparaha. Leyó el escrito y lo lanzó al escritorio.

—Menuda lata... Pero Wakefield lo solucionará. Es raro que aún no haya dicho nada... ¿Qué tienes que ver tú con este asunto, Jane? ¡Es inaudito que abras mi correo en mi ausencia! Yo...

Jane interrumpió su arrebato con un gesto tranquilizador.

—Padre, fue pura casualidad. Y la carta estaba abierta por aquí, no la he sacado de ningún sobre. Pero eso tampoco importa ahora. La cuestión es cómo reaccionamos. Es decir, a las quejas del jefe tribal y a la carta del gobernador Fitz Roy, pues Spain habla en su nombre. Tenemos que hacer algo. ¡Pero no tomando las armas! No pensarás que esa expedición de Wakefield vaya a mejorar las cosas, ¿verdad?

Beit abrió la boca, pero Jane no dejó que la interrumpiera. Le expuso sus planes con apasionamiento y esperó que la felicitara o alabara, ya que Beit la había dejado explayarse. Sin embargo, su padre lanzó una sonora carcajada, destruyendo de repente el sueño de la joven.

—¡Increíble! ¡Mi pequeña Jane quiere salvar la compañía! ¡Después de ser ella la única en prever su futura ruina! Jane, hija mía, ¿es una broma o algo te ha llevado a delirar?

Ella se quedó mirando a su padre perpleja.

—¡Pero cualquiera que lea esta carta y tenga una idea de la situación económica de la compañía se preocupará! El gobernador puede arruinar vuestra compañía si quiere, solo con ceder a las peticiones de los maoríes. ¡Las reclamaciones por daños y perjuicios de los colonos serían exorbitantes! Y posiblemente también las de los nativos, ya que tendrían derecho a que se les devolviera su tierra tal como estaba. Si deciden que las casas construidas tienen que demolerse... Padre, ¡esto también atañe a una parte de Nelson! ¡A barrios de la ciudad! ¡Hay que negociar urgentemente con los maoríes!

—¡Calla! —Beit la interrumpió con dureza y Jane creyó reconocer en su semblante, antes divertido, recelo y preocupación—. Y ¡ni se te ocurra comentar con nadie tu «catálogo de medidas» ni tus temores respecto a la solidez de la compañía! Nos convertirías en el hazmerreír de la gente.

—¿Tal vez temes que pueda convencer a otros que tienen más influencia que yo? —replicó Jane con insolencia. Sabía que se estaba pasando de la raya, pero no pudo reprimirse—. ¿Qué diría el señor Tuckett, el agrimensor mayor, al respecto? Con él ya habéis tenido problemas, ¿no es cierto? Padre, si no incluís de una vez a todos, tranquilizáis a los maoríes y al gobierno, y hacéis partícipes a gente como Tuckett en las decisiones que tomáis para los colonos, la New Zealand Company no existirá por mucho tiempo.

Jane se estremeció cuando la mano de su padre se alzó y cayó sobre su mejilla; nunca antes había pegado a sus hijos. La bofetada fue una sorpresa y una advertencia. Así pues, su padre había comprendido perfectamente que la carta del *land claims commissioner* era material inflamable, pero no estaba dispuesto a actuar con lógica ni sensatez.

—¡Tienes que hacer algo, padre! —insistió—. Que me castigues no sirve de nada. Yo soy... bueno, quien te ha dado la mala noticia. Pero también puedo ayudarte a resolver el problema. Lee mis propuestas. ¡Por favor, padre! ¡E impide las medidas de castigo contra Te Rauparaha!

Beit resopló.

—Claro que voy a impedir algo, Jane —respondió con saña—. Y es que sigas inmiscuyéndote en asuntos que no te atañen ni comprendes. Los religiosos tienen razón: no es del agrado de Dios que una mujer meta las narices en los negocios. Es hora de que te dediques a las tareas de tu género, Jane. Ya hace tiempo que tu madre me lo advierte, pero yo he sido un descuidado. Una equivocación por mi parte, por lo que veo. Ocúpate de tu ajuar, chica. En cuanto encuentre a un hombre más o menos conveniente, ¡te casaremos!

10

—¡Tú irás con ellos! —advirtió Peter Brandmann a su hijo con un tono que no admitía réplica—. Quiero que observes lo que sucede ahí.

—Pero si no entenderé ni palabra —objetó Ottfried.

Respecto a la expedición para reducir a los salvajes rebeldes, para la cual el oficial Thompson seguía reclutando miembros, tenía sentimientos encontrados. Por una parte ardía en deseos de escapar de su familia. Peter Brandmann sometía a sus hijos a un riguroso control desde que habían llegado a Nelson. Ottfried todavía no había conseguido entrar ni una vez en alguna de las tabernas locales, que en Brasil llamaban bar y ahí pub. Y eso que le habría gustado ir a beberse una cerveza con Anton Lange y otros jóvenes inmigrantes para celebrar la feliz llegada. Por añadidura, él tampoco tenía nada en contra de establecer contacto con los nativos. En Salvador se había escapado varias veces. Había aprendido que cerveza se llamaba *cerveja*, mientras que el aguardiente era *cachaça*, y mezclado con azúcar y zumo de limón sabía a gloria.

Sin embargo, Peter Brandmann consideraba que las salidas de su hijo eran reprobables y peligrosas, y ahí en Nelson no había ningún albergue para solteros que tan práctico había demostrado ser en el barco y en Bahía. Los Brandmann se alojaban en la pequeña casa de un matrimonio escocés y la madre de Ottfried ya volvía a tener miedo de todo. Reunía a sus hijos en torno a ella y se mantenía ajena a los amables intentos de la señora McDuff de comunicarse con ella por medio de palabras o al menos mediante gestos. Ottfried se habría marchado de buen grado lejos de esa casa y de su familia. Por otra parte, el chico tenía escrúpulos acerca de unirse de sopetón a una campaña militar y pelear contra indígenas que tal vez fuesen tan salvajes como los temidos indios de América. Ottfried se llevó preocupado la mano a su escaso pelo. No había navegado durante meses para perder ahí el cuero cabelludo.

Pero su padre y Jakob Lange no daban cuartel.

—¿Qué has de entender tú ahí? Tienes un par de ojos en la cara y después podrás contarnos lo que veas. Cómo se realizó la captura, si se opuso resistencia, etcétera...

—Es importante que hagamos acto de presencia —añadió Lange—. No podemos enviar a los ingleses para que nos saquen las castañas del fuego. Es necesario que vean que nos comprometemos, que estamos dispuestos a luchar por nuestra tierra.

—¿A luchar? Si ni siquiera tengo mosquete —protestó Ottfried—. En rigor, poco podría hacer. En Mecklemburgo solo había disparado a pájaros con un tirachinas.

—Por Dios, hijo, ¡ya os armarán! —exclamó Lange mientras Brandmann se encogía de hombros.

—Pues te compraremos un mosquete —opinó—. Siempre es bueno tener un arma de caza y, quién sabe, a lo mejor todos tenemos que aprender a defendernos cuando estemos allí, en tierras salvajes.

Lange asintió.

—¡Cuánta razón tienes! —elogió a su amigo—. Puede que yo también...

—¿Va también Anton? —preguntó Ottfried.

Su rostro se había iluminado ante la idea de tener un mosquete propio, aunque no estaba del todo convencido. Al menos le gustaría no tener que irse solo.

—Anton solo tiene dieciséis años —respondió Lange—. ¡No admiten niños! Por lo que sé, solo ese Jensch forma parte del grupo... ¡Vaya, el último sujeto al que yo confiaría el cuidado de nuestra tierra!

Karl se había presentado enseguida cuando el oficial de Policía buscaba voluntarios. Se había enterado al recoger su pasaporte y de inmediato había visto la posibilidad de ganar algo de dinero. Además, podría explorar un poco su nuevo país, conocer a los nativos y pasar un par de días con todos los gastos pagados. No habían encontrado a ninguna familia que hospedara a Karl, según le habían contado a Ottfried. A fin de cuentas, no adquiría tierras y Beit ya no se sentía responsable de él. Había pasado las primeras noches en un cobertizo junto a un pub del puerto a cambio de echarle una mano al dueño. Aun así, Karl seguro que se imaginaba a la larga otro futuro que limpiar mesas en una taberna.

—Y Jensch seguro que no va armado —reforzó Lange su argumento—. Quién sabe, a lo mejor lo rechazan por eso si es que se reúnen suficientes voluntarios armados. Ve a inscribirte ahora, Ottfried, y después ya veremos si hay alguna tienda donde vendan armas.

El propietario de un pequeño negocio en el puerto, que podía calificarse de tienda de armas, hablaba muy bien el alemán y se alegró de poderlo practicar con sus clientes. Contó a los Brandmann y a Jakob Lange que, al llegar a Nueva Zelanda, había trabajado varios años en una estación ballenera dirigida por un alemán, Georg Hempelmann. Con el dinero que había ganado allá, había financiado la tienda. De todos modos, no disponía de armas de caza, su negocio se dedicaba más a abastecer a los pescadores.

—Aquí no hay nada contra lo que disparar —se justificó con un gesto de resignación—. No hay animales peligrosos ni comestibles, a no ser que lo consideren desde el punto de vista bíblico y les gusten las langostas. —Rio—. Solo hay un par de pájaros, la mayoría ni siquiera es capaz de volar. Pero son tan torpes que se quedan durante horas enterrados bajo los árboles. Eso durante el día, porque de noche van por ahí caminando. Los maoríes se limitan a desenterrarlos y ya tiene solucionada la barbacoa.

Ottfried Brandmann encontró extraña la idea de un pájaro

enterrándose y la palabra barbacoa no le decía nada. El que los nativos no contasen con armas de fuego lo tranquilizó.

Lange, por el contrario, preguntó:

—¿Y los salvajes? ¿Esos maoríes? ¿No son peligrosos? Si se está organizando una expedición de castigo, ¿no hay nada que temer?

El comerciante rio.

—¡Qué va! Los maoríes son muy pacíficos. Con ellos siempre se pone uno de acuerdo. Al principio Hempelmann tuvo algunas dificultades con ataques a la estación, pero luego les regaló un barco y ya no volvió a pasar nada. Y aquí, Te Rauparaha... ¡ese está que arde, y con razón! El año pasado un colono mató a una mujer de su tribu y Wakefield permitió que el asesino escapara. Si fue queriéndolo o sin querer, no se sabe, pero el jefe cree que no se lo tomó en serio. Así que ahora está causando problemas debido a la venta de tierras. Y en lugar de negociar e incluso de disculparse quizás, el jefe de policía corre a desenvainar la espada. En el fondo es una lucha por el poder entre los dos bajitos. —El hombre hizo una mueca irónica—. Nuestro Wakefield debe de medir un metro y medio y el jefe tribal es otro enano... lo llaman el Napoleón del Sur. Sea como fuere, los dos se dan aires. Mientras la cosa no se ponga fea, no hay que darle mucha importancia.

—¿Fea en qué medida? —preguntó Lange—. ¿Y cómo opina usted que irá todo esto?

El propietario de la tienda se rascó la barbilla.

—Bueno, tal como lo veo, Thompson se marcha a la llanura de Wairau con un montón de tipos que en su vida han visto un maorí. A lo mejor van con ganas de pelea. Y los guerreros maoríes tampoco son mancos. Es posible que ambos pierdan el control, Wakefield y Te Rauparaha, que estalle una guerra y la situación se ponga fea. Pero si todo se desarrolla con normalidad, se pelearán un poco para compensar la muerte no castigada y el supuesto incendio, ambos harán concesiones, se irán y luego enviarán a nuevos mediadores, y así, en un par de meses, se dará algo de dinero a los maoríes y los agrimensores podrán volver a tomar medidas.

—¿En un par de meses? —preguntó horrorizado Peter Brandmann—. ¿Hasta que pueda medirse el terreno? ¡Entonces tardaremos un año o más para empezar a construir!

El tendero se encogió de hombros.

—Puede ser —confirmó—. ¿Quieren que les venda un equipo de pesca? Aquí pueden ustedes pescar donde les plazca, y eso acortará el tiempo de espera...

Jakob Lange resopló disgustado.

—¿No tiene armas de ningún tipo? —apremió Ottfried. Seguía inquietándole tener que enfrentarse a los indígenas desarmado.

—Bueno, si insisten... —El hombre se levantó, rebuscó un poco en una estantería hasta que encontró una caja que colocó sobre el mostrador—. Tengo aquí un mosquete. Me lo dio a cambio de una caña de pescar un aventurero que había desertado del ejército. Es una buena pieza, pero nadie se ha interesado por ella.

Peter Brandmann sacó el mosquete de la caja, que también contenía munición. No sabía nada de armas de fuego pero intentó que no se le notase.

—Entonces podrá hacernos un buen precio —empezó a negociar.

Poco tiempo después, el antiguo cazador de ballenas cerraba la tienda y se iba al patio con los inmigrantes para enseñar a disparar a Ottfried. Todo transcurrió felizmente y el joven aprendió sin dificultad a cargar y disparar el mosquete. Además, también tenía buena puntería. Una vez hubieron pagado y emprendido el camino de vuelta a sus alojamientos, todos estaban satisfechos.

—No entiendo a ese Wakefield —observó Jakob Lange cuando dejaron el barrio portuario con Ottfried llevando orgulloso el arma al hombro—. Se enfrentará a unos salvajes desarmados que ni siquiera tiran con arco y flecha, sino que ¡desentierran a sus presas! ¿Por qué no va ahí, destruye su campamento como hicieron ellos con el de los agrimensores y extermina a esos renegados?

—No sería cristiano —señaló Peter Brandmann.

Lange resopló despectivo.

—¡Tonterías! No son más que paganos... Seguro que no es grato a Dios que usurpen nuestras tierras.

El 17 de junio de 1843, Ottfried Brandmann, Karl Jensch y cuarenta y nueve hombres más embarcaron en el bergantín propiedad del gobierno *Victoria*. Salvo los agrimensores que acompañaban la expedición, todos los hombres iban armados. Thompson también había entregado un mosquete a Karl, suponiendo que el joven sabía utilizarlo. En cualquier caso, no le dieron instrucciones sobre el uso del arma.

El barco navegó Wairau arriba, donde se suponía que estaba el campamento maorí. Esperaban llegar en pocas horas.

—Y entonces, esperaremos a que se arregle el asunto de la tierra —explicó Jakob Lange a sus hijos, ignorando las reflexiones del dueño de la tienda.

A fin de cuentas, Beit les había comunicado el día anterior que el capitán Wakefield tenía la intención de dejar a los agrimensores en Wairau, una vez hubiera apresado al jefe rebelde. Entonces las obras de parcelación avanzarían rápidamente.

—Recemos para que Dios se apiade de nuestra causa —prosiguió Lange, juntando las manos—. Oh Señor, protege sobre todo a mi futuro yerno Ottfried, el prometido de mi hija Ida. Para que realice Tu obra por todos nosotros y que vuelva sano y victorioso.

Ida se unió obediente a la oración, pero rezó otra furtivamente por Karl Jensch. Estaba preocupada por los dos hombres. Se preguntaba si Dios realmente bendeciría a una gente que empezaba su vida en una nueva tierra formando una expedición para castigar a los nativos...

LA MAORÍ RUBIA

Llanura de Wairau, Nelson

1843

1

—Pero traducirás tú, ¿verdad? —se aseguró Te Puaha.

Antes de que Cat llegara al poblado maorí, seis años antes, el joven se había dedicado a esa tarea y no era que tratara de escaquearse. Poco tiempo atrás, cuando Te Rauparaha echó de las tierras de los ngati toa a los agrimensores de Wakefield, había sido Te Puaha quien les había dejado claro, de forma educada pero sin prestarse a equívocos, que ahí eran personas no deseadas. Pero Te Puaha nunca conseguiría expresarse con tanta naturalidad y corrección en la lengua *pakeha* como Cat. En esta ocasión tampoco necesitarían guerrear contra los blancos, los soldados del capitán Wakefield irían a ver a los maoríes a su pueblo. Así que la joven podría participar en las negociaciones y aclarar las cosas.

—¡Pues claro que sí! —Cat dejó a un lado el cesto que estaba tejiendo, al tiempo que asentía con la cabeza—. De todos modos, todos estarán ahí. Te Ronga se ha mostrado partidaria de celebrar un *powhiri* formal.

Te Puaha hizo una mueca.

—No hace falta —observó—. Los *pakeha* no aprecian que los recibamos con danzas y cantos. Más bien les pondrá nerviosos, tienen poca paciencia...

Cat volvió a asentir.

—Pero es *tikanga* —objetó, repitiendo las palabras de su madre de acogida. Los dioses verán con buenos ojos las negociaciones si respetamos las costumbres. —Sonrió—. Abreviaremos la ceremonia. Ya lo he hablado con Te Ronga, y seguiremos la práctica *pakeha* de ir derecho al grano.

El fornido maorí, un sobrino del jefe tribal, le guiñó el ojo.

—Lo haces bien. Creo que iré a saludarles y darles la bienvenida en una embarcación. Luego los dirigiré a tierra, los llevaré a la plaza de las asambleas y después de la ceremonia podrás reunirte con nosotros.

Cat se echó atrás su cabello largo y rubio, que mantenía apartado del rostro con una ancha cinta tejida con los colores de la tribu. Sin duda, los *pakeha* se extrañarían de contar con esa intérprete. Hasta entonces, Cat solo se ocupaba del contacto entre la tribu y vendedores ambulantes y misioneros de paso por el poblado. Te Ronga no permitía que acompañase a los hombres en sus misiones diplomáticas ni por supuesto en las de guerra. Se preocupaba por su pupila y sabía muy bien que las mujeres no valían gran cosa entre los colonos blancos.

—Ojalá no les moleste mi presencia o la de las mujeres del consejo de ancianos —observó Cat.

Te Puaha rechazó la idea con un gesto.

—Te Ronga también acompañará a Te Rauparaha. Y hasta el momento nunca ha tenido dificultades para demostrar su *mana*.
—En las tribus, se designaba con la palabra *mana* la capacidad para ganarse el respeto y para imponerse—. Y en lo que a ti respecta, eres *tohunga*, tienen que aceptarlo.

Cat sonrió orgullosa. Se sentía feliz por el título honorífico que la tribu le había concedido. No solo hablaba con fluidez el inglés de los *pakeha* normales, sino que, hacía poco, había conversado con un misionero alemán en el extraño idioma de este. Los maoríes llamaban *tohunga* a las personas que reunían muchos conocimientos sobre un tema. Podía tratarse del reino de los dioses o del arte de la sanación, pero también de la construcción de casas, de la talla de las esculturas de los dioses o del dominio de distintas lenguas. Y Cat se había ganado con esfuerzo su posición, pues cuando la tribu la había acogido no conocía ni una palabra de la lengua maorí. Y también había tenido que aprender todo lo demás, desde colocar una nasa para pescar hasta plantar y cosechar boniatos.

—¿Cómo has podido sobrevivir hasta ahora? —le repetía en broma Te Ronga durante su aprendizaje.

Cat se ruborizaba de vergüenza cuando hasta los niños pequeños tenían que señalarle qué plantas eran comestibles o con qué hojas tenía que frotarse para protegerse de los insectos. Pero lo había asimilado todo deprisa. No le costaba aprender idiomas, enseguida se hacía entender. Y entonces fue instruyéndose en todo lo demás guiada por la cariñosa mano de Te Ronga, que le había allanado el camino para integrarse en la tribu.

—¡Ahora es mi hija! —había declarado después de que su padre, el jefe Te Rauparaha, hubiese ofrecido al comerciante Carpenter una pequeña compensación por la muchacha que había llevado a los ngati toa. Te Ronga había conducido a la asustada Cat a la casa dormitorio y había dispuesto un lecho junto al suyo. Para sorpresa de Cat, todos los miembros de la tribu compartían un gran dormitorio. Solo los jefes tenían casas propias donde los visitaban con mayor o menor frecuencia sus esposas. Como Cat no tardó en comprobar, Te Ronga solía dormir con su esposo, Te Rangihaeata, una pareja que mantenía una relación cariñosa y muy estrecha. Pero durante sus primeras noches (temiendo que todo fuese una farsa y que al final la volvieran a entregar al reverendo Morton y a Carpenter) en la casa dormitorio, la mujer maorí se había quedado junto a su nueva hija. Había tratado que Cat entendiese que ahí no tenía nada que temer, le había enseñado a comer los platos maoríes y cómo durante el día se doblaba la estera en que se dormía por la noche. El resto de la tribu apoyaba los esfuerzos de la maorí por conseguir que la muchacha blanca se sintiese como en su casa. Cuando Cat aprendió las primeras palabras, comprobó asombrada que las otras mujeres de la edad de Te Ronga la llamaban hija y la trataban con cariño. Las más ancianas se referían a su *mokopuna*, nieta.

—Todos los niños son de la tribu y Te Ronga mucho *mana*,

nadie dice no a la nueva hija —respondió Te Puaha cuando Cat le pidió una explicación—. Tú ahora muchas madres.

Durante las primeras semanas, Te Puaha había sido la persona más importante de la tribu para Cat. Te Ronga siempre había recurrido a él para que tradujese y Cat le estaba agradecida por su paciencia y su espontánea amistad. Y algo más era nuevo para ella: ¡Te Puaha nunca la había mirado con lascivia!

Cat se había integrado tan pronto en su nueva vida que apenas pensaba en Suzanne, Priscilla, Noni y la estación ballenera de la bahía de Piraki. Barker estaba muy lejos y su pub se le antojaba un mal sueño. Y en lugar de las miserables cabañas de los cazadores de ballenas y del hedor a aceite de ballena y putrefacción, estaban las bonitas casas de los maoríes, el aroma que salía de la casa cocina y el perfume de las plantas y frutos curativos que Te Ronga recogía y hervía o destilaba. Cat aprendió a tejer y a trabajar en los campos de cultivo. Cuando la cosecha no era suficiente, lo que sucedía si en verano llovía en exceso o demasiado poco, la joven acompañaba a la tribu en primavera en sus salidas en busca de mejores territorios de caza.

Algunas veces los ngati toa migraban en verano, la mayoría de las ocasiones porque los espíritus convocaban a Te Ronga o a un miembro de los ancianos. En tales ocasiones subían a las canoas, remaban río arriba y llegaban a los santuarios donde veneraban a los dioses con cánticos y oraciones. Los santuarios podían ser formaciones rocosas peculiares, volcanes o lagos de aguas claras, pero a veces también lugares sencillos donde en un tiempo pasado se había derramado sangre. La tribu conmemoraba a los muertos, mientras el viento soplaba sobre extensiones interminables de hierba, pero también se celebraba el valor de los vencedores. Cat conoció durante tales migraciones toda la parte septentrional de la Isla Sur, el lugar que los maoríes llamaban Aotearoa, «el país de la nube blanca».

Te Ronga le enseñó a reconocer las plantas curativas y a recogerlas, los jóvenes se la llevaban a pescar y a cazar pájaros. Y a veces, durante sus desplazamientos, se encontraban con otras tribus maoríes, tribus hermanas de los ngati toa a quienes visitaban en su *marae*, o a representantes de los ngai tahu, sus enemigos. En esas ocasiones reinaba la tensión en el tradicional ritual de saludo, el *powhiri*, pues los *haka* y las peleas fingidas, a través de los cuales los guerreros mostraban su fuerza, dejaban de ser una mera representación. Había que convencer a la otra tribu de que era mejor no atacar a los ngati toa bajo la autoridad del *ariki* Te Rauparaha. Hasta el momento, siempre lo habían conseguido, el jefe era un temido guerrero en toda la Isla Sur y nadie quería disgustarlo. Recientemente, Te Ronga o una de las *tohunga* de la otra tribu habían unido los dos *iwi* con los dioses y al final se había celebrado una fiesta conjunta.

Cat también se encaraba con tranquilidad a la visita de los *pakeha* a las órdenes del capitán Wakefield. No temía que atacaran y, en cuanto a la lascivia de los blancos, Te Ronga y la mitad de un ejército de musculosos guerreros maoríes la protegían de tipos como el reverendo Morton.

La joven sonreía para sus adentros cuando pensaba en el reverendo, había sido divertidísimo ver a ese viejo verde huyendo de los maoríes. Por lo que había averiguado en la siguiente visita de Carpenter, durante los dos días que el comerciante había estado en el poblado, el pastor había permanecido escondido en el bosque, pasando hambre y muerto de miedo. Ni siquiera había encontrado el arroyo... Incluso estaba menos preparado que Cat para la vida en la naturaleza. Y los guerreros maoríes le habían infundido tal miedo que había abandonado a los indígenas al paganismo sin sentir remordimiento ninguno. Al menos no volvió a pensar en visitar a las tribus para evangelizarlas. Carpenter lo había dejado en una misión junto a la colonia que había adoptado luego el nombre de Nelson.

Entretanto, Cat ya sabía que los maoríes no se mostraban muy partidarios de que los evangelizaran. Pese a ello, escuchaban de buen grado las historias de la Biblia, pero tenían sus propios dioses y semidioses, ¡incluso diosas! Todas las noches, junto a la hoguera, las *tohunga* contaban en *whikorero*, el arte de recitar bellamente, sus hechos y aventuras. De este modo, Cat supo de Kupe, el primer colono de Aotearoa. Procedía de una isla llamada Hawaiki, país añorado al que regresaban las almas de los maoríes tras la muerte. Oyó hablar de Papa y Rangi, la Tierra y el Cielo, que fueron separados por sus propios hijos para crear el mundo con todas sus bellezas, y la cautivaron las experiencias del semidiós Maui, un joven fuerte e insolente que incluso se rebeló contra la muerte.

Pese a sentirse algo culpable por ello, Cat encontraba todo eso mucho más emocionante que las historias de la Biblia que le había contado Frau Hempelmann y que ella luego le había leído en voz alta. Los maoríes tampoco hablaban todo el tiempo de pecados ni pedían perdón a un Dios que nunca les contestaba. En lugar de ello, enviaban al cielo sus ruegos y deseos con unas cometas de colores y veneraban a los dioses por medio de la danza y el canto polifónico. La joven blanca pronto disfrutó con todo ello, y accedió de buen grado cuando las chicas de su misma edad la invitaron a aprender a bailar y tocar sus instrumentos de música.

Otra cuestión era hasta qué punto creía en los dioses. Cat pensaba que las flores del rongoa también obrarían un efecto curativo aunque Te Ronga no pidiera permiso a los dioses para cortarlas, y le resultaba inimaginable que fuera a pasar realmente algo malo si, en contra de lo prohibido, se comía o bebía en lugares que alguien había declarado *tapu*. La vida en la estación ballenera, y no menos el reverendo Morton, la habían desengañado profundamente, y se comportaba con Te Ronga como antes lo había hecho con Frau Hempelmann: respetaba la religión de las mujeres, rezaba sus oraciones y entonaba sus canciones sin cuestionar nada. Sobre todo, tomaba nota de todo lo que podía aprender de útil de Te Ronga. La hija del jefe era sanadora y a Cat le gustaba acompañarla cuando salía a recoger flores o raíces con las que preparar bebidas y ungüentos. Escuchaba con atención cuando las mujeres acudían a ella para contarle sus dolencias y se maravillaba de que a menudo Te Ronga tan solo empleara un hechizo y sus pacientes o sus hijos ya se sintiesen mejor.

Cat no necesitó mucho tiempo para percatarse de la suerte que había tenido al caer bajo la protección de esa mujer precisamente. Te Ronga era miembro de una familia en cierto modo noble, ocupaba una posición elevada como hija del jefe. Y también su marido, Te Rangihaeata, disfrutaba de la dignidad de jefe tribal, lo que significaba que en algún momento ejercería el cargo de su suegro. Sin embargo, Te Ronga debía su puesto en el consejo de ancianos a su posición como *tohunga* y a su sabiduría. El consejo decidía en los asuntos de la tribu, se reunía en sesiones y asesoraba a los jefes tribales en cuestiones referentes a la venta de tierras y el trato con los *pakeha*. Te Ronga ejercía una gran influencia en su seno.

Cat se sorprendió al principio de que todos lo asumieran de forma natural. Más tarde comprobó que las mujeres eran muy respetadas en las tribus: tener *mana* no era cuestión de género. A ese respecto, las costumbres de los maoríes eran totalmente distintas de las de los *pakeha*. A nadie se le habría ocurrido, por ejemplo, pagar a una mujer maorí por hacer el acto sexual con ella como si fuese una puta de la bahía de Piraki, ni nadie miraba con desprecio a una muchacha que se iba a retozar al monte con un chico al que tal vez acababa de conocer. Todas las mujeres de la tribu eran decentes, sin que fuera imprescindible haber nacido en el seno del matrimonio, estar casadas o ser castas.

La joven no lo sabía con exactitud, pero creía que era la única entre las amigas de su misma edad que todavía no había yacido con un hombre. Las otras solían burlarse de ella por este motivo y a veces hasta tenía que oír que estaba esperando que llegara un príncipe *pakeha*, lo que le resultaba especialmente molesto cuando las chicas aclamaban con expresiones obscenas al siguiente vendedor o misionero que aparecía por el poblado. Por fortuna, los hombres pocas veces entendían lo que decían; pero a Cat le bastaban sus miradas lascivas para sentirse incómoda. Todos los hombres *pakeha* parecían desnudarla con los ojos, así que se escondía en la última fila de las chicas cuando les ofrecían una ceremonia de bienvenida.

Durante los *powhiri*, las hijas de la tribu solían ponerse para bailar una liviana *piu piu*, faldita de hojas de lino endurecido, y una escasa prenda superior tejida, una indumentaria que para los blancos era una indecencia. Cuando necesitaban a Cat para que tradujese, solía cubrirse con un manto, como si tuviese frío, y tampoco seguía la costumbre de las maoríes de pasear por el pueblo con los pechos al aire en verano, cuando el calor apretaba.

El hecho de que los hombres de la tribu no la acosasen se debía tal vez a que ellos aceptaban su falta de interés, aunque tal vez la razón residiese en que para el gusto maorí era demasiado delgada. Quizá los hombres también encontrasen su tez demasiado clara, su rostro demasiado fino... Cat lo ignoraba y le daba igual. No anhelaba tener contacto con los jóvenes guerreros y tampoco la atraía el matrimonio. La niña Kitten había pasado muchas noches en blanco por culpa de esos hombres que se abalanzaban sobre el cuerpo de su borracha madre. En la actualidad, la joven en que se había convertido no soñaba con tener ningún amante.

—¿Para cuándo esperamos el barco de los *pakeha*? —preguntó a Te Puaha, interrumpiendo el trabajo. Seguro que habría mucho que preparar antes de que los visitantes llegasen. La labor podía esperar—. ¿Y cuántos serán?

—Unos cincuenta, calculan los ojeadores —respondió Te Puaha—. Otra vez el agrimensor, ese tal Cotterell, y también el capitán Wakefield. Los han visto en el río cuando el sol estaba en el cenit. Antes de que se ponga estarán aquí.

2

—¡Nos aproximaremos a ellos sin que se den cuenta! —instruyó Thompson a sus hombres. El *Victoria* llevaba unas horas en el río—. ¡El efecto sorpresa es crucial! ¡Y que vean bien las armas que llevamos! Con esa gente, la intimidación es primordial...

Karl escuchaba con atención y se alegraba de comprender la mayor parte de lo que se decía. Pero el discurso de Thompson volvió a recordarle su mosquete. Tenía que averiguar cómo se cargaba en lugar de quedarse cautivado mirando el paisaje fluvial que se deslizaba a su lado.

El Wairau estaba flanqueado por una vegetación verde intenso, plantas exóticas y singulares, cuyas ramas, racimos de flores o palmas llegaban hasta el agua; luego por extensas planicies cubiertas por un mar de tussok de un marrón invernal. Ahí abajo se escondía con toda certeza tierra de labor fértil y Karl se la imaginaba como una buena tierra de pastos para rebaños de vacas y ovejas. Pero ahora tenía que ocuparse del mosquete...

Mientras Thompson seguía con su perorata, intentó sacar el arma de la funda con desenvoltura. Como no conseguía hacerlo, miró alrededor en busca de ayuda y se fijó en que el joven que estaba a su lado ponía los ojos en blanco. Thompson proseguía con el asunto del efecto sorpresa.

Karl pensó unos segundos y sonrió al joven.

—Maoríes vernos mucho tiempo, ¿no? —preguntó en un inglés más o menos aceptable.

El hombre asintió sin parecer inquieto.

—De eso puedes estar seguro. Conocen cada árbol y arbusto de aquí. Y los hay en abundancia para ocultarse tras ellos.

Señaló la orilla del río, cubierta de abundante vegetación. Entre los helechos y las palmas de nikau, podían ocultarse ejércitos de indígenas sin que su presencia se apreciara desde el barco. El *Victoria* y su tripulación, por el contrario, eran visibles desde la orilla.

—Pero... cómo se dice, cuándo...

Karl hizo un gesto para simular un ataque. Su interlocutor, un chico de su edad, de cabello castaño abundante y ojos verdes vivaces, rio y le dio la palabra que buscaba: *attack*.

—En realidad son muy pacíficos —respondió—. No hay que temer ninguna emboscada. Sus oteadores se limitarán a comunicar cuándo llegaremos al poblado, que ya deben de estar preparando para darnos la bienvenida con una ceremonia ritual. Y yo tendré la agradable misión de mantener quietos a Thompson y Wakefiel hasta que haya bailado y cantado el último maorí y se hayan pronunciado todas las palabras de gratitud.

—¿Tú tienes misión? Perdón, yo todavía no comprendo bien, aprendo inglés despacio. —Karl le dirigió una sonrisa, excusándose.

El joven (Karl se percató en ese momento de que llevaba el pelo largo, recogido en una coleta con una cinta de piel) le prestó más atención.

—Ah, ¿eres del *Sankt Pauli*? ¿Uno de los colonos alemanes para los que ya no quedaban tierras? —Tendió la mano a Karl—. Christopher Fenroy, Chris. Soy el intérprete. Pero solo hablo inglés y maorí.

—Karl Jensch. —El muchacho respondió con energía al apretón, contento de esa charla amistosa—. Del *Sankt Pauli*, sí, pero no tener tierra. Yo *free immigrant*, comprendes, yo no *money*...

Fenroy asintió comprensivo. No parecía guardar ningún recelo contra los inmigrantes pobres.

—Mejor para ti —observó—. Aquí hay trabajo en abundancia. Construcción de carreteras, pronto de un ferrocarril... Si eres laborioso, enseguida conseguirás algo. Y ya hablas inglés bastante bien.

—¿Tú también colono? —preguntó Karl—. ¿Tú de Inglaterra?

Fenroy negó con la cabeza y esbozó una sonrisa pícara.

—No. Soy uno de los pocos nacidos en este rincón del mundo. Aunque no en Nueva Zelanda, sino en Australia. Mis padres emigraron primero a Sídney y vinieron aquí cuando yo tenía diez años.

—¿Y ellos una granja allá tienen? ¿O aquí, la granja?

—No. —Fenroy miraba con atención la orilla mientras hablaba—. Mi padre hace trabajos temporales y va tirando. No somos más que unos pobretones, aunque con un buen apellido. Los Fenroy somos de linaje noble, tenemos parientes que viven en un castillo de Yorkshire. Pero la rama de nuestra familia ya se había venido a menos en Inglaterra. En fin, no me puedo quejar. Aquí se necesitan intérpretes y traductores y uno no se gana mal la vida.

—¿Tú dónde maorí aprendes? ¿Es fácil? ¿Puedo también yo aprender?

Fenroy negó con la cabeza.

—Es condenadamente difícil —dijo—. No tiene nada que ver con el inglés. Yo lo aprendí de niño, mi padre iba de una tribu a otra, vendiendo... Bueno, él decía que semillas y utensilios domésticos, pero solía ser whisky. Entretanto yo jugaba con los niños maoríes, más tarde también con las chicas, encantado, ya me entiendes... —Hizo un gesto obsceno, pero sonrió con tanta picardía que Karl no se sintió molesto.

—¿Y ellos también no hacer nunca nada? —insistió Karl.

Le urgía resolver lo del mosquete. Era interesante hablar con el joven, quien, era evidente, sabía más de este país que todos aquellos con quienes había hablado hasta el momento. Pero si se producía un enfrentamiento y él no dominaba su arma...

Fenroy respondió negativamente.

—No hacen como esos auténticos idiotas de Thompson y

Wakefield —explicó sin respeto ninguno—. A veces me maravilla la paciencia que tienen con nosotros los blancos... Y eso que son un pueblo orgulloso. Te Rauparaha, al que ahora pretenden atrapar como si fuera un malhechor, es un gran jefe tribal que ha librado guerras con otras tribus y las ha ganado. También su yerno, Te Rangihaeata. Con personas así habría que mantener la paz y una relación de buenos vecinos. Espero que nuestro prefecto de Policía se dé por satisfecho agitando un poco las espadas y no haga una tontería. Francamente, si Tuckett no me lo hubiese pedido... no habría venido. Cree que podrá mediar con mi ayuda, y Cotterell también es buena persona...

—¿Quién es Tuckett y quién Cotterell? —preguntó Karl, desenfundando esta vez el mosquete—. Tú... tú quizá sabes cómo esto funciona?

Fenroy contempló el arma.

—Frederick Tuckett es el agrimensor mayor de Nueva Zelanda —respondió—, y Cotterell trabaja para él. Tendría que medir la llanura de Wairau, pero los maoríes lo han echado a él y a sus hombres. Sin que él haya opuesto ninguna resistencia. Lo dicho, es un hombre prudente. Y hasta ahora he viajado mucho con Tuckett, sobre todo por la Isla Norte, así que espero entender el dialecto de aquí... Bueno, y por eso he venido. También porque él tiene contactos interesantes por aquí.

—¿Contactos?

Karl sacaba la munición e intentaba averiguar cómo se cargaba el mosquete. Fenroy lo estuvo observando un rato y luego le cogió el arma e introdujo con habilidad la bala en el cañón.

—Esto es un fusil de avancarga —explicó, y reanudó el tema de los contactos—. Tuckett conoce a alguien que cree que podría serme útil. Me gustaría tener una granja. —Su expresión adquirió un matiz nostálgico.

Karl rio.

—¡A mí también! —exclamó y siguió cargando el mosquete para practicar—. Solo el *money* falta...

Fenroy le lanzó un guiño cómplice.

—Exacto. Y el dinero se puede ganar, heredar u obtenerlo casándose. Y en mi caso, hay alguien que está deseando unir a su hija con un apellido inglés de abolengo. Es probable que lo conozcas. ¿Los Beit no venían con vosotros en el *Sankt Pauli*?

Karl frunció el ceño.

—¿Tú quieres a la hija de John Nicholas Beit casar? —preguntó incrédulo.

Fenroy levantó las manos teatralmente, como pidiendo ayuda al cielo.

—Si Dios y papá así lo desean... Bueno, también habrá que consultarlo con la chica. Espero que sea bonita. Pero si la dote incluye un par de hectáreas de tierra de labor, lo pasaré por alto. En cualquier caso, es otra de las razones por las que estoy aquí. A mi posible futuro suegro le interesa que esta misión llegue a buen término. —Sonrió satisfecho.

Karl, por el contrario, enseguida visualizó a Jane Beit y casi sintió pena por el joven australiano. ¿O iba a prometerse con una de las hermanas menores? Pese a todo, no quiso desilusionar a su nuevo amigo.

—¿Has visto alguna vez a esa chica? —preguntó Fenroy—. ¿En el barco, o al llegar? Creo que se llama Janet o Jane o... —Se interrumpió mientras Karl buscaba una respuesta diplomática y fue hacia la borda para calcular mejor dónde se encontraban exactamente en ese momento. Eufórico, señaló una especie de embarcadero en el río—. Hemos llegado. Mira, ahí está el pueblo.

Karl se olvidó de Jane Beit y miró. Lo primero que vio fueron unas canoas en una playa de cantos rodados, algunas de las cuales se lanzaban en ese momento al agua. Unos hombres saltaban a la primera y remaban hacia el *Victoria*.

Por el barco se propagó un sentimiento de inquietud. Era evidente que Karl no era el único hombre que nunca había visto a un guerrero maorí y su aspecto resultaba, en efecto, aterrador. Eran de tez oscura, corpulentos, musculosos y achaparrados. Pese al frío invernal —no hacía tanto como en Alemania pero Karl juzgaba adecuado llevar chaqueta—, iban descalzos y con el torso desnudo. Solo unos pocos se tapaban con capas. La mayoría se limitaba a cubrirse con un delantal de cuero similar a una falda bajo el cual asomaban los fornidos muslos.

¡Pero lo más terrorífico eran sus caras! Sobre las narices y las frentes se extendían unos zarcillos azulados que les daban un aspecto extraño y amenazador. Karl había visto las ilustraciones en el libro, pero no era el único que pensaba en ese momento hallarse frente a diablos salidos del infierno o espíritus malvados. También otros hombres empuñaron sus mosquetes.

—¡Conservad la calma! ¡Bajad las armas! —ordenó una voz clara y relajada.

Quien hablaba era un hombre alto, desarmado, de espeso cabello castaño, cejas pobladas y unas patillas pulcramente recortadas. Era delgado e iba muy formalmente vestido.

—Tuckett —informó Fenroy complacido.

—¿Qué... qué les pasa en las caras? —balbuceó Karl, señalando a los maoríes. En ese momento el agrimensor le importaba bastante poco.

—Tatuajes de la tribu, en maorí, *moko* —respondió Fenroy, colocando la mano sobre el arma de Karl—. Escóndela antes de que alguien se sienta amenazado.

—Tatu...

—Tatuajes —repitió Fenroy—. Se arañan la piel e introducen color dentro. Espeluznante, lo sé, pero sobre gustos no hay nada escrito. Lo hacen todos los maoríes, empiezan ya de niños, y quien es experto distingue gracias a ellos a qué *iwi*, es decir, tribu, pertenece quien los lleva.

—Ellos... armas, ellos... —Karl ignoraba la palabra lanza, pero enseguida distinguió que todos los guerreros llevaban una.

Fenroy asintió tranquilamente.

—Claro, son orgullosos guerreros. Y vienen para saludarnos. Es una especie de guardia de honor. Cuando los ingleses desfilan también llevan espadas.

Karl se esforzó por contener su nerviosismo, pero no lo consiguió hasta que la primera canoa se detuvo junto al *Victoria* y un hombre corpulento y con una sonrisa ancha se dispuso a subir al bergantín. El fornido maorí llevaba una capa marrón holgada, tejida de un ligero material plumoso, y una especie de faldellín de tiras de lino endurecido. ¡Y hablaba un poco de inglés!

—*Kia ora, pakeha* ingleses! —saludó a los visitantes—. ¡Bienvenidos al *iwi* de los ngati toa!

Más ágil y airoso de lo que se habría esperado de un hombre tan corpulento, se dio impulso para saltar por encima de la borda y dedicó unos segundos para orientarse en la cubierta. Una visión imponente. Los hombres, todavía listos para defenderse, retrocedieron amedrentados, aunque él había dejado la lanza en la canoa. Aun así, llevaba colgada del cinto un arma en forma de maza. Karl se percató de que Ottfried Brandmann, más pálido que un muerto, miraba fijamente al hombre. Al final, el maorí se dirigió al capitán Wakefield, el oficial Thompson y el agrimensor, que lo miraban sin temor.

Fenroy dio unas palmaditas animosas a Karl en el hombro antes de ponerse en marcha.

—Tengo trabajo —se despidió, y fue a unirse a los líderes de los ingleses.

En ese momento, el maorí tendía la mano a Wakefield para saludarlo.

—Yo, Te Pauha, sobrino del jefe tribal. Saludar en nombre de Te Rauparaha...

—¡A lo mejor no queremos que nos salude! —fue la respuesta hostil de Thompson.

El joven maorí vaciló.

—¡Yo saludar! —repitió y tendió de nuevo la mano a Wakefield.

Su mirada se deslizó inquisitiva por la muchedumbre armada que había detrás de los cabecillas. No le pasó por alto que muchas manos descansaban sobre los mosquetes y que algunos hombres farfullaban improperios.

Te Puaha bajó la mano.

—Yo invitar, sentaos en mi canoa. Es canoa de jefe tribal. En honor de Wakefield... y Thompson.

—¿Cómo sabe este mono mi nombre? —susurró Wakefiel al oficial.

—Yo antes ya tener honor de hablar por el jefe —explicó Te Puaha. No comentó lo del mono y tampoco pareció ofenderse. Al parecer ignoraba la palabra y no debía de estar acostumbrado a que para los blancos todos los maoríes fuesen iguales—. En la venta de tierras. Y ahora, por favor, Wakefield, venir, saludar tribu, saludar *ariki*, jefe; ¡y no ser con *ariki* como ser conmigo! Te Rauparaha gran jefe. ¡No tener paciencia! —Las últimas palabras tenían el deje de una advertencia.

—¡Capitán Wakefield, si me permite! —corrigió Wakefield en tono cortante.

En ese momento intervino Christopher Fenroy. Con un gesto apaciguador pidió al capitán que callase y dirigió unas palabras amables al maorí. Al parecer, se estaba presentando, así como a Tuckett. También mencionó el nombre de Cotterell.

—¡Ya nos conocemos! —aclaró Cotterell, un hombre alto y muy delgado, de cabello claro y rostro oval—. *Kia ora*, Te Puaha.

El agrimensor tendió la mano al maorí. Una señal que indicaba que al menos no estaba molesto con el intérprete pese a que dos semanas atrás la tribu hubiese interrumpido las mediciones, quemado las cabañas y echado a Cotterell y los otros de las tierras.

Te Puaha sonrió abiertamente.

—Disculpa, la última vez circunstancias no amistosas. Pero no se va a tierra extraña a medir. Mejor hacer como hoy. Venir a *marae* de ngati toa, saludar, comer, hablar...

Señaló de nuevo la canoa, una embarcación grande y adornada con elaboradas tallas. Tuckett lanzó una mirada a Cotterell y los dos agrimensores se dispusieron a subir a la embarcación. Wakefield y Thompson no tuvieron otro remedio que seguirlos.

—Canoas para todos los hombres —explicó Te Puaha y señaló a Karl y los otros, y a continuación a las canoas que rodeaban al *Victoria*—. Todos bienvenidos al *powhiri. Haere mai.*

Chris Fenroy se volvió una vez más hacia los hombres del *Victoria* antes de subir con los líderes a la canoa del jefe tribal.

—Nos invitan a todos a una ceremonia de bienvenida —comunicó el ofrecimiento de Te Puaha—. Pueden subir a las canoas sin recelo. Los hombres del jefe les llevarán a tierra. Pero por favor, sean amables y estén tranquilos. Aquí somos invitados...

—¡Invitados! —gruñó Ottfried. Acababa de colocarse junto a Karl, se diría que porque necesitaba hablar con alguien en su lengua materna, aunque había interpretado correctamente la palabra *guests*, «invitados»—. Como si esta fuera una visita de cortesía.

Karl no contestó. Ya tenía demasiado que hacer, enfundando el mosquete sin que los maoríes lo advirtiesen. Por fortuna, no parecía que fuera a necesitarlo. Karl decidió confiar en Fenroy y no tener miedo. Sonriente, subió a la primera canoa.

3

Desde la orilla, un camino relativamente ancho se internaba en la selva. Tras avanzar un corto trecho, los hombres llegaron al cercado del poblado maorí. Una especie de arco pintado de rojo y ribeteado de estatuas de deidades marcaba la entrada. Los dioses tenían las bocas muy abiertas y mostraban unos blancos e imponentes dientes, que, sin embargo, no producían un efecto realmente amenazador. Todo el portal estaba decorado con tallas de madera y, una vez atravesado, el camino conducía a una plaza rodeada de construcciones.

Karl contempló atónito las coloridas casas de madera, provistas también de hermosas tallas, figuras y zarcillos. En Nelson siempre se hablaba del campamento maorí y él se lo había imaginado como el campamento indio de América que había visto ilustrado en una revista. Casi no daba crédito a aquel poblado bonito, de casas robustas y construidas más cuidadosamente que la mayoría de las granjas de Raben Steinfeld o que muchas casas de Nelson. Claro que se trataba de un decorado exótico y extraño, pero, desde luego, no se ajustaba a su idea de los pueblos salvajes y ajenos a la civilización.

Los habitantes del lugar se habían reunido en la plaza, Karl calculó entre ochenta y noventa personas. Las mujeres y los niños se hallaban en el centro del grupo, rodeados por ancianos y guerreros, estos últimos armados. Un reducido núcleo de hombres y mujeres ricamente vestidos (llevaban capas y cinturones anchos con elegantes estampados y más coloridos que los de los demás, así como joyas de jade y nácar) se mantenían un poco apartados. Todos eran mayores o de mediana edad. Solo destacaba una muchacha en ese grupo. ¡Y no por su edad!

—¡No me lo puedo creer, una maorí rubia!

Ese era Christopher Fenroy. Por petición de Te Puaha, había situado al capitán Wakefield, al oficial Thompson y a los otros líderes blancos frente a los maoríes e indicado a su comitiva que se sentase al lado y detrás. También Karl dirigió en ese momento su atención a la joven. En efecto, su aspecto era totalmente distinto al de los nativos. Aparentaba dieciocho o diecinueve años, era delicada, muy delgada y bonita, ¡y no iba tatuada! La ancha cinta que llevaba en el cabello resaltaba los rasgos finos, casi aristocráticos, de un rostro meloso, tostado suavemente por el sol. Karl no alcanzó a distinguir el color de los ojos bajo unas cejas delicadamente arqueadas, pero el cabello era muy rubio, con la frescura del trigo campestre. Vestía a la manera maorí. Su falda era más larga que la de las otras mujeres, pero no llegaba a ocultar del todo sus piernas largas y bronceadas por la intemperie.

Fenroy, el nuevo amigo de Karl, se quedó mirando a la muchacha rubia como si fuese una aparición.

—¡Es una *pakeha*! —susurró a Tuckett. Todo el mundo en Nueva Zelanda conocía la palabra con que los maoríes llamaban a los blancos.

—¡Toda una beldad! —El agrimensor mayor sonrió—. Y ahora vuelva a cerrar la boca, Fenroy. Lamentablemente, es probable que sea la hija de una maorí apareada con un blanco. Suele ocurrir con frecuencia...

—¡Pero los mestizos nunca son rubios! Al menos, no en la primera generación. Tiene...

Fenroy siguió hablando emocionado, pero entonces lo interrumpió el grito de una mujer. Los hombres que estaban junto al intérprete palparon inquietos los mosquetes. Fenroy tuvo que olvidarse de la joven blanca y tranquilizar a sus compañeros. Y aun más por cuanto en ese momento un guerrero salió del grupo de los maoríes y habló haciendo gestos aparatosos con el arma que esgrimía.

—Es solo el *mihi*, el comienzo del ritual de bienvenida —explicó Fenroy—. Seguirá una danza. Que no cunda el pánico, no pasa nada.

—¿Qué decir él? —preguntó Karl.

Intimidado, pero con resolución, tomó asiento al lado del intérprete. Parecía el único que sentía curiosidad por lo que decía el hombre. Ni los líderes del grupo ni los colonos, entre ellos Ottfried, que también se había sentado en primera fila, mostraron interés por enterarse de lo que se estaba diciendo.

—Nos da la bienvenida en nombre de su tribu —resumió Fenroy—. Y cuenta el origen y la historia de los ngati toa, detallando contra quiénes han librado y ganado batallas... ¡Y ahora rezan! —Fenroy se frotó las sienes cuando otras voces intervinieron en el discurso del hombre—. ¡Qué deprisa van, caramba! Los *mihi* suelen prolongarse una eternidad. Y nosotros deberíamos contestarlos presentándonos y saludando educadamente. Pero mejor que ni se lo mencione a Wakefield y Thompson... y los ngati toa tampoco parecen esperar que lo hagan.

En ese momento se adelantó otro maorí, un guerrero muy joven. Gritó, hizo muecas contrayendo el rostro y golpeó varias veces el suelo con una lanza antes de empezar a bailar. Otros hombres acompañaron su representación con cantos, luego se unieron otros guerreros y agitaron los escudos, lanzas y mazas.

—Madre mía, tiene un aspecto muy amenazante... —oyó Karl que Ottfried susurraba.

Él mismo no se sentía menos intranquilo.

—¿Los maoríes te parecen amenazadores? —dijo Fenroy y sonrió irónico—. Pues claro que lo parecen. Míralos: cada uno de ellos es puro músculo y nos ruge a la cara que tiene el valor de cien hombres y está dispuesto a comerse a sus enemigos con piel y pelo. Hasta hace unos años, así lo hacían, era una tradición polinesia...

Karl tragó saliva.

—¡Pero ellos no tener mosquete! —intentó tranquilizarse a sí mismo.

Fenroy le lanzó una mirada incrédula.

—¿Quién te ha dicho eso? ¡Claro que tienen mosquetes! Wakefield ha pagado al jefe ochocientas libras por la tierra. ¿Qué crees que ha comprado con ellas? ¿Ropita de bebé?

Karl pensó que ochocientas libras era una suma ridícula por toda la tierra que rodeaba Nelson y posiblemente ahora también por la llanura de Wairau. ¡No era extraño que el jefe estuviera furioso! Una idea no demasiado tranquilizadora, a la vista de aquellos guerreros lanzando gritos, golpeando con las lanzas el suelo y pateando... Karl palpó para localizar su arma.

—Pero no nos atacarán en medio del *powhiri*, seguro —lo consoló el joven intérprete—. Esta danza, llamada *haka*, tiene un efecto intimidatorio. Los guerreros se presentan con sus armas, nos advierten para que no los irritemos. A este respecto, nuestro amigo Thompson tiene razón: la intimidación es primordial. De este modo se evitan muchas guerras, cuando una tribu reconoce que la otra al menos la iguala en bravura. Así que, sabiendo eso, ¿para qué pelearse a muerte?

—Es sen... sensato, ¿verdad? —dijo Karl, y pensó en si debía compadecerse y contar a Ottfried lo que había entendido de las explicaciones de Fenroy.

No había nada que calmara al joven alemán (como tampoco a los hombres de la expedición del capitán Wakefield). Los *pakeha* se veían inquietos y tensos, solo sus jefes parecían aburrirse. Wakefield y Thompson manifestaban tan claramente su impaciencia que su actitud era casi grosera.

—Sensato, sí —confirmó Fenroy—. Los maoríes no son nada tontos. Mira, ahora se muestran pacíficos, mientras no mostremos oposición. En realidad, los guerreros de la tribu visitante también deben bailar... Pero ya llegan las bailarinas. Vaya, nunca he visto una ceremonia de bienvenida tan breve. Realmente nos están haciendo concesiones. En la siguiente danza debería participar todo el pueblo representando escenas de la vida cotidiana, pero la han reducido a su elemento más hermoso...

En efecto, solo bailaban ocho muchachas, preciosas con sus falditas marrón claro y sus prendas superiores de color. Cantaron una alegre canción mientras balanceaban unas pelotitas de lino atadas a cintas de colores.

—Y mira, ¡la rubia! —Fenroy volvió a quedar hechizado. Así era, la joven rubia se movía con garbo en la última fila de las bailarinas—. ¡No es maorí! Debe de ser...

En ese momento terminó la canción y los hombres del capitán Wakefield, que por fin se habían relajado, aplaudieron, lo que satisfizo mucho a los maoríes. Era probable que los anteriores bailarines también hubiesen esperado reconocimiento. Karl lamentó que los visitantes los hubiesen decepcionado. Pero antes de que pudiese proseguir el ritual de bienvenida, el oficial de Policía se puso en pie decidido.

—¡Ya está bien de bailoteo! —espetó Thompson—. ¿Quién de vosotros es Te Rauparaha?

Fenroy reaccionó alarmado, como también, al otro lado, la joven rubia. El intérprete inglés se colocó al lado de Thompson y la muchacha junto a un hombre más bien pequeño, envuelto en una capa primorosamente adornada con plumas, que también se puso en pie y, antes de que Fenroy hubiese traducido, se acercó al oficial.

—Aquí estoy —dijo con calma. Su voz profunda resonó en el silencio que Thompson había provocado—. ¿Qué querer de mí?

El jefe le tendió la mano a Thompson y entre los maoríes se alzó un susurro escandalizado cuando el oficial la rechazó.

—No he venido aquí para intercambiar frases de cortesía ni a ver bailar a unas chicas desnudas. ¡Para eso, la gente civilizada se mete en un pub! Aquí se trata de una detención. Yo...

Era evidente que el jefe no entendía nada, pero antes de que Fenroy empezara a traducir (parecía vacilar y pensar qué parte de ese discurso sería capaz de aceptar el jefe tribal si uno no quería que lo devorasen de inmediato), la joven rubia se dirigió al jefe en el melodioso idioma de los maoríes.

—¿Traducir ella? —susurró Karl a Fenroy.

—Bueno, al menos en versión libre... —murmuró y fue traduciendo simultáneamente lo que la joven le comunicaba al jefe—: «El *pakeha* se muestra impresionado por nuestra danza, aunque se corresponde poco con las costumbres inglesas. Pero pide que concluya ahora el intercambio de fórmulas cordiales. Él...»

Mientras el jefe consultaba a sus consejeros, la joven dirigió educadamente la palabra a los blancos. Hablaba el inglés con fluidez.

—Señores, los jefes de los ngati toa les dan primero la bienvenida. Sobre todo el caudillo de la tribu, Te Rauparaha. Sabe que nuestras costumbres aburren a los *pakeha*, por eso quería darles la bienvenida a vuestra manera, tendiéndole la mano...

Thompson no se inmutó, pero Tuckett avanzó hacia el grupo de los dignatarios maoríes y les tendió la mano. Wakefield lo imitó y estrechó la mano de Te Rauparaha. La joven rubia presentó al otro jefe con el nombre de Te Rangihaeata.

—Y mi nombre es Poti —se presentó haciendo una pequeña inclinación—. *Cat* en su lengua inglesa. Soy *tohunga* y traduzco para los jefes.

Christopher Fenroy la miraba embelesado y le tendió la mano de forma espontánea.

—¡Encantado! —dijo galantemente y con voz algo ronca—. Yo... yo soy Chris Fenroy. El *tohunga* de los *pakeha*.

La muchacha lo miró seria.

—Entonces es de esperar que ambos nos pongamos al servicio de la paz —dijo significativamente.

Chris asintió.

Pero en ese momento volvió a intervenir Thompson.

—Tengo aquí una decisión judicial que me autoriza a detenerte a ti, Te Rauparaha, por incendiar y destruir propiedades inglesas, y a llevarte ante el tribunal de Nelson —anunció, antes de erguirse de forma arrogante ante el jefe y abanicarse con el documento.

Fenroy arrojó una mirada de desespero a la joven rubia y asumió la traducción. La muchacha pareció reprimir una sonrisa.

—¿Qué tú decir? —preguntó Karl a Fenroy cuando este hubo terminado de hablar.

—Que el consejo de ancianos de Nelson ha estado desconcertado y algo enfadado por la destrucción de las cabañas de los agrimensores y que desearían hablar una vez más sobre ese asunto con Te Rauparaha. —Fenroy le guiñó el ojo.

Entretanto, el jefe volvió a explicarse. La joven reflexionó unos segundos y pasó a hablar.

—Te Rauparaha se siente honrado por la invitación, pero quiere dejar claro que no ha hecho nada que no estuviera justificado. Sus hombres acampaban en nuestras tierras y sus cabañas estaban construidas con madera talada en nuestros bosques. De ahí que no vea ningún motivo para acompañarlo a Nelson para hablar allí de acontecimientos ya pasados. Pero sí estaría dispuesto a negociar aquí mismo la venta de más tierras.

—¿De qué habla? —Thompson hizo el gesto de querer coger el brazo del jefe, que retrocedió asustado—. ¿No has oído? Estás arrestado. Vendrás conmigo y punto.

El jefe dio una respuesta afilada.

—¡No soy vuestro esclavo! —tradujo Fenroy en voz baja a Karl.

—Exijo un trato más educado —tradujo Cat.

—¿Y quién es Te Rangihaeata? —preguntó Thompson. Por lo visto no había prestado antes atención—. A ese también nos lo llevamos. Como cómplice. Así que...

Fenroy intentó traducir de un modo apaciguador, pero el ceño de Cat lo decía todo. Todos habían comprendido lo dicho por Thompson.

—Mantengamos la calma —intervino Tuckett en la discusión cada vez más tensa—. El jefe tribal tiene razón, deberíamos hablar sobre la tierra. *Ariki* Te Rauparaha, yo soy el agrimensor mayor de su majestad la reina Victoria en Aotearoa...

Fenroy tradujo, en esta ocasión fielmente.

—Y he estado observando las tierras que tu tribu ha vendido a los *pakeha* en Nelson. Lamento tener que decirlo, aunque seguro que no era vuestra intención engañar a nadie, pero una parte de las parcelas no se ajustan a las necesidades de nuestros colonos. Están demasiado cerca del río, se inundarán siempre que haya crecida. Ahí es imposible construir casas.

Te Rauparaha asintió y respondió.

—No es obligatorio construir casas en todas las tierras —tradujo Cat—. De vez en cuando conviene dejárselas a los espíritus. Los dioses saben qué hacer con ellas. Saben por qué las cosas son como son y seguro que así es mejor.

Tuckett se mordió el labio y luego dijo:

—Eso es sin duda sabio, *ariki*. También nosotros nos sometemos con humildad a la voluntad divina. Pero nuestros colonos han llegado desde muy lejos para obtener tierras aquí. No podemos decepcionarlos. Por eso deseamos pediros que en lugar de la zona de pantanos nos deis la llanura de Wairau...

El oficial ya quería volver a inmiscuirse, pero Wakefield lo contuvo hasta que se hubieron traducido las palabras de Tuckett y el jefe respondió.

—El jefe accederá de buen grado a que los *pakeha* ocupen el valle de Wairau, pero tendréis que pagar por esas tierras —tradujo Cat—. Como usted mismo ha dicho, no se ha engañado a nadie. El capitán Wakefield vio las tierras antes de comprarlas. Si no se ajustan a sus necesidades, no debería de habérselas quedado. Pero ahora son suyas, y si, además, también quiere parcelas en la llanura de Wairau, hay que volver a negociar.

Wakefield soltó un gruñido de indignación y Tuckett suspiró. Él mismo se lo había recriminado al capitán, quien simplemente no había demostrado mucha habilidad al comprar esas tierras: era un militar, no un campesino.

El jefe añadió algo más.

—Así lo indica vuestra propia ley —tradujo Cat.

—¿Nuestra ley? —estalló Thompson. Sacó unos documentos del bolsillo y casi se los arrojó a la cara al jefe—. ¡Aquí está la ley, esta es *the queen's law*...!

Indignado, Te Rangihaeata se adelantó para proteger a su suegro.

—¡Y esta es nuestra tierra! —gritó al inglés—. ¡La tierra de los ngati toa, la ley de los ngati toa!

Farfulló unas palabras más, pero Te Rauparaha lo interrumpió... Cat no podía traducir tan deprisa, y menos si tenía que suavizar los discursos.

—Te Rangihaeata ha dicho que Thompson deje tranquilo al jefe. Te Rauparaha también deja tranquila a la reina. ¿O acaso alguna vez un maorí se ha metido en los asuntos de la reina? —Fenroy susurró a Tuckett la traducción rápida, que Karl pudo oír—. Esto se está poniendo feo, señor Tuckett —advirtió el intérprete—. Deberíamos zanjar las diferencias cuanto antes. Por fortuna, el jefe tribal todavía mantiene la calma y a Te Rangihaeata bajo control.

En ese momento intervino Te Puaha para aplacar los ánimos. Pidió serenidad, pero Thompson agarró al jefe por el brazo. Los hombres se soliviantaron y los que rodeaban a Tuckett observaron horrorizados que sacaba el arma.

—¡Por favor, conserven la calma! —tradujo Cat las palabras cortantes de Te Rauparaha. Te Puaha le lanzó una mirada que oscilaba entre el pesar y la censura.

—¡El jefe les advierte! —exclamó, ocupándose él de la traducción—. ¡Usted no amenazar a él!

Te Rauparaha se llevó la mano bajo la capa y gritó unas palabras. Al parecer otra advertencia. A Karl le vino a la mente lo que Fenroy había dicho acerca de que los maoríes se habían armado. ¿Estaría cogiendo en ese momento el jefe un arma?

—¡Soldados! ¡Bayonetas caladas! —rugió Thompson, cuando los primeros guerreros maoríes se aproximaron en ayuda de sus jefes.

Karl se sentía indefenso. No quería disparar, pero a su alrededor se habían desenfundado las pistolas y calado las bayonetas.

—¡Adelante, ingleses! —gritó Wakefield.

—¡Espere!

—¡Haga el favor de esperar! ¡No queremos provocar una guerra!

Karl escuchó las palabras apaciguadoras de Fenroy y Tuckett, Cat y Te Puaha.

Los *pakeha* parecían vacilar, en efecto. No se trataba de un batallón de soldados profesionales, sino de un puñado heterogéneo de aventureros y colonos. No iban a responder ciegamente a una única orden, lanzándose sobre una tribu de guerreros maoríes.

Pero entonces se oyó un disparo.

4

El tiempo pareció detenerse cuando el mundo de Cat se desmoronó.

Sin embargo, unos minutos antes todo le había parecido peligroso pero manejable, y el trato con ese cretino de Thompson casi un juego entre ella y el simpático intérprete de los *pakeha*. Chris Fenroy enseguida había comprendido cómo jugar, y si ese Thompson hubiese sido un poco razonable, los dos *tohunga* hubieran conducido el asunto a buen término. ¿Y ahora? Al principio gritos de guerra por ambas partes y luego aquel disparo... y Te Ronga, que había emitido un gemido ahogado, se había llevado la mano al pecho y se había desplomado junto a Cat y Te Rangihaeata.

Cat no comprendió enseguida qué había sucedido, o quizá no quiso admitir la realidad. Se quedó mirando aquella escena de pronto congelada. Sobre su madre sin vida; sobre su pecho, se extendía una mancha roja. El semblante de Fenroy reflejaba el mismo desconcierto que el suyo. El disparo había salido de las filas de los *pakeha*, pero Cat no pudo determinar quién lo había efectuado.

Sin embargo, el mundo siguió girando. Las mujeres lloraban, los hombres gritaban y Te Rangihaeata se arrodilló junto a su esposa. La cogió entre sus brazos y entonó el lamento fúnebre.

—*Hei koni te marama. Hei koni te ra. Haere mai te po.*
—«Adiós luz, adiós día, bienvenida sea la oscuridad de la muerte.»

La voz desgarrada del jefe se elevó por encima del tumulto que reinaba en la plaza del poblado. Las mujeres y los niños huían hacia las casas, los mosquetes disparaban, los hombres corrían y vociferaban consignas de ataque o de retirada. La mayoría de los colonos, viendo a la mujer agonizante y los guerreros maoríes enardecidos, escaparon en dirección al barco.

Los intentos de Thompson y de Wakefield por reunir a los hombres y defenderse con determinación o retirarse de forma ordenada fueron vanos. Entre los *pakeha* reinaba el pánico y entre los maoríes, la sed de venganza.

Karl siguió a Ottfried, quien había sido de los primeros en superar el estupor general y salir huyendo. A Karl le bastó mirar los rostros de los maoríes para saber que ya no había diplomacia que valiese. Y vio brillar los fogonazos al otro lado. Entre los ingleses, solo uno había disparado su mosquete, pero los maoríes contraatacaron con una lluvia de balas. Vaya si tenían armas, y probablemente se ejercitaban con ellas mucho más a menudo que los colonos. Karl, en cualquier caso, ni siquiera sacó su mosquete de su funda. Habría tardado demasiado. Y encima, intentar contraatacar...

Mientras descendía a toda prisa hacia el embarcadero, vio a hombres que se desplomaban a su alrededor y oía las voces de Wakefield y Thompson, que llamaban cobardes a sus hombres. Unos pocos permanecieron firmes y respondieron a los maoríes. Tal vez hubo más bajas, pero Karl no volvió la vista atrás. Hasta que oyó un grito que lo hizo volverse. Tuckett, el agrimensor, se desplomaba herido en la rodilla.

Karl corrió hacia él y lo puso a cubierto tras un arbusto. El hombre gemía y se agarraba el muslo derecho. No parecía herido de muerte, pero solo no llegaría lejos. Karl no se lo pensó dos veces.

—¡Brazo sobre mi hombro! —ordenó al hombre y lo colocó en una posición en que podía sostenerlo—. ¡Y correr!

Tuckett lo intentó, pero se detuvo jadeante.

—¡Nos rendimos! —gritó Wakefield a sus espaldas—. ¡Ingleses, bajen las armas! Esto es absurdo, basta ya. ¡Ríndanse todos! Karl vio que el capitán sacaba un pañuelo blanco del bolsillo, lo ataba a un palo y lo agitaba. Tuckett parecía vacilar... habían llegado casi a la playa y los primeros hombres lanzaban las canoas de los maoríes al agua para remar hacia el *Victoria*. Otros intentaban nadar. Ottfried estaba con ellos, dirigió una mirada aterrada al capitán, cuyos gestos no parecía entender, como tampoco sus palabras.

Karl sujetó a Tuckett. Si Ottfried ni siquiera sabía lo que significaba la bandera blanca... ¿Cómo iban a arreglárselas los maoríes con la manera de hacer la guerra de los ingleses? Sin contar con que Tuckett necesitaba un médico.

—¡Nosotros fuera! —gritó al oído del agrimensor.

Dudó unos segundos entre la canoa y el río y al final metió a Tuckett en el agua, buscando la cobertura de una canoa, hacia la que dispararon los maoríes. Todavía se oían gritos, Karl se preguntaba cómo iba a encaramarse al *Victoria*, pero entonces le lanzaron un cabo. Rodeó el torso de Tuckett y un par de tripulantes izaron al herido. Y Karl encontró una escala de cuerda. Se arrojó agotado sobre la cubierta justo después de Ottfried.

Los guerreros maoríes saltaban en ese momento a sus canoas para detener el barco. Otros disparaban al bergantín. Varios ingleses contestaban al fuego desde la cubierta del *Victoria*, dando así la posibilidad de llegar a bordo a los huidos, mientras el resto de la tripulación izaba las velas.

Ottfried trató de imitarlos, pero antes tenía que cargar su mosquete. Karl se preguntó cuándo había disparado la primera bala. No durante la huida, pues no había vuelto la vista atrás. Pero entonces apartó a Ottfried de sus pensamientos y se protegió detrás de las instalaciones de cubierta. Uno de los marineros se ocupaba ahí también de Tuckett.

—No es grave, ha sido un tiro limpio —indicó con calma—.

Y tampoco ha tocado ninguna arteria importante, pero lo vendaré de todos modos...

—Gracias, sin usted yo no estaría aquí —señaló el agrimensor con el rostro contraído por el dolor, volviéndose hacia Karl—. Muchas gracias. Es mejor que me curen en Nelson que en un poblado maorí...

Modesto, Karl restó importancia a su desempeño con un gesto.

—No hacer mucho. Maorí... ¿matar hombres?

Soplaba un viento fresco, el *Victoria* se movía con rapidez por el río y los maoríes habían abandonado la persecución. Así pues, ya podían relajarse e intentar hacer un primer balance. Fue devastador: faltaban veintidós hombres, entre ellos el capitán Wakefield, el oficial Thompson, el agrimensor Cotterell y Christopher Fenroy.

—¿Si matarán a los prisioneros? —preguntó Tuckett—. Espero que no. Es probable que pidan un rescate. Tal vez también mercancías, alguna concesión. Es posible que la entrega del asesino que Wakefield no llevó a juicio...

—Pero ahora haber segundo asesino —señaló Karl.

Ya fuera adrede, por impaciencia o simplemente por impericia en el manejo de las armas, uno de los ingleses había disparado a la mujer maorí que se hallaba con los jefes. Es decir, no a un miembro cualquiera de la tribu, sino a un familiar de Te Rauparaha. Esto, sin duda, empeoraba las cosas.

Tuckett suspiró.

—Solo podemos esperar que suceda lo mejor y rezar —contestó—. Y los prisioneros pueden dar gracias a Dios de que Fenroy esté con ellos. Habla el idioma, conoce las costumbres. Si hay alguien capaz de salir de ese apuro, es él.

Ante la moribunda Te Ronga y tras el grito de dolor de Te Rangihaeata, Christopher Fenroy llegó a la misma conclusión que Karl: ahí no había nada más que salvar, lo mejor era escapar por piernas. Pero la visión de la muchacha rubia lo había distraído unos segundos, no quería marcharse sin balbucear al menos unas palabras de disculpa, incluso si nadie las oía.

Cuando al final corrió hacia el bergantín, se encontró con Wakefield. El capitán parecía decidido a negociar.

—¡Alto! ¡Quietos! ¡Ha sido un accidente! —Sus palabras se dirigían a los atacantes maoríes, pero, naturalmente, nadie le hizo caso.

Wakefield agarró al joven intérprete por el brazo.

—¡Usted de aquí no se mueve! ¡No querrá huir como un cobarde! ¡Traduzca!

Christopher Fenroy, muerto de miedo, intentó liberarse, pero los guerreros ya estaban demasiado cerca.

—¡Nos rendimos! —bramó Wakefield—. ¿Entienden? ¡Nos rendimos!

Christopher tradujo y suspiró de alivio cuando resonó la voz de Te Rauparaha.

—¡Es suficiente! —ordenó el jefe—. Apresad a estos hombres.

Poco después, Christopher se encontraba de nuevo en la plaza junto a dieciocho supervivientes ingleses, aunque esta vez con las manos atadas. Algunos, entre ellos Thompson, estaban heridos. Habían muerto tres *pakeha* y los indígenas arrastraban sus cuerpos al borde del *marae*. Las mujeres maoríes lloraban la muerte de tres guerreros.

—El mismo número de bajas —murmuró Wakefield—. Está bien, eso aligerará las negociaciones...

—Y la mujer —le recordó Fenroy.

El jefe más joven estaba sentado en el mismo lugar, meciendo a su esposa muerta entre los brazos, llorando y lamentándose. Al igual que la muchacha rubia. Esta intentaba que Te Rangihaeata dejase a la mujer para llevársela de ahí y que la amortajaran. Tenía los ojos anegados en lágrimas y sostenía la mano de la difunta como si fuera posible devolverle la vida.

—Lo de la mujer fue un accidente —insistió Wakefield.

Fenroy hizo un gesto compungido.

En ese momento, Te Rauparaha se acercaba a Te Rangihaeata. Se arrodilló junto a la mujer, se aseguró de que estaba muerta, y también él alzó un lamento fúnebre a los dioses.

—¿Qué está diciendo? —preguntó Wakefield al intérprete.

—Lamenta la muerte de su hija —suspiró Fenroy—. Así pues, la mujer era de la familia. Tal vez no fuese hija, tal vez tengamos suerte y fuera solo una sobrina...

—Esto complica las cosas —masculló Wakefield.

Christopher se restregó las muñecas, intentando aflojar un poco las ataduras. Eso le distrajo de sus temores, que, sin embargo, no tardaron en confirmarse.

Te Rauparaha había concluido su lamento y se volvió hacia los prisioneros. Dijo algo a Te Rangihaeata y Cat, quien hizo ademán de levantarse. Probablemente le había pedido que tradujera. Pero entonces Te Rangihaeata se puso en pie de un brinco y gritó al jefe.

—¡No puedes negociar! ¡No puedes indultarlos! ¡Han matado a tu hija!

Chris tradujo para el capitán, mientras en las filas maoríes se alzaban gritos de aprobación. Los guerreros golpeaban el suelo con sus lanzas.

Te Rauparaha apretó los labios. A continuación dio un par de instrucciones, hizo un gesto a algunos de los suyos y se marchó a una de las casas. Los escogidos, ancianos miembros de la tribu, lo siguieron y, poco después, también Te Rangihaeata, que abandonó a regañadientes el cadáver de su esposa. La joven rubia lo cubrió con una manta y se aproximó a disgusto a los prisioneros.

—Lo siento mucho —dijo Christopher en la lengua maorí.

El capitán intervino en inglés.

—El jefe debe creernos, nadie pretendía...

—El jefe no tiene que hacer nada —respondió cortante la joven—. Ahora pedirá consejo a los ancianos de la tribu. Ellos decidirán qué trato merecen ustedes.

—¡Pero debería llamarme para negociar! —protestó Wakefield—. Así podríamos...

Lo único que deseaba Christopher era darle un puñetazo a ese engreído. Poco importaba que fuera su superior y un militar meritorio, delegado de la New Zealand Company o fundador de la ciudad. Para él, no era más que un idiota ignorante y sin corazón.

—¡Por el amor de Dios, cállese de una vez! —lo increpó—. ¿Es que no lo entiende? ¡No están deliberando sobre si cincuenta o cien libras de rescate, sino sobre nuestras cabezas! ¡Te Rangihaeata quiere ejecutarnos!

»¿Quién era ella? —preguntó a media voz a Cat, señalando a la mujer sin vida cuando Wakefield calló asustado—. Era alguien importante para ti, ¿no?

—Mi madre de acogida —respondió la muchacha con voz ronca—. Te Ronga, hija de Te Rauparaha y esposa de Te Rangihaeata. Era la madre de todos, la hija de todos... hablaba con los espíritus...

Chris gimió.

—Por favor, créame que lo lamento mucho —insistió—. Esto no debería haber pasado.

Ella asintió.

—No ha sido culpa tuya —dijo—. Y creo que ninguno de ellos disparó. —Señaló a los prisioneros—. El agrimensor ni siquiera iba armado. Y a la mayoría ni siquiera los he visto, estaban sentados muy al fondo, deberían haber apuntado y disparado entre sus camaradas. Esperemos a ver si los ancianos opinan lo mismo...

—¿Cuándo dictarán sentencia? —preguntó Chris.

Cat se encogió de hombros.

—Por la noche. Ahora están hablando... Lo único que puedes hacer es esperar.

Él se reclinó hacia atrás. Le dolían las muñecas, estaba incómodo sentado en el duro suelo y tenía miedo de la decisión que tomaran los ancianos. Pero aun así no podía dejar de mirar a la joven. Sus ojos eran de un castaño intenso, y a veces brillaban en ellos unas danzantes chispas ambarinas.

—Lo has hecho bien —se atrevió a decir—. La traducción. Nosotros... nosotros íbamos por el buen camino.

La muchacha asintió abatida.

—Todo se ha estropeado. Te Ronga diría que encolerizamos a los dioses al abreviar el *powhiri*. Pero vuestros hombres... ni siquiera han esperado al *karanga*.

El *karanga*, el grito de la mujer de rango más elevado en la tribu anfitriona, cerraba la ceremonia de saludo y establecía un vínculo entre los dioses y las dos tribus.

—¿Te Ronga lo habría emitido? —preguntó Chris.

—Sí, por supuesto. Siempre era partidaria de la paz.

Dicho esto se levantó. Y antes de que Wakefield, que se había recobrado, tomara la palabra, lo miró con severidad.

—Mañana al amanecer les informarán. Hasta entonces lo único que pueden hacer es rezar...

Christopher pasó una noche horrorosa, muerto de frío y atado en un área cercada lejos de la plaza del poblado. El suelo no era tan duro ahí como en la plaza de las asambleas, seguramente se trataba de un campo de labor o un huerto preparado para la siembra. Christopher se preguntó temeroso si por la mañana quizá sería abonado con sangre.

Habían llevado a los prisioneros a ese lugar porque era más fácil vigilarlos en un cercado, y además para apartarlos de las ceremonias fúnebres que se preparaban en la plaza. Las mujeres cantaron toda la noche conjuros y lamentos. Incluso los prisioneros que ignoraban que su vida corría peligro (Wakefield y Fenroy habían acordado no contar detalles sobre la asamblea maorí) no pegaron ojo.

A Cat no le fue mucho mejor. Debería haber ayudado a amortajar a Te Ronga, pero no podía apartarse de la casa de asambleas donde los ancianos deliberaban. Se ovillaba infeliz en el suelo, junto a la casa, envuelta en una manta, y volvía a sentirse tan abandonada y desesperada como tiempo atrás, tras la muerte de Frau Hempelmann. Sin embargo, ahora le preocupaba algo más: temía no solo tener que asistir a un entierro a la mañana siguiente, sino también presenciar diecinueve ejecuciones. Cat no se lo había dicho a Chris, sino que le había dado esperanzas, pero ella conocía a Te Rangihaeata: si al jefe se le metía algo en la cabeza, Te Ronga era la única capaz de hacerlo cambiar de opinión. Si los *pakeha* tenían la lejana posibilidad de salir bien librados, sería gracias a Te Rauparaha. El jefe de la tribu siempre tenía la última palabra a la hora de tomar una decisión. Y también él debía de haber visto que los prisioneros eran inocentes. ¿O no? Él había estado concentrado en Thompson...

Cat se devanaba los sesos, pero no llegó a ningún pronóstico tranquilizador. Si el consejo de ancianos pedía la cabeza del capitán Wakefield y sus hombres, Te Rauparaha no se opondría.

La sentencia se dictó cuando la joven acababa de sumirse en un sueño inquieto. Cuando los ancianos y los jefes abandonaron la casa de asambleas, la muchacha se estremeció y se acercó a la puerta para intentar escuchar algo.

Te Rangihaeata caminaba junto a Te Rauparaha.

—Has tomado la decisión correcta —dijo tranquilo—. Te Ronga valía más que todos los rescates del mundo. No podemos volver a comprar su vida.

El *ariki* suspiró.

—Pero nuestra decisión es una amenaza para la paz —objetó—. Tendremos que confiar en la sensatez de su consejo de ancianos... o de su gobernador.

Te Rangihaeata resopló.

—¡Aotearoa es nuestra! —declaró—. ¡Aún podemos pasarlos a cuchillo a todos! Y mañana se lo demostraremos.

Cat apretó los labios. La sentencia ya se había pronunciado. Por primera vez en mucho tiempo recordó la imagen sangrienta de la bahía de Piraki. La ballena, todavía viva, despedazada, destripada... y a la imagen del animal desangrándose se superpuso la de Chris Fenroy. Su revuelto cabello castaño, que llevaba más largo que la mayoría de los *pakeha*, podría recogerse en un moño propio de los guerreros. Sus alegres ojos verdes con un matiz castaño, en los que al verla había aparecido una expresión que ella nunca antes había visto; no era lascivia, pero tampoco desinterés... quizás una especie de... de calidez. Su rostro amable, todavía algo adolescente; la piel bronceada por el sol, que pronto adquiriría una palidez mortal... Su forma de moverse indolente, su inteligencia... ¡Era tan raro que un *pakeha* hablase la lengua maorí! Chris Fenroy era *tohunga*. Según creía Te Ronga, los dioses le habían concedido un talento especial. En realidad tendría que estar bajo su protección. Te Ronga no habría permitido que lo matasen...

Cat no se había dado cuenta de que había abandonado su sitio mientras esos pensamientos daban vueltas en su cabeza. Pero en ese momento se percató de que despacio, y protegida por las casas, se acercaba al cercado donde habían dejado a los prisioneros... No lo despertaría, solo... Evitó con cautela a los centinelas, que estaban más atentos a los lamentos fúnebres de la plaza que a los ingleses. Seguían rezando y cantando, aunque de forma más contenida que antes. La mayor parte de los prisioneros dormían vencidos por el cansancio. Cat decidió dejar la decisión a los dioses... o al espíritu de Te Ronga, que era en lo que más creía: si Fenroy dormía, simplemente se marcharía. Pero si estaba despierto... Se aproximó sin hacer ruido.

—¿Poti?

Una voz tenue la arrancó de sus pensamientos. En el extremo más alejado del cercado, Chris estaba apoyado en un poste. Al parecer intentaba frotar las ligaduras contra él.

—Christopher Fenroy. —La muchacha pronunció su nombre completo, muy seria, como un juez dando lectura a una sentencia.

—Ya han tomado la decisión, ¿verdad? Nos... nos van a matar...

Cat asintió.

—Matarán a Wakefield y Thompson —respondió—. Pero a ti no... tú eres *tohunga* y no debes...

Él resopló.

—¿En serio? —preguntó casi divertido—. A este respecto he oído contar otras cosas de tu pueblo... si es que es tu pueblo. Un día, cuando volvamos a vernos en el cielo o en Hawaiki, tendrás que contarme qué es lo que te trajo hasta aquí. Por lo que sé, en tiempos antiguos no solo se mataba a los *tohunga*, sino que también se los comían para obtener una parte de su talento...

—¡No!

Había una nota de tormento en la voz de Cat. Nunca había querido oír esas cosas, no encajaban con la afectuosa visión del mundo de Te Ronga, que lo abarcaba todo. Y entonces tomó una determinación. Sin hacer ruido y deslizándose como una sombra, se acercó al muchacho, sacó su cuchillo y cortó sus ataduras.

Él la miró desconcertado.

—¿Me dejas escapar? —preguntó incrédulo—. Dame el cuchillo, liberaré a los otros... —Como ella no reaccionó, se inclinó hacia una piedra, comprobó que era afilada y se volvió hacia Wakefield, que dormía.

Cat sacudió la cabeza con vehemencia.

—¡No! ¡No os dejo escapar a todos, solo a ti! Únicamente tú puedes escapar sin que se den cuenta. Si los sueltas a todos, los vigilantes darán la voz de alarma. Ya hace tiempo que se ha marchado vuestro barco. Si lo intentáis a pie, os atraparán enseguida u os abatirán mientras escapáis.

Christopher reflexionó. La muchacha tenía razón. Incluso si conseguían huir subrepticiamente, y eso ya era bastante improbable, pues los guardias estaban distraídos pero no dormidos, diecinueve hombres desorientados, desconocedores de la naturaleza y andando a trompicones por el bosque no tenían la menor posibilidad de llegar sanos y salvos a Nelson. Él solo, por el contrario... Hasta la mañana siguiente no se percatarían de su fuga.

Tal vez ni siquiera entonces, pues no sabía si alguien había contado a los prisioneros. Y él conocía esa tierra, sabía cómo llegar a Nelson. Quizás hasta podría enviar socorro. Nadie había dicho que las ejecuciones fueran a realizarse a la mañana siguiente...

Chris venció el sentimiento de culpa. ¡Quería vivir! Rodó ágilmente por debajo del cercado y cogió las manos de Cat.

—¡Gracias, muchas gracias, Poti! Y, de nuevo, lo siento mucho...

—¡Vete! —dijo ella, señalando el límite del *marae* tras el cual se extendía el bosque—. Sigue la cerca, detrás de la casa cocina hay una puerta. El sendero lleva al arroyo y este lleva al río...

La joven se dio media vuelta para marcharse cuando vio que Chris se fundía con las sombras. Pero entonces, mientras se deslizaba desde el cercado hasta la plaza, para mezclarse discretamente entre los que lloraban las muertes, percibió la voz de Te Rangihaeata.

—¿De dónde vienes, hija?

Cat se estremeció. Había creído que el jefe estaría velando el cadáver de su esposa, pero al parecer quería estar solo. Desde la casa de asambleas tenía una vista aérea de la plaza del poblado, y también alcanzaba a distinguir el cercado donde se hallaban los prisioneros.

—He... he ido a dar un paseo —murmuró—. Mi corazón está abrumado por la tristeza.

—Pero ¿no lo lamentas también por los *pakeha*? —De repente la voz del jefe sonó recelosa—. Morirán, lo sabes, ¿verdad?

—¿Ya se ha decidido? —Cat fingió sorpresa, pero no sabía mentir—. Se lo han ganado. Wakefield no es un buen cabecilla, ni desde luego ese otro. Ellos...

—¿Es que no te sientes como una *pakeha*, Cat? —preguntó el jefe.

Ella se estremeció. Nunca nadie la había llamado por el nombre que había adoptado a su llegada al poblado maorí. Te Ronga siempre se dirigía a ella como Poti.

—¡Yo me siento como la hija de Te Ronga! —respondió con

firmeza, y no mentía—. Es decir, me siento como un ser humano. *Tangata*, ¿entiendes?

Pronunció la palabra con una a corta detrás de la primera t. De ese modo designaba a todos los seres humanos del mundo. Con una a larga solo se aludía a los miembros de una tribu. El jefe se la quedó mirando.

—Al menos has aprendido bien nuestra lengua —dijo. Luego señaló el cercado—. Mañana les comunicarás la sentencia. Demuéstranos que eres *tangata*, parte de los ngati toa.

Christopher abandonó el poblado, pero no llegó lejos. No entendía sus dudas. Debería intentar salvar el pellejo lo más deprisa posible, quizá conseguir ayuda para los demás. Precisamente esto último era lo que le preocupaba. Si ahora corría a ciegas hacia Nelson y contaba lo sucedido, el hermano del capitán Wakefield enviaría en el acto hombres para liberar a los prisioneros. Probablemente otro grupo heterogéneo al que los maoríes aniquilarían sin dificultad. Se producirían más muertes y de esa refriega acabaría surgiendo una guerra que después librarían auténticos soldados de la guarnición de Auckland. El poblado de Te Rauparaha no tendría ninguna posibilidad de salir bien librado. Y Cat... Chris recordó las masacres que se producían en las colonias más diversas, de las que había oído hablar. Si las cosas se ponían realmente feas, ni los colonos ni los nativos se detendrían ante las mujeres y los niños.

No; antes de desencadenar ese desastre debía pensar si realmente tenía sentido. Si los maoríes postergaban las ejecuciones, iría a Nelson y pondría manos a la obra. A fin de cuentas, su gente seguía siéndole más próxima que esa muchacha desconocida. Pero si los hombres ya habían muerto antes de que él llegara a la colonia... no había razón para darse prisa. Podría hablar con Tuckett para que exhortara a los colonos de Nelson a que conservaran la sensatez y emprendieran nuevas negociaciones con el gobernador de Auckland.

Así pues, Chris se escondió cerca del poblado. No le resultó difícil, ya que de pequeño había pasado tiempo suficiente con niños maoríes para saber cómo ocultarse e incluso dónde encontrar bayas y raíces comestibles. Al final, pasó el resto de la noche junto al río. Para distraerse, pensó en la granja de Canterbury que soñaba fundar. Y en la hija de John Nicholas Beit, que debería ayudarlo a convertir su proyecto en realidad y tenía, en su inquieta duermevela, los rasgos de la maorí rubia.

5

Cat podría haberle explicado a Chris que un jefe maorí no eternizaba las negociaciones y que un hombre como Te Rauparaha se atenía a sus decisiones. El líder de la tribu no pensaba ceder a Te Rangihaeata la consumación de las ejecuciones y cargar a una joven *tohunga* con la responsabilidad de informar de la sentencia a los prisioneros. Así que por la mañana apareció vestido de ceremonia con la capa de plumas de kiwi y provisto de todos los símbolos de su poder. Sin dar más explicaciones, reunió a los guerreros y escoltó a Wakefield y sus hombres a un claro del bosque, algo alejado del embarcadero y del poblado.

Las mujeres y los niños los seguían, también Cat, que se temía que el jefe la convocase para traducir, pese a que el *ariki* no la había enviado a comunicar sola la noticia a los hombres...

Te Rauparaha distribuyó a sus guerreros alrededor de los *pakeha*, algunos de los cuales estaban atemorizados, mientras el resto alimentaba nuevas esperanzas al ver el río, y él se irguió ante Wakefield y Thompson. El oficial había recuperado la conciencia y se apoyaba con el rostro contraído por el dolor en uno de sus hombres, tenía el uniforme ensangrentado en la zona del hombro.

—¡Necesita un médico! —exigió Wakefield—. Podéis dar muestra de vuestra buena voluntad dejándole marchar entre los primeros.

El jefe no le hizo caso.

—¿Dónde está el hombre que habla nuestra lengua? —preguntó, deslizando la mirada sobre el grupo.

El corazón de Cat dio un brinco. No había contado con eso. Los guerreros que habían vigilado el cercado tampoco, por lo visto, pues uno de ellos dio un paso al frente, avergonzado.

—Uno... ha huido, *ariki* —confesó—. Debía de tener un cuchillo. Hemos encontrado las cuerdas cortadas...

—¿Cómo? —Te Rauparaha frunció el ceño, pero sin perder la calma. A fin de cuentas, era previsible que algo así ocurriese. Un hombre siempre trataría de huir de una situación peligrosa. Él mismo había burlado en más de una ocasión a sus enemigos—. ¿Acaso no habéis registrado a los prisioneros para requisarles las armas?

El guardián bajó la vista contrito.

—Debemos de haber pasado por alto ese cuchillo —contestó como si le costase dar crédito a su propia respuesta.

Los cuchillos de acero eran muy apreciados y todos los guerreros tenían interés en obtener uno. Por eso, cuando habían apresado a Wakefield y sus hombres, los habían registrado varias veces, y los dos guardianes los habían vuelto a examinar antes de encerrarlos en la zona cercada.

—No escapó, ¡lo liberaron! —Te Rangihaeata abandonó el lugar que le correspondía detrás del jefe tribal dando un paso al frente—. Acuso a Poti, la *pakeha* que vive con nosotros. Ayer la vi llegar del cercado y se asustó. Además, sus palabras eran extrañas... estoy seguro de que fue ella.

Te Rauparaha intentó mirar por encima de las cabezas de sus guerreros, pero era un hombre de baja estatura y no distinguió a Cat en el grupo de mujeres y niños. Por un segundo pareció vacilar sobre si llamarla, pero abandonó la idea.

—De eso hablaremos más tarde —fue su breve respuesta.

A continuación se acercó a Wakefield, levantó el hacha con la cuchilla de piedra verde y mango tallado que constituía una de las insignias del jefe tribal y se consideraba uno de los objetos más valiosos de la tribu. Tocó con ella al caudillo *pakeha* y emitió un grito agudo. Sus guerreros no se contuvieron más. Cincuenta maoríes armados con lanzas, mazas y cuchillos se abalanzaron a gritos sobre los prisioneros. La masacre que Chris contempló horrorizado desde el bosque de helechos contiguo al claro concluyó a los pocos minutos. Los hombres murieron casi en el acto, pero a los guerreros no les bastó con eso. Descargaron su cólera también sobre sus cuerpos sin vida.

—¡Cortadlos a trozos! —ordenó Te Rangihaeata, y empezó a bailar en el claro ensangrentado, ebrio de su propio odio.

Te Rauparaha puso punto final a aquel espanto.

—¡Es suficiente! —gritó a sus hombres—. No los mutiléis hasta volverlos irreconocibles, o nos reprocharán que nos los hemos comido. Además, no valen la pena. —Escupió al cadáver de Thompson—. ¡Hainga! —llamó.

Obedeciendo, acudió una de las ancianas de la tribu. Sin decir palabra levantó la cabeza de Wakefield, que uno de los guerreros había separado del cuerpo de un hachazo, y puso un trozo de pan debajo.

Cat conocía el significado de ese gesto: un auténtico jefe no debía entrar en contacto con nada trivial o cotidiano. Al colocar al capitán sobre una base de pan, la mujer expresaba su desprecio hacia él. Ese hombre se había llamado capitán, pero había fracasado como dirigente y dignatario.

—Que se purifiquen los hombres. —Te Rauparaha señaló hacia el río—. También tú, Te Rangihaeata. Luego nos reuniremos en la plaza. Poti...

La joven se encogió, lo que para el jefe significó un reconocimiento de su culpa.

—Tendrás que dar explicaciones a la tribu.

Te Rangihaeata repitió sus acusaciones después de que Te Rauparaha hubiese convocado a Cat en el centro de la plaza.

El jefe, sin embargo, lo cortó con impaciencia y se dirigió directamente a la joven.

—¿Has liberado tú al *pakeha tohunga*? —preguntó con severidad.

Cat estaba decidida a no dejarse amedrentar. Levantó la cabeza y lo miró a los ojos.

—Sí, *ariki*. Pero no lo hice porque... No tuvo que ver con el color de mi piel ni con el hecho de que mis antepasados no hayan llegado a Aotearoa en la canoa de los ngati toa. Fue porque escuché la voz de mi madre. El espíritu de Te Ronga me guio.

Algunos maoríes se mostraron sorprendidos; pero la mayoría, por el contrario, se echó a reír.

—¡Pero tú no crees en nuestros espíritus!

La dura acusación, procedente del grupo de las mujeres jóvenes, la pilló por sorpresa. Cat miró asombrada a quien la había lanzado. Hasta entonces había considerado a Haki su amiga.

—He observado cómo recogía las flores de rongoa sin recitar las palabras destinadas a los espíritus de las plantas.

—Y ha comido junto a Te Waikoropupu aunque es *tapu*... —señaló otra muchacha.

—Yo... yo no sabía que la fuente era *tapu* —se defendió atónita Cat—. Yo...

—¡Eso, tú no sabes nada de muchas cosas! —exclamó otra mujer hostil—. Te llamas hija de los ngati toa pero no perteneces a nuestra tribu.

Cat las miró sin comprender. Apenas un día antes, esa había sido su familia, las mujeres sus madres, las chicas sus hermanas y amigas. Ahora vislumbraba en muchos rostros solo envidia y odio.

—¡Te Ronga me llamó hija! —se defendió—. Ella me adoptó...

—¿Y qué ha recibido a cambio? —preguntó una de las más ancianas, casi como si Cat hubiese disparado contra ella—. Te Ronga está muerta y tú te pones de parte de los asesinos.

—¡Eso no es cierto! —Cat estaba perpleja. Su mundo se había visto sacudido y ahora la tribu le arrebataba todo lo que era importante para ella—. Yo solo... solo he actuado según su modo de pensar. Te Ronga no habría matado al *pakeha tohunga*...

—¡Te Ronga era una de los nuestros y habría obedecido la decisión del consejo!

De nuevo la voz de la anciana y Cat vio horrorizada que el hasta ahora distendido círculo de maoríes se cernía sobre ella, pero vio piedad en los ojos de Te Puaha, quien también mantenía empuñada el hacha de guerra. Tal vez estuviera dispuesto a defenderla. En cualquier caso, su rostro comprensivo le dio ánimos y ella encontró la fuerza para responder.

—¡El consejo nunca habría decidido esto si Te Ronga hubiese participado en él!

—¿A lo mejor la habrías influido tú? ¡Hija de los *pakeha*!

La madre de Haki le espetó estas palabras y la joven rubia reconoció de repente el odio y la envidia que habían anidado desde el principio detrás de la fachada amable de algunos miembros de la tribu. Si Cat no hubiese estado allí, Te Ronga tal vez habría elegido a Haki para que la siguiera en el camino de *tohunga*, tal vez habría enseñado a Omaka y Maputa cómo recoger la corteza del kowhai y qué enfermedades curaban las hojas secas del koromiko.

—¡La muchacha *pakeha* embrujó a mi esposa! —gritó Te Rangihaeata—. Te Ronga no tenía hijos, a saber de quién era la culpa. Que siga a los demás *pakeha*, nosotros...

—¡Basta!

Te Rauparaha alzó el hacha de jefe para hacerse oír en medio del alboroto general. A continuación se colocó entre Cat y su yerno.

—¡No permitiré que se ofenda el espíritu de Te Ronga antes incluso de que ella yazca en su tumba! Mi hija era *tohunga*, era una mujer sabia, hablaba con los dioses. ¿Cómo iba a hechizarla una niña *pakeha*? Quién sabe, a lo mejor nos habla a través de los labios de su hija electa...

Cat lo miró incrédula. ¿Iba realmente a ayudarla? ¿A restablecer su posición en la tribu? Pero era consciente de que eso era imposible: las acusaciones de aquellas mujeres lo habían destruido todo.

—Te Ronga no hacía diferencias entre maoríes y *pakeha* —dijo a pesar de todo—. ¿No recordáis la canción que nos enseñó? *He aha te mea nui o te ao? He tangata! He tangata! He tangata!* Los seres humanos son lo más importante que hay en el mundo, ellos...

El jefe asintió apaciguador.

—Está bien, muchacha, la conocemos. Cuando esto haya pasado, la tribu recuperará todo su esplendor...

¿Cuando esto hubiera pasado? Cat lo miró sin comprender. ¿Qué era lo que tenía que pasar? ¿Ese juicio injusto contra ella? ¿O su etapa con los ngati toa? ¿Pensaba el jefe en matarla?

Te Rauparaha describió un amplio círculo alrededor de la muchacha rubia al tiempo que los congregados se apartaban. Se consideraba *tapu* que la sombra del jefe cayera sobre uno de sus súbditos.

—No puedes quedarte aquí, Cat —anunció entonces, y la joven sintió que el frío se apoderaba de ella cuando oyó su nombre en inglés—. Ayer demostraste a qué lugar perteneces, ya fuera por tu propio impulso o guiada por el espíritu de mi hija, eso no importa. Ahora debes volver con tu pueblo, considéralo un castigo o un mandato, como prefieras. Márchate empujada por el odio de Te Rangihaeata o conducida por el amor del espíritu de Te Ronga. Nadie te perseguirá, nadie te hará daño, pero ya no hay marcha atrás. *Haere ra, Poti!*

El jefe inclinó la cabeza respetuosamente, un saludo que dedicaba solo a un *tohunga*. Luego levantó la mano y el círculo de los ngati toa se abrió para Cat.

La muchacha tuvo que hacer un esfuerzo, pero se marchó con la cabeza bien alta. Muy despacio cruzó la plaza del poblado hacia el portal que conducía al río. No iba a escurrirse por una puerta lateral como una ladrona... Solo cuando hubo dejado atrás el *marae* buscó ayuda cogiendo el *hei-tiki*, un colgante de jade *pounamu* que Te Ronga le había regalado. Era lo único que se llevaba, el único recuerdo que tendría de Te Ronga. Más de lo que le había dejado Linda Hempelmann. Se arrodilló al llegar al río y se lavó las lágrimas del rostro. ¿Qué iba a hacer ahora? Seguiría el río hasta Nelson. Pero ¿y entonces?

—¿Poti?

Cat se sobresaltó al oír la voz de Christopher.

—¿Chris? ¿Qué haces tú aquí? ¡Ya deberías estar camino de Nelson!

Estaba asustada y preocupada, pero también aliviada. Al parecer, al menos no haría el trayecto sola hasta Nelson.

El joven salió de la sombra de un helecho.

—No podía... tenía que ver qué hacían con Wakefield. Y después también saber qué ocurría contigo. No iba a dejar que ellos te...

Cat rio con tristeza.

—¿Qué habrías podido hacer entonces? El *marae* está cercado...

La idea de que él hubiera vuelto solo para estar cerca de ella, la hizo temblar de miedo; pero, al mismo tiempo, sintió una extraña sensación de alegría.

—He trepado a un árbol, un kahikatea, las ramas pasaban por encima del vallado. ¡Poti, cuánto lo siento! Te han echado de la tribu, ¿verdad? —La miró con simpatía—. No podía escuchar las palabras, pero...

—No pueden echar a alguien que nunca ha pertenecido a la tribu —respondió la joven entristecida—. Y que esto es así, me lo han dado a entender con toda claridad. He estado viviendo una mentira... durante seis años. —Se arrancó la cinta del cabello, que cayó sobre sus hombros—. Pero vámonos, no quiero ni pensar en lo que sucedería si te descubren aquí.

Cat se echó el cabello atrás y se volvió hacia un sendero angosto, casi imperceptible en medio de la maleza de la orilla. Chris la siguió.

—Entonces, ¿eres realmente una *pakeha*? —preguntó, después de que hubiesen recorrido un buen trecho de camino en silencio, ya lejos del poblado.

Cat lo conducía a lo largo del río, a distancia del Wairau y por senderos escondidos para no ser vistos desde el río ni encontrarse con oteadores maoríes por el camino. Conocía bien el lugar, había explorado esos caminos en numerosas ocasiones con Te Ronga. De vez en cuando tocaba un árbol o un arbusto como buscando consuelo.

Al principio no respondió a la pregunta de Chris. Solo pasado un rato escuchó el joven su voz cansada.

—No soy nada...

Chris la detuvo, la puso de cara a él y le apoyó las manos en los hombros.

—No es cierto. Eres preciosa... y eres *tohunga*, eres inteligente. Eras la hija de Te Ronga. Me has salvado la vida. ¡Y ahora dime tu nombre auténtico!

—No tengo nombre.

—¡Pero en algún momento has vivido con los *pakeha*! —insistió Chris—. Hablas inglés con fluidez. De algún modo tienen que haberte llamado. Y todo será más fácil si te presentas en Nelson con tu nombre inglés. En adelante, las relaciones con los maoríes serán malas. ¿Cómo tengo que llamarte, *pakeha tohunga*?

Sonrió animoso y se sorprendió deseando encontrarle él mismo un nombre. Tendría que ser el nombre de una flor, una flor tierna y delicada que llevara en sí el germen de la vida. Rata, tal vez, un vegetal de flores rojas, que tampoco sabía qué era y que al principio se alimentaba de otras plantas. En un suelo pobre crecía como un arbusto resistente a las tormentas, y a veces también se convertía en un árbol imponente, fuerte y hermoso. Tan indestructible que algunos lo llamaban madera de hierro.

La joven pareció decidirse en ese momento.

—Cat —dijo por fin—. Llámame simplemente Cat.

6

La desmoralizada tropa del *Victoria* llegó a Nelson entrada la noche. Hicieron el viaje por el río en silencio, cada uno inmerso en sus propios pensamientos, recordando una vez más el espanto de la huida y dando gracias a Dios por haber salido ilesos. Karl le hizo compañía a Tuckett. Pidió a la tripulación un par de mantas y el marinero que se había ocupado del agrimensor lo ayudó a preparar para el herido un lugar en la cubierta donde tenderse más o menos confortablemente. Sin embargo, Tuckett no se tranquilizó. Los acontecimientos lo tenían preocupado y estaba deseoso de llegar a Nelson para hacer algo por los prisioneros.

—¡Usted enfermo! —objetó Karl—. Usted disparo en pierna. No puede hacer algo. ¿Y quién el gobernador? ¿Ahora que Wakefield preso?

Tuckett negó con la cabeza.

—El capitán Wakefield no es el gobernador, joven. ¿No lo sabía? Solo ocupa un cargo en Nelson, como delegado de la New Zealand Company, y en estos momentos lo sustituye su hermano. Este es *colonel*, pero ambos son impetuosos e inquietos... No, no, el gobernador está en Auckland, en la Isla Norte. Y allí me trasladaré lo antes posible.

Karl frunció el ceño.

—¡Usted herido! —repitió—. ¿Dónde Isla Norte? ¿Lejos?

Tuckett sonrió.

—No conoce usted el lugar. Acaba de llegar, ¿no es así? ¿De

dónde viene? Pero antes que nada: Nueva Zelanda se compone de dos islas principales separadas por el estrecho de Cook. Nosotros nos encontramos en la Isla Sur, pero la Isla Norte es la más poblada hasta el momento. También por los maoríes, allí hay más tribus. Y Auckland es una auténtica ciudad, mucho más grande que Nelson. El estrecho de Cook mide en su punto más angosto unos veinte kilómetros. La travesía no dura mucho tiempo, pero suele transcurrir por aguas turbulentas porque es zona de tempestades.

Karl asintió. Intentaba comprender y memorizar cuanto le era posible. Ignoraba que su nuevo hogar estaba formado por dos islas. Entonces recordó que Fenroy también había mencionado la Isla Norte.

—El clima en la Isla Norte es más agradable —se explayaba el agrimensor—, al menos ahí hace más calor, en el extremo septentrional el clima es subtropical. ¿Sabe que aquí la relación es inversa? Cuanto más al norte, más calor, y cuanto más al sur, más frío. Justo al revés que en Europa... Dicho lo cual, volvemos a la cuestión, ¿de dónde es usted? Y, sobre todo, ¿cómo se llama?

Karl se presentó y le habló del *Sankt Pauli* y de su condición de *free immigrant*.

—Yo ahora me busco *job* —dijo—. Y aprendo inglés.

Tuckett le sonrió.

—Para haber obtenido la nacionalidad británica hace cuatro días, habla usted muy bien el inglés. Y en cuanto al trabajo... ¿le gustaría trabajar para mí? Primero como ayudante, pero creo que es usted un hombre listo. Si le interesa trabajar de agrimensor...

Karl miró sorprendido al hombre, no podía creer que fuera tan afortunado.

—¡La tierra me interesa mucho! —respondió.

Tuckett rio.

—Perfecto. Bien, lo mejor es que se venga conmigo a Auckland. Me servirá un poco de apoyo, en el sentido más literal. Ya puede ver que en la actualidad estoy un poco impedido.

Karl ayudó finalmente a Tuckett a desembarcar e ir al ayuntamiento, al lado del cual la decidida viuda de un marinero alquilaba un par de habitaciones a los agrimensores. Estos se habían instalado ahí, y puesto que la habitación que habían compartido Cotterell y Fenroy estaba vacía en esos momentos, Tuckett se la ofreció a Karl. La señora Robins, la viuda, tenía el sueño ligero y se despertó en cuanto Tuckett se puso a buscar la llave. Les preparó algo de comer en un periquete.

A la mañana siguiente insistió en ver la herida de su huésped y protestó enérgicamente cuando él se negó a permanecer en cama.

—¡Si se infecta, puede llegar a morirse! —le señaló, mientras le cambiaba con destreza el vendaje.

Tuckett se encogió de hombros y contuvo un gemido.

—Señora Robins, si no hago nada, es posible que mis hombres mueran en Wairau. Así como el capitán Wakefield y una docena de colonos que se han enrolado en esta expedición al poblado maorí sin sospechar que ocurriría algo malo. Debo ocuparme de ello... Así que vaya al puerto, Jensch, y mire si hay algún barco que parta hoy mismo para Wellington, desde donde el camino es por tierra.

Con la emoción de cumplir su primera tarea, Karl corrió al muelle y pronto pudo informar de que, en efecto, había un ballenero listo para zarpar ese día.

—¡Nos llevan a ver al gobernador! —comunicó satisfecho.

Tuckett asintió.

—Bien. Entonces hablaré un momento con el hermano de Wakefield, tengo que evitar que envíe a otro idiota armado a Wairau. Me respaldará otra vez, Jensch, y ocúpese de conseguirme un bastón. No, mejor unas muletas, así no necesitaré su ayuda. ¡A ver si se le ocurre dónde conseguirlas!

Karl lo intentó primero, no sin picardía, en la tienda de los Partridge. Le habría encantado hablar con Ida de su nuevo trabajo. Incluso si ella ya no quería encontrarse a escondidas con él, si por azar se hubiese tropezado con ella en el camino, la joven le habría escuchado. Entonces también habría podido despedirse... Pero ella no estaba allí, y los Partridge tampoco disponían de muletas.

—¿A lo mejor en la farmacia? —sugirió el señor Partridge; pero Karl negó con la cabeza y en lugar de las muletas compró un cuchillo de tallador.

Una hora más tarde sorprendió a Tuckett con unos bastones que él mismo había confeccionado con ramas bifurcadas procedentes del bosque colindante a la colonia. El agrimensor podía colocárselas bajo las axilas y apoyarse de modo que la pierna herida quedaba liberada de todo peso al caminar.

—¿Aguanta? —preguntó Karl—. Era árbol que parecía como árbol alemán. Como...

—Probablemente como un haya —le ayudó Tuckett, que estaba encantado con el talento para la improvisación de Karl—. Los llamamos también hayas del sur, y aquí se encuentran con frecuencia. En la Isla Norte no hay tantas...

Mientras los dos subían a bordo del ballenero, el agrimensor le habló de la flora del nuevo hogar del chico, y aprovechó el viaje para esbozar para él los árboles y arbustos que describía. Era un buen dibujante y, evidentemente, un profesor nato. Disfrutaba transmitiendo sus conocimientos al joven inmigrante. Hablaba despacio, se tomaba el tiempo para describir palabras nuevas o incluso consultaba el diccionario de Karl, que ya estaba bastante deshojado.

Karl esperaba adquirir un diccionario nuevo y mucho más completo en Wellington o Auckland. Se alegraba de que sus conocimientos del idioma mejorasen continuamente. Pese a la tormentosa travesía (la mayoría de los pasajeros la pasaron con la cara verdosa e inclinados sobre la borda) y la preocupación por su nuevo amigo Fenroy y los otros hombres retenidos por los maoríes, Karl disfrutó del viaje.

En cambio, Christopher y Cat no disfrutaron nada de su huida. Pese a que los dos se las arreglaban en los bosques de la Isla Sur y no pasaron hambre ni sed, no estaban preparados para una marcha de varios días. Una repentina lluvia los empapó. La chica, sobre todo, pasaba mucho frío por las noches, cuando se refugiaban en la espesura y descansaban, pero no se atrevían a encender fuego, lo que limitaba su menú. Incluso si hubiesen podido pescar sin nansa y atrapar algún pájaro con el pequeño cuchillo de Cat, la joven no quería comer carne ni pescado crudos. Así que se limitaron a ingerir alguna que otra raíz que desenterraba Cat, y bayas que fueron recogiendo por el camino. Pese a todo, ambos eran experimentados caminantes y dominaban el arte de orientarse con ayuda de la posición del sol y de las estrellas. Solo de vez en cuando se permitían un descanso, y en general avanzaban a zancadas largas y en silencio hacia su meta. También Te Ronga pasaba horas inmersa en sus pensamientos mientras caminaba, y Cat había aprendido a concentrarse en sí misma y en la naturaleza. Había ansiado ser una con la tierra.

Chris se maravillaba de la naturalidad y gracia con que la joven se deslizaba por el bosque casi sin hacer ruido delante de él. Le habría gustado conversar con ella, pero no quería forzar a Cat a hacerlo, y además era mejor no correr ningún riesgo. Era posible que por ahí todavía anduviesen oteadores de los ngati toa. Habría sido poco inteligente llamar la atención hablando.

Al final del tercer día llegaron a Nelson. Cat se sobresaltó cuando vislumbraron las primeras casas en la penumbra. Parecía dudar acerca de si internarse en ese lugar. Seguro que podía sobrevivir sola en el bosque.

Chris le sonrió animoso.

—¡Bienvenida entre los *pakeha*, Cat! —le dijo—. Ya verás, no somos tan malos.

Ella hizo una mueca.

—Seguro. La gente me recibirá con los brazos abiertos en cuanto vean la pinta que llevo. —Se miró afligida.

Chris se frotó la frente. Cierto, ella tenía razón. Él encontraba natural verla con prendas maoríes, pues estaba acostumbrado a que las mujeres de los nativos llevasen prendas más cortas que los blancos y que las faldas, de hojas de lino, mostrasen incluso el muslo al moverse. Cat no llevaba precisamente un vestido de baile, pero sí una falda bordada que para las chicas de la tribu era realmente larga. Pero la pieza superior carecía de mangas, y el *heitiki* colgando del cuello obraba un efecto peculiar... Los colonos, al menos los creyentes más rigurosos, encontrarían su indumentaria sumamente indecente.

—En primer lugar tendremos que conseguirte algo más adecuado —dijo Chris despreocupado, y empezó a pensar febrilmente en cómo hacerlo.

Entonces acudió a su mente la tienda donde había adquirido sus provisiones antes de la partida del *Victoria*. También vendían ropa y se encontraba en una calle lateral. Si esperaban a que oscureciera, la ropa de Cat no llamaría apenas la atención en el trecho que los separaba del comercio.

—De momento ponte mi chaqueta —sugirió, y se la colocó sobre los hombros—. Y luego nos ocuparemos de que tengas todo lo necesario, siempre que la gente de la tienda acepte concedernos crédito. La verdad es que parecían muy amables.

Cat lo siguió vacilante cuando la condujo a lo largo del río hasta la colonia. Pero no era solo el temor ante los *pakeha* lo que la intimidaba, sino la mera visión de la ciudad. A fin de cuentas, regresaba por primera vez a una colonia de blancos desde que había huido de Sídney con su madre y Barker rumbo a la bahía de Piraki. Los edificios de dos pisos parecían caérsele encima, las calles por las que se deslizaban se le antojaban estrechas... y por doquier relucían luces tras las ventanas cerradas: velas o lámparas de aceite, supuso. Entre los maoríes solo las hogueras alumbraban las noches...

Se sentía tonta e insegura, nunca se habría atrevido a internarse allí sola. Pero Chris era un consuelo, se sentía protegida por él; aunque no quería admitirlo. Al fin y al cabo, ese *pakeha* era un hombre, un hombre blanco, y habría podido ser un cazador de ballenas o focas. Seguro que iba a los pubs, y si en aquel entonces hubiese estado en la bahía de Piraki, posiblemente habría pujado en la subasta por la virginidad de la hija de Suzanne. Sin embargo, no alcanzaba a concebir algo así. Algo en su interior quería creer que él era distinto.

Naturalmente, la tienda de los Partridge cerraba al oscurecer, pero era evidente que los propietarios vivían sobre el local y detrás de su ventana había luz. Así pues, poco después de que se pusiera el sol, todavía no se habrían ido a dormir. Cat se escondió tras Christopher cuando él llamó a la puerta con determinación.

—No te oyen —susurró Cat después de que nadie respondiera—. Están arriba. Tendremos que esperar hasta mañana.

Su voz tenía un deje de desánimo. Si esperaban a que la tienda se abriese, la mitad de la ciudad la vería y ella se convertiría en la comidilla de la vecindad.

—Entonces tendremos que llamar arriba —resolvió Chris—. Ahora mismo...

Recogió unos guijarros de la calle sin pavimentar y lanzó uno contra la ventana.

—¡Pero qué haces! ¡Romperás el vidrio!

Cat se encogió amedrentada. Hasta el momento solo había visto ventanas de cristal en la casa de los Hempleman y le habían parecido frágiles.

—¿Quién anda ahí? —La ventana se abrió y apareció un hombre—. ¿Cómo os atrevéis? ¿Es una broma pesada? ¡Gentuza!

Chris hizo un gesto apaciguador. No entendía ni una palabra de lo que el hombre le gritaba. Debía de ser un inmigrante alemán.

—Disculpe que le moleste, pero es un caso de fuerza mayor. Tenemos que hacer una compra urgente... Quizás alguien de la familia... —deslizó la mirada por la fachada de la tienda y vio el nombre del propietario— de la familia Partridge...

—¡Largaos! Si sois vagabundos, ¡aquí no damos nada! —El hombre se dispuso a cerrar la ventana. No había comprendido ni una palabra de lo que Christopher le había dicho.

—Por favor... ¡necesitamos ayuda!

Christopher se quedó atónito cuando Cat habló. Era evidente que el idioma no constituía un problema para ella: la joven hablaba alemán.

—Por favor, vaya a avisar a alguien de la familia Partridge.

Jakob Lange miró estupefacto a aquella extraña muchacha que vestía tan indecentemente y le hablaba en su propia lengua. Soltó un gruñido, pero entretanto también se encendió la luz en la habitación de Ida y Elsbeth. Las chicas ya se entenderían con sus anfitriones, así que él podía volver a su Biblia y a las cosas que le preocupaban desde que Ottfried les había contado el fracaso de la expedición. Era evidente que las condiciones para partir rápidamente al valle del Wairau no eran buenas, y la comunidad se escapaba de sus manos y de las de Brandmann. Algunos jóvenes ya se habían separado de sus familias para buscar trabajo en una estación ballenera. Un par de muchachas se habían liado de buen grado con chicos ingleses. Incluso Elsbeth insistía en que la llamaran Betty y hablaba desenvuelta con extraños en la tienda de los Partridge. Si eso seguía así, debería casarla antes que a Ida, cuyas escapadas al menos se controlaban más fácilmente.

Pero también esta manifestaba un interés enfermizo por tipos inadecuados, hasta se había atrevido a preguntar a Ottfried por Karl Jensch. Sus ojos habían reflejado al principio preocupación y luego un gran alivio al escuchar que también otro hombre de Raben Steinfeld había escapado de los indígenas. ¡Tenía que casarla urgentemente! Pero antes Ottfried necesitaba una casa y tierras. Al menos el chico se comportaba debidamente y sabía lo que se esperaba de él, obedecía incluso a regañadientes. Y ahora hasta podía ser complaciente con él, ya que había hecho todo cuanto estaba en su mano.

Lange y Brandmann habían acordado que Ottfried no iría en la próxima expedición contra los maoríes. ¡Si es que había otra!

Los colonos no habían dudado de ello cuando los supervivientes les contaron acerca de los prisioneros y los muertos. Aquellos salvajes rebeldes sabían defenderse. Pero Tuckett se había puesto en camino hacia Auckland para hablar con el gobernador sobre cómo proceder en el futuro. Sin duda intentaría influir en las medidas coercitivas que adoptar al respecto. Tuckett, por lo que había oído un colono, era cuáquero, una comunidad religiosa que rechazaba cualquier guerra, incluso la lucha justificada contra herejes y malvados aborígenes.

Ida oyó despotricar a su padre y luego descubrió al chico y la joven que preguntaban por los Partridge delante de su ventana. A diferencia de su progenitor, ella sí había entendido una parte de lo que Chris decía. En la planta baja, sus anfitriones se habían echado una bata sobre los hombros y permanecían atentos y extrañados. ¿Dos clientes? ¿A esas horas?

Poco después, a Ida la sorprendieron bajando la escalera en el momento en que la señora Partridge conducía a los intempestivos clientes al interior de la tienda. Por suerte, la propietaria no se enfadó, todo lo contrario.

—Ay, Ida, ¡baja! Puedes ayudarnos a encontrar un vestido para la señorita. Imagínate, ¡el señor Fenroy la ha traído de un campamento maorí! Los salvajes la habían secuestrado o algo así...

De esa verbosidad, Ida comprendió tan solo que tenía que obedecer a su anfitriona. Y entonces advirtió que la joven, vestida con una falda demasiado corta, quería objetar algo. Pero el muchacho de cabello castaño le indicó con un gesto que callara.

—¡Imagínate, el señor Fenroy ha escapado de esa gente tan desagradable! Ha huido... ¿entiendes, Ida? —La señora Partridge parecía tan orgullosa como si ella personalmente hubiese ayudado a Chris en su huida—. ¿Cómo lo ha conseguido, señor Fenroy? Tiene que contárnoslo mientras buscamos un vestido para su joven amiga. ¡Estará guapísima cuando vuelva a vestir de forma civilizada, hija mía! ¿Y cómo está el capitán Wakefield, señor

Fenroy? ¿Y el resto? Prisioneros en manos de los salvajes, ¿verdad?... Bah, seguro que los sueltan pronto.

De nuevo, Ida solo entendió a medias lo que la señora le contaba con palabras y gestos, pero leyó en el rostro del muchacho que no compartía el optimismo de la parlanchina tendera. Y entonces fue ella la primera de los inmigrantes del *Sankt Pauli* en enterarse de la masacre de la llanura de Wairau. Christopher Fenroy describió la ejecución de los prisioneros y cuando Ida preguntó inquieta, Cat tradujo al alemán la narración. Pese a su escaso vocabulario, bastó para asustar a Ida. Hasta el momento, todos hablaban bien de los maoríes, pero ahora... ¿Podrían realmente convivir en paz?

No obstante, todavía la asustó más la reacción de su padre cuando ella llamó a su puerta para contarles a él y Anton lo sucedido. Jakob Lange escuchó sereno, sin mostrar horror ni tristeza. Solo cuando Ida hubo concluido se animó a hacer un comentario.

—Naturalmente, esto es horrible y muy lamentable para los afectados y sus familias. Pero tal vez tenía que ocurrir así. Ahora las autoridades no dudarán en enviar soldados. ¡Dios quiere que esos herejes sean desterrados de nuestras tierras!

EL VALLE DE SCHACHT

Nelson, Sankt Paulidorf

1843-1844

1

—¡Señor Fenroy! ¡Qué sorpresa! ¡Ha vuelto! ¿Le han dejado en libertad esos salvajes! ¿Y a quién se ha traído usted?

Christopher no había pensado en poder regresar a la pensión sin atraer la atención de la señora Robins.

—¡Qué muchacha tan encantadora! —prosiguió la casera—. No estaría usted pensando en meterse aquí con ella a escondidas, ¿verdad?

La observación tenía un deje reprobador, aunque en sus ojos asomaba una mirada pícara. Era evidente que consideraba a Chris Fenroy un joven decente. La mujer acercó una vela al rostro de Cat y estudió sus rasgos, su vestido y su cabello, todo lo cual resultó de su satisfacción. Cuando la señora Partridge había superado el primer susto y expresado a Christopher sus condolencias por la pérdida del señor Cotterell, no había ahorrado esfuerzos para transformar a la rubia maorí en una perfecta *pakeha*. Había optado por elegirle un sencillo vestido marrón oscuro, que le sentaba muy bien y resaltaba el talle esbelto y sin encorsetar de la muchacha. Naturalmente, tenía las mangas largas y un escote muy cerrado, más de lo que Cat había visto en ninguna otra mujer, salvo en Linda Hempelmann. La señora Partridge le había llevado agua para lavarse y le había peinado la larga melena, recogiéndola en un virtuoso moño, no demasiado tirante. Un par de mechones sueltos revoloteaban alrededor del hermoso rostro de Cat. Nada provocador, pero sí subrayaba su belleza. En los ojos de Christopher había aparecido la admiración, y también el semblante bondadoso de la señora Partridge había mostrado un amable interés. Cat enseguida se había sentido mejor. Al parecer, ninguno de los *pakeha* veía en ella a una puta.

—¡Qué ideas tiene, señora Robins! —exclamó Christopher, fingiendo también indignación—, nunca pondría a Miss Cat en un entredicho llevándola a una habitación conmigo, y menos a escondidas. Pero, aparte bromas, tenemos novedades muy tristes y alarmantes. Lamentándolo mucho, tendremos que importunar al señor Tuckett pese a la tardía hora. Yo...

Se interrumpió cuando la señora Robins movió la cabeza apesadumbrada.

—El señor Tuckett no está. Justo anteayer se marchó a Auckland con su nuevo ayudante, el señor Jensch. Iba a ver al gobernador, Fitz Roy, ya sabe usted. A causa del capitán Wakefield...

Por segunda vez esa noche, Christopher se vio obligado a informar acerca de las ejecuciones, aunque sabiendo que la señora Robins y la señora Partridge propagarían la noticia por el pueblo. Tendría que levantarse temprano para poder comunicarla personalmente al menos al coronel Wakefield, ¡no fuera a ser que el delegado de la New Zealand Company se enterase por los rumores de la muerte de su hermano!

—Por favor, no diga nada sobre este asunto hasta que yo haya hablado con el coronel Wakefield —pidió a la casera, si bien tenía claro que su solicitud sería totalmente desatendida—. Mañana mismo, temprano, hablaré con él. Pero ¿qué hacemos ahora con Miss Cat? —Indeciso, miró a una y otra mujer—. Había esperado que el señor Tuckett pudiese ayudar a la señorita a encontrar un puesto adecuado, necesitará un empleo.

Christopher pensaba en una tarea de traductora o asesora. Claro que era poco habitual que las mujeres ocuparan esos cargos. Pero alguien que hablaba alemán, inglés y maorí valía su peso en oro en una colonia políglota como esa. ¡Incluso para los miembros más conservadores de la comunidad!

—¡Lo primero que haré será darle una habitación a Miss Catherine! —decidió la señora Robins—. En cuanto al empleo... bueno, aquí no hay tantas familias que necesiten servicio. Qué lástima, yo habría podido necesitar a una chica para las habitaciones, pero ahora tengo a la hija de un colono alemán del *Sankt Pauli*. Aunque no habla ni una palabra de inglés, sí que es aplicada y servicial... Pregunte a la familia Beit, señor Fenroy. ¡Ellos siempre necesitan personal!

En sus palabras había un tono de desaprobación, pero Christopher agradeció la sugerencia. Como agente de la New Zealand Company, Beit sabría apreciar las virtudes de Cat y su juicio no se vería enturbiado, como en el caso del coronel, por el dolor de la pérdida.

—Entonces, mañana también iremos a ver al señor Beit —comunicó a la casera, y puso someramente al día a Cat de las funciones que desempeñaba ese hombre—. Y seguro que el señor Tuckett regresa pronto, en cuanto el gobernador Fitz Roy esté al corriente de los tristes acontecimientos.

Cat nunca hubiese sospechado que algo pudiera ser tan blando, perfumado y confortable como la cama, el edredón y la almohada de la habitación adonde la condujo la señora Robins. Aunque había hecho las camas de los Hempleman, nunca se había acostado en ninguna y ahora estaba exultante con su calidez, la fragancia a lavanda y los mullidos cojines. Esto compensó la añoranza que sentía de los sonidos nocturnos del dormitorio común de los maoríes, en el que había dormido durante tantas noches. Por vez primera en su vida, pasó la noche en una habitación privada y cerrada: sin ningún cliente gimiente y jadeante, como entonces en aquel pub con su madre, ni ningún ronquido, risitas o jadeo como en el dormitorio común de los ngati toa. Al principio, el silencio la inquietó, pero pronto empezó a disfrutar de la paz. Por la mañana pensó que nunca había dormido tan bien, y luego, por añadidura, la señora Robins le dio los buenos días con una taza de té y unos panecillos recién horneados y untados con mantequilla, que le llevó a la cama.

—¡El señor Fenroy ya lleva dos horas en pie! —comentó vivaz la propietaria, y también ella llevaba un buen rato levantada, como informó a continuación—. Pruebe los panecillos, querida, esta mañana temprano he ido a la panadería. El señor Fenroy me ha encargado que le diga que puede usted descansar y tomar el desayuno con toda tranquilidad... Estaré encantada de prepararle huevos con tocino, frescos de la granja y la carnicería... Y que después lo espere. La recogerá en cuanto acabe en el ayuntamiento... Ay, ojalá no haya ninguna guerra. Siempre se tiene un poco de miedo cuando se vive tan cerca de esos salvajes... ¿Y qué hacía usted ahí, Miss Catherine? ¿Estaba usted prisionera? ¿La han...? —Deslizó una mirada entre espantada y casi escandalizada al delicado cuerpo de Cat—. No la habrán deshonrado, Miss Catherine, ¿no? ¡No quiero ni pensarlo! ¡Esos tipos tan brutos y enormes!

Cat negó con la cabeza.

—No Catherine, solo Cat. Y no, nadie me ha deshonrado —aclaró—. Vivía con los maoríes.

No podía ni imaginar la tormenta que desencadenaría cuando le contó su historia a la chismosa patrona.

Christopher pasó más tiempo del previsto en el ayuntamiento. Pudo informar al coronel Wakefield de la muerte de su hermano antes de que se propagaran los rumores. Casi se le adelantó un misionero, que llegó de Wairau al mismo tiempo que él. El reverendo Vincent Tate era un hombre mayor que llevaba años evangelizando en esa zona y mantenía buenas relaciones con las tribus, aunque, o tal vez precisamente, porque no había convertido a ningún maorí. Había pasado casualmente por el poblado de los ngati toa y se había enterado de la muerte de Te Ronga y de los sucesos posteriores. Por indicación del jefe, Te Puaha lo había llevado donde se hallaban los muertos y el jefe le había permitido enterrar los cadáveres, pero no llevarlos a Nelson. Tate lo había hecho con ayuda de Te Puaha y otros maoríes, y luego se había marchado hacia la ciudad en la canoa en que se desplazaba normalmente de un poblado a otro por el río. En esos momentos completaba el informe que Christopher elaboraba para el coronel William Wakefield y poco después los dos tuvieron que dar explicaciones a un representante del gobierno.

El gobernador Fitz Roy deliberó también con Tuckett y otros consejeros, aunque poco después de la llegada del agrimensor había encargado al *land claims commissioner* William Spain que impidiera que los colonos de Nelson emprendieran ninguna acción irreflexiva. A Spain le correspondía controlar toda adquisición de tierras que se formalizara en Nueva Zelanda. El hombre, pequeño y cordial, en cuyo rostro oval y rodeado de una perilla y unas patillas siempre parecía asomar una sonrisa, daba muestras sin cesar de su eficiencia, obteniendo precios excelentes para los inmigrantes sin solivantar a los maoríes. Con el capitán Wakefield, por el contrario, no se había entendido bien. Spain se había topado con diversas irregularidades en la adquisición de tierras cuando la New Zealand Company estaba por medio, y Wakefield había intentado sabotear las investigaciones o negociaciones posteriores con los maoríes.

Relajado y amable, el *commissioner* interrogó a todos los implicados, empezando por Christopher y Tate. Después haría lo propio con los otros supervivientes de la expedición. Así pues, Tate confirmó y completó las declaraciones de Christopher: Te Rauparaha se había sentido provocado por Thompson y Wakefield, lo que, sin duda, había influido en que cediera al deseo de venganza de Te Rangihaeata por la muerte de Te Ronga. Pero el propio jefe consideraba que la muerte de su hija había sido accidental, no por un acto intencionado. No se disculparía por haber ejecutado a los *pakeha*, pero tampoco quería que estallara una guerra.

Spain lo aprobó todo y dejó marchar a Christopher y al misionero después de firmar el acta.

—Se han cometido errores por ambas partes —señaló apesadumbrado—. Es muy triste para las familias de los fallecidos. Pero desastroso, sobre todo, para la posterior colonización del territorio. En realidad, yo pensaba negociar con el jefe tribal, ya había dado aviso y estaba listo para hablar sobre la llanura de Wairau. Ahora, ese asunto tendrá que esperar varios años.

Camino de la gran mansión recién construida de los Beit, cerca del ayuntamiento, Christopher informó a Cat sobre las pesquisas de Spain. Había encontrado a la joven en la cocina de la señora Robins, enjuagando los cubiertos del desayuno. La casera acababa de salir hacia el mercado.

—Aunque no sé realmente qué querrá comprar ahí —añadió Cat, que concluyó su tarea y colgó aseadamente el trapo del gancho dispuesto a tal fin—. Esta mañana ya ha ido a la panadería, a la tienda y a la carnicería... ¿qué más puede necesitar?

Christopher puso una mueca irónica.

—Público —respondió—. Se muere de ganas de ir cotilleando por ahí lo que le conté ayer sobre Wakefield y las demás víctimas. De todos modos, el hermano ya está al corriente, así que no ofende a nadie, bueno, a nadie importante. Ignoro si las esposas de los otros fallecidos ya han sido informadas.

—Oh... —Cat sonrió con tristeza—. Ahora entiendo... Por fin algo que los *pakeha* y los maoríes tienen en común: todos cotillean.

Christopher la contempló complacido. Cat parecía mucho más relajada que el día anterior. Por lo visto, sus primeros contactos con los *pakeha* habían sido positivos, y Chris esperaba que también tuviera una buena experiencia en casa de los Beit. Tenía también un motivo personal para ir a ver al agente. En el ayuntamiento le habían dicho que los Beit querían verlo en su domicilio. Debía de tratarse de esa chica...

Christopher oscilaba entre la tensión y la alegría anticipada, pero también experimentaba un vago pesar. Si se prometía, no podría seguir con Cat, al menos sin despertar el recelo de su futuro suegro y su novia... Ardía en deseos de saber más sobre la vida de la joven con los maoríes, sus costumbres y maneras de pensar. Además, ese día Cat estaba muy bonita. Se había lavado el pelo, que tenía un brillo dorado, y el moño le había quedado muy bien, incluso si semejaba más los moños de los guerreros maoríes que el peinado pulcro de una mujer *pakeha*; y sus rasgos, ahora que la tensión había desaparecido en gran parte, producían un efecto más dulce y femenino. Christopher se preguntaba qué edad tendría, y si todavía sería virgen. Si se había adaptado a las costumbres maoríes era casi imposible. Con catorce o quince años las maoríes ya tenían sus primeras experiencias con hombres, al principio como un juego y siempre de forma voluntaria. Y con dieciocho o diecinueve años, la edad que aparentaba Cat, solían estar casadas, como las mujeres *pakeha*...

—Cuando estabas con los maoríes... ¿tenías un marido? —Christopher tuvo que esforzarse para plantear la pregunta. Nunca lo habría hecho con una inglesa, pero Cat sonrió.

—No, no le gustaba a nadie —respondió. Y le lanzó una mirada traviesa con el rabillo del ojo—. Y a mí tampoco me gustaba nadie. ¿Y tú? ¿Tienes esposa? *Pakeha*, me refiero. Supongo que habrás tenido relaciones con chicas maoríes...

De sus últimas palabras no se desprendía desprecio ninguno, las costumbres simplemente eran así. En toda Polinesia, las nativas eran muy abiertas con los invitados blancos. Sin embargo, Chris creyó percibir una pizca de celos.

—No me ha gustado especialmente ninguna de ellas —contestó con una sonrisa. Y esperó que ella se olvidase del tema. Afortunadamente, en ese momento llegaron a la casa de los Beit y Christopher llamó a la puerta.

Peter Hansen les abrió con el uniforme completo de mayordomo: traje negro, camisa blanca, chaleco gris y corbata negra, así como guantes blancos como la nieve. Cat observó desconcertada y casi incrédula a aquel hombre rubio y bajito, que se inclinaba ceremoniosamente ante ellos.

—¿Me permite quitarle la chaqueta, *sir*? —preguntó en un inglés lento y claro—. ¿Y a usted el chal, *madame*?

La señora Partridge había aconsejado a Cat un chal claro para el vestido marrón, y la muchacha estaba encantada con la suave lana de la prenda. Mantenía mucho más el calor que los tejidos de los maoríes.

Intimidada, se lo tendió a ese peculiar hombre, y observó que Chris se hallaba tan apurado como ella. También él encontraba incongruente ver su vieja y sucia chaqueta encerada en las manos enguantadas del sirviente.

—¿A quién debo anunciar al señor Beit? —preguntó el mayordomo.

—Fenroy —se presentó Chris—. Creo que el señor Tuckett ya ha dado aviso de que vendría. Y ella es Miss Cat. Ella... ¿De verdad no tienes un nombre, Cat? —le susurró a la chica—. Tenemos que pensarnos uno.

Cat se ruborizó ante la mirada escrutadora de ese individuo que se veía tan increíblemente... pulcro. Parecía trabajar para John Nicholas Beit, pero ella no podía imaginarse ninguna actividad con la que una camisa y unos guantes pudiesen permanecer tan blancos.

—Solo Cat —contestó obstinada.

El hombre asintió, se inclinó una vez más y se dirigió al pasillo.

—Por favor, esperen aquí. El señor Beit les recibirá enseguida.

—Y si tarda un poco más, les enviaremos a uno de nuestros siervos que les ofrecerá un par de refrescos... —ironizó Chris cuando el hombre se hubo ido—. ¡Santo cielo, un mayordomo! ¡Un esclavo! Sé que los hay en Londres, pero... ¿aquí, en nuestra querida Aotearoa?

—¿Qué es un mayordomo? —preguntó Cat desconcertada—. ¿El señor Beit tiene... esclavos?

Christopher rio.

—No; solo era broma. La esclavitud fue abolida hace tiempo. Un mayordomo gobierna las casas grandes con todo un ejército de sirvientes. Es una especie de presidente de la casa, todo el servicio está subordinado a él, desde la cocinera hasta la doncella. De vez en cuando también realiza las funciones de sirviente personal de los señores...

—¿Y para qué se necesita un sirviente personal?

Chris se encogió de hombros.

—No tengo ni idea, todavía no he tenido ninguno. Pero calla, ya vuelve. Beit debe de estar ansioso por conocerme.

Cat lo miró asombrada, pero entonces ya había vuelto el mayordomo y anunció ceremoniosamente que el señor Beit recibiría al señor Fenroy. No mencionó a Cat, pero no le impidió la entrada cuando ella siguió vacilante a Chris. La casa la intimidaba un poco. Estaba mucho más lujosamente amueblada que la de los Hempleman o que la pensión de la señora Robins. Por doquier había muebles pesados y lustrosos con extrañas patas en forma de garra, lámparas, espejos y marcos dorados... Cat no podía apartar la vista de todo ese exotismo, aunque no le resultaba bonito.

Beit los esperaba en una habitación sencilla, amueblada elegantemente con muebles oscuros, butacas de piel y un discreto olor a tabaco. El hombre, alto y con barba, se aproximó sonriente y le tendió la mano al joven.

—¡Milord Fenroy! —lo saludó en tono rimbombante—. Me siento sumamente honrado de conocerle.

Chris respondió al firme apretón de manos.

—Igualmente, señor Beit —dijo cortés—. Pero no soy lord. Ese título solo le corresponde a un miembro de mi familia.

Beit se llevó las manos a la frente.

—Claro, es cierto, ¡qué olvidadizo soy! Por supuesto, el tratamiento correcto sería vizconde Fenroy.

Christopher se mordió el labio y pensó si era sensato volver a contradecirle. Solo había un vizconde Fenroy, el heredero designado del lord. Christopher estaba muy alejado de ese rango en la «sucesión al trono», pero era evidente que Beit no sabía nada de la aristocracia británica. Ya se lo explicaría más tarde, o no.

—¡Solo Fenroy, por favor! —indicó al final—. O sencillamente Christopher... a fin de cuentas, no estamos en Inglaterra, señor Beit.

—Claro, vizconde, la mesura británica, su proverbial moderación. ¡Faltaría más! —Beit le guiñó un ojo—. Nos entenderemos bien. Pero... ¿a quién ha traído con usted? —Su expresión se endureció—. Creía que... que el señor Tuckett ya le había informado sobre... bueno... el probable motivo de nuestro encuentro, ¿es así? —Se quedó observando a ambos jóvenes con cierto recelo—. ¿Considera usted adecuado... humm... hacerse acompañar por una muchacha tan joven?

Christopher esbozó una sonrisa de disculpa.

—El señor Tuckett fue muy discreto. Le ruego que no lo malinterprete. Me honra que usted... me tome en consideración para el asunto en cuestión, y en ningún caso quisiera ofenderle a usted o a su hija. Pero tenemos que encontrar un empleo para Miss Cat, y...

—Ah, de acuerdo... —Beit pareció aliviado—. ¿Una pariente lejana? ¿O una sirvienta de su familia? Tendrá que presentarse al mayordomo, seguro que le encuentra algo. Y ahora...

Christopher lo interrumpió.

—Señor Beit, disculpe, no me he explicado correctamente... Por favor, permita que se lo explique. Además, seguro que querrá estar usted informado sobre los últimos acontecimientos en el valle del Wairau...

Y Cat escuchó cómo, una vez más, Chris contaba la desdichada expedición y subrayaba la función que ella había desempeñado.

—Ya ve, sin Miss Cat yo no estaría aquí —concluyó—. Estoy en deuda con ella y no deseo que se arrepienta de haber dejado su vida con los maoríes para regresar a su auténtico pueblo. Y ella está dispuesta a compartir con nosotros sus conocimientos sobre los maoríes, sus costumbres y su lengua.

—Pero usted también habla su lengua... —dijo Beit con cierto interés.

Christopher asintió.

—Así es. Pero la señorita ha vivido con los maoríes, y eso le ha proporcionado una visión completa de su cultura, comportamiento y concepción del mundo... Además, habla alemán —añadió resignado cuando la expresión de Beit no se alteró. Era obvio que no tenía el menor interés en las costumbres maoríes.

—¿Ah, sí? —Ahora sí su semblante se iluminó un poco y por vez primera observó a Cat con cierta atención—. Vaya... ¡Señor Hansen!

El mayordomo acudió en el acto, lo que daba a entender que estaba esperando a la puerta de la sala.

—¿Sí, señor Beit? —Y se inclinó ligeramente.

—Lleve a esta muchacha a la cocina con su esposa, quiere trabajar. Al parecer habla alemán, a lo mejor puede ocuparse de que las niñas no olviden su lengua paterna. —Sonrió al decirlo. Más tarde, Cat se enteraría de que Beit mismo era alemán, y su esposa Sarah de origen inglés. Los hijos habían tenido una educación bilingüe, pero mientras vivían en Nelson tenía más peso, por supuesto, el inglés—. Gracias... Señorita, sobre su sueldo seguro que nos pondremos de acuerdo. Y ahora usted, vizconde... ¿Puedo ofrecerle un whisky? Se habla con más facilidad sobre asuntos delicados si...

Cat todavía tuvo tiempo de lanzar una mirada de perplejidad a Christopher antes de seguir al mayordomo.

La cocina se encontraba en la planta baja y no, como le explicaron a Cat, en el subsuelo, según era costumbre en las mansiones señoriales inglesas. Era una amplia habitación a cuyos lados se veían hornillos y mesas de trabajo. Ollas de cobre y sartenes de todas las formas y tamaños, que valían una fortuna para las mujeres maoríes, colgaban ordenadamente alineadas en las paredes, había un especiero y cestos con frutas y verduras. En el aire flotaba un perfume aromático. Dos mujeres, una de la edad del mayordomo y otra joven, estaban sentadas a una gran mesa de madera que había en medio, bebiendo café. Las dos llevaban un aseado uniforme azul claro, cofia y delantal blancos.

—Una chica nueva, Margaret —la presentó el mayordomo—. El señor cree que podría ayudar a sus hijas, habla alemán.

—¿De veras? —La mujer, más alta y mucho más gorda que su marido, sonrió amistosa, pero también con cierta expresión compasiva—. En fin, tal vez esto simplifique las cosas. ¿Te desenvuelves un poco con las labores de una doncella? Es decir, ayudar a una dama, peinarla, ceñirle el corsé, cuidar de su ropa...

Cat se la quedó mirando.

—No —admitió.

Margaret Hansen, bajo cuya cofia sobresalían unos rizos rojos, suspiró.

—Ya. Eres una de las campesinas del *Sankt Pauli*, ¿verdad? Qué raro, no te vi en el barco... ¿Cómo te llamas?... ¿Cat? Yo soy la señora Hansen, la dama de compañía; al menos así me llaman desde que tenemos más personal. Antes era simplemente la doncella de la señora Beit. Te enseñaré qué has de hacer, pero... —Se encogió de hombros, un gesto que Cat no entendió en ese contexto—. Bueno, espero que aprendas rápido... Esta es Mary, nuestra criada...

—... que no aprende tan deprisa —añadió sarcástica la joven. Tenía el cabello oscuro y su rostro redondo sugería, en efecto, un carácter simplón. Su sarcasmo provenía de una especie de astucia campesina—. De todos modos, nadie aprende tan deprisa como le gustaría a la Beit.

—¡Mary, por favor! —la amonestó la señora Hansen—. Cuántas veces tengo que repetir que no se debe hablar así de los señores. Aunque nos pongan las cosas difíciles, va con la naturaleza del sirviente... Oh, Cat probablemente no entiende la mitad de lo que decimos, ¿es así, pequeña? Yo todavía conservo el acento escocés. En fin. Qué nombre tan raro el tuyo, habría dicho que es una abreviatura de Catherine. Pero si eres alemana...

Era cierto, Margaret Hansen hablaba un inglés algo duro.

—No soy alemana —corrigió Cat—. Y Cat no es una abreviatura, simplemente me llamo así...

—¡Gata! —exclamó Mary—. Oh, no, señora Hansen, señor Hansen, ¿no es esta la chica india?

La joven se levantó de la silla de un brinco, agitada, y casi tiró su taza de café.

—¿La qué? —preguntó el mayordomo—. Mary, hasta tú deberías saber que los indios viven en América del Norte, no aquí...

—¡La chica maorí! —se corrigió Mary, señalando a Cat con el dedo—. Señora Hansen, justo quería contárselo, acabo de enterarme en el mercado. Dicen que vivía con los salvajes. ¡Y no podrán creerse lo que la señora Robins cuenta de ella!

2

Todo salió bastante mal durante el primer encuentro entre Chris Fenroy y Jane Beit. El fracaso ya se vislumbró cuando Jane entró en escena. La hija de John Nicholas Beit no se reveló, de ninguna de las maneras, como la elfa rubia y grácil que poblaba los sueños esperanzados de Christopher, aunque, naturalmente, él tampoco lo había esperado. Jane no podía ser un retrato fiel de Cat, y Chris estaba decidido a no permitirse ningún sentimiento de decepción. Pero cuando vio el rostro regordete de su prometida, su abundante cabello castaño... tuvo que hacer un esfuerzo por sonreírle.

Jane, a su vez, no se tomó la molestia. Lo repasó con la mirada y el desastre se completó cuando Beit se dispuso a presentarlos.

—Mi hija Jane... el vizconde Christopher Fenroy.

—¿Vizconde? —Las comisuras de los labios, hasta entonces curvadas en una mueca desdeñosa, se elevaron burlonas—. ¿Así que hereda usted un condado en Inglaterra?

Christopher se maldijo en silencio. ¿Por qué no había aclarado el asunto cuando tocaba? Jane había crecido en un entorno inglés, sabía, por supuesto, a quién le correspondía cada título. Trató de no ruborizarse.

—Solo Fenroy, Miss Beit, su padre no ha entendido bien el...

Ella sonrió con los labios apretados.

—Cosas que pasan —observó—. Y bien, ¿qué hacemos ahora, señor Fenroy? ¿Ha traído usted flores?

A Chris se le agolpó la sangre en las mejillas.

—Ha sido todo muy... rápido...

Beit había llamado a Jane inmediatamente después de que Cat se fuera a la cocina y los hombres hubiesen hablado de los puntos más importantes.

—Bien —dijo la joven—. Así me ahorraré tener que llamar a una criada para que ponga el ramo en un jarrón. Sin embargo, un gesto así siempre salva estos primeros y lamentables minutos...

—¡Jane! —la censuró su padre.

La muchacha no hizo caso.

—¿Qué hacemos en lugar de eso, señor Fenroy? —Chris se revolvió incómodo bajo la mirada de la muchacha—. ¿Hablamos del tiempo? Aquí hay más sol que en Canterbury, pero es probable que eso ya lo sepa usted...

—Miss Beit... —Chris no sabía qué decir, pero comprendía la situación.

La hija de Beit se refería a la granja que su padre le había prometido como dote. Incontables hectáreas de tierra... Beit había adquirido en las tierras vírgenes del interior, junto al río Waimakariri, un pequeño imperio. Solo faltaba allí la pareja real.

—A ver, no es necesario que siga repitiendo «Miss Beit» —señaló Jane—. Dentro de poco será «señora Fenroy». O «lady Fenroy». Aunque no sea del todo correcto, pero ¿a quién le importa? Es posible que tengamos más tierras que el lord homónimo. Y al menos usted se convertirá en un *country gentleman*.

—¡Jane! —repitió el padre, esta vez con más severidad.

Christopher deseó haber aceptado el whisky. Se había negado a darse ánimos con el alcohol antes de hablar con la muchacha, le parecía deshonesto para con ella. Pero en ese momento le habría venido muy bien. En cualquier caso, tenía que decir algo, a esa joven le gustaban las cosas claras.

—Espero ser un *gentleman* —declaró—. Y sin duda ha sido usted educada para ser una lady. Los dos sabemos, pues, cómo se realizan los enlaces entre lords y ladys, y seguro que sacaremos el mejor partido posible de ello. La próxima vez traeré flores.

Jane hizo un gesto de rechazo con la mano.

—Bah, ahórrese la molestia. Mejor, dígame qué he de esperar. ¿Qué me ofrece si me caso con usted, señor *country gentleman* Christopher Fenroy?

Chris carraspeó. ¿Qué pregunta era esa? ¿Quería conocerlo? Pero tampoco parecía interesada en que él le contase nada acerca de sí mismo.

—Bien, yo... yo soy joven, emprendedor, trabajador y honesto...

—¿De veras, vizconde? —Por primera vez le brillaron los ojos, por lo visto la conversación empezaba a divertirla—. Por favor, no me venga usted con tópicos, ya sé que mi padre no me buscaría un bobalicón ni un gandul. Pero ¿cómo será mi vida, señor Fenroy? ¿En su... en nuestra granja?

Chris se humedeció los labios. De nuevo había dado un paso en falso. Pero ahora ella le ofrecía la posibilidad de hablar de sus sueños. Se liberó un poco de la tensión y se lanzó:

—Me imagino nuestra granja como una gran empresa. No solo porque haya mucha tierra, sino también... bueno, porque esta isla tiene un enorme potencial. La colonización acaba de empezar, pero en los próximos años irán llegando más y más inmigrantes. No todos trabajarán en la agricultura. Habrá ciudades, y los geólogos y agrimensores con los que he estado viajando en los últimos años están seguros de que el subsuelo esconde riquezas. Ya hoy en día hay que proveer de mercancías las estaciones balleneras y los nuevos asentamientos como Nelson. Así que tiene que haber mercados de consumo. De cereales, patatas, maíz... es decir, de todo aquello que podamos plantar en la granja.

—¿Podamos? —preguntó Jane indiferente—. No esperará usted que yo me ponga a trabajar la tierra...

—Claro que no... —se apresuró a responder Chris—. Aunque... seguramente querrá usted tener un jardín... tal vez un huerto al principio... y después... —Se esforzó por esbozar una sonrisa seductora—. ¿Un jardín de rosas?

—Nada de eso —contestó Jane—. No me interesan ni las verduras ni las flores, y tampoco tengo conocimientos sobre el tema. ¿Usted sí, señor Fenroy?

Christopher perdió el hilo.

—¿Si... si entiendo de flores? —preguntó desconcertado—. No, más bien no, pero he trabajado en la agricultura, yo...

Se interrumpió. La verdad era que sus experiencias agrícolas eran limitadas. Si bien su padre trabajaba de vez en cuando en granjas (los Fenroy habían corrido mundo bajo su desafortunada égida), la única verdura con que Christopher había tenido algo que ver era el *kumara*, el boniato que tanto apreciaban los maoríes. Lo había cosechado con sus amigos de las tribus y preparado entre la ceniza junto al pescado que ellos mismos pescaban y asaban cerca del arroyo. Cuando permanecían más de dos semanas en un lugar, también su madre plantaba de vez en cuando *kumara*. Era fácil de sembrar y crecía prácticamente por todos lados; aunque no formaba parte de los alimentos básicos de los colonos blancos.

—Experiencia en el ámbito de la agricultura y la ganadería es lo mínimo que se espera de alguien que pretende fundar una granja —le reprochó Jane—. Pero ¿qué hay de contabilidad, dirección de empresa, empleo y gestión de los trabajadores? Si ha de ser un negocio tan grande...

Christopher se mordió el labio. Había reflexionado tan poco sobre esos detalles como sobre las verduras y cereales concretos que iba a cultivar en sus tierras.

—Lo conseguiré —respondió sin demasiada convicción.

Jane emitió una especie de resoplido.

—Bueno, por suerte yo sí me desenvuelvo en esos menesteres. No nos moriremos de hambre.

—Miss Jane... —Christopher lo intentó una vez más. ¡Tenía que ser posible charlar primero amistosamente y con cierta despreocupación!—. No espero por su parte ningún esfuerzo por garantizar nuestra supervivencia. Antes al contrario, deseo con todo mi corazón ofrecerle muy pronto la clase de vida que usted desea llevar. A lo mejor el arranque es un poco lento, pero con el tiempo dispondrá usted de una gran casa. De personal... Al sur de la desembocadura del Waimakariri pronto se fundará una ciudad que seguramente también ofrecerá una oferta cultural.

—No tiene que construirme ninguna ópera —dijo Jane irónica—. Pero está bien, usted ha puesto las cartas sobre la mesa, pensaré en ello. Ahora, discúlpeme, mi madre me espera. Acabamos de enterarnos de los sucesos de Wairau, padre. Ese misionero... ¿cómo se llama...? Tate. Sí, Tate. Bueno, esta tarde celebra unas honras fúnebres para rezar. Las exequias serán más pomposas cuando el coronel Wakefield se haya recuperado. Sea como sea, tenemos que hacer acto de presencia. Señor Fenroy, me alegro de haberlo conocido...

Y dicho esto, salió apresurada.

Durante el acto religioso, por la tarde, Jane Beit no dirigió ninguna mirada a Christopher. Un par de días después, al joven le llegó una misiva en la que se le invitaba a tomar el té en casa de los Beit. Naturalmente llevó flores, y deseó que la tierra se lo tragara cuando Cat, obedeciendo a la llamada de la señora Beit, apareció para poner el ramo en un jarrón con agua. No había vuelto a ver a la joven desde que ella había aceptado el puesto en casa de los Beit. Ahora llevaba un pulcro uniforme de criada y examinó a Chris con el rabillo del ojo. Pareció a punto de saludarlo, pero se contuvo. ¿Acaso no sabía lo que debía decir? ¿Cómo dirigirse a él? ¿O estaba prohibido que el servicio hablase con los invitados de los señores?

Christopher sufrió la charla protocolaria del té. La señora Beit le preguntó por su familia, su trabajo, sus planes. Jane se limitó a escuchar, si era eso lo que hacía, a lo mejor estaba pensando en otras cosas... Solo cuando Chris ya se despedía, le volvió a dirigir la palabra.

—Lo próximo que deberíamos hacer es ir a la iglesia juntos —anunció—. Somos luteranos o reformados, es lo que sostiene mi padre según convenga. Usted pertenece a la Iglesia episcopal, supongo. Así que optemos por esta. Aquí tampoco hay otra. Ah, sí, y en algún momento también debemos participar en alguna comida campestre. Y usted debe darme un paseo en un bote de remos por un lago o algo similar, y durante el mismo yo soltaré unas risitas. O después. O antes... Me informaré al respecto.

Christopher sonrió diligente, mientras Jane pronunciaba su lista de actividades con rostro inexpresivo.

—¿Se ha decidido entonces por mí, Miss Jane? —preguntó amablemente.

—Por su apellido, señor Fenroy —respondió ella—. Porque de eso se trataba...

Desde ese memorable «compromiso», Chris salía de vez en cuando con Jane. Se mostró con ella en público en los actos conmemorativos por las víctimas de la masacre de Wairau y en las fiestas de la congregación de la iglesia. Tampoco había muchas más actividades sociales, afortunadamente. Dio gracias al cielo cuando, un par de semanas después de los sucesos de Wairau (que el gobierno calificó de «tumulto» o «incidente»), Tuckett le dijo que se preparara para viajar a la Isla Norte. En la Isla Sur, las negociaciones con los maoríes se paralizaron, tal como Spain había previsto. No obstante, desde que el anterior gobernador William Hobson y el mediador enviado por el Reino Unido en 1840, James Busby, habían firmado con las tribus del norte el Tratado de Waitangi, donde se establecían los derechos y obligaciones de maoríes y *pakeha* bajo la soberanía de la Corona británica, las colonias se multiplicaban de forma vertiginosa y los agrimensores viajaban por todo el territorio.

Chris acudió de muy buen talante a la llamada del agrimensor, y se sorprendió gratamente cuando se reencontró con Karl Jensch en el entorno de Tuckett. El inglés de Karl había mejorado sensiblemente y mostraba un notable talento para los cálculos y técnicas que se exigían a los geógrafos. Frederick Tuckett lo tenía en muy buena consideración y Karl no tardó en convertirse en un amigo para Chris. Junto a la hoguera del campamento o en los pubs de las colonias, ambos se contaban sus vidas y hablaban de sus aspiraciones y sueños. Karl hablaba de Ida, pero Chris no se refería demasiado a Jane. Aun así, Karl insistía, pues había conocido a la joven en la travesía en barco.

—¿Crees que serás feliz con una mujer así? —preguntó al final, dando voz a los pensamientos que torturaban a Fenroy.

—Es inteligente —respondió Chris.

De eso al menos estaba convencido. Cuando Jane hacía un comentario sobre algo solía ser agudo. Como afilada era también su lengua.

—Pero... no la amas —replicó Karl—. Y ella tampoco a ti. O al menos eso parece, aunque puede que me equivoque.

Chris sonrió con amargura.

—Ya sea que sí o que no, tendría una forma muy peculiar de demostrarlo —bromeó—. Pero respecto al amor... hay que esperar... tal vez llegue más tarde, con el tiempo...

Karl puso los ojos en blanco.

—Claro, y ahora me dirás que esa es la voluntad divina y que el destino está predeterminado, o que es tu única posibilidad de entrar en el Paraíso, como creen los Lange y los Brandmann. En serio, cuando mencionas a Jane Beit me parece estar oyendo hablar a Ida sobre Ottfried. Bueno, al menos obtendrás tu granja y con ello se cumplirán tus deseos. Ida, por el contrario, ni siquiera se permite desear nada...

Ida vivía desde hacía semanas con los Partridge y su existencia allí no dejaba muchos deseos insatisfechos. La casa era acogedora y ofrecía muchas más comodidades que la cabaña de Raben Steinfeld. Ida y Elsbeth nunca habían pasado un invierno tan agradable como ese. En Raben Steinfeld habían tenido que partir ellas mismas la leña para la chimenea y cargarla hasta la casa; su vida familiar en el gélido Mecklemburgo se desarrollaba en una sola habitación caldeada. Ahí en Nelson, el invierno era mucho más suave y los Partridge calentaban la casa con estufas de azulejos que se encendían desde un lugar central. Mortimer Partridge se ocupaba de ello y a veces le pedía ayuda a Anton. Las chicas solo ayudaban a la señora en la casa y a veces, de buen grado, en la tienda.

Elsbeth se desenvolvía muy bien como dependienta. Se lo pasaba estupendamente de cháchara con las clientas y flirteaba a escondidas con los jóvenes cuando su padre no andaba cerca. Ida era más reservada, pero también ella seguía progresando con el inglés y disfrutaba hablando con la señora Partridge sobre Dios y el mundo. Ella habría estado muy satisfecha con esa vida si no hubiese existido conflicto entre las expectativas y deseos de la comunidad del *Sankt Pauli* y la vida cotidiana en Nelson, que ensombrecía su existencia y la forzaba a actuar con sigilo.

Jakob Lange, Peter Brandmann y los demás padres de familia de Mecklemburgo seguían negándose a integrarse con los habitantes de Nelson. Rechazaban también aprender la lengua inglesa, aunque con el tiempo se mostraban más abiertos a que sus hijos varones lo intentaran. A sus hijas, por el contrario, les prohibían severamente comunicarse más de lo imprescindible con sus anfitriones.

—¡Las mujeres deben quedarse en casa y conservar las costumbres! —advirtió Lange a su hija después de descubrir a Elsbeth en la tienda otra vez—. Si os adaptáis aquí, todo se diluirá y nunca volverá a ser como en casa. Es posible que también olvidéis las antiguas oraciones y canciones. Esto no es más que un desagradable intermedio que ya hace mucho debería haber terminado. En cuanto tengamos de una vez nuestras tierras, todo cambiará. Tendréis las granjas, os casaréis con hombres buenos y creyentes, y tendréis suficiente que hacer en vuestros huertos, campos y cocinas. ¡Para eso no necesitaréis saber ningún idioma extranjero!

Él habría preferido que Ida y Elsbeth estuviesen bajo la custodia de la esposa de Brandmann, que se aislaba totalmente en la casa de la familia que la hospedaba, entonaba canciones alemanas con sus hijos y rezaba oraciones alemanas. Los Brandmann vivían con bastante estrechez en casa de los McDuff, y estos no estaban nada entusiasmados con las actividades, de vez en cuando estridentes, de la señora Brandmann. Enviar ahí dos huéspedes más habría sido excesivo.

El padre de Ida esperaba que las tierras se repartieran pronto, pero el asunto se demoraba y los hombres estaban sumamente enfadados por ello. Después del incidente de Wairau habían contado con que se llegara a una solución rápida: los maoríes tenían que ser castigados y expulsados de la tierra en cuestión. Sin embargo, el gobernador de Auckland, representado por su delegado local, Spain, parecía verlo de otro modo, lo cual era incomprensible para Lange y Brandmann. Finalmente pidieron una explicación al propietario de la tienda de artículos de pesca que hablaba alemán. Este se la dio gustoso.

—No, una expedición de castigo no solucionaría nada, en eso Spain tiene razón. Eso solo encolerizaría más a los jefes tribales. Ya se lo dije una vez, normalmente puede negociarse con esa gente. También pueden ofrecer desagravios en caso de muerte u homicidio. Suelen practicarlo entre ellos, una costumbre que se llama *utu*...

—El rescate de la sangre —tradujo Brandmann el concepto en alemán antiguo.

El tendero se encogió de hombros.

—Sea como fuere, se habló de la llanura de Wairau para compensar la muerte de Wakefield y sus hombres. Pero no llegaron a ponerse de acuerdo. Spain opina que, tal como fue ese asunto, más bien tendrían que ser los *pakeha* quienes se disculpasen y no los maoríes. El Wakefield joven quiere sangre y el gobernador no hace nada por el momento, menos por cuanto no hay ningún interlocutor a disposición. El jefe Te Rauparaha se ha retirado a la Isla Norte, es posible que para reclutar aliados. Si el gobernador envía ahora una expedición de castigo a los ngati toa, desatará un incendio. Los levantamientos podrían producirse por todos sitios. Nadie lo desea. Así que no se hagan ilusiones con las tierras. Nunca obtendrán la llanura de Wairau. Es mejor que presionen a Wakefield y Beit. Esos sí que han conseguido un montón de tierras a base de timar a los maoríes, ¡en algún lugar debe de haber también para ustedes!

Brandmann y Lange se lo tomaron en serio y desde entonces, al menos una vez por semana, iban al ayuntamiento. Wakefield pronto empezó a mandar decir que estaba fuera, más aún por cuanto seguía siendo difícil llegar a un acuerdo. Cuando Beit no estaba presente, lo que era frecuente ya que también él parecía esfumarse de repente cuando los alemanes querían algo, Ottfried traducía. El joven aprendía inglés, para lo cual cada tarde se marchaba a «practicar». Cuando regresaba, apestaba (para disgusto de su padre) a cerveza y a menudo también a whisky. Las prácticas en la nueva lengua se realizaban sobre todo en los pubs y, después de regresar a casa tras esas escapadas, Ottfried no seguía las órdenes paternas de rezar y hacer penitencia. Desde su dramática experiencia en Wairau se había vuelto más rebelde, cosa que preocupaba a Jakob Lange y Peter Brandmann.

Nadie habría podido imaginar que fuera precisamente el bonachón de Mortimer Partridge quien diera un giro a la vida de los colonos alemanes.

—Hoy han estado aquí los misioneros —contó Partridge durante la cena en común, después de que Lange hubiese rezado la oración—. Los alemanes del Moutere. ¿Alguien puede traducir para el señor Lange?

Miró a Ida, que era la que mejor hablaba inglés. Pero la joven permaneció con los labios cerrados. Sabía perfectamente que su padre la reñiría si accedía a esa petición. Elsbeth se ofreció a colaborar, pero Ida le hizo un gesto suplicante a Anton para que asumiera él la labor.

Jakob Lange escuchó con atención cuando su hijo le repitió aproximadamente lo que Partridge contaba. Los pastores Wohlers y Heine, que también habían llegado a Nueva Zelanda en el *Sankt Pauli*, se habían hecho cargo, junto con un pastor llamado Riemenschneider, de una misión en el Moutere, a unos treinta kilómetros de Nelson. Visitaban de vez en cuándo la ciudad para abastecerse de provisiones y habían preguntado por los colonos alemanes.

—Se alegrarían de que fueran ustedes a visitarlos —concluyó el señor Partridge.

—¿La misión de la antigua doctrina luterana? —preguntó interesado Lange—. ¿De la que nos habló Beit en Mecklemburgo? Ya pensaba yo que era una mentira más.

La conversación exigía demasiado de Anton, pero Elsbeth tradujo complacida. Miró triunfal a su padre, que olvidó por esta vez censurarla por ello.

—No, no —dijo Partridge—. La misión hace tiempo que existe, pero son los inquilinos quienes cambian. Siempre misioneros alemanes, dos o tres. Aunque no sé a quién evangelizan, pues los maoríes no se encuentran en el valle del Moutere. Demasiadas inundaciones. Los reverendos seguramente ya tienen bastante consigo mismos.

La misión, pensó Ida, debía de haber sido fundada en la época en que los antiguos luteranos sufrieron la persecución del rey de Prusia. Así pues, era posible que sus habitantes originales hubiesen escapado y no se dedicaran realmente a evangelizar, sino que aspirasen tan solo a vivir en paz.

—¿Hay religiosos sin congregación? —quiso saber Lange.

Partridge se encogió de hombros.

—Como no prediquen a los wetas y los kiwis... —bromeó.

Elsbeth no lo tradujo, sin duda para no enfurecer a su padre. Los wetas, como ella sabía, eran unos insectos enormes, y los kiwis unas aves nocturnas ciegas que durante el día se enterraban.

—¿Cómo se llega hasta ahí? —preguntó Lange.

A la mañana siguiente, Brandmann, Lange y otros dos ancianos de la comunidad, así como un resacoso Ottfried, se pusieron camino del Moutere, un valle al oeste de Nelson, en un bote fletado por poco dinero. El trayecto por agua no era largo, y por la tarde regresaron a Nelson bastante entusiasmados.

—¡Nos mudamos! —anunció emocionado Lange a su familia y a los Partridge durante la cena—. Anton, exprésales de nuevo nuestro más sincero agradecimiento a los anfitriones por su generosa hospitalidad. Ahora por fin tenemos la oportunidad de vivir con la congregación. Los pastores Wohlers, Heine y Riemenschneider nos alquilan las tierras que hay detrás de la misión. Allí podemos instalarnos al menos provisionalmente y estar todos juntos. Por fin volveremos a ir a misa, se organizarán horas de rezo como Dios manda...

En Nelson eso no era tan sencillo, pues los episcopalianos no eran partidarios de poner su iglesia a disposición de otros; además, los antiguos luteranos habrían rechazado tal oferta. Así pues, la comunidad del *Sankt Pauli* se reunía al aire libre y los recitadores se quejaban de que cuando llovía pocos eran los que asistían a esas reuniones.

—Los pastores dirigirán de buen grado la congregación. ¡Podríamos habernos ido antes! ¡Y qué lugar más bonito! Ese valle... ¿cómo se llama...? ¡Es un paisaje paradisíaco! Prados extensos, sin duda también aptos para la agricultura. El campesino Friesmann está encantado. En medio hay unas claras arboledas, todo rodeado de colinas boscosas...

—Pero el río Moutere se desborda con frecuencia —señaló Mortimer Partridge cuando Anton hubo resumido el éxtasis de su padre con un sucinto *river, good land*—. Tenga cuidado no vaya a mojarse los pies.

Anton no tradujo.

—En cualquier caso, mañana vamos a ver a Wakefield —concluyó con tono triunfal Jakob Lange—. Se quedará atónito, ¡él jamás nos hubiera creído capaces de encontrar una solución! ¡Naturalmente, no cejaremos en conseguir nuestras tierras! En la misión solo construiremos unas cabañas. No fundaremos el pueblo definitivo hasta que tengamos nuestro propio territorio.

Anton asintió, mientras Ida y Elsbeth intercambiaron miradas afligidas. A ellas no les gustaba tanto la idea de cambiar su acogedora y espaciosa habitación en casa de los Partridge por una cabaña provisional.

William Wakefield recibió a los alemanes de mala gana, como siempre. Lange y Brandmann convocaron a todos los hombres para una asamblea y aparecieron en el ayuntamiento con una delegación formada por cinco individuos del *Sankt Pauli*. Sin embargo, cuanto más fantaseaban Lange y Brandmann sobre el valle del Moutere, más interesado parecía el coronel. Al final pidió a los hombres que esperasen, hizo llamar a Beit y lo consultó. Luego volvió a llamar a la delegación.

—Muy bien, si tanto les gusta el valle del Moutere... —empezó Wakefield, mientras Beit traducía—, podemos hacerles una oferta definitiva. Las tierras junto al río están libres.

3

—¿Nos dan por fin nuestras tierras? ¿Junto al Moutere, el valle donde está la misión?

Brandmann acababa de informar a la asamblea de colonos sobre la oferta de Wakefield y en esos momentos las voces se superponían entre sí en el pajar que un granjero había puesto a disposición de Beit. Hacía dos días que llovía sin parar.

—Pero está retirado, ¿no es cierto?

—¿Allí no hay salvajes?

—¿Es buena tierra para una granja?

—¿Por qué nadie se ha instalado ahí hasta ahora?

Brandmann tuvo que pedir varias veces silencio para conseguir contestar a las preguntas.

—Naturalmente, no está a dos pasos de Nelson —respondió—. Tal vez por eso a nadie se le ocurrió ofrecérnosla. Nos habían prometido terrenos en este entorno...

—¿Y la llanura de Wairau? —susurró Ida a Ottfried, quien la acompañaba a la reunión—. Solo está a treinta kilómetros de aquí...

Ottfried no se dignó contestarle. Ida notó que olía a cerveza.

—Pero no es difícil de llegar —prosiguió el padre del chico—. Desde Nelson, en barco, está a la vuelta de la esquina. Hemos ido y venido sin problemas en un día.

—Y, además, tampoco nos interesa asentarnos tan cerca de nuestros... hum... amigos ingleses —añadió Lange—. Cuando uno piensa lo mucho que han degenerado nuestras costumbres en estas pocas semanas... Cuanto mayor es la cercanía espacial, más rápidamente se pierde la propia identidad... ¿Cómo se llama el valle? ¡Lo primero será ponerle un buen nombre alemán! Como si estuviera hecho para nuestra colonia. Y sí que es una buena tierra para explotar... Pastizales y árboles junto al río, bosques en las colinas circundantes, madera en abundancia para talar.

—¡Podemos empezar directamente construyendo una iglesia —señaló con júbilo Brandmann, quien también veía en eso la oportunidad de ganar un poco de dinero. Al fin podría volver a trabajar de carpintero.

—Y nada de poblados de salvajes por los alrededores —señaló Ottfried. Para él esto parecía lo más importante. Había tenido suficiente con la expedición a Wairau—. Nos lo han garantizado los misioneros, los nativos vendieron la tierra y se marcharon.

Pero entonces una voz lo interrumpió desde la puerta.

—¡Los maoríes no necesitaban marcharse del valle del Moutere, nunca se establecieron ahí!

Sorprendidos, todos se volvieron hacia el que hablaba. Ida pensó que se le paraba el corazón. En la puerta del pajar estaba Karl Jensch, empapado por la lluvia pese a ir protegido por un sueste y un abrigo largo encerado.

—Y por buenos motivos —prosiguió, mientras se quitaba el sombrero y se sacudía el agua.

A Ida le pareció que tenía buen aspecto. No estaba tan delgado como entonces, en Raben Steinfeld, llevaba el cabello rubio y ondulado más largo que antes y se le veía seguro de sí mismo.

—Las tierras que hay junto al río Moutere son en cierto modo pantanosas —explicó. La gente, sobre todo los colonos de otras comunidades de Mecklemburgo que no lo habían conocido como jornalero en Raben Steinfeld, le dejó pasar solícita cuando él avanzó—. Es decir, se inundan cada vez que el río crece, que es lo que ocurre regularmente, tanto en invierno como en verano. Se alimenta de las aguas de las montañas y allí llueve muy a menudo.

Les desaconsejo que instalen su colonia en el valle del Moutere. El señor Spain advirtió expresamente que esa no era tierra donde asentarse.

—¿Quién es este? —preguntó uno de los colonos, mirando a Lange y Brandmann, quienes a su vez miraban furibundos a Karl.

—¿A ti qué se te ha perdido aquí? —preguntó Brandmann. Karl se encogió de hombros.

—He venido para hacerles esta advertencia. El señor Tuckett está sumamente disgustado a causa de esta venta. Nos hemos enterado hoy al mediodía y ya nos temíamos que ustedes hubiesen dado su consentimiento. Pero cuando oí decir que celebraban su asamblea hoy mismo, me he puesto enseguida en camino.

—«Nuestra» asamblea, como bien dices —farfulló Lange—. Así que, repito, ¿qué se te ha perdido aquí?

—Acabo de explicarlo... —Karl lo miraba incrédulo, ¡no podía ser que ese hombre no le hubiese entendido! Luego se irguió—. Además, yo vengo de Raben Steinfeld, igual que usted. Llegué aquí en el *Sankt Pauli* y mi familia siempre fue miembro de la congregación.

—¡Un vagabundo sin tierras! —gruñó Lange.

—Jornalero —corrigió Karl, esforzándose por mantener la calma—. ¡No es lo mismo! Y de eso hace mucho. Hace casi dos meses que trabajo para el señor Frederick Tuckett, el agrimensor mayor de Nueva Zelanda, empleado y pagado por el gobernador de Auckland, no por la New Zealand Company. El señor Tuckett no tiene ninguna necesidad de venderles tierra baldía; a diferencia del coronel Wakefield y del señor Beit. Así que más les vale seguir mi consejo.

—¿A este joven no le dan tierras? —preguntó uno de los hombres que no procedía de Raben Steinfeld.

Karl suspiró y se volvió hacia los hombres de las otras comunidades.

—No; llegué aquí como inmigrante libre en el *Sankt Pauli*, como ya he dicho, a lo mejor se acuerdan de mí. Compartí camarote con Ottfried, el hijo del señor Brandmann. ¡Ottfried! A lo mejor tú puedes decir algo al respecto. Seguro que quieres construir para tu esposa un hogar seguro.

En el ínterin, Karl había descubierto entre la multitud a Ottfried e intercambió una mirada con Ida. La joven parecía alarmada. Entendía la gravedad del asunto. Ottfried, por el contrario, parecía muy tranquilo.

—Yo me apunto a lo que decida la comunidad —dijo—. Lo que elijan los mayores estará bien. Y tú... a ti no tengo que creerte nada. La envidia te hace hablar así.

Karl se frotó la frente. En cierto sentido, Ottfried tenía razón, tenía una envidia tremenda de él. ¡Pero no por un trozo de tierra junto al río Moutere! Karl no habría cambiado el lugar que ahora ocupaba por ninguna parcela de tierra. Iba camino de convertirse en un agrimensor reputado, que se adaptaba a cualquier circunstancia y estaba bien pagado. Aprendía la lengua y viajaba por toda Nueva Zelanda. Solo por Ida se habría asentado en un lugar concreto.

—¡Tengo derecho a hablar aquí! —insistió Karl—. Soy miembro de la congregación. No me lo pueden negar, mi familia era pobre pero respetada. Así que repito: ¡no acepten la oferta de Wakefield! Esperen a que se anuncie tierra útil para colonizar. Es solo una cuestión de tiempo.

—¡Pues los misioneros viven allí desde hace años! —apuntó el mismo hombre de antes.

Karl se encogió de hombros.

—He oído decir que los inquilinos cambian. Pregúnteles a los que ahora viven allí cuántas veces tienen que achicar el agua. O por qué están en la parte más alta. Porque están en la parte más alta, ¿verdad? Yo todavía no he ido.

Esa última observación fue un error. Las voces indignadas de los colonos cayeron sobre él. ¿Cómo podía ir dando consejos si nunca había visto esa tierra?

Sin embargo, Brandmann y Lange cruzaron un instante las miradas.

—¿Está en la parte alta? —preguntó Ida a Ottfried.

—Tiene una hermosa vista al valle —respondió él.

Ida se mordió el labio. Esto lo decía todo para ella. Pero los colonos se pusieron en contra de Karl.

—Entonces, vamos a votar —indicó Brandmann—. Los hombres que estén de acuerdo con fundar Sankt Paulidorf en el valle del Moutere que levanten la mano...

¿Es que las mujeres no tenían opinión? Ida se hubiese puesto a chillar, pero eso no mejoraría la situación. Por descontado, nadie preguntaba a las mujeres su parecer. Ellas tenían que confiar en sus maridos y, sin quejarse, ayudarlos a apechugar con las consecuencias.

Karl abandonó el pajar mientras todavía se estaban contando los votos en contra. A Ottfried le asignaron repartir los documentos entre los colonos para su firma y entonces Ida vio su oportunidad. Elsbeth la vio salir discretamente e Ida temió que su hermana sospechara algo y la delatase, pero ambas intercambiaron una mirada que tranquilizó a la joven. «Elsbeth» habría corrido a su padre para chivarse, pero «Betty» mantuvo la boca cerrada.

Fuera seguía lloviendo. Ida vio que Karl se volvía a calzar el sombrero y se disponía a encaramarse a un caballo. ¿De dónde lo había sacado?

—¿Karl?

El joven se volvió en cuanto oyó su voz. Pese al fragor de la lluvia. ¿La estaría esperando?

—¡Ida! —Karl la miró radiante y la condujo bajo un alero del pajar. El caballo había estado esperando ahí, mordisqueando la paja vieja—. ¡Ida, qué bien volver a verte! Quería haberme despedido entonces de ti, pero fue todo tan rápido... Tuckett, el trabajo... ¡Un buen *job*, Ida! Me están formando para ser agrimensor. No es sencillo, normalmente se precisa de un título universitario. Pero aquí hay muy pocos, y Tucket cree que tengo talento. Lo básico que se necesita saber es hacer cálculos. De todos modos, hay trabajo para años, incluso para décadas. Y pagan bien, me gusta. Mira, ¡si hasta tengo un caballo! —Sonrió y acarició al castrado bayo rojizo—. Se llama *Brandy*. Porque tiene el color del coñac viejo, dice Tuckett. No lo sé, nunca lo he visto. Pero el whisky sí... Da igual. ¡Cuéntame de ti, Ida! ¿Todavía no te has casado?

La pregunta tenía un deje de curiosidad, como si Karl ya supiera la respuesta. Claro, él sabía que ella seguía viviendo con los Partridge. Por un instante, Ida receló de que aquella advertencia sobre el valle del Moutere guardara relación con sabotear su enlace con Ottfried, o al menos con postergarlo. Luego se enfadó consigo misma por tener ideas tan injustas. Karl seguramente actuaba por motivos honrosos.

—Cuando nos establezcamos, me casaré enseguida —respondió ella.

Karl se frotó la frente.

—Ida... lo digo en serio: si tienes un poco de influencia sobre Ottfried, intenta disuadirlo de que acepte las tierras junto al Moutere. Los colonos han pagado mucho dinero, Ida, trescientas libras. Y cuando se percaten de que están en un lodazal no se las devolverán. Y luego no os quedará nada más.

—No me escuchará —respondió la chica con tristeza.

Karl suspiró.

—Entonces intenta al menos influir en tu padre y los otros para que lo primero que construyan no sea una iglesia, sino canales de desagüe. Para desviar las aguas cuando el río se desborde. Supongo que se podrá hacer, lo consultaré con Tuckett.

Ida rio con amargura.

—No permitirán que una mujer joven les diga qué es lo primero que tienen que construir. Si hasta están en contra de que las mujeres aprendamos inglés. Solo quieren que los ayudemos a reconstruir Raben Steinfeld tal como lo dejaron en Mecklemburgo. Y a mantener la tradición... La única esperanza que me queda, Karl, es que Tuckett esté equivocado.

Era deprimente, pero algo en las palabras de Ida infundió ánimos a Karl. Aunque ella todavía no protestaba, expresaba su aflicción y sus dudas ante los propósitos de la comunidad. Karl tenía que ser paciente y esperar. Pero, diablos, ¡no podía esperar mucho más! Con dulzura para no asustarla, la rodeó con el brazo.

—Queda otra posibilidad, Ida, y tú sabes cuál es. Mi propuesta de que te cases conmigo y nos vayamos sigue en pie. Y esta vez no se trataría de una fuga a lo desconocido. Ven conmigo a Auckland. Tuckett y yo solo estaremos un par de días aquí. Se casa un amigo nuestro. Después nos volvemos a la Isla Norte. Viajaremos durante el día juntos, a la vista de todo el mundo, así que no te pondré en ningún aprieto. Al principio podrías alojarte con la familia de Tuckett, hasta que nos casáramos. Y luego alquilaré una casita para los dos. Lo que llaman un *cottage*, con huerto. Una casita con jardín, Ida, flores, algunas verduras... no un campo de labor donde matarte trabajando. A la larga, tu padre cambiaría de actitud. No perderías el contacto con tu familia.

La joven vaciló. Todo sonaba tan bien, y estaba tan a gusto ahí, oyendo la lluvia y los ruiditos del caballo en el heno, y mirando a Karl, que tenía unos ojos serenos y amables, en los que no había esa mezcla de inseguridad e inquietud que ella creía reconocer últimamente en la mirada de Ottfried.

No protestó cuando él se inclinó para besarla.

Pero entonces la voz paterna la arrancó del hechizo.

—¡Ida! ¡Qué se supone que es esto! ¡Ven inmediatamente!

Lange no esperó a que se apartara de Karl, sino que se abalanzó sobre ella y la separó de un empujón de él.

—Y tú, Jensch, ¡largo! ¡Como vuelva a verte con mi hija te arrepentirás! —Miró iracundo al joven, que temió que intentara golpearlo. Pero Lange hizo un gesto de rechazo—. Bueno, de todos modos no tendrás esa oportunidad. Se acaba de tomar la decisión de que Sankt Paulidorf nazca junto al río Moutere.

Ida se dijo que su padre sí recordaba el nombre del río.

—Y en cuanto lleguemos allí, Ida, en cuanto la primera cabaña esté construida, ¡te casarás!

Karl contempló abatido cómo la muchacha seguía resignada-

mente a su padre al interior del pajar. Pensó en si debía inmiscuirse, insistir en que se rebelara. Pero ella no lo escucharía. Y en el
pajar había, además, cien colonos exaltados que veían cerca el re-
nacimiento de sus pueblos y la revitalización de sus costumbres.
Sería absurdo, sería un suicidio oponerse a ellos él solo.

Al final se resignó y condujo a *Brandy* bajo la lluvia. Debía
volver a la pensión y cambiarse de ropa. En pocas horas se cele-
braría la boda de Christopher Fenroy...

4

Jane Beit se embutió el vestido de novia y encontró que le daba aspecto de tarta de nata gigante. El vestido era blanco níveo, lo que no le quedaba bien, y tan sobrecargado de volantes y cintas que hacían el doble de grande su cintura, ya de por sí considerable. Y eso que la señora Hansen le había ceñido el corsé al máximo, al borde de provocarle un paro respiratorio. Se preguntaba cómo soportaría la velada con ese traje. Pero de acuerdo, podría haber sido peor, sus padres podrían haber acordado que el enlace se celebrara por la mañana temprano, obligándola así a pasar todo el día de fiesta.

Por fortuna, Christopher había llegado en el último minuto y tampoco él parecía ciego de amor. Jane no lo habría esperado. Al contrario, sabía que ella era un tormento para él. En su presencia, Chris se comportaba como un ratón frente a un gato: el juego de ella con él era unilateral. Aunque no dejaba de ser un juego, y ella lo disfrutaba un poco. Una de las dos mezquinas razones por las que había preferido a Fenroy antes que a otros pretendientes.

Una vez que hubo decidido sacarse a su hija de encima lo antes posible, su padre le había presentado a tres hombres. A Jane la molestaba que él estuviera siempre espiándola desconfiado, pero no la sorprendía. Era posible que en Nelson solo hubiera unas pocas personas que estuviesen al corriente de la dificultosa situación que atravesaba la New Zealand Company, y era evidente que a Beit no le agradaba que Jane fuese una de ellas. Y aun así, algunas partes del inteligente plan elaborado por la joven para salvar los muebles todavía podrían aplicarse. Pero su padre, en lugar de tenerlo en cuenta, forzaba el proyecto de casamiento dándole una importancia que nunca había tenido antes de que Jane encontrara aquella maldita carta.

De pronto, Beit se mostraba socialmente ambicioso, la idea de casar a su hija con una de las mejores familias inglesas le parecía crucial, y la tierra era para él una dote de la que fácilmente podía prescindir. Seguro que tras toda esa fachada su verdadero interés era alejar a su hija lo antes posible de Nelson. Con los ojos de la civilización, Canterbury debía de ser el fin del mundo para Fenroy, un horrible destierro, pero tan solo estaba a unos cientos de kilómetros. El segundo pretendiente, un militar al que estaba formando William Wakefield, habría llevado a Jane a Auckland y de ahí a alguna de las colonias de reciente fundación, las cuales debían ser vigiladas y libradas de maoríes, en caso de necesidad, incluso recurriendo a la violencia armada. Jane temblaba al pensar no solo en la soledad, sino en verse, además, amenazada por tribus hostiles en medio de colonos atemorizados. Con el pretendiente número tres sucedía otro tanto. Se trataba también de un militar, estacionado en Tierra de Van Diemen, Australia. Allí ya habían exterminado a los aborígenes, pero a cambio los militares tenían asignada la vigilancia de legiones de condenados. Jane podría concentrarse felizmente en gobernar una gran casa, había dicho el hombre con una sonrisa. Quería hacer carrera política y necesitaba a una esposa que cultivase las relaciones sociales. Y ya en el primer encuentro advirtió lo poco adecuada que Jane era para eso.

Así que solo quedaba elegir entre Christopher Fenroy y el lugarteniente Archinson, y a Jane le pareció que Christopher y su granja eran menos malos que Archinson y su guerra, además de que seguramente ni la consultaría sobre la planificación de sus campañas. En cambio, Christopher...

El joven estaba en lo cierto. Nueva Zelanda tenía potencial.

Una granja en Canterbury podía convertirse en una empresa provechosa, aunque no bajo la dirección de él. Si Jane no se había equivocado al evaluarlo, Fenroy no tenía ni idea de cómo dirigir una empresa. Si bien se entregaba al proyecto con entusiasmo, estaba claro que de momento nunca había reflexionado sobre contabilidad, política de personal, planes de negocio y todo lo necesario a la hora de fundar una empresa. A Jane se le presentaban ahí numerosas ocupaciones posibles. Lo único que tenía que conseguir era que Christopher contara con ella. Y sobre eso no tenía la menor duda. Ya ahora apenas si se atrevía a decirle que no, mientras que otras esposas lograban que les hicieran caso embaucando a sus maridos, lo que a su vez tenía la ventaja de que los hombres las escuchaban de buen grado...

Jane comprobó de nuevo su imagen en el espejo. No, en ese apartado no descollaba precisamente, debía admitirlo. Y le vino a la mente la segunda razón por la que se había decidido por Christopher: las exigencias físicas inevitablemente unidas al matrimonio y que tan poco le apetecían. Jane no deseaba ni a Fenroy ni a Archinson, pero a un marido había que permitirle de buen o mal grado que se tendiese encima de una y que ambos intercambiaran fluidos corporales, o al menos eso había entendido ella que eran los deberes conyugales. Y dado el caso, prefería al joven y delgado Fenroy que al pesado y gordo militar, que ya desprendía un ligero olor a sudor sin siquiera hacer ningún esfuerzo.

Así pues, sería Christopher... Suspiró. Bien, al menos lo tenía un poco intimidado.

Ya avanzada la tarde, Christopher llegó a casa de los Beit para la recepción previa a la ceremonia solemne del matrimonio. El agente había decidido que el enlace de su hija no se oficiara en la iglesia episcopal, para evitar que los colonos alemanes se pusiesen en su contra. De ahí que se hubiera decorado su residencia a tal fin. Se había previsto que el enlace se celebrara en el salón, donde Butler ya estaba distribuyendo a los primeros invitados. Las criadas recibían a los recién llegados, ocupándose de sus prendas para la lluvia, llevándolas a un cuarto donde incluso tal vez se secaran. En el caso de Christopher, la misma Cat le abrió la puerta, y así fue como por primera vez, después de haber huido juntos del poblado maorí, se encontraba cara a cara ante aquella joven que no solo seguía presente en sus sueños, sino respecto a la cual tenía mala conciencia. No había sido su intención ponerla en una posición tan inferior.

—No, por favor —dijo apesadumbrado cuando ella lo saludó con una sumisa reverencia. La gracia de sus movimientos volvió a cautivarlo. Así como su rostro bonito y delicado bajo una cofia que apenas le cubría el cabello rubio—. Soy yo, Christopher. No tienes que hincar la rodilla delante de mí.

Cat reaccionó ante la broma con una sonrisa amarga.

—Nos han pedido que lo hagamos así —respondió—. Y ya que Mary... —señaló a la segunda criada— siempre está pensando que voy a sacar la maza de guerra, prefiero esforzarme por comportarme de modo civilizado.

—¡Oh, Cat! —La miró con cara desdichada—. Aquí no estás contenta, lo sabía, pero yo solo me esforcé por...

Se interrumpió. ¿De verdad se había esforzado lo suficiente para encontrarle un empleo mejor? Claro que le había hablado a Tuckett de la joven, pero como agrimensor mayor estaba ocupadísimo y además habían pasado todo el tiempo en la Isla Norte... Lo último que en esos momentos preocupaba a Tuckett era la hija adoptiva de los maoríes con la que en Nelson nadie sabía qué hacer.

—¿Te va más o menos bien al menos?

Cat se encogió de hombros.

—Pues claro —respondió, verbalizando lo que siempre se decía a sí misma desde su llegada a Nelson, ya que en su vida anterior le había ido mucho peor.

A diferencia de Christopher, ella no encontraba que su trabajo en casa de los Beit fuese degradante. A fin de cuentas, cuando estaba con la señora Hempelmann siempre había soñado con un puesto de doncella como forma de ascenso social. Y entre los maoríes, todas las mujeres se dedicaban a las labores domésticas, fuera cual fuese la posición que ocupasen. También Te Ronga había trabajado en la cocina preparando las comidas comunes, había tejido, trabajado en los campos... entre los maoríes no había quehaceres inferiores. Si alguien hacía algo bien, podía ganarse el respeto en cualquier ámbito y con ello obtener el título de *tohunga*.

En casa de los Beit, no obstante, era casi imposible ganarse el reconocimiento de los señores. La señora Beit no se cansaba de criticar el desempeño de Cat y Mary, y no se mordía la lengua: reñía a las chicas y les hablaba de forma tan ruda que con frecuencia Mary rompía a llorar. En cambio, Cat seguía el ejemplo del señor y la señora Hansen, quienes soportaban estoicamente los cambios de humor de la patrona. Pero trabajar bajo tal presión no era agradable, y menos aún porque las hijas de la familia imitaban el trato de su madre con el personal. En especial Jane, siempre de mal humor, les hacía la vida imposible. A Cat no le gustaba y, hasta ese mismo día, le había parecido imposible que Chris Fenroy fuera realmente a casarse con ella.

Así y todo, había sentido una punzada al enterarse de los planes de casamiento del chico. No podía explicarse por qué e intentaba no pensar mal de él. A fin de cuentas, entre ellos no había pasado nada y ella tampoco andaba buscando marido. Pero algo le dolía cuando se imaginaba a Chris y Jane juntos... A lo mejor solo era que lo compadecía.

Esta idea le dio el valor para dirigir al joven una sonrisa reconfortante.

—Me va bien de verdad, Chris. Los Beit no siempre son fáciles, pero el señor y la señora Hansen son muy amables. Ellos... ellos no me exigen que...

Cat se interrumpió. La segunda causa de su insatisfacción en Nelson pesaba más que los cambios de humor de sus señores. Se trataba de la fama contra la que tenía que luchar la llamada «chica maorí», con frecuencia también «la amante maorí» o «la salvaje». Había sido un grave error contar su historia a la señora Robins el primer día. Pero Cat no habría podido imaginar cómo iba a tomarse la gente los chismes que la casera había propagado por la colonia. Cat no había contado a la señora Robins nada comprometedor. ¿Qué es lo que había de escandaloso en crecer como hija adoptiva de una noble y sanadora maorí?

Sin embargo, las mujeres de Nelson se habían abalanzado sobre la historia como buitres. Mary había escuchado en el mercado que Cat había participado en expediciones y despedazado a enemigos de su tribu, cuando no comido. Naturalmente, había yacido con prácticamente todos los hombres de la tribu, lo cual tal vez fuese la interpretación que la señora Robins había hecho de las noches en el dormitorio común. Y Cat también podía deducir los orígenes de los demás rumores: la señora Robins le había preguntado sobre las costumbres de los maoríes y Cat le había contestado con todo detalle. ¿Cómo iba a sospechar, por ejemplo, que sus explicaciones del canibalismo en Polinesia se iban a distorsionar de ese modo?

Pero tanto si era solo la señora Robins o muchas mujeres quienes tejían las historias que se contaban sobre Cat, esta no tenía ninguna posibilidad de corregirlas. En cuanto salía por la puerta de los Beit, empezaba para ella una carrera de obstáculos. Lo más suave que oía eran insultos. Los jóvenes le soltaban obscenidades y, una vez se dieron a conocer los detalles de la masacre de Wairau, le lanzaban fruta podrida o piedras, y no eran pocas las ocasiones en que la amenazaban. En algún momento surgió el rumor de que ella misma había participado en las atrocidades cometidas contra Wakefield y sus hombres y con ello cayó en el olvido la historia auténtica.

Por suerte, ningún miembro de la familia Beit hacía caso de los cotilleos que corrían por las calles. La señora y sus hijos vivían tan aislados que era probable que no se enterasen de nada. Y el señor y la señora Hansen se mostraban comprensivos. Enseguida valoraron a Cat como una joven competente y amable, y la creyeron cuando intentó desvirtuar los rumores ante la gente de su entorno más cercano. No lo consiguió del todo con Mary ni Jamie, el mozo de cuadras y criado. Ambos la seguían mirando con desconfianza.

Para Cat, todo eso representaba una gran carga, y le costaba lo suyo quedarse encerrada en casa. Te Ronga le había enseñado a vivir en y con la naturaleza, y ahora añoraba la canción del viento en los árboles, el rumor de los arroyos, el esplendor rojo del árbol rata y la majestad de las montañas en la lejanía. Fuera del horario de trabajo no sabía en qué ocuparse hasta que Mary dejó una revista en la habitación que compartían y Cat se dispuso a descifrar las primeras frases. Con Linda Hempelmann había aprendido a leer muy bien, pero, naturalmente, no había practicado la lectura en los últimos años. En el pasado siempre había leído en alemán, mientras que las historias de bandidos que Mary devoraba estaban escritas en inglés. Cat no tardó en volver a recordar las letras y pronto aprendió las diferencias entre la escritura y la pronunciación en alemán e inglés. Poco después, ya pasaba leyendo todos los ratos libres de que disponía, incluso a veces cogía a escondidas libros de la biblioteca de los señores. Leyó encantada novelas y ensayos, devoró historias de amor y relatos de viajes. La lectura se convirtió en la única luz que iluminaba su vida, pero no la ayudaba a tomar una decisión respecto a su futuro.

Chris debió de percatarse de su preocupación.

—Ya pensaré algo, Cat. ¡Seguro! —le prometió afligido—. Tal vez... tal vez te gustaría venir con nosotros, es decir, con... Jane y conmigo. Nosotros... nos mudamos a Canterbury.

La muchacha se había echado a reír.

—No, gracias pero no. Disculpa si ahora me expreso de modo poco cortés. Pero es que tu Jane... antes de mudarme con ella a una granja solitaria volvería con Te Rangihaeata y dejaría que me coma. ¿Por qué quieres casarte con ella?

Chris frunció el ceño, conmovido por la franqueza de la pregunta.

—Por la tierra —respondió sincero—. Su dote son tierras para una granja. Lo más importante es la tierra.

Cat negó con la cabeza.

—No —dijo, y repitió el lema de su madre de acogida—: Lo más importante es el ser humano.

5

—No te traicioné.

Elsbeth se acercó con sigilo a Ida, como si buscara calor junto a ella, y le susurró esas palabras. Las hermanas no habían podido hablar abiertamente desde que el padre había sorprendido a Ida con Karl el día anterior. Jakob Lange había insistido en que dejaran abierta la puerta de su habitación para así oír lo que decían. Entonces Ida había pensado que Elsbeth no podía haberla traicionado: ella misma estaba, por lo visto, bajo sospecha.

—Fue Anton —prosiguió la muchacha—. Le dije que habías ido a buscar un lavabo y por eso te demorabas. Pero él se lo contó a padre, y como tardabas en volver...

—Está bien. —Ida suspiró y se envolvió temblorosa en su chal.

Hacía frío en la barca que navegaba por el Moutere. Durante la noche había helado y el paisaje de las riberas se había convertido en un sueño irreal de hojas de palma y bosques de helechos congelados. El señor Partridge había desaconsejado a los colonos que se marchasen ese día a la misión. Con ese tiempo, había advertido, no se aguantaba mucho allí, era mejor esperar hasta el deshielo. Sin embargo, los alemanes se empecinaron. Ya habían esperado demasiado tiempo una tierra propia para fundar su colonia. Ahora que el asunto iba en serio no querían perder ni un día más. Alquilaron de inmediato barcas para el transporte de personas y material de construcción. Al principio solo se pusieron en camino unas pocas familias completas. La mayoría de los hombres dejaron a sus esposas e hijos en Nelson y se marcharon solos al valle del Moutere para construir un alojamiento provisional.

Jakob Lange, sin embargo, no pensaba dejar ni un solo día más a sus hijos sometidos a la «perniciosa influencia» de la ciudad, y la señora Brandmann se negó a permanecer en Nelson sin los hombres. Qué era lo que tanto temía allí constituía un auténtico misterio para Ida, la familia que la hospedaba era inofensiva y tan amable y servicial como los Partridge. Así pues, los Lange y los Brandmann compartieron una gran barca con otras tres familias y acabaron helados hasta la médula durante el viaje. Ida no había llevado suficiente ropa de invierno de Mecklemburgo, solo tenía una capa de lana. La señora Partridge solo había podido sacarla del apuro con un chal; por otro lado, con las mujeres viajaba una paca de lana hacia el nuevo hogar. Lange consideraba superfluo comprar ropa hecha. En Sankt Paulidorf podrían seguir cortándose la ropa y pronto también tejerían y harían punto.

—Tendremos un par de ovejas en la granja —anunció, asimismo, Peter Brandmann.

Ida se preguntaba de dónde las sacaría. Por lo que ella sabía, no había en toda la Isla Sur ni una sola oveja y solo unos pocos bueyes. Cuidadosa, envolvió también en el chal a Elsbeth, que temblaba tan lastimosamente como ella. Aun así, la menor estaba dicharachera y, apretada contra su hermana y protegida por las capas de lana, nadie las oía.

—Karl es más guapo que Ottfried —susurró Elsbeth a Ida, quien se ruborizó. ¿De qué hablaba su hermana?—. ¿No prefieres casarte con él? Con lo elegante que viste ahora... ese abrigo caro...

Tampoco a Elsbeth le había pasado por alto aquella indumentaria de calidad y resistente a la intemperie. Claro, la chica no era tonta, y además había ayudado en la tienda de los Partridge. La pequeña sabía lo que costaba un abrigo así.

—Seguro que te compraría uno a ti —prosiguió Elsbeth.

A Ida se le escapó una sonrisa. La idea de llevar ropa de abrigo le parecía en ese momento más romántica que soñar con que Karl la abrazara, y además desearlo no estaba prohibido. Todo el mundo en la barca suspiraba por un abrigo impermeable. Si bien en ese instante ni llovía ni nevaba, la niebla se elevaba del río. El frío era húmedo, Ida apenas notaba las manos y los pies.

—Pues yo, cuando me case, solo lo haré con un hombre rico. Y que además me guste —seguía parloteando la pequeña.

Ida se pasó la mano por la frente.

—Elsbeth, deja de decir tonterías —intentó mostrarse severa, pero consciente de que su voz solo denotaba cansancio—. Ya estás prometida a Friedrich Hauser, escuché cómo padre hablaba con Tobias Hauser.

Friedrich Hauser era el hijo del constructor de techumbres y estaba aprendiendo el oficio. Debía de andar por los dieciséis años y antes de que pudiera arreglarse un matrimonio todavía habían de pasar años. Pese a ello ya se empezaban a entablar las conversaciones previas. El compromiso con Friedrich prometía un futuro seguro. Hasta que todas las casas que se proyectaban construir en Sankt Paulidorf tuviesen tejado, Friedrich y sus hermanos ya tendrían probablemente hijos.

—¡No será conmigo! —se rebeló Elsbeth—. Fritz es tonto y gordo. ¿Sabes quién me gusta, Ida?

Su tono era de conspiración, e Ida sintió el afecto que le tenía a su hermanita como una punzada en el corazón. Elsbeth siempre se había hecho la importante cuando, ya de niña, le confiaba secretos. Entonces eso había sido algo inofensivo, pero ahora le dolía tener que escuchar unos sueños que nunca se podrían realizar.

—¡Tommy McDuff, de Nelson!

El hijo del panadero. Ida volvió a sonreír. Vaya. ¡Por eso Elsbeth siempre se las ingeniaba para ir a comprar el pan! ¡Y qué ansiosa se mostraba siempre de acompañar a su padre a visitar a los Brandmann, que se alojaban en casa de los McDuff! Y eso que con la aburrida Gudrun Brandmann, a la que supuestamente iba a ver, no tenía otra cosa en común que la edad. Pero ya no estaban en Nelson, donde la señora Partridge se limitaba a mover la cabeza indulgente ante las fantasías infantiles de Betty. Ida se puso a sermonearla sobre la obediencia que su hermana le debía a su progenitor, pero se interrumpió. Daba igual lo que le dijera, Elsbeth no tardaría en ser devuelta a la realidad de los hechos. Era probable que nunca más volviera a ver a Tommy McDuff, pues ninguna mujer saldría de Sankt Paulidorf en los próximos años. Los hombres las llevarían a Nelson tan poco como antes a Schwerin. Y la pobre Elsbeth... ¡era evidente que no tenía ni idea de lo que la esperaba cuando Ida se hubiese casado!

Jakob Lange había dejado claro su deseo de que Elsbeth asumiera todas las obligaciones de la hermana mayor. Debería crecer tan abruptamente y responsabilizarse del cuidado de una familia como Ida, años atrás, a raíz de la muerte de su madre. La joven lamentaba no haberla preparado mejor, pero, por otra parte, su padre siempre había consentido que su hija menor se sustrajese de algunas tareas de la casa. Eso cambiaría ahora. Si el bienestar de él y de Anton dependía de ello, ya no habría más indultos para Elsbeth.

—Yo, en tu lugar, me casaría con Karl Jensch —declaró de nuevo Elsbeth—. Entonces podrías vivir en Wellington o en otra gran ciudad y no aquí, muerta de tedio.

—¡Cierra el pico!

Ida acalló a su hermana en cuanto vio aparecer la sombra de Ottfried Brandmann entre la niebla. Tanteando la inestable borda, el joven se acercó a su prometida y se sentó a su lado en el banco.

—¡Ya estamos! —anunció con un deje triunfal, señalando la orilla del Moutere.

El bosque de helechos hechizado por el hielo había dejado paso a tierra abierta. Atravesaron un valle cubierto de tussok escarchado. Parecía extenso y plano, pero estaba limitado por unas colinas más o menos boscosas. En el valle mismo apenas crecían árboles y los pocos que había eran pequeños y desgreñados, tal vez a causa de la helada. En una de las colinas, por encima del valle, distinguió un par de edificios: la misión.

—¡Bienvenidas al valle Schacht! ¿Os gusta? —preguntó ansioso Ottfried.

—¿El valle Schacht? —preguntó extrañada Elsbeth—. Pensaba que se llamaba valle del Moutere.

Ottfried movió la mano indiferente.

—¡Jo, no hay quien lo pronuncie bien! —afirmó. Durante la travesía, algunos hombres se habían sentado antes del atardecer para celebrar el día, y se habían bebido la última botella de licor de su país. ¿O era whisky...? Ottfried olía a alcohol—. Le hemos cambiado el nombre. Ahora será el valle Schacht en memoria del capitán. Él siempre se portó bien con nosotros.

Ida frunció el ceño.

—Los valles suelen tomar el nombre de los ríos —observó—. ¿También le habéis cambiado el nombre al río?

Ottfried se la quedó mirando sin entender. En ningún momento había asociado esas cosas. Pero ahora tiró impaciente de su prometida para que se levantara, pues la barca atracaba. A la misión le pertenecía un embarcadero que no inspiraba mucha confianza, se veía tan devastado como la vegetación del valle.

—Bah... Ven, tenemos que ir a ver nuestra parcela. Mi padre tiene el plano con los terrenos. Y yo me he asegurado de que tuviésemos una de las más bonitas. Justo al lado del río... —Ottfried no podía esperar.

—¿Justo al lado del río? —preguntó Ida alarmada. Estaba aterida de frío y le costaba ponerse en pie en la balanceante barca—. ¿Y si Karl tiene razón? ¿Y si el río se desborda?

Ottfried la hizo callar con un gesto.

—Tonterías. Y tampoco tenemos que construir la casa justo en el borde del agua...

Ida paseó la mirada por la tierra que se extendía a uno y otro lado del Moutere. Era totalmente plana. En caso de una crecida daría igual que la casa se construyera a un par de cientos de varas del río o al lado mismo.

—¡Vayamos despacio, Ottfried! —Jakob Lange dirigió una sonrisa satisfecha a su futuro yerno, pero calmó su impaciencia—. Primero hay que medir con exactitud las parcelas, Wakefield enviará un agrimensor dentro de unos días. Antes no vamos a edificar nada, ya que si resulta que una casa está en mitad de dos parcelas solo daría problemas... ¡Y, además, ya tenemos trabajo suficiente que hacer! Ahora, subamos primero a la misión y demos gracias a Dios por haber llegado a buen puerto y por esta tierra fértil. Las mujeres agradecerán poder entrar un poco en calor. Después instalaremos las tiendas para esta noche y para entonces ya deberán de haber llegado las barcas con la madera de construcción. Hoy mismo la descargaremos. Y en cuanto el agrimensor dé su visto bueno, construiremos cabañas con todo el ímpetu que Dios nos conceda. Las demás familias esperan en Nelson. Y ya sabes: se celebrará la boda cuando todos estén aquí y tengan un techo bajo el que cobijarse.

Para no perder tiempo, los hombres habían decidido comprar un cargamento de tablas para las barracas provisionales, en lugar de cortar la madera en el bosquecillo detrás de la misión. Con ese material edificarían en pocos días unas sencillas cabañas. Pero incluso Ida se había percatado al embarcar de los muchos nudos que tenían las tablas y de lo mal acabadas que estaban. No eran más que desechos de madera. Con las cabañas que salieran de eso se podría detener el viento y la lluvia, pero sería muy difícil mantener el calor en el interior.

En fin, ya se enfrentarían al problema cuando surgiese, por ahora lo único que deseaba era un rinconcito caliente.

Pero eso no llegaría tan rápido como ella esperaba. Los pastores salieron al encuentro de los colonos, portando solemnemente una cruz y entonando cánticos. Así pues, rezaron la primera oración de gracias en el embarcadero y luego subieron a la misión, donde se reunieron para celebrar un breve oficio por el futuro campamento. Soplaba un viento gélido, pero el lugar ofrecía una vista maravillosa del valle y, pese a la helada y la hipotermia, Ida no pudo evitar admirarlo. El recién bautizado valle Schacht era muy hermoso: *morgen* tras *morgen* de pradera plana, fértil con toda seguridad, ahora cubierta de escarcha, dividida por una cinta de reflejos plateados que se deslizaba por ahí como una serpiente: el río Moutere. Pronto estaría todo verde y al año siguiente, cuando se acercara la primera cosecha de grano, resplandecería con un brillo dorado. Y qué hermoso aspecto tendría cuando las bonitas granjas de los colonos flanquearan los caminos bien trazados, cuando florecieran flores en los jardines y crecieran verduras en los huertos, cuando los bueyes pacieran en los suculentos pastos y las gallinas rascaran en los montones de estiércol y los cerdos se revolcasen en el barro de la orilla...

De repente, Ida sintió una alegría anticipada por su nueva existencia. Sí, en Nelson la vida era más cómoda y se había sentido más libre que en Raben Steinfeld, pero también en Mecklemburgo había sido bonita su vida. Y aquí los veranos eran más cálidos y los inviernos menos duros que en Alemania. Los prados y huertos darían frutos en abundancia, tal vez hasta tuvieran que esforzarse menos que en su país. Ida apartó el recuerdo de cómo se deslomaba en los patatales. Ese día solo quería recordar los buenos momentos de la vida en el pueblo, y al mirar a los colonos reconocía en sus ojos que a ellos les sucedía lo mismo. La señora Brandmann irradiaba un brillo interior, la señora Krause sostenía feliz a su recién nacido, el primer hijo de colonos en Nueva Zelanda, y todos entonaban fervorosos las antiguas canciones de alabanza a Dios. Solo Elsbeth no parecía impresionada.

—Si no llego pronto a un sitio caldeado, ¡chillaré! —amenazó a Ida.

También Franz gimoteaba. Parecía aterido y estaba pálido, Ida estaba preocupada por él. Fuera como fuese, tenía que ponerse pronto al abrigo.

Poco después, las mujeres y los niños se apretujaban delante de la chimenea de la casa de los misioneros, que, naturalmente, era demasiado pequeña para tanta concurrencia.

—¡Necesitaremos una casa propia donde reunirnos! —advirtió la señora Brandmann—. ¡Y una buena cocina! Pero los hombres ya lo decidieron ayer —añadió con gesto pesaroso—: ¡la iglesia será lo primero que se construya en Sankt Paulidorf! —La misión solo tenía una capilla provisional y expuesta al viento.

«Entonces intenta convencer a tu padre y a los otros para que lo primero que construyan no sea una iglesia sino canales de desagüe...»

De repente, Ida recordó las palabras de Karl: su euforia y alegría anticipada desaparecieron de golpe dejando paso a nuevas preocupaciones. Karl había previsto exactamente cómo se comportarían los colonos. Y ¿también cómo se portaría el río?

Los colonos trabajaban con el sudor de su frente y a velocidad vertiginosa. De hecho, los alojamientos provisionales de las familias ya estaban hechos al cabo de poco más de una semana, días que los hombres pasaron con la euforia y la alegría de trabajar, y las mujeres, pronto desengañadas, luchando contra el frío y la humedad. La helada no se mantuvo durante mucho tiempo, aunque bastó para que casi muriesen congelados la primera noche en las tiendas. Al día siguiente, Franz tosía e Ida estaba desesperada porque, por supuesto, nadie había pensado en llevar medicamentos y solo disponían de miel e infusión de salvia. Por suerte encontró un jarabe en el botiquín de los misioneros. Estos aseguraron que era un buen remedio pese a que la receta procedía de los indígenas.

La señora Brandmann prohibió que el preparado se administrara al niño.

—¡Quieren matarnos! Lo mismo es un veneno pernicioso.

Naturalmente, eso era una auténtica tontería. En realidad, el jarabe para la tos funcionaba muy bien, pero no duró mucho tiempo, pues enseguida se resfriaron otros niños y adultos. Al derretirse la poca nieve caída, la plaza donde estaban las tiendas de campaña se convirtió en un lodazal. Con el frío y la humedad, a las mujeres les resultaba casi imposible encender un fuego para cocinar.

Los hombres, sin embargo, miraban triunfales el río, que no crecía demasiado.

—Eran miedos infundados. ¡Si ni siquiera con el deshielo se sale del cauce! —informó Brandmann en la oración de la mañana.

Los demás se pronunciaron de igual modo. Dieron las gracias a Dios por la gracia que con ello les había concedido. Ida miró de reojo a los tres misioneros, que permanecían sospechosamente callados.

—Roguemos... roguemos a Dios de todos modos que así se conserve —señaló el pastor Wohlers al final, y el pastor Riemenschneider contuvo un poco la euforia de los colonos.

—Bueno, el río puede aumentar algo su caudal... —murmuró, pero, claro está, nadie se dejó impresionar por ello.

Los hombres empuñaron todavía con mayor entusiasmo sus herramientas de trabajo y se entregaron a las obras de construcción... hasta que un grito agudo desde la tienda de los Krause los detuvo a todos.

—¡Ratas! ¡Mi bebé, Dios mío, mi bebé!

Unos segundos después, casi todos habían corrido a la tienda, pero por fortuna no le había ocurrido nada al pequeño Richard. Las ratas que merodeaban alrededor de la cunita cuando la señora Krause había vuelto a la tienda habían causado estragos antes en sus provisiones. Y también otras mujeres encontraron los víveres que habían llevado comidos y con excrementos.

—¿De dónde han salido tan de repente? —preguntó alterada Ida, que desde siempre tenía un miedo horroroso a las ratas—. ¿Y qué hacemos para luchar contra...?

—Para luchar contra ellas tenemos a este —respondió el pastor Wohlers, señalando un perro de pelaje largo, marrón y blanco, que la señora Brandmann y la señora Krause ya habían tenido que sacar varias veces de sus tiendas.

—Se llama *Chasseur*. Pero no le gusta demasiado cazar, la mayoría del tiempo duerme. Pero nosotros no lo alimentamos, así que algún bicho debe de zamparse...

El perro tenía aire apático y estaba en los huesos, lo que no era de extrañar si no le daban de comer. Ida recordó que su madre siempre la había animado a alimentar bien a los gatos. Solo los felinos sanos y despiertos cazaban...

Buscó a escondidas, entre los alimentos que todavía estaban en condiciones, algo que pudiera gustar a un perro.

El campesino Friesmann puso los ojos en blanco.

—Ese no cazará en su vida —observó—. Es un perro pastor, como mucho empujará las ratas a un rincón y vigilará que no se escapen.

El padre de Ida, por el contrario, planteó una cuestión casi de principio.

—Pero ¿de dónde salen estos animales? Creí que en Nueva Zelanda no había animales dañinos, nos dijeron que a este respecto Dios había bendecido este país.

El pastor Heine se encogió de hombros.

—De algún modo deben de haber llegado hasta aquí. Originalmente en un barco de Europa. Y hasta la misión... Qué sé yo, en algún bote de abastecimiento, o en el barco que trajo el mobiliario o la madera...

—En dos días no pueden haberse multiplicado tanto —observó la señora Krause—. Necesitamos raticida de inmediato. Hasta entonces no pienso quitarle el ojo a mi hijo.

Las ratas se convirtieron en un serio problema. Los colonos no lograban dominar la plaga, por mucho que las mujeres se esforzaran en poner la comida a buen recaudo. Los animales roían los hules y los sacos, incluso los baúles de madera que los hombres construyeron, y se abalanzaban sobre granos y legumbres. Únicamente Ida tuvo suerte, aunque sus hermanos se quejaban de que en la tienda flotaba un penetrante olor a perro mojado. Pero Ida no se dejó convencer. Frente a la plaga de ratas y al pánico que les tenía, se rebelaba incluso contra su padre. *Chasseur*, el perro de la misión, dormía, bien alimentado con papilla de sémola y de vez en cuando con una punta de salchicha, entre el saco de paja de la hermana mayor y el de Elsbeth. Nunca cazaba una rata, pero al parecer las asustaba. Los roedores se mantenían a distancia de las provisiones de Ida.

A finales de agosto ya estaba todo listo. Los hombres dieron la bienvenida a sus familias a la nueva colonia con una misa en el embarcadero. El tiempo se puso de su parte e hizo un día soleado y seco. No obstante, un par de mujeres prorrumpieron en llanto. ¡Esas cabañas no eran las casas que ellas habían soñado! Y, además, no tenían mobiliario alguno. Las pertenencias que los colonos habían almacenado irían llegando poco a poco.

—No deberían quejarse, siempre es mejor esto que las tiendas —opinó Ida.

Junto con Elsbeth estaba extendiendo nuevos sacos de paja sobre el suelo de la cabaña de los Lange. Tenía que tirar los viejos porque estaban a rebosar de pulgas, un regalo del desastrado perro, que se rascaba sin cesar. Por suerte, en el ínterin Elsbeth también se había convertido en partidaria de una casa sin ratas. Así pues, cogió un trozo del fragante jabón de la tienda que la señora Partridge le había dado como regalo de despedida y arrastró al renuente *Chasseur* al río. Ahora el perro olía a rosas y tenía un tacto suave. Desde que comía regularmente, estaba mucho más ágil.

—Cabe preguntarse quién se quedará con él cuando te cases —señaló Elsbeth mientras agitaba una piel de salchicha para engatusar a *Chasseur*; hacía tiempo que el chucho, siempre expectante no se separaba de Ida—. Estaría muy mal que te lo lleves. Ahora que yo lo he bañado.

—Necesitamos más perros —observó Ida. *Chasseur* era lo último que la preocupaba ahora que su boda era inminente—. Y gatos... En Nelson hay muchos.

—Ojalá volviésemos ahí...

Elsbeth suspiró nostálgica. No disimulaba que Sankt Paulidorf no le gustaba. Disfrutaba más ayudando en la tienda que trabajando en el campo. Cuando contemplaba el valle no veía ningún paisaje florido, sino una temporada de privaciones durante la siembra, el trabajo en los futuros huertos y el mantenimiento de los campos de cultivo.

—Cuando tengamos los muebles todo irá mejor —la consolaba Ida, aunque ni ella se lo creía.

Se acordaba bien de lo que había empaquetado en Raben Steinfeld. Había sido lo menos posible para no ocasionar costes adicionales en el barco. Ahora, sin embargo... Jakob Lange reaccionó furioso cuando por fin llegaron los baúles de la familia.

—¿Dónde está nuestra vajilla? ¿Las ollas, las sartenes...? Pero sí están las sábanas bordadas... ¡No lo entiendo, Elsbeth! ¿Cómo pude dejar que vosotras, par de tontas, os encargarais solas de esto?

En efecto, era Elsbeth quien tenía que arrostrar las invectivas del padre. Desde que habían llegado los baúles, Ida pasaba el día arreglando su propia cabaña. Ya se había llevado allí una parte del ajuar y se alegró de encontrar un par de artículos domésticos que Ottfried aportaba al matrimonio. Los Brandmann habían viajado a Nueva Zelanda con cuatro baúles en total. El temor de la señora Brandmann hacia las nuevas y «salvajes» tierras había triunfado sobre el carácter ahorrativo de su marido. Sin embargo, todavía tendrían que comprar algunas cosas.

Sintiéndose desdichada, Ida contempló la cabaña que compartiría con Ottfried a partir del día siguiente. La demorada entrega de los muebles le había concedido un plazo de gracia, pero ahora Jakob Lange y Peter Brandmann ya habían decidido, junto con los misioneros, el día de la boda: el 5 de septiembre sería la ceremonia y la fiesta, así como el bautizo del bebé de los Krause. Sin embargo, el momento culminante del día lo constituiría la colocación de la primera piedra de la nueva iglesia. Ya se habían medido de forma provisional las parcelas junto al río, pero todos cedían un trozo para la de la iglesia. Esta debía ser el punto central de Sankt Paulidorf y los hombres ya habían empezado a talar troncos para construirla. Esto complacía a los Brandmann, cuyos servicios como carpinteros por fin volvían a ser necesarios, y la comunidad les pagaría.

—¡Y por las tardes me encargaré de nuestra casa! —anunció Ottfried, dándose aires—. Ya verás, será una de las primeras del pueblo.

Entretanto, Ida también había examinado el lugar de las obras. De hecho se trataba de una parcela idílica que incluía unos pocos de los tristes árboles que crecían en el valle. A esas alturas, las temperaturas habían subido y los árboles de las colinas volvían a presentar un aspecto sano. Las palmas del nikau que se hallaba delante de la futura casa de Ida, sin embargo, se veían deshilachadas y maltratadas por la tormenta.

Y ahora, encima, la boda... Ida no podía remediarlo, pero sentía más tristeza que alegría anticipada. Y eso que todo el pueblo estaba trabajando activamente en los preparativos. Las mujeres sacaban el mejor provecho de las escasas provisiones que habían traído de Nelson. En ese tiempo habían construido un horno común y el aroma a pan recién hecho llenaba toda la colonia. En cuanto a la carne, había que contentarse con un par de gallinas que habían llegado de Nelson con los muebles, pero había pescado fresco en abundancia. Las colinas y todo el valle estaban atravesados por corrientes de agua más o menos grandes, y todas rebosaban tanto de peces que hasta los niños como Franz, el hermano de Ida, podían coger las truchas con las manos. O al menos unos peces que se parecían a las truchas, pero en todo caso eran muy sabrosos. Las mujeres también habían construido una caseta donde ahumar y ya estaba hirviendo una sopa de pescado para el día siguiente. Por supuesto, todas se quejaban de que les faltaban ingredientes imprescindibles de su hogar para las recetas, pero improvisaban con lo que tenían; además, pronto volverían a crecer nabos, patatas, coles y eneldo en sus huertos.

Ida se regañó por sentirse triste cuando los demás estaban de tan buen humor, y se forzó a responder adecuadamente a las bromas y palabras amistosas de las mujeres cuando regresaba a la cabaña de los Lange para volver a probarse el vestido. No era blanco, pero eso tampoco había sido habitual en Raben Steinfeld. Los antiguos luteranos preferían la sencillez, y las novias llevaban el traje típico, un chal sobre los hombros, faldas bordadas y bonitos delantales. Algunas campesinas se habían llevado a su nuevo hogar esos trajes transmitidos en familia de generación en generación. La mayoría de los colonos, sin embargo, no tenían nada igual, procedían de familias que hasta pocos decenios atrás eran siervos del Junker y solo tenían el traje que vestían cada día, aunque algunos contaban con uno extra para asistir a la iglesia el domingo y lucir en las fiestas familiares.

Las mujeres habían ayudado a Ida a confeccionar con la tela de lana azul marino de Nelson un vestido cerrado con un delantal blanco y una capota que les había costado esfuerzo moldear, debido a la humedad reinante, con almidón de patatas. Aun así, la joven carecía de camisón nuevo... aunque prefería no pensar en la noche de bodas. No tenía ni la más remota idea de lo que ocurría ahí, solo le resultaban familiares los sonidos gracias al viaje en el *Sankt Pauli*. Las parejas nunca se ocultaban a sus vecinos cuándo un marido mantenía relaciones con su esposa. A Ida siempre la habían amedrentado los gemidos y gruñidos. Pero estaba decidida a soportarlo todo como habían hecho su madre y generaciones de mujeres antes que ella. Aguantaría sumisa fuera lo que fuese lo que la esperaba.

Así que mostró una sonrisa valiente cuando, al día siguiente, Ottfried la condujo ante el altar improvisado de la «iglesia», que por el momento no contaba más que con una piedra fundacional solemnemente colocada. Caía una ligera lluvia y las lonas que se habían extendido para proteger al menos al pastor, a los novios y al bebé bautizado, apenas retenían la humedad. La bonita capota de Ida pronto colgó de su pelo como un pájaro muerto, al menos eso creyó ella cuando vio a Stine Krause.

También la joven madre iba vestida con sus mejores prendas y había puesto a su hijo un traje de bautizo blanco. El pequeño no dejaba de llorar, seguramente de frío. Y Franz volvía a toser,

quizá tenía fiebre. Ida estaba preocupada por su hermano pequeño, pero se decía que a partir de ese momento sería problema de
Elsbeth. No podía ocuparse de dos hogares, o quizá sí podría hasta que la construcción de la casa comenzara. Ya ahora, las mujeres habían empezado a preparar sus futuros huertos. También Ida
tendría que ponerse pronto a remover la tierra y sembrar. Había
traído semillas de Nelson.

Ottfried se había puesto el traje de los domingos y tenía un
aspecto aseado, todavía no se le había empapado el sombrero.
Cuando se lo quitó para la bendición, la llovizna humedeció su
cada vez más escaso cabello. Unos mechones finos le caían por
la cara que así parecía todavía más rellena... Ida no pudo evitar
pensar en el comentario de Elsbeth: «Karl es más guapo que
Ottfried.»

Las manos de Karl alrededor de sus brazos también le habían
resultado más agradables que el torpe abrazo de Ottfried cuando la besó después de que ambos diesen el sí. Ottfried con firmeza y orgullo, Ida muy queda y resignada. Le habría gustado poner más alegría en su consentimiento, pero no lo consiguió.

Como tampoco logró desterrar de su mente la imagen de Karl
cuando Ottfried la condujo a través de la gente y todos reían y les fe-
licitaban. Peter Brandmann y Jakob Lange brindaron. Con motivo
de la boda, también ellos se permitieron un vasito del último whisky
destilado en su antiguo hogar, celosamente guardado para la ocasión
en uno de los baúles de la señora Brandmann.

Celebrar la fiesta en el exterior, como se había planeado, resultó
imposible. La gente se apresuró a guarecerse del mal tiempo y se co-
bijó por grupos en distintas cabañas. Se reunieron así viejos amigos
y vecinos de sus lugares de procedencia. La comunidad de Sankt Paulidorf todavía no se había consolidado.

Ida volvió a encontrarse con Ottfried en la cabaña de los
Brandmann, donde estaban todos apretujados. Su recién adquirido marido no le prestaba atención, por el contrario, parecía obli-

gado a beber con los hombres de Raben Steinfeld antes de reunirse con su esposa. Ida comió un poco de pescado, pollo y arroz, pero la mayor parte fue a parar discretamente bajo la mesa, entre las patas de *Chasseur*. El perro se apretaba contra sus faldas, tampoco él quería salir con ese tiempo. Al final, la señora Brandmann también sacó de su baúl un tesoro para las mujeres: licor de grosellas.

Al principio, Ida no quería, en realidad la comida no le había sentado bien, pero las mujeres la obligaron a tomar un vaso de esa fuerte bebida agridulce.

—¡Te será de ayuda! —le dijo una de las mujeres jóvenes, sin explicar para qué necesitaría ayuda.

Las otras asintieron, sabiendo por experiencia a qué se refería.

—Hace daño y es desagradable, pero ¡enseguida se pasa! —la consoló Stine Krause—. Y cuando tengas un hijito... —Meció feliz a su pequeño Richard.

En cualquier caso, Ida se sintió reconfortada tras beber ese licor al que no estaba acostumbrada, le gustó y se le subió un poco a la cabeza, cosa que la avergonzó. Ojalá Ottfried no se diera cuenta...

Fuera como fuese, él sí estaba más que achispado cuando el día tocaba a su fin, oscurecía y todos se iban marchando a sus casas. Todavía no había farolas de gas o aceite en Sankt Paulidorf. Cada familia contaba con un único farol. Ottfried encendió el suyo manteniendo a duras penas el equilibrio. Se tambaleó al coger el brazo de Ida.

—Ven. Vamos... vamos a casa. Ya es la hora.

6

Jane Fenroy consiguió postergar la consumación de su matrimonio con Christopher. No hubo para ello una razón de peso, aparte sus vagas reticencias a entregarse a esa actividad inapetente en la casa donde también dormían sus padres y hermanas. Por la mañana, Chris partiría para Canterbury a fin de buscar un alojamiento provisional a la espera de la futura granja. Se trataba, sobre todo, de una prueba de poder. Jane simplemente quería comprobar hasta dónde podía llegar con su marido. De hecho, todo le resultó ridículamente fácil. Tras pasar varias horas con los invitados a la boda, la joven pareja se retiró a los aposentos que sus padres habían dispuesto para ellos. Una de las criadas (esa que era algo ingenua pero hablaba alemán y por algún motivo se hacía llamar Cat) ya esperaba ahí a Jane para ayudarla a quitarse el pomposo vestido. Era posible que acabara desgarrándolo, pero le daba igual...

Jane miró un momento a Christopher antes de entrar en el dormitorio.

—¿Lo hacemos ahora o esperamos a una noche que estés sobrio? —preguntó con frialdad.

Una pregunta deshonesta: Chris no estaba en absoluto borracho. Claro que había bebido alguna copa de champán y un par de tragos con los amigos, pero ni se tambaleaba ni balbuceaba, no había motivo para dudar de que esa noche pudiera cumplir con sus deberes maritales. Las palabras de Jane le sentaron como una bofetada. Dio un paso atrás sobresaltado, enrojeció y bajó la cabeza.

—Como... como prefieras, Jane...

La muchacha sonrió sardónica, y llamó con un gesto a la criada, que esperaba al lado llena de turbación y no sabía hacia dónde mirar.

—Entonces, dejémoslo. Ven, Cat, ayúdame a desvestirme, me ahogo con este corsé... Y tú, Chris, que descanses.

Jane ignoraba dónde iba a dormir su esposo, pero no le importaba. Ya se las apañaría en algún sofá del salón de sus aposentos. A la mañana siguiente, antes de que Jane bajara a desayunar, Chris ya se había ido.

—¡Tiene prisa por construir vuestro nido! —dijo con voz meliflua la señora Beit—. Pero es comprensible que quiera tener un hogar propio donde haga las cosas a su gusto. Esta noche se ha contenido bastante. No hemos oído nada...

Jane cogió un panecillo fresco y pensó que había tomado la decisión correcta. En casa de su familia todos consideraban natural participar acústicamente de su vida conyugal.

Christopher regresó un par de semanas después, antes de lo que se le esperaba y muy entusiasmado con las tierras y su nuevo alojamiento. Parecía haber olvidado, o al menos apartado a un lado, el bochorno de su noche de bodas.

—¡Todo fue más rápido de lo que esperaba, Jane! —anunció radiante—. En los alrededores vive una tribu maorí, los ngai tahu. Son mucho más sociables que los ngati toa. Los hombres enseguida estuvieron dispuestos a colaborar. En primer lugar, con la construcción de la casa, pero también me echarán una mano para hacer cultivables las tierras. Ya hemos levantado un edificio al estilo de sus casas de asambleas.

—¿Algo así como un tipi? —preguntó Jane horrorizada.

La intempestiva aparición de Chris la había tomado por sorpresa y ni siquiera había tenido tiempo de arreglarse. En el holgado traje de tarde todavía se veía menos estilizada de lo que era por naturaleza, y por mucho que se dijera a sí misma que daba igual si gustaba o no a su marido, consideraba indigno su aspecto.

Chris frunció el ceño.

—¿Un tipi, dices? ¿Nunca has visto un poblado maorí, Jane? ¡No tienen nada, nada que ver con los indios de Norteamérica! Los maoríes no viven en tiendas, salvo que estén migrando. Bien, pronto lo verás; en adelante nos convertiremos, por así decirlo, en sus vecinos. Y podremos sembrar de inmediato, esta primavera ya podré empezar a cultivar los campos. ¿Cuándo estarás lista para marchar, Jane? Mañana mismo zarpa un barco a Port Victoria.

Ella no tenía ningunas ganas de instalarse en el campo, y menos de ser vecina de unos salvajes. Sin embargo, tampoco se sentía a gusto en casa de sus padres. Disfrutaba de un extraño estatus intermedio como mujer casada, pero todavía bajo la égida de su madre y la observación de sus sonrientes y parlanchinas hermanas. Las chicas no dejaban de bromear sobre las experiencias que habría tenido en la noche de bodas y trataban de sonsacarle detalles picantes al respecto. No había razón alguna para postergar la partida, los baúles con su ajuar ya llevaban semanas preparados. Solo quedaba soportar la noche anterior a la marcha.

Pero Jane tuvo suerte: Christopher no intentó aproximarse a ella en absoluto. Es que Frederick Tuckett se encontraba de paso en la ciudad y Chris se reunió con él para tomar unas cervezas. Hablaron de nuevo sobre la masacre de Wairau, así como sobre la quiebra que amenazaba a la New Zealand Company. Ante su entrometida hija, John Nicholas Beit no comentaba nada, pero desde que la joven hiciera sus cálculos, tenía claro que las cosas pintaban muy mal. Lo único que la compañía habría podido salvar era la colonia de la llanura de Wairau. A Beit y Wakefield les había parecido una jugada brillante instalar a los colonos alemanes en el valle del Moutere; sin embargo, eso había postergado la solución de los problemas de la compañía y enfadado todavía más a Tuckett y Spain con el ayuntamiento de Nelson.

Esa noche, al volver de la reunión con Tuckett, Chris no hizo ningún intento de asomarse al dormitorio de Jane. A lo mejor ahora sí estaba algo borracho. Por la mañana, durante el desayuno, apenas habló.

El barco zarpaba rumbo a Port Victoria hacia el mediodía y el equipaje de Jane se cargó a bordo por la mañana. Chris ayudó galantemente a su esposa a subir al barco y se despidió ceremoniosamente de sus suegros, no sin dar de nuevo las gracias al señor Beit por las tierras.

—La titular es Jane, ¿no? —preguntó, ante lo cual Beit hizo una mueca.

—Claro que no. El titular eres tú —respondió—. ¿Adónde iríamos a parar si ahora dejáramos estas cosas en manos de las mujeres...?

Jane se contuvo, pero Christopher reconoció en su mirada la rabia que sentía. Y aunque sin duda suspiró aliviado, porque ella no podría inmiscuirse tanto en los asuntos de la granja, pensó que debía consolarla.

—Las mujeres maoríes suelen tener tierras propias —comentó cuando Beit ya no podía oírlos—. Si es que hay algo parecido a la propiedad de tierras entre ellos. Sus concepciones son distintas de las nuestras. Pero cuando una mujer explota la tierra, se da por entendido que es de ella. Las maoríes tienen los mismos derechos que los hombres. Por ejemplo, hay jefas tribales.

—¿Mujeres ejerciendo de jefes tribales? —preguntó Jane con interés. Era la primera vez que no reaccionaba irónicamente ante Christopher, sino que planteaba una pregunta en serio—. No se mencionó tal cosa al firmar el tratado de Waitangi.

Él negó con la cabeza.

—No. Pero no dependía de que las mujeres se presentaran en Waitangi. De hecho, Hobson y Busby las rechazaron y acto seguido las tribus afectadas eligieron líderes varones. Siempre hay un par que aguarda a tomar el poder cuando un jefe se tambalea. Como consecuencia, en la Isla Norte apenas quedan jefas tribales, aunque sí sigue habiendo mujeres en los consejos de ancianos y mujeres *tohunga*. Como intérprete he tenido que tratar con ellas a menudo, y no lo hacen peor que los hombres.

Christopher pensó en Cat, lo que de nuevo le encogió el corazón. No la había visto la noche anterior, pero comprendía que ella se mantuviese alejada. Después de la escena tan lamentable que había presenciado delante del dormitorio de Jane... La muchacha había desaparecido una vez que había ayudado a Jane, pero había regresado cargada de ropa de cama con la que Chris había podido instalarse más cómodamente en la sala. Después había hecho ademán de marcharse sin decir nada, pero se lo pensó mejor. «Tu esposa tiene mucho *mana*», observó. Y desde entonces Christopher reflexionaba sobre si su voz había tenido un deje irónico.

Desde Port Victoria se podía llegar a las llanuras de Canterbury a través de un paso, o en un barco poniendo rumbo norte desde la bahía y subir corriente arriba por un río todavía sin nombre.

—El río aún no tiene nombre para nosotros —aclaró Christopher—. Los maoríes lo llaman Waimakariri, pero ningún *pakeha* lo sabe. Aunque habría sido más sencillo conservar ese nombre, así no habría que estar sin cesar hablando sin entenderse.

—Los alemanes han bautizado al valle donde se han instalado con el nombre del capitán de su barco —señaló Jane.

Cuando se trataba de cosas generales, la joven no tenía problema en hablar razonablemente con Christopher. Y él resplandecía como cuando a un perro se le acaricia la cabeza.

—¡Y a su colonia con el de Sankt Paulidorf! —agregó él, sonriendo a su vez—. Con lo que no actúan de forma distinta que los maoríes. Ellos conservan los nombres de las canoas en que sus antepasados llegaron a Aotearoa. Ya sabes, también ellos inmigraron, procedentes en su origen de Polinesia.

Jane rio.

—Alguien tendría que decírselo a los alemanes. Es posible

que después no dejaran de santiguarse. ¡Su Sankt Paulidorf siguiendo la tradición de los salvajes!

Pero Christopher se puso serio.

—Probablemente no se lo creerían, no han hecho ningún caso a las advertencias acerca del Moutere y ahora se han instalado en un terreno inundable. Esto dará problemas a tu padre y a la compañía. Podemos estar contentos de habernos marchado antes de que estalle la tormenta.

El paisaje de Canterbury era muy distinto del entorno boscoso de Nelson y también el clima variaba. Se sucedían los valles cubiertos de tussok, bien regados por las lluvias frecuentes. Los veranos eran más frescos y los inviernos más suaves que en Nelson. Ahí no crecían palmeras. Cuando un bosquecillo esponjaba la pradera, dominaban las hayas del sur. Había los omnipresentes árboles rata, más en forma de arbusto, y eso fue lo primero que a Jane le llamó la atención cuando Christopher la condujo a la futura Fenroy Station.

—Aquí está todo lleno de malas hierbas —criticó.

Se le había hecho largo el viaje por el río y su actitud relajada había cedido paso al mal humor. La granja se encontraba, tal como ella imaginaba, apartada de la civilización. Así que volvió a lamentarse de su destino. Hasta que de ahí saliera un negocio rentable pasarían años...

—Sí, tendremos que arrancar un par de matorrales —admitió Christopher.

En el fondo le gustaba que gran parte de sus tierras estuviesen cubiertas de árboles rata. Sus delicadas flores estaban, en esa estación del año, a punto de abrirse, y Chris no podía remediar volver a pensar en Cat. Su traviesa búsqueda de un nombre para ella, y la peculiar denominación alemana que ella utilizaba para esas flores: flores en llamas.

—¿No te parecen espléndidas? Había pensado en llamar a la granja Rata Station...

—Y así cualquiera pensaría en las ratas —se burló Jane—. Y ahora, ¿dónde está la casa?

Christopher señaló un pequeño montículo en el valle.

—Había pensado que, si estás de acuerdo, podríamos construir nuestra vivienda definitiva sobre esa colina. Una casa de dos plantas... Para esta primera etapa hemos construido una casa de madera ahí detrás. Después podremos utilizarla como pajar.

La condujo ansioso alrededor de la colina y Jane se quedó por unos segundos atónita al ver la casa. De una planta y sólida, una especie de nave estrecha y larga, pero con cubierta de dos aguas y un frontón triangular adornado con tallas sobre la entrada. Nunca habría imaginado que los nativos viviesen en esa clase de edificios.

—¿Entras conmigo o he de cruzar el umbral contigo en brazos? Eso debería ahuyentar los malos espíritus —bromeó Christopher, inseguro ya que Jane no hacía ningún comentario.

Ella enarcó las cejas.

—¿No creerás de verdad en los malos espíritus? —Parecía dudar de que él estuviese en su sano juicio.

Chris esbozó una sonrisa forzada. Claro que no creía en espíritus, pero aunque hubiese creído... ¡ningún espíritu se habría atrevido a atacar a Jane Fenroy Beit!

—Los maoríes sí —respondió.

—Pues entonces que me lleven ellos en brazos al interior —contestó con impertinencia Jane, mientras entraba en la casa sin siquiera esperar a que Chris le sostuviera la puerta.

A primera vista, no se le ocurrió ningún comentario desfavorable sobre su nuevo hogar. Para el plazo en que se había construido, estaba fantástico. Por medio de sencillos tabiques de madera, Christopher había dividido la nave en habitaciones. Había una especie de vestíbulo que, si bien no era un recibidor propiamente dicho, como en casa de sus padres, evitaba que se entrase directamente en la sala de estar, como sucedía en las construcciones del Salvaje Oeste que solían pulular por la cabeza de Jane cuando pensaba en su futura granja. De ahí se accedía a la sala principal, que conectaba con una pequeña cocina y el dormitorio. En la cocina había una salida lateral. Y detrás del dormitorio, otra habitación.

—Por si... por si nuestro matrimonio se ve bendecido con hijos antes de que esté lista la nueva casa —señaló Christopher, frotándose nervioso la frente.

Jane no hizo ningún comentario. Acababa de confirmar que su mero silencio bastaba para que su marido se sintiese inseguro. Eso la divertía.

—¿Te... te parece bien que traigamos mañana tus baúles y muebles? —preguntó Christopher.

Empezaba a oscurecer y el día había sido largo. Chris no tenía ganas de enganchar el caballo, que relinchaba en un corral detrás de la casa, y cargar él solo las cosas en el carro. Jane se planteó un momento cómo pensaría hacerlo al día siguiente. ¿Acaso estaría esperando que ella lo ayudara?

—Los... los muebles más importantes ya están aquí.

Era cierto, la casa se había amueblado de forma provisional. Había una mesa y dos sillas, una estantería con una sartén, una olla y modestos platos de barro, y una cama ancha y maciza.

Jane decidió no complicar más las cosas. Estaba cansada y hambrienta, y si volvía a enviar a Christopher fuera tardaría una eternidad en poder comer algo.

—Trae solo el cesto con la comida —le dijo por ese motivo—. Mientras, yo pondré la mesa.

Probablemente tampoco ayudaría mucho que ahora armase jaleo a causa del servicio. A la larga necesitaría una doncella, pero en esa cabaña ni siquiera había alojamiento para los criados.

Poco después, los dos estaban sentados delante de un pequeño ágape. La cocinera de los Beit había empaquetado víveres en abundancia: pescado ahumado, patas de pollo asadas, pan fresco, etc. Jane era consciente de que a partir del día siguiente ya no comerían tanto. Había visto las provisiones que Christopher había comprado para los meses siguientes: cereales y legumbres sobre todo; por lo visto, esperaba que ella se pusiera a cocinar y amasar pan. Nunca lo había hecho, pero sabía cómo hacerlo, aunque ignoraba si en la práctica le saldría bien. A bote pronto, de todos modos, el horno le resultaba algo así como un monstruo hostil. El cesto incluía también una botella de vino. Jane se percató de que Christopher no la tocaba pese a que ella la había colocado en la mesa. Entendió el mensaje. Esa noche no podría evitarlo, a menos que se le ocurriera alguna excusa.

Pensó un momento con malicia, pero luego decidió no seguir postergando lo inevitable.

A poco más de quinientos kilómetros al norte, Ida seguía a su recién adquirido marido envuelta en la lluviosa penumbra a través de la colonia situada detrás de la misión. Estaba oscuro, ninguna estrella brillaba entre las nubes que encapotaban el cielo y sin el farol de Ottfried no habrían encontrado el camino a la cabaña. El resplandor apenas iluminaba de forma espectral el interior, pero Ida se sintió un poco reconfortada cuando distinguió la colcha y el mantel con que el día anterior había dado un aspecto acogedor a los escasos muebles. Ottfried no había tenido demasiados miramientos con ellos. La noche previa ya había dormido ahí y no se había tomado la molestia de arreglar la cama después. Sobre el mantel había caído cera e Ida vio unas manchas de comida. Los platos y cubiertos con que Ottfried había preparado rápidamente la cena y tomado la sopa que había llevado de casa de su madre no estaban lavados.

—Desnúdate —pidió—. No miraré.

Con una sonrisa furtiva, se tapó los ojos con una mano e Ida se sacó el vestido por arriba. Ya no había marcha atrás posible, la cabaña solo tenía una habitación.

—¡Cucú!

Ottfried la espiaba a través de los dedos abiertos con que se tapaba la cara mientras ella se ponía el camisón lo más deprisa posible. No solo por vergüenza, sino también por estar temblando de frío. La cabaña tenía una chimenea, pero Ottfried no se tomó la molestia de encender el fuego, ni siquiera había preparado leña antes de que empezara la celebración, y se rio cuando ella mencionó tímidamente que estaba congelada.

—¡Ya te calentaré yo! —dijo—. ¿Lista?

Ida asintió.

Él se destapó los ojos y se quedó observando con lascivia expectante a la joven, que, temerosa y temblando de frío, se tapaba con la colcha. El cabello castaño oscuro de Ida le rodeaba el rostro como un velo, los ojos claros miraban temerosos y se abrieron asustados cuando Ottfried se bajó los pantalones y dejó a la vista su sexo endurecido.

—¡Qué... qué... es eso? ¿Ya... ya... lo has hecho antes alguna vez? —preguntó Ida con voz sofocada.

Él se echó a reír. En el fondo la pregunta no carecía de justificación, en Raben Steinfeld no había tenido la posibilidad de hundir su miembro en ninguna mujer. Pero no había desaprovechado el tiempo en Bahía, y en Nelson había un pub donde el dueño explotaba a dos putas.

—No temas, cariño —declaró, dándose aires—. Tu marido te enseñará cómo se hace...

Y dicho esto, apagó la luz e Ida se sintió envuelta en una oscuridad más negra que cualquier noche jamás vivida. Sabía que eso era imposible, que esa noche no era más oscura que la anterior, que esa cabaña tampoco lo era más que aquella que había compartido con su familia. Pero entonces escuchó un gañido... *Chasseur*, que se había colado en la cabaña detrás de ella para ovillarse infeliz delante de la chimenea apagada, parecía compartir sus sentimientos.

Ida deseaba tener al animal a su lado, aunque su pelaje húmedo ya no oliera más a rosas. Pero incluso el olor a perro mojado sería mejor que la peste a alcohol y el mal aliento que en esos momentos flotaban a su alrededor. Ottfried nunca había estado tan cerca de ella, ahora respiraba en su cara, su boca buscaba la de ella, su lengua se introducía entre los labios de ella. Ida sintió el sabor del pescado ahumado que él había comido y el licor con que lo había regado y pensó que iba a vomitar de asco. Pero el miedo de lo que todavía la aguardaba la petrificó. Dejó que Ottfried le sobara un momento los pechos antes de colocarse encima de ella. Su peso la oprimía contra la cama dura y entonces sitió en el bajo vientre algo pulsante, duro. Se introdujo como un cuchillo en su interior. Ida se había propuesto soportar con calma todas las pruebas, pero en ese momento un grito brotó de ella. El cuchillo salió de su interior cuando Ottfried dio una patada al perro, que había saltado para acudir en defensa de Ida.

—¡Maldito chucho!

Ida oyó un gruñido, luego *Chasseur* gañó y pareció alejarse gimoteando. Al menos, Ottfried no lo había matado. Ida sintió cierto alivio y contuvo el siguiente grito, no fuera a ser que el animal intentara protegerla de nuevo.

Esta vez el dolor no fue tan penetrante como la anterior, cuando algo parecía haberse desgarrado en ella. En cambio, duró más tiempo. Ottfried se movía encima sin dejarla respirar apenas, penetrándola una y otra vez mientras emitía unos sonidos atemorizantes. Gimió y jadeó... y en algún momento el perro soltó un gañido ahogado.

«¡Enseguida se pasa!» Ida recordó lo que le habían dicho las mujeres... ¡Al parecer, una broma de mal gusto! Para ella el tiempo se dilató una eternidad hasta que Ottfried se desplomó jadeando sobre su hombro.

—Ha estado muy bien, bonita —murmuró—. ¡Pero no te duermas que voy a metértela otra vez! Cuatro veces por noche, las putas del Stephen's en el puerto ni se lo creían... ¡Deja que descanse un momento!

Ida no se atrevió a moverse mientras él recobraba el aliento, tendido a medias sobre ella, con esa cosa horrible colgando entre sus piernas y ella con los muslos mojados. Ida notaba que estaba sangrando y se preocupó. Hacía una semana que había tenido la regla... Y entonces ¡Ottfried volvió a excitarse! De nuevo esa tortura y ese miedo... pero esta vez él se quedó dormido cuando la desmontó. Ida intentó con cuidado salir de la cama y lavarse en algún sitio, daba igual lo fría que estuviera el agua, al menos quería limpiarse la sangre. Ottfried, sin embargo, la retuvo cuando ella intentó levantarse.

—Quédate, tengo que entrar en calor —farfulló, y se pegó a ella.

Ida no podía desprenderse de él. Se quedó despierta, temblando, atormentada por el dolor, humillada y totalmente descorazonada. ¿Cuánto tiempo podría soportar eso?

Jane se desprendió del vestido y el corsé mientras Christopher llevaba el caballo al establo. La joven se preguntaba dónde le habría dado de comer el día anterior. Se cubrió con el camisón de seda. Por suerte no hacía frío, Chris había encendido el horno en la cocina, y aquel monstruo irradiaba su calor hacia el dormitorio y el salón.

Jane se soltó el cabello hasta que cayó sobre sus hombros en mechones castaño oscuro. Después de pensarlo un poco apagó la lámpara de aceite, pero antes encendió tres velas gruesas. Iluminó la habitación para que al menos se pudiese ver vagamente. Jane no pretendía deleitarse con la desnudez de Christopher, pero le gustaba saber lo que pasaba a su alrededor. Y no quería entregarse a él completamente a oscuras.

Cuando regresó, Christopher se quedó alegremente sorprendido ante la romántica iluminación. Ya se había quitado la camisa para lavarse. Olía a jabón. El torso desnudo no ofrecía un aspecto desagradable y, ahora que se quitaba los pantalones, Jane vio que tenía piernas musculosas. Sin embargo, parecía incomodarlo que ella lo mirase directamente mientras se desvestía.

—¿Lo has hecho alguna vez? —preguntó pragmática cuando él se disponía a meterse en la cama. Prefería quitarse los calzoncillos bajo las mantas.

—Sí, ya... —A la luz de la velas no podía distinguirse, pero por su tono Jane adivinó que se ruborizaba—. Pero no, no con una chica a la que... quisiera.

Jane soltó un resoplido.

—Bah, entonces esta noche no va a sucederte nada nuevo —espetó—. ¿Qué tengo que hacer? Creo que la mujer se pone boca arriba, ¿no? Ten cuidado con el camisón, el encaje es de Bruselas.

Los comentarios de la señora Beit, entre reconfortantes y amenazadores en lo tocante a lo que le esperaba a una muchacha al hacer el amor («Hace daño, ¡pero enseguida se pasa!»), no se confirmaron la noche de bodas de Jane Fenroy. De hecho, pasó mucho tiempo hasta que Chris Fenroy logró estar a punto para penetrarla. Tuvo que esforzarse mucho acariciándole los pechos, besándole la cara, el cuello y el escote, hasta que por fin se tendió sobre ella y algo duro y caliente buscó introducirse entre las piernas, en su zona más íntima. Cuando estuvo dentro, le dolió un poco, algo se desgarró en su interior, y la joven notó que sangraba. Pero no fue ni la mitad de doloroso de lo que se había temido después de todo lo que su madre, con los ojos llorosos y estrujando temblorosa un pañuelo, le había explicado. Aquella cosa tiesa la penetró y Christopher se dispuso a moverse un poco. Jane sintió una especie de empuje y al mismo tiempo un no del todo desagradable cosquilleo. Al final un fluido (no era algo doloroso, sino más bien repugnante) salió del miembro de Christopher para verterse dentro de Jane. A continuación la cosa se encogió en su interior y fue reblandeciéndose. Christopher emitió una especie de gemido ahogado. Jane también se había imaginado que eso sería más ruidoso y desagradable. A fin de cuentas, su madre había esperado oírlo a través de las puertas cerradas. Mejor. Jane se sintió aliviada cuando Chris rodó hacia un lado para liberarla.

—¿Eso es todo? —preguntó asombrada—. Uff. No habría que armar tanto jaleo por eso. Por lo que mi madre me había dicho, esperaba una especie de ciclón. Pero no ha sido nada... ¿Puedo lavarme en algún sitio? —Levantó a disgusto su cuerpo regordete de la cama; con los fluidos y la sangre todavía adheridos al muslo se sentía sucia—. Has... goteado. A lo mejor en el futuro puedes abstenerte.

Christopher fingió estar dormido cuando ella regresó. Se sentía herido y humillado. Ignoraba cuánto podría soportar esa situación.

7

—A lo mejor no tendríamos que verlo como un castigo de Dios sino como una señal —observó Ottfried.

Después de las copiosas lluvias de los primeros días de enero, habían podido por fin bajar vadeando a sus terrenos junto al río y ahora se hallaban atónitos delante de la casa y el huerto destruidos; los cimientos encenagados aún podían reconocerse.

—Me refiero a que todavía no habíamos hecho mucho... y las tablas no están rotas, solo mojadas. Podríamos construir la casa en otro lugar. Más lejos del río.

Eso era cierto desde el punto de vista de Ottfried. Hasta pocos días atrás no había empezado a trabajar en el nuevo hogar que él e Ida iban a compartir. Hasta entonces había estado muy ocupado con la construcción de la iglesia y las casas de los colonos acomodados que querían acabar pronto y pagaban bien a los carpinteros. Ida, por el contrario, llevaba cuatro meses trabajando en el huerto y los campos, había empezado justo después de la boda y ahora, durante el verano neozelandés, habían aparecido las primeras habas y calabazas que precedían la cosecha. Le costaba contener las lágrimas cuando pensaba en todas las cosas buenas que el agua había arrastrado o que habían quedado enterradas bajo el alud de barro, y en las horas y horas de duro trabajo cuyos frutos habían sido destruidos en un solo día.

Las precipitaciones habían empezado dos días antes, precisamente el domingo, el día del Señor, mientras la comunidad estaba rezando. Los creyentes pronto habían quedado calados hasta los huesos, pero todos habían insistido en que después de una fuerte tormenta siempre vuelve a brillar el sol. Así había sucedido siempre desde el inicio del verano y en primavera solo había lloviznado. Hasta ese domingo de enero nunca habían presenciado esos fuertes aguaceros que duraban horas. No dejaba de llover y llover, y sobre las montañas se iban amontonando nubes cada vez más negras. Los bonitos arroyuelos, que atravesaban susurrando alegres y cargados de peces los futuros campos de cultivo, se habían transformado en impetuosas corrientes que alimentaban el Moutere. Fue un amenazador y sonoro trueno lo que al final empujó a los hombres a abandonar el grupo formado alrededor del altar antes de que se hubiese pronunciado el amén.

En lo alto, donde estaba la misión, no solían oír el río, por lo general el Moutere transcurría más bien pausado. Si acaso, se escuchaba su rumor justo al lado de la orilla. En esos momentos, sin embargo, bramaba, y las aguas, por lo habitual claras, estaban amarillas por el barro que empujaban, y los colonos contemplaron impotentes cómo los cimientos de sus nuevas casas quedaban anegados cuando el río, gorgoteando y espumeando, se desbordó. Los terrenos que lindaban directamente con el Moutere enseguida se inundaron. Durante un par de horas el agua remolineó por ellos y luego, cuando dejó de llover, formó un lago liso como un espejo, primero amarillento y luego de un gris plateado. El agua regresó al lecho del río, pero el barro se aposentó.

—Y el que se ha inundado, seguro que es suelo fértil —prosiguió Ottfried—. Dios...

—¡Dios podría haber enviado su señal antes de que yo hubiese arrancado las malas hierbas, removido la tierra y sembrado las semillas que había comprado por diez libras! —protestó Ida—. Está bien que ahora me entregue terreno fértil, pero me ha destrozado todo el trabajo. Y el tuyo también...

—¡Blasfemas! —La voz de Jakob Lange resonó como la de un ángel vengador al interrumpir a su hija—. ¿Cómo te atreves? Bien podría ser que precisamente esa coquetería y las quejas recurrentes de nuestras mujeres fueran la causa del castigo que nos ha caído... Y también la desobediencia de nuestros hijos varones. Los colonos de mayor edad renegaban porque en las últimas semanas algunos de los hijos más jóvenes habían rehuido deslomarse edificando casas y labrando los campos y se habían empleado por un sueldo en las obras de las carreteras. La New Zealand Company, con el apoyo del gobierno, estaba construyendo carreteras en la región de Nelson y pagaba muy bien. A los jóvenes esto les resultaba más atractivo que andar levantando granjas y talleres en Sankt Paulidorf que luego solo heredarían los hermanos mayores. Habían conocido en Nelson la vida más libre de la ciudad y no querían estar más tiempo sometidos a la tradición y, con ella, a sus padres y pastores. Por primera vez en su vida podían elegir, y los audaces se decidieron por la aventura.

—¡Aquí nadie coquetea! —Ida contradijo a su padre, pero su arranque de cólera se disipó en el acto.

En el fondo solo se sentía cansada, algo constante desde que se había casado. Además, cualquier protesta sería en vano. Jakob Lange no tenía en cuenta los argumentos de las mujeres. Cuando estas pedían tela para hacer vestidos, enseres para la casa y herramientas apropiadas para el huerto, los hombres lo consideraban todo solo una forma de despilfarro. En Raben Steinfeld, declaraban, no habían necesitado todo eso. Ida y las demás les reprochaban que sin lana no se podía tejer y que los mismos hombres les habían hecho dejar la mayor parte de sus tazas y platos, ollas y sartenes en Mecklemburgo. Los colonos habían adquirido de mal grado herramientas para los huertos, pero los sencillos utensilios llegados de Nelson no resistían la tierra dura, apelmazada por las raíces del robusto tussok. Los picos y palas enseguida reventaban. Y los pocos vestidos que las mujeres se habían traído de su antiguo hogar se habían gastado tanto que se les deshilachaban. Pero los hombres no eran capaces de enfrentarse a los hechos. En Raben Steinfeld, las familias prácticamente se autoabastecían, aquí, por el contrario, tenían que comprarlo todo y hacer el esfuerzo de transportarlo por el río.

—¡Pero algo tendremos que comer! —Ida se forzó a seguir hablando pese al cansancio y la reprimenda de su padre. Desde el día de la inundación tenía continuamente las palabras de Karl en la mente. «Las tierras que hay junto al río Moutere son en cierto modo pantanosas. Es decir, se inundarán cada vez que el río crezca, que es lo que hace regularmente, tanto en invierno como en verano...» Si ahora no ocurría nada, si esos hombres no cambiaban pronto su forma de pensar, era posible que el desastre se produjera de nuevo—. Y ahora se ha echado a perder la primera cosecha...

—¡Y con ayuda de Dios la segunda será igual de abundante! —replicó su padre—. Hasta entonces, la New Zealand Company nos apoyará. En la agricultura siempre surgen contratiempos.

Ida suspiró. Era cierto que la New Zealand Company seguía enviando víveres a los colonos. Así estaba estipulado por contrato: se debía abastecer a los inmigrantes hasta que su nueva tierra produjera algún beneficio. Pero con cada entrega, las raciones se iban reduciendo. No había fruta fresca ni verduras, las especias, la mantequilla o la carne eran un lujo. La mayoría de las veces se repartía pescado seco, que había que hervir durante horas para que uno pudiera masticarlo, y entonces ya no sabía a nada. A ello se añadía el problema del almacenamiento. La plaga de ratas no remitía y muchos alimentos se estropeaban. Entretanto, las mujeres ya habían decidido recoger hierbas del bosque y cocinar raíces de plantas autóctonas. A veces daban con algo sabroso, lo que enriquecía su lista de platos, pero con frecuencia toda la familia era víctima de espasmos estomacales o diarreas.

Ida todavía no había probado esas recetas, porque le faltaban las fuerzas para ello. No era que le importase trabajar en el campo, también en Raben Steinfeld se había deslomado en los campos y el huerto. Pero entonces no había pasado las noches bajo el asedio de Ottfried. Ida ignoraba cómo lo aguantaban las demás mujeres, tal vez sus maridos eran menos activos o ellas menos sensibles. Fuera como fuese, Ida odiaba cada vez que Ottfried se abalanzaba sobre ella, la penetraba con rudeza y repetía el acto en cuanto podía. No soportaba su aliento en el cuello cuando se dormía medio tendido sobre ella. Sus ronquidos le robaban el sueño, sus abrazos la oprimían. Solo conseguía recuperarse cuando él se marchaba a Nelson, lo que, por suerte, cada vez hacía con mayor frecuencia.

Ottfried estaba considerado el joven con mejores conocimientos de inglés y el carácter más formado. Haber participado en la expedición a Wairau le había hecho merecedor de mucho respeto entre los colonos, así que los ancianos de la colonia le pedían que les gestionara los encargos en Nelson. Entonces solía coger un bote por las mañanas y regresaba por la noche del día siguiente, a veces tenía que esperar hasta dos días los artículos solicitados. Ida disfrutaba de esa libertad, que pagaba con creces la noche en que Ottfried volvía. Siempre olía a alcohol, incluso días después. A Ida le resultaba extraño hasta que descubrió una botella de whisky en su taller. Por lo visto, mientras cumplía con los encargos de los colonos, desviaba parte del dinero de estos para ir al pub y para compras personales. Ida pensó en informar al respecto, pero entonces él regresó a casa para recoger una herramienta que había olvidado y se la encontró con el whisky... A partir de entonces, la joven tuvo más motivos para temerle. A fin de cuentas, todas las mujeres debían soportar las molestias nocturnas. Formaba parte de la vida matrimonial, como le reprochó Stine Krause una vez que ya no pudo aguantarse y se sinceró con la más joven de las casadas. Los hombres no podían remediarlo, hacían daño a sus esposas sin querer. «¡Y así nos dan testimonio de su amor! —afirmó convencida—. Al fin y al cabo, de ese modo es como nos dan hijos.» Pero el bofetón que Ottfried le había propinado cuando lo confrontó con su sospecha había sido brutal. Y volvería a hacerlo si aireaba su secreto.

«¡También hago buenos negocios para la comunidad! —se justificaría más tarde Ottfried, ya más tranquilo. En lugar de seguir amenazándola, trató de convencer a la atemorizada Ida—. Tengo derecho a percibir una pequeña compensación por todo mi esfuerzo en pro del bien común.»

Ahora, Ida se frotó ensimismada la mejilla mientras reflexionaba en el nuevo temor que la rondaba. Alguien tenía que hacer ver a su suegro, a Ottfried y los demás que Dios, si es que tenía algo que ver con esa inundación, solo señalaba una cosa: ¡estableceos en otro lugar!

—Simplemente volveremos a repensar la ubicación de las casas, rezaremos y... Por eso he venido, Ottfried... ¡A dar gracias a Dios por ello! —Jakob Lange levantó los brazos al cielo y señaló la pequeña colina del valle en que se erigía el imponente esqueleto de la nueva iglesia—. ¡Mira, yerno! ¡Y tú también, Ida! Dios nos ha mostrado su disgusto por algunos de nuestros hechos, pero ha respetado su casa. ¡Prosigamos, pues, su obra! ¡Mañana el suelo debería estar seco como para volver a empezar!

—¿Y si sucede otra vez algo así? —se obstinó Ida—. ¿Y si el río vuelve a desbordarse? No os acordáis de lo que Karl...

—¡No vuelvas a mencionar ese nombre! —vociferó Lange, mientras Ottfried la agarraba con fuerza del brazo.

—No voy a permitir que vayas propagando por ahí las tonterías de ese holgazán. Dios nos ha dado estas tierras y eso es maravilloso.

—¡Y nosotros nos haremos dignos de ese don! —añadió Lange—. Aunque sería razonable cavar un par de zanjas de desagüe.

Los colonos estuvieron una semana ocupados en rodear con zanjas sus parcelas, pero luego ya no tuvieron más ganas de seguir. Hacía de nuevo un tiempo estupendo, reemprender la construcción de las casas y el cultivo de los campos era demasiado tentador. Ottfried situó su casa a cien pasos del río y ahora, puesto que los días eran más largos, encontraba cada día dos horas para dedicarse a ella. Puso a sus hermanos a trabajar con él y su padre echaba una mano siempre que podía. La casa creció a un ritmo vertiginoso, podrían mudarse muy pronto. Ida volvió a preparar el huerto, a remover la tierra y trazar nuevos bancales.

A mediados de febrero, el Moutere volvió a desbordarse. Esta vez ocurrió en un día laborable y al menos se dieron cuenta enseguida. Si bien muchos habían interrumpido sus labores en el huerto y en la construcción cuando había empezado a llover, todavía había gente suficiente en las obras para percatarse de que el río crecía y pedir ayuda a los demás. Tanto hombres como mujeres corrieron sin demora a sus parcelas para enfrentarse a la inundación. Ottfried y los demás hombres amontonaban sacos que previamente las mujeres y los niños llenaban de piedras y tierra, e Ida empuñó la azada durante horas para preservar las zanjas sin afirmar que Ottfried había cavado tras la primera inundación. Durante esa tarea, la lluvia le empapó la capota, se le metía en los ojos y le caló la falda, lo que todavía dificultaba más su trabajo. Ida jadeaba del esfuerzo y al final lloró de agotamiento, cuando tropezaba y le costaba levantarse porque la corriente de agua tiraba de sus faldas. Pero no se rindió, y también los demás lucharon por las parcelas, la escuela y la iglesia en obras. Cuando la lluvia por fin amainó, todos estaban exhaustos, pero los daños no eran comparables a los acaecidos en la primera inundación.

—¡Demos gracias a Dios! —exclamó el pastor Wohlers.

Ida se preguntó de dónde sacaría fuerzas ese hombre. Ella, lo único que deseaba era despojarse de sus prendas mojadas y echarse a dormir. Pero la misión no se había visto afectada esta vez por el desbordamiento, pues estaba en lo alto. Los pastores habían ayudado a los colonos, aunque sin agotarse como aquellos que luchaban por defender los frutos de su propio trabajo.

—Oh, Señor, ¡no nos dejes solos luchando contra los elementos! —rogó también Jakob Lange.

—Solo ha llovido fuerte durante tres horas —murmuró Stine Krause, estrechando a su hijo.

La joven se había llevado un susto de muerte cuando la crecida repentina del río casi había arrastrado al bebé en su cunita, que había dejado un surco al borde del terreno donde estaba trabajando.

Un día más tarde, un azorado Johann Krause explicaba a los ancianos del pueblo que podían disponer de su parcela porque él volvía a Nelson con su esposa y el bebé.

—¡Pero si ahora lo tenemos todo bajo control! —objetó Brandmann—. Casi no se destruyó nada, y si afianzamos más las zanjas...

—No confiamos en eso —insistió Krause—. Mi esposa ya ha tenido suficiente. Ha estado trabajando duramente la tierra, y ahora que todo vuelve a estar inundado debería empezar de cero por tercera vez. Además, de nuevo se encuentra en estado de buena esperanza. Esto le resulta demasiado duro, ya no puede más. Y más aún cuando hay muchas faenas de otro tipo. Alquilaré una casa en la ciudad y trabajaré en la construcción de carreteras. La decisión ya está tomada. Embarcaré en el siguiente barco y vendré a buscar a Stine y el pequeño en cuanto lo haya arreglado todo.

Ida sintió envidia de Stine Krause, cuando su marido volvió de Nelson pocos días después con buenas noticias. Enseguida había encontrado un empleo, incluso de su oficio de carretero. Y Stine ayudaría a los Partridge en su tienda.

También la señora Partridge volvía a estar embarazada, para regocijo de la familia, y había que aliviar un poco sus tareas. Stine se despidió de Ida y las demás mujeres con lágrimas en los ojos pero reconfortada, mientras su marido cargaba sus pertenencias en un bote alquilado. Por las mejillas de Elsbeth resbalaron lágrimas de indignación más que de pena.

—¡Es tan injusto...! —sollozaba la hermana pequeña de Ida—. ¡Ese era mi trabajo! A la señora Partridge le habría gustado que yo me quedase a ayudarla, podría haberme quedado a vivir con ella y haber trabajado. Y en lugar de eso estoy aquí metida en casa...

Cuando los Krause se hubieron marchado, Elsbeth se arrojó a los brazos de su hermana y lloró por toda la desesperación y agotamiento con que debía lidiar desde la boda de Ida. La pequeña no conseguía gobernar la casa de su padre como, según Jakob

Lange, había hecho Ida en Raben Steinfeld. Sin embargo, esos reproches eran injustos. No había mujer que pudiese, con los escasos alimentos que entregaba la New Zealand Company, preparar unas comidas tan sabrosas como aquellas con tocino y mantequilla de los campesinos, verduras y frutas de los huertos y las patatas del campo. La raída ropa de los hombres ni siquiera podía zurcirse más; Elsbeth habría tenido que confeccionar nuevas prendas, pero para eso necesitaba telas, conocimiento y tiempo. La joven tampoco tenía la fuerza para traer suficiente agua del río para que los hombres se lavasen por las noches. Así pues, Elsbeth fracasaba en casi todas las tareas que le habían encomendado.

—Y encima, Franz siempre está enfermo y lloriqueando —se lamentó.

Ida acarició la cabeza de su hermana para consolarla. Todos los niños de la colonia enfermaban. Les faltaba comida fresca. La verdura se perdía antes de cosecharla y los hombres se concentraban tanto en la construcción del pueblo que no tenían tiempo de ir a pescar.

—Yo misma he intentado pescar, pero no sé —se quejó Elsbeth—. Y tampoco me gusta matar bichos y las ratas me dan miedo... Envíame al menos alguna vez a *Chasseur*, Ida.

El perro de pelaje largo seguía durmiendo en la cabaña de Ida y contribuía a que ella alcanzara la disciplina y sumisión intrínseca a su condición. Solo por *Chasseur* soportaba todas las noches la «prueba de amor» de Ottfried en silencio, aunque tuviera que morderse los labios para ello. No podía arriesgarse a que el perro volviera a ladrar y su esposo lo echara fuera o algo peor. La casa de Ida era, gracias a *Chasseur*, la única que más o menos no tenía ratas, alimañas a las que la joven temía más que cualquier otra cosa.

—Deberíamos conseguir más perros —contestó para consolarla—. Le pediré a Ottfried que la próxima vez que vaya a Nelson eche un vistazo.

Sabía perfectamente que no lo haría, aunque fuera solo porque los cachorros le costarían un par de peniques. Pero las expectativas de tener su propio cachorro en casa consoló un poco a Elsbeth e ilusionó a Franz, que todavía lamentaba la pérdida del perro que habían dejado en Raben Steinfeld.

Pese a que la segunda inundación apenas había causado daños, los colonos estaban más desanimados que tras el primer desbordamiento. Poco después de que los Krause se hubiesen marchado, otras dos familias renunciaron a sus tierras, por mucho que Brandmann y Lange intentaron convencerlas de que cambiaran de opinión. Nadie mencionó lo que Karl les había advertido en la asamblea de Nelson, pero todos lo recordaban. Y las familias oriundas de otras comunidades, que no lo habían conocido como un jornalero andrajoso, sino solo en la reunión como un agrimensor joven y bien vestido, sacaban sus conclusiones. Si las cosas seguían así, en Sankt Paulidorf solo quedaría la gente de Raben Steinfeld.

Pero un día el pastor Wohlers volvió de Nelson con buenas noticias.

—¡Ha llegado ganado a la colonia! —informó a la comunidad tras la primera misa—. Y he hablado con Wakefield acerca de los niños y la mala situación del abastecimiento. Aportando una pequeña cantidad, la compañía nos cederá ¡tres vacas! —Miró radiante a cada uno de los presentes.

Peter Brandmann se tomó la noticia con el entusiasmo que cabía esperar.

—¡Alabado sea Dios! —exclamó ante los colonos que, no obstante, estaban bastante abatidos. Con el barco que había traído a Wohlers de vuelta, se habían marchado a Nelson las dos familias que habían renunciado. Muchas mujeres tenían los ojos enrojecidos por la despedida y algunos hombres dudaban de que quedarse fuera la decisión correcta—. ¿No es suficiente razón para alegrarse? ¡Por fin tendremos animales útiles, leche para los niños! ¡Esto avanza, queridos amigos! Bien, ¿quiénes se encargarán de las vacas? ¿Quién sabe ordeñar?

—Más le valdría preguntar quién tiene el pastizal más elevado —refunfuñó un hombre que estaba junto a Ottfried e Ida—.
Para que no se nos ahoguen con la próxima crecida.

—Y yo que pensaba que disponer de ganado sería suficiente para levantar los ánimos —comentó más tarde Wohlers apenado.

Los Brandmann habían invitado a los misioneros, así como
a Ida y Ottfried a la comida del domingo. Una comida regia,
pues el hermano menor de Ottfried, Erich, había atrapado a
uno de esos extraños pájaros locales que había en el bosque y
que no cantaban durante el día, como uno esperaría de las aves
corrientes, sino que vagaba por las noches y emitía agudos chillidos. El animal, que se había dejado coger fácilmente, se estaba friendo en esos momentos en la cocina de la señora Brandmann, mientras que a la familia y los invitados se les hacía la boca
agua.

—La gente está agotada y amargada después de tantos contratiempos. Y ahora, encima, llega el otoño.

—¡Son las mujeres! —se indignó Peter Brandmann—. Care-
cen de capacidad de resistencia, de buena disposición de ánimo y
hasta de fe sólida. Agobian a los hombres.

Ida se revolvió. Estaba inquieta después de la partida de las
tres familias, también porque Stine Krause había sido la única persona en quien más o menos confiaba. Y todavía recordaba los lamentos de Elsbeth. A lo mejor luego se arrepentía. Últimamente, Ottfried la regañaba cada vez más si decía algo inapropiado o,
como decía él, si era respondona. Tampoco se reprimía a la hora
de castigarla. Descargaba en Ida la presión bajo la que se encontraba y también las preocupaciones que seguramente tenía respecto a la colonia. Pero ahora no pudo contenerse.

—¡A nosotras no nos falta capacidad de resistencia y disposición de ánimo, lo que nos falta es ropa, utensilios domésticos
y víveres! —protestó, volviéndose hacia el misionero. Tal vez los

pastores fueran más razonables que aquellos colonos recalcitrantes—. Desde hace medio año vivimos en cabañas provisionales, cocinamos en fuegos abiertos y a veces nos repartimos un cocido entre tres familias. Luchamos contra la plaga de ratas, en las casas expuestas al viento los niños suelen enfermar, y trabajamos todo el santo día en las tierras y los huertos. ¿Resulta tan difícil de entender que estemos hartas si además hay... contratiempos?

No logró pronunciar «contratiempos» sin cierta ironía. Ottfried la haría arrepentirse al menos de eso. Pero el pastor Wohlers, un hombre alto y calvo, de ojos azules dulces y acuosos y cejas gruesas y claras, escuchó con atención. Se interesaba por Sankt Paulidorf y sus habitantes. Y, sorprendentemente, también la señora Brandmann se puso de su lado.

—Sí, tiene razón —dijo apoyando a su nuera, aunque sin dejar de censurarla de forma indirecta—. Las mujeres jóvenes no han sido del todo prudentes, casi no se han traído nada de su antiguo hogar. Y ahora falta con frecuencia lo más necesario... Y amargan la vida de sus maridos con sus quejas. Necesitan algo que las distraiga. Las vacas están bien, pero deberíais comprar también ovejas, cabras y cerdos.

—No hay —señaló apesadumbrado el pastor.

—¡Tal vez haya al menos gatos y perros que puedan hacer algo contra las ratas! —volvió a intervenir Ida—. Y utensilios domésticos seguro que hay, la tienda de los Partridge está llena.

El pastor asintió y levantó las manos como si fuera a dar su bendición.

—Deberíamos reflexionar sobre estos asuntos —opinó indulgente—. No está bien que las mujeres vayan agriando la vida de los hombres con sus críticas, pero tampoco que no se les faciliten los instrumentos que necesitan para cumplir con sus obligaciones. Señora Ida, ¿qué le parece acompañar a su marido la próxima vez que él vaya a Nelson? La comunidad le proporcionará algo de dinero y las mujeres le comunicarán lo que desean (todo muy razonable, por supuesto), y usted intentará, siempre que los medios lo permitan, responder a sus pedidos. Quizás eso mejore los ánimos de las hijas de Eva, ¿cierto?

Ida nunca había imaginado que podría salir de Sankt Paulidorf en un futuro cercano. Y ahora, una semana más tarde, en un otoñal y soleado día de marzo, se hallaba de nuevo a bordo de una barca. A su lado se hallaba Ottfried, henchido de orgullo por los importantes deberes que la comunidad le había confiado. No solo tenía que recoger las tres vacas, sino adquirir para los habitantes de Sankt Paulidorf unos caballos de tiro y un carro. E Ida llevaba una larga lista que había sido elaborada conjuntamente por las mujeres de la comunidad después de pasar varios días inmersas en animadas discusiones sobre lo realmente necesario, lo que podían permitirse y lo que tal vez daría un poco de brillo a la monotonía de sus días.

8

Cuando Jane Fenroy despertó tras la noche de bodas, su marido ya se había marchado. Era evidente que sin hacer ruido, observó satisfecha. Christopher había temido molestarla. Tampoco durante la noche había significado para ella ningún fastidio en absoluto, ni roncaba ni buscaba el contacto con ella. Jane lo apreció bajo todo punto de vista y hasta sintió cierta simpatía por Chris cuando confirmó a continuación que los baúles de viaje ya estaban en la casa. Su marido los había colocado en el salón o pedido a alguien que lo hiciera: un vistazo por la ventana le reveló que no estaba solo. Junto con dos hombres de tez oscura, descargaba con esfuerzo más cajas del carro, herramientas y material de construcción que había traído de Port Victoria. Lo primero en que iba a ocuparse, así le había explicado Chris el día anterior, era en construir un establo conveniente, antes de comenzar la casa grande.

Jane contempló con interés a los dos hombres que ayudaban a su esposo. De hecho, eran los dos primeros maoríes reales que veía, antes solo los había visto en ilustraciones. Christopher estaba en lo cierto, esos hombres tenían tan poco en común con los indios americanos como con los aborígenes australianos. Además, parecían menos amenazadores que las ilustraciones de libros y folletos, seguramente porque no vestían los trajes tradicionales, sino la misma indumentaria que Chris: camisa de cuadros y pantalones de montar gastados. Solo cuando les vio las caras se sorprendió de su exotismo. Los ayudantes de Chris iban tatuados desde la frente hasta la barbilla. Jane tendría que acostumbrarse a esa imagen.

Pero ahora no le apetecía conocer más a fondo a sus vecinos. Tenía que emprender la tarea de vestirse sin contar con la ayuda de una doncella, y luego necesitaría desayunar. La idea de tener que preparar ella misma algo que comer no la atraía demasiado, pero agradecía la posibilidad de ponerse un vestido de andar por casa de los que no requerían corsé. Había pedido expresamente a la modista de Nelson que confeccionara un par de prendas de ese estilo, lo que había provocado las horrorizadas protestas de su madre. Pero no se había planteado traerse a una doncella, e instruir a una lugareña no estaba entre sus principales prioridades. Era más importante contar con una cocinera...

Jane gimió cuando intentó calentar sobre el imponente horno una sartén y freír unos huevos. Al principio era como si no hubiese calor suficiente, luego casi se le quemaron. Así y todo, Chris había preparado café. La pesada cafetera de hierro que se mantenía caliente sobre el hornillo era difícil de manejar, pero el brebaje sabía cargado y revitalizante. Encontró algo de pan del día anterior; luego debería ocuparse de salir en busca de víveres.

La muchacha pensó unos segundos en si llamar a Christopher para desayunar. Los huevos estaban listos y más o menos presentables. Pero ¿qué hacía con sus ayudantes? ¿Acabaría pidiéndole que también cocinara para ellos? Jane se frotó la frente y se puso a comer sola. ¿Cómo conseguir personal doméstico en ese sitio?

Fuera como fuere, cuando hubo terminado de comer se sintió con ganas de pasar a la acción. Dudó un instante entre desempaquetar y dar un paseo por la granja. La tarde anterior no había logrado ver casi nada debido al cansancio y la emoción (a fin de cuentas, la esperaba la noche de bodas). Cuando volvió a mirar por la ventana, también Christopher la vio a ella y la saludó con la mano. Jane salió para dar los buenos días a su marido y los trabajadores. Era un día soleado e incluso ella, poco sensible para la belleza de la naturaleza, tuvo que admitir que los rata de la granja ofrecían un hermoso contraste con la vasta llanura verde que se extendía alrededor de Fenroy Station. Desde la colina en la que estaba planificado construir la casa, era probable que también se viera el río. Una bonita parcela de tierra... si no estuviera tan apartada de la civilización.

Sonrió al acercarse a Chris, lo que pareció infundir ánimos al joven. Él contestó alegre y presentó su esposa a los ayudantes: Kutu y Hare de la tribu ngai tahu. Jane había oído decir que los maoríes tenían extrañas costumbres a la hora de saludarse, pero se sintió más tranquila cuando los hombres se limitaron a inclinarse ligeramente a la manera de los trabajadores blancos. Kutu se atrevió incluso a un «¡Buenos días, *madame*!», tras lo cual su rostro resplandeció. Por lo visto, Christopher había practicado la ceremonia con los hombres. Por su parte, Hare optó por saludarla en su propio idioma.

—*Haere mai, madame*! —dijo con la misma sonrisa franca que su compañero.

—Significa «bienvenida» —tradujo Chris solícito—. Seguro que querrás aprender un poco de maorí, Jane, dado que vivimos cerca los unos de los otros.

Jane se disponía a responder con impertinencia (¡cómo iba ella a rebajarse a aprender el idioma de los salvajes!), pero un movimiento en una rama del árbol rata llamó su atención.

—¡Allí hay algo, Chris! —señaló asustada, y contuvo el reflejo de esconderse detrás de su marido o refugiarse en casa. Christopher y sus hombres no debían tomarla por una miedosa—. ¡Algo se esconde allí!

Christopher siguió su mirada, pero se relajó cuando uno de los maoríes dijo algo y rio complacido.

—Parece que tienes visita, Jane. —Chris sonrió vacilante—. Kutu dice que unas mujeres y niños han venido esta mañana para ver a la *missus* blanca. Esperan tras los arbustos y no se atreven a salir... No saben si serán bien recibidos.

De detrás de la maleza salieron dos niñas sonrientes. Debían de haberse acercado sigilosamente. Un poco cohibidas se adelantaron en dirección a Jane y cada una le tendió un gordo boniato como regalo de bienvenida.

—*Kia ora, haere mai!* —piaron ambas a coro, e incluso a Jane se le escapó una sonrisa.

Las niñas eran una monada, con el pelo largo y oscuro y las caritas infantiles y redondas. Jane pensó dónde habría empacado el azúcar que había traído de Nelson para ella misma, pero estaba claro que tendría que establecer contacto con los nativos. A lo mejor solucionaban todos sus problemas.

Con cierta reticencia, reprimió su talante huraño y se comportó con más diplomacia cuando también las madres, hermanas y tías aparecieron; todas se habían escondido tras los arbustos cercanos a la casa. Jane contó doce mujeres entre mayores y jóvenes, con unos diez inquietos niños arracimados en torno a ellas. Todos portaban regalitos de bienvenida, y una anciana de porte digno le ofreció con amables palabras una piedra verde y una especie de concha.

—Es *pounamu*, un tipo de jade —explicó Christopher. Parecía preocupado de que ella reaccionase airada ante aquel comité de bienvenida—. Los maoríes le dan mucho valor en este entorno, donde no se puede encontrar por doquier. Se supone que la piedra trae suerte. Por lo general tallan pequeñas figuras de dioses con ellas. —Le mostró un colgante que llevaba una de las mujeres—. Omaka dice que prefirieron no regalarte ningún *hei-tiki* porque no sabían si te gustaría. Unos misioneros se comportaron de forma muy desagradable ante ese regalo.

Jane se lo imaginaba perfectamente. Era impensable que un pastor Wohlers o alguien como Lange o Brandmann aceptasen un amuleto pagano. Pero a ella le importaba bastante poco.

—¿Cómo se dan las gracias, Chris? —preguntó, retrocediendo cuando la mujer a quien Chris había llamado Omaka hizo ademán de acercarse a ella para abrazarla—. ¿Qué pasa? —preguntó atemorizada—. ¿Qué quiere?

—Quiere ofrecerte el saludo tradicional —respondió Chris de nuevo titubeante—. El *hongi*. Se acercan la frente y la nariz de uno y otro para sentir el... el aliento del otro... Lo... lo siento, Jane. Debería haberte preparado para esto —añadió cuando vio el rostro indignado de su esposa.

Pero Jane se dominó con férrea voluntad. Ella no había escogido todo esto, y le resultaba repulsivo acercarse tanto a otros seres. No obstante, si eso servía para sus objetivos, no evitaría el contacto con aquella maorí. Forzó una sonrisa y consintió el gesto. Omaka le puso la mano derecha sobre el hombro, la atrajo hacia sí y tocó su nariz suavemente con la suya. Para sorpresa de Jane, la mujer no apestaba, sino que olía a algo fresco y telúrico, hierbas aromáticas y flores.

Al intercambio del *hongi* con la anciana de la tribu siguieron las risitas y los aplausos de las demás mujeres, así como de Hare y Kutu. Jane apenas si pudo contener la embestida general cuando todas quisieron intercambiar el saludo con ella, seguro que para averiguar qué aspecto tenía de cerca esa blanca desconocida, cuál era el tacto de su piel y cómo olía.

Al final, Jane gesticuló con las manos para animar a las mujeres a que fueran hacia la casa.

—Diles que me siento honrada por su visita y que las invito a un tentempié —ordenó al estupefacto Christopher.

Se puso a revolver en el interior de un baúl de viaje en busca del servicio de té de porcelana de Meissen que su madre había insistido en que se llevara. «No hay razón para olvidar las buenas maneras y la educación cuando uno está en tierras salvajes —había dictaminado—. Siempre puede darse el caso de que encuentres a una dama y desees invitarla a tomar un té, y que entonces hayas de servirlo en recipientes de barro.» A Jane casi le dio risa al recordar el comentario de su madre. ¡Seguro que no se refería a damas de piel oscura y tatuajes azules! Pero el surtido de tazas y platos de Chris no alcanzaba para todas.

Las invitadas contemplaron la fina porcelana entre ¡ohs! y ¡ahs! de asombro. Se repartieron una taza entre dos y sorbieron con devoción el café negro. Jane no sabía dónde había guardado Christopher el té y qué cazo era el mejor para calentar el agua. En cambio, encontró el azucarero y lo repartió generosamente, aun a su pesar, entre las mujeres y los niños.

Y entonces las molestias que se estaba tomando por agradar a las maoríes dieron un inesperado fruto. Las chicas jóvenes descubrieron los baúles de viaje y Jane aprovechó la oportunidad para sugerirles que desempaquetaran. Había observado quiénes cogían con especial cuidado y admiración la porcelana y a ellas les confió que sacaran y lustraran los vasos de cristal que, si bien no se podían guardar en una vitrina, se colocaron de momento en el armario de la cocina. Otras dos chicas extrajeron los vestidos y corsés de los baúles. Jane se esforzó por no perder la paciencia cuando se probaron por encima las prendas riendo. La mayoría de ellas llevaba trajes tradicionales maoríes: faldas y cuerpos bordados. Dos de ellas, entre las cuales se encontraba la noble Omaka, paseaban orgullosas en ropas occidentales desteñidas. Deberían haberlas comprado a buen precio en algún lugar, probablemente a un vendedor ambulante que ofrecía la ropa que los colonos desechaban. Jane pensó en seleccionar algunas de sus prendas para donárselas a mujeres que les fuesen bien. No creía que le resultara difícil encontrarlas. Por lo visto, los maoríes tenían predilección por figuras como la de Jane; casi todas las mujeres eran regordetas.

Algunas chicas demostraron su habilidad cuando les enseñó cómo colgar los vestidos en las perchas y distribuir la ropa blanca en los cajones. Una de las jóvenes, que respondía al nombre de Reka, al cabo de media hora lo hacía mejor que Mary, en Nelson, después de un año. Jane registró en su mente a la pequeña por la forma de su *hei-tiki*. Todavía tenía dificultades para distinguir a las maoríes entre sí. Para sus inexpertos ojos, todas, con el cabello negro, los ojos negros y tan rellenitas, eran iguales.

Lo mismo daba si los tatuajes y el color de la piel de las diligentes ayudantes le gustaban o no, lo importante era que los baúles se habían vaciado en un tiempo récord, mientras todas se divertían de lo lindo. Jane decidió emprender el siguiente proyecto de inmediato y llevó a las mujeres hasta la puerta trasera.

—Y he pensado hacer un huerto ahí —anunció con solemnidad.

Estaba decidida a no hablarles como si fueran bebés, su personal de servicio tenía que acostumbrarse al inglés habitual. Señaló con dedo autoritario el terreno elegido. Por supuesto, las mujeres no entendieron nada, pero cuando señaló una pala y un pico que reposaban contra la pared de la casa, comprendieron y empezaron a discutir afanosas al respecto.

A continuación Omaka, con una expresión de suma gravedad, indicó a Jane que ese sitio no era el adecuado. Con riqueza de palabras y gestos explicó que era mucho más conveniente elegir una tierra que estuviera protegida del viento por la casa. Jane apenas entendía palabra, pero, de todos modos, le daba igual dónde ubicar el huerto. Más importante le pareció que una de las jóvenes enseguida cogiera la pala y se dispusiera a remover la tierra. Las mujeres discutían complacidas sobre dónde era mejor colocar cada tipo de bancal y era probable que también hablasen sobre qué cultivar. Christopher, que apareció con los dos ayudantes y se mostró aliviado al ver lo bien que se las apañaba Jane, hizo ademán de ponerse a traducir. Pero Jane lo detuvo con un gesto.

—Ya me ocuparé yo más tarde de los detalles. Al principio tenemos que aclarar lo esencial. Me gustaría que algunas de ellas... —señaló a las chicas que habían llamado su atención en la casa, así como a una jardinera especialmente fuerte y entusiasta— trabajen para mí. Pregúntales si quieren y qué sueldos esperan.

Chris se mordió el labio.

—No sé si funcionará, Jane —opinó—. El... el sentido de esto no es... buscar un empleo, me refiero a que las chicas no están aquí porque necesiten trabajo. Esto es una... hum... una visita de cortesía. Y es mejor que no hagamos enfadar a nadie... No conozco las costumbres de los ngai tahu al detalle, y, más importante aún, ignoro el rango de estas mujeres. Podrían ser todas princesas.

Jane puso los ojos en blanco y soltó un resoplido.

—¡Tonterías, Chris! Es imposible que haya tantas princesas.

Y si hay alguna, no la dejarían que vaya por ahí sin escolta. Pero incluso si los padres de las chicas fueran reyes o vizcondes —sonrió sardónica—, ellas estarían igualmente encantadas manejando la pala si a cambio obtuvieran unos vestidos como Dios manda y adornos de bisutería. —Reka había contemplado con devoción las escasas joyas de Jane—. Y sean o no princesas, comprobarán que en el mundo no se obtiene nada gratis.

—Eso ya lo saben —advirtió Christopher, preguntándose si no sería una indirecta a la forma en que él mismo había adquirido esas tierras—. Kutu y Hare trabajan también para mí. Y los maoríes no solo desean ropa como la nuestra, también les gustaría tener mantas, semillas, enseres de cocina...

Jane asintió satisfecha.

—Pues de eso tengo de sobra, no sé qué voy a hacer con todas esas ollas y sartenes que mi madre me envió. —Hizo un gesto a las mujeres para que la siguieran a la cocina y señaló de modo significativo los tesoros que acababa de colocar con su ayuda—. Podéis quedaros con la mitad de lo que veis —dijo a sus invitadas—. Pero antes tenéis que enseñarme cómo se prepara esto. —Señaló los boniatos que le habían llevado como regalo de bienvenida—. Todavía no lo he comido nunca. —Si bien no era cierto, Christopher tradujo a las mujeres, tres de las cuales se abalanzaron presurosas hacia la cocina.

Jane asintió satisfecha antes de dirigirse una vez más a su marido.

—Sí, y ya pediremos semillas en Nelson o Port Victoria, cuando nos vaya bien. También yo las necesito para el huerto. Bueno, ahora pregunta a las chicas a qué hora las espero mañana para trabajar.

Christopher tradujo a regañadientes y se ganó unos aplausos jocosos. Omaka, sin embargo, se expresó con más seriedad, hablando directamente a Jane.

—Dice que para eso tiene que hablar con el jefe —explicó Christopher a su esposa, que miraba sin comprender—. Es que no he traducido literalmente lo que planteabas. Les he dicho que vas a pedir semillas para tu huerto y que te gustaría compartirlas con la tribu. Y que te alegras mucho de que te hayan ayudado en la casa y te hayan brindado su compañía. Omaka ha dicho que también ella se alegra de que las mujeres hayan podido aprender de ti y que estarán complacidas de compartir contigo sus conocimientos. Estuviste a punto de situar el huerto en un lugar inadecuado, pues allí no hay sol matinal y, además, tiene algo que ver con el hogar de un espíritu. Esto último no lo he entendido del todo. Es mejor no ofender a los espíritus, por eso, por ejemplo, no debe arrancarse ese arbusto... —Señaló una planta que Omaka había llamado koromiko—. Su presencia ahí garantiza una buena cosecha de boniatos.

Jane alzó los ojos al cielo, pero tuvo cuidado en que las maoríes no se percataran.

—Por supuesto, lo respetaré —afirmó, sonriendo a Omaka.

Con tal de no manejar ella misma la pala, le daba igual dejar ese insignificante arbusto o no. Hasta estaría dispuesta a invocar ella misma a los espíritus.

—Eso ella lo da por hecho —advirtió Christopher con seriedad—. Pero aun así quiere que los ancianos del poblado bendigan el trabajo conjunto. Sobre todo si quieres que Reka trabaje aquí como doncella (he preferido traducir el término como «hija de la casa» o «hija de acogida»). Reka es la hermana de un *ariki*. Ya ves lo fácil que es meter la pata. En la Isla Norte sería imposible que una familiar del jefe...

Jane volvió a levantar aburrida la mirada al cielo cuando parecía que su esposo iba a alargarse demasiado con las explicaciones.

—Mientras la chica venga regularmente aquí, lo demás me da igual —dijo—. Y no tengo nada en contra de hablar con el jefe tribal. ¿Cuándo lo hacemos? ¿Ahora?

Christopher se frotó las sienes.

—No es tan fácil...

Dos días más tarde, la tribu ngai tahu recibió a los Fenroy con un ceremonioso *powhiri*. Jane aguantó la ceremonia de dos horas con danzas y oraciones, torturada pero paciente, igual que soportaba los conciertos de música clásica y las funciones de ópera a que su madre la obligaba a asistir en Europa. Ni el arte ni la religión le decían gran cosa, era una mujer básicamente pragmática, pero sabía cuándo había que adaptarse. Suspiró aliviada cuando por fin se intercambió el último *hongi* con las dignatarias de la tribu y los ngai tahu pasaron a la parte social de la reunión.

—¡Así vosotros parte de la tribu! —declaró dichoso Kutu, que ya hablaba bastante bien el inglés—. El *powhiri* une *manuhiri* y *taangate whenua*, convidados y miembros de la tribu. Luego, todos una tribu. ¡Ahora fiesta! —Abrió una botella de whisky que Christopher había llevado como detalle.

Con un parloteo alegre, las mujeres de la tribu sirvieron una comida sencilla pero sabrosa compuesta de pescado asado y boniatos. Reka llevó a Jane un plato, lo que Christopher evaluó como una buena señal, y ella, a quien durante la ceremonia se le había abierto el apetito, elogió todos los platos. Vio que el jefe tribal, que durante el *powhiri* se había mantenido majestuosamente algo apartado, no tenía una participación especial en la ceremonia, pero la observaba con atención.

—Te Haitara —lo presentó Christopher cuando se percató del interés de su esposa—. Un gran jefe y un hombre íntegro. Reconoce nuestro derecho sobre las tierras de la granja. Pese a que tu padre ha sido muy... hum... generoso consigo mismo a la hora de redactar el contrato con los ngai tahu.

—¿Que ha hecho qué? ¿Te refieres a que la adquisición de las tierras aquí tampoco fue ratificada?

Al instante se mordió el labio. El «tampoco» había sido un error. Chris no tenía que saber cómo iban los asuntos de la compañía en Nelson.

Chris hizo un gesto apaciguador.

—No te alteres —dijo—. Pero sí, aquí se cometieron tantas

irregularidades a la hora de adquirir la tierra como en Nelson... Pero ¿cómo lo sabes? Pensaba que la compañía lo mantenía en secreto, yo lo sé por Tuckett. También aquí podrían haber surgido graves conflictos si tu padre hubiese vendido la tierra a algún colono ignorante y soberbio. Por suerte es nuestra y mis conocimientos de la lengua y mi deseo de mantener una buena relación vecinal nos ayudan. En eso están muy interesados los ngai tahu, mucho más que los ngati toa del norte. Te Haitara es de mentalidad muy abierta.

Chris hizo un gesto de asentimiento al jefe tribal. Con sus tatuajes, el cabello recogido en los moños de guerra y las armas tradicionales en la mano, Te Haitara tenía un aspecto muy marcial. Sin embargo, sus rasgos faciales eran nítidos y sensuales, y tenía labios carnosos y ojos castaños en los que había algo de picardía.

—Te Haitara se esfuerza por aprender nuestra lengua —prosiguió Christopher—. Aunque todavía no habla demasiado inglés, considera que el contacto con los colonos es bueno para ambas partes.

El joven jefe tribal, que había entendido que Chris y Jane hablaban sobre él, se levantó y se aproximó a ellos. Se inclinó brevemente ante Jane, la observó con atención e intercambió unas palabras con Christopher, al parecer alguna broma o burla que hizo enrojecer a Chris. Al final ambos rieron y Chris dio gracias al jefe, lo que Jane sí alcanzó a comprender.

—¿Qué ha dicho? —preguntó impaciente.

En contra de sus primeras intenciones, ahora estaba decidida a aprender muy pronto la lengua de los nativos. No le gustaba tener que depender de Chris cada vez que quería comunicarse, y tampoco tenía ganas de que él le diese clases. Mandaría traer libros. Al menos la Biblia ya tendría que estar traducida a esas alturas. Jane se preguntó si habría indicaciones útiles sobre el trato con los sirvientes en el Antiguo o el Nuevo Testamento.

Christopher hizo una mueca compungida.

—Ha dicho un par de cosas que prefiero no traducir. De vez

en cuando, nuestros amigos maoríes tienen una... hum... forma de expresarse algo... obscena. Pero lo importante es...

Kutu, que todo el rato estaba sentado junto a ellos, tradujo de modo más directo.

—*Ariki* decir... —aclaró con una sonrisa— que *pakeha* Chris Fenroy tener una mujer muy guapa.

9

Cat sospechó que algo iba a suceder cuando la señora Hansen le comunicó, a ella y también a Mary, la noticia de que, tras rezar y cumplir con las tareas matinales de costumbre, se presentaran ante la señora Beit. En general, la señora de la casa convocaba ella misma a las chicas cuando necesitaba alguna cosa (con una voz estridente y por regla general con un reproche en los labios). Que ese día siguiera los trámites reglamentarios no anunciaba nada bueno. Así pues, Cat corrió al cuarto que compartía en el desván con Mary para ponerse un delantal nuevo y enderezarse la cofia. No debía dar ningún motivo a la señora para regañarla presentando un aspecto desaseado. Cuando por fin llegó ante la puerta del salón, Mary salía. La muchacha lloraba a lágrima viva.

—¿Qué voy a hacer yo ahora? —se lamentó Mary, pero antes de que Cat pudiese preguntar qué había ocurrido, la señora Beit ya había abierto la puerta.

—¿Cat? Llegas tarde... En fin, da igual. Pasa, tengo que hablar contigo.

Sarah Beit llevaba un vestido de seda cerrado y su aspecto era pulcro, pero Cat tenía la impresión de que estaba muy alterada. Había algo en su actitud y creyó ver sus ojos enrojecidos. Pero la señora Beit y Mary no podían estar tristes por una misma causa.

—Cat, no voy a hablar mucho al respecto —anunció y, pese a lo conciso de sus palabras, su voz tenía un acento no tan firme y severo como era habitual—. Bien, dado que Miss Jane se ha casado, tengo la intención de reducir el presupuesto doméstico. Ya me entiendes, tenemos tanto personal que os tropezáis los unos con los otros.

Cat frunció el ceño. Hasta el momento no se había percatado de ello. De hecho, tener que servir a una persona más o menos apenas cambiaba las tareas en el cuidado de la casa. De acuerdo, Jane ya no pedía bombones todo el día ni chocolate caliente, y había una cama menos que hacer, pero en comparación con sus hermanas, la joven había sido más fácil de contentar. En cualquier caso, no se cambiaba de ropa tres veces al día y dejaba la habitación bastante ordenada. No daba tanto trabajo como para necesitar una sirvienta solo para ella. El trabajo principal que realizaba el personal de los Beit consistía en limpiar, calentar la casa y conservar el mobiliario. La vivienda era demasiado grande y estaba llena de cosas que, en opinión de Cat, solo servían para atraer suciedad. Las criadas lustraban durante horas cuencos de plata y candelabros, quitaban el polvo, limpiaban alfombras y planchaban tapetes para las mesas y aparadores. También había mucha faena en la cocina, a todos los Beit les gustaban los menús de varios platos, para los que había que preparar una suntuosa mesa. Era inconcebible llevar a la mesa solo pan y queso o carne. Además, desde la marcha de Jane había pasado medio año. Así pues, ¿por qué se le ocurría ahora que le sobraba personal?

—Como sea, mi esposo y yo hemos llegado a la conclusión de que tenemos servicio suficiente con el señor y la señora Hansen y la cocinera —prosiguió la señora Beit—. Podemos prescindir de Mary y de ti. Este es el motivo por el que he de despediros, por mucha pena que me dé.

La mujer parecía realmente afectada. Cat no se lo podía creer.

—En cuanto a vuestro salario... Bien, hoy es doce de marzo, creo que lo justo es que os pague un tercio del mes.

—Entonces sería el diez de marzo —se le escapó a Cat. Recientemente estaba aprendiendo un poco de cálculo.

La señora Beit la fulminó con la mirada. No se había enternecido mucho tiempo, no.

—¡Como te me pongas impertinente te despido sin paga, chica! No tengo ninguna obligación, y menos contigo...

Cat le devolvió una mirada tan relajada como pudo. Estaba maravillada. Hasta ahora los señores no habían sacado a colación los rumores que corrían sobre ella. Pero si la señora quería empezar con eso ahora, sabría replicar. El tiempo que ella había pasado con los maoríes no le daba derecho a escatimarle el sueldo.

—No te creas que no sé que coges «prestados» libros de la biblioteca de mi marido —prosiguió la mujer, y Cat sintió que se libraba de un peso. Así que no se trataba de sus antecedentes, pero... a lo mejor era algo peor—. Así lo llama el señor Hansen, que sorprendentemente ha demostrado tener mucha paciencia contigo. ¡Pero quién sabe si de verdad has devuelto todos los volúmenes! ¡A saber cuántos habrán acabado en el prestamista!

En Nelson no había ningún prestamista. Antes de que Cat pudiese hacer alusión a ello, la señora afinó su embestida.

—¿Tú qué crees, encontraría uno o dos libros de valor en tu cuarto si lo registrara ahora? ¿Qué diría de ello el oficial de Policía? ¡Seguro que no diría que te debo dinero!

Cat bajó la cabeza abatida. En efecto, todavía tenía un libro en su cuarto y dudaba de que el señor Hansen se pusiera de su parte si la señora la acusaba de haberlo robado.

—Entonces estamos de acuerdo —concluyó la mujer con tono glacial—. Ya puedes irte ahora mismo. He permitido a Mary que se quede hasta mañana, pero en tu caso... no quiero verte más, Cat. Devuelve el libro y desaparece.

Ya no volvió a mencionarse el tercio del salario. Cat se maldijo por haberse ido de la lengua. Sin embargo, sabía contenerse, en casa de los Beit había aprendido a dejar que le resbalaran los reproches injustos. Pero el despido había llegado de forma inesperada y le representaba una catástrofe. Mary tal vez no supiese dónde encontrar un nuevo puesto, pero seguro que entretanto podría instalarse en casa de sus padres. Cat, por el contrario, se quedaba en la calle, y con sus antecedentes nadie le daría trabajo en Nelson.

La joven pensó febril mientras cruzaba el salón. Christopher no podía ayudarla, llevaba medio año en Canterbury con Jane y era de esperar que estuviera feliz con su granja. A lo mejor Wakefield... Podría intentarlo en el ayuntamiento. Pero entonces, camino de la escalera, vio el titular del *Nelson Examiner*.

«¡La New Zealand Company abocada a la quiebra!»

Naturalmente, eso lo explicaba todo, incluso las lágrimas de la señora Beit. Por lo visto, no despedía a su personal por propia voluntad. Era más probable que los Beit tuviesen que ahorrar y que su suntuosa vida tuviera los días contados. Pero ¿realmente los ayudarían en algo los peniques que acababan de estafarles a Cat y Mary?

Después de echar un rápido vistazo al artículo, Cat subió la escalera preocupada. Wakefield debía de encontrarse a las puertas del relevo y seguro que tenía otros problemas en la cabeza que las traducciones de la lengua maorí. En él no podía depositar sus esperanzas. Quedaba Frederick Tuckett, quien, según Christopher era un hombre sensato y de quien se hablaba como representante del gobierno en Nelson. Si estuviera ahí, tal vez podría hacer algo por Cat, pero se encontraba en la Isla Norte.

Por un momento pensó en volver a reunirse con los maoríes. No con los ngati toa, eso era imposible después de que el jefe la hubiese desterrado. Pero ¿y con los ngai tahu? De ellos se decía que eran pacíficos y negociaban con los *pakeha* por las tierras de las Llanuras y más al sur. ¿Y si se ofrecía allí como intérprete? Suspirando, la joven reunió sus escasas pertenencias en un hatillo. Por supuesto no podía llevarse los uniformes, así que solo le quedaban los vestidos que había comprado con Christopher a la señora Partridge como indumentaria adecuada para Nelson. Cuando se puso el vestido y se colocó el chal alrededor de los hombros, casi se sintió consolada. Todavía recordaba cómo la había mirado Chris la primera vez que la había visto vestida como una *pakeha*. Le había gustado, la había elogiado. Y habían hablado y reído mientras habían deambulado por Nelson en plena noche. ¿Hablaba y reía ahora con Jane?

Cat apartó ese pensamiento de su mente. Con su hatillo en la mano, bajó por la escalera. Casi no había ahorrado nada. Había gastado gran parte de su ya escasa ganancia en velas para leer por la noche. También había invertido un poco en el diccionario inglés-alemán y en un par de cuadernos y lápices con los cuales practicaba la escritura. Había oído decir que estaban traduciendo el primer libro, la Biblia, a la lengua maorí. Tal vez se le presentara también ahí alguna posibilidad. Ahora, no obstante, solo contaba con un par de peniques en su bolsa. No era lo suficiente para pagarse una pensión esa noche. Ni pensar en viajar a Kaikoura, donde suponía que se encontraba el *marae* más próximo de los ngai tahu.

—Cat, espera, ¿no irás a irte sin despedirte?

Se había quedado tan pasmada tras la conversación con la señora Beit que no había pensado en los otros sirvientes. Ahora, cuando ya casi había alcanzado la puerta de la calle, Margaret Hansen la llamó.

Cat se volvió.

—No... no, claro que no, perdone... solo estaba un poco confusa.

El ama de llaves sonrió y la llevó a la cocina.

—Bueno, tendrías que ver a Mary, la pobre. No se lo puede ni creer, ahora está arriba, arreglando otra vez la habitación. Cree que a lo mejor hizo algo mal y que la señora se lo volverá a pensar. —La señora Hansen puso los ojos en blanco.

—No lo hará. He leído los periódicos —objetó Cat, y tomó un sorbo del chocolate caliente que la compasiva cocinera le había servido—. A los Beit se les ha acabado el dinero.

La señora Hansen hizo una mueca.

—No vamos a hablar irrespetuosamente de nuestros señores, pero tú siempre fuiste una chica inteligente. —Suspiró—. Es posible que el señor Beit y su familia pronto tengan que regresar a Australia. Ayer al menos hablaban de eso... Pero ¿qué vas a hacer ahora, Cat? Para Mary ya se encontrará alguna cosa. Pero tú...

Cat tomó otro sorbo y le contó que estaba pensando marcharse con los ngai tahu. Tanto la cocinera como la señora Hansen reaccionaron consternadas ante su posible vuelta con los «salvajes».

—Bueno, tal vez sea lo mejor —admitió la señora Hansen, aunque vacilante—. La gente de aquí... está bastante furiosa desde que el gobernador ha pedido prácticamente perdón a los maoríes.

La posición oficial del gobernador Robert Fitz Roy ante los incidentes de Wairau se había conocido a finales de febrero. Fitz Roy declaró que la causa de lo ocurrido radicaba en los negocios ilegales de Wakefield y Thompson y en su poco inteligente proceder. Su muerte y la de sus hombres era el resultado de su propia conducta temeraria. A los maoríes apenas si les podía hacer reproche alguno. Y cuando, además, comunicó al jefe tribal sus condolencias por la muerte de Te Ronga, la indignación en Nelson llegó a su punto culminante. Los colonos acusaron furiosos al gobernador de traidor y cobarde.

—En cualquier caso, echan pestes de los salvajes en el mercado y por las calles y dicen que quieren vengarse y cosas por el estilo —prosiguió la cocinera—. La señora Hansen tiene razón, Cat, has de andarte con cuidado cuando vayas por la ciudad.

La joven se frotó la frente. Y encima eso. Tendría que abandonar Nelson lo antes posible.

—¿Cómo puedo salir de aquí cuanto antes? —preguntó desdichada—. Puedo irme a pie, claro. Pero si alguien me llevara hacia el sur sería más fácil.

La señora Hansen asintió.

—Yo le preguntaría a la señora Robins —respondió tras reflexionar—. Sí, sé que es una vieja cotilla y que es la causante de todo este malestar contra ti. Pero si hay forastero en la ciudad, pernoctará con ella. Y en realidad está en deuda contigo. Debería arrepentirse de haber hecho correr todos esos rumores.

A Cat le resultaba inimaginable que aquella mujer se sintiera en deuda con ella, pero no era un mal consejo. Fuera como fuese, era mejor que preguntar por un barco en el puerto. Un velero seguro que no la llevaría gratis hacia el sur, exigirían de ella unos servicios que desde luego no querría ofrecerles. Sin embargo, alguna familia de colonos o algún misionero que fuera hacia el sur... Se estremeció al pensar en el reverendo Morton, aunque ya no sería víctima fácil de indecencias: del cinturón le colgaba un cuchillo y no tendría escrúpulos a la hora de utilizarlo. Naturalmente, no le serviría de nada ante un grupo de marinos lascivos, pero sí mantendría a distancia a un religioso cobarde como Morton.

—A lo mejor hasta hay alguien que se alegra de tu compañía —prosiguió con optimismo la señora Hansen—. Los colonos siempre se sienten algo inseguros cuando atraviesan tierras maoríes. Les tranquilizará llevar a alguien que habla la lengua de los nativos.

—¡Y llévate estas provisiones! —intervino la cocinera bonachona, al tiempo que empaquetaba algo. Luego abrazó llorosa a Cat—. ¡Que Dios te acompañe, pequeña! ¡Y piénsatelo dos veces antes de volver con los salvajes! A lo mejor hay otro lugar, otra ciudad... otros seres humanos.

Cat asintió cariñosa. Sabía que en la Isla Sur no había más ciudades, pero ¿para qué quitarle esa esperanza a la mujer?

—Los seres humanos —dijo al final, antes de emprender definitivamente el camino— son iguales en todas partes.

Cat anduvo por las calles ocultando el rostro, esperando que nadie se percatara de ella. Se maldecía por no haber cogido una de las cofias que formaban parte del uniforme de sirvienta. Muchas mujeres, de mayor o menor edad, llevaban unas similares por las calles de Nelson y con una ella habría pasado más desapercibida, pues se había hecho una trenza con el cabello rubio que casi le llegaba a la cintura. Nelson se denominaba a sí misma ciudad, pero en realidad solo era un pueblo grande en el que todo el mundo se conocía. Y un rostro nuevo o que se suponía nuevo llamaba la atención, sobre todo si pertenecía a una mujer joven que iba sola por las calles. En Nueva Zelanda predominaban los hombres por doquier. Cat enseguida advirtió que la seguían con la mirada. Los hombres que la observaban podían ser marineros, o cazadores de ballenas o focas que estaban de paso, gente que ignoraba su historia y que la consideraba una habitante más de la ciudad. No había que temer que intentaran propasarse. Pero las mujeres, que no le quitaban ojo de encima, sacarían sus conclusiones y enseguida empezarían a cotillear. También podían formar piña y volverse peligrosas... Tras la advertencia de la cocinera, Cat se esperaba lo peor.

Por fortuna, en los alrededores del ayuntamiento, donde la señora Robins tenía la pensión, se encontraban pocas tiendas y no había ningún mercado. Cat esperaba llegar a la casa de la viuda sin que nadie la molestase, pero de pronto se encontró de frente con tres hombres. Eran jóvenes y parecían un poco bravucones, ligeramente bebidos. Se quedaron mirándola y Cat reconoció a uno: Jamie, el criado de los Beit. Se balanceaba un poco, estaba borracho. Cat podía imaginarse muy bien la razón: también lo habían despedido esa mañana. Seguramente había ahogado sus penas en alcohol. Él también pareció reconocerla y su mirada no auguraba nada bueno. Cat buscó una vía de escape, pero los tres le cortaban el camino.

—¿A quién tenemos aquí? —Jamie le sonrió—. Mirad, chicos, ¿puedo presentaros? Esta es la caníbal. Ya... ya os conté que teníamos en casa a la chica que había estado con los salvajes.

El más alto de los otros dos, menos borracho, miró a Cat con lascivia.

—¡Yo también le pegaría a ella un buen bocado! —Rio—. ¿Qué, pequeña, quieres probar qué se siente cuando uno te hinca el diente? ¡Grrrrr! —Hizo una mueca imitando el rostro de un maorí y enseñando los dientes.

—¡Sería una pena comérsela! —El otro, más bajo y fibroso, sonrió con ironía. Tenía una expresión taimada—. Pero he oído decir que las gatitas maoríes no son nada ñoñas...

—¡Sí, así es como se llama! —exclamó excitado Jamie, como si su amigo hubiese descubierto un secreto—. Cat... va... va... vamos a ver si está en celo.

Los hombres se acercaron. Cat pensó si tenía tiempo de sacar el cuchillo, pero supuso que al final sería peor, las cosas podían acabar muy mal. La única manera de salir airosa era la huida.

Cat se agarró la falda, se la recogió y repentinamente salió corriendo. Poniendo su vida en peligro, aprovechó el hueco que había entre Jamie y su amigo alto. Antes de que los hombres pudiesen darse media vuelta, ya había ganado cierta ventaja, con un poco de suerte quizás hasta desistirían de perseguirla. Pero poco después oyó los pasos tras ella. Los tres parecían llevar botas pesadas que no les facilitaban avanzar con rapidez. Cat llevaba unos zapatos ligeros. Tras pasar tanto tiempo con los maoríes no había logrado acostumbrarse a los botines de cordones que llevaban la señora Hansen y Mary.

Se acercaba a la esquina... ¿y si escapaba por una callejuela estrecha? ¿O debía dirigirse a una calle animada? Cat dobló otra esquina y vio unos caballos de tiro delante de un carro que casi le cerraba el paso...

10

Ida esperaba impaciente. Ottfried había querido hacer otro recado más antes de emprender el largo e incómodo camino de regreso a Sankt Paulidorf por las carreteras aún sin pavimentar. En realidad, podrían haberse marchado por la mañana, habían cargado el carro y preparado las provisiones... pero entonces Ottfried había dicho a su esposa que lo esperara ahí, un par de calles detrás de la pensión de la señora Robins. Ida ya imaginaba qué tipo de recado iba a hacer. Por ahí cerca seguro que había un pub y Ottfried iba a invertir el dinero sisado de las compras en sus «reservas de cereal» personales. Así solía llamar al whisky cuyo consumo ya no ocultaba a Ida.

—¡Nadie puede impedírselo a un hombre si trabaja duramente! —afirmaba—. Y está hecho de cereales, como el pan. De centeno y cebada... hasta podríamos hacerlo nosotros cuando los cultivemos.

Ida prefería no imaginar lo que los ancianos de la comunidad, sobre todo sus dos padres, dirían respecto a instalar una destilería de whisky en Sankt Paulidorf. Pero se reservó el comentario. Había descubierto hacía un tiempo que el whisky, si bien lo empujaba a la brutalidad cuando le «demostraba su amor» después de ingerirlo, también abreviaba el acto. Ottfried se dormía entonces más deprisa y su sueño era más profundo. Ida podía desprenderse de la tenaza de su abrazo y respirar libremente. Cuando estaba muy borracho, a veces se atrevía incluso a hacerse una cama en el suelo. Y cuando se mudaran, todavía iría mejor. Su nueva casa, casi terminada, tenía un establo para las vacas y para almacenar la paja. Ida había planeado acomodarse allí cuando Ottfried durmiese como un tronco y por la mañana poner como excusa que había salido a ordeñar. Esperaba pues que hubiese «ahorrado» dinero suficiente para pagarse unas buenas provisiones de licor, pero la inquietaba que tardase tanto. El pub no podía estar tan lejos, era probable que hubiese encontrado conocidos ahí y se hubiese quedado charlando, con lo que seguramente habría vaciado un par de vasos. Con un poco de mala suerte, Ottfried ya estaría bebido cuando regresara, algo que no le convenía en absoluto. A fin de cuentas, transitarían por carreteras irregulares, nadie sabía cómo reaccionarían los caballos que acababan de comprar... Y también tenían que recoger las vacas. Ojalá estuviesen acostumbradas a seguir el carro al que iban atadas, de lo contrario habría que ser particularmente prudente. En el peor de los casos, uno de los dos tendría que ir a pie y guiarlas.

Fuera como fuese, Ida se preocupaba. Y eso que todo había ido muy bien hasta el momento. Comprar en la tienda de la señora Partridge había sido todo un placer. Stine Krause la había atendido y aconsejado como una experta, y todavía recordaba muy bien las carencias que había en el valle Schacht. Ida había disfrutado hablando con ella. Por añadidura, los Partridge habían hecho un buen precio a los colonos y ahora iban bajo la lona del carro auténticos tesoros en telas y enseres domésticos. Se sumaban dos cestos grandes cuyo contenido, que gañía y maullaba, haría las delicias también de los hijos de los colonos: una camada de gatitos y cuatro cachorros de perro. ¡A ver si Ottfried aparecía de una vez!

Ida suspiró aliviada cuando oyó pasos por una calle lateral. Debía de ser él. Sin embargo, se diría que alguien corría... y tanta prisa no debía de tener Ottfried...

Cat tuvo que tomar una decisión en apenas un segundo. Dar marcha atrás era imposible. Y tampoco podía escurrirse por el lateral del vehículo, los hombres ya la habrían agarrado entretanto. Pero ¡había alguien sentado en el pescante! A lo mejor podía pedirle ayuda. Naturalmente, esperaba encontrarse con un hombre llevando las riendas, pero otro vistazo más y distinguió a una mujer de aspecto severo. Vestida de forma sobria con un vestido azul marino y el cabello oscuro escondido bajo una capota bien almidonada, que tan solo dejaba ver el comienzo del cabello, la mujer estaba sentada tiesa y con las piernas bien juntas en el estrecho banco, toda su actitud dejaba entrever una gran inseguridad. Seguro que era la esposa de un colono que no acudía con frecuencia a la ciudad. Parecía una campesina. Era muy difícil que fuera a ofrecer protección a Cat, pero no tenía elección. Pasó junto a los caballos y se subió veloz como un rayo al pescante.

—¡Vamos! —le ordenó a la mujer—. ¡Por favor! ¡Me persiguen! ¡Vamos, azuce los caballos!

—¿Qué? —Ida había visto acercarse corriendo a la muchacha con la falda arremangada y la trenza al viento, pero no comprendió enseguida lo que le pidió en inglés. Hacía tiempo que no hablaba esa lengua—. ¿Cómo?

—¡Arranque! —repitió Cat, desesperada, en alemán.

En ese momento, Ida vio a los hombres aparecer por la esquina.

—¡Ahí está! —Señalaron a Cat en el pescante.

Ida entendió de inmediato que se hallaba en dificultades. Pero dudó un instante. ¿Aprobaría Ottfried que simplemente se pusiera en marcha? ¿Acaso tenían esos hombres un motivo para perseguir a la muchacha rubia? Tal vez les había robado algo...

—¡Vamos, dese prisa! —suplicó Cat.

Ida hizo caso de su instinto. Esos tipos no tenían aspecto ni de policías ni de comerciantes timados. Su aspecto era amenazador, vicioso y mezquino. Ida azotó con las riendas los caballos. No era una experta cochera, pero en Mecklemburgo había conducido alguna vez los caballos de sangre fría de su padre. Estos dos eran más ligeros y reaccionaron enseguida. La orden de marcha repentina, cuando estaban medio adormecidos, les hizo dar un brinco asustado y ponerse al trote de inmediato. Casi atropellaron a los tres hombres. Estos tuvieron que echarse a un lado y luego apretarse contra el muro de la callejuela para no caer bajo las ruedas. Ida pasó casi rozándolos, vio sus rostros sudados y coléricos, los ojos duros. Sí, salir disparada había sido lo correcto.

Mientras la mujer se agarraba junto a ella al pescante, Ida se esforzó en manejar bien las riendas. Temía que el tiro fuese demasiado corto, pero los caballos eran obedientes y estaban bien instruidos. Adoptaron un trote más lento y luego el paso, una vez que habían dejado lo bastante atrás a los hombres, que se habían rendido.

—Por los pelos —suspiró Cat—. Me ha salvado. Muchas gracias. No sé cómo habría logrado zafarme sin usted.

—Qué... ¿qué querían de ti? —preguntó Ida, sorprendida de que la joven hablase alemán. Al principio había hablado en inglés. Parecía dominar ambos idiomas.

—¡Pues qué iban a querer! ¿Qué es lo que quieren unos borrachos malcarados cuando se encuentran con una mujer en una calle solitaria? ¿Y más aún con una a la que creen que pueden conseguir fácilmente?

Ida se mordió el labio, insegura. ¿Cómo iba a saber una cosa así? Claro que sospechaba algo, lo había visto en los hombres, y en los ojos de la joven había miedo, ella misma tenía experiencia en eso. ¡Pero era imposible! ¡Esos hombres no pretenderían hacer en plena calle con esa chica lo mismo que Ottfried hacía con ella en la oscuridad!

—No... no sé... —murmuró—. Puedo... puedo imaginármelo, pero... no puede ser... aquí, en la calle...

Cat se encogió de hombros.

—Ya habrían encontrado un establo o un seto tras el cual nadie habría visto nada. Y si alguien se hubiese dado cuenta... Tratándose de mí, habrían incluso aplaudido.

—¿Por qué lo dices? —preguntó Ida—. Yo... yo no soy de aquí... y tampoco hablo inglés. Bueno, un poco sí... Soy de Sankt Paulidorf, ¿sabes?

Cat asintió. En la casa de los Beit con frecuencia se hablaba de los colonos alemanes.

—¿De dónde eres? —siguió preguntando Ida.

Algo vacilante, guio a los caballos junto al río. Tenía que volver a la callejuela detrás de la pensión, Ottfried la estaría esperando allí. Pero primero quería estar segura de que aquellos matones se habían marchado.

—De Wairau —respondió Cat. No estaba segura de cuánto debía revelar de ella. Esa joven seguramente no habría oído hablar de ella. A lo mejor era esta su oportunidad de viajar al sur. Por otra parte, el valle del Moutere pertenecía más al territorio de influencia original de los ngati toa.

—¿Donde fue la masacre? —Ida se mostró interesada—. Pero ahí no hay colonos. Solo... solo salvajes.

—Maoríes —la corrigió Cat—. Seres humanos como tú y como yo... —Al parecer, esa joven no sabía nada, y sí que era más joven de lo que parecía a primera vista. El vestido austero y su expresión tan preocupada la envejecían, pero, ahora que estaba atenta y la miraba con curiosidad, parecía mucho más juvenil.

La joven se ruborizó.

—No sé nada sobre ellos —reconoció—. No sé demasiado, solo... que todos tienen miedo de ellos, que degüellan a la gente...

Cat decidió revelarle su secreto.

—He vivido con ellos. Te Ronga, la mujer a quien mataron los blancos, era mi madre de acogida. ¡Era el ser más cariñoso y bueno y generoso del mundo! Claro que Te Rauparaha no hizo bien al matar a los *pakeha*. ¡Pero Te Ronga era su hija! Y Te Rangihaeata clamaba venganza por la muerte de su esposa. ¿Qué diría tu padre si te mataran a ti? Él también querría ver al asesino en el patíbulo, y con él a todos sus compinches.

Mientras Ida rodeaba Nelson en el carro, Cat le contó su historia.

—Pero ¿cómo te llamas? —preguntó al final Ida—. Yo soy Ida Brandmann.

—Cat.

Ida sonrió.

—¡Gato! —exclamó en alemán.

La palabra le recordaba una canción infantil que les había enseñado la señora Partridge. Y en la granja del viejo MacDonald también había gatos.

—En maorí, Poti —señaló algo nostálgica Cat—. ¿Qué haces tú aquí sola, en Nelson?

—No estoy sola. Estaba esperando a mi marido. Y ahora tengo que volver. Si Ottfried se da cuenta de que me he marchado se enfadará conmigo.

Cat advirtió que Ida se ponía tensa y su voz sonaba intimidada cuando hablaba de su marido. Y la entendió cuando volvieron a la calle detrás de la pensión de la señora Robins y vio al hombre que esperaba ahí. El rostro de Ottfried Brandmann estaba rojo de ira, o a tal vez de alcohol; tenía los ojos vidriosos. Todavía era joven, de la misma edad que Ida, pero ya le clareaba el cabello. Era alto, con tendencia a la gordura. Cuando envejeciera engordaría y se haría más torpe. Llevaba una bolsa de papel marrón con varias botellas.

Ida detuvo el carro a su lado.

—¿Dónde estabas? —ladró él antes de que los caballos se hubiesen parado del todo—. Tenías que esperarme aquí. ¿Cómo se te ocurre irte a dar un paseo o lo que sea que te haya pasado por la cabeza? ¿Acaso querías un rato más de palique con tu amiga Stine? ¿O con otras mujeres que han alejado a sus maridos de la comunidad? ¿A decir tonterías solo porque el río ha crecido un poco?

Miraba con furia a su esposa, y esta parecía encogerse bajo su mirada. Pero entonces reparó en Cat, y pareció no dar crédito a sus ojos. Borracho como estaba, la tomó por un espejismo. Su mirada incrédula se deslizaba por el cabello rubio, cuya trenza se le había deshecho tras la frenética persecución, su rostro palidecido tras la larga estancia en casa de los Beit, sus ojos color avellana... y se entretuvo en las formas femeninas que se reconocían bajo el vestido sencillo, los pechos pequeños, la cintura esbelta...

—Yo... yo te conozco... —murmuró vacilante—. Eres... a ti ya te había visto, tú...

—Mi marido estuvo en Wairau —explicó Ida, sintiéndose de repente avergonzada de él—. Con... con la delegación del capitán Wakefield. Pero él no disparó. No sabe disparar, él...

—¡Pero qué dices, Ida! ¡Claro que sé disparar! —protestó Ottfried, al tiempo que se ruborizaba—. Claro que no disparé —se apresuró a añadir cuando ambas mujeres le lanzaron severas miradas. Y entonces, de golpe, recordó—. ¡Tú estabas en Wairau! —le dijo a Cat con un extraño deje expectante—. Con los maoríes. ¡Del lado de los salvajes! Y no dejabas de hablar...

—Traducía —dijo Cat con orgullo—. Pero yo a ti no te vi. No tenías un sitial... destacado.

Ottfried no se tomó a mal la irónica observación, sino que sonrió satisfecho y su voz volvió a adquirir seguridad.

—¡Vaya, vaya! ¡Así que tú eres la pequeña caníbal que está en boca de todos! ¡Si hasta hablas el alemán como una buena cristiana!

—¡Ottfried, los ingleses también son cristianos! —A Ida le resultaba difícil, pero reunió ánimos para defender a Cat—. No hables... no hables como si los demás no fueran... no fueran seres humanos.

Cat le sonrió.

—*He tangata* —dijo, lo que nadie entendió, pero las palabras de Te Ronga le daban fuerzas.

—Bah, los salvajes que despedazan y se comen a sus semejantes son más animales que humanos, Ida, cariño... —Ottfried se acercó al pescante y Cat percibió cómo Ida se encogía—. Y tu amiguita participó con ganas en aquello...

Cat se llevó la mano a la frente.

—Nada de eso es cierto —afirmó sin perder la calma—, aunque es inútil intentar explicarlo. Déjame bajar, Ida, y gracias por tu ayuda. Tengo que salir de la ciudad antes que me ataquen otra vez. —Se dispuso a descender del carro.

Ottfried ya estaba bastante cerca. Cat solo esperaba que la dejase pasar.

—Cat está buscando empleo —informó Ida—. Ha trabajado

con los Beit, pero están despidiendo a sus sirvientes. A la compañía neozelandesa no le va muy bien...

Ottfried resopló.

—¡Sí, eso he oído decir! El viejo Beit tendrá que bajar de su alto corcel. Menos mal que nosotros tenemos nuestras tierras. Si hubiésemos esperado, quizá nos habríamos quedado sin nada. —Su mirada se posó de nuevo en Cat, que ahora estaba delante de él. No parecía dispuesto a dejarla marchar enseguida, pero tampoco parecía peligroso—. ¿Y qué le ronda por la cabeza a nuestra pequeña maorí como trabajo? ¿Un pub, tal vez? Las chicas de los salvajes parece que se las apañan muy bien con ciertas cosas... —Levantó la mano como para tocar a Cat, pero ella lo miró furiosa y él se abstuvo.

—Es posible —respondió Cat con insolencia—. Pero no olvide que al final nos comemos a los hombres. Algo que en los burdeles suele ahuyentar la clientela.

Ida se estremeció, tanto por la idea del canibalismo como por el recuerdo de lo que Ottfried solía hacerle cuando osaba mostrarse con la misma frescura. Y en especial porque él no siempre entendía ese tipo de bromas... Pero en esta ocasión sonrió complacido.

—Efectivamente, una gata montesa. Y nosotros necesitamos felinos que cacen ratones en Sankt Paulidorf... ¿Tú qué opinas, Ida, se dejará domesticar? —Se pasó la lengua por los labios.

Cat quería marcharse, pero se dio un susto de muerte al mirar alrededor y descubrir detrás del carro a aquellos tres hombres, que salían zigzagueando de una calle lateral. Debían de venir del pub más cercano. Y ahora ella volvía a cruzarse en su camino.

Ida todavía no los había visto, la joven paseaba la vista esperanzada entre su marido y Cat. Por una razón que Cat no alcanzaba a discernir, las palabras de su esposo parecían haberle infundido valor. ¿Acaso no entendía lo que estaba sucediendo? ¿No veía la desvergüenza con que su marido la acechaba como si fuese una presa de caza? Entonces Ida dijo algo que dejó a Cat estupefacta.

—Yo también he pensado que podríamos instalar a Cat en el valle Schach. Sería... sería un deber cristiano. Aquí no está segura.

Y si ahora vuelve con los maoríes... con los paganos... entonces es posible que nunca llegue a redimirse.

Ida se interrumpió. Ya antes se le había ocurrido llevarse a Cat con ellos y desde entonces buscaba razones para que los ancianos la aceptaran. Por supuesto, pensaba en el alma inmortal de Cat, pero, sobre todo, en lo estupendo que sería tener en la colonia a una amiga de su edad. Y, además, a una que hablaba inglés y alemán. Tanto si Ottfried y su padre lo apoyaban como si no, Cat podía enseñar inglés a Ida y Elsbeth. Sobre todo a Elsbeth... Cat le recordaba a su hermana, no solo por el cabello rubio, sino por el orgullo y la tenacidad. Cat les daría fuerza, a ella y a Elsbeth, estaba segura.

Ottfried rio.

—Bueno, que se redima o no es asunto de Dios y los ángeles... Quién sabe si estará bautizada. Pero por mí que no quede. —Hizo un gesto hacia el carro, invitándola a subir—. A lo mejor necesitamos una criada.

Cat reflexionó velozmente. Se sentía sobre brasas de carbón. Por ahora, la silueta corpulenta de Ottfried la mantenía oculta, pero los hombres la reconocerían de un momento a otro. ¿Cómo reaccionaría entonces el marido de Ida? Él no la miraba con menos lascivia que aquellos tres, pero seguramente no se jugaría el tipo por ella.

Ida sonrió. Era una sonrisa dulce que le ablandaría el corazón a cualquier hombre, pero los ojos de Ottfried no registraron ningún destello. No parecía sentir mucho amor por su esposa.

—¡Una criada sería fantástico! —Era obvio que Ida se alegraba—. Aunque padre tal vez encuentre ostentoso que dispongamos de ayuda... Todavía no tenemos ganado. Y ni siquiera todos los campos están cultivados. —Vacilante, miraba alternadamente a Cat y Ottfried—. Tampoco podríamos pagar demasiado.

Eso no era del todo cierto. Ottfried se ganaba bien la vida como carpintero, al igual que su padre. Podía permitirse sin problema los pocos peniques que una criada ganaba en Raben Steinfeld. Sin embargo, ningún arrendatario de Mecklemburgo contrataría una criada. La propia familia era capaz de cultivar las tierras del *morgen* que adjudicaba el contrato con el Junker a los trabajadores manuales. Durante la cosecha, como mucho, se necesitaba la ayuda de jornaleros.

—Tenemos la vaca —observó Ottfried—, y con todo el trabajo de construcción no me queda tiempo para cultivar la tierra.

En tal caso habría sido más aconsejable contratar a un mozo de labranza, pero Ida no quería contradecirle. Parecía realmente como si su marido quisiera complacer sus deseos por primera vez desde que eran un matrimonio.

—Y además pronto te quedarás embarazada... —añadió Ottfried.

Ida se ruborizó. En el pueblo, ella lo sabía, se rumoreaba que era extraño que todavía no lo estuviese. Ottfried se esmeraba al máximo y ella ya había tenido en dos ocasiones la esperanza, pero un par de días más tarde, con retraso, le llegaba una regla abundante. Tal vez fuera por culpa del duro trabajo; además, durante la última inundación se había caído.

—¡Eh, chicos! ¡Ahí está la puta de los negros! ¿No os había dicho yo que teníamos que volver a echar un vistazo?

Cat oyó el grito triunfal del más alto de los tres. Se dieron palmadas entre sí y rieron. Cat no se les escaparía otra vez. Desesperada, ella le tendió la mano a Ottfried.

—¡Seré una buena criada para ustedes! —declaró.

Él se la estrechó y luego se volvió hacia los hombres que ya casi habían llegado al carro. Se los quedó mirando iracundo, mientras Cat se encaramaba al pescante a toda prisa y se estrechaba contra Ida. Esta le pasó el brazo por el hombro, protectora.

—¿Qué pasa, tío? —balbuceó Jamie provocador—. Nosotros la teníamos antes. Es... ¡es nuestra!

Ottfried arrugó la frente. Era obvio que no entendía nada del turbio inglés de los borrachos, pero les cerró el paso con determinación.

—¡Largo de aquí! —les gritó—. ¡No os acerquéis a mi esposa! ¡Ni a mi criada!

Ida gritó asustada cuando Ottfried sacó un mosquete de debajo del pescante; no sabía que tenía esa arma. Cat boqueó. La visión del mosquete le recordó a Wairau. Los hombres de Wakefield iban todos armados. Ida tomó conciencia por vez primera de que su marido había estado frente a los maoríes empuñando un arma. Y uno de los hombres había matado de un tiro a la hija del jefe tribal...

Los tres borrachos retrocedieron asustados cuando Ottfried los apuntó con el mosquete. Seguramente se habrían enfrascado en una pelea a puñetazos, pero no iban a enfrentarse a un hombre armado.

—Está bien... tranquilo... quédatela... —Jamie hizo un gesto apaciguador con la mano—. ¡Pero ten cuidado! ¡Es una bruja! ¡Se nos escapó con un hechizo! ¡Con una chica normal eso no habría pasado!

Cat se habría echado a reír. Era obvio que había herido en el orgullo a sus acosadores al conseguir huir de ellos. Ahora también sospecharían que era versada en magia negra... Marcharse de Nelson era lo correcto. ¡Incluso si ese Ottfried resultaba un peligro!

LOS CAMINOS DEL SEÑOR...

Sankt Paulidorf, Nelson

1844

1

—Los caminos del Señor son insondables —dijo el pastor Wohlers y lanzó una mirada que solo con extrema benevolencia podía calificarse de paternal sobre el hermoso rostro y la armoniosa figura de Cat—. Démosle pues las gracias por haber guiado hasta nosotros a esta criatura descarriada que ha escapado felizmente de las garras del Maligno.

Cat miraba avergonzada al suelo. De hecho, había huido menos de las garras del Maligno que de la chusma de Nelson. Y tener que estar ahí plantada en medio de los miembros de la comunidad de Sankt Paulidorf, mientras otros decidían por ella su destino, le traía malos recuerdos. Y más aún por cuanto los aldeanos no la miraban con más amabilidad que los ngati toa tras la muerte de Te Ronga.

¡En especial los allí reunidos! Cat se había sentido relativamente segura cuando Ida y Ottfried se la llevaron con ellos, pero, al parecer, tenía que volver a pasar por otra especie de examen en Sankt Paulidorf. Aquella congregación de antiguos luteranos le recordaba más a su tribu maorí que a la gente de Nelson. Resultaba casi inquietante. Por otra parte, el valle del Moutere, cuyo nombre esa gente acababa de cambiar por el de valle Schacht, le daba mala espina.

Habían llegado a la colonia tras un penoso viaje de dos días. El carro se había quedado varias veces atascado en el barro, y luego unos árboles caídos en el camino los habían obligado a dar un rodeo. En una ocasión incluso habían tenido que desenganchar el tiro y hacer que los caballos despejaran el camino de los obstáculos mediante un artefacto confeccionado con cuerdas. Pero en cuanto se aproximaron al valle por una de las colinas que lindaban con la colonia, tuvieron una vista muy bonita del amable paisaje fluvial en que ya se alzaban algunas casas de madera de aspecto casi desafiante. Los huertos y los campos de labor estaban cultivados, y se reconocía el edificio de una iglesia. Era evidente que la gente del lugar había trabajado duro en los últimos meses. Sin embargo, ¿cómo podían ignorar que esos eran terrenos de aluvión? Recordaba que Te Ronga había reprochado a su padre que los vendiese a los *pakeha*.

—No tienes derecho a venderlos, pertenecen a los espíritus del río.

Te Rauparaha se había reído.

—Los espíritus del río ya reivindicarán sus derechos.

Y de ello no cabía duda. Ida le había contado que en las últimas semanas se habían producido dos inundaciones, aunque Ottfried había suavizado la descripción. Ahora, cuando Cat contemplaba todo el valle desde lejos, conseguía imaginarse qué aspecto había tenido después de la lluvia. ¡Nunca se hubiera imaginado que los alemanes fueran a asentarse tan cerca de la corriente! ¡Si al menos hubiesen tomado la misión como punto de referencia y construido sus casas en la montaña...!

Pero eran muy testarudos y vanidosos, tan solo su aspecto ya le resultaba amenazador. Todas las mujeres iban vestidas como Ida, de oscuro y con el cuello cerrado hasta lo alto, y los hombres eran tal como Cat siempre había imaginado a los patriarcas de la Biblia: barbudos, serios y extremadamente severos.

—¡No tan deprisa, señor pastor! —exclamó uno de ellos—. Todavía no está ni mucho menos decidido que la joven pueda quedarse.

Era un hombre alto y corpulento con ojos grises y duros que a Cat le recordó vagamente a Ida. Probablemente se trataba de su padre. La joven había hablado de la gran influencia que este ejercía sobre la comunidad, con una pizca de orgullo en su voz y mucho miedo.

—Una chica tan joven, sola y sin marido, despertará la lujuria en la comunidad. Además, mi yerno ha mencionado que la muchacha no gozaba de buena fama en Nelson. Lo que tampoco es extraño. Si ha crecido entre los salvajes... ¿cómo va a saber ella lo que es la decencia?

A Cat se le agolpó la sangre en las mejillas; junto a la vergüenza, la cólera se iba apoderando de ella.

—Si se quedara, tendría que casarse cuanto antes —apoyó otro de los honorables al padre de Ida.

Alguien acababa de llamarlo Brandmann y su parentesco con Ottfried era visible. En un par de años, Ottfried sería igual de calvo y gordo... ¿Qué era lo que había empujado a la preciosa Ida a casarse con un hombre así?

—De todos modos, ahora no se me ocurre ningún joven que cumpla los requisitos. Además, habría que pensar también en la virtud del muchacho, que saldría mejor consolidada con una joven bien educada y de su misma religión.

Brandmann hizo una mueca, expresión que a Cat le hizo pensar en una rana croando. Mientras, los jóvenes asistentes no mostraban preferencia por ninguno de los cuervos de negro de su comunidad. Antes al contrario, algunos la miraban con franca lujuria. Era obvio que la idea de que ella saliera al mercado local de mujeres casaderas excitaba su imaginación.

—¿Te han bautizado, muchacha? —volvió a intervenir Lange—. ¿Y en qué religión? Tienes un nombre tan raro... ¿Cómo alguien puede llamarse Cat?

—¡Se llama Katharina!

Cat se volvió perpleja hacia las mujeres, que formaban un bloque compacto en la asamblea. Varias sostenían sobre la cabeza lonas para protegerse de la llovizna que caía desde el inicio de la reunión para la oración. Habrían preferido retirarse a sus casas en lugar de permanecer en la enfangada plaza de las reuniones tiritando de frío, y por eso quizá miraban a Cat con ceño. Para ellas era una joven cuya aparición las obligaba a permanecer allí y que, además, atraía las miradas de sus maridos. Sin embargo, en esos momentos ocurrió algo inusual que sorprendió a todos los miembros de la comunidad. Hombres y mujeres se quedaron mirando a Ida, que avanzaba hacia el centro. Se colocó a un par de pasos de Cat, ruborizada y mirando turbada hacia el suelo, delante del grupo. Tanto entre los hombres como entre las mujeres surgió un murmullo indignado. Al parecer, no era habitual que la voz de una mujer se alzase en el consejo.

Ida se obligó a seguir hablando, aunque le costaba lo suyo.

—Y está... está bautizada, por supuesto... su primera madre de acogida era luterana...

Cat frunció el ceño. Eso se lo había inventado Ida. Ella solo había mencionado a Linda Hempelmann brevemente, sin la menor referencia a su religión. Desconcertada, buscó los ojos de Ida cuanto esta levantó su mirada temerosa, y no supo si sentir indignación o gratitud. Ella misma no habría contado ninguna mentira sobre su procedencia, pero Ida seguro que lo hacía con buena intención.

—¿Cómo te atreves, Ida, a meterte en este asunto? —Jakob Lange fulminó con la mirada a su hija—. ¡En la comunidad las mujeres no tienen voz!

Ida jugueteó con las cintas de su capota, titubeante. Pero entonces recibió una ayuda inesperada.

—¡No, hermano Lange! Déjala que hable, ya que es evidente que esta muchacha no pronuncia palabra de tanto como la hemos amedrentado —observó con voz dulce el pastor Wohlers—. Hable con franqueza, señora Ida, si Katharina ha confiado en usted.

Ida respiró hondo y lanzó una mirada pidiendo disculpas a Cat.

—No sabe si esos alemanes... se llamaban...

—Hempelmann —le susurró Cat resignada.

Tenía que apoyar la versión que Ida hacía de su historia, o las consecuencias serían terribles para la joven. Ida le dirigió un guiño discreto y siguió hablando.

—No sabe si los Hempelmann eran antiguos luteranos o reformados, pero la señora rezó con ella y leyeron la Biblia en voz alta. Así pues, nunca ha participado en los rituales paganos de los salvajes. Ella... ella me ha contado que se negaba a rezar las oraciones maoríes.

De hecho, Cat solo le había mostrado a su nueva amiga un rongoa y le había contado que con las hojas de ese arbusto se elaboraba un jarabe antitusígeno. El pequeño Franz había vuelto a resfriarse. Así que Cat había hablado de Te Ronga y de que invocaba a los espíritus.

En ese momento apretó los puños. Tal como lo describía Ida, ¡uno pensaría que ella no respetaba las creencias de Te Ronga! No podía dejar que eso quedara así. Pero, a la vista de las caras de los pastores y los ancianos del consejo, supuso que Ida había dicho lo apropiado. Los pastores Wohlers y Riemenschneider estaban radiantes. El padre de Ida y el señor Brandmann contrajeron un poco la boca, pero no pudieron más que asentir con aprobación.

—Claro que Cat... hum... Katharina todavía necesitará que la guíen un poco —señaló Ida—. Sería... sería positivo que se alojase con una familia que la instruyese de forma adecuada.

Y levantó la vista hacia su padre. Lo que en esos momentos quería sugerir no le resultaba fácil, pues se había alegrado de acoger a Cat en su propia casa y de trabajar con ella. Pero en cuanto había vuelto a ver a Elsbeth tomó una decisión irrevocable: su hermana necesitaba ayuda con más urgencia que ella. A Elsbeth se la veía abatida y desdichada, temía que a Franz, cada vez más débil y pálido, le ocurriera algo y, para colmo, no entendía las indicaciones que su padre le daba sobre el mantenimiento de la casa. Cat, que a Ida le parecía una mujer vigorosa, enseguida pondría manos a la obra. Y con los Lange tampoco se vería amenazada su virtud. Con Ottfried, por el contrario...

—¡Exactamente! —Tanto Ida como Cat se sobresaltaron cuando Ottfried intervino de repente—. Esta joven necesita volver con ayuda de Dios a la senda de la virtud, por la que sin duda caminó en su día hasta que los salvajes la raptaron. Se trata de una tarea de gran responsabilidad y que exige sacrificio. Pero mi esposa y yo no nos tomamos a la ligera la decisión de traer a Katharina. Y seguiremos ocupándonos del cuidado de su alma. Con el trabajo duro de la granja, con la iniciación a la plegaria de la mano de mi virtuosa esposa y, por supuesto, bajo mi vigilancia, la muchacha será reconducida por el buen camino. Puedo aseguraros que no le quitaré la vista de encima. Ida y yo nos mudamos mañana a nuestra casa nueva. En el establo contiguo puede instalarse un cuarto para una criada. Si los ancianos nos lo permiten, acogeremos a la pobre Katharina.

—Pero... —Ida quiso intervenir y Elsbeth parecía desconcertada. Ya se había alegrado de tener ayuda—. Yo pensaba...

—Una oferta generosa —elogió el pastor Wohlers—. Y que responde al auténtico cristianismo. ¡Invito a los ancianos a que den su consentimiento! ¿Adónde iría la joven si la expulsamos de aquí? No resulta difícil imaginar a qué peligros se vería expuesta si la abandonamos en estas tierras salvajes.

La misma Cat sabía muy bien a qué se expondría: en las «tierras salvajes» no había ningún peligro insalvable. Desde el valle del Moutere cruzaría el territorio de los ngati toa hasta llegar a la primera tribu ngai tahu. Ahí tendría que ser prudente. Sería mejor no encender ningún fuego durante dos días y tal vez avanzar por las noches. Resultaría desagradable y no del todo carente de riesgos, pero peor sería tener que vivir bajo la «vigilancia» de Ottfried. El esposo de Ida no le caía nada simpático, y menos después de su pomposo discurso.

Pero entonces miró a Ida y el corazón se le ablandó. La joven parecía muy preocupada, casi angustiada, cuando su padre, Brandmann y los demás ancianos se retiraron para debatir. Parecía desesperada por retener consigo a Cat, aunque había reculado durante la intervención de Ottfried. Ida podía ser ingenua, pero no le habrían pasado por alto los sucios intentos de su marido de acercarse a Cat durante el viaje. Sin embargo, la inminente decisión del consejo la inquietaba como si de ella dependiera su propia permanencia en la comunidad. Cat no lo entendía del todo, pero no quería decepcionar a su nueva amiga. De acuerdo, si los ancianos no querían que Cat se quedara, se marcharía. Pero, en caso contrario, aceptaría convivir durante un tiempo con esos antiguos luteranos. No temía ni al trabajo duro ni a Ottfried. Era un tipo desagradable, pero seguro que no era un animal. Cat jugueteó con su cuchillo. Se sentía capaz de mantener a distancia al marido de Ida.

A Brandmann, Lange y los otros ancianos no les había resultado fácil tomar una decisión, informó Lange cuando volvieron a reunirse con la comunidad, que los esperaba a la fría intemperie, bajo la llovizna. El portavoz añadió algo de misterio al asunto pronunciando primero unas palabras y dando un farragoso rodeo antes de ir al grano y comunicar la decisión final. Cat solo necesitó echar un vistazo a Ottfried para saber qué había determinado el consejo. El esposo de Ida parecía un gato cebado al que acaban de llenarle el cuenco de leche fresca. Sin duda, los ancianos habían accedido a su solicitud.

—¡Le brindaremos una oportunidad a esta joven! —declaró solemnemente Lange, dando a conocer el veredicto del consejo—. Puesto que Ottfried Brandmann se ha mostrado dispuesto a responsabilizarse de la virtud de la joven, adelante, que someta a la muchacha a una estricta disciplina y su esposa Ida sea para ella un modelo de sumisión y devoción. —El patriarca iba lanzando a su hija miradas severas, como si sospechara un tremendo desenfreno detrás de su visible obediencia. Solo cuando Ida le sostuvo la mirada y escondió su alegría por la decisión tomada bajo un rostro estoicamente grave, apartó la vista de ella y dirigió la palabra a la muchacha que acababa de incorporarse a la comunidad—. Katharina... esto... Hempelmann, te invitamos a compartir con nosotros de aquí en adelante trabajo y pan, y a servir a Dios.

Ida esbozó una sonrisa y Cat se mordió el labio. Ella no era Katharina Hempelmann. Era Cat. No más, ¡pero tampoco menos! Desdichada, recordó el tiempo en que se sentía querida y respetada con el nombre de Poti. Te Ronga daba más importancia al ser humano que al nombre que llevaba.

Miró a los ancianos.

—Gracias —dijo de mala gana—. Pero soy Cat. Solo Cat.

Esto probablemente habría provocado una primera reprimenda, pero tras el discurso de Lange, la réplica de Cat quedó ahogada por las exclamaciones y comentarios de los colonos. Se diría que la mayoría apoyaba la integración de Cat a la comunidad. Las mujeres se arracimaron en torno a ella y le hablaron con amabilidad, ávidas también por recibir información de Nelson. Muchas preguntaban por los conocidos que tenían en la ciudad, por los Beit y por novedades de la compañía. Fue más tarde, cuando algunas mujeres acompañaron a Ida y Cat a la cabaña provisional de Ottfried para ayudarlas a llevar las cosas a su nueva casa, que le preguntaron por su vida con los maoríes. Cat se sometió paciente, aunque también precavida, al interrogatorio. No quería dar pie a falsas interpretaciones como le había sucedido en Nelson.

Al final, las mujeres colocaron todos los enseres domésticos de Ida en dos carretillas. La familia no poseía gran cosa. Todas lamentaban haberse traído tan poco de su antiguo hogar a Nueva Zelanda.

—Vuestra bonita vajilla, Ida, y el edredón... Todavía recuerdo lo bien que cosía tu madre. Al menos aún conservas los manteles y las sábanas. —Las mujeres palparon la tela bordada antes de poner el baúl con el ajuar de Ida en la carretilla.

Ida permanecía bastante indiferente a todo ello. Cat se preguntaba qué sentido tenía cargar con esas chucherías por tres océanos. Claro que las sábanas y las almohadas eran bonitas, pero más importantes eran las herramientas, la ropa de abrigo y los utensilios de cocina. Todo eso lo habían tenido que comprar, informaron las mujeres a Cat con una mezcla de alegría y pesar. La excursión de Ida y Ottfried a Nelson había servido para aumentar los haberes de la comunidad. En total, los colonos de Sankt Paulidorf no poseían más enseres domésticos que las mujeres de los ngati toa.

—Lo que pasa es que supusimos que aquí lo haríamos todo nosotras —explicó Ida con pesar cuando Cat hizo una observación al respecto—. En Raben Steinfeld nunca tuvimos que comprar nada, tejíamos nuestras telas y trabajábamos la lana, y las herramientas procedían de la forja. Pero aquí todo es distinto. No hay ovejas ni lana... Mi padre tampoco puede abrir una herrería, antes tiene que haber casas construidas. De dónde sacará el hierro es un misterio para mí. ¿Cómo se las apañan los maoríes? Ellos no tienen ganado.

Esta pregunta despertó también el interés de las demás mujeres.

Cat se encogió de hombros.

—Los maoríes suelen cocinar en fuegos abiertos, o utilizan hornos de tierra si cerca hay actividad volcánica. Y tejen el lino, *harakeke* —explicó—. Pero para eso primero hay que cultivarlo. ¿Habéis sembrado algo por aquí?

Cat tiraba de una carretilla con Ida y su hermana menor Elsbeth. Estaban llegando a las primeras casas del futuro pueblo, la mitad todavía en construcción y el resto ya listo para ocupar. Las primeras familias ya estaban viviendo en sus primorosos hogares. Cat observó horrorizada los cimientos, hasta los cuales había llegado el agua en la última inundación. No se asombró de lo que las mujeres contaban sobre sus huertos destruidos.

—Todo lo arrastró el agua en la última crecida, ¡pero no nos rendimos! —afirmó Elfriede Busche, la joven esposa del zapatero y futura vecina de Ida—. Enseguida volvimos a preparar los huertos de nuevo.

—Por segunda vez —observó Elsbeth afligida. Mientras las otras mujeres hablaban con orgullo y un fervor algo forzado, la muchacha carecía de todo entusiasmo—. Pero ya se lo advertí a mi padre: ¡no volveré a hacerlo otra vez! Si el río se desborda de nuevo, entonces...

—¿Entonces qué? —preguntó Cat.

Su voz se perdió entre el murmullo de indignación con que reaccionaron las mujeres a las palabras airadas de Elsbeth: ¡No, ni habría ni podría haber otra inundación! Y si aun así la había, esta vez las zanjas de desagüe protegerían las casas y huertos; al fin y al cabo las mujeres habían rodeado con zanjas todos los campos de labor. Hasta los hombres habían colaborado para hacerlas más profundas.

—¡Dios nos protegerá! —resumió Elfriede Busche con convicción, al tiempo que se santiguaba.

—¡Deberíamos rezar para que así sea! —añadió una mujer mayor, y de inmediato las cabezas se inclinaron bajo las capotas almidonadas cuya forma, no obstante, no resistía del todo la llovizna.

—¿No podríamos entrar para rezar? —se quejó Elsbeth mientras Cat buscaba las zanjas de desagüe alrededor de la parcela.

Lo que encontró no era más profundo que el surco de un campo arado. Con esas zanjas también habían rodeado Te Ronga y las otras maoríes sus campos de cultivo. Bastaban para detener una lluvia normal. Pero ¿la crecida de un río? Si fuera tan fácil, ya haría tiempo que los ngati toa ocuparían ese valle.

—¡Sí, pasad! —invitó Ida—. Así podremos pedir a Dios que la mudanza sea beneficiosa y reine la felicidad en nuestro nuevo hogar.

Cat pensó que al pronunciar esas palabras su amiga sentía más frío que devoción, y, naturalmente, a ella le ocurría otro tanto. Seguro que todas las mujeres estaban deseando encontrar un rincón al abrigo de la lluvia, pero solo Elsbeth se había atrevido a decirlo.

—Y antes de rezar podemos calentar el horno, ¿no? —propuso de nuevo la muchacha.

Pero la buena disposición no llegaba tan lejos en las mujeres más mayores de la comunidad. Acabaron de meter los arcones en la casa y acto seguido se pusieron a rezar.

Cat esperó paciente a que acabaran. A fin de cuentas, con los maoríes habría ocurrido lo mismo. También con Te Ronga el quehacer cotidiano se veía determinado por ceremonias mediante las cuales los seres humanos aplacaban a los espíritus o les invitaban a participar en sus vidas. Solo se diferenciaban en que la invocación de las maoríes era más alegre, ya que también solían cantar y bailar, no solo se limitaban a orar. Como fuere, daba la impresión de que la plegaria enervaba a Elsbeth, y tampoco Ida parecía muy fervorosa. Era probable que estuviese pensando en el resto de enseres domésticos que todavía permanecían a merced de la lluvia en las carretillas.

Cuando concluyó la oración, Ida enseñó la casa a sus amigas, un recorrido que sobre todo se realizó para Cat, pues las otras mujeres pronto vivirían en viviendas semejantes. Los hombres se habían inspirado en la estructura de las granjas de su lugar natal. Había un espacio de entrada y un gran recibidor al que daban las habitaciones. Las mujeres admiraron complacientes la amplia y sólida cama que Ottfried había construido, así como los demás muebles, macizos y pesados. Todas colaboraron diligentes para guardar la escasa vajilla y las ollas y sartenes en los armarios de la cocina. Cat apiló las provisiones de carne seca y legumbres en la despensa, bajo la atenta mirada de *Chasseur*, que desde que Ida había regresado al pueblo ya no se separaba de ella. Esperaba tener un sitio junto a la chimenea, pero Ida indicó a Cat que le hiciera un rincón con paja en el establo.

—Si también duermes tú allí, al menos no estará solo —apuntó, acariciando al simpático perro de pelaje largo.

Cat ya había comentado antes que no tenía ningún interés en dormir dentro de la casa. Un cobertizo en el establo era suficiente para ella, y, además, le ofrecía mayor protección ante eventuales audacias del patrón.

—A Ottfried no le gusta tener perros en casa, pero yo he insistido a causa de las ratas. Es de esperar que aquí no haya.

Al menos esa era una de las ventajas de las inundaciones frecuentes. Las ratas no correrían el riesgo de ahogarse en masa en ese valle, pensó Cat, pero prefirió callarse. Eso provocaría posiblemente otra oración.

Al final, las vecinas de Ida se despidieron. Había llegado el momento de ocuparse de sus maridos e hijos. Ida y Cat podían ocuparse de los últimos preparativos para la mudanza del día siguiente.

—Antes que nada deberíamos ir a buscar la vaca y los caballos —señaló Ida, teniendo en cuenta el mal tiempo.

Seguía lloviendo y lanzaba miradas angustiadas al Moutere.

Este permanecía obediente en su lecho, pero Ida ya sabía que las inundaciones no se podían predecir. No dependían de lo fuerte que arreciara la lluvia en el valle, sino de las precipitaciones masivas o de cómo se fundía la nieve en las montañas.

—Sí, los animales estarán mejor al abrigo de la lluvia —confirmó Cat.

Ayudó a Ida a llevar desde la misión hasta el valle una vaca reticente, muy testaruda y asustadiza. Los aldeanos que debían ocuparse de las otras dos reses ya las habían recogido. La vaca de Ida se dejó llevar al principio, pero luego se negó a bajar hacia el río. Las dos mujeres se las vieron y desearon para hacerla caminar.

—¿No será que presiente algo? —preguntó Ida temerosa, mirando el agua.

Cat se encogió de hombros.

—Ni idea. Es la primera vaca con que trato. De todos modos, me quedaré con ella y los caballos en el establo. —Le habían ofrecido dormir la noche antes de la mudanza de Ida con las hijas de los Brandmann, pero la cabaña de esta familia ya estaba atestada, sin contar con un huésped más—. Si sucede algo, los dejaré salir.

—Así que lo consideras posible —observó Ida nerviosa cuando a continuación también llevaron los caballos al establo. Los dos bayos las siguieron de buen grado, contentos de resguardarse de la lluvia—. Lo que pasa con el río... ¿tú también crees que puede haber más inundaciones?

Cat puso los ojos en blanco.

—Ida, desde tiempos inmemoriales hay aquí inundaciones. ¿Cómo iba a cambiar la situación de repente?

—Es... es lo que dice mi padre. Y también Ottfried... pero yo... yo creo que tendríamos que habernos instalado más arriba, en las colinas. El agua seguro que no llega hasta allí.

—Yo tampoco me fiaría allí arriba —apuntó Cat con franqueza—. Te Ronga opinaba que este valle pertenece a los dioses del río. Pueden tomar posesión de él en cualquier momento. Nadie sabe hasta qué altura pueden llegar las aguas... al menos ningún *pakeha*.

—Supersticiones. No... no debes decir estas cosas. ¡No existen los dioses del río! —exclamó Ida santiguándose.

—¿Y tu fe ciega en tu padre y Ottfried? —se burló Cat—. ¿No es superstición el que creas que saben cuál es la voluntad divina?

—Debemos obedecer a los ancianos. A nuestros padres y esposos. Es voluntad de Dios.

—¡Tonterías! —replicó Cat—. Mira, Ida, puede que eso tuviese alguna lógica en vuestro Raben Steinfeld. Tu padre conocía bien el lugar, había... *tikanga*... costumbres que... Bueno, los maoríes dicen que el conocimiento del pasado afianza el futuro. Pero aquí todo es distinto, tú misma lo has dicho. Y nadie, a no ser que tal vez sea un *tohunga* en ríos, o un geólogo como ese señor Tuckett, puede predecir cuándo se producirá la siguiente inundación. Lo único seguro es que la habrá. Da igual lo mucho que recéis y lo que diga tu padre.

—¿Te refieres a que Dios no nos escucha? —Había un tono de indignación en la voz de Ida, pero también otro. ¿De duda? ¿De miedo?

Cat sabía que tenía que actuar con diplomacia. Pero recordó todas sus absurdas oraciones por la señora Hempelmann, sus ruegos desesperados a Dios para que la protegiera de Barker y las miradas lascivas del misionero Morton, y recordó también el eficaz jarabe de rongoa que ella misma había preparado aunque se había negado a invocar a los espíritus al recoger la planta.

—¿Alguna vez te ha escuchado? —planteó, devolviéndole la pregunta—. ¿Alguna vez has sentido un asomo de respuesta cuando le has consultado algo? ¿Se ha cumplido alguno de tus sueños?

Ida guardó silencio mientras cerraba la puerta del establo tras los caballos. Empezó a repartir diligente el tussok seco, que ahí hacía las veces de heno, por los compartimientos de los tres animales. Parecía insegura y aturdida, las agudas observaciones de Cat parecían haberla afectado. Cat se lamentó de haberla emprendido contra los dioses. Había mencionado a los espíritus del río más bien en broma, pero tendría que haber sido consciente de que la gente de Sankt Paulidorf no atendía a ironías en relación al paganismo. Pensó en cómo disculparse mientras iba llenando los cubos de agua y ponía avena en los comederos de los caballos. Pronto no habría más que hacer. Si la atmósfera que reinaba seguía tan tensa...

De repente, Ida rompió el silencio.

—Hasta ahora nunca había mentido —confesó a media voz—. Hasta... hace un momento en la asamblea.

Tras la discusión sobre dioses y espíritus, estas palabras sorprendieron a Cat. Ignoraba qué se esperaba que hiciera. Pero la expresión lastimera de Ida le despertó la compasión.

—Pues se te da muy bien —observó con una sonrisa—. No tendrías que haberlo hecho. Os estoy muy agradecida por haberme sacado de Nelson, pero desde aquí ya me las habría apañado de algún modo.

—Y a lo mejor habrías seguido viajando mejor así —susurró Ida—. El río... y Ottfried...

No había razón para bajar la voz, pero el peso de esas palabras parecía aplastar a Ida.

Cat se encogió de hombros.

—Tal vez. No te preocupes por mí. Sé nadar. —Sonrió animosa—. Y en general sé apañármelas. —Tocó el cuchillo de caza instintivamente.

Ida había concluido su trabajo y se sentó agotada en el travesaño que separaba el compartimento de la vaca del de los caballos.

—No lo hice por ti —reconoció.

Cat la miró expectante, observó sus hombros caídos, la palidez del rostro y los mechones de cabello oscuro liberados de la casta capota. Incluso los bucles carecían de brillo. Todo el cuerpo de Ida expresaba cansancio y desconsuelo.

—Quería que te quedaras —añadió.

Cat volvió a sonreír.

—Fue evidente —observó—. Pero ¿por qué? En realidad no te preocupa mi... ¿cómo se llama? ¿Redención? Ni siquiera sé qué es.

—Es posible que yo tampoco llegue a saberlo jamás —suspiró Ida—. Se dice que ya viene predeterminada. ¿Cumpliré yo los... los requisitos? En cualquier caso, no, no me preocupa tu redención. Aunque, por supuesto, eso sería mi deber cristiano. Debería preocuparme y... —Se interrumpió y jugueteó con una brizna de hierba. Le costaba seguir hablando—. En realidad solo quería que te quedaras para tener a alguien con quien conversar —admitió al final, como si se tratara de la confesión de un crimen.

Cat se sentó a su lado.

—Pero Ida —dijo con dulzura—, aquí puedes hablar con cualquiera. Todos hablan tu lengua...

Ida negó con la cabeza.

—No es así. Creo que aquí... nadie me comprende. Es una majadería, ¿verdad? Ya lo he experimentado antes. Cuando era pequeña, en la escuela. Me sentía distinta. Éramos distintos, yo y... Karl. Siempre lo veíamos todo de otro modo. Pero eso es soberbia... Siempre sacábamos mejores notas que el resto, y yo no debía estar orgullosa de ello. En especial siendo una chica. El profesor le dijo una vez a mi padre que yo era un extraño capricho de la naturaleza. Y, de algún modo, todavía estoy orgullosa de ello. No sé qué me pasa, hoy estoy cometiendo un pecado tras otro.

—¿Se debe a mi mala influencia? —bromeó Cat.

Ida no sonrió, pero hizo un gesto negativo.

—Es solo que si no encuentro a alguien... alguien con quien hablar... tengo la sensación de que me ahogaré... Tanto si se desborda el río como si no.

Cat la rodeó suavemente con el brazo y notó sus hombros huesudos bajo el vestido de lana.

—Me gustará conversar contigo —dijo cariñosa—. Aunque no sé si hablaremos el mismo idioma. Lo de la escuela, por ejemplo... Yo nunca fui a una escuela. Y tampoco sé si puedo salvar a alguien de morir ahogado. Como mucho, podré enseñarle a nadar. Pero el idioma de los espíritus, ya sea el del río o el de los demás que te atormentan, ese no lo conozco.

2

Cat tardó muy poco en percatarse de que no eran solo los dioses y los espíritus lo que atormentaba a Ida. Enseguida encontró sólidas razones para que su amiga tuviera un aspecto tan abatido y desdichado. Por una parte, el trabajo extremadamente duro con que cargaban las mujeres de Sankt Paulidorf. Todas se levantaban al salir el sol, preparaban el desayuno para la familia y acto seguido se ponían a trabajar en los campos de cultivo o en los huertos. Los hombres estaban ocupados construyendo las casas, mientras que las labores en los campos y los huertos correspondían tradicionalmente a los miembros femeninos de las familias. Solo dos colonos de Sankt Paulidorf habían explotado una granja en su antiguo hogar. Los demás mantenían a sus familias con trabajos manuales, no les quedaba tiempo para trabajar en el huerto. No obstante, en Raben Steinfeld las parcelas eran pequeñas, los huertos hacía tiempo que se cultivaban y los campos de labor se trabajaban desde hacía generaciones. Las mujeres habían conseguido fácilmente que esos palmos de tierra fuesen productivos, y, en caso de necesidad, podían recurrir a un jornalero para arar o ayudar durante la cosecha. Aquí, sin embargo, cada colono poseía veinte hectáreas y ambicionaba sacar partido de ellas lo antes posible. Las mujeres tenían incluso que ayudar a desbrozar las parcelas de cultivo. Solo unos pocos hombres accedieron a ayudarlas a cavar las zanjas de desagüe de los huertos. Naturalmente, las mujeres mayores recurrían a sus hijos. Un muchacho de trece o catorce años ya representaba una ayuda enorme. Pero Ida estaba sola, y todavía más Elsbeth, quien ya el día después de la llegada de Cat apareció llorando en el umbral de la nueva casa de su hermana.

—¡Anton se ha marchado! —anunció angustiada—. Ayer se enfadó con padre. Ottfried invitó a los chicos a... a una copa... —pronunció titubeando. En Raben Steinfeld solía haber alcohol, como mucho, en la casa propia, y se consumía en cantidades muy reducidas—. Y padre lo olió cuando Anton llegó a casa. —También eso resultaba casi increíble—. Anton le dijo que no pensaba trabajar en el campo, y luego habló de las inundaciones... Que nadie sabía para qué servía todo eso. Y que, además, no quería casarse con Gertrud Brandmann.

Cat no entendía nada e Ida emitió un sonoro suspiro. El proyecto de casar a Anton Lange con la hermana mayor de Ottfried ya existía en su país de origen, pero todavía faltaba mucho para que la relación madurara. Anton siempre había afirmado que no soportaba a Gertrud, una mosquita muerta sumamente piadosa y obediente. Al principio nadie lo había tomado en serio y si hubiese seguido negándose, su padre no lo habría obligado, pero había sido una torpeza sacar el tema a colación justo en ese momento, en el contexto de otro conflicto. La explicación de Anton debía de haber enervado todavía más a Jakob Lange. Pero, por lo visto, hacía tiempo que ese asunto corroía al joven.

—¿Le pegó padre? —preguntó Ida afligida.

Jakob Lange nunca había golpeado a sus hijas. Como mucho, las muchachas se habían llevado alguna que otra bofetada. En cuanto a los chicos, la disciplina paterna era muy severa, e Ida siempre se había ocupado de proteger al pequeño Franz.

Elsbeth asintió. Ida ya pudo imaginar el resto. Anton había soportado la paliza una vez más y se había ido a la cama para luego, al amparo de la noche, desaparecer sin que nadie se diera cuenta.

—Nos ha dejado una nota —añadió Elsbeth—. Trabajará en la construcción de carreteras. O de agrimensor, como Karl. Padre estaba fuera de sí, claro. También porque mencionó a Karl como si fuera un modelo a seguir. Aunque no me parece que admitan a Anton en la medición de terrenos; hay que ser bastante inteligente para eso. Y Anton... en fin, escribió «agrimensor» con acento.

A Ida casi se le escapó la risa. Anton nunca había sido un lince, pero era un chico fuerte y digno de confianza, seguro que lo admitían en la construcción de carreteras o en la del ferrocarril. ¿Y lo castigaría realmente Dios por haberse opuesto a su padre? Era posible que le esperase una vida mejor. Una esposa más bonita y dulce que la piadosa e insulsa Gertrud Brandmann.

A Ida no le gustaba admitirlo, pero comprendía a su hermano, quien tal vez así se labrara un futuro feliz. Sin embargo, para Elsbeth aquello era una tragedia. Hasta el momento, el padre siempre había obligado al joven a que, después de su trabajo diario, colaborara en el cuidado del huerto, cortara madera o fuera a buscar agua. Ahora, dadas las circunstancias, Franz se había ocupado a regañadientes de esas tareas, pues había comprendido que eran excesivas para su frágil hermana de trece años. Últimamente, por lo que la muchacha contaba, el padre había ordenado que Franz asumiera más trabajos domésticos.

—¡Pero si acaba de cumplir solo nueve años! —se lamentó—. Y además vuelve a estar enfermo. Hoy lo he enviado a la escuela para librarme un rato de él. Pero creo que tiene fiebre...

Cat se ofreció a ayudar. Prometió echar un vistazo al niño después de la escuela y enseguida salió a buscar plantas para aliviar la tos y bajar la temperatura. Elsbeth la acompañó, de pronto llena de confianza y de entusiasmo, lo que sorprendió a Ida. Hasta entonces, su hermana nunca se había interesado por la medicina.

Sin embargo, Cat enseguida descubrió los móviles de la niña.

—¡Habla en inglés conmigo! —le pidió en cuanto se hubieron alejado de la colonia—. Pronto lo habré olvidado todo, pero practico por las noches en la cama o mientras trabajo en el huerto. ¡Quiero saberlo bien! ¡Ah, sí, y por favor, llámame Betty!

La tos de Franz no tardó en mejorar, pero aun así el niño no podía satisfacer las expectativas puestas en él. Elsbeth siguió matándose a trabajar en el huerto sola, mientras su padre mostraba una tolerancia relativa. Él mismo veía que con la ayuda de Franz no iba a llegar muy lejos. Ottfried, por el contrario, agobiaba a Ida y la reñía cuando los resultados de su trabajo no respondían a sus exigencias.

—¡A mi madre ya hace tiempo que le han brotado las habas! ¡Y las patatas están plantadas! ¿Qué haces durante todo el día? ¿Y más ahora que tienes ayuda?

No era la primera vez que Cat se percataba de que Ida enmudecía ante tales reproches en lugar de defenderse. Lo mismo había sucedido durante el viaje desde Nelson. A la joven esposa parecían atascársele las palabras cuando Ottfried la reñía. Y también en eso veía Cat otra razón para la aflicción de Ida: su espíritu maligno, estaba segura, se llamaba Ottfried. Ida temía sus vituperios durante el día, y aún más sus acercamientos nocturnos.

Cat no podía evitar ser partícipe de las noches de Ida con Ottfried. Las paredes de aquella casa construida a toda prisa parecían de papel. Aun en el establo se enteraba de todo lo que ocurría en el dormitorio conyugal. Y no era que ella fuese especialmente cotilla, habría preferido dormir en lugar de oír los gemidos de Ottfried y su palabrería babeante, sus ronquidos y el sordo llanto de Ida cuando, por fin, él la dejaba en paz. Pero cuando Ottfried se abalanzaba sobre Ida, *Chasseur* se inquietaba y solía lanzar tristes gañidos; era probable que en la cabaña provisional le hubiesen prohibido ladrar. Mantenía despierta a Cat con sus gemidos y ella no se sentía capaz de hacerlo callar. Lo estrechaba contra sí, lo acariciaba y consolaba, ya que no podía consolar a Ida. Sin embargo, el más leve intento de comentar con la joven su martirio nocturno solo provocaba que se ruborizara y se retirara avergonzada.

A fin de cuentas, Cat tampoco era una experta. Sabía por sus amigas maoríes que la unión entre hombre y mujer debía ser percibida por ambos como algo hermoso. Pero solo podía comprender el asco y la rabia de Ida, no tenía sugerencias que ofrecerle acerca de cómo mejorar la relación. A lo sumo habría podido proporcionarle algo contra el dolor, pues no era normal que Ida apenas lograra moverse después de pasar la noche con Ottfried, que no durmiera y las ojeras se le marcaran.

A Cat también le preocupaba que la afición de Ottfried por el alcohol fuera en aumento, un hecho que Ida observaba más bien con serenidad. Después de que gran parte de las cabañas que había detrás de la misión se quedaran abandonadas, Ottfried se había ofrecido a encargarse de su derribo. Para ello reunía a los jóvenes miembros de la comunidad tras el trabajo diario y luego todos libaban en abundancia el whisky que Ottfried compraba en Nelson. No solo los inexpertos muchachos carecían de medida a la hora de beber, también Ottfried llegaba casi cada día tambaleándose y hablando con dificultad. A veces no conseguía hacer el acto con Ida, pues se quedaba roque en cuanto se metía en la cama. Entonces la joven esposa se deslizaba con una manta al establo y se acurrucaba tranquila junto a Cat y *Chasseur*.

Cat se alegraba de que su amiga disfrutara de noches de sosiego, pero a veces, lamentablemente, el alcohol también animaba a Ottfried a ser más atrevido. Antes de entrar tambaleante en su casa, iba al establo e intentaba sorprender a Cat durmiendo y le dedicaba piropos propios de un borracho. Pese a todo, se mantenía a distancia desde la ocasión en que había intentado «despertarla con un beso» y se había encontrado con un cuchillo pegado al cuello. Eso le había quitado la ebriedad de golpe y por la mañana fingió no acordarse de nada. A partir de ahí, bastaba con que Cat se llevara significativamente la mano al cuello para que él dejase de hacer comentarios obscenos.

Cuando mejor estaban las mujeres era las veces que Ottfried se marchaba a Nelson para cumplir encargos de la comunidad. Eso ocurría cada vez con mayor frecuencia, pues todavía había que adquirir muchos materiales de construcción y objetos de uso diario. De ese modo iban disminuyendo lentamente los ahorros de los colonos, las familias más pobres tenían que arreglárselas con las escasas donaciones de la compañía, así como con la pesca y la caza. Las mujeres esperaban ansiosas la primera cosecha, que algunas no tardarían en recoger. En las tierras situadas un poco más arriba, como en la granja del viejo Brandmann, la última inundación no había destruido mucho y las verduras de invierno, como las coles y los nabos, ya estaban madurando. Las mujeres ya empezaban a intercambiar con impaciencia recetas para el puchero.

Pero entonces el río se desbordó de nuevo.

Una mañana de invierno fría y lluviosa, Cat observó que el borboteo de la corriente aumentaba. Generalmente abandonaba al amanecer el jergón de paja para ir a ordeñar la vaca. Aunque al principio el enorme y testarudo animal le había infundido algo de miedo, enseguida había comprobado que la huesuda y blanquinegra *Berta* era esencialmente buena. Pero ese día, el sol no parecía querer salir de la forma habitual. Cat no se despertó al clarear el día, sino al oír el mugido desdichado de *Berta*. Parpadeó en la penumbra y no oyó tan solo el repiqueteo de la obstinada lluvia sobre la cubierta del establo, sino también un borboteo y un susurro funestos. Bastó echar un vistazo desde la puerta del establo sobre las tierras que descendían en ligera pendiente hacia el río: el Moutere estaba a punto de convertirse en una furiosa corriente de agua que no se mantendría mucho tiempo en su cauce. Cat todavía estaba observando a través de la cortina de lluvia, cuando las ondas del Moutere lamieron la orilla.

La joven se echó una capa sobre el vestido con que había dormido. Tenía que informar a Ida y Ottfried, y a los demás habitantes de la colina si es que no se habían percatado por sí mismos de lo que se avecinaba. Ida estaba poniendo el desayuno en la mesa, blanca como la cal, cuando Cat entró. Probablemente, también ella había oído el bramido del río.

—¿El... el Moutere? —preguntó con un hilo de voz al ver la cara de Cat.

Esta asintió.

—Se está desbordando —informó—. Es mejor que vayamos a la misión.

Mientras Ida se disponía a contestar, Ottfried apareció en la sala frotándose la frente. No debía de tener mucha resaca, Cat lo había oído toda la noche en el dormitorio. ¿Le afectaría la falta de sueño? Ida, en cualquier caso, estaba hecha polvo.

—No puede ser —observó él. Al parecer había escuchado a Cat—. Las nuevas zanjas de desagüe y...

Se interrumpió. Era probable que hasta a él mismo le resultara inadecuado mencionar las esperanzas que Jakob Lange depositaba en la ayuda divina.

—¡Sal y compruébalo! —replicó Cat—. ¡O echa un vistazo por la ventana!

Salvo la lluvia, apenas se veía algo por la ventana, pero al final, tanto Ottfried como Ida la siguieron al exterior.

—¡Dios misericordioso!

Ida miraba desesperada y Ottfried observaba incrédulo las masas de agua que ya cubrían la mitad del talud que había delante de su casa. Una pequeña zanja de desagüe todavía mantenía en sus límites la crecida, pero estaba claro que no constituiría un obstáculo serio para el Moutere.

—¿Lo veis? —preguntó Cat, alzando la voz por encima de la lluvia y el bramido del río—. ¿Podemos soltar de una vez a los animales y escapar de aquí? —Tenía la capa y el vestido empapados, lo que dificultaría la subida a la misión.

Por fin, Ottfried dio señales de vida.

—¡Las zanjas! —gritó—. Venga, Ida, necesitamos palas y sacos de arena. ¡Tenemos que proteger la casa!

—¡Lo que tenemos que hacer es marcharnos de aquí! —replicó Cat.

Pero ninguno de los Brandmann la escuchó y entonces la joven advirtió que también había movimiento en las parcelas vecinas. Los habitantes de Sankt Paulidorf no huirían, se enfrentarían a la crecida del río con convicción, como ya habían hecho las dos veces anteriores.

—¡Lleva los animales a un lugar seguro! —gritó Ida a su amiga cuando la vio vacilar—. ¡Y ayúdanos! El huerto... todo ese trabajo... ¡No podemos volver a perderlo!

Cat consideraba que esa nueva tentativa de salvación era absurda, pero corrió obediente y trató de convencer a una reticente *Berta* de que abandonara su confortable establo y se internara en la lluvia. Con los caballos lo consiguió más deprisa, estaban deseando escapar del río y su funesto bramido. Camino de la misión, Cat tenía la sensación de que iba a desgarrarse entre los animales. Los caballos tiraban hacia delante mientras *Berta* se rezagaba. Por fortuna, pronto recibió ayuda. Los colonos que vivían más arriba habían comprendido lo que estaba sucediendo y corrieron a echar una mano a sus vecinos. Con ello también protegían sus propias tierras. Uno de los jóvenes que después de la escuela solía guardar las vacas, liberó a la joven de *Berta*.

—¡Ahora ve y recoge las demás vacas! —le pidió Cat cuando el chico hubo metido al animal, que mugía infeliz, en un redil que había detrás de la misión—. ¡Ah, y tendrías que ordeñarla!

Cat habría preferido hacerlo ella misma, nada la obligaba a volver al valle, pero mientras ataba a los caballos al amparo del viento detrás de la misión, dos mujeres le pidieron ayuda. Ambas tenían que llevar hacia abajo una carreta con sacos que los misioneros llenaban a toda prisa. Naturalmente, esta vez no con arena sino con piedras y tierra amarilla, que era la que abundaba más allá de la misión. Seguro que no resistiría la violencia de la tempestad, el agua la escurriría de inmediato de los sacos toscamente cosidos. Pero eso no detuvo a las mujeres. Cargaban la carreta con frenesí y si Cat les hubiera dicho lo que pensaba, la habrían mordido.

—¿Por qué no enganchan los caballos? —se atrevió a preguntar a pesar de todo, mientras se esforzaba con ellas en evitar que la carreta patinara por el camino resbaladizo y al mismo tiempo no se quedara atascada en el barro.

—El carro está en la cochera de Lange —respondió jadeando una de las mujeres—. Primero deberíamos llegar hasta allí con los animales. Y nosotras... ¿Sabes cómo se engancha un tiro?

Cat lo ignoraba, nunca antes había trabajado con caballos. ¡Pero esas mujeres habían crecido con ellos! ¿Por qué dejaban en manos de los hombres todo lo relativo a esos animales?

—A mí me dan miedo los caballos —reconoció una de las mujeres mientras se secaba la lluvia del rostro—. No; así es mejor.

Naturalmente, no lo era en absoluto. La docena de sacos que cabían en la carreta no servían para contener un río embravecido. Pero Cat no insistió, aunque solo fuera por los animales. Los caballos estarían mejor protegidos en la colina que trabajando dura y absurdamente en una labor que los atemorizaba. Ya podían bajar cien sacos, que el Moutere no se detendría.

Las zanjas de desagüe que algunos hombres y mujeres seguían ahondando con el coraje y la fuerza que les confería su desesperación serían más efectivas. Al menos desviaban en cierta medida el agua de las casas y huertos, evitando que se inundasen y que la tierra y las plantas y verduras cultivadas fueran arrastradas por la corriente. De ahí que Cat prefiriese agarrar la pala en lugar de volver fatigosamente con aquellas dos mujeres a cargar más sacos. Con la lluvia cayendo a raudales y hundida en el barro hasta las rodillas, trabajó con Ida y Ottfried.

Hacia mediodía, la vieja señora Brandmann y un par de mujeres que, por muy buena voluntad que pusiesen, no conseguían cavar zanjas con esa humedad y ese frío, repartieron pan y café. Los colonos los consumieron entre palada y palada. Ida gimió cuando, pese a todos los esfuerzos, una casa junto al río se desmoronó. La suya se alzaba en esos momentos como una isla rodeada de agua, y en el establo ese caldo sucio llegaba a la altura del tobillo.

Cat estaba tan cansada que apenas si se percató de que hacia mediodía la lluvia amainaba. Al comienzo de la tarde tuvieron que dar por perdida otra casa. Se encontraba en un recodo del río y las zanjas no soportaron las avalanchas de barro y piedra que la corriente arrastraba hacia allí. Los propietarios, una familia con tres hijos, contemplaron atónitos cómo su hogar se llenaba de agua y lodo hasta la altura del pecho. No obstante, no se derrumbó como la de sus vecinos.

A eso de las cuatro de la tarde, Cat creyó observar que el nivel de la corriente retrocedía y en algún momento, una o dos horas más tarde, Lange anunció el cese de alarma. Lo habían conseguido: el Moutere volvía a su cauce. El agua, sin embargo, seguía rodeando las casas más cercanas a la orilla, pero también esa zona se secaría al día siguiente.

—¡En conjunto no ha sido demasiado! —exclamó Ottfried alegremente cuando los Brandmann y Cat dejaron los picos y palas y analizaron los daños—. Un poco de agua en el establo, mañana la podréis limpiar fácilmente. ¡Podemos dar gracias a Dios!

—Pero ha vuelto a arrasar el huerto —susurró Ida afligida. Sus bancales seguían cubiertos de agua, y las mujeres ya podían calcular lo poco que se salvaría de allí. Y esta vez tampoco los campos y terrenos situados más arriba habían salido bien librados. Además del Moutere, también sus afluentes habían crecido de repente.

—¡Mañana ya te ocuparás de él! —dijo Ottfried tranquilamente—. De todos modos, casi no había madurado nada. El de mi madre ha quedado peor.

Las tierras de los Brandmann se encontraban mucho más arriba y los cultivos de la señora Brandmann habían resistido bien la anterior inundación. Pero esta vez gran parte de la verdura, que ya casi estaba madura, había sido arrastrada.

—¡Aquí nunca llegará a madurar nada! —protestó extenuada Ida—. Por mucho que lo intentemos una y otra vez...

—Es un empeño absurdo. —Cat manifestó por fin lo que llevaba todo ese aciago día guardándose—. No entiendo por qué vosotros, colonos, no os habéis ido tras la primera inundación.

Ottfried la fulminó con la mirada.

—¿Como tu gente? ¿Como los maoríes? —le espetó—. ¿Ese pueblo de cobardes y vagos que no supo valorar esta tierra?

—Pero Ottfried, has de comprender que...

Ida se interrumpió pues en ese instante se acercaban Jakob Lange y Peter Brandmann con los labradores y un par de ancianos.

—¡Los campos labrados están bien! —informó el campesino Friesmann—. No ha habido pérdidas. Pero tenemos que aplicarnos más en serio con los desagües, a partir de mañana ampliaremos el sistema de zanjas.

—No, no a partir de mañana —terció Peter Brandmann con su voz de predicador—. Mañana aunaremos fuerzas para arreglar la casa de los Busche y reconstruir la de los jóvenes Schieb. Sería injusto que no volvierais a tener un techo donde cobijaros, ¿verdad, Manfred? —Dio unos golpecitos en el hombro del joven cuya familia había visto hundirse su casa con la crecida.

Cat no oyó lo que Manfred Schieb contestaba, pero el resto de los hombres aprobó el proyecto. La comunidad de Sankt Paulidorf estaba muy lejos de darse por vencida.

—¿Y ahora qué hacemos? —resopló Ida—. ¿Debo ponerme a sacar toda esa agua de casa...? Yo... yo no lo conseguiré...

En efecto, parecía que de un momento a otro se iba a desplomar de agotamiento, pero también de preocupación. Ni el propio Ottfried parecía tener ganas de ponerse a limpiar, y, por otro lado, empezaba a oscurecer.

—Dormiremos en nuestra cabaña provisional, detrás de la misión —respondió—. Coged la ropa de cama y algo que comer e instalaos allí.

—¿Nosotras? —se alarmó Cat—. ¿No debería buscarme otro lugar y tú duermes allí con tu mujer?

Ida se estremeció, pero Ottfried negó con la cabeza.

—Tengo que reunirme con los hombres para hablar sobre qué medidas tomar. Dormiré en otro sitio.

—Van a celebrar la inundación —tradujo Cat cuando las mujeres se abrieron camino, por el barro y con el agua hasta los tobillos, hacia la casa de Ida para hacer un par de hatillos con lo más necesario—. Pero es una suerte que siga en pie vuestra cabaña provisional. Se supone que Ottfried y sus amigos están derribando la antigua colonia, ¿no?

—Llevará su tiempo si por cada tabla que quitan se beben un whisky —susurró Ida sarcástica—. Que hagan lo que les dé la gana. Lo principal es que me dejen tranquila. Estoy tan cansada, Cat... tan cansada. Y mañana vuelta a empezar. ¡Desearía no haber venido nunca a este maldito Sankt Paulidorf!

Cat ignoraba que este era el primer deseo que Ida Brandmann pronunciaba en su vida.

3

Ida recogió a toda prisa la ropa de cama mientras Cat buscaba comestibles en la cocina. A ser posible, cosas que se pudieran consumir enseguida. Ninguna de las mujeres tenía ganas de ponerse a cocinar, y menos aún porque la vieja cocina de leña tenía que encenderse primero. Al final, Cat envolvió un pan y unos restos de carne seca en el paño de cocina.

—Es todo cuanto he encontrado —dijo a Ida disculpándose—. Y eso que tengo un hambre canina. Y frío. Lo mejor sería tomar una sopa caliente.

En realidad, ese día no había hecho fresco, las mujeres incluso habían sudado mientras trabajaban. Pero ahora empezaban a sentir el frío con sus ropas mojadas. Cat estaba deseando desnudarse y secarse de algún modo. Incluso habría estado dispuesta a aceptar la hospitalidad de cualquier miembro santurrón de la congregación. Incluso la de los viejos Brandmann; en su casa era posible que estuviera encendida la chimenea. O irse con Elsbeth; la casa de los Lange se encontraba en lo alto de la pendiente, no debería haber sufrido humedades. Seguro que Ida estaba de acuerdo.

Pero Ida negó horrorizada con la cabeza.

—¡Ni hablar! Si nos alojamos en casa de mi padre, tendremos que encender nosotras mismas la cocina. Y luego preparar la comida para toda la familia. ¿O acaso crees que Elsbeth podrá conseguirlo hoy?

Ambas habían visto a Elsbeth y Franz varias veces en el transcurso del día. Los dos habían colaborado en descargar las carretas. Ambos debían de estar muertos de cansancio. Solo de pensar en ello, Ida volvió a experimentar sentimiento de culpa.

—Tal vez deberíamos echarle una mano —murmuró—. No podrá con todo ella sola, tiene...

—Entonces que la ayude tu padre —señaló Cat—. ¡Tú no puedes ocuparte de todo! —La disgustaba la idea de ir a por leña, y todavía más las oraciones de Lange y los lamentos y quejas de Elsbeth. Sí, sentía simpatía por la niña y entendía sus necesidades, pero esa noche estaba demasiado cansada.

—De todos modos, ahora están todos en la iglesia —respondió Ida—. Es la oración de gracias de la que ha hablado mi padre. ¿No los oyes cantar?

Cat apenas se lo podía creer, pero cuando se prestaba atención y una se olvidaba del viento y el fragor del río, se apreciaba el eco de un himno religioso que entonaban varias voces en la iglesia a medio construir de Sankt Paulidorf.

—¿Y cómo es que nosotras no estamos allí? —bromeó Cat, suspirando al tiempo que se envolvía con el chal húmedo para abandonar la casa, a ser posible cuanto antes y dando un rodeo para evitar la iglesia. Tendría que olvidarse de una cena caliente, pero al menos en la cabaña detrás de la misión no entraba el agua.

—¡Ottfried no se ha enterado! —respondió Ida y en sus labios azulados por el frío apareció una sonrisa traviesa—. O es que tenía prisa por beberse un trago. Es posible que haya aducido alguna excusa. Sus amigos también deben de haberse escaqueado. Habrán dicho que tienen que apilar más sacos de arena.

Cat, sorprendida, miró de reojo a su amiga. Para la sumisa Ida, esas meras palabras constituían casi una rebelión. Sonrió.

—¿Y nosotras también nos escaqueamos? —la pinchó—. ¿Ida Brandmann se escaquea de rezar? ¿Será esto grato a Dios?

Pero Ida se la quedó mirando furiosa y ella temió haber metido la pata. Sin embargo, la joven casada la dejó boquiabierta con su respuesta:

—¡Me da igual si es o no es grato a Dios! ¡A Dios le importamos un pimiento, por qué tendría que importarnos Él a nosotros! ¡Y por mucha fe que le ponga no sé de qué hemos de darle las gracias hoy! Es la tercera inundación en medio año. ¿Puede ser todavía peor?

Sorprendida, Cat se limitó a echarle una manta sobre los hombros cuando su amiga prorrumpió en lágrimas. La dejó llorar un rato antes de conducirla suavemente hacia la puerta.

—Ven. Vamos a ponernos al abrigo, aquí no podemos quedarnos.

Cat había pensado en encender tal vez la cocina. Fuera estaba húmedo y ahora había niebla y se moría de cansancio. Recorrer los doscientos metros que las separaban de la misión, en lo alto, le parecía una tarea casi imposible. Pero al mirar la leña húmeda de la chimenea y el agua encharcada por toda la casa, desestimó la idea. Hacía frío y allí no llegarían a calentarse. Además estaba preocupada por los animales. Por *Chasseur* no había que inquietarse, seguro que se las arreglaba. Pero ¿qué habría sucedido con los caballos y con *Berta*?

—A lo mejor todavía podemos ordeñar la vaca —propuso Ida mientras se afanaban cuesta arriba por el camino enfangado que llevaba a la misión. Apenas se podía pasar por él y, por añadidura, las ruedas de las carretas habían dejado unas profundas roderas en las que uno resbalaba en la oscuridad—. Al menos tendríamos leche caliente.

—Espero que no tengamos que dar de comer todavía a la vaca —refunfuñó Cat.

Vio justificados sus temores cuando por fin llegaron al redil que había tras la misión. En la casa de los misioneros no había nadie, seguramente los pastores dirigían las oraciones en la iglesia. Pero por la ventana se veía que en la chimenea chisporroteaba un alegre fuego. Los religiosos volverían al calor del hogar...

A Ida y Cat, por el contrario, las esperaban los mugidos cargados de reproche de dos vacas. A *Berta* no le habían dado de comer ni la habían ordeñado, aunque tenía compañía. Ida reconoció a *Emma*, la vaca de la que se ocupaban los vecinos. Elfriede

Busche o su marido debían de haberla llevado a ese sitio seguro antes de emprender la lucha contra los elementos para salvar su casa.

—En efecto, nadie les ha dado de comer. —Ida suspiró mientras agarraba de mala gana una horquilla para echar heno en el corral. *Chasseur* apareció dando alegres brincos alrededor de ella: había estado esperando a su ama junto a los caballos—. Y eso que Ottfried y los otros deben de haber pasado por aquí. Y los misioneros han estado todo el día aquí mismo. ¡Menudos zánganos!

—Unos tenían que darle al whisky y los otros que rezar —bufó Cat mientras se ocupaba de los hambrientos caballos—. ¡Eso es mucho más importante, claro! ¿Dónde estará la tercera vaca?

Ida, que entretanto había vaciado otro cubo de agua y estaba ordeñando a *Berta*, sacudió la cabeza.

—Estaba con los Schieb —respondió, y abrió los ojos como platos—. Oh, no, Dios mío... la casa se ha derrumbado. Espero que hayan sacado a tiempo al pobre animal...

Cat resopló.

—Si es así, mañana aparecerá por algún sitio. Si no...

—Se habrá ahogado. O muerto al derrumbarse la casa. ¡Muchas gracias, querido Dios!

Con gestos enérgicos se apartó el cabello mojado del rostro. Tenía los ojos hundidos, estaba demacrada y al límite de sus fuerzas. Cat intuía que su propio aspecto no era mejor. Tenían que ponerse urgentemente al abrigo.

—Creo que ya tenemos leche suficiente. —Cat señaló el primer cubo lleno, Ida acababa de coger el segundo—. ¡Ven, vámonos de aquí!

Pero Ida negó abatida con la cabeza.

—Si no las ordeñamos bien se les inflamarán las ubres —respondió con un suspiro—. Y que las vacas se pongan enfermas es lo último que necesitamos ahora.

Ya era noche cerrada cuando las mujeres llegaron a la cabaña provisional y cerraron aliviadas la puerta tras de sí. La habitación, aunque fría, les pareció un refugio paradisíaco. Y más aún cuando encontraron una vela y cerillas, gracias a cuya luz descubrieron un montón de leña junto a la chimenea.

—¡Podemos encenderla fácilmente! —exclamó Ida—. Así entraremos en calor. Oh, estoy impaciente por sacarme la ropa mojada.

En efecto, un fuego crepitante no tardó en caldear la habitación. No obstante, en la cabaña había corrientes de aire y era necesario alimentar continuamente la chimenea para mantener el calor, pero a Cat e Ida les daba igual. Aliviadas, se desprendieron junto al fuego de su ropa. Incluso Ida dejó de lado su beatería. Consideraba una indecencia desnudarse ante otras mujeres. Cat no tenía ese problema, se había bañado frecuentemente con muchachas maoríes. Pero muy pocas veces había visto un cuerpo tan bonito y bien formado como el que desvelaba en esos momentos Ida. La joven estaba algo delgada, pero tenía pechos firmes y duros, hombros y caderas redondeados y muslos bien torneados. Además, su cabello largo y oscuro y sus facciones nobles en forma de corazón... Cualquier hombre se consumiría por una mujer como ella. Ida podría haber tenido un mejor marido que ese zoquete de Ottfried, unas veces beato y otras ladino.

Ida se sonrojó al notar que Cat la miraba y se cubrió con un vestido que había llevado para mudarse: su vestido de los domingos, que también había sido el de boda. En un miércoles normal debería haberse quedado en el armario, pero Ida se lo había llevado de todos modos. Había pasado demasiado frío y su vestido de diario no se secaría durante la noche, incluso si lo colgaba delante del fuego. Cat, que no tenía vestido de muda, se envolvió con una sábana. Ida le dijo que con esa indumentaria larga y ondulante parecía un ángel.

—¡Pero un ángel beligerante!

Cat rio. Cortó pan con el cuchillo y partió la carne seca, dura como piedra, en trozos que pudiesen llevarse a la boca. Ida, que seguía temblando de frío, ya se había metido bajo las mantas, con las que se había hecho un confortable rincón en la cama que, por fortuna, todavía estaba en la cabaña.

—Los ángeles tienen espadas de fuego —explicó Ida, subiéndose las mantas hasta la barbilla—, con una así hasta podrías asar la carne, que entonces sabría a algo. ¿La traes aquí, ángel? Ya no tengo fuerzas para ponerme en pie.

Cat no se opuso a comer en la cama. Además, en la cabaña no había cubiertos ni platos. Puso las rebanadas de pan cubiertas de carne sobre un leño y las llevó a la cama. Además llenó de leche el único vaso que encontró con ayuda de Ida, escondido detrás de una tabla suelta en una pared y todavía pegajoso de whisky; la botella estaba vacía.

—Si no se la habría llevado Ottfried —dijo Cat mientras limpiaba el vaso. Había cogido agua para limpiar un poco el fango del dobladillo del vestido—. Pero ¿por qué habrá escondido la botella? ¿Bebía antes a escondidas?

Ida asintió.

—Antes temía a los ancianos de la comunidad. Pero ahora todos los jóvenes encuentran un pretexto para reunirse y beben alcohol entre semana por la noche, cosa que nunca había sucedido en Raben Steinfeld. Aquí todo es distinto, aunque mi padre y los demás ancianos no quieran reconocerlo. Y Ottfried... no sé qué le sucede. Antes... antes no era tan malo. Yo pensaba que se volvería como su padre, severo pero honrado. Temeroso de Dios. Pero ahora no permite que ningún anciano le diga nada. Estoy segura de que el consejo de la congregación sabe lo que están haciendo los jóvenes mientras se supone que están derribando las cabañas. Es imposible que tarden semanas en desmontar un asentamiento construido en una semana. Pero hacen la vista gorda para que no se vaya más gente a trabajar en las carreteras.

—Y necesitan a Ottfried —añadió Cat—. Es el único que habla un poco de inglés, ¿no? Así que dependen de él para que se ocupe de los trámites burocráticos y las compras. No pueden hacerlo enfadar.

Ida se mordió el labio inferior.

—Lo sé —susurró—. Y a él le gusta. ¡Seguro que Ottfried nunca se marcha de aquí!

Se dio media vuelta y, al ver que se estremecían sus hombros, Cat comprendió que estaba sollozando de nuevo. Ida podía dudar de su religión, pero no abandonaría la comunidad. Su caso era distinto. Pensaba marcharse pronto de aquel poblado. Le gustaba Ida, pero no iba a quedarse para presenciar otra inundación. Aunque ya pensaría en ello el día siguiente, ahora se moría de sueño.

Acurrucada contra su amiga, que se había dormido llorando, Cat cerró los ojos.

4

Los ladridos de *Chasseur* despertaron a ambas amigas. El perro se había desperezado perezosamente frente a la chimenea después de beber algo de leche y engullir un trozo de carne seca. Pero unos ruidos junto a la puerta lo alertaron.

Ida se agitó dando un gemido y a Cat le costó despabilarse. En el establo siempre estaba pendiente de que Ottfried no se colara, pero esa noche estaba profundamente dormida cuando ladró *Chasseur*. Necesitó más tiempo del habitual para abrir los ojos y saber dónde estaba. Demasiado, como confirmó aterrada cuando una maldición y un puntapié, seguidos de un aullido del perro, la despertaron del todo. Horrorizada, reconoció la figura erguida junto a la cama y el rostro sarcástico de Ottfried a la luz del farol con que se había iluminado el camino hasta la cabaña. Ida intentó levantarse, tan perpleja como su amiga.

—Míralas, una con el vestido de novia y la otra medio desnuda. ¡Así me gusta! —Ottfried rio y arrojó contra el rostro de las mujeres su aliento cargado de whisky.

Cat dudó entre taparse los pechos con la sábana, que le había resbalado, y correr a coger el cuchillo. Pero supo que estaba perdida cuando palpó en vano en busca de su cinturón. Este se encontraba con su vestido junto a los rescoldos de la chimenea y el cuchillo estaba sobre la mesa en que había cortado el pan...

—¡No te molestes! —La sonrisa socarrona de Ottfried confirmó que él también lo había visto—. Bien, bien, me pregunto con cuál empezar. Si con la novia o con la salvaje... Ay, gatita, estoy impaciente por saber lo que te han enseñado esos maoríes... Una vez lo hice en Bahía con una medio india...

—Querías ir a dormir a otro sitio —susurró Ida, quien todavía no se había despertado del todo—. Tú... ¿estoy soñando o qué?

—Eso espero, cariño, que sueñes conmigo. Y no con ese Karl Jensch... —Ottfried hizo una mueca malévola—. Pero hoy... Bien, ya me he decidido, empezaré con la pequeña maorí. Puedes mirar, Ida, a ver si aprendes algo. Contigo ya no me lo paso tan bien, te tiendes debajo de mí como... como una muerta.

Cat quería rodar fuera de la cama y huir, pero Ottfried la agarró por el brazo. Estaba borracho, pero bastaba con su peso para retener a la delicada Cat en la cama. Gimió de dolor, pero intentó defenderse cuando él se apoyó sobre sus piernas para abrirse el pantalón.

—¡No tengo ni que desnudarte! —Rio y lanzó una breve mirada de admiración al cuerpo de la muchacha. De un manotazo apartó la sábana—. ¡Toda una belleza! ¡Y con vello dorado! Uau, parece que serás mi primera rubia auténtica.

No perdió mucho tiempo admirando a su presa. Cat gritó cuando él la penetró de forma brutal, y todavía más fuerte cuando vio horrorizada la reacción de Ida. La joven parecía petrificada por el susto. Habría tenido tiempo para bajar de la cama y coger el cuchillo de la mesa, pero su intención era otra. Pese a lo ocupado que Ottfried estaba con Cat, distinguió la sombra del leño con que su mujer lo golpeó sin demasiada determinación y rechazó el ataque con un movimiento del hombro. Entonces Ida intentó arañarlo y pegarle, pero él se desprendió de ella como de un insecto molesto. De un solo empujón, la lanzó a través de la habitación, como solía hacer con el perro. Ida gritó de dolor cuando se golpeó contra el suelo. Cat no podía ver dónde, pero durante toda esa horrible noche oiría los gañidos del perro y los sollozos de su amiga.

Cat no se permitió llorar cuando Ottfried la penetró una y otra vez. La repugnante petulancia con que se jactaba de que podía hacerlo más en una noche que cualquier otro hombre demostró ser cierta. Violó a Cat cuatro veces, y entre una y otra no se durmió, por mucho que oliera a whisky y por mucho que la desdichada muchacha lo suplicara. Una y otra vez se satisfacía con Cat y no cumplía la amenaza de ocuparse luego de Ida. ¿Estaría herida? Cat estaba preocupada por su amiga, pero no podía hacer nada. Ottfried la tenía bien sujeta, estaba totalmente a su merced, y los intentos que había hecho por golpearlo y morderlo parecían excitarlo más. Al final se quedó quieta, mientras al despuntar el alba la poseyó una última vez.

Entonces él se puso en pie tambaleándose.

—¡Una noche corta... demasiado corta! —dijo—. A ver cómo se lo explico a Lange. A lo mejor... a lo mejor he estado vigilando el río, ese... ese condenado río. Voy a bajar, voy a echar un vistazo a la casa. Luego os venís vosotras.

Ottfried se movió vacilante hacia la puerta. ¿Los efectos tardíos del whisky? La pelea con Cat no le había debilitado nada, aunque debía de sentirse entumecido a causa de las embestidas que había propinado a la joven durante horas. O quizá le dolían los músculos por el duro trabajo del día anterior.

A Cat le dolía todo, pero se dispuso a coger el cuchillo en cuanto este saliera. ¡A lo mejor lograba darle alcance! Sentía rabia y asco suficientes para clavarle el cuchillo por la espalda a sangre fría.

Pero Ottfried se detuvo junto a la mesa, cogió el cuchillo y se volvió sonriendo hacia ella.

—Ah, sí, no te olvides del cuchillo, gatita... —Y repentinamente lo lanzó hacia Cat.

La muchacha se encogió asustada, aunque el lanzamiento falló por mucho. Era evidente que Ottfried no tenía ni idea de hacer puntería con un arma blanca. La propia Cat lo habría hecho mejor. Pero antes de que ella hubiese podido recoger el cuchillo para arrojárselo, la puerta ya se había cerrado. Oyó el sonido de sus pasos alejándose.

Cat tendría que esperar para vengarse, si es que iba a vengarse. Sería una locura hacerlo ahora, los hombres de la comunidad no creerían que hubiera sido en legítima defensa cuando encontraran a Ottfried con el cuchillo de ella clavado en la espalda. Era mejor huir. Vería cómo estaba Ida y luego...

—¿Cat? —Desde el rincón donde se había ovillado abrazando al asustado perro, surgió la voz apagada de Ida—. ¿Estás bien, Cat?

La joven rubia se levantó.

—Yo no lo diría así —murmuró—. Pero no estoy herida. ¿Y tú? ¿Y *Chasseur*?

Ida gimió asustada cuando Cat se envolvió en la sábana y vio que estaba manchada de sangre.

—No es nada —la tranquilizó Cat—. Yo... yo todavía era virgen. Pero dime, ¿qué vais a hacer ahora?

—Al perro no le ha pasado nada —respondió Ida—. Solo me duele la mano. Creo que se me ha roto algo.

Intentó ponerse en pie, pero se tambaleó. Cat la llevó a la cama para examinarle la mano. Tenía una posición extraña, la muñeca estaba hinchada. Cat suspiró.

—Sí, tendremos que entablillarla y te dolerá —advirtió—. Y además es la derecha. Estos días no podrás hacer gran cosa. —Intentó sonreír—. Al menos te ahorrarás el cuarto asalto al huerto. —Con cuidado, depositó la mano de Ida sobre la colcha y acarició el cabello de su amiga—. Escucha, Ida, voy a vestirme. No podemos hacer nada, y menos esperar aquí a que aparezcan tu padre o el viejo Brandmann buscando a Ottfried. Voy a ordeñar y a pedirles a los misioneros un poco de comida y algo con que vendarte. Luego te entablillaré bien, pero antes tengo que buscar unas hierbas, contra el dolor y también para preparar un ungüento antiinflamatorio. Piénsate una historia sobre lo ocurrido. Tienes el ojo casi cerrado, así que puedes contar que te caíste cuando veníamos hacia aquí.

Cat cogió su vestido y se percató disgustada de que seguía húmedo. El fuego debía de haberse apagado muy pronto, después de que se hubieran dormido.

Ida asintió infeliz. Cat pensó que presentaba un aspecto horrible, el rostro hinchado de llorar y del golpe de Ottfried, el cabello desgreñado... Después tendría que peinarla y ver cómo daba forma a esa maldita capota. Por el momento se limitó a vestirse. Tras pensarlo unos segundos, cogió una manta para forrar y hacer más mullido el taco de madera que la tarde anterior habían utilizado como banqueta para ordeñar.

Ida no lo interpretó correctamente. Al parecer temía que Cat recogiera sus cosas para largarse. Sus grandes ojos azules reflejaban pánico cuando habló:

—No te marcharás para... para siempre, ¿verdad? ¿No irás a dejarme sola?

Cat negó con la cabeza. Por muchas ganas que tuviera, no podía salir huyendo y dejar a Ida herida y desamparada.

—No tengas miedo —respondió en un susurro—. Si nos vamos, nos iremos juntas.

5

En las semanas siguientes, Cat ni siquiera se planteó abandonar Sankt Paulidorf. Ida no solo se había roto la muñeca sino que enfermó. Tenía fiebre y escalofríos, pero no tosía. Te Ronga probablemente habría diagnosticado que había enfermado de espanto. Seguramente habría realizado alguna ceremonia para tranquilizar a los espíritus que atormentaban a la joven, pero eso no habría obrado ningún efecto contra Ottfried.

No obstante, en los días posteriores a su fechoría, se mantenía alejado de las mujeres siempre que las circunstancias lo permitían. De nuevo sobrio, le asustaba el odio que ardía en los ojos de Cat en cuanto la joven lo miraba. Sospechaba que ella ya nunca más abandonaría su cuchillo. En un principio dejó a Ida y Cat la casa junto al río y dormía en la cabaña provisional cuando no estaba de viaje. De nuevo se necesitaba material de construcción para reparar los daños y los hombres trabajaban de sol a sol en las casas de las familias Busche y Schieb. Jakob Lange les daba ánimos y tampoco reaccionó con severidad ante la pérdida de la vaca. Las familias afectadas no debían cambiar de opinión y abandonar sus viviendas para marcharse. De hecho, los Busche, al igual que los Schieb, se quedaron en Sankt Paulidorf, pero otras dos parejas jóvenes y tres adolescentes se fueron a Nelson.

Con cada día que pasaba, aumentaba en Ida el temor a que también Elsbeth se escapara. La última inundación había desmoralizado a la muchacha, que se negaba a volver a coger la azada para trabajar la tierra. El agua había frustrado todos los esfuerzos de Elsbeth por construir su propio huerto de verduras. Si bien su padre la riñó, como era de esperar, las discusiones no subieron de tono. Después de haber consumido todas sus energías en luchar contra el desbordamiento del río, Franz había caído enfermo y Elsbeth ocupaba todo su tiempo en cuidarlo. El remedio contra la tos de Cat le sentaba muy bien y ya debería haberse recuperado, pero el joven gimoteaba y siempre estaba agotado, como también muchos otros habitantes de Sankt Paulidorf. Los ánimos volvían a estar de capa caída.

A esas alturas, ya nadie creía que Dios fuera a librar al poblado de otras catástrofes similares. Haciendo de tripas corazón, se hablaba de un sofisticado sistema de zanjas de desagüe o de construir diques. Asimismo, hacía tiempo que se evaluaba la posibilidad de renunciar a la colonia. Lange, Brandmann y los misioneros intentaban motivar a la gente rezando y cantando juntos, con una fiesta comunitaria para celebrar el principio de la primavera y con sermones edificantes. Influían sobre todo a las mujeres mayores y a algunas de las jóvenes, que temían tener que abandonar sus casas en un entorno familiar para volver con los desconocidos de habla inglesa. Sus maridos, por el contrario, se apiñaban en torno a Ottfried y las botellas de whisky. Muchos se reunían sin disimulo en la vieja cabaña de Ottfried, oficialmente para hablar sobre el trabajo colectivo, la ubicación de los campos de cultivo y el proyecto de desagüe, pero de hecho para ahogar sus penas en el alcohol. Lange y Brandmanm apretaban los dientes y miraban para otro lado.

En primavera, la vegetación del valle del Moutere se recuperó rápidamente de las inundaciones. El tussok era de un verde intenso, los árboles echaban hojas, el paisaje obraba un efecto agradable y acogedor. Cuando Ida volvió a subir por primera vez a la misión para reunirse con los demás para rezar —en la iglesia se trabajaba al máximo rendimiento y, mientras se construía la cubierta, el edificio se mantenía cerrado—, se acordó del año anterior. Tras llegar al valle Schacht, lo había contemplado desde lo alto y soñado con casas bonitas, con campos de cereales dorados, con vacas paciendo en la verde hierba y con huertos florecientes. Ahora veía pacer las vacas junto al río y en los campos brotaban las primeras espigas, pero todo eso había perdido emoción para ella. El precio que había que pagar era demasiado alto y la amenaza nunca desaparecía.

—No tenemos por qué quedarnos aquí —dijo Cat a sus espaldas.

Parecía haberle leído el pensamiento. La joven había acompañado a Ida por si necesitaba ayuda, pues parecía demasiado débil todavía. Además, urgía que se dejase ver de nuevo en una reunión para rezar. Últimamente, Cat se escaqueaba con demasiada frecuencia y la gente empezaba a murmurar sobre ella. Entretanto, la mitad del pueblo sabía que las dos mujeres vivían solas en la casa de Ida y que Ottfried se había instalado en la cabaña. Todos lo encontraban muy sospechoso. ¿Habría sembrado cizaña Cat entre los Brandmann? ¿Habría intentado seducir a Ottfried y huía él de la tentación? Mientras Ida estuviese enferma, se podía suponer de buena fe que el hombre no quisiera ser una carga más para la criada, que debía cuidar a su esposa, o que se negara por decencia a compartir la casa con ella. Pero ahora que Ida estaba mejor, las preguntas se volverían más suspicaces.

Para Cat, eso significaba tener que tomar una decisión. No quería volver a vivir con Ottfried. Quería marcharse, e Ida tenía que acompañarla.

—¿Adónde vamos a ir? —preguntó Ida abatida—. Tú tal vez puedas volver con los maoríes. Pero ¿yo? ¿Qué haré yo ahí?

Por supuesto, Cat ya se había planteado esta pregunta. Siendo realista, no había ningún motivo para que los ngai tahu admitieran a esa mujer desamparada que ni siquiera hablaba inglés con fluidez, mucho menos maorí. A lo mejor se mostraban hospitalarios y les daban alojamiento durante un par de semanas. Pero a la larga...

—No lo sé, Ida, ¡algo se nos ocurrirá! —respondió con impaciencia—. No puedes seguir dejándote violar y pegar por Ottfried. Cualquier cosa será mejor que esto, yo...

Se interrumpió por temor a prometer demasiado. No podía garantizarle a Ida que iba a encontrar un trabajo. Y no era cierto que cualquier cosa era mejor de lo que Ida ya tenía. Una vida de puta en una estación ballenera sería mucho peor.

Mientras contemplaban desdichadas el valle, se unió a ellas la señora Brandmann. La madre de Ottfried jadeaba, la subida a la misión la había dejado sin aliento. Cat pensó preocupada que en lo que iba de tiempo casi todo el mundo en Sankt Paulidorf era víctima de la mala nutrición y el trabajo excesivo, si bien la señora Brandmann era de las que habían salido mejor paradas. Por el momento, ninguno de sus hijos jóvenes o adolescentes se había marchado a Nelson, sus hijas todavía no estaban casadas. Así pues, tenía ayuda en casa y el hermano de Ottfried, Erich, era muy diestro en la pesca. Además, ponía trampas a la manera de los maoríes para cazar pájaros, después de que Cat se lo enseñara.

—¡Qué bien volver a tenerte entre nosotros, Ida! —saludó la mujer a su nuera—. Y a ti, Katharina. Últimamente has estado muy atareada ocupándote de Ida para reunirte a rezar con nosotros. Aunque no veo que Ida tenga muy buen aspecto. —Deslizó una mirada evaluadora sobre ambas jóvenes—. Todavía tan pálida, tan delgada... y eso que os he enviado a Erich con la última perdiz que ha cazado. —La perdiz había sido en realidad un kiwi, pero la señora Brandmann se negaba a aprender cualquier palabra nueva relacionada con la flora o la fauna locales—. Podrías haberle preparado una buena sopa. Pero ¿sabes cocinar? —Se quedó mirando a Cat con desconfianza, olvidando que su hijo debía sobre todo a las enseñanzas de la joven rubia sus buenos resultados en la caza de pájaros.

—Cat cocina muy bien —la defendió Ida—. Pero no me gusta especialmente la sopa de pollo. —Sonrió—. La de kiwi —se corrigió—. Recientemente... no sé, en cuanto siento olor a sopa me entran náuseas.

Cat también había notado lo mismo y estaba inquieta por ello. Últimamente Ida vomitaba a menudo y, si lo pensaba, ella misma tampoco se sentía bien. También se encontraba mareada algunas mañanas. ¡No podía ser por culpa de los kiwis! Había comido frecuentemente la carne de esa ave cuando vivía con los maoríes y siempre le sentaba estupendamente. Y la noche anterior solo había servido sopa de habas para cenar...

Mientras intentaba recapitular qué comidas les provocaban malestar, y qué motivos debía haber para ello, el rostro de la señora Brandmann resplandeció.

—¡Así que es eso! —exclamó—. Naturalmente, ¡esto lo explica todo! También el malestar. No te preocupes, Ida, suele pasar que los primeros meses se pierde peso porque una se siente mal e inapetente. Pero, claro, tienes que obligarte a hacerlo, y con el tiempo superas las náuseas.

Ida miró a su suegra sin entender.

—Seguro que me pondré bien —dijo vacilante—, y entonces...

La señora Brandmann soltó una carcajada.

—Cielo, ¡no estás enferma! Aunque a veces no te sientas bien. Créeme, estás todo lo sana que puede estar una buena mujer casada. ¡Te encuentras en estado de buena esperanza, Ida! ¡Por fin aguardas un retoño! En adelante, cuídate un poco. —Y dicho esto, siguió resplandeciente montaña arriba hacia la misión.

—¿Es posible? —preguntó Ida asustada, cuando su suegra no podía oírla.

—¡Claro que sí! —masculló Cat.

Había visto que Ida se ponía blanca como la cera. La joven se habría tambaleado de no haber estado sentada en una piedra. Pero Cat era incapaz ahora de dedicarse a las necesidades de su amiga, estaba luchando tenazmente contra su propio espanto. Que Ida se quedase embarazada tenía que ocurrir en algún momento. Pero ¿qué sucedía con ella misma? Mostraba los mismos síntomas que su amiga, y ahora entendía el motivo.

Cat sintió que el pánico se apoderaba de ella y empezó a devanarse los sesos. ¿Cuándo había tenido la última regla? Los días después de la violación, de eso estaba segura. Pero lo había atribuido a las heridas sufridas, no al período. ¿Y luego? Cat no había tenido tiempo de pensar en nada con tanto trabajo y agitación. Ahora veía con claridad que ni ella ni Ida habían vuelto a tener la menstruación. ¿Y antes? El suelo parecía desvanecerse bajo sus pies. Su período siempre había sido regular, y el último había sido unas dos semanas antes de la funesta inundación.

Cat tomó asiento en la piedra junto a Ida. Ojalá que el pastor se tomara su tiempo antes de empezar a leer la Biblia. Con lo excitada que estaba no podría presentarse ante las otras mujeres.

—No quiero estar embarazada —susurró Ida—. No de Ottfried, no aquí... Oh, Dios mío, ¿qué va a pasar?

Cat resopló.

—¡Deberías haberlo pensado antes! —le reprochó—. Al menos a ti te consultaron. No tenías la obligación de convertirte en su esposa. Pero a mí... ¡Nos ha dejado embarazadas a las dos, Ida! Por lo visto, las dos esperamos un hijo suyo.

Ida y Cat aguantaron estoicamente la reunión, y la primera también las miradas curiosas y afables de las mujeres durante la sesión de la Biblia y sus felicitaciones al final. Por supuesto, la señora Brandmann no había tardado en informar a todo el pueblo de que su nuera estaba embarazada. Las demás mujeres interpretaban la alternancia entre el rubor y la palidez de Ida como un signo de timidez, pero rechazaban sonrientes su desesperado «todavía no estoy segura del todo».

—¡Ya llevas más de un año casada, Ida! —exclamó Elfriede Busche—. ¡Al final tenía que suceder! ¡Y qué considerado ha sido Ottfried dejándote tranquila estas primeras semanas, siempre tan molestas! Eso no lo hizo mi Robert... aunque por suerte tampoco hizo daño al bebé. Ahora volverá a mudarse contigo, ¿no? Y tú pronto estarás mejor. Son solo los tres primeros meses. Avísame si necesitas ayuda en el huerto o lo que sea...

Las mujeres de Sankt Paulidorf habían vuelto a preparar por

cuarta vez sus huertos. El que Ida y Cat no hubiesen puesto ya manos a la obra había provocado rumores.

—Ay, ¡qué maravilla! —exclamaba alegre la señora Brandmann, sin dejar de dar gracias a Dios—. ¡El primer nieto! ¡Aquí en nuestro nuevo pueblo! ¿Lo sabe ya Ottfried, querida?

—Seguro que se entera hoy mismo —ironizó Cat, cuando las dos amigas por fin volvieron a quedarse a solas.

Elfriede Busche las había acompañado todo el camino hasta el río y no había dejado de parlotear. Qué bonito sería que su pequeño tuviese ahora un compañero de juegos, qué fantástico que los niños pudiesen crecer ahí, y cuánto tenía que alegrarse Ida de que Dios por fin la hubiese bendecido con un hijo. Por fortuna no se percató del silencio obstinado de Ida y Cat.

—La noticia se extenderá por todo el pueblo como reguero de pólvora. Y en realidad deberías dársela a Ottfried tú misma. Se enfadará si se entera por boca de otro.

—¡Me da igual! Ahora no iré a buscarlo para darle la «buena nueva». Oh Dios, Cat, lo sé, es un pecado. ¡Pero no quiero un hijo! No quiero quedarme aquí, yo... —Se echó a llorar.

Cat acercó una silla y se sentó frente a ella. Le habría gustado consolarla, pero los problemas de Ida no eran nada comparados con los suyos. No era momento para hacer remilgos.

—Deja de lamentarte, Ida, tenemos que hablar —le advirtió—. Tú no quieres un hijo y yo tampoco, pero eso ya no se puede cambiar. Sin embargo, hay maneras de... de sofocar a un hijo en el seno materno...

Ida levantó la vista asustada, sus pupilas dilatadas por el espanto. Cat ya se lo esperaba. Una aldeana mojigata seguro que jamás había oído hablar de abortos. Ida se lamentaba de una forma irreflexiva e infantil. Ahora tenía que madurar y, al parecer, sin Cat.

—¿Tú harías algo así? —preguntó Ida, pálida como la cera.

Cat negó con la cabeza.

—No. O sí, yo a lo mejor lo haría, pero no sé cómo. Te Ronga me enseñó a traer niños al mundo, no a interrumpir o evitar un embarazo. Entre los maoríes, los niños siempre son bienvenidos, incluso fuera del matrimonio. Sin embargo... —Pensó en las putas de la bahía de Piraki. Priscilla conocía métodos, Cat todavía recordaba que tanto Noni como Suzanne habían estado una vez a punto de morir—. Bah, da igual. En cualquier caso, no nos libraremos de esos niños. Para ti no será tan malo. Ya lo has oído, todos se alegran de la llegada del bebé.

—¡Sí, claro, para que tal vez se ahogue con la próxima inundación!

Cat se encogió de hombros.

—El problema del río se arreglará de alguna forma. Os iréis o construiréis diques. Pero tú... lo siento, tú tendrás que quedarte con Ottfried.

Ida soltó un gemido. Todavía no había llegado a imaginarse huyendo con Cat, pero ahora, al pensar en quedarse atada a Ottfried le corrían escalofríos por la espalda.

—¿Y tú? —susurró.

Cat se mordió el labio.

—Me marcho.

Se preparó para encajar las lágrimas y los ruegos de Ida de que no la abandonase, pero la joven la sorprendió. Ida se frotó los ojos, pero se contuvo. Tampoco era tonta. Durante la hora de lectura de la Biblia y durante el regreso a casa debían de haberle pasado por la cabeza los mismos pensamientos que a Cat. Era inadmisible que en Sankt Paulidorf creciera un niño ilegítimo. Y menos aún con sus hermanastros en la casa paterna. Si Cat no se marchaba, la echarían. Sin piedad ni consideración hacia el niño. Nadie se creería que la habían violado. Antes bien, sentirían lástima por el «pobre Ottfried» por haber sido «seducido».

—Me quedaré un mes más hasta que haga más calor —explicó Cat—. Entonces también pasarán más barcos. —En invierno el Moutere solía ser demasiado caudaloso y con la lluvia y el frío nadie se internaba en esas tierras relativamente inexploradas. En verano, por el contrario, llegaban misioneros y agrimensores, así como vendedores ambulantes. Seguro que Cat encontraría la forma de ir a Nelson por vía fluvial. Y desde ahí partiría hacia los poblados ngai tahu, como había pensado en un principio. El embarazo sería molesto para moverse, pero si la aceptaba una tribu, el niño no sería un problema. Se reprendió en silencio por haber emprendido la aventura de Sankt Paulidorf. Si se hubiera marchado directamente con los maoríes, se habría ahorrado la violación y ese hijo indeseado.

—Quédate todo lo que quieras —dijo Ida en voz baja—. La cuestión es: ¿le decimos a Ottfried... lo de tu hijo?

6

Ida y Cat no tuvieron tiempo de tomar una decisión esa noche. Las mujeres se separaron cuando *Chasseur* anunció con fuertes ladridos que Ottfried se acercaba a la puerta de la casa. Ida, asustada, se llevó las manos al cuello y Cat cogió su cuchillo, pero, para sorpresa de ambas, Ottfried estaba sobrio. Se quitó el abrigo encerado (luego de que Cat e Ida regresaran a casa tras la lectura de la Biblia había empezado a llover con fuerza) y tendió a su esposa un ramo de ramas de rata y kowhai.

—Me han llegado noticias del niño —le dijo sin dirigir ni una mirada a Cat—. ¿Por qué no me lo has dicho?

—¡Ni yo misma lo sabía!

Ida se defendió con voz sofocada, pues, aunque Ottfried no ofrecía un aspecto amenazador, ella temía que la riñera o le pegara por la omisión. Cat se mantenía en guardia junto a ella. En cuanto había visto al hombre junto a la puerta, la cólera se había apoderado de ella, incluso si en esos momentos él no mostraba su faceta de pendenciero ebrio sino la del esposo educado.

—Y tampoco es seguro. Es solo que tu madre piensa...

En los labios de Ottfried se dibujó una sonrisa.

—¡Oh, mi madre no se equivoca! No en estas cosas. ¡Era por eso que estabas enferma!

Parecía aliviado. Tal vez Ottfried tenía que luchar con un sentimiento de culpa, al menos en lo referente a las heridas de Ida.

—¿Así que el bebé le ha roto la muñeca? —intervino Cat—. Vaya, qué curioso.

—¡Tú calla! —ladró Ottfried—. Solo traes infelicidad a mi matrimonio. Mi madre también dice que deberías marcharte. Eres una mala tentación.

La señora Brandmann también había advertido las miradas pecaminosas que Ottfried solía lanzar a Cat.

—¡Y perturbas a Ida! —siguió acusándola—. Quizá se hubiera puesto a trabajar antes si no la hubieses mimado tanto. Otras mujeres también esperan hijos y cumplen con sus tareas. Pero no te preocupes, Ida. —Su voz se suavizó al dirigirse a su esposa—. Esto volverá a encauzarse ahora que vamos a formar una familia decente. Volveré a instalarme aquí, no está bien vivir arriba, junto a la misión, y además la gente empieza a cotillear. Si hay alguien que deba hacer algo por ti, ese soy yo.

Ida se frotó las sienes.

—Ottfried, yo... contigo... todavía no puedo... —Se agarró el vientre, como para proteger la diminuta vida que crecía en ella, y a sí misma frente a lo que él entendía por amor.

Él hizo una mueca.

—Lo comprendo. Me contendré. No quiero hacer daño al bebé. ¡Nuestro hijo, Ida! ¡El primer Brandmann que verá la luz del mundo en Sankt Paulidorf! ¡Solo por eso ha valido la pena!

—A lo mejor es niña —musitó Ida, como si tuviese que disculparse desde ya por su eventual hija.

Ottfried hizo un gesto de rechazo.

—¡Bobadas! ¡Será nuestro primogénito! En serio, Ida, yo... yo mejoraré. Palabra de honor. Mi padre me ha regañado por las reuniones con los chicos. Y yo también sé que... —tragó saliva— que tendría que haberme resistido a las artes de seducción de esta Lilit...

Ottfried intentó esbozar una sonrisa de disculpa, pero su voz y la mirada que lanzó a Cat no mostraban demasiado arrepentimiento, más bien maldad y deseo. Cat tuvo que hacer acopio de sensatez para no sacar el cuchillo.

—Entonces me voy al establo —dijo en voz baja—. Llámame si me necesitas, Ida.

Se obligó a volver la espalda a Ottfried al salir. No quería que él creyese que le tenía miedo, pero sostuvo el cuchillo en la mano, listo para clavárselo si oía sus pasos tras ella. En el umbral se volvió.

—Y lo digo en serio, Ida. Ottfried, si oigo algo, si vuelves a ponerle la mano encima, entonces...

Agitó el cuchillo, con el rostro contraído por el odio. Y de hecho vio miedo en los ojos de Ottfried. Había ido demasiado lejos con ella, y era consciente.

Esa noche, Cat no consiguió conciliar el sueño. Yacía tensa en su jergón de paja y escuchaba con atención, pero del dormitorio de Ida y Ottfried no salía ningún ruido, y tampoco *Chasseur* ladró. El muy cabrón dejaba a su esposa embarazada en paz. En cambio, hubo otros ruidos que inquietaron a Cat casi tanto como las embestidas de Ottfried. El sonido de la lluvia, que martilleaba con fuerza la cubierta del establo, y el del río, cuyo borboteo y murmullo crecían con cada hora que pasaba. Así, exactamente, había comenzado la última inundación.

Y esta vez Cat no podría dar la alarma a tiempo. Cuando por la mañana por fin la venció un sueño inquieto, la despertaron los ladridos de *Chasseur*, los mugidos atemorizados de *Berta* y el agua que penetraba en el establo. La corriente se abría camino por debajo de la puerta del establo.

Asustada, Cat se levantó de un brinco. El agua corría hacia ella y no tardó en crecer hasta la altura de los tobillos. El río ya había engullido las tierras que se extendían por debajo de la casa. Cat vio árboles y arbustos en el agua, arrancados y empujados por la impetuosa corriente. Era peor que la vez anterior.

La joven se apresuró a salvar primero los animales. Los caballos ya estaban piafando en sus compartimentos y corrieron fuera cuando Cat los soltó. A *Berta* tuvo que obligarla a salir. La vaca mugía asustada. Tenía miedo en el establo inundado, pero tampoco quería salir a la lluvia. Cuando Cat consiguió por fin sacarla, el agua ya llegaba hasta la rodilla en el establo y hacía tiempo que debía de haber ido a la casa. Cat dejó a *Berta* y abrió la puerta de la cocina.

—¡Ida! —llamó a su amiga, y se sobresaltó cuando acudió Ottfried en camisa de dormir.

—Qué... qué sucede... —Miraba confuso a Cat y el agua que le cubrió los pies descalzos—. ¿El... el río?

Cat se lo quedó mirando.

—Qué va —respondió sarcástica—, solo un cubo de agua que se le ha volcado a Dios. ¿Dónde está Ida, Ottfried? ¡Tiene que vestirse, rápido! Y coger lo que quiera salvar. ¡Tenemos que largarnos de aquí!

Ottfried resolló furioso y se acercó a la ventana.

—¿Ya vuelves a empezar? Las zanjas evitarán...

Cat pasó por su lado y abrió la puerta del dormitorio de Ida.

—Mira fuera, Ottfried, ¡ya no quedan zanjas! Ya hace horas que está todo inundado, esta vez no puede salvarse nada. Solo la vida. Si el agua sigue subiendo así...

Ida acababa de levantarse y trataba de vestirse. Ya tenía la mano curada y no necesitaba ayuda, pero había colgado el vestido de una silla por la noche y estaba en parte mojado. La tela mojada pesaba demasiado. Cat le arrancó el vestido gastado de las manos.

—¡Está mojado, ponte el bueno!

Sacó el vestido de lana de los domingos del armario y ayudó a Ida a ponérselo. Aunque tampoco se mantuvo mucho tiempo seco. Cuando ambas salieron del dormitorio, en la casa el agua ya llegaba a la rodilla. Y también Ottfried comprendía que sería en vano intentar salvar algo. Se puso a toda prisa una camisa y los pantalones.

—¡Marchaos, ya os alcanzaré! —les gritó.

Las mujeres intentaron recogerse las faldas mientras luchaban por dirigirse a la misión a través del barro y el agua, cuyo nivel no dejaba de crecer. Era inútil intentar no mojarse. Llovía a raudales y además soplaba un fuerte viento. El cabello suelto le azotaba a

Ida el rostro mientras avanzaba con dificultad con la cabeza gacha. No podía recordar ni un día en los últimos años en que se lo hubiera podido recoger de forma adecuada. Cat siempre llevaba el cabello peinado en una trenza, y por la noche no se lo soltaba.

Ottfried les dio alcance antes de que llegaran al camino principal, tirando de Elfriede Busche. Llevaba a su hijo en brazos y llamaba desesperada a gritos a su marido.

Robert Busche venía detrás de ellos, pero no dejaba de echar miradas desconcertadas a la casa que en esos momentos se derrumbaba. El río arrastraba las vigas y paredes como si fuesen barquitos de papel.

—No puede ser, no... —Elfriede también se detuvo, balbuceaba y trataba de soltarse—. ¡Tengo que ir allí! ¡Tengo que bajar! ¡Todas mis cosas! ¡Mi ajuar! ¡Todas mis cosas bonitas!

Ottfried la retuvo con mano firme hasta que Robert se hubo sobrepuesto y pudo rodearla con el brazo.

—Cálmate, Elfriede, tenemos a nuestro hijo y estamos vivos. Tenemos...

—¡Nada! ¡No tenemos nada! —Elfriede rompió en un sollozo ahogado—. Todo, todo ha desaparecido.

Robert le decía cosas para consolarla, pero Ottfried seguía tirando de los dos. Pese a ello, no parecía dispuesto a rendirse del todo. Después de que Ottfried persuadiera con vehemencia a Robert Busche, este dejó a su esposa en compañía de Cat e Ida y ambos se marcharon presurosos. En algún lugar, por encima de los terrenos del río, emprenderían la lucha por salvar el resto de las casas.

—¡Y luego os venís! —ordenó Ottfried a las mujeres—. En cuanto Elfriede y el niño estén a buen resguardo. ¡Necesitaremos toda la ayuda posible si queremos salvar algo! Tú, Cat, trabajarás con nosotros, pero Ida... en su estado... —Parecía dudar entre la preocupación por su «primogénito» y el afán por conservar la colonia.

—¡Y un cuerno vamos a ayudarlo nosotras! —replicó Cat cuando él ya no podía oírla—. Vamos a la misión, rápido. Venga,

¡póngase en marcha, señora Busche! ¿No ve que el río sigue creciendo!

Ida, ya sin aliento, la miró con su rostro pálido y mojado.

—Tienes razón, Cat, no podemos colaborar en el trabajo... Si nos ponemos a trabajar duro, es posible que perdamos los bebés.

—Chiss —siseó Cat, señalando a Elfriede Busche, quien miraba a Ida con ojos inexpresivos. Cat ignoraba de qué sería capaz en caso de que la hubiese oído...

Ida se mordió el labio.

—Sí, claro, no puedes ponerte a cavar zanjas o cargar sacos —disimuló Cat—. Al final no moriría solo el niño, sino también tú con él. No vale la pena. Y hoy no se trata de mojarse y trabajar duro, sino de no ahogarse. Cuando Lange, Brandmann, Ottfried y los demás testarudos lo entiendan, entonces saldrán de ahí, todos ellos saben nadar. Pero a ti te arrastraría al fondo el vestido mojado. Nosotras... —sonrió animosa al recordar la nueva expresión favorita de Ida—, ¡nosotras nos escaqueamos!

Por fin alcanzaron el camino principal, pero el río seguía creciendo con rapidez. El valle se convertía a ojos vistas en un caldo gris, mezcla de la lluvia incesante y el agua que corría y cubría los pies de las mujeres. En el ancho camino que conducía a los terrenos de la misión se encontraron con otras personas que huían. Mujeres y niños asustados, a medio vestir, cuyos maridos y padres todavía luchaban por salvar sus casas, aun sabiendo que sus esfuerzos no servían de nada. A Cat le pareció una situación patética, todas esas mujeres habitualmente arrogantes, que solían vestir de modo pacato y nunca salían de casa sin la capota bien almidonada, vagaban ahora bajo la lluvia con el cabello suelto y desgreñado, los vestidos mal abrochados. A todo ello se añadían un tropel de animales en fuga: los perros y gatos de los colonos, pero también muchas ratas que escapaban en busca de refugio junto con los «feroces animales» adquiridos para exterminarlas.

La gente avanzaba en silencio por el camino enfangado, algunos lloraban o rezaban. Las mujeres mayores, cuyas familias se habían asentado casi todas en lo alto de la pendiente, permanecían atónitas ante los elementos de la naturaleza que destruían el futuro de Sankt Paulidorf. La señora Brandmann sollozaba, mientras que, ayudada por Erich y rodeada de sus quejumbrosas hijas, se unía al grupo principal de quienes escapaban. Ida abrazó a sus hermanos.

—¿Lo arrastrará todo el agua? —preguntó Franz incrédulo.

—¡Qué va! —lo consoló Gudrun Brandmann—. El agua volverá a marcharse mañana, si Dios quiere, y entonces lo limpiaremos todo de nuevo y...

La mirada que Elsbeth le dirigió solo podía calificarse de asesina.

—¡Sí, Franz! —dijo la muchacha a su hermano—. ¡Gracias a Dios el agua se lo llevará todo! Todas y cada una de las casas. Esta vez es la definitiva, ¡esta vez no volveremos a construir este maldito poblado!

—¡Es imposible que llegue hasta nuestra casa! —gimió la señora Brandmann—. No puede... —Hasta entonces las viviendas que se hallaban más arriba no habían sufrido perjuicios, pero esta vez el agua también las había alcanzado.

Y entonces, cuando las mujeres llegaron al mirador desde el cual Ida había contemplado el valle el día antes al sol, el llanto de la señora Brandmann se convirtió en un alarido espeluznante. Todas se volvieron justo a tiempo para ver cómo la iglesia se hundía bajo el caudal. Solo asomaba la torre, hasta que la violencia de la corriente movió los cimientos de la casa de Dios y también ella se desmoronó lentamente.

—¡El Apocalipsis! —auguró con voz ronca la señora Brandmann—. ¡Dios nos castiga! —Y empezó a rezar.

Poco después los hombres corrían pendiente arriba a reunirse con sus familias.

—¡No os quedéis aquí paradas! —gritó Jakob Lange jadeante a las mujeres que miraban como petrificadas las aguas que acababan de tragarse la iglesia—. Subamos a la misión. ¡Aquí podemos ahogarnos todos!

Delante de la casa de los misioneros aguardaban los tres pastores, mirando aquel infierno líquido. Esta vez habían rehusado la idea de vencer la inundación con sacos terreros. En cuanto los colonos llegaron, se pusieron a rezar con ellos. Elfriede Busche se arrojó llorando a los brazos de su marido.

El pequeño Franz se agarró a su padre.

—¿Dios lo hace todo bien? ¿Verdad que sí? ¿O no?

Cat e Ida no tenían ganas de ponerse a rezar. Cat cogió a su amiga de la mano y tiró de ella bordeando el edificio de la misión, y Elsbeth se unió a ellas.

—¿Queda todavía alguna cabaña por aquí? —preguntó—. Tengo que secarme, estoy empapada. Franz también, casi nos hemos ahogado. El agua creció muy rápido en casa. Antes nunca había llegado tan arriba. Y padre no se lo podía creer. Cuando a Franz le llegaba al pecho, todavía quería ir a las zanjas. ¡Como si hubiera servido de algo! Me he marchado sola con Franz, y gracias a eso nos hemos salvado. Tuvimos suerte de que los Brandmann llegaran al mismo tiempo. Si Erich Brandmann no hubiese cargado con Franz...

El hijo menor de Brandmann parecía un niño listo. También él había sacado a tirones a su madre y a su hermana de la casa, mientras su padre todavía creía que tenían que estudiar la situación.

Los tres llegaban en ese momento al refugio de la misión, donde los elementos parecían menos beligerantes. Ida, extenuada, buscó apoyo en el poste de una valla. En el corral que había detrás de la misión se movían inquietos los dos caballos. Al menos ellos estaban a resguardo, uno de los religiosos había tenido la presencia de ánimo de encerrarlos antes que prosiguieran su desbandada, probablemente hasta Nelson. Junto a los caballos esperaba, como en la última inundación, *Chasseur*. No había rastros de las vacas.

Y, lamentablemente, Ottfried y sus hombres no solo habían utilizado la demolición de la vieja colonia de cabañas como pretexto para beber, sino que realmente habían derribado todos los alojamientos anteriores a la cabaña provisional de Ida y Ottfried. Por muy repugnante que les resultara, las mujeres se esforzaron por llegar al lugar donde habían sufrido tanta humillación.

—¿No podríamos ir... a la misión? —preguntó Ida en voz baja. Cat negó con la cabeza.

—Tampoco para mí es fácil —susurró—. Pero tenemos que ver cómo está. Antes de que lleguen los demás. Si hay algo que pueda sernos útil...

—¿Útil? —preguntó Ida con voz ahogada. Volvía a estar pálida como la cal—. ¿Útil para qué?

Cat la sostuvo.

—Ida, el agua sigue subiendo —dijo en voz baja para no inquietar a Elsbeth. La muchacha estaba abriendo aliviada la puerta de la cabaña, se imaginaba estar ya a salvo—. No es seguro que ahí estemos protegidas.

—Pero la misión... —susurró Ida. No podía creer que esa pesadilla tal vez no hubiese concluido todavía.

—¿Qué pasa con la misión? ¿Crees que Dios detendrá las aguas delante de ella? ¿Por todas las oraciones que rezan ahí? Quizá tengas razón, hasta ahora la misión no se ha inundado, pero eso no significa que hoy no vaya a suceder. Es la nieve que se derrite en las montañas, Ida. ¿Te acuerdas de lo contentas que estábamos ayer por el tiempo tan primaveral que hacía? Y además esta lluvia... Quizás es que nunca había ocurrido un desastre tan grande, simplemente.

—¡O que han vuelto a reconstruir una y otra vez la misión! —intervino Elsbeth. Tenía oído de lince—. Ya sabemos cómo funciona... ¿Y qué habrá aquí dentro? —Echó un vistazo a la cabaña, donde todo tenía un aspecto muy distinto a seis semanas atrás.

Los hombres la habían utilizado realmente como un retiro de bebercio y solaz. Seguramente habían dicho a los misioneros que llevaban mesas y sillas y no la demolían como las demás porque, cuando hacía mal tiempo, la utilizaban para descansar y conversar. El mobiliario de la pequeña cabaña semejaba al del pub de Barker en la bahía de Piraki, pensó Cat. Sillas toscas junto a mesas cojas, sobre las que los vasos de whisky y cerveza habían dejado círculos pegajosos.

—Ya veis, aquí es donde se celebraban las «tertulias» —observó Cat—. ¡Está claro que no empinaban el codo bajo la lluvia! Echemos un vistazo, a lo mejor han dejado alguna provisión que no sea alcohólica. Comida o mantas.

—¡Ay, sí, ahora tengo hambre! —dijo Elsbeth y se puso a registrar los viejos armarios de cocina—. Pero antes tenemos que encender la chimenea.

—Primero tenemos que empaquetar todo lo que sea útil —ordenó Cat, mientras Ida se sentaba agotada en una silla—. Antes de que lo haga otra persona u Ottfried entregue a vuestro padre todo lo que ha quedado para que lo reparta entre «los más necesitados». Pensad un momento: ¡no queda nada! Las últimas casas de Sankt Paulidorf están siendo arrasadas, solo queda lo que los misioneros hayan almacenado. Y a nosotras nos aguarda la marcha a Nelson. Con todos los niños y mujeres y... Dejad que adivine: ¡el carro de los caballos estaba de nuevo en el granero de Lange! Así que todo el mundo tendrá que caminar bajo la lluvia, sin comida y sin tiendas de campaña.

—¡Aquí hay whisky! —anunció Elsbeth. Ahora que se había refugiado de la lluvia, esa aventura casi le parecía divertida.

—¡Bien!

Cat le cogió la botella y no hizo caso de la mirada horrorizada de Ida cuando la abrió y se la llevó a los labios. Tomó un trago largo y se la tendió a Ida.

—Toma, ¡bebe! Te levantará los ánimos. Si no se exagera...

—¡Nunca he probado el whisky! —exclamó Elsbeth, y cogió la botella después de que Ida bebiera un sorbo. Tomó un trago e inmediatamente tosió y escupió—. ¡Sabe fatal! —jadeó—. ¿Y esto les gusta a los hombres?

—Uno se acostumbra a todo —observó Cat—. Bebe un poco más, Ida, te calentará el cuerpo, todavía estás muy pálida. Considéralo una medicina. Te Ronga solía meterle hierbas cuando conseguía alguna botella. Normalmente la bebíamos todas. ¡No pongas esa cara, Ida! ¿No hacíais ningún tipo de licor en Raben Steinfeld? Nuestra tribu tuvo alguna vez dos o tres botellas de whisky como mucho. Cuando la hacíamos circular acabábamos todos alegres.

—Alguna vez me gustaría probar el vino —dijo soñadora Elsbeth—. O *cham-pag-ne*.

Las dos mujeres no pudieron evitar reírse pese a la situación.

—Tendrías que haber nacido en la casa del Junker —se burló Ida—. No encajas para nada en Raben Steinfeld.

Elsbeth hizo una mueca.

—¡De todos modos ya no estoy allí! —respondió satisfecha—. Y Sankt Paulidorf acaba de hundirse. ¡Tú misma lo has dicho, Cat, mañana nos vamos a Nelson! ¡Y entonces todo cambiará!

7

En la antigua cabaña de Ottfried encontraron dos botellas de whisky más, pero nada comestible. Cat descubrió algunas herramientas que se habían empleado en la demolición de las casas y dos lonas enceradas.

—Son buenas, ¡podremos hacernos unas tiendas con ellas! —exclamó contenta.

—¿Sin estacas? —preguntó Elsbeth, frunciendo el ceño. Había vendido tiendas de campaña en la tienda de los Partridge.

—Nos llevaremos el hacha y por el camino ya cortaremos algunas ramas —explicó Cat—. De todos modos, más vale llevar esto que no tener ninguna protección contra la lluvia. Y ahora, encendamos de una vez el horno. Los colonos acabarán de rezar y a lo mejor suben para guarecerse aquí. Al menos los niños deberían mantenerse protegidos de la lluvia.

La última noche de los colonos en Sankt Paulidorf se convirtió en una pesadilla. Si bien la crecida de las aguas se detuvo a un par de metros por debajo de la misión, la casa de los misioneros y la cabaña provisional de Ottfried no disponían de refugio suficiente para más de setenta personas caladas hasta los huesos y desesperadas. Dos familias amedrentadas y desmoralizadas emprendieron la marcha hacia Nelson en plena noche. Las demás se apretujaron en las casas.

Al cabo de muy poco tiempo el aire de la cabaña era irrespirable. El vaho que ascendía de la ropa al secarse se mezclaba con el sudor de la gente, el olor a café y té que calentaban los misioneros y, al final, con el del puchero que un par de animosas mujeres pusieron a cocer con las escasas provisiones de Wohlers y Riemenschneider. No había suficiente para todos, pero Cat e Ida no tenían apetito, las dos se encontraban mal.

Al final montaron su tienda improvisada y se apretujaron la una contra la otra para darse calor bajo las lonas. También *Chasseur* las calentó un poco. En la cabaña, el perro se había sentado directamente junto al fuego y ya estaba totalmente seco antes de que llegaran los colonos. Ahora, Ida y Cat se estrechaban contra su suave pelaje. Pese a todo, fue una noche infernal. Aunque el río no creció más, la lluvia continuó durante horas y las lonas no bastaron para guarecer a las mujeres. Por añadidura, no había modo de que reinara el silencio. Los colonos no conciliaban el sueño, algunos discutían todavía sobre si había que abandonar realmente Sankt Paulidorf, mientras que otros lloraban y rezaban.

Cat estaba molida cuando al día siguiente se arrastró fuera de la tienda y vomitó. Para colmo, no era la única que se encontraba detrás de la mata de rata tras las cual había llegado a duras penas para devolver.

Elfriede Busche también había utilizado ese retrete improvisado. No decía nada, pero su mirada indagadora era significativa. Si recordaba el desafortunado comentario de Ida el día anterior y sacaba conclusiones...

—He comido algo en mal estado —mintió Cat, consciente de que Elfriede no la creía.

Pero, fuera lo que fuese lo que Elfriede sospechara, todo escándalo o chisme fue relegado al olvido ante la visión de Sankt Paulidorf el día después de la catástrofe. Incluso Elsbeth, que odiaba las tierras junto al Moutere desde el primer momento, enmudeció ante la imagen de destrucción que se apreciaba desde lo alto. La mitad del agua se había retirado del valle, y el estado de las casas y los campos dejaba adivinar el del resto de la colonia. De la casa de los Lange todavía quedaba alguna ruina, la de los Brandmann había desaparecido arrastrada por la corriente, en el campo que había en medio yacían las dos vacas ahogadas. Los fragmentos de la iglesia ni siquiera se reconocían como tales, y la mitad de la torre permanecía bajo el fango. Bajo el lodo también se distinguían ruinas de casas, ya irrecuperables. Al desbordar, el río había arrastrado al valle enormes cantidades de tierra. Esta vez ni siquiera el campesino Friesmann mencionó que era tierra fértil. La corriente también había rebajado la tierra más arriba. El camino que llevaba de la misión al poblado se había desmoronado y parecía más bien un barranco. Era impensable volver a transitarlo con un carro de caballos, incluso a pie tenía más de escalada que de paseo.

—Es el fin —susurró Jakob Lange, santiguándose—. Tenemos que volver a Nelson.

—Sí. Y presionar a Wakefield —tronó Peter Brandmann—. Y a Beit. Ellos sabían que había alto riesgo de inundaciones. Tenían bien claro lo que nos esperaba aquí.

—¡También vosotros los sabíais! —replicó Ida. Estaba dispuesta a enfrentarse a todos—. Karl Jensch os previno, pero no quisisteis escucharlo...

—¡Wakefield es quien habría tenido que decírnoslo! —Peter Brandmann se plantó delante, esforzándose por montar en cólera antes que por dejarse abatir por la desesperación y el desconsuelo—. ¡Ahora tendrá que darnos otras tierras!

—No lo hará, ¿verdad? —preguntó preocupada Elsbeth a su hermana.

Ella y Franz ya estaban listos para marcharse, mientras las mujeres todavía lloraban y se lamentaban y los hombres discutían sobre si valía la pena buscar entre las ruinas objetos de valor o recuerdos antes de irse. Ida, cuya casa había sido una de las primeras víctimas de la inundación, sabía que era inútil, y a Elsbeth le daba igual lo que tal vez quedara de las sábanas bordadas de su madre y de su propio ajuar. Lo único que quería era marcharse de allí.

Ida negó con la cabeza.

—No lo creo —respondió—. Wakefield no nos dijo la verdad, pero nosotros pedimos a gritos que nos engañara. La idea de instalarse a orillas del Moutere fue de padre y de Brandmann. Y Wakefield la utilizará para quitarse la responsabilidad. Además, él nos prometió tierra y nos dio tierra. Todavía nos pertenece... aunque no sirva para nada. Los maoríes no deberían haberla vendido a Wakefield.

Cat hizo una mueca.

—Los maoríes aducirán la misma excusa que Wakefield ante vosotros. Le dieron lo que él quería, compró el terreno después de visitarlo y reconocerlo. Si hubiera planteado alguna duda, le habrían contestado con la verdad. Te Rauparaha no es un mentiroso, pero sí... cómo lo llamáis... un taimado, eso. Pero vamos, marchémonos de aquí. El camino ya será lo suficientemente largo, tenemos que irnos ahora que no llueve.

Fue una triste procesión de seres hambrientos y andrajosos la que, tres días más tarde, llegó a Nelson. Si bien no estaba lejos, los colonos avanzaban despacio. Cat se percató de que los caminos estaban en mucho mejor estado que un par de meses antes, cuando los había recorrido con Ida y Ottfried. Wakefield había contratado cuadrillas de obreros de la construcción para pavimentarlos. Pese a ello, las mujeres y los niños, nada acostumbrados a largas marchas a pie, frenaban al grupo. Hacía mal tiempo y de vez en cuando llovía tanto que las familias preferían cobijarse en el bosque. A algunas mujeres, como la señora Brandmann, que estaba destrozada, había que convencerlas de que prosiguieran. Sin embargo, sabían que no podían quedarse en Sankt Paulidorf, pero tampoco querían regresar a Nelson. Así pues, la señora Brandmann se aferraba a su esposo o a Ottfried, quien durante la marcha se unió a su antigua familia en lugar de a la nueva. Le resultaba incómodo sentarse junto al fuego con Cat, que todavía le lanzaba miradas asesinas, y en cuanto a Ida... Ottfried temía que le reprochara que ya les habían advertido de la catástrofe. Y temía sus propios arrebatos de rabia. Si Ida volvía a mencionar a Karl Jensch, se le iría la mano.

Así pues, prefería soportar los lamentos de su madre y sus hermanas, que culpaban más de su miserable situación a un Dios punitivo que a los ancianos de la comunidad que habían hecho caso omiso de las advertencias. Guiaba los caballos y dejaba que los niños los montaran por turnos, lo que al menos a los pequeños les levantaba un poco el ánimo. Por supuesto, los hijos de los colonos se quejaban de que les dolían los pies y tenían hambre, pero la mayoría de hombres y mujeres no tenían fuerzas para ponerse a buscar plantas comestibles o a pescar. Cat era la única excepción. Si bien por las mañanas solía encontrarse mareada, a mediodía tenía un hambre voraz. Para la maorí rubia, los bosques que rodeaban Nelson constituían una abundante fuente de alimentos. Desenterraba raíces, animaba a Ida y Elsbeth a recoger bayas y pescaba con destreza, incluso sin nansa. Erich Brandmann, el hermano de Ottfried, solía unirse a ella en esas ocasiones, como podrían haber hecho la señora Brandmann y sus hijas si no se hubiesen dedicado a llorar y lamentarse sin cesar.

Esto a Erich le ponía de los nervios.

—No nos moriremos de hambre —sentenció tranquilo, al tiempo que encendía un fuego con habilidad para asar los pescados. Cat también le había enseñado a hacer esto y, como en todas las técnicas de supervivencia, demostraba poseer un talento natural—. En Nelson hay trabajo suficiente para carpinteros. Basta con que padre aprenda inglés, incluso si no le gusta.

—Pero ¿nos mantendremos juntos? —preguntó Franz temeroso—. Mi padre ha dicho que la comunidad permanecerá unida, aunque hayamos dejado Sankt Paulidorf.

—Sí, eso también lo dice mi padre —señaló Erich con una mueca escéptica—. Si es que eso es posible. Bueno, yo pienso que...

—Yo pienso que lo mejor es que aprendas inglés, Franz —intervino Ida; acarició el cabello de su hermano y le tendió un pescado ensartado en una ramita para que pudiera sostenerlo sobre el fuego—. ¿Te acuerdas de cómo te llamaban los Partridge?

Franz sonrió.

—¡Francis! —respondió—. ¡Ya tengo ganas de ver a Paul! Volveremos a vivir con los Partridge, ¿verdad?

En efecto, los habitantes de Nelson volvieron a mostrarse tan serviciales y hospitalarios como cuando los inmigrantes habían llegado más de un año atrás. Algunos sabían de la nueva inundación por los primeros colonos que habían escapado de allá, y expresaban su más sincero pesar. Por supuesto, volvieron a abrir sus casas a los fracasados colonos. Casi todos se alojaron con las familias con las cuales ya habían vivido antes de trasladarse al valle Schach. Ida contempló con cierta envidia cómo Elsbeth se echaba a los brazos de la señora Partridge. La esposa del comerciante respondió afectuosa al abrazo, pero arrugó la nariz.

—Ya vuelves a oler un poco fuerte, Betty —observó—. Necesitas un baño. Tienes una nueva compañera de habitación. Amanda. ¡Mi hija!

Ida saludó brevemente a los Partridge y admiró a Amanda. Sabía que para ella, incluso si la familia no hubiese aumentado, ya no habría habido sitio con los Partridge. Ida estaba casada, pertenecía a los Brandmann. Y estos lo tenían difícil para encontrar acogida, pues los McDuff rehusaron volver a hospedarlos. A Ida no le extrañó. Ni la señora Brandmann ni sus hijas se habían ganado el cariño de esa familia.

—¡Ya encontraremos otro sitio para ustedes —los consoló el joven secretario del ayuntamiento que había enviado Wakefield para recibir a los colonos—. Esta noche se hospedarán en la pensión de la señora Robins y luego buscaremos una solución.

Los Brandmann escuchaban con atención pero sin entender palabra, hasta que Ottfried tradujo. Todos seguían sin haber aprendido ni una palabra en inglés.

—¿Y qué va a suceder con nosotros? —preguntó Ida a su marido—. ¿También iremos a la pensión? ¿Qué va a pasar con Cat? ¿Y con *Chasseur*?

Le habría resultado incómodo pernoctar en la pensión, sabiendo que no podían pagar. Si bien Ottfried encontraría pronto trabajo, Ida, por su educación, opinaba que no había nada más vergonzoso que acumular deudas. Además, la severa propietaria de la pensión, que tanto empeño ponía en la limpieza, no habría aceptado un perro en sus habitaciones.

Debido a otros motivos, Cat tampoco tenía ganas de hospedarse en la pensión de la señora Robins. Por el momento, nadie en Nelson la había reconocido, entre los colonos alemanes era una mujer rubia entre muchas. Pero la señora Robins la reconocería y era probable que empezaran a correr habladurías de nuevo. Pese a ello, le habría gustado quedarse unos días en Nelson. Quería saber al menos qué iba a suceder con Ida antes de irse en busca de los ngai tahu. Y vacilaba ante la larga y solitaria marcha con un tiempo tan inestable.

Las dos mujeres se miraron abatidas, buscando una solución. Sorprendentemente, por una vez Ottfried tuvo una feliz idea.

—Para nosotros ya encontraré algo, Ida, no te preocupes —dijo, pavoneándose—. Tengo amigos en Nelson. He pernoctado a menudo en la ciudad. Vamos, que ya encontraré alojamiento.

Ottfried se despidió de su familia y del empleado del ayuntamiento con un gesto y se puso en marcha seguido por Ida y Cat.

—No es que sus amigos vivan en un entorno estupendo —murmuró Cat cuando se adentraron en el barrio portuario.

Ida se encogió de hombros; ya nada podía sorprenderla. Ottfried las llevó a una taberna de fachada destartalada, aunque el edificio no podía ser muy viejo. Ninguna construcción en Nelson era vieja. Ida apretó los labios y Cat miró el cartel tambaleante de la puerta: Paddy's Hideaway. ¿Solo un pub o también un burdel?

Entraron en una taberna típica con el típico olor a cerveza rancia. Toscas mesas y sillas rayadas, un suelo salpicado de manchas y una larga barra de la que sacaba brillo un tabernero rubicundo y campechano. Para Ida era un sitio, y Cat pensó sarcástica que, en realidad, allí se sentía como de vuelta en casa. Pese a todo, el salón estaba limpio, algo que no podía decirse del pub de Barker.

Ottfried se dirigió a la barra.

—Paddy, viejo amigo... ¡yo te saludo! —dijo en un inglés elemental.

El tabernero respondió amablemente, pero arqueó una ceja a modo de interrogación cuando vio a Ida y Cat.

—Te traigo ayuda —dijo Ottfried—. Mucho agua en nuestro pueblo. Nosotros marchar. Ahora necesitamos lugar, casa para mí y mi esposa.

Paddy hizo una mueca.

—¿Significa eso que vuestro Sankt Paulidorf se ha inundado? ¿Y que vuestros viejos santurrones por fin se han comportado con sensatez? —Rio—. ¿Y ahora quieres instalarte aquí con la esposa y el perro? —Miró a *Chasseur* que se había tendido junto a la chimenea pese a que no estaba encendida y miraba a Ida y Cat alternadamente—. Con dos mujeres —se corrigió el tabernero—. A no ser que vea doble. —Ida bajó la cabeza avergonzada. Cat se esforzó por mostrarse indiferente, mientras el rostro sonriente del propietario iba adquiriendo una expresión de admiración—. ¡Demonios, Otie, nunca te creí cuando fanfarroneabas de tus dos mujeres! Pero ahora lo veo con mis propios ojos. Dos. ¡Y a cual más guapa! ¿Cuál es la legal? ¿Y está la otra a disposición general si os dejo vivir aquí? —Y se relamió los labios.

Ottfried contrajo el rostro, sin que se supiera si se sentía orgulloso u ofendido. Pero antes de que pudiese decir algo, intervino Ida.

—Señor Paddy —dijo despacio en un inglés correcto—. Mi nombre es Ida Brandmann y esta es Katharina, nuestra doncella y asistenta, además de amiga mía. Ignoro las costumbres de Inglaterra y de Irlanda, pero en nuestro país un hombre solo tiene una esposa. En cuanto a Cat...

—¡Chica busca *job*! —añadió Ottfried, señalando a Cat.

Esta le lanzó una mirada fulminante. El tabernero advirtió la mirada de odio que dirigía al marido de su amiga.

—¡No busco ningún *job* de los que usted tiene para ofrecerme, Paddy! —le soltó iracunda.

El hombre alzó las manos apaciguador.

—Está bien, está bien... no quería ofenderte. Era solo una pregunta. Porque, por lo que Otie nos había contado... y ya que ahora viene con dos bellezas... ¿Qué va a ser, Otie? ¿Una habitación para tres? ¿O solo para ti y tu esposa?

Ottfried titubeó.

—Para los tres. Pero no sé cómo habitación...

—Nos interesaría alojarnos durante un breve período, si es que alquila habitaciones —volvió a intervenir Ida con la misma dignidad.

Cat no pudo evitar admirarla. Las dos se veían desaliñadas y daban pena, con el pelo desgreñado, aunque la señora Partridge había dado un par de peinetas a Ida para que se lo recogiese. Aun así, Ida era la encarnación de la esposa íntegra y aseada del buen colono.

—Como habrá deducido usted por las palabras de mi marido, ahora mismo no disponemos de medios... —En los ojos de Ida brilló una chispa de burla; hasta entonces Ottfried siempre había fingido que su inglés era perfecto—. Tuvimos que abandonar Sankt Paulidorf por circunstancias de fuerza mayor. Así que...

—¡Paddy y yo poner de acuerdo con dinero! —la interrumpió Ottfried—. Nosotros amigos, ¿sí?

El tabernero puso los ojos en blanco.

—A ver, esto no es una pensión. Solo puedo ofreceros un cobertizo detrás del local, que es donde dejo dormir a algún que otro cliente borracho. Y arriba hay una habitación. Esa la alquilo... ¿cómo decirlo para no ofender a las damas...? —Se frotó la nariz un poco cohibido—. O sea, en realidad la alquilo por horas. Si os la dejo, tendréis que pagar. Al menos lo mismo que me paga Lucie. El cobertizo os lo podéis quedar gratis, pero es una pocilga. Y como compensación... a lo mejor las señoras pueden echar una mano aquí... No, no se preocupen. Solo limpiar un poco. Lucie se encarga a veces, pero está aquí más bien para lo de la habitación, que es lo que sabe hacer mejor.

Ida tragó saliva.

—¿Dónde te alojabas cuando dormías aquí? —preguntó con cinismo Cat a Ottfried—. ¿En el cobertizo o con Lucie?

Ottfried se ruborizó y le tembló el labio inferior.

—Ajá —añadió Cat con frialdad—. Bien, Paddy, gracias. La señora Brandmann y yo ocuparemos su cobertizo. Nos instalaremos allí de buen grado, y nos encargaremos de limpiar la taberna. Por lo demás...

Sacó tranquilamente el cuchillo del cinturón, apuntó a la diana que colgaba en una pared y lo arrojó. Paddy resopló cuando dio en el blanco.

—Por lo demás, no estamos «a disposición general» —concluyó Cat—. Y en lo que respecta al señor Brandmann, con él seguro que se pondrán de acuerdo usted y Miss Lucie como han hecho hasta ahora. Naturalmente, todo esto es provisional. El señor Brandmann pronto querrá ofrecer un hogar adecuado a su familia. Mi amiga espera un hijo. Y yo, como ya he dicho, busco un trabajo... Y ahora, ¿dónde está el cobertizo?

EN MANOS DE LOS ESPÍRITUS...

Nelson, llanuras de Canterbury

1844-1845

1

El cobertizo, tal como Paddy Reilly anticipara, era diminuto y estaba lleno de basura, polvo y telarañas. Ida casi rompió a llorar al verlo. Se había controlado con voluntad de hierro en el pub, pero ahí estaba a punto de desmoronarse. Necesitaba una cama urgentemente y algo que comer. Al llegar a la ciudad, los compasivos habitantes de Nelson habían suministrado a los alemanes una comida improvisada a base de pan y té caliente, pero Ida estaba tan preocupada y agotada que no había logrado probar bocado. Y ahora esa madriguera que había que limpiar a fondo antes de siquiera poder sentarse en el suelo. Las mujeres contemplaron con asco el manchado jergón que Paddy tenía a disposición para sus clientes borrachos, y *Chasseur* se alejó de él tras haberlo olfateado.

—Seguro que está lleno de chinches —observó Cat—. Necesitamos uno nuevo. O al menos paja... ¿Dónde han dejado a los caballos?

—En el establo del ayuntamiento —respondió Ida—. La gente todavía discutirá sobre a quién le pertenecen. La comunidad pagó por ese tiro. Y ahora todos necesitan dinero.

Haciendo de tripas corazón, Cat cogió una escoba y empezó a limpiar las telarañas y recoger los escombros más gruesos, antes de ir a buscar agua. Ida reunió botellas vacías, cajas de cartón y toda la inmundicia que Paddy había ido acumulando en el cobertizo. No había señales de Ottfried, quien no las había acompañado cuando Paddy les enseñó el cobertizo. Puesto que no iba a vivir ahí, tampoco se sentía responsable de la limpieza.

—Ojalá se ponga a buscar pronto un trabajo —observó Ida—, que no espere a que vuelvan a repartir tierras o a lo que sea que tengan pensado los demás. Tenemos que comer cada día.

Cat sacudió la cabeza.

—Lo primero que hará será ponerse a beber —señaló—. Y no me parece que Paddy vaya a darle algo a cambio de nada. Y tampoco Lucie se meterá en su cama por amor.

Ida enrojeció.

—Me ha estado engañando —se asombró, como si acabara de percatarse—. Yo... él... bueno, yo sabía que en el pasado había estado alguna vez con prostitutas. Pero ya casado... ¡es pecado!

Cat se encogió de hombros.

—Pues, en mi opinión, también antes del matrimonio es pecado. Las mujeres no deberían poderse comprar. Vuestro Dios no parece darle mucha importancia, pero...

—¡Eso lo dirás tú! —exclamó Ida—. Pero es que la inundación...

Cat se frotó la frente.

—Ida, te lo he dicho cien veces: siempre ha habido inundaciones. Y ese tal Karl lo sabía. Por cierto, ¿quién es? Cada vez que se lo menciona, tu padre se enfada y Ottfried se pone iracundo, y tú... no sé, parece como si sonrieras... o brillaras. Algún día tienes que contarme qué hubo entre vosotros. En cualquier caso, Karl ya predijo las inundaciones, independientemente de que Ottfried vaya o no vaya de putas. ¡En eso no interviene Dios, Ida! Como tampoco los dioses del río de Te Ronga; además, estos no se ocupan de los seres humanos, simplemente hacen crecer y decrecer al río según les apetezca.

—Todos hemos pecado —musitó Ida—. ¡Pero Ottfried más que yo!

Cat puso los ojos en blanco.

—Si eso te tranquiliza... Como sea, los pecados de Ottfried valen dinero y ahora ya no puede imputarlo a la comunidad. Así que tendrá que trabajar, no hay nada que temer. Y si mañana te vas a casa de la señora Brandmann y le lloras un poco que tienes que vivir en un pub, también ella lo presionará para que encuentre pronto una vivienda decente.

Ottfried no volvió a dar señales de vida ese día, pero una hora después de que las mujeres hubiesen comenzado con la limpieza del cobertizo, apareció una joven de melena rubia y lacia, con un vestido de volantes manchado. Llevaba dos jarras de cerveza, un plato de pan y carne asada.

—Tomad, esto os lo envía Paddy —farfulló sin molestarse en saludarlas—. Esto ha mejorado. —Con sus ojos azules evaluó la habitación—. Aquí podrá instalarse otra puta cuando os hayáis ido.

Ida la miró escandalizada, pero también curiosa.

—¿Es usted Lucie? —preguntó con voz ahogada.

La mujer asintió y se inclinó cínicamente.

—A su servicio, señora. Tú eres la esposa, ¿no? ¿Y tú la maorí? —Parecía desnudar a Cat con la mirada—. Pues con ese cuerpo podrías ganar un montón de dinero. Aunque este pueblucho es demasiado virtuoso. La mayoría solo viene a beber cerveza. Comed. Paddy dice que lo pondrá en la cuenta de Otie.

Ida la miró atónita cuando salió meneando las caderas.

—¿Cómo puede querer a una mujer así? —preguntó a media voz.

Cat se echó a reír.

—No estarás celosa, ¿verdad? No la quiere, Ida, solo la utiliza. Como... bueno, como a ti. Bien, y ahora comamos algo, luego pasaré por el pub antes de que se llene y preguntaré a Paddy si nos deja una mesa y dos sillas. Y un saco de paja para pasar la noche.

El pub ya estaba atestado cuando Cat se acercó a echar un vistazo. Suspiró y se armó para soportar las miradas lascivas. Con toda la naturalidad que le era posible, los ojos virtuosamente bajos, cruzó el local y no se dignó mirar a nadie, ni siquiera a Ottfried, que estaba sentado a una mesa con otros tipos y una botella de whisky delante. Por supuesto, su presencia cosechó comentarios obscenos y proposiciones indecentes.

—Lo siento —dijo Paddy cuando la joven llegó a la barra—. Pero los chicos no lo hacen con mala idea. Aquí no tienen oportunidad de ver algo tan bonito como tú. ¿No querrías...? Vamos, tú eres la maorí rubia de la que hablan todos aquí, ¿no? Pues con los salvajes no eras tan mojigata.

—Para «mojigata» la lengua maorí no tiene equivalente —respondió Cat lacónica—. Ni para «puta». Oiga, Paddy, la señora y yo necesitamos sillas y un jergón limpio.

Al final, Paddy indicó a dos muchachos que todavía estaban sobrios que llevaran los muebles y recogieran paja del establo. Los dos lo hicieron sin molestar a las mujeres. Al contrario, parecían respetar a Ida como si eso fuera lo natural, y Cat ya se había ganado cierta fama de mujer de armas tomar. Paddy se había quedado impresionado al verla lanzar el cuchillo y había contado la historia. Pero, asimismo, circulaban otros rumores. Cuando Cat abandonó la taberna, escuchó la voz de la furcia Lucie que era quien llevaba la voz cantante en el pub.

—¡Esa no se deja con cualquiera, chicos! Es una especie de puta india, me lo contó Jamie, el mozo de cuadras de los Beit. Cuando quieren a una mujer, primero ponen una cabellera a sus pies. ¡Y luego comen juntos carne humana!

Cat se estremeció. Si se propagaban otra vez las habladurías...

—¡Tonterías tú dices! —Cat reconoció la voz pastosa de Ottfried—. Esa solo deja conmigo. Es mía, ¿entendido? Mujer mía...

Cat apretó los labios, furiosa con ese bocazas. No obstante, era mejor que creyesen que era amante de Ottfried Brandmann que miembro de una tribu de caníbales.

Ida y Cat durmieron profundamente en el cobertizo y en los días siguientes el peculiar acuerdo arrojó unos resultados sorprendentemente positivos. Ottfried las dejaba en paz, al igual que

Lucie, quien pocas veces salía de su habitación en el primer piso antes de mediodía. Por lo visto, Ottfried dormía con ella. Ganaba dinero yendo cada día al puerto para descargar barcos o realizar tareas de peón. Muchos hombres de Sankt Paulidorf hacían lo mismo.

—Jornaleros —refunfuñó Ida—. En Raben Steinfeld le daban la espalda a Karl, y mira, ahora viven todos como temporeros.

A esas alturas ya le había contado a Cat acerca de Karl, aunque no había mencionado su relación especial ni, por supuesto, las proposiciones de matrimonio del joven.

—Solo por necesidad —señaló Cat.

Había estado en la tienda de los Partridge y había hablado con Elsbeth. La hermana de Ida hablaba deprimida de su padre, que diariamente acudía al ayuntamiento y sacaba de sus casillas a todo el mundo exigiendo nuevos repartos de tierras. Era evidente que muchos colonos todavía esperaban una segunda oportunidad, aunque John Nicholas Beit, que los había reclutado antes, ya hacía mucho que se había marchado, al igual que el coronel Wakefield. El agrimensor Tuckett había ocupado su cargo en el ayuntamiento, pero se había ido para encargarse de habilitar las tierras para los colonos escoceses de Otago. Para los alemanes no había esperanza, pero muchos se negaban a buscarse trabajo y asentarse en los alrededores de Nelson entre vecinos ingleses. Preferían aguantar con labores temporales y esperar un milagro.

A Elsbeth la asustaba tanta tozudez. Por mucho que se repitiese que su padre nunca se iría de Nelson, la tenacidad del viejo la preocupaba. Si Lange y Brandmann veían la menor chispa de esperanza de construir un segundo Raben Steinfeld en otro lugar, no dudarían.

—Y, sin embargo, aquí estamos muy bien —prosiguió Elsbeth—. La señora Partridge tiene mucho trabajo que hacer con Amanda y Paul. Stine Krause ya no viene, pues tiene un segundo hijo y su marido se gana bien la vida.

Los Krause se habían integrado bien en Nelson y estaban contentos. Se habían puesto bajo la protección de Frederick Tuckett y el antiguo agrimensor, que conocía su historia, les había apoyado generosamente a la hora de conseguir una parcela y una casa en las afueras de la ciudad.

—Sea como sea, los Partridge me necesitan en la tienda —contaba alegre Elsbeth—. ¡Incluso me dan una pequeña paga! ¡Pero eso no se lo cuento a padre! O me la pediría para ahorrar con vistas a la nueva tierra. Pero yo me lo gasto en mí. ¡Mira!

Cat admiró, como se esperaba de ella, la nueva peineta que Elsbeth se había comprado con su primera paga. También ella cubría las compras con su propio dinero. Un par de días después de su llegada, Paddy le había preguntado si realmente dominaba la lengua de los maoríes y conocía sus costumbres. Al parecer, al llegar le habían concedido una parcela de tierra cuya propiedad, según Spain, era cuestionable. De momento no se planteaba instalarse ahí, ganaba suficiente dinero con el pub. Pero quería normalizar las condiciones de la propiedad y llegar a un arreglo amistoso con los maoríes.

La muchacha tuvo que rehusar la petición de que trabajase de intérprete para él porque, naturalmente, debería negociar con los ngati toa. No obstante, estaría encantada de aconsejar a Paddy y ofrecerle sugerencias para solucionar el problema. Al final el tabernero se puso en camino, un poco nervioso pero con el carro generosamente cargado de mercancías, rumbo al poblado maorí más cercano. Cat le había enseñado cómo saludar a los nativos en su lengua, así como el modo de mostrarse cortés a la manera de los nativos. Al día siguiente regresó encantado. Habían aceptado alegremente los regalos, se habían aclarado los malentendidos y, para tranquilidad de Paddy, no le habían servido ningún plato de carne humana, como Lucie le había advertido, sino de pescado y boniatos, que acompañaron con el whisky que él había llevado.

—¡Es gente buena y normal! —exclamó sonriente.

A partir de ahí, Paddy no volvió a hablar mal de Cat ni de su relación con las tribus. En primer lugar, la recompensó por sus consejos y la joven pudo adquirir por fin un par de mantas, ropa y los utensilios domésticos más necesarios para ellas.

Y entonces también a Ida se le brindó inesperadamente la posibilidad de contribuir en la manutención de la casa. En el cobertizo de Paddy no había cocina, así que Ida solía cocinar para su «familia» en un fuego abierto en el patio. Ottfried no tenía empacho a la hora de ir a comer a casa de su esposa para después marcharse, sin decir nada, a trabajar o al pub por las noches. Paddy, por el contrario, siempre se mostraba amable cuando el aroma que salía de las ollas y sartenes de Ida lo atraían hasta allí. La joven preparaba los cocidos alemanes, pero también platos de pescado y boniatos según la receta maorí de Cat.

—Por todos los diablos, señora Brandmann —la elogiaba el tabernero cuando le servían un plato después de que él, como por azar, se hubiese acercado al fuego—. Es diez veces mejor de lo que hace ese tipo que trabaja en mi cocina. —En Paddy's Hideaway se servían platos sencillos por la noche, lo que era muy bien recibido por los trabajadores del puerto y los obreros de la construcción solteros. No obstante, se quejaban con frecuencia de que la carne estaba medio cruda o quemada y que las sopas no eran sabrosas—. Sin contar con que ese cretino solo aparece cuando está sobrio. ¿No le agradaría trabajar para mí como cocinera? Un trabajo decente, señora Ida, se lo aseguro. Ni siquiera verá a los clientes, ya sabe usted cómo entran en la cocina.

La cocina tenía una salida al patio frente al cobertizo. Ida podría entrar y salir sin tener que cruzar la taberna.

—¡Claro que vas a hacerlo! —la convenció Cat—. Y no vas a preguntárselo antes a Ottfried. Él tampoco te pregunta a ti si tiene o no que aceptar un trabajo.

—No es lo mismo —respondió nerviosa Ida.

Pero Ottfried no puso ninguna objeción. Casi siempre iba corto de dinero y se quejaba cada vez que Ida le pedía para las compras imprescindibles. Cat suponía que la habitación de Lucie no le costaba menos que el alquiler de una vivienda que compartir con Ida, pero no hablaba de eso. El acuerdo temporal a partir del cual Ottfried no molestaba a ninguna de «sus esposas» le iba muy bien. Si por ella fuese, podían seguir así hasta el verano, cuando el tiempo fuese más benigno. Entonces emprendería la larga marcha rumbo a Canterbury, donde esperaba encontrar unas amables tribus maoríes. Si hasta entonces Ida tenía trabajo y dinero propio, tanto mejor. Pese a todo, sentía remordimientos al pensar que dejaría a su amiga sola con Ottfried.

Ida pasó primero dos días de nervios adecentando la cocina y los fogones; era evidente que el «cocinero» de Paddy nunca la había limpiado y veía normal que se formara una película de grasa y suciedad que recubría todos los utensilios. Tampoco solía cambiar la grasa en que freía *fish and chips*, así que Ida la tiró asqueada, con sartén y todo. Finalmente la cocina estuvo lista. Sobre los fuegos hervían los pucheros y sobre el fuego del patio se asaban los pescados que iban a convertirse en la especialidad de la casa. Los clientes de Paddy estaban encantados y también Ida encontró satisfacción en su nueva tarea.

—Este pub podría convertirse en un restaurante de verdad —soñaba tras la primera semana—. Uno decente, para servir a las familias y a nuevos colonos de paso en Nelson. Y se podría confeccionar un menú de precio fijo para los trabajadores del puerto. Comida sencilla y barata. Se llenaría cada día.

—Paddy tendría que deshacerse de Lucie —señaló Cat—. Y a lo mejor poner manteles en las mesas, o airear de vez en cuando. Tienes razón, podría funcionar. También una pensión pequeña, sencilla, solo para hombres tal vez. Los trabajadores de la carretera y del puerto duermen en unos alojamientos horribles. Lo sé porque antes solían preguntar en casa de los Beit, cuando llegaban a la ciudad, por algún sitio donde alojarse. La pensión de la señora Robins es mucho más cara y elegante. Pero tres o cuatro jornaleros podrían compartir la habitación que ocupa Lucie.

Ida sonrió.

—Entonces ¡haríamos enfadar a Ottfried! —le recordó a su amiga.

Cat arrugó el ceño.

—Ida, ¿con quién tendrás que acabar viviendo a la larga? —preguntó con gravedad—. Estamos en el tercer mes, lo del niño ya no tiene vuelta atrás. Y antes tengo que marcharme. Entonces Ottfried se mudará aquí, u os instalaréis en una casa. A fin de cuentas, no se puede criar a un hijo en este cobertizo. Y tanto tu marido como el resto tendrán que abandonar en algún momento el sueño de un nuevo Sankt Paulidorf, si es que Ottfried todavía cree en él. Si tú trabajas aquí en la cocina y él se busca un trabajo estable (podría independizarse como carpintero, seguro que aquí se construirán casas durante años). Así tendréis unos buenos ingresos.

Ida no respondió, pero su rostro era lo suficientemente expresivo. Sabía que la marcha de Cat era inevitable, pero no quería pensar en ello.

Entonces los acontecimientos se precipitaron. A primera hora de la tarde, cuando Cat empezaba a atizar el fuego e Ida iba a ponerse a cortar la verdura y la carne para el cocido, apareció Elsbeth totalmente fuera de sí. Todavía no había estado en el pub, así que debía de haber llegado hasta ahí preguntando. Mientras hablaba atropelladamente, apenas si conseguía contener las lágrimas.

—¡Tenemos que marcharnos! —anunció afligida—. Padre y los Brandmann, y algunos más de Raben Steinfeld, insisten en fundar una colonia.

Ida gimió.

—¡No puede ser! —exclamó—. El alcalde les ha dicho que no pueden canjear sus tierras. ¿Adónde van a ir? No será a Wairau, supongo.

Elsbeth negó con la cabeza.

—¡Aún peor, Ida! Mucho peor. Padre quiere ir a Australia. Ha escrito a ese Beit, ya sabes, el que organizó el viaje a Nueva Zelanda. Y este ha contestado que en Nueva Zelanda no podía hacer nada, pero que en Australia hay cantidades infinitas de tierra y que será fácil adjudicarnos algunas. Y que él organizará el viaje; ahora es fácil, todos somos ciudadanos británicos. Y cada semana hay barcos. ¡Yo no me quiero marchar, Ida! ¡Quién sabe lo que puede ocurrirnos! En el valle Schach era solo el río, pero en Australia... ¿Es verdad que hay serpientes venenosas? ¿Y arañas? ¿Y que los nativos son peligrosos?

—En Australia todo es venenoso —anunció Paddy al pasar. Traía a la cocina un montón de vasos para lavar—. ¿Puede encargarse de esto ahora, Miss Cat?

Cat y con ella Elsbeth cogieron cepillos y trapos, mientras Paddy continuaba hablando.

—En serio, chica, por algún motivo llevaron allí a los presidiarios. Unos colonos normales se hubieran ido dando gritos al ver esos bichos.

—Pensaba que había canguros —se sorprendió Ida, al recordar el librito que Karl le había dejado a cambio de su propio libro—. Parecían muy monos. ¿Muerden?

Paddy rio.

—Qué va, esos no. Solo te comen el pelo de la cabeza, y los cereales del campo. Pero las serpientes, las arañas, las medusas, los peces, los mosquitos, los cocodrilos...

—¡Cocodrilos! —gritó aterrada Elsbeth—. Oh Dios, Ida, no quiero ir allí. Tenemos que convencerlo de que cambie de idea. ¿Ha dicho Ottfried algo al respecto?

Ida negó con la cabeza.

—¿Irá la señora Brandmann? —preguntó—. Es tan miedica... Elsbeth soltó un resoplido.

—No hay nada de lo que tenga más miedo que de sus vecinos ingleses —respondió—. Dice Eric que tampoco se entiende con la nueva familia que la hospeda

—¿Quién lo dice? —preguntó Ida.

—Eric. —Elsbeth sonrió por primera vez desde que había llegado con la mala noticia—. Erich Brandmann. Suena demasiado alemán, así que ahora se hace llamar Eric. Es más bonito, ¿verdad?

Ida arrugó la frente. Eso no debía de ser del agrado de Peter Brandmann.

—¿Y toda la comunidad quiere acompañarlos? —preguntó Cat, volviendo al tema de Australia—. Tenía la impresión de que el grupo se dispersaba.

Era cierto. En las últimas semanas muchos colonos del *Sankt Pauli* se habían ido de Nelson. Algunos buscaban fortuna en la Isla Norte, otros en las llanuras de Canterbury, y otros se mudaban a Otago, donde, bajo la dirección de Frederick Tuckett, debía crearse una nueva ciudad: Dunedin. La poblarían sobre todo creyentes ortodoxos escoceses, a los que se sentían emparentados los antiguos luteranos. Alguna gente joven, como los Krause, se instalaba en Nelson por su cuenta. ¿Encontrarían gente suficiente para construir en Australia un nuevo Raben Steinfeld?

—Padre habla con todos —contó Elsbeth—. Y el señor Brandmann, claro, y el campesino Friesmann. Este quiere tierras a toda costa, no le gusta Nelson. No tardarán en hablar con Ottfried, seguro. ¡Convéncelo de que no vaya, Ida! ¡Convéncelo!

2

Ida no se hacía grandes ilusiones respecto a que Ottfried cambiase de planes, cualesquiera que estos fueran. Pero al final no sería necesario. Ottfried Brandmann no quería ir a Australia, pero tampoco permanecer en Nelson. En su lugar, se le había presentado una oportunidad —en el pub, por supuesto— con la cual esperaba hacer fortuna. El día después de la visita de Elsbeth expuso su proyecto prudentemente, mientras Cat estaba en el mercado.

—¡Ocupación de tierras, Ida! Adquisición de tierras mediante colonización. Así siempre se gana dinero, mira si no a los Beit y los Wakefield.

—Beit ha huido a Australia, y Wakefiel está muerto —objetó Ida.

—Uno de los Wakefield —corrigió Ottfried—. El otro... ni idea de dónde está, pero seguro que es rico. Y Beit también. Ese nunca tendrá que trabajar los campos. Y si él puede, nosotros también.

Ida arqueó las cejas. Por lo que ella sabía, Beit era un marrullero antipático, pero era un hombre cultivado, políglota y elocuente. Ottfried había terminado a duras penas la escuela del pueblo y su inglés seguía siendo penoso.

—¿De dónde quieres sacar las tierras para vendérselas a los colonos? —preguntó.

Su marido sonrió vanidoso.

—Tengo mis contactos, Ida, ya te lo dije. Y ayer hablé con un amigo, un viejo y buen amigo...

Ida pensó que también había calificado a Paddy de amigo cuando llegaron a Nelson. El tabernero lo había visto de otro modo. Claro, los conocimientos de la lengua inglesa de Ottfried bastaban para una cháchara superficial, pero no para trabar amistades.

—Joe Gibson —prosiguió él—. Era agrimensor con Tuckett, pero luego lo dejó. Dice que con Tuckett no se puede trabajar. Es un tacaño. Un cuáquero. Gente difícil, esa...

Ida frunció el ceño.

—He oído decir que son muy creyentes, igual que nosotros. Y... —Se interrumpió antes de expresar lo que pensaba: Karl se había entendido muy bien con Tuckett.

—Gibson dice que es un cabrón —replicó Ottfried, bajando la vista cuando ella le lanzó una mirada de reproche. Antes ningún Brandmann habría pronunciado esa palabra. En la congregación, los insultos soeces estaban mal vistos—. Sea como sea, él sabe lo que se hace. Me refiero a Gibson. Y dice que en las Llanuras hay tierras en cantidades inimaginables. Y muy pocos maoríes. Esos no necesitan todas las tierras, viven al día. Gibson dice que porque son demasiado tontos y vagos para cultivar. Así que venden, por unas migajas. Un carro de mantas, cazos y botellas de whisky, ¡y ya tienes una granja! El siguiente colono paga por ella trescientas libras. ¿Qué? ¿Es o no es un buen negocio?

A Ida le sonaba más a timo, pero no quería irritar a su marido.

—¿Y de dónde sacas el dinero para las mantas, las cazuelas y el whisky? —preguntó—. A nosotros no nos sobra ni un céntimo, ya lo sabes.

El rostro de Ottfried, acalorado por el entusiasmo, resplandeció.

—Pues sí, pero tenemos otra cosa. Es un acuerdo, ¿me entiendes? A veces hay que darle vueltas al coco. Joe Gibson tiene algo de dinero. El suficiente para comprar uno o dos carros llenos de cosas. Y yo... yo tengo a Cat.

—Nos mudaríamos todos a Purau, en las llanuras de Canterbury. Hay algunas granjas y una casa para nosotros donde antes vivió Joe Gibson. Desde ahí, Ottfried y su amigo quieren partir para adquirir las tierras de los maoríes. Y tú harás de intérprete.

La voz de Ida oscilaba entre el escepticismo y la esperanza cuando le contaba a Cat los planes de Ottfried. Para ello no esperó a que su amiga sacara la compra de la bolsa: mucha verdura fresca, pues por fin había llegado el verano y los granjeros vendían su abundante cosecha en el mercado. La carta de la cena quedaba postergada frente a las novedades.

Cat enarcó las cejas.

—¿Qué debo entender por «adquirir»? —preguntó con un deje sarcástico—. ¿Un montón de tierras a cambio de un par de mantas, o qué?

Ida se ruborizó, avergonzada de Ottfried y su compinche.

—Algo así —admitió—. A mí tampoco me gusta. Pero Cat, ¡es una oportunidad! ¡Así no tendré que irme con mi padre y los otros colonos a Australia, y tú te quedarías con nosotros!

Cat negó con la cabeza. Empezó a sacar la verdura.

—Ida, no puedo ir con vosotros, o al menos no puedo quedarme. Acepto la posibilidad de viajar con vosotros, si es que realmente queréis marcharos de aquí. En Purau hay maoríes, casi todas las tribus del lugar son ngai tahu. Pero no podré unirme a la tribu más próxima. Te olvidas del niño, Ida. ¿O es que quieres contárselo a Ottfried?

Ida se mordió el labio.

—Podrías decir que es de otra persona —susurró.

Cat la miró indignada.

—¿Y de quién se supone que yo era la puta?

Ida bajó la cabeza.

—Lo siento —se disculpó—. Habría sido bonito. Es que está muy lejos de la comunidad. Nadie nos conoce en ese entorno. Nadie hablaría de nosotros.

—¡Eso hasta que Ottfried aparezca por allí con dos mujeres!

—se burló Cat—. Siempre se hablará de algo así, incluso en los pueblos más apartados.

—Pero si trabajas para nosotros como doncella... —Ida buscaba desesperada una solución.

—¡Aún peor! —exclamó Cat—. ¡Piensa, Ida! Ni siquiera tenéis casa propia ni tierras, ¿y ya os lleváis una sirvienta? ¡Eso no se lo creería nadie! Y por tu aspecto no se diría que necesites doncella. Sin contar con que a las sirvientas y doncellas de las buenas familias cristianas no se las mima si se quedan preñadas, sino que las despiden sin más. Así era en casa de los Beit. La señora Hansen no paraba de advertírnoslo a Mary y a mí cuando teníamos una tarde libre.

—Diremos que eres mi hermana —propuso Ida.

Cat se llevó las manos a la cabeza.

—Pero si no nos parecemos en nada. En cambio, los niños sí se parecerán mucho. Olvídate. No puedo quedarme con vosotros, y menos si Ottfried sigue ignorando que estoy embarazada y el bebé es de él.

—Pero si te vas con los maoríes y él llega hasta allí con ese Gibson, verá al niño.

—Por eso iré más lejos, no tengo por qué instalarme con la primera tribu que encuentre. Y tampoco tengo que enseñarle al niño si un día Ottfried aparece por allí, lo que no es probable. Por otra parte, Gibson en realidad no está interesado en Ottfried, sino en mí. ¿No lo entiendes? Quiere a alguien que lo ayude a vender gato por liebre a los maoríes. Cuando yo me haya ido, Ottfried no le servirá de nada.

Ida bajó la cabeza.

—Y entonces volverá a quedarse sin trabajo, y yo estaré con él en Purau —susurró.

Cat hizo una mueca.

—En eso tienes razón —admitió—. Así que tengo que ponerme en marcha antes. Espero que Ottfried sea lo bastante listo para quedarse entonces en Nelson. No veo riesgo de que te lleve a Australia. Ese ya no busca protección en tu comunidad. Está en otra cosa. Ottfried busca cualquier idea loca para hacerse rico sin dar golpe...

Así pues, Cat se preparó para partir, mientras que Ida no solo se afligía porque tendría que volver a aguantar ella sola los cambios de humor de Ottfried, sino también por el modo en que su esposo reaccionaría ante la marcha de su amiga, ya que todos sus planes dependían de sus conocimientos del idioma nativo.

Ottfried Brandmann estaba convencido de que con Cat y el «acuerdo» con Gibson poseía la llave para enriquecerse y esa misma noche se pavoneaba delante de sus camaradas de bebercio en el pub. El grupo estaba compuesto en su mayor parte por antiguos vecinos y amigos de Raben Steinfeld y Sankt Paulidorf. Manfred Schieb, Robert Busche y otros que vivían en Nelson de trabajos temporales por el momento discutían acerca de si debían seguir o no a Lange y Brandmann a Adelaida, en Australia. Ottfried se esmeraba en impresionarlos desplegando ante ellos sus ambiciosos planes. Su penetrante voz llegaba hasta Ida, quien se ocupaba de los platos en la cocina. Cat no estaba con ella, por la tarde se había encontrado mal y se había acostado.

—¡Lo que a vosotros os falta, chicos, es audacia! —se embaló Ottfried—. Solo pensáis en vuestras tierras y vuestra congregación. ¡Pero con eso no llegaréis a nada! ¡Este es un nuevo país, amigos! Aquí se puede hacer fortuna. Solo hay que coger con firmeza las oportunidades para que no se escapen...

Robert Busche rio.

—¿Coges así a la pequeña Cat, por los pechos o por la cintura? —se burló—. Desde luego tienes a tus mujeres bajo control. Es una maravilla que Ida te lo consienta. ¡A mí Elfriede me cantaría las cuarenta!

Ottfried se golpeó el pecho.

—Pues sí, a lo mejor tendrías que hacer valer tu autoridad. ¿A que tu Elfriede quiere ir con sus santurronas a Down Under?

—Dándose aires, utilizó el nombre con que los colonos ingleses designaban a Australia—. ¿Y a que te monta un numerito porque no tienes ganas de construir un tercer Raben Steinfeld? Mi Ida, en cambio, ¡esa sí que obedece! Es una buena mujer, solo me falta quitarle a ese Karl de la cabeza.

Ida se puso como la grana y vio que Paddy hacía una mueca de censura. No sabía que el gordo tabernero supiera tanto alemán.

Ottfried seguía fanfarroneando.

—Y Cat, esa sí es una gata salvaje. A esa me costó más domesticarla. Pero...

—¡A ver si cierras ya el pico, Otie!

Ottfried enmudeció atónito. El tabernero se volvió hacia Ida y le hizo un guiño. Luego golpeó la barra con una botella de whisky medio vacía y espetó:

—Cat no es tuya. Y tú no la domesticas. Ella es libre y si es lista no irá contigo.

Ottfried miró al tabernero estupefacto. Hasta ese momento, nunca había hablado alemán con él.

Robert Busche tomó la palabra.

—Pero si no pertenece a Ottfried —preguntó el joven—, ¿quién la ha dejado preñada?

Tras la revelación de Robert se desató una tormenta. Ida no sabía si quedarse en la cocina o salir al patio y avisar a Cat. Ottfried, sin embargo, no precisó de más explicaciones. La observación de Robert le permitió comprender de repente por qué sus dos «esposas» se aferraban la una a la otra de ese modo, qué oscuro secreto les daba fuerzas para rebelarse siempre contra él y por qué Cat seguía allí. Habría podido irse después de que abandonaran Sankt Paulidorf, incluso antes. Pero, claro está, con un bebé en el vientre no podía ir a ninguna parte, nadie le daría empleo.

Mientras Busche seguía explicando cómo Elfriede había descubierto el secreto de Cat, Ottfried se encaminó hacia el cobertizo. Aunque no sin antes acentuar su derecho de propiedad.

—¡Ya lo has oído, Paddy! —gritó al tabernero—. El viejo Otie no solo tiene dos mujeres, ¡sino que las ha dejado a las dos preñadas!

Cat se llevó un susto de muerte cuando Ottfried, seguido de una amedrentada y angustiada Ida, irrumpió en el cobertizo.

—¿Es verdad? —vociferó Ottfried—. ¿Vas a tener un hijo mío y no me has dicho nada? ¿Y tú, desgraciada, lo sabías? —Eso iba para Ida.

Cat se sentó.

—Espero un hijo, pero será mi hijo —respondió dignamente—. No puedes casarte conmigo y hacerlo legítimo. Y no te preocupes por tu reputación, no tardaré en desaparecer. Cualquier tribu maorí me ofrecerá hospitalidad.

—¿Desaparecer? ¿Tribu? ¿Qué disparates dices, atontada?

Ottfried se acercó amenazador hacia ella, pero Cat logró levantarse rápidamente con el cuchillo desenvainado.

—¡Atrévete a ponerme la mano encima! —siseó.

Él alzó teatralmente las manos.

—Es lo último que haría, Cat. No con mi hijo en tu vientre, podría dañarlo, y además no está bien pegar a una mujer embarazada. Pero tampoco te largarás. Criar a mi hijo con los salvajes... ¡hasta ahí podíamos llegar!

—Podría ser una niña —respondió Cat—. Y repito: ¡no es tu hijo!

—¡Ya lo creo que sí lo es, pedazo de marrana! ¿O es que te lo has montado con otro? ¿A mis espaldas? ¿Con algún honorable padre de familia? No me lo creo, nadie habría conseguido domarte. ¡Para eso se necesita a un Ottfried Brandmann! —Sonrió y se golpeó el pecho—. Y darás a luz a mi hijo. Donde y como yo quiera.

Agitó el puño en el aire, aunque sin conseguir impresionar a Cat.

—¿Y cómo ocurrirá eso, Ottfried? —terció Ida. Los miraba a uno y otro, oscilando entre la esperanza y el miedo—. No puedes comportarte como si estuvieses casado con las dos. Es pecado y está prohibido. También entre los maoríes, ¿verdad, Cat?

—Actualmente, no es normal —respondió la joven. Había oído decir que en Polinesia había existido la poligamia y que también se practicaba durante los primeros tiempos de la ocupación de Aotearoa. Pero en su tribu nadie había tenido más de una esposa.

—En cualquier caso, entre los ingleses seguro que está prohibido —aseveró Ida.

Ottfried soltó una carcajada.

—¡Todo está prohibido! —observó—. Y además me temo... me temo que la pequeña Katharina no se casaría conmigo.

—¡Jamás de los jamases! Ni aunque fueras el último hombre sobre la tierra! —espetó Cat.

—Tampoco tienes por qué hacerlo. En serio, entre nosotros, no quiero nada de ti, Cat. Me sacas demasiado deprisa el cuchillo. Estuvo bien por una vez, pero prefiero las mujeres serviciales. Así que tranquila. Solo quiero el niño, y no me lo quitarás. Y no vas a marcharte de aquí como si tal cosa. Te necesito. ¿Ida no te ha contado nada?

—¿Que necesitas a una intérprete para engañar a los maoríes? —repuso Cat airada—. Sí, me lo ha contado. Y he dicho que no. No lo haré, Ottfried. Mi hijo y yo nos buscaremos otro sitio.

—Ni siquiera sabes si te acogerá una tribu —intervino Ida, dando salida a los temores que abrigaba desde hacía un tiempo—. A lo mejor... a lo mejor...

—¿Qué? ¿A lo mejor me matan y me comen? Es ridículo, Ida, en el peor de los casos me echarán y entonces lo intentaré con la siguiente tribu.

—Pero tú misma has dicho que no había tantas —objetó Ida—. Joe Gibson también cree que en Canterbury no viven muchos maoríes. Si nadie te acoge, te quedarás sola. ¿Y entonces?

Cat se mordió el labio. No lo creía, pero teóricamente podía ser. Y aún más si era cierto que los ngai tahu eran tan pobres como decía Ottfried. Y eso era posible, en las migraciones con los ngati toa habían encontrado a menudo tribus que erraban por razones de subsistencia. En sus *marae* no cultivaban lo suficiente para vivir y tenían que migrar a las montañas para pescar y cazar. ¿Cargarían también con una blanca y su hijo? Tampoco sabía qué experiencias habían tenido hasta ese momento las tribus con los *pakeha*. ¿Se habían acercado a ellas solo los inofensivos misioneros, o ya se habían internado en sus tribus los especuladores con las mismas turbias intenciones que Ottfried y Gibson? Por lo demás, su vinculación con los ngati toa no tenía por qué abrirle puertas. Apenas quince años atrás, Te Rauparaha y sus hombres habían invadido los poblados ngai tau en Purau. Desde luego, Cat tuvo que admitir que no había urdido demasiado bien su plan.

—¿Qué harás entonces, Cat? —la urgió Ida.

La joven parecía tomarse con resignación la nueva situación. Mientras habían conservado el secreto, nunca se había opuesto a Cat, pero ahora... ¡deseaba tanto que su amiga se quedara!

—¡Luego se va a la siguiente colonia blanca y se busca un trabajo! —dijo con sarcasmo Ottfried—. Uno de esos maravillosos trabajos reservados para las mujeres que cargan con un bastardo. Pregúntale a Lucie, Cat. Ella también tiene un crío que depende de ella.

Ni Cat ni Ida lo sabían. Seguramente alguien cuidaba al niño mientras Lucie trabajaba. Y esa suposición le abrió los ojos a Ida.

—Esa finca, ahí en Purau —reflexionó—, ¿está aislada?

Ottfried se echó a reír.

—Cariño, en Purau todo está aislado. Nadie se molestará por que yo tenga dos, tres o cinco esposas. De eso se enterarán a lo sumo dos o tres cazadores de ballenas, y esa gente no anda por ahí cotilleando.

—Ya, incluso es posible que te admiren —soltó Ida enfadada, pero volvió a su idea—. Así que sería posible que nadie se enterara del embarazo de Cat. No tendría que ver a nadie en un par de meses. Y en caso contrario, enfundada en una bata ancha podría...

—Nadie la verá si ella no lo quiere —resumió Ottfried.

—Y mi hijo llegará al mundo por las mismas fechas que el de Cat —prosiguió Ida—. ¿Entiendes, Cat? Los dos serán hijos míos, registraremos a los dos como hijos míos y de Ottfried. Así tu hijo no será un bastardo. ¡Y tú te quedarás con nosotros!

En el acto, Cat recordó la estación ballenera de Piraki y a Suzanne, Noni y Priscilla. ¡Nunca jamás, nunca, debería crecer su hijo de ese modo! Para eso la idea de Ida no era mala. Y Cat tampoco tenía que comprometerse ya. Podía ver cómo le iba ahí, en Purau, en las Llanuras. Antes de que se notase su embarazo podría visitar a los ngai tahu con Ottfried y Gibson. Prever un poco si sería posible salir huyendo.

—De acuerdo, iré con vosotros —cedió de mala gana—. No sé cómo funcionará, pero está bien, probemos.

—¡Pues ya está! —exclamó Ottfried, riendo—. Brindemos con un trago. ¡Mellizos! Esto hay que celebrarlo.

Ida se quitó el delantal. No iba a volver a la cocina. Si alguien más quería comer, que se encargara Paddy.

Cat enfundó su cuchillo. Todavía se encontraba mal, quería acostarse de nuevo. A lo mejor hasta perdía al niño, pero no lo creía. Ya podía darle las vueltas que quisiera: los dioses estaban a favor de Ottfried.

—Él ha ganado —dijo con amargura.

3

Una vez tomada la decisión, los preparativos para trasladarse a Purau no llevaron mucho tiempo. Joe Gibson, un hombre de baja estatura y fuerte, con el rostro tostado por el sol y de rasgos duros, había sido cazador de ballenas y focas después de haber perdido el trabajo de agrimensor. Disponía, en efecto, de algunos ahorros que invirtió en dos carros entoldados que cargó en Nelson. Ottfried se jactó de que los Partridge le habían hecho un buen precio en todos los artículos, pero cuando Mortimer y Alice Partridge le hicieron, efectivamente, un descuento, fue por afecto a Ida, no a él.

—Seguro que es mejor que vayan a la península de Banks que a Australia —observó compasiva la señora Partridge cuando Ida pasó por ahí para ver a Elsbeth—. La pobre Betty no deja de llorar, no quiere marcharse a Australia. Y yo puedo entenderlo, nos contó algo de la colonia en el valle del Moutere. —Ida se percató de que el valle Schacht había recuperado su antiguo nombre—. Se le ponen a uno los pelos de punta. Pobrecita, ¡ella no puede ocuparse sola de toda la casa! Y criar al hermano. Lo mejor sería que los dos niños se quedasen aquí.

Ida compartía esa opinión, pero sabía que su padre jamás lo aceptaría. Jakob Lange ya había encontrado difícil asumir la decisión de Ottfried de quedarse en Nueva Zelanda. Igual que los Brandmann, quienes mantuvieron algunas serias conversaciones con Ottfried que Ida escuchó en silencio. Los reproches de los padres se concentraban únicamente en el hijo. El sumiso «allá donde vayas yo también iré» de Ida era por todos aceptado. Por otra parte, tanto la señora Brandmann como el señor Lange echaban en cara a su hijo y yerno respectivamente que apartara a la pobre Ida de su religión, y entre los hombres también se tocó el tema de Cat. Robert Busche había ordenado a su esposa Elfriede que mantuviera la boca cerrada. Al menos el rumor sobre la segunda mujer que Ottfried Brandmann había dejado embarazada todavía no había llegado a oídos de sus padres. Los Busche habían decidido no acompañar a los emigrantes. En el ínterin había llegado otro barco con colonos alemanes. Un conde de Rantzau-Breitenburg les había pagado la travesía y organizado la adquisición de tierras; él se quedaría con una parte de los ingresos de las propiedades de los recién llegados. Los inmigrantes, también antiguos luteranos, se asentaban en las montañas por encima del valle del Moutere y los Busche y los Schieb se unieron a ellos.

—¿Por qué no os vais al menos a Rantzau? —preguntó entristecida la señora Brandmann. Los nuevos colonos habían puesto el nombre de su protector a la futura colonia.

—¿Por qué no os vais vosotros a Rantzau? —le devolvió la pregunta Ida.

Consideraba que ese sería un nuevo comienzo menos aventurado que el viaje a Australia. Pero los hombres negaron con la cabeza. Los argumentos que presentaron en contra de unirse a colonos desconocidos no le parecieron a Ida especialmente convincentes.

—Al final se trata de que tendrían que adaptarse —dijo, tras haber sacado sus conclusiones, mientras cocinaba con Cat—. La gente de Rantzau tiene sus propios representantes de la comunidad, no necesitan a mi padre ni a Brandmann. Y menos a Ottfried. Ese conde Rantzau lo ha organizado bien, seguro que todo el pueblo habla inglés. Así que nuestros hombres prefieren probarlo por su cuenta, por muy arriesgado y absurdo que resulte.

Los Lange, Brandmann, Hauser y dos familias más procedentes de Sankt Paulidorf compraron finalmente los pasajes para un
barco que zarpaba el 15 de enero de 1845 hacia Adelaida, Australia Meridional, un lugar del que lo único que sabían era que no había surgido de una colonia penitenciaria como la mayoría de poblaciones australianas. Se suponía que también ahí vivían antiguos
luteranos que habían emigrado durante la persecución ordenada
por el rey Federico Guillermo III. Tal vez se alegraran de la llegada de gente con su misma fe.

Franz lloró lastimosamente cuando Ida se despidió de la familia y lo abrazó por última vez, pero Elsbeth no derramó ni una lágrima. Miraba al frente enfurruñada e indiferente. Para los hijos
de los colonos de Adelaida sería sin duda un premio, Elsbeth iba
camino de convertirse en toda una belleza. No una belleza virgi-
nal y dulce como Ida, sino una que fascinaba por su vivaz expresión y sus cambios de humor.

—¡Una chica tan guapa como Betty es bien recibida en todas
partes! —exclamó animosa Cat.

—Katharina, haz el favor de abstenerte de cualquier alusión
indecente —criticó Lange cuando Elsbeth dirigió una sonrisa vacilante a Cat—. Elsbeth se casará con Friedrich Hauser en cuanto tenga edad para ello. Está decidido, es un joven obediente y bueno, cuya fe y optimismo no se han visto mermados por las terribles
experiencias del valle Schach.

—Ya, porque es demasiado tonto y pánfilo para sacar conclusiones de ello —farfulló Elsbeth en inglés, prudentemente.

Ida la regañó levemente y su padre miró mal a las dos, aunque
no había entendido ni palabra. Pero el solo hecho de que Elsbeth
hablase con fluidez el inglés lo sacaba de sus casillas.

—¡También tendrás que quitarte esa costumbre! —señaló con
severidad—. No voy a consentir que sigas hablando como si yo
no estuviera presente. Te aprovechas de que no te entiendo, Elsbeth.

—¡Pues aprende inglés de una vez, padre! *Good bye*, entonces, Ida, *farewell*. Todavía tengo que hacer el equipaje. —Y dicho

eso, se dio media vuelta y subió decidida las escaleras que la llevaban a la habitación que tenía en la casa de los Partridge.

—Parece que se ha conformado con lo que tiene —suspiró Ida,
pasándose la mano por el vientre.

Ya se notaba su embarazo, aunque no tenía el vientre tan abul-
tado como otras mujeres a los cinco meses. A Cat le sucedía otro
tanto. Cuando llevaba un vestido holgado (lo había escogido con
toda la intención en la recogida de ropa para los colonos alemanes
organizada por los habitantes de la ciudad), no se le notaba nada.
Ella lo atribuía a las privaciones durante los primeros meses y a la
agotadora huida tras la inundación, pero no le preocupaba su hijo.
En cambio, Ida sufría mucho más el embarazo, y también ahora
volvía a perder el aliento cuando regresaba con Cat al puerto para
abrir la cocina del pub. Por última vez. A la mañana siguiente,
cuando el barco zarpara hacia Australia, también los jóvenes
Brandmann se pondrían camino de su nuevo hogar.

—Al menos eso parece —comentó Cat.

Sentía cierta desconfianza todavía y esperaba que Elsbeth no
hiciera ninguna tontería. La refundación de Sankt Paulidorf en
Australia no prometía una vida muy apetecible, pero estar sola en
Nueva Zelanda tampoco era una buena alternativa para una chica de catorce años.

Ottfried y Joe Gibson habían decidido recorrer la costa orien-
tal en dirección al sur para ir a Purau. Era un trayecto más largo
que cruzar la isla, pero menos peligroso. Junto al mar había algún
asentamiento donde poder reponer fuerzas y algún que otro camino recién construido que podría transitarse bien con los carros.
En total era un trayecto de más de trescientos kilómetros, sin duda
un viaje agotador tanto para personas como para animales.
Ottfried y Gibson habían elegido unos caballos de tiro fuertes
pero manejables. Para satisfacción de Cat, dos eran los castrados
bayos con que había compartido el establo en Sankt Paulidorf, los
otros dos eran alazanes. Cada hombre conducía un carro de tiro,

Cat iba con Gibson e Ida con Ottfried. *Chasseur* corría detrás y parecía jubiloso con la partida. En el pub no hacía otra cosa que aburrirse.

El primer día dejaron Nelson rumbo a la llanura de Wairau. Ida contemplaba con tristeza la hermosa tierra de la que se habían visto privados a causa del pleito de Wakefield con los maoríes. La llanura bordeaba una bahía de playas claras; en el fondo se distinguían los Alpes Meridionales y el clima era sorprendentemente cálido, mejor todavía que en Nelson. También ese día el sol brillaba en un cielo despejado, el aire parecía transparente como el cristal y el mar estaba plano como un espejo. La llanura era en gran parte boscosa, pero también había superficies que solo estaban cubiertas de tussok como consecuencia de los primeros cultivos de las tribus maoríes. Te Ronga había explicado a Cat que en la Isla Sur, allí donde se había cultivado alguna vez no volvía a crecer ningún bosque, incluso si se abandonaban los cultivos o el poblado. En lugar de ello, se extendía esa hierba robusta.

—Esa hierba debe de ser muy buena para las ovejas —observó Gibson—. Los Redwood, mis vecinos de Purau, se han traído un par de la Isla Norte. Pero ¿tendrá eso futuro?

Ida encontraba agradable la idea de criar ovejas, su familia había tenido una cabra en Raben Steinfeld que ella ordeñaba y con cuya leche hacía queso. Siempre le había gustado hacerlo, se desenvolvía muy bien haciendo quesos. Cat, por el contrario, nunca había visto una cabra o una oveja.

—Da igual, esta tierra también se puede labrar —opinó Ottfried, haciendo una mueca—. ¡Pero ya hemos acabado con eso! Ahora ya no labraremos más, ¡solo venderemos! Que otros se maten trabajando en los campos. ¡Nosotros solo cosecharemos dinero!

Jakob Lange se habría preguntado si Dios bendeciría algo así, pero Ida se contuvo. Ella misma se había cansado de rezar en Sankt Paulidorf, así que ¿con qué fundamento podía criticar a Ottfried?

—Todo habría sido distinto si nos hubiésemos instalado aquí —comentó a Cat.

Esta se encogió de hombros. De nada serviría contarle a Ida lo cerca que había estado de hacer realidad ese sueño. Te Rauparaha habría estado dispuesto a negociar si Wakefield se hubiera conducido de modo más diplomático. Y pese a la torpeza de este, todavía habría podido salvarse todo si hubiesen dejado vía libre a Cat y Fenroy. Pero el disparo fatal desde las filas de los blancos lo había arruinado todo. No solo el mundo de Cat, como reconocía ahora, sino también el de Ida.

Al final dejaron atrás el amable paisaje y llegaron a la costa. Siguieron los caminos trillados por cazadores de ballenas y misioneros, pero con más frecuencia los senderos de los maoríes, que Cat fácilmente reconocía, rumbo al sur. Por desgracia, raras veces eran lo bastante anchos para los carros y era todo un fastidio tener que recorrerlos por encima de raíces y tocones. Resultaría más fácil avanzar directamente por la orilla del mar o más al sur por encima de los acantilados. Ahí también la vista sobre el mar les compensaba todos los esfuerzos. Los viajeros contemplaban desde lo alto las bahías orladas de acantilados rocosos y las solitarias playas de guijarros o arena que a Ida le evocaban el doloroso recuerdo de Bahía. Recordaba perfectamente la sensación de la arena caliente en los pies, el agua bañando sus tobillos, y tuvo que hacer un esfuerzo para no pensar en los ojos relucientes de Karl. Karl, que había amado Bahía tanto como ella. Karl, que le había pedido que se quedase con él en el paraíso. Entonces lo había considerado una tentación pecaminosa, y debería estar orgullosa de no haber caído en ella, pero aunque fuese pecado no podía dejar de soñar con eso. Con Bahía, con Karl, y con el beso que él le había dado.

Por las noches descansaban al amparo de los bosques; Ottfried y Gibson se sentían ahí más seguros, lo que a Cat le hacía gracia. Si había tribus maoríes belicosas por los alrededores, los estarían espiando y los atacarían por sorpresa, sin importar cuántas veces ambos hombres se asegurasen que lo tenían todo controlado. Dándoselas de entendidos, colocaban a su lado los mosquetes cuando se sentaban alrededor del fuego que Cat encendía y sobre el cual

Ida cocinaba. Las comidas transcurrían de forma tan silenciosa como la mayoría del viaje.

Los cuatro habían acordado fingir que eran dos parejas de colonos que viajaban al sur en busca de tierras apropiadas. Eso al menos debía contar Cat si tropezaban con nativos de algún poblado o con partidas de guerreros. Suponían que, con suerte, los nativos los dejarían ir si bajo los toldos solo veían herramientas domésticas y material de construcción. Así pues, Cat iba sentada en el pescante al lado de Gibson, que callaba desconfiado y nunca hacía el menor ademán de ir a tocarla. Ottfried seguramente le había contado la soltura con que esgrimía el cuchillo.

En el otro carro entoldado, Ida y Ottfried no se dirigían la palabra. La atmósfera era tensa y no se relajaba ni cuando Ida, pese a los escasos víveres de que disponía, preparaba unas comidas sabrosísimas. Tanto Cat como Gibson sabían abastecerse de pescado, bayas y tubérculos, y eventualmente algún ave caía en las trampas que tendían por las noches.

Era evidente que Gibson se desenvolvía mejor que Ottfried en la naturaleza y a Cat le habría gustado saber cómo había adquirido esos conocimientos, pero no se lo preguntó. Evitaba en lo posible el contacto con los hombres y se alegraba de poder dormir por la noche, después de cenar, con Ida en una tienda. Ottfried y Gibson compartían la otra. En caso de que fuese cierto que los maoríes locales los acechaban, los guerreros encontrarían extraño ese comportamiento. Pero al parecer los nativos no buscaban problemas.

Para no despertar la codicia, Gibson y Ottfried no se ocupaban durante el viaje de su cargamento. Dejaban las mercancías atadas y cubiertas por las lonas, y guardaban bajo el pescante las tiendas y los víveres. Pasados tres días (había llovido copiosamente y las mujeres necesitaban cambiarse de ropa), Cat echó un vistazo bajo las lonas. Retrocedió espantada cuando, en lugar de los vestidos baratos que Gibson pretendía vender a los maoríes, descubrió el dulce y pálido semblante de Elsbeth Lange.

—¡Betty!

Cat apartó rápidamente las lonas y dejó a la vista un segundo polizón: Erich Brandmann.

—¡Por favor, no te enfades! —susurró Elsbeth—. Lo mejor... lo mejor es que no nos traiciones.

Pero, naturalmente, ya era demasiado tarde. La exclamación de asombro de Cat había alertado a Gibson y cuando miró sonriente debajo de las lonas, Ottfried e Ida notaron que ocurría algo extraño.

—Increíble. ¡Romeo y Julieta! —Gibson le tendió la mano a Elsbeth para ayudarla a bajar.

—No, Eric y Betty, señor —lo corrigió Erich y se asombró de que esto todavía divirtiera más a Gibson.

—¡Erich! —Ottfried se indignó con su hermano—. Pero ¿qué haces tú aquí? Tendrías que estar en el barco con la familia en lugar de aquí con una chica. ¿Es que no te da vergüenza deshonrar a la cuñada de tu hermana?

Gibson volvió a reírse.

—Vamos, Ottfried, si la ha deshonrado ahí abajo, es que ha sido la pérdida de la virginidad más delicada de la historia. Los dos han estado callados como dos tortolitos. ¿Cómo lo habéis conseguido, dos noches enteras?

Durante el día las ruedas de los carros, el repiqueteo de los cascos y los relinchos de los caballos podían haber ahogado los ruidos, pero durante la noche solo el graznido agudo de algún pájaro era capaz de romper el silencio.

Elsbeth se ruborizó.

—No hemos hecho nada —musitó—. Solo queríamos...

—¡Solo queríais mortificar a vuestros padres y entregaros a vuestros bajos instintos! —vociferó Ottfried—. ¡Debería enviaros de vuelta!

—No queremos ir a Adelaida —protestó Erich.

—¿Volver de nuevo? —La voz de Cat resonó estridente—. ¿Todo el trayecto? ¿Por estos caminos? ¡Estás loco, Ottfried!

—¡Me tomo en serio mi responsabilidad para con mi hermano y mi familia!

Gibson alzó los ojos al cielo. Probablemente no entendía más de la mitad de la conversación, que se sostenía en alemán, pero podía deducir de qué se trataba.

—No nos vengas con moralinas —advirtió a Ottfried—. Precisamente tú con tu poligamia.

—¿Con su qué? —preguntó Erich a Elsbeth.

Cat esperaba que no hubiese comprendido la palabra, y por suerte la muchacha se encogió de hombros.

—De ninguna manera llevaremos de vuelta a Romeo y Julieta. Además, adónde, si el barco de Adelaida ya hace tiempo que zarpó. ¿O te crees que el viejo Lange ha enviado solos a los colonos a Down Under para quedarse él aquí a buscar a su hija extraviada? Y quién sabe cuándo partirá el próximo barco. ¿La vas a tener atada y amordazada hasta entonces, Otie? ¿Y luego la arrastrarás al barco?

Ida negó con la cabeza. Había estado observando lo que ocurría sin pronunciar palabra, pero intervino en ese momento.

—Mi padre no volvería a admitir a Elsbeth —dijo con serenidad—. A mí casi... casi me... Bueno, estaba muy furioso solo porque hablé en una ocasión con un desconocido. Y mi hermana ha estado mucho tiempo con Erich.

—Pero si no hemos hecho nada —repitió Elsbeth.

—Es cierto —confirmó Erich, a esas alturas igual de avergonzado que su amiga.

—¿Adónde queríais ir, si se puede saber? —preguntó Cat—. Algún destino debíais de tener.

Ella misma comprendía muy bien a los dos adolescentes y le parecía casi increíble lo mucho que se parecía la huida de Betty y Erich a la suya, casi ocho años atrás. Entonces ella tampoco había contado con ningún proyecto.

—A Wellington —respondió Elsbeth—. Bueno, primero a Purau con vosotros. Pero hemos oído decir que está cerca de Port Victoria y ahí hay un puerto.

—¡Y no seremos una carga para usted, señor! —aseguró Erich a Gibson, de quien esperaba más apoyo que de las mujeres—. Cogeremos el próximo barco.

—Wellington está más cerca de Nelson —señaló Cat.

Eric asintió.

—Sí, pero ahora no salía ningún barco. La semana que viene, nos dijeron en el puerto. Y no podíamos escondernos tanto tiempo. En Port Victoria será más fácil. Ahí no nos conoce nadie.

—Teníais muchos amigos ingleses —observó Ottfried—. ¿Ninguno os quiso hospedar?

—No seas bobo, Ottfried —lo riñó Ida—. Los Partridge, los McDuff y la señora Robins son personas decentes. No van a esconder de sus padres a unos niños. La señora Partridge habría dado gustosa trabajo a Elsbeth, me lo dijo. Pero no sin el permiso de nuestro padre.

—¿Y qué queréis hacer en Wellington? —siguió preguntando Cat.

—¡Buscar trabajo! —respondió Erich—. El señor McDuff dice que es la ciudad apropiada para eso. Se necesitan mozos para los recados.

—O sirvientas —agregó Elsbeth—. Diremos que somos un poco más mayores.

—No pensarás casarte con esta chica, ¿eh? —preguntó Ottfried a su hermano.

Erich bajó la vista con cara de desdichado.

—Acabo de cumplir catorce años. Y Betty también. A lo mejor después...

Elsbeth volvió a sonrojarse y lo miró vergonzosa. Todavía no habían hablado a ese respecto.

—Bien, yo estoy a favor de reemprender la marcha —intervino Gibson—. Si no, hoy no lo conseguiremos. Lo que haya de pasar con Romeo y Julieta ya lo decidiremos después. Pero ahora os sentáis en el pescante con nosotros, chicos, ¡y nos echáis una mano! Me parece bien que no hayas querido ir a Down Upper, señor Montesco. Pero que durante tres días yo te haya estado empujando, subiendo y arrastrando a través del monte, te lo haré pagar caro.

—¿Por qué lo llama Montesco, señor? —preguntó Elsbeth

cuando ella y Erich subieron al carro de Gibson y Cat. No se sentían seguros en compañía de sus hermanos mayores—. ¿Y Ro... Romeo? Se llama Brandmann. Eric Brandmann. Y yo soy Betty, no Julieta.

Gibson se echó a reír.

—Es solo una alusión, pequeña, a una historia que todo el mundo conoce en Inglaterra. Romeo y Julieta fue una pareja muy famosa. Y también muy joven, como vosotros.

—¿Y acabó bien? —preguntó Betty—. Me refiero a la historia.

Gibson negó con la cabeza.

—Qué va, preciosa. No acabó bien. Pero en los tiempos del señor Shakespeare todavía no existía ningún Wellington.

La presencia de Betty y Eric hizo el viaje más corto, al menos para Cat y Gibson. Los adolescentes contaron con viveza su huida.

—Nos metimos en el carro por la noche, antes de que os fuerais. Y luego saltábamos fuera cuando os parabais. Bueno, es que teníamos que... —Betty se sonrojó.

—¡Aunque casi no habíamos bebido nada! —precisó Eric—. Pero cuando por las noches os sentabais junto al fuego nadie vigilaba el carro. Entonces nos escurríamos fuera.

También habían comido poco. Sus provisiones se habían agotado al segundo día y ahora devoraban hambrientos pan, queso y carne seca de los víveres de Cat. Entretanto, iban comentando el espléndido paisaje que se extendía ante sus ojos.

—¡Qué playa más bonita! Como en Bahía.

—Pero ahí hacía más calor.

—La música era buena. ¿Te acuerdas alguna vez de la música?

—¡Claro!

Eric empezó a marcar un ritmo y canturrear. Betty se unió a él. Cat miró a Ida y sorprendió en su rostro una fugaz expresión de añoranza...

También por la noche, cuando se reunieron alrededor del fuego, los dos polizones relajaron el ambiente. Betty y Eric tomaron la sopa de pescado con tanta avidez como los adultos; el último tramo del día había sido duro y los dos habían asumido sin quejarse su parte en la tarea de empujar el carro por un camino enfangado. Sin embargo, no estaban cansados, todo lo contrario, y parlotearon entre ellos hasta que la tensión entre los adultos sofocó su cháchara. Betty, extrañada, los miró a los cuatro.

—Por qué... ¿por qué no nos cuenta la historia de esos nombres? —preguntó a Joe Gibson—. Esa que todo el mundo sabe en Inglaterra.

—No soy un buen narrador —respondió.

—¡Bah, no me lo creo! —Betty le dedicó una dulce sonrisa—. Seguro que sabe. ¡Inténtelo, simplemente!

Ida hizo un esfuerzo. Era mejor que los niños no se dieran cuenta de la situación en que se encontraban ella, Cat y Ottfried. Ya les parecería lo bastante raro que después compartiera la tienda con Cat y no con su esposo. Y tal vez había llegado el momento de romper un poco el hielo.

—En cualquier caso, ha despertado usted nuestra curiosidad, señor Gibson —dijo al socio de su marido con una sonrisa forzada—. Haga el favor, cuéntenos la historia.

Gibson se aclaró la garganta.

—Está bien. Érase una vez dos familias...

Poco tiempo después, Betty y Eric, Ida y Cat escuchaban fascinados la narración. Después de un inicio ciertamente torpe, Joe se dejó arrebatar por sus propias palabras y al final, cuando describió de manera conmovedora cómo Julieta había seguido en la muerte a Romeo, Ida y su hermana no pudieron evitar echarse a llorar.

—¡Qué bonitooo! —gimió Betty—. ¿Sabe otra historia?

Joe rio.

—No. Y menos que quisiera contar esta noche. Ahora necesito un whisky para engrasar la garganta. Si queréis escuchar otra historia, tendrá que ser otro quien la cuente...

Se puso en pie y agarró una botella del carro. Bebió un trago y se la tendió a Cat, que estaba sentada junto a él. La joven la cogió sorprendida y bebió un sorbo antes de pasársela a Eric. El joven sostuvo lleno de orgullo el whisky, pero fue muy prudente; seguro que no era la primera vez que bebía alcohol, pese a la severidad del viejo Brandmann.

—¿Y ahora qué pasa con la siguiente historia? —preguntó Betty después de beber valientemente un sorbo y contener el posterior acceso de tos.

—Por hoy ya está bien —respondió Cat—. Ahora tenemos que dormir. Pero mañana os contaré una. La historia del descubrimiento de Aotearoa.

—Qué lata, geografía —se quejó Eric. El pastor Riemenschneider daba clases regularmente a los hijos de los colonos, pero no los cautivaba con sus discursos más bien soporíferos.

Cat rio.

—Es una historia de amor. Con muerte, asesinato y mujeres secuestradas... Los maoríes también tienen sus romeos y julietas. Lo que me trae a la memoria a Papa y Rangi... Pero lo dicho: mañana. Ahora vamos a dormir. Betty, ven con nosotras a la tienda, Eric dormirá bajo el carro.

Ida y Ottfried no habían escuchado más historias que las bíblicas, exceptuando las pocas narraciones que Ida recordaba de la escuela. Pero Cat había escuchado infinidad de relatos con los maoríes, así que la noche siguiente entretuvo al grupo con la leyenda de Kupe, quien raptó a Kura maro tini, y que al huir con ella descubrió la isla que al principio Kura tomó por una nube.

—La llamaron Aotearoa, el país de la nube blanca, y se convertiría en su nuevo hogar. Más tarde, Kupe navegaría de vuelta a Hawaiki y traería más colonos. ¡Y no es una historia inventada! Todavía hoy, todo maorí conoce el nombre de la canoa con que sus antepasados llegaron a Aotearoa.

Cat contó las aventuras del semidiós Maui, que una vez se inclinó para pescar y zozobró. Su canoa se convirtió en la Isla Sur de Nueva Zelanda. Y puesto que a todos les cayó bien ese muchacho tan sagaz, siguió desgranando sus aventuras. Les habló de la trampa que había tendido al Sol una vez, y de cómo había llevado el fuego a los seres humanos.

Ida se acordó de las leyendas griegas que el profesor Brakel relataba a sus alumnos y después de tomar un par de tragos de whisky se atrevió a contar la historia de Prometeo, lenta pero correctamente, en inglés.

Las reuniones nocturnas para contar historias pronto se convirtieron en una costumbre que alegraba el día del pequeño grupo de viajeros. Era bonito pensar en otras cosas tras concluir una dura etapa. Gibson narraba con gran colorido obras de teatro y relatos de caballería ingleses, y Cat, al ver un hito en el paisaje, una montaña, un enorme árbol de kauri o un lago, siempre recordaba una historia que Te Ronga le había contado. Según la creencia de los maoríes, toda la naturaleza estaba habitada, en cada montaña o árbol existía un dios o un espíritu, que se encontraba triste o feliz, que podía enamorarse eternamente, pero que también era capaz de sentir celos, envidia o cólera y que con frecuencia odiaba sin piedad a sus enemigos.

Las historias de Cat daban vida a Nueva Zelanda, sobre todo para los pequeños. No hubo que esperar mucho a que Betty y Eric empezaran a poner nombres a los árboles y las piedras que encontraban en el camino y que imaginaran cómo sus espíritus habían ido a parar hasta allí. Cat y Gibson se divertían con eso, mientras que Ida todavía reaccionaba temerosa y cohibida. Su padre habría censurado a Cat por sus historias y castigado severamente a Elsbeth por sus conversaciones herejes. El Dios con el que habían crecido no tenía sentido del humor.

4

El último tramo del viaje a Purau transcurrió por un terreno mucho más regular. Según las indicaciones de Gibson, allí empezaban las llanuras de Canterbury, donde en el futuro él quería adquirir tierras para los colonos. Superficies sin fin cubiertas de tussok que por lo visto solo esperaban a ser cultivadas y urbanizadas por inmigrantes emprendedores. Con ayuda de algunos pescadores asentados en la desembocadura del Waimakariri, los viajeros cruzaron ese río y se desviaron hacia el interior.

—Si queréis ir directamente hacia Port Victoria, aquí tenéis que girar a la izquierda —indicó Gibson a Betty y Eric, que se quedaron indecisos.

En realidad les habría gustado quedarse con los adultos. Betty se habría sentido mucho más segura con su hermana que sola en Wellington. Y si era cierto que una granja aguardaba a Ida y Ottfried en Purau... A lo mejor Eric también podía echar allí una mano hasta que fuera más mayor y hablase inglés con fluidez.

—¡Primero echaremos un vistazo al sitio a donde vais! —decidió Betty al final—. ¿O Port Victoria queda muy lejos de ahí?

Gibson negó con la cabeza.

—Unos veinte, veinticinco kilómetros por la costa, en barca está a tiro de piedra —respondió.

Betty y Eric suspiraron aliviados.

—Entonces vamos con vosotros —zanjó el hermano de Ottfried.

En efecto, llegaron muy pronto a la península de Banks, un territorio montañoso y cubierto de bosque. Cat sabía que mucho tiempo atrás ahí se habían instalado poblados maoríes.

—Y Maui, el semidiós —contó a los adolescentes, que la escuchaban con atención—, se supone que es quien creó la península. Descansaba ahí con su canoa y, de repente, surgió del mar un gigante que quería pelear con él. Maui le lanzó unas piedras... —señaló las colinas entre las cuales Gibson guiaba el carro— y cuando desapareció entre ellas, Maui creyó haber vencido al gigante. Pero este volvió a erguirse y dividió en dos las piedras antes de que Maui lograra matarlo. De ahí salieron dos bahías de pesca abundante. En ambas se asentaron humanos y una de las colonias fue la de Purau.

—Pero ahora ya no hay salvajes —aclaró Gibson para tranquilizarlos.

Cat, sin embargo, le dirigió una mirada de censura. El hombre puso los ojos en blanco cuando se dio cuenta.

—¡No me mires así! —protestó—. Yo no los he echado de aquí. Se pelearon entre sí. Sea como sea, se han ido. Eso no tuvo nada que ver con los blancos de Port Victoria.

—Un poco sí —lo contradijo Cat—. Te Ronga pensaba que habían enfermado muchas personas ya antes de que Te Rauparaha los atacara. Los *pakeha* introdujeron enfermedades.

Gibson se encogió de hombros.

—No soy yo quien les ha contagiado la viruela —declaró—. Pero no puedo decir que lamente su ausencia. Sin esos tipos todo resulta más fácil.

Cat no hizo comentarios. En esos momentos se abría ante ellos la bahía de Purau y ya tenía suficiente que hacer admirando el paisaje. El mar (se veía realmente como si alguien hubiese dividido la colina con un hacha para dejarle sitio libre) era de color turquesa. Parecía reflejar los distintos matices de verde de la colina. Algunas veces la vegetación llegaba hasta el agua y en muchos sitios había también playas blancas. Los caminos, cómodos de transitar, bordeaban arbustos florecientes de hibisco. Había hayas del sur, pero también palmeras, árboles rata y helechos. Una diversidad de flores y hojas, agujas y palmas resplandecía con todas las variaciones del verde, oro, rojo y violeta.

—¡Qué maravilla! —exclamó Ida.

Todavía estaba extasiada cuando una granja apareció en una colina herbosa. Era de madera, pero no tan anticuada como las casas de Sankt Paulidorf, y tenía dos pisos y un mirador, como Ida ya conocía por las casas de Nelson. Y contiguos a la vivienda había establos y rediles para los animales de labor. La finca parecía cuidada y acogedora. Ofrecía una vista espectacular sobre una pequeña playa y el mar. En un embarcadero se balanceaba una barca.

—¿Es esta? —gritó Ida, cautivada, para que Joe pudiera oírla desde el otro carro—. ¿Vamos a vivir aquí? ¡Oh, señor Gibson, nunca la hubiese imaginado tan hermosa!

Joe Gibson acercó el carro al de Ottfried.

—Joe, Ida, llámame Joe. ¿Cuántas veces he de decirte que no estamos en un salón de baile? Y no, ahí no vas a vivir, pero sí muy cerca. Esta es la granja Redwood. ¿Veis esas ovejas? El propietario tiene muchas esperanzas depositadas en ellas, han traído algunas de la Isla Norte. Claro, dan menos trabajo que cultivar la tierra.

Ida podría haberle dicho que el cuidado y la cría de ovejas, ordeñarlas, hacer queso, trasquilarlas y preparar la lana suponía mucho trabajo, pero se contuvo. Según se había enterado en el ínterin, Gibson nunca había trabajado en una granja. Había crecido en Londres, en el seno de una familia de comerciantes, no rica pero tampoco necesitada. Al menos tenía lo suficiente para enviar al hijo a una buena escuela. Pero Joe no solo quería ejercer la geología de forma teórica, a él le atraía la aventura. Así que estudió lo suficiente para poder ganar dinero con sus conocimientos y se embarcó rumbo a ultramar. Había llegado a Nueva Zelanda más bien por azar; pero, puesto que enseguida encontró trabajo de agrimensor, se quedó allí. Viajó con Tuckett por la Isla Norte y, después de que ambos se enemistasen, intentó abrirse camino como cazador de ballenas y focas, actividades usuales entre los buscadores de fortuna llegados al nuevo país.

Ninguna de las dos fue de su agrado, lo que Cat atribuía al hecho de que eran demasiado sangrientas para un hombre cultivado. Ida apostaba más bien por que esos trabajos le habían resultado demasiado fatigosos. Gibson, lo tenía claro después de los primeros días de viaje, no era un devoto del trabajo. Desde que Betty y Eric se habían unido a ellos, siempre encontraba una excusa para encargar a Eric que fuese a recoger leña o a pescar o que montase las tiendas. Beber y charlar se adecuaban mucho más a su carácter, lo que probablemente había sido el motivo de su ruptura con Tuckett.

Betty señaló un par de ovejas que pacían en un corral junto a la casa, tan emocionada como si nunca hubiese visto esos animales. Cat, quien sí era la primera vez que veía ovejas, observó interesada su pelaje corto.

—¡Yo pensaba que tenían mucho pelo! —exclamó para que Ida la oyese desde el otro carro—. Como *Chasseur*. —Silbó preocupada al perro, que al ver a las ovejas se había alejado excitado del carro y parecía dispuesto a agrupar el rebaño—. A estas parece que las hayan desplumado.

—¡Las han esquilado! —respondió Betty riendo—. La lana se teje.

Joe guio el carro alrededor de la casa y Cat divisó a un hombre, todavía joven, que estaba cortando leña junto al redil. A su lado había un perro cruzado de manchas blancas y negras que echó a ladrar. *Chasseur* abandonó las ovejas y se acercó complacido al trote y agitando la cola. El hombre levantó la mirada.

—¡Buenos días, Edward! —lo saludó con una sonrisa Joe.

El hombre no parecía alegrarse demasiado.

—Buenas, Gibson. ¿Otra vez por aquí? —Pero entonces vio a Cat y forzó una sonrisa—. Y, por lo que veo, bien acompañado. ¿Tengo ante mis ojos a la señora Gibson? ¿Y quieres volver a intentarlo con la granja, Joe? ¿Un trabajo honrado? ¡Pues sí, algunos tienen que encontrar primero a la mujer adecuada! Disculpe...

—Edward se acercó a Cat, se frotó la mano sucia contra el pantalón, se quitó el sombrero y se inclinó cortésmente—. Me llamo Edward Redwood. —Tendió la mano a Cat.

—Pues no, nada de señora Gibson —dijo Gibson—. Ya me conoces, una única mujer sería demasiado poco para mí.

El rostro de Redwood se endureció.

—Ya veo —respondió, cuando advirtió también la presencia de Betty—. Pero...

—Todos son de Otie —dijo Gibson, como si eso fuera una explicación, y señaló el carro de Ottfried, que en ese momento se detuvo a su lado.

—Otie Brandmann —lo presentó—, mi socio. Y su esposa Ida.

Redwood observó a los recién llegados y se obligó a pronunciar un cortés «señor Brandmann, señora Brandmann», dirigiendo también una leve sonrisa a Ida. El estatus de Ottfried como socio de Gibson no pareció impresionarle mucho. No mostraba hostilidad hacia su vecino, pero sí cierta reserva.

—Por favor, bajen —los invitó, decidido a cumplir con las reglas de cortesía—. James y Joseph han salido a cabalgar, Laura está dentro. Se alegrará de ofrecerles un refrigerio.

Mientras Cat se preguntaba si eran realmente bien recibidos en ese lugar, Ida se bajó del pescante ansiosa por conocer a la vecina. Entonces se abrió la puerta de la casa, y una mujer delgada de cabello castaño salió aparentemente encantada de recibir visita.

—Hola, ¡qué sorpresa! Dios mío, son las primeras mujeres que veo desde... cielos... creo que en un año largo. Ya me sentía como Eva en el paraíso: ¡un entorno muy bonito pero ninguna receta que intercambiar! —Rio.

Cat y Betty le devolvieron la sonrisa, Ida de nuevo se sintió agraviada en sus creencias. ¿Esa mujer se comparaba con Eva en el Jardín del Edén? ¿Podían hacerse chistes tan irrespetuosos con las verdades bíblicas?

—Como contrapartida tienes tres hombres, ¡Eva solo tenía uno! —bromeó Edward Redwood y luego presentó a la joven—.

Es Laura, mi cuñada, la esposa de mi hermano Joseph. Se ocupa de la casa. ¡Y nos tiene a todos en un puño!

—¿Conque así es cómo me ves? —sonrió—. ¿Como una gobernanta impía? ¡Esta me la apunto, Ed! ¡Pero adelante, pasad de una vez! —urgió a Cat, Joe y los dos adolescentes.

Ottfried, que había bajado después de Ida y atado los caballos a la valla del redil, estrechó la mano de Edward Redwood.

—¡Por una buena relación vecinal! —dijo en alemán.

La mirada atónita de los Redwood no desconcertó a Ottfried. Ida murmuró un «*nice to meet you*» casi avergonzada, no quería poner en ridículo a su esposo con sus mejores conocimientos del inglés.

Joe también ató los caballos, Cat e Ida se acercaron a Laura.

—Me alegro de conocerla —dijo Ida despacio pero correctamente en inglés—. Soy Ida Brandmann. Esta es Cat.

Laura Redwood les estrechó la mano a las dos.

—¿Cat de Catherine? —preguntó.

Cat sonrió.

—No, Cat de gata, señora Redwood. Simplemente Cat, por favor. O... o Poti... —No supo por qué mencionaba su nombre maorí, aunque de todos modos tendría que contar su historia cuando Ottfried y Joe la presentasen como su intérprete. Y eso sucedería de un momento a otro. Joe estaba contando a Ed Redwood la idea de su nuevo negocio.

Laura asintió.

—¡Y yo soy solo Laura! —sonrió—. No nos andaremos con remilgos. Pero su título es el de Miss, ¿no? Si he entendido bien, usted no es la señora Gibson, ¿cierto?

—No; solo he trabajado para los Brandmann. En su granja. Pero se trata de una larga historia.

Laura abrió la puerta para invitarlas a pasar.

—Me la contará mientras tomamos el té. ¿O prefieren café? Nosotros somos de Yorkshire y solemos beber té. Usted no es inglesa, ¿verdad, Ida?

Ida negó con la cabeza y presentó a Betty y Eric, que se habían unido tímidamente a ellas. Gibson seguía hablando con Redwood y Ottfried se había quedado con ellos. Intentaba fingir que entendía, pero poco debía comprender del ágil diálogo en inglés.

—Mi hermana Elsb... Betty. Y mi joven cuñado Eric.

Laura aplaudió complacida.

—¡Qué bonito, toda una familia! Allí arriba, en el *fort*, hay sitio de sobra. Si a uno no le importa vivir ahí, claro. Bueno, yo lo encuentro un poco lúgubre. ¡Pero tomad asiento, por favor!

Condujo a las mujeres y a Eric al interior de la casa, una granja típica cuyo núcleo central era la cocina. Ahí también había una gran mesa donde comer, era evidente que los Redwood no se complicaban la vida. Laura distribuyó sobre la mesa unas tazas de barro y también un par de vasos.

—Por si alguien quiere limonada. No es que tengamos limones, solo manzanas que yo cuido con primor, y en otoño hiervo el jugo y lo mezclo con agua. ¡Como en el paraíso, ya lo digo yo! —Soltó una risita y su rostro bronceado y surcado por arruguitas de expresión recordó al de un duende feliz.

Entretanto, Betty y Eric olisqueaban el aroma que salía de una enorme cocina de leña. Galletas recién hechas. Ida se acordó de las navidades en Raben Steinfeld. Pero Laura no sacó del horno ninguna media luna de vainilla ni estrellita de canela, sino unos pastelillos alargados y pálidos.

—*Scones* —anunció cuando Betty observó curiosa las pastas—. Ya podéis coméroslos.

Colocó platos sobre la mesa, mantequilla y mermelada, y enseñó a los invitados la forma de comer ese tradicional pastel inglés.

—Así que sois... ¿alemanes? —preguntó—. ¿U holandeses? Por aquí hubo alemanes una vez, «por aquí» en sentido amplio. Un tal Hempleman, al otro lado de la península, en la bahía de Piraki. Pero yo nunca estuve ahí, no queda cerca.

Ida lanzó una breve mirada a Cat. Como esta no dijo nada al respecto, habló ella.

—Nosotros fuimos a parar a Nelson, a Sankt Paulidorf.

Laura nunca había oído mencionar ese sitio, pero escuchó con interés la historia de la frustrada colonia.

—Ha tenido usted más suerte con la tierra —concluyó Ida, contemplando a través de la ventana de la cocina, desde la que se veía el mar—. ¡Qué sitio más bonito tiene usted aquí! ¿Quién se lo ha arrendado? ¿También la compañía de Nueva Zelanda?

Laura negó con la cabeza y un par de tirabuzones castaños se desprendieron de su moño, no demasiado bien peinado. No llevaba capota.

—No; fueron los hombres mismos quienes lo arreglaron todo. Antes de instalarnos aquí nos mudamos varias veces. Al principio lo intentamos en la Isla Norte, que yo también encontraba muy bonita. Pero mi familia es inconstante. Cada pocos años necesita algo nuevo, a ver cuánto duramos aquí.

—¡Esta tierra es muy bonita! —exclamó admirada Ida—. ¡Y es vuestra! No podéis abandonarla simplemente y marcharos a otro sitio.

Laura se encogió de hombros.

—Podemos llevarnos a las ovejas. De todos modos, la tierra solo está arrendada. La compraríamos de buen grado, pero es un poco complicado. Los maoríes de aquí...

—¿La han arrendado a los maoríes? —intervino Cat asombrada. Esta práctica era nueva por parte de las tribus.

—¿Por cuánto? —se le escapó a Ida, y se tapó la boca con las manos. ¡Qué descortés, qué desconsiderado preguntar por dinero!

Laura no pareció encontrar nada extraño en eso.

—Sí —contestó a Cat—. Se negoció un poco, pero los hombres saben algunas palabras en maorí y los maoríes de los alrededores también entienden un poco el inglés. En Port Victoria hace tiempo que viven cazadores de ballenas, que siempre han tenido tratos con ellos. Sea como fuere, llegaron a un acuerdo. Por un precio de tres mantas y un par de varas de cotón al año. Tenemos unos cientos de hectáreas. El precio es irrisorio, pero si todos están contentos... —Se encogió de hombros.

—Es realmente irrisorio...

Ida miró a su anfitriona con los ojos abiertos de par en par, y Cat le leyó el pensamiento. Por vez primera, Ida veía que había posibilidades de que los planes de Ottfried y Gibson salieran adelante. Hasta el momento había considerado imposible cambiar tierras por mantas y ollas. Pero si realmente era tan sencillo...

—Mi marido y su socio tienen la intención de comprar tierras a los nativos y vendérsela a colonos alemanes o ingleses —explicó Ida—. ¿Cree usted que es prometedor?

Laura hizo un gesto de ignorancia.

—Si pueden entenderse con los maoríes... Comprenderse es el problema principal, y no solo mediante las palabras. Cómo decirlo... ellos piensan de un modo distinto. Al menos eso es lo que opina Joseph, mi marido. Y además hay que encontrar colonos. No hay tantos que vengan por aquí. —Laura mostraba un poco de escepticismo—. ¡Yo, desde luego, me alegraría! —añadió—. Me gustaría que vinieran más colonos. Entonces sí me gustaría quedarme. Me gustaría tener una casa de piedra. —Sonrió soñadora.

Cat echó un vistazo por la ventana. Ottfried y Gibson seguían hablando con los Redwood, pues habían llegado los dos hermanos de Edward. Eran igual de altos y desmañados, y tenían el mismo rostro largo y anguloso, pero el cabello del más joven no era oscuro sino rubio. Ambos sostenían todavía las riendas de sus caballos, compactos y fuertes, y daban la impresión de impacientarse, como Edward. Era probable que quisieran continuar con su trabajo o hacer una pausa para tomar un té acompañado de *scones* recién horneados antes que estar de palique con Gibson. Cat decidió liberar a los hermanos.

—Deberíamos ir despidiéndonos —anunció—. Tiene usted una casa muy agradable, Laura, y nunca había comido nada tan bueno como sus *scones*. Pero tenemos que llegar a nuestro alojamiento antes de que oscurezca.

Para su sorpresa, Laura asintió sin reservas.

—¡Oh sí, sí, claro, yo tampoco querría llegar después de que anochezca! —exclamó, y suavizó un poco su observación—. Me refiero que instalarse en un sitio después de que ha oscurecido siempre resulta complicado. Pero a partir de ahora podemos reunirnos con más frecuencia para tomar el té, ¿verdad? El *fort* solo está a unos quince kilómetros de aquí.

—¿Quince kilómetros? —repitió Ida, sorprendida. Se había imaginado la vecindad de otro modo.

Laura le pasó un brazo por los hombros.

—¡No ponga esa cara de susto! Quince kilómetros no son nada, en la Isla Norte había casi cincuenta entre nuestra casa y la finca más próxima. Esta es una tierra extensa y todavía hay pocos colonos. ¡Esperemos que sus hombres consigan cambiar la situación!

Dicho esto, las acompañó al exterior no sin antes regalarles una botella de zumo de manzana hecho por ella misma y pan, mantequilla y queso. Los Redwood cultivaban unos pocos campos de cereales, pero además de las ovejas tenían un toro y cuatro vacas lecheras.

Mientras Laura se despedía cariñosamente, Cat insistió en que se dieran prisa. Si todavía quedaban quince kilómetros, apenas tendrían tiempo. Se preguntaba cómo habían podido olvidarse de ello Gibson y Ottfried, pero los hombres estaban en su elemento. Gibson explicaba a los Redwood con suma locuacidad las colonias que pensaba fundar. Pero ellos lo miraban con recelo.

—Haz lo que quieras, Gibson —dijo al final Joseph, el mayor de los hermanos—, pero procura no pasarte de listo. No nos gustaría que un día aparecieran por aquí veinte tipos tatuados agitando sus lanzas porque tú los has timado. Para ellos todos los *pakeha* tienen el mismo aspecto.

Gibson y Ottfried se rieron como si se tratase de un buen chiste, pero Cat se alarmó. Los Redwood no confiaban en Gibson. Y ellos seguro que lo conocían mejor que Ottfried...

El trayecto hacia las tierras de Gibson se alargó, en efecto, pues los caminos se estrechaban y eran más accesibles a viandantes o jinetes que a carros. Durante el viaje, Cat se preguntaba por qué Laura llamaba *fort*, «fuerte», a la granja de Gibson. Nunca había escuchado esa palabra, pero tampoco quería pedirle una explicación más detallada a Joe después de que este hubiese contestado impaciente que se trataba de un antiguo fuerte.

—¿De la caballería? —preguntó después Eric. Él sí parecía conocer la palabra—. ¿Del ejército estadounidense? —insistió.

—¡Tonterías, aquí no está ese ejército! —Betty soltó una risita—. ¡Dentro de nada preguntarás si hay indios! ¡Lees demasiadas historias!

Cat intentó sacar algo en limpio, pero solo llegó a la conclusión que la palabra debía de proceder de alguna revista barata de las que también Mary, la sirvienta de la casa de los Beit, devoraba. Esa chica leía cursis historias de amor, pero los muchachos se interesaban por las aventuras de los pioneros en el Oeste americano.

Betty y Eric siguieron especulando acerca de si los ingleses habrían construido el fuerte, pero Gibson no reaccionaba ante su parloteo. Era evidente que estaba enojado, sus relaciones con los Redwood no eran óptimas.

Mientras tanto, el carro circulaba entre colinas boscosas y en la lejanía se distinguía una montaña. Luego el bosque dejó sitio a la pradera (en algún momento el entorno había sido habitado) y al final Gibson condujo los caballos pendiente arriba por una colina de cumbre chata. Ottfried lo seguía. Con una luz diurna que ya empezaba a desvanecerse, pasaron por una empalizada de madera, desmoronada en parte pero reforzada con arbustos espinosos. El camino se ensanchaba ahí, seguro que en alguna ocasión había estado cuidado. Se dirigió hacia un par de casas comunales derruidas, decoradas con tallas de madera y descoloridas, aunque alguna vez habían estado pintadas de colores. Los remates se habían partido y alguien se había llevado las estatuas de los dioses que habían custodiado la entrada.

—¡Hemos llegado! ¡Bienvenidos a mi granja! —exclamó Gibson, confirmando los peores temores de Cat—. Sé que está todo un tanto desmoronado, pero eso tiene fácil arreglo.

—¡Pero si es un *pa*! —exclamó Cat—. ¡Esto antes era un *marae*! Gibson asintió, mientras Ottfried colocaba el carro junto al de su socio. Ida contemplaba boquiabierta esa ruina que el crepúsculo teñía de tonos azulados.

—Lo que os había dicho, un fuerte, una fortaleza —señaló Gibson—. Es cierto, los maoríes lo llaman *pa*...

Últimamente estaba intentando corregirse y no hablar de salvajes sino de maoríes. Cat le había dejado bien claro que eso podía ejercer una influencia perniciosa en los futuros negocios con tribus en las que algún miembro hablara inglés.

—¡Esto no se lo ha vendido a usted nadie! —se enfadó Cat—. ¡Aquí... aquí no se puede vivir, Gibson! ¡Es *tapu*!

Joe soltó una carcajada.

—¿Nuestra maorí rubia vuelve a hacer caso de las supersticiones? ¡Creo que no habéis hecho una buena cristiana de ella en Sankt Paulidorf, Otie! ¡Y ahora tiene miedo de los espíritus!

—¿Hay espíritus por aquí? —preguntó Betty inquieta.

Le parecía probable. Las casas derruidas, el viento que susurraba entre los campos abandonados y los lugares de reunión... Y la luna que se elevaba lentamente por encima de la montaña que dominaba la península, mientras que el crepúsculo azul dejaba sitio a la noche estrellada. Betty se aproximó a Eric.

—¿Qué es *tapu*? —preguntó Ida. Confirmaba su propia sensación de malestar el hecho de que la pregunta de Betty hubiese quedado sin responder. Normalmente habría tranquilizado a la niña. ¡Como cristiana creyente no debía temer a los espíritus!

—¡*Tapu* significa algo así como prohibido! —aclaró Cat—. ¡Aquí seguro que no puede vivir nadie!

Ottfried resopló y se dispuso a bajar del carro. El edificio mejor conservado era la antigua casa de asambleas, donde también solía dormir la tribu maorí. Ahí al menos había una puerta sujeta a sus goznes, y a la última luz del día el carpintero reconoció que habían intentado repararla. No de forma estética pero sí funcional, Gibson había puesto su empeño. Era probable que ese fuera el alojamiento que había prometido.

—¿Ah sí? ¿Quién lo dice? —replicó a Cat, que no hizo ademán de bajar del carro—. Tiene un aspecto acogedor. Y salvo nosotros, aquí no hay nadie... —Ottfried empujó la puerta, que se abrió.

Cat asintió.

—Precisamente —respondió—. Este *pa* fue abandonado, seguramente después de un derramamiento de sangre. Y donde se derrama sangre no se vive. El lugar se convierte en un... bueno, en una especie de santuario. La gente viene aquí a honrar el recuerdo de los muertos. ¡Pero no a vivir!

Se preguntó con tristeza si después de la guerra con los ingleses los ngati toa también habrían abandonado el poblado en que ella había vivido con Te Ronga.

—A ver, ¿te refieres a que los ingleses aparecieron aquí y mataron a los maoríes y el resto escapó? —preguntó angustiada Betty—. ¿Y que ahora está todo esto lleno de espíritus?

—No los ingleses —respondió Cat en voz baja—. Creo... me temo que fue Te Rauparaha. Con guerreros ngati toa. Antes emprendió muchas campañas y se embolsó muchos botines. Y esta gente... Laura dijo que los blancos de Port Victoria habían negociado con ellos. Vaya, poseían cosas que Te Rauparaha quería. Tal vez fue él quien arrasó el *pa*.

—O a lo mejor los habitantes se marcharon voluntariamente porque no necesitaban más las casas —intervino Gibson—. Tú misma has dicho alguna vez que antes había aquí más maoríes que ahora. Y que a menudo muchos morían a causa de enfermedades. Así que no hay ni gente ni poblado. Se fueron, sencillamente. Y ahora venid, estas casas no tienen propietario.

—¿Y usted se ha instalado aquí como si nada? —preguntó Ida con severidad—. ¿Sin preguntar a nadie?

Gibson puso los ojos en blanco.

—¿A quién iba a preguntar? —inquirió—. Los Redwood hicieron exactamente igual. Se instalaron donde les dio la gana, y cuando los maoríes pidieron una compensación, negociaron. A mí, por el momento, nadie ha venido a exigirme nada.

—Ni lo harán —farfulló Cat entre dientes—. Si por aquí hay maoríes, no hablarán ni negociarán con nosotros. Tampoco nos harán nada. No se derrama sangre en lugares *tapu*. La venganza se deja a los espíritus. Pero para ellos nosotros somos escoria. Si nos quedamos aquí, nosotros mismos viviremos marginados de todo.

—¡Todo esto es muy raro! —señaló Betty—. ¡Yo no quiero quedarme aquí!

Eric le hizo un gesto casi imperceptible.

—Nos vamos a Port Victoria —le susurró—. Y nos buscamos un barco para Wellington.

Dando un suspiro, Gibson cogió una botella de whisky del pescante de su carro y tomó un buen trago. Luego se la pasó a Ottfried.

—¡Haz valer tu autoridad! —le pidió—. ¡Tus esposas se han vuelto locas!

Ottfried, que no había comprendido ni la mitad de la discusión previa, también bebió y paseó una mirada ceñuda por Ida y Cat.

—¿He entendido bien? ¿No queréis dormir aquí porque en el pasado unos salvajes se mataron entre sí? —preguntó en alemán—. ¿Tampoco tú, Ida? ¿Siendo cristiana? ¿Alguien que ha aprendido a confiar en que Dios es su fortaleza? ¿Siendo hija de Jakob Lange?

Ida enrojeció, pero Cat intervino.

—Ottfried, no se trata de si hay o no hay espíritus aquí. Es una cuestión de respeto. Esta tierra no nos pertenece. No tenemos derecho de instalarnos aquí por las buenas. Y menos sabiendo que sus dueños no ven con buenos ojos que alguien viva aquí.

—¿Qué habríamos hecho nosotros, Ottfried —preguntó en voz queda Ida—, si unos maoríes hubiesen aparecido de repente, acampado en la iglesia de Sankt Paulidorf y denostado nuestra fe, haciendo fuego y rezando sus oraciones paganas? Y... —se ruborizó— y si encima hubiesen engendrado y dado luz ahí a sus hijos...

Ottfried cogió un farol del carro y, tras encenderlo rápidamente, iluminó la antigua casa de asambleas. Por dentro no tenía un aspecto amenazador. Gibson había amueblado la casa de un modo precario y escaso, tan solo una mesa modesta, sillas y un camastro. No había nada que recordara a los antiguos ocupantes de la casa.

Ottfried parecía satisfecho.

—Bah, ¿que qué habríamos hecho con los salvajes en nuestra iglesia? —respondió—. ¡Pues los hubiésemos puesto de patitas en la calle, por supuesto! Y lo mismo harían esos salvajes con Gibson si esta ruina les importase o la consideraran un lugar sagrado. Pero este sitio no les importa, o no se atreven a hacerse respetar. Ya sea por indiferencia o por cobardía, Ida, no nos molestarán. Además, a la larga todas estas tierras nos pertenecerán. Ahora los salvajes se dan ínfulas y nosotros nos mostramos amables y venimos con regalos en lugar de con mosquetes. Pero como protesten...

—¿Quieres enfrentarte a los maoríes? —preguntó Cat burlona.

Ottfried se encogió de hombros.

—No es necesario. Como ves, ellos mismos se van. Saben cuál es su sitio. ¡Y nosotros cogemos lo que nos conviene! —Y lanzó la chaqueta sobre el respaldo de una silla.

Joe Gibson entró el whisky, las provisiones y un hatillo con la ropa de cama de las mujeres.

—Las mujeres dormiréis aquí esta noche; Otie, Eric y yo nos apañaremos en otro sitio —indicó con ánimo tranquilizador, como si las palabras de Ottfried le hubiesen hecho reflexionar, aunque, desde luego, no había entendido gran cosa—. Mañana ya hablaremos sobre quién duerme dónde.

Ida seguía indecisa. No le gustaba el *pa*, pero también estaba agotada y hambrienta.

—¿Mejor dormimos fuera? —le susurró a Cat—. Podemos montar la tienda.

De repente, Cat se vio invadida por un cansancio de muerte.

No creía que fuera a conseguir montar ahora una tienda. Y eso tampoco cambiaría gran cosa.

—Todo el *pa* es *tapu* —le dijo a Ida—. Da igual que durmamos dentro o fuera. Ya lo hemos profanado. Te Ronga diría que estamos en manos de los espíritus. Esperemos que sean misericordiosos con nosotros.

5

Los espíritus dejaron que al menos las mujeres durmiesen tranquilas; tras el fatigoso viaje, estaban tan agotadas que solo un trasgo gritón habría podido despertarlas. Así que ninguna de ellas se enteró de que Betty y Eric se marchaban.

Cuando Cat asomó lentamente entre las mantas, vio una nota sobre la mesa.

Nos marchamos a Wellington, los Redwood seguro que nos indican cómo llegar al puerto. Hemos cogido un poco de pan y queso para el viaje. Por favor, ¡no os enfadéis!

BETTY

—No sufras, solo hemos de desearles mucha suerte —dijo Cat cuando se percató de que Ida estaba preocupada—. No te inquietes, Ida, saldrán a flote. No sé qué siente tu hermana, pero Eric está locamente enamorado de ella, basta con mirarlo para darse cuenta. La cuidará, descuida. ¿O querías que se quedasen aquí?

Ida negó con la cabeza.

—No, claro que no. Betty tiene que ser libre. Al menos una de nosotras tiene que cumplir sus deseos. Tampoco quiero que se entere de lo que hay entre nosotros. De mi... nuestra vergüenza...

Cat la abrazó para consolarla en silencio. Ya le había dicho varias veces que, pese a lo indeseado que era que Ottfried la hubiese dejado embarazada, ella no lo consideraba una vergüenza. Ni ella misma ni el niño eran culpables de nada. ¡Menos aún Ida! A fin de cuentas, siempre había sido una esposa obediente y nunca había dado motivo a Ottfried para que la engañase. Ida lo comprendía racionalmente, pero sabía que la comunidad lo vería de otro modo. Correrían habladurías acerca de si habría desatendido sus deberes de esposa, dando así motivos a Ottfried para salirse de la norma. Y seguramente nadie aprobaría la decisión de adoptar al «bastardo» de Ottfried como hijo propio. De ahí que Ida se sintiera muy incómoda ante la posibilidad de que Joe fuese a enterarse de todo. Por lo demás, tampoco le habría gustado compartir el secreto con su hermana.

—Seguro que todo saldrá bien —murmuró Cat—. Ya lo verás. Y ahora, vamos a echar un vistazo fuera. Mira, ¡está brillando el sol! A Betty y Eric les acompañará un bonito día durante el viaje y el *pa* no tiene un aspecto tan inquietante, ¿no crees?

En efecto, la fortaleza abandonada perdía a la luz del sol su lúgubre apariencia. Claro que las casas y empalizadas medio derruidas se veían abandonadas y tristes, pero con un poco de esfuerzo todo podría arreglarse para que uno dejara de pensar en guerra y destrucción.

Ottfried puso manos a la obra sin dilación, y las mujeres sabían que era capaz de trabajar duramente. Joe, por el contrario, lamentó que Eric se hubiese marchado. Había esperado contar con la ayuda del joven.

—¡Bah, lo conseguiremos nosotros solos! —dijo un optimista Ottfried mientras comía pan con queso y bebía café que Ida acababa de preparar.

—Empezaremos por acondicionar un establo. Para eso utilizaremos la casita que hay al lado.

—Era la casa cocina —señaló Cat.

Ottfried se encogió de hombros.

—Me importa poco para qué la hayan utilizado los salvajes. Ayer la estuve observando y para los caballos es suficiente. Y además está el cobertizo, ahí puedes dormir tú, Cat. Te lo arreglaremos para que estés cómoda, y te haré una cama como Dios manda cuando tenga tiempo. Madera hay suficiente, nos bastará con desmontar un par de construcciones. También con las empalizadas haremos una buena cerca. Joe se quedará la casa que hay al lado de los árboles. Necesita algunas reparaciones, pero es bonita. Por si algún día te traes a una mujer. Ida y yo nos quedaremos con la vieja casa de asambleas, es más espaciosa y habrá espacio para el niño. ¿Estás de acuerdo, Joe?

Joe farfulló su asentimiento, pero Ida no parecía conforme. Por lo visto, los hombres habían pensado instalarse allí para largo. La casa que ocuparía Joe era la del jefe tribal. No muy grande, pero adornada con elaboradas tallas y, por desgracia, bastante dañada. Las mujeres preferían no imaginar qué suerte habría corrido su anterior ocupante y posiblemente su esposa e hijos. Sobre todo Ida, cuya fantasía se había visto alimentada con los cotilleos en Nelson tras los sucesos de Wairau, no podía apartar de su mente la imagen de actos de canibalismo. Era probable que durante semanas siguiera soñando con trozos de cuerpos humanos que se cocían en grandes marmitas.

Siguió de mala gana a Cat, quien después de desayunar propuso explorar el terreno para localizar los anteriores huertos y campos de labor maoríes. Ottfried las exhortó a que no se entretuviesen demasiado, pues había trabajo que hacer. No aceptaría su estado de buena esperanza como pretexto. En Raben Steinfeld las campesinas trabajaban hasta el día que daban a luz.

—¡Mira, Ida, al menos aquí trabajaban espíritus benignos! —bromeó Cat cuando encontró un plantío de pequeños vegetales verde oscuro detrás de las casas. La tierra estaba relativamente suelta y, tras escarbar un poco, Cat encontró lo que esperaba—: Boniatos. Los maoríes los llaman *kumara*.

Entretanto, Ida había descubierto más plantas, entre otras cereales y maíz.

—Pensaba que los maoríes no trabajaban la tierra —se sorprendió.

Cat se encogió de hombros.

—Pues sí lo hacen, las mujeres cultivan sus huertos. Es la tradición. Pero la mayoría de las plantas que llegaron con las primeras canoas de Hawaiki no son oriundas de aquí. El clima en su país de origen era mucho más cálido. Solo se desarrolló el *kumara*. Y eso... —señaló la avena y el maíz— llegó con los ingleses. Las semillas son un artículo muy codiciado. Y como ves, cuando las mujeres maoríes tienen, sacan provecho de ellas.

—Me parece extraño tener que cosecharlas ahora —dijo Ida mientras Cat comenzaba a buscar los tubérculos más maduros, para desenterrarlos y seleccionar los que se podían comer—. Me refiero a que no nos pertenecen, recogemos los frutos del trabajo de otro.

Cat movió la cabeza.

—Aquí hace mucho que nadie siembra, estas plantas seguramente habrán echado simiente por sí solas. Y, además, ¿a quién favorece que se pudran? Pero, si quieres, podemos rezar una oración de acción de gracias. A tu Dios y a los dioses de Te Ronga. Para las tribus, sembrar y cosechar siempre va unido a *karakia*. A ver si todavía me acuerdo de cantar alguna.

Pues claro que recordaba las canciones que Te Ronga y las maoríes cantaban relacionándolas con el boniato. Su voz dulce y clara conmovió también a Ida, que al final coreó la melodía mientras ambas desenterraban tubérculos. A continuación, Cat unió las manos para dar gracias al Dios de Ida y pensó con amor en Te Ronga. Lentamente, iba comprendiendo la fe de aquella querida maorí, siempre abierta a nuevos dioses y espíritus. Te Ronga estaría orgullosa de su hija adoptiva, pese a la profanación del *pa*.

Los espíritus de los maoríes no se mostraron nada rencorosos y, con cada día que Ida y Cat pasaban en el antiguo *pa*, sus temores iban diluyéndose. También el carácter del entorno se modificó con rapidez: Ottfried tenía prisa por emprender las medidas urgentes de renovación y con ello ponía a Ida de mejor humor. Por otra parte, esta se percataba satisfecha de que su marido había dejado de molestar a Cat.

La joven rubia veía la situación de forma más realista: Ottfried no planeaba quedarse en Purau hasta que sus mujeres dieran a luz, como creía Ida. Tanto él como Gibson estaban deseando internarse en las Llanuras y emprender las primeras negociaciones con los maoríes. Naturalmente, no podían hacerlo sin su intérprete, así que ese viaje de negocios inicial debería realizarse mientras el embarazo no le impidiese la movilidad. Cat dijo que solo podría viajar sin problemas hasta el final del séptimo mes. Para su sorpresa, los hombres se mostraron comprensivos; probablemente nada temían más que encontrarse con un parto prematuro en medio de la nada.

Al imponer esa condición, Cat pensaba más en Ida que en ella misma. A ella no le habría importado dar a luz en cualquier poblado maorí. Al contrario, entre los nativos contaría con la ayuda de alguna comadrona, mientras que Ida, de partos, solo sabía lo que había visto en el alumbramiento de su hermanita, que no había acabado felizmente. Ida unía ese recuerdo a la imagen de la madre agonizante y a la preocupación por un bebé débil. Y por eso se enfrentaba a su propio parto con mucho miedo, razón por la cual era necesario que Cat estuviera a su lado. ¡Resultaba impensable que Ida diera a luz sola a su hijo en el *pa*, rodeada únicamente por los espíritus de los muertos!

De ahí que los hombres se dieran prisa en renovar las viejas casas y Ottfried consiguiera que el holgazán de Joe se sacudiese la pereza. También Cat e Ida ayudaban. Y así transcurrieron tres semanas y una parte del abandonado sitio maorí, del que tanto se había hablado, se convirtió en una pequeña pero adecentada granja con su establo, dos viviendas y una dehesa para los caballos. Ida había desherbado los prados de los maoríes, arrancado las plantas muertas y, pese a las protestas de Ottfried, había plantado una parte de las preciadas semillas que iban a utilizarse como artículo de trueque. Por lo demás, se renovó la cerca que rodeaba el huerto, la vieja empalizada se desechó casi en su totalidad y poco antes de emprender el viaje hacia las Llanuras, Ida y Cat hasta pudieron cosechar algo de grano. Así pues, la despensa de Ida quedaba bien surtida, y aún más por cuanto Joe se acercaba de vez en cuando a la casa de los Redwood para comprarles queso y carne seca.

—En cualquier caso, no te morirás de hambre —bromeó Cat la noche anterior a la partida mientras reunía provisiones para ella y los hombres—. Aunque no me hace ninguna gracia dejarte sola... ¿De verdad que no tienes miedo?

Ida intentó mostrarse valiente.

—Yo... bueno, claro, nunca he estado sola. Pero *Chasseur* me hará compañía.

El perro marrón y blanco se apretó contra ella cuando oyó su nombre. Por muy bien que se encontrase con Cat, cuando había que elegir, era a Ida a quien se arrimaba.

—Y los hombres tienen razón. Es demasiado agotador ir todos juntos.

Cat había propuesto que tal vez podían llevar a Ida a conocer las tribus. A los maoríes no les importaría. Cuando viajaban y se visitaban unos a otros siempre lo hacían con toda la tribu. Darían la bienvenida tanto a cuatro viajeros como a dos o tres. Pero Ottfried y Joe se habían opuesto categóricamente. Ottfried quería que su querido hijo primogénito estuviese perfectamente atendido y Joe temía que Ida pudiese enlentecer el itinerario. Durante el viaje a Purau la joven se había sentido mal con frecuencia y, para cuidarla, Cat había urgido a que hicieran más descansos y al anochecer montaran antes el campamento.

—Ya encontraré en qué ocuparme —siguió Ida con valor—. Puedo tejer la lana que ha traído Laura Redwood y hervir las bayas que tú has recogido. Y Laura seguro que pasa a visitarme de vez en cuando.

Laura era una amazona intrépida y ya las había visitado en dos ocasiones. Para Cat era motivo de inquietud. En los últimos meses del embarazo no podrían ocultarle el niño. Pero la dinámica granjera tampoco podía visitarlas con mucha frecuencia. A fin de cuentas, tenía tres hombres de los que ocuparse y también ayudaba diligentemente a la hora de hacer los quesos y conducir las ovejas.

—En primavera, sobre todo cuando nacen los corderitos, tengo mucho que hacer —había explicado satisfecha durante su última visita—. También me divierte. Así que ya sabe, Ida, ¡tiene usted una comadrona experimentada como vecina! No dude en llamarme.

Ida había asentido cortésmente. Desde luego, lo último que haría sería llamar a Laura durante el parto. La invitaría cuando los «mellizos» hubiesen nacido y todo hubiera pasado.

—Tranquila aquí no puede ocurrirte nada —le aseguró Cat, aunque parecía decirlo para tranquilizarse a sí misma—. Al menos mientras te cuides y no tengas un parto prematuro. No trabajes mucho. Y no se te ocurra cortar y apilar leña.

Una parte de la madera de las viejas empalizadas era demasiado frágil para ser empleada en la reconstrucción. Ottfried había comenzado a cortarla para convertirla en leña. Todavía no había acabado, pero había apilado haces suficientes para que su esposa mantuviera el horno encendido el tiempo en que estaría sola.

Ida se mordió el labio.

—No lo haré... —prometió, aunque cortar leña, como todo lo que la mantuviera alejada de sus cavilaciones y la hiciese olvidar su soledad, había formado parte de sus planes—. A lo mejor hasta me gusta estar por una vez sola —señaló—. Hasta ahora nunca he estado sola, ¿sabes? Siempre con mis padres y hermanos en la comunidad... Bueno, y luego con Ottfried...

—¡Sí, y a este seguro que lo echas mucho de menos! —bromeó Cat.

Ida esbozó una sonrisa forzada.

—*Chasseur* seguro que no lo echará de menos.

En los últimos tiempos, Ottfried se contenía, por fortuna. Aunque volvía a compartir habitación con su esposa, no la tocaba. Tampoco molestaba a Cat con comentarios obscenos. Pero el perro había vuelto a sacar su espíritu protector, y a la que observaba que el marido de su ama se acercaba demasiado a ella, le gruñía. De ahí que lo hubiesen desterrado de la casa, pese a las protestas de Ida y a que el chucho era muy necesario. Las ratas también se habían convertido allí en una plaga. Ida suponía que ellos mismos, sin saberlo, las habían transportado hasta ahí en los carros. O quizá los vendedores ambulantes las habían llevado a los poblados maoríes en el reparto de alguna mercancía, tal vez con las semillas con que recientemente había germinado el trigo con que ahora Ida cocía el pan.

—Tampoco estaremos mucho tiempo fuera... —Cat no podía dejar de consolar a Ida—. Las Llanuras no tienen accidentes geográficos, seguro que avanzamos deprisa. Lo conseguiremos en tres o cuatro semanas. ¡Seguro que aguantas!

Ida puso los ojos en blanco teatralmente.

—¡Y más también! —afirmó—. Y además tengo que acostumbrarme, pues cuando lleguen los niños... Bueno, ahora todavía podríais llevarme, pero con dos llorones a cuestas... Todo irá bien, Cat.

A pesar de todo, cuando al amanecer emprendieron el viaje Cat estaba preocupada. Ida los despidió sin perder la compostura, agitando la mano e incluso rio, pero algo había en su actitud, en su expresión... Cat habría deseado no dejarla sola.

—Bueno, ya se han ido —dijo Ida a un juguetón *Chasseur*—. Ahora hay que ver en qué ocupamos el día. ¿Tú qué crees, desenterramos unos boniatos?

Ida se convenció a sí misma de que disfrutaba de la tranquilidad cuando se sentó al sol y se puso a pelar los tubérculos. Preparó un sabroso cocido y rezó una larga oración antes de sentarse a comer. Rezar le iba bien, la consolaba hablar con Dios, aunque Él no respondiera.

Llevó las mondas y otros restos de comida al montón del abono. Luego, aprovechando que hacía un día muy bonito, se dispuso a lavar la lana que quería tejer más tarde. Y Cat le había dejado un par de recetas para teñir con plantas. Hasta el momento solo lo habían hecho con lino, pero ¿por qué no iba a dar también buen resultado con la lana? Así pues, se dirigió al bosque para recoger las plantas, y se sintió orgullosa al no llevarse un susto de muerte cuando un weta saltó delante de ella y se le subió un instante en el hombro antes de perderse en la espesura. Cat ya la había prevenido acerca de esas enormes langostas típicas de su nuevo país. Eran animales inofensivos, le había dicho su amiga, aunque muy desagradables. Su nombre en maorí significaba «Dios de las cosas feas».

¡Como si para eso fuera necesario un Dios! Ida reflexionó acerca de si el hecho mismo de pensar en ello ya era un sacrilegio y rezó una oración para pedir perdón al Señor por una posible blasfemia. No contestó. Y eso que el silencio del bosque... Se decía que bastaba escuchar el silencio para, finalmente, percibir Su voz. Hasta ahora Ida nunca había escuchado la voz divina, y lo atribuía a que a su alrededor jamás había silencio suficiente. Sin embargo, ahora...

Empezó a sentir un silencio espectral. Cogió las hierbas con el corazón acelerado y regresó al *pa*, donde *Chasseur* perseguía una rata ladrándole con fiereza. Y entonces oscureció muy deprisa. Ida volvió a rezar sin recibir respuesta. Al final, el silencio dejó lugar a los sonidos nocturnos. Ida oía gritos, chillidos... pájaros, lo sabía, sabía que se trataba de pájaros. ¿O serían los gritos de guerra de los guerreros? ¿Habían esperado a que los hombres se hubiesen ido para vengarse de la profanación del *pa*? Pero no, Cat le había asegurado que no había ningún maorí por los alrededores del viejo fuerte. En caso contrario habría descubierto sus huellas en algún momento durante esas tres semanas.

Entonces Ida pensó en los espíritus... Las voces de los hombres los habrían apartado de ese lugar hasta ahora. Desde que Cat cantara las primeras *karakia* mientras cosechaba *kumara*, acompañaba las demás labores con conjuros. Eso le recordaba a su madre de acogida, había dicho sonriendo, y que de ese modo también satisfacía a los espíritus. A Ida le gustaba escucharla, aunque luego tuviera que pedir a Dios indulgencia por sus actos paganos. Pero ahora... ahora Cat no estaba y los espíritus gritaban en la oscuridad. Y Dios no respondía...

Pasó la noche temblando en un hueco entre la ancha cama recién hecha y el armario. Agarrada a *Chasseur*, que no entendía la inquietud de su ama y aullaba nervioso...

Estaba tan sola... Dios no respondía y el niño... el niño no se movía en su vientre. ¿No debería moverse ya? ¿Estaba con vida o había...? ¿Sabía Dios que ella no lo había querido en realidad y ahora se convertiría en víctima de los espíritus, y su madre con él?

Ida se balanceaba gimiendo, y *Chasseur* le lamía el rostro, contento de que ella no lo rechazara.

Y esto sucedió la primera noche.

6

Las llanuras de Canterbury, eso le pareció a Cat, eran dignas de llevar ese nombre. Se trataba de vastas extensiones cubiertas de tussok, solo de vez en cuando salpicadas por una arboleda, un lago alimentado por las aguas claras de arroyuelos, o un par de rocas que parecían caídas del cielo. Al fondo de las praderas se distinguían montañas cubiertas de nieve, los Alpes Meridionales, que se veían desde casi cualquier punto de la Isla Sur. Pero ahí parecían más cercanos y perfilados con mayor nitidez. No había bosque ni colina que obstaculizara la visión, el aire parecía más claro y el cielo más ancho, y las nubes semejaban plumas. El Waimakariri, cuyo cauce seguían Ottfried y Gibson con sus carros entoldados, era ancho e impetuoso. Cat buscaba poblados maoríes en sus orillas, pero en los dos primeros días no avistaron ninguna *marae* de los ngai tahu, solo alguna granja *pakeha* en construcción.

—Probablemente se han establecido en el interior, por si el río se desborda —dijo Ottfried, que observaba con desconfianza la corriente.

También había rechazado la sugerencia de Gibson de aceptar el ofrecimiento de algunos granjeros y barqueros asentados cerca de la desembocadura, de cargar las mercancías en los barcos y transportarlas corriente arriba. De ese modo habrían ido más deprisa que abriéndose camino con los carros, pero Ottfried le daba miedo.

—Yo por aquí no he oído que hubiese inundaciones —dijo

Gibson—. Y las granjas por las que hemos pasado están en las riberas del río. Así que es bastante improbable que haya un segundo Moutere. Lo que pasa es que todavía tienes Sankt Paulidorf en la cabeza, Otie. ¡Tienes que olvidarte de una vez!

Cat pensaba que Ottfried tenía otra cosa en la cabeza. Su rechazo a la vía fluvial no tenía que ver con Sankt Paulidorf. Navegar hacia un poblado maorí le recordaba más bien los acontecimientos de Wairau. Y cuanto más se alejaban de la última colonia inglesa y avanzaban por territorio maorí inexplorado, más nervioso se iba poniendo. Naturalmente, él nunca lo habría admitido, pero Cat intuía que tenía miedo a una confrontación con los nativos.

—De todos modos, yo giraría hacia el interior, quizá siguiendo uno de los arroyos —intervino en la discusión—. Es muy posible que las tribus no quieran instalarse en las llanuras abiertas, ya que estarían expuestas a eventuales ataques. Están más protegidas en el bosque o junto a un lago.

—¡Pero entonces también podrán atacarnos a nosotros más fácilmente! —objetó Ottfried.

Cat suspiró.

—A ver, ¿quieres encontrártelos y negociar con ellos o no? Protegido no estás en ningún lugar. Aunque vieras el poblado a kilómetros de distancia, por la noche podrían rebanarte el cuello.

Casi se le escapó la risa al ver que Ottfried palidecía y tanteaba el arma que llevaba bajo el asiento. Ella sabía que también Gibson tenía una, una escopeta de caza, pero eso no la intranquilizaba. Él no tenía un miedo desmedido hacia los nativos; el peligro de que se pusiera a disparar como un energúmeno no era tan grande. Pero Cat no se sentía tan segura respecto a Ottfried.

Le habló del asunto a Gibson cuando Ottfried no podía oírlos. Prefería viajar en el carro de Gibson pese a que tampoco confiaba del todo en él. Como fuere, le parecía menos peligroso que Ottfried, lo que se confirmó la segunda noche del viaje, cuando presenció cómo Gibson reprendía a Ottfried. Cat quería retirarse a dormir a su tienda y había pedido a los hombres que la montaran mientras ella asaba pescado. Ottfried reaccionó con un comentario indecente.

—¿Tú estás tonto o que, Otie, queriendo ligar con la chica? —le soltó Gibson—. Ya sabes que no quiere nada de nosotros. ¿Cuántas veces tiene que ponernos el cuchillo delante de las narices?

Ottfried resopló y soltó una de sus desagradables risas.

—Venga, Joe... ¿Qué puede hacer ella con su cuchillito contra dos hombres hechos y derechos?

Gibson resopló.

—Bueno, se me ocurren un par de cosas. Primero, la he visto lanzar el cuchillo y no quiero ser el que lo reciba en el pecho. Y segundo, ¡joder, Otie, la necesitamos! Sin intérprete no conseguiremos nada con los salvajes. Y no me vengas con llevarla a rastras y atada. Si quiere, Cat podría predisponer a esos tipos contra nosotros. ¿O acaso entiendes algo de ese galimatías que farfullan? Así que sé amable y compórtate como un caballero, aunque no lo seas. El mundo está lleno de mujeres a las que metérsela. Pero esta... esta es... ¿cómo era esa palabra? Sí, *tapu*. Esta es *tapu*.

A partir de entonces, Ottfried dejó en paz a Cat y Gibson la trataba hasta con cortesía. El hombre era un bribón, pero sabía lo que quería y no era tonto. Y, naturalmente, él también se había dado cuenta de que a Ottfried lo preocupaba el encuentro con los maoríes.

—Puede ir armado, por supuesto. Los guerreros maoríes también acudirán al *powhiri* con lanzas y mazas de guerra —explicó Cat—. Pero vigila que no dispare. ¿Qué tipo de arma lleva? ¿También una escopeta de caza?

—Un mosquete —dijo Gibson—. Un arma de guerra, a saber de dónde la ha sacado. No le quitaré el ojo de encima, descuida. De todos modos, yo preferiría no enseñar las armas. De lo contrario se convertirán en objeto de las negociaciones. ¿O acaso esos chicos no se vuelven locos por tenerlas?

Cat sonrió con tristeza.

—Al parecer, todos los hombres del mundo desean un objeto

que dispare y mate. Ya me sorprendió que no cargarais armas en los carros. Unas docenas de fusiles habrían convencido pronto a los maoríes.

Gibson sonrió.

—En Nelson no se consiguen armas —respondió—. Además, Otie se opuso categóricamente. Es probable que tuviese miedo de que los maoríes lo utilizasen como diana para probar las armas. El pobre está un poco nervioso, no tiene madera de héroe.

En efecto, Ottfried deslizó por reflejo la mano bajo el asiento, aunque no sacó el arma, cuando en el sexto día de viaje encontraron por fin maoríes. Habían seguido la sugerencia de Cat y al cabo de dos jornadas se habían separado del cauce del río y seguido un arroyo hacia el suroeste que luego corría casi paralelo a la corriente principal. Ahora recorrían bosques y otros lugares resguardados, y al fin encontraron a dos jóvenes maoríes pescando.

Ambos, de unos catorce o quince años, reaccionaron con más curiosidad que alarma u hostilidad ante la presencia de los *pakeha*. Cuando Cat les habló, respondieron animados, y cuando Gibson les regaló dos navajas se mostraron contentos y emocionados.

—Nos llevarán al poblado —tradujo Cat—. Hasta ahora nunca habían visto a un *pakeha*, aunque, claro, han oído hablar mucho de ellos. También hay gente de su poblado que ha estado en contacto con misioneros. A uno le regalaron una manta y su esposa está muy orgullosa.

Joe sonrió.

—¡Vaya! —exclamó—. ¡Se diría que tenemos las puertas abiertas!

Iba a tener razón. La negociación con los ngai tahu, que se habían asentado junto a un lago, resultó sencilla y agradable. Incluso la recepción fue muy distinta a como Ottfried la había imaginado. Cat se percató de que aquella tribu era más confiada que los ngati toa, seguramente porque todavía no habían sufrido malas experiencias con los colonos blancos. En cualquier caso, el comité de recepción no estaba formado por guerreros, sino por mujeres y niños que admiraban todo lo que llevaban los recién llegados. Desde los caballos que tiraban del carro, que los chicos querían tocar aunque fuera una vez, hasta el cabello rubio de Cat, que las mujeres consideraban un milagro. Cat se lo soltó y cambió una cinta de frente tradicional por una olla de cocina. La mujer que la había tejido saltaba de alegría. Todos miraron curiosos el carro, pero también esta tribu sabía lo que había que hacer, así que celebraron primero, en honor de los invitados, el *powhiri* ritual.

—Por nada del mundo debéis mostraros impacientes —les indicó Cat a los hombres—. O inquietos. Forma parte del ceremonial que los guerreros muestren sus armas y hagan muecas. Y se pronunciará un largo discurso que yo no traduciré completo. Doy por supuesto que no os importa con qué canoa llegó esta tribu a Aotearoa y qué derroteros ha seguido desde entonces. Así que contentaos con dejarme responder y relajaos. ¿Cómo se llamaba el barco con el que llegaste, Gibson?

Así pues, Gibson y Ottfried presenciaron la ceremonia educadamente, aunque Ottfried se sobresaltó cuando los hombres interpretaron el *haka*. Escucharon los relatos de los ancianos y las réplicas de Cat, de las que Ottfried solo entendió «Sankt Pauli». La propia historia de Cat (describió con toda sinceridad su vida con los ngati toa) provocó preguntas. Te Rauparaha era conocido y temido. Ottfried y Gibson contemplaron asustados cómo Cat se justificaba con un tono realmente cortante. Pero a continuación una anciana pronunció unas palabras tranquilizadoras e intercambió el *hongi* con Cat.

—*Harae mai, Poti!*

Los habitantes del poblado cuchichearon cuando Cat sonrió entre lágrimas. Hacía tanto que no escuchaba ese querido nombre... Y por fin acabaron de cantar y de intercambiar todos los saludos.

—*He tungata!* —exclamó complacido el jefe, y de ese modo se cerró el vínculo entre los visitantes, los miembros de la tribu y los dioses y espíritus del lugar.

—Ahora sacad un par de botellas de whisky —señaló Cat a Joe y Ottfried cuando las maoríes, charlando animadamente, sirvieron comida.

Gibson sonrió.

—Vaya, ahora pasamos a la parte agradable. ¿Y cuándo hablaremos de negocios?

Cat apenas podía contener a los hombres, pero al final consiguió postergar para el día siguiente los negocios. El jefe tribal permitió que los huéspedes montasen sus tiendas en la plaza del poblado. Ottfried insistió en pasar la noche lo más cerca posible del carro para vigilar la mercancía. Se llevó el mosquete a la tienda y Cat no pudo pegar ojo, inquieta por si algún chiquillo curioso se acercaba furtivamente y a lo mejor recibía un tiro. Hasta que un par de risueñas chicas maoríes se aproximaron vacilantes a los interesantes blancos. Por fortuna, lo hicieron abiertamente para no despertar sospechas de ir a robar y con la suficiente destreza para mostrar lo que querían sin necesidad de conocer el idioma.

Ottfried y Gibson presentaban un aspecto satisfecho, aunque no muy descansado, cuando por la mañana salieron de la tienda. Cat ya estaba ayudando a las mujeres a preparar el desayuno, lo que las maoríes habían aceptado amistosamente. Bromeaba con ellas mientras horneaban el pan ácimo y daban fruta a los niños, y ya se sentía como si formara parte de la tribu cuando aparecieron las muchachas y, complacidas, contaron los secretos de su noche con los *pakeha*. A continuación, Ottfried y Gibson apartaron aparatosamente las lonas de los carros. Las mujeres admiraron los vestidos y los utensilios de cocina, y se los repartieron mientras conversaban; los hombres, a su vez, contemplaron asombrados los cuchillos con hoja de acero. Para Cat se confirmó aquello que había oído decir: al menos ese *iwi* de los ngai tahu era mucho más pobre que la gente de Te Rauparaha. Salvo por la manta que había mencionado el joven maorí el día anterior, no tenían ningún artículo o ropa occidental. Vivían principalmente de la pesca y la caza de aves, y el boniato era su único cultivo. Los edificios del poblado eran más primitivos que los que Cat recordaba de los ngati toa. Había menos tallas y figuras de dioses. Las mujeres le habían contado esa mañana que la tribu migraba con frecuencia. Cuando se trataba de un año muy lluvioso y se echaba a perder la cosecha o cuando el invierno se alargaba y no alcanzaban las provisiones, salían en busca de tierras donde la caza fuese más abundante y llegaban hasta las estribaciones de los Alpes Meridionales.

Cuando Cat les explicó que deseaban cambiar tierras por objetos, el jefe pidió a los visitantes que pasaran a la casa de asambleas y llamó a los ancianos del consejo. Todos estaban contentos y enseguida ofrecieron gustosos información sobre sus tierras. Te Kahungunu y su tribu disponían de vastas superficies de tierra, desde la orilla del Waimakariri hasta casi la región subalpina. Y no había más tribus maoríes en el entorno más cercano.

—¿En qué quedamos, es o no es de ellos esta tierra? —preguntó Ottfried cuando Cat tradujo literalmente—. ¿Venden o no venden?

—Son muy accesibles y desprendidos —explicó Cat—. Pero tenéis que entender: los maoríes tienen otra concepción de la propiedad de tierras. Y ni el mismo jefe sabe con exactitud qué tiene para vender.

—¿Cómo? —Gibson frunció el ceño.

—Pues vaya, ¡los de Wairau sí se lo sabían bien! —intervino Ottfried—. Si hasta sabían cómo vender gato por liebre.

Cat intentó explicarlo.

—Te Rauparaha lleva muchos años en contacto con *pakeha*, conoce su forma de pensar. Por eso ya no permite que le paguen con mantas y ollas; pide dinero. Y es belicoso. Los ngati toa están interesados en controlar comarcas. Te Kahungunu, por el contrario, nunca ha tenido que luchar por la tierra y en cuanto al dinero, no sabe nada, solo tiene nociones vagas. Para él, la tierra es de quien la trabaja, pero no tiene nada en contra de que colonos blancos vengan aquí y la cultiven. Les dará la bienvenida, dice. Y nos vuelve a dar las gracias por los generosos obsequios.

Ottfried arrugó el ceño.

—No los traíamos como obsequios...

—Ya se lo explicaremos —lo interrumpió Gibson—. Cat, pregúntale si me deja medir la tierra para los blancos. Y dile que tendrá que firmar un contrato.

Los dos hombres respiraron aliviados cuando el jefe tribal asintió de buen grado. Tras las negociaciones partieron seguidos de un grupo de inquietos y curiosos maoríes hacia las tierras vecinas. Una amable *tohunga* de cabellos blancos le mostró el lugar donde podían instalarse los colonos sin ofender a los espíritus ni violar un *tapu*. Cat puso cuidado en que Gibson lo tuviese en cuenta cuando trazó su mapa, pues a veces refunfuñaba cuando algunos sitios sagrados se hallaban en medio de una buena parcela.

—¡Si no son más que unos pedruscos! —protestaba—. Rodeados de unas tierras maravillosas. ¡No vamos a malbaratar veinte hectáreas solo por un par de espíritus!

—Al menos hay que permitir el acceso a los maoríes —opinaba Cat—. La tierra de los alrededores no les interesa. Pero es preciso que señales esos sitios. Quien compre esas parcelas debe saber que unos metros cuadrados de sus tierras no le pertenecen.

En el fondo habría preferido que los hombres renunciasen a la medición de esas parcelas, pero Joe y Ottfried no iban a acceder.

Apenas una semana más tarde, Gibson había adquirido un área el doble de grande que Sankt Paulidorf para nuevos colonos, la había medido y trazado los planos. Básicamente, toda la tierra entre el poblado maorí y el río Waimakariri. Se lo mostró ceremoniosamente al jefe y al consejo de ancianos, quienes no alcanzaban a comprender que se pudiese plasmar la tierra en el papel. La *tohunga* Harata señaló emocionada los lugares *tapu*, Gibson los había marcado obedientemente. Ya pensarían los colonos después cómo lidiar con eso.

Gibson hizo que Te Kahungunu, la canosa *tohunga* y dos ancianos del consejo firmasen el contrato con que se legalizaba el acuerdo. Todos cumplieron formalmente y con gran seriedad y, acto seguido, se celebró un banquete.

—Ahora os toca ir a buscar colonos blancos —señaló Cat la noche del primer día de regreso—. De lo contrario, la tribu se inquietaría. Para los ngai tahu, el contrato adquiere validez a partir del momento en que aparece la gente. Si es que he sabido aclararles qué es un contrato.

—¡El contrato es legal! —respondió Ottfried—. No hay error.

Gibson asintió.

—No te preocupes, Cat. Ya encontraremos colonos. Preguntaremos por aquí... ¡primero en Port Victoria!

Cat frunció el ceño.

—¿En Port Victoria? Si no es más que una estación ballenera. De acuerdo, de vez en cuando llega algún barco. Pero ¿colonos? ¿Familias? No las encontraréis allí.

—¿Y dónde si no? —repuso Ottfried al tiempo que abría una botella de whisky. Cat se preguntaba si las reservas de licor eran realmente inagotables—. Vale, también estaría bien Nelson, claro. Uno de nosotros tendría que volver allí.

—¿No deberíais tener más bien contactos en Inglaterra? —inquirió Cat—. ¿O en Alemania, o en el lugar de donde vienen los colonos? A vosotros os reclutó Beit. Y ahora parece que viene toda una hornada de escoceses a instalarse en Otago, según se comentaba en Nelson. Lo ha organizado una iglesia.

—Nosotros nos dedicaremos a los no organizados —contestó Gibson relajado—. Alguien se tiene que ocupar también de ellos. De todos modos, es mejor que vengan solos. Así cada uno puede comprar toda la tierra que quiera.

—¿Vienen muchas familias a Nueva Zelanda a hacer fortuna?

Cat no sabía mucho de inmigración, pero los colonos que había conocido en Nelson no habían llegado por iniciativa propia, al menos en comparación con los cazadores de ballenas de la bahía de Piraki. Naturalmente, había gente como George Hempleman o los hermanos Redwood, que partían a la aventura. Pero seguro que representaban una minoría. La gran mayoría de inmigrantes quería saber antes de partir dónde viviría. La gente no quería molestarse en aprender otra lengua ni conocer a los maoríes. A probar fortuna venían jóvenes que acababan cazando focas o ballenas, aunque soñaran con obtener tierras, pero ni siquiera Christopher Fenroy habría podido ahorrar las doscientas libras que Ottfried y Gibson pedían por una parcela de sus tierras recién adquiridas, y eso que el muchacho, como intérprete, se ganaba mejor la vida que un cazador de focas.

—¡Cada día vienen más, tesoro! —aseguró Gibson—. Seguro que nos sacan de las manos nuestras tierras. Tarde o temprano las venderemos todas...

Cat se mordió el labio. Por lo visto, ni Gibson ni Ottfried habían entendido la forma de pensar de los maoríes. Solo le quedaba confiar en que hubiese sabido explicar mejor a Te Kahungunu la forma de pensar de los blancos.

—Ahora necesitamos al menos un comprador —observó Ottfried—. Para que volvamos a tener dinero. Nos hemos quedado sin blanca... Y queremos seguir, con mercancía nueva y tribus nuevas. ¡Es increíble! Me gustaría poder contárselo a mi padre... ¡Tengo tierras! ¡Ottfried Brandmann tiene tierras! Muchas más que el par de hectáreas de Sankt Paulidorf. De hecho, muchas más... ¡que el Junker de Mecklemburgo! —Resplandecía—. En principio, hasta podríamos conservarlas y enseñar a los maoríes a cultivarlas. ¡Estarían encantados de trabajar para nosotros por nada! Y yo me construiré una mansión y los domingos saldré a cabalgar por mis campos.

Cat sacudió la cabeza y buscó a Joe Gibson con la mirada. Este sonreía comprensivo, pensando que era el whisky lo que desataba la imaginación de Ottfried. Eso esperaba Cat. Pero si se proponía hacer realidad ese sueño... Los maoríes de Te Kahungunu eran amables y estaban dispuestos a tratar con respeto a Ottfried, pero no se convertirían en sus siervos ni en sus labradores.

—¡Ida!

Laura Redwood se asustó cuando nadie contestó a su tercera llamada. El viejo *pa*, que tras la renovación ya no recordaba tanto a las construcciones maoríes, yacía tranquilo bajo el sol y no había signos de que lo hubieran atacado o asaltado. Pese a ello, resultaba extraño que Ida no respondiese. Por lo general, cuando Laura iba de visita, siempre había alguien que contestaba. Claro que ahora los hombres y Cat estaban de viaje, pero al menos el perro tendría que haber ladrado.

—¿Dónde se ha metido, Ida? —Laura gritaba cada vez más fuerte—. ¿Dónde estás, *Chasseur*?

Cuando al final abrió la puerta de la casa, oyó un gemido. El perro respondió, pero no corrió contento hacia Laura como solía. Preocupada, la mujer siguió el triste sonido que salía de la habitación de los Brandmann. *Chasseur* se acercó a ella con el rabo entre las patas y mirada triste, y Laura por fin vio a Ida. Se hallaba acurrucada contra el armario ropero, cubierta por toda la ropa que poseía. Si *Chasseur* no hubiese llamado su atención, Laura nunca la habría descubierto.

—¡Por todos los cielos, Ida! ¿Qué está haciendo ahí?

Laura confirmó que su nueva amiga estaba al menos despierta y, al parecer, sana y salva. Tenía los ojos azules desorbitados, llenos de miedo, con los bordes rojizos y rodeados de sombras oscuras.

—No tan alto —susurró Ida—. Que... que no nos encuentren. *Chasseur*, no ladres, no...

Laura movió la cabeza.

—¡Gracias a Dios que la he encontrado! ¿Qué ha pasado? ¿Ha venido alguien aquí? ¿Le ha hecho alguien alguna cosa?

No lo creía. Si un bandido hubiese registrado la casa, esta tendría otro aspecto. Y hasta entonces, en Nueva Zelanda nunca se había producido un asalto a una vivienda o algo similar, según le habían contado.

—No, sí... pero los espíritus... los gritos. Se pasean por la casa, ¿sabe? Alguno...

Ida temblaba, pero parecía reconocer a Laura y el pánico iba desapareciendo de su mirada. Se enderezó.

—Laura —susurró—. Es usted, Laura, ¡oh, qué bien que haya venido!

Laura Redwood se inclinó sobre la joven y la abrazó cuando Ida se agarró a ella en busca de ayuda.

—¡Madre de Dios, Ida, está usted muerta de miedo! Vamos, póngase en pie. Le haré un té y luego me cuenta qué ha ocurrido. ¡Aquí no hay nadie que ande rondando! Salvo un par de kiwis.

Decidida, la mujer menuda y de cabello oscuro puso a Ida en pie, la llevó a la cocina y calentó el horno. Ida temblaba de frío, aunque fuera hacía calor. Paralizada por el miedo, se había quedado en su rincón y ahora estaba entumecida.

—Estaba tan sola... —murmuró cuando Laura le puso una taza de té en las manos gélidas.

Ida lo bebió a sorbitos y sintió agradecida cómo su cuerpo revivía y su mente se despejaba. Entonces la embargó un sentimiento de vergüenza. ¿Qué pensaría Laura? ¿Cómo podía ser una tan tonta para esconderse por miedo a los espíritus?

—Al principio estaba todo silencioso. Pero luego empecé a oír chillidos y ruidos y...

—Los sonidos nocturnos habituales —la tranquilizó Laura—. Hija mía, ya ha dormido muchas veces en una tienda. Tiene que haber oído alguna vez graznidos de pájaros o chirridos de insectos. Por otra parte, la entiendo. Aquí sola, en este... en este... Dios mío, no es que quiera asustarla, pero para mí este siempre fue un lugar sacrílego.

—Sagrado —corrigió Ida—. Cat dice que para los maoríes este es un lugar sagrado. *Tapu.*

—Pensaba que *tapu* significaba «prohibido». En fin, como sea, no le sienta bien quedarse aquí sola. Y vamos a poner fin a eso. Vendrá conmigo y se quedará un par de días en mi casa. Después ya veremos.

—¿Y los otros? ¿Y su familia? Y si mi marido regresa... ¡Oh, que boba he sido! —Ida se frotó la frente. Sabía muy bien lo que Ottfried diría de su comportamiento—. Tengo que acostumbrarme a estar sola.

—¡Ahora lo primero es recuperar fuerzas! —replicó Laura con determinación—. ¿Cuánto hace que no come? Eso es malo para el niño, ¿sabe?

Ida asintió.

—*Chasseur* también está hambriento —dijo a media voz—. Le... le he dicho que cazara ratas, pero él no... no quería separarse de mí.

Laura puso una mueca.

—Y las ratas se han puesto a bailar alrededor aumentando aún más sus temores —observó—. El perro es muy cariñoso, pero no vale como cazador. Es un perro pastor.

Como para contradecirlo, *Chasseur* apareció complacido delante de ellas con una rata atrapada en la boca. No iba a comérsela, más bien parecía querer que Ida se la cambiase por algo más sabroso. La joven se estremeció, pero se esforzó en elogiar al chucho.

—Voy a mirar en la despensa —dijo Laura.

Con las provisiones de *kumara*, queso y carne ahumada preparó una comida rápida. Satisfecha, observó cómo Ida la devoraba, y, naturalmente, tampoco se olvidó del perro.

—Bien, ahora se viene usted conmigo, no hay peros que valgan. Tú también, *Chasseur*; podrás jugar con nuestra *Suzie.* ¡Pero solo jugar! Lo último que nos faltaría serían unos cachorros de perro vagabundo.

Laura recogió un par de vestidos de Ida, le puso un chal sobre los hombros y la condujo al exterior. Confusa, Ida contempló la brillante luz del sol de ese día de principios de otoño, el cielo sin nubes, la montaña en el horizonte y el bosque que, a la luz diurna, no resultaba nada amenazador. ¿Cómo podía haberla invadido semejante pánico? Pero estaba convencida de haber oído llorar a los espíritus. Seguro que se sentiría mejor con los Redwood.

A continuación siguió a Laura sin protestar. Fue una larga caminata. A caballo, Laura cubría el trecho hacia su casa en menos de dos horas, pero Ida no sabía cabalgar y Laura temió llevarla en la grupa. De todos modos, sería un milagro si el niño sobrevivía a tanta desatención.

—¡En cualquier caso, su bebé es fuerte! —anunció a la joven—. ¡Seguro que será un niño espléndido!

Ida se colocó insegura la mano sobre el vientre. Durante la noche que había pasado sola en el *pa* se había preocupado por el bebé, pero en el fondo no sentía gran aprecio por la vida que crecía en su seno. En realidad solo era una carga que le robaba energía, que le haría recordar por toda la eternidad a Ottfried y la ataba a la vida que su marido la obligaba a llevar. Claro que incluso sin estar embarazada habría tenido miedo de abandonarlo y marcharse a buscarse la vida con Cat. Pero había estado a gusto en el pub de Paddy y en su cocina. Había ganado dinero y se había sentido segura bajo la protección del tabernero. Tal vez habría reunido valor para desafiar a Ottfried si Cat y ella no hubiesen estado embarazadas.

—Mellizos —murmuró—. Creo que serán mellizos. Suele suceder en nuestra familia. Seguro que son dos.

Llegaron a la granja de los Redwood a primera hora de la tarde y enseguida las acribillaron a preguntas. Joseph, James y Ed habían estado preocupados por la larga ausencia de Laura y no parecían muy entusiasmados de que llegara acompañada.

—Esperemos no tener problemas con los hombres de su casa —comentó taciturno Ed—. No me malinterprete, señora. Por supuesto es usted bienvenida. Pero ¿le gustará a su marido que nos inmiscuyamos en su vida? Se suponía que iba a quedarse usted sola guardando la plaza.

Laura resopló.

—¿Contra quién o qué debe guardar ella la plaza? —preguntó—. ¡No te pongas tú también a meterle el miedo en el cuerpo! Y si su marido se molesta, que hable conmigo. ¡Ya le diré yo un par de cosas! Mira que dejar a esta pobre chica encinta sola en ese viejo y lúgubre fuerte... No es extraño que haya visto espíritus.

Lanzó una mirada protectora a Ida, quien se había puesto cómoda en la mecedora de Laura delante de la chimenea. Le resultaba lamentable que discutieran a causa de ella.

—Solo me quedaré un par de días —intervino con timidez—. No quería venir. También podría haberme quedado allí. Aquí echaré una mano. Puedo coser y zurcir, y limpiar, por supuesto, y... Laura me ha contado que hacen queso. A mí se me da bien hacer queso.

A Edgar, James y Joseph les preocupaba la relación vecinal, ya de por sí frágil, con Gibson y Brandmann, pero eran ante todo unos caballeros. Ninguno de los hermanos Redwood se habría mostrado recalcitrante con Ida y menos con Laura.

—Bueno, su gente tampoco regresará tan rápido —reflexionó finalmente Joseph—. ¿Cuánto llevan fuera, dos, tres días? Entonces, todavía falta... Se entretendrán engatusando a las tribus con sus fabulosas chucherías.

En los siguientes días, Ida iba tras su anfitriona como una niña perdida. Quería pedirle que le diera labores domésticas en que ocuparse, pero era incapaz de hacer nada. Ida estaba agotada y sentía miedo e inseguridad en cuanto se quedaba sola. Laura la trataba amablemente y con suma paciencia, y los hombres se mostraban corteses y respetuosos. Como Ida enseguida comprobó, Laura trabajaba en estrecha colaboración con su marido y sus cuñados, mucho más de lo habitual entre los hombres y mujeres de Raben Steinfeld o de Sankt Paulidorf. No se limitaba a cuidar de la casa y el huerto, sino que también se ocupaba de las ovejas, las vacas y los caballos. Ida se sintió cohibida cuando descubrió que Laura hasta llevaba pantalones. Los cosía ella misma y a primera vista parecían faldas, tan anchos eran, y Laura cabalgaba con ellos sentada a horcajadas para guiar las ovejas o las vacas.

—Nunca me ha gustado demasiado lavar y cocinar —comentó cuando se percató de la extrañeza de Ida—. ¡Por eso me fui de Yorkshire! Las otras mujeres me consideraban una loca y una desvergonzada. Cuando mi padre se enteró de que me iba con tres hombres al otro extremo del mundo se armó todo un escándalo. Pero yo sabía que si me casaba allí con un buen campesino, no saldría jamás de la cocina. Bueno, a lo mejor alguna vez para ir al corral a dar el biberón a un par de corderos. Pero nunca montaría a caballo. ¡Y yo amo los caballos!

Eso no pasaba inadvertido. Cuando Laura contemplaba al castrado de pelaje isabelino que había llevado de la Isla Norte, resplandecía más que al mirar a su esposo. Llamaba a los dos *darling*. A Joseph eso no parecía importarle, pero el caballo relinchaba en cuanto oía la voz de su amazona.

—En mi pueblo habrían dicho que eso no es grato a Dios —observó con timidez Ida—. Que una mujer no se quede en el lugar para el que ha sido destinada.

Laura rio.

—Y después habrían añadido que mi matrimonio no ha sido bendecido con hijos precisamente por eso. ¡Ya me conozco la cantinela, es lo que me escribe siempre mi madre! Mis dos hermanas tienen tres cada una. Pero yo me siento muy feliz así. Ya vendrán los niños. Y si no es así, Ed y James tendrán que buscarse esposas y herederos para la granja que en realidad todavía no tenemos. Yo les repito: ¡chicos, construidme una casa de piedra y luego ya hablaremos de descendencia! En una cabaña así... —miró hacia su casa con ceño— criaré corderos y potros, ¡pero no cachorros humanos!

Ida, en cambio, envidiaba a Laura por su bonita casa de madera, con un acogedor porche, grandes ventanas con cortinas de colores y un mobiliario sencillo y cómodo. Tal vez a Laura no le agradaran especialmente las labores manuales, pero, por lo visto, hilaba y tejía ella misma la lana. En su casa había blandas mantas de lana, cojines de colores y manteles bordados. Ida volvió a pensar con nostalgia en su ajuar, engullido por las aguas junto con Sankt Paulidorf.

—Y ahora debo ocuparme de los quesos —anunció Laura e hizo una mueca—. Es algo que no nos gusta a ninguno de los cuatro y que en cierto momento los chicos decidieron que era trabajo de mujeres. Pero a mí me gusta más trasquilar las ovejas que ordeñarlas.

Ida rio tímidamente.

—El queso que hacen aquí tampoco es... muy bueno —dijo en voz baja—. Lo siento, no es que quiera ser desagradecida, han sido sumamente amables al regalarnos unos cuantos. Pero yo... Se podría obtener un resultado mejor.

Laura arqueó las cejas.

—¿Sí? —preguntó, de pronto muy interesada—. Entonces demuéstramelo. ¿Cómo hacéis el queso en Mecklemburgo? —preguntó, pasando al tuteo sin más.

—¿El típico? ¡Pues de leche de vaca! ¡Voy a preparar un poco!

Poco después, en la pequeña quesería que había en el establo Ida le explicaba que era imprescindible que el queso se cortase de otro modo. Retiró el suero diligente y no se cansó de dar vueltas al queso envuelto en paños que ya estaba en los moldes.

—¡Esto da mucho trabajo! —refunfuñó Laura.

Ida se rio.

—Vale la pena si al final consigues un queso realmente bueno y sabroso —señaló—. Después seguro que también podéis pedir más dinero por él. Lo vendéis, ¿no es así?

Laura asintió, pero mencionó que los mercados en los que ofrecer productos de granja todavía no eran muy grandes por esa zona.

—Pronto se va a fundar una ciudad en la desembocadura del Otakaro —indicó—. Pero todavía no se sabe cuándo. Hasta el momento vendemos el queso y la carne en Port Victoria, a los pescadores de ballena y los colonos. De vez en cuando también a los maestres de provisiones de los barcos que zarpan de allí, pero ellos no quieren queso fresco, sino del seco, que se conserva. Y yo solo sé preparar una clase de queso fresco, creo que bastante buena.

—Este se conserva al menos cinco meses —señaló Ida orgullosa, y empezó a pasar el queso por sal—. Ah, sí, ¿tenéis cerveza para la corteza? ¿O vino? Si no, habrá que hacer. El queso se empapa con esa bebida, es lo que le da el aroma.

Laura hizo una mueca.

—¿Estás de broma? Tengo tres hombres aquí, claro que hacemos cerveza. Pero ¿en serio quieres bañar el queso con cerveza? Caramba. ¿Tienes recetas para el queso de oveja?

Ida se encogió de hombros.

—He hecho queso de cabra en salmuera; se conserva más tiempo. Y se pueden añadir hierbas, ortigas. ¿Hay ortigas? Le tendremos que preguntar a Cat qué se puede utilizar en su lugar. Deja que eche un vistazo a cómo cortas el queso... Vaya. ¿No haces el queso de oveja con cuajo? Mira, prepararemos la leche de oveja igual que la de vaca.

Ida no había disfrutado tanto trabajando desde que se había marchado de la taberna de Paddy, hacer queso le divertía más incluso que cocinar. En los siguientes días floreció a ojos vistas. Ida secaba, salaba, llenaba moldes y especiaba. El queso del viejo Mecklemburgo salía estupendamente con la cerveza de Laura elaborada según la receta de Yorkshire. Y *Chasseur* atrapaba con más alegría cortezas de queso que ratas.

—Creo que ya es hora de que vuelva a mi casa —anunció Ida, triste, después de haber pasado diez tranquilos días en la granja de los Redwood.

No se había sentido tan contenta y estimada desde su marcha

de Raben Steinfeld. Laura no se cansaba de elogiarla por lo bien que hacía quesos y los hermanos Redwood daban las gracias educadamente por todas las comidas que las mujeres les servían. A Ida le sorprendía el trato amable y cariñoso que Laura y Joseph tenían entre sí. Esa pareja se quería de verdad, hablaban el uno con el otro y tenían muchas cosas en común. Cuando Ida los veía, no podía evitar pensar en Karl. ¿Habría sido igual si se hubiese casado con él? ¿Se habrían reído juntos después de pasados los años? Pero ¿realmente habían reído entre sí los habitantes de Raben Steinfeld o de Sankt Paulidorf?

—¿No volverás a tener miedo si te quedas sola? —preguntó Laura preocupada—. Sí, ahora sabes que eran temores infundados. Pero también lo sabías antes.

Ida se mordió el labio.

—Me superó, en cierta forma —susurró—. En el fondo no creo en los espíritus. Y tampoco que nadie vaya a atacarme. Es que... me sentí desamparada.

Ida se sorprendió de que Laura de repente resplandeciera.

—¡Claro! —exclamó con énfasis—. ¡Es eso! ¡Cómo no se me ocurrió antes! —Y corrió a un armario de la cocina y empezó a rebuscar en el interior—. Te sientes indefensa, ¡por eso tienes miedo! Pero si no lo estuvieras tanto... A mí me pasó una vez lo mismo, Ida, en la Isla Norte. Vivíamos cerca de una estación ballenera plagada de camorristas. Pero Joseph y los otros tenían que dejarme a veces sola. ¡Y entonces me compraron esto!

Sacó triunfal un estuche y lo abrió. Ida miró atónita una pequeña y elegante arma que yacía con diversos accesorios sobre terciopelo azul.

—¿Qué es eso? —preguntó.

—¡Un revólver! —respondió con orgullo Laura—. ¡Un Colt! Es un poco complicado de cargar, pero cuando lo has conseguido, puedes disparar hasta cinco veces sin necesidad de recargar. Es mejor que las armas antiguas. Puedes cargarlo y dejarlo en el cajón de la cocina, o llevarlo en el bolsillo de la falda si así te sientes más segura. Y si aparece alguien que te molesta: ¡bang!

Mientras hablaba, sacó el Colt del estuche y apuntó juguetona a un blanco más allá de la ventana de la cocina. Ida se estremeció.

—¿No puede una hacerse daño con eso? —preguntó amedrentada.

—Querida, una puede hacerse daño hasta con el cuchillo de la cocina. O cuando manejas agua caliente. Solo tienes que ser prudente y saber cómo funciona. Ven, te enseñaré a cargarlo.

Laura le indicó una silla junto a la mesa de cocina y le mostró con todo detalle cómo llenar la cámara de pólvora, luego utilizar un taco y al final la munición.

—Las balas se las hace uno mismo —explicó y le mostró las tenazas de colar que contenía el estuche—. Es muy sencillo. Así, y ahora falta el pistón, y luego colocamos el barrilete. Ya está lista para disparar, Ida. Puedes aniquilar a cinco espíritus malignos de una vez.

Ida rio nerviosa.

—¡Ven, vamos a probar! —la invitó Laura—. Ja, los chicos se llevarán un susto tremendo cuando empecemos a disparar. Pero tienes que haber practicado un poco antes de que te confíe el arma.

—¿Vas a dármela?... Yo no sé disparar. Y seguro que tú la necesitas.

Laura negó con la cabeza.

—Niña, la necesito tan poco como tú. Ahí en el fuerte no hay ninguna amenaza, solo en tu cabeza. Pero te tranquilizará tener este artilugio frío y sentir cómo se calienta en tu mano. ¡Cómo te defiende, Ida! Es una sensación. Se trata de no sentirse desamparada.

Salió fuera e Ida la siguió acongojada. Observó nerviosa que Laura colocaba un leño sobre la valla del corral, no sin antes asegurarse de que no había ningún caballo u otro animal cerca.

—No queremos matar a nadie, ¿verdad? —advirtió con picardía. Luego se colocó con Ida a unos pasos de distancia del blanco y... disparó.

Ida se llevó un susto de muerte y *Chasseur* huyó gimiendo con la cola entre las patas, igual que la perra collie de los Redwood.

—A *Suzie* no le gustan nada los disparos —explicó Laura—. Siempre aparece como alma que lleva el diablo si los chicos han disparado a algún conejo. Me resulta muy práctico. Cuando *Suzie* aparece por aquí temblando de miedo, ya lo sé: mañana hay conejo asado.

Los tres Redwood tenían escopeta de caza desde que alguien había introducido los conejos en Nueva Zelanda. Los animales se multiplicaban sin control a falta de depredadores naturales y los hermanos eran buenos tiradores.

Laura no tenía muy buena puntería, pero al tercer disparo acertó al blanco.

—Ahora prueba tú —dijo satisfecha.

Ida empuñó nerviosa el arma, la levantó y apuntó a la diana.

—¡Vamos allá! —la animó Laura—. No puede pasar nada. Tampoco si fallas.

Ida no falló y tumbó el leño, aunque el estallido la sobresaltó y el inesperado retroceso le hizo perder el equilibrio.

—¡Uau, fantástico! ¡Tienes un don natural! —exclamó jubilosa Laura—. ¡Venga, otra vez!

—¿Qué ocurre aquí? —Joseph, el marido de Laura, refrenó su caballo detrás de las mujeres—. ¡Me he llevado un susto de muerte, Laura! ¡Disparos en la casa! ¡Pensaba que alguien te estaba haciendo algo! ¿No podíais avisar antes de poneros a jugar con esa cosa? —Señaló el Colt.

—¡Pero si no estamos jugando! Le enseño a Ida cómo manejarlo. Tiene que llevárselo al *fort*, así se sentirá más segura y no tendrá nada que temer.

Joseph frunció el ceño.

—Y cuando lleguen los suyos, ¿los matará de un tiro por equivocación? —repuso—. Si ve espíritus detrás de cada árbol...

—¡Ya tendrá cuidado! —señaló Laura optimista—. Y es buena, Joseph. Es increíble, ha acertado al primer intento.

Su marido rio.

—La suerte del novato —comentó.

Laura negó con la cabeza.

—¡No! ¡Se da maña! ¡Repítelo, Ida!

Nerviosa, Ida apuntó otra vez. Sin prisa, se concentró en mostrar a Joseph cómo lo hacía. Al final apretó lentamente el gatillo y el retroceso ya no la pilló por sorpresa. Empezaba a acostumbrarse.

El leño no cayó de la valla, pero Ida lo rozó, arrancándole astillas.

Joseph meneó la cabeza.

—¡La suerte del novato! —insistió—. Pero ¡maldita sea, sí que sabe disparar!

8

Laura tenía razón. Gracias al Colt Ida se sentía más segura en su solitaria casa, aunque lo tenía escondido en un rincón de la cocina. Si realmente fuera víctima de un asalto, no podría coger el arma a tiempo, pero su sola presencia la tranquilizaba. Seguida por el paciente *Chasseur* intentaba estar lo más ocupada posible durante el día. Trabajaba en el huerto, teñía e hilaba la lana e incluso partía leña hasta que se sentía realmente cansada. Por las noches se acurrucaba abrazada al perro bajo las mantas para no ver ni oír nada. De este modo aguantó los últimos días hasta que los hombres y Cat regresaron.

Rompió a llorar en cuanto se echó a los brazos de su amiga.

—¡Por fin habéis vuelto! —exclamó sollozando—. ¡Gracias a Dios! Me sentía tan sola y me imaginaba que os podían suceder cosas tan horribles...

—No seas boba, Ida —le soltó Ottfried, molesto porque hubiese abrazado a Cat y a él no se hubiese dignado saludarlo—. Ahí fuera no hay ningún peligro. ¡Mientras tú has estado lloriqueando y ganduleando, yo te he hecho rica! ¡Al menos podrías elevar una oración de acción de gracias!

—¡Déjate de oraciones, Otie! —lo interrumpió Joe.

Gibson se ponía de los nervios cuando Ottfried reincidía en la recalcitrante religiosidad de los de Mecklemburgo. Durante el viaje hasta le había quitado la costumbre de rezar antes de comer. «Mejor que desenganches los caballos o hagas algo útil», solía decirle.

Ida no hizo caso de los hombres y miró desconcertada a Cat.

—¿Es cierto? —preguntó en voz baja—. ¿Os ha ido bien de verdad?

Cat se encogió de hombros.

—Bueno, los maoríes nos han cedido un montón de tierras a cambio de un puñado de baratijas, y si realmente hay colonos que paguen un buen fajo de billetes por ellas, la operación habrá sido un éxito. Pero si quieres saber mi opinión... —cambió al inglés puesto que Ottfried andaba por ahí cerca— también puede salir todo mal... Pero ahora tomemos un té y me cuentas cómo te ha ido por aquí. No tienes buen aspecto. Estás demasiado pálida y delgada. ¿Y qué hace el bebé?, ¿se mueve? ¡Yo ya hace días que noto al mío!

Cat tenía un aspecto estupendo. La estancia con los ngai tahu le había sentado bien, y parecía alegrarse sinceramente de tener un hijo. Ida sintió envidia cuando le contó el viaje por las Llanuras. Ella, a su vez, le contó su estancia con los Redwood, sin mencionar el motivo de ello ni el arma. Ahora se avergonzaba de sus temores. No obstante, Cat se dio cuenta de que pasaba algo raro.

—En las próximas semanas no volverás a quedarte sola —le dijo—. Los hombres tienen tierras de sobra, tierras bonitas y fértiles, aunque bastante lejos. La verdad, no será sencillo encontrar interesados. Pero, pase lo que pase, a mí ya no me necesitan. Pueden negociar con ellos en sus propios idiomas. Nos lo tomaremos con calma y daremos a luz. —Se acarició el vientre, que ya tenía bastante hinchado—. *Haere mai*, bebé —canturreó.

Ida removía el té en la taza sin saber qué decir. A ella se le notaba el embarazo mucho más que a Cat, aunque no estaba mucho más avanzado. Pero Ida era más delgada y estaba más afligida, la única redondez de su cuerpo huesudo era el vientre, el niño parecía absorberle todas las fuerzas.

—El mío también me da patadas —dijo.

Pero a sus labios no asomó ninguna canción de cuna, antes

bien la afirmación de que para ella el niño no era un regalo, sino más bien una carga.

Las semanas siguientes transcurrieron tranquilas para las dos mujeres, lo único que provocaba cierta inquietud eran las visitas de Laura. Entonces Cat corría a esconderse donde fuera e Ida se inventaba excusas creíbles para justificar la ausencia de su amiga. Sin embargo, Laura fue distanciando sus visitas cuando se percató de que Ida se recuperaba con normalidad. Esta por fin engordó un poco y recobró bastante de su anterior belleza. Laura estaba satisfecha. Le tendió orgullosa uno de los primeros quesos del viejo Mecklemburgo que ya estaban listos.

—No venderemos los primeros —anunció contenta—. ¡Los chicos quieren ser ellos mismos quienes les hinquen el diente! El queso de cabra está fuerte y consistente, ¡y sabrosísimo con las hierbas! Haremos un buen negocio, y ya pueden tenerme en cuenta, les he dicho a los chicos. No permitiré que se lleven los laureles a mi costa. La próxima vez que viajen a Port Victoria, ¡yo los acompañaré!

Ida esperaba que la llegada de un gran barco o el motivo que fuera por el que los Redwood viajasen a la colonia coincidiera con los nacimientos de sus bebés. No quería ni pensar en que Laura apareciera de sopetón durante un alumbramiento y descubriese que los esperados «mellizos» procedían de madres distintas.

—Por lo que cuentas de ella, es probable que no se escandalizara —opinaba Cat, pero Ida insistía en que ella se moriría de vergüenza si pasaba algo así.

Durante el tiempo previo al parto, ni Ottfried ni Gibson se dejaron ver demasiado. Los dos solían estar de viaje, pues, como Cat intuía, los interesados en comprar sus tierras no hacían cola. Por fortuna, el desastre financiero logró evitarse gracias a que un capitán llamado Rudyard Butler compró simultáneamente tres parcelas tras haberse enriquecido con la caza de ballenas en la costa Oeste. No trabajaba directamente de cazador, sino que capitaneaba un velero que transportaba productos balleneros a Inglaterra. Acababa de casarse y tenía intención de asentarse. Y puesto que se había proyectado construir una ciudad en los alrededores de Port Victoria (al parecer, la Iglesia anglicana de Inglaterra reclutaba colonos y la joven esposa de Butler pertenecía a esa congregación), el hombre se había decidido por las Llanuras. El capitán adquirió parcelas a orillas del río, para tener un acceso más rápido a la ciudad por vía fluvial.

—La señora es una auténtica dama —dijo admirado Gibson—. Una muchacha especialmente hermosa, aunque algo delgada...

—Y Butler quiere edificar un palacio para ella en las Llanuras —añadió impresionado Ottfried—. Ya está contratando trabajadores, mandando traer piedras y materiales... Será algo grandioso. ¡Esperemos que no asuste a los salvajes de ahí arriba!

—Los ngai tahu se alegrarán —observó Cat—. Siempre que también haya trabajo para ellos en la construcción.

Gibson se encogió de hombros.

—Lo habrá. Y el capitán también sabe un poco de maorí. No le asustan esos tipos tatuados de azul. ¡Y nosotros hemos triplicado nuestra inversión!

De hecho, cada uno de ellos obtuvo una ganancia neta de doscientas setenta libras, descontado el gasto en los artículos de trueque. El mismo precio que el padre de Ottfried había pagado por la parcela de Sankt Paulidorf, y cinco veces más de lo que habían pagado a Te Kahungunu y su tribu.

—Y en las próximas ventas los beneficios serán netos cien por cien —se alegraba Ottfried.

Esas ventas, de todos modos, se hicieron esperar. Desde Purau era imposible acceder a los colonos. En Port Victoria solo se encontraban buscadores de fortuna y marineros.

—Podría intentarlo en Wellington —propuso al final Gibson.

Ottfried prefería ir a Nelson. Durante el viaje habían oído decir que habían llegado más colonos alemanes. Si estaban tan decepcionados como los emigrantes del *Sankt Pauli* y esperaban igual de desesperados el reparto de tierras, tal vez podían recuperar una parte del dinero pagado a la New Zealand Company e instalarse luego en las Llanuras.

Finalmente, los hombres llegaron al acuerdo de viajar juntos al norte. Ottfried probaría suerte en Nelson, y Gibson embarcaría desde allí hacia la Isla Norte. Ida y Cat los vieron partir aliviadas.

—¿Crees que les irá bien? —preguntó Ida.

Cat hizo una mueca.

—Si no les va bien, os podéis quedar varias parcelas y construir una granja. Ahora disponéis de dinero para comenzar de nuevo. Sí, ya sé que no es eso lo que Ottfried tiene en mente. Pero no deja de ser una salida.

Ida apretó los labios. Una granja en el extremo más alejado de las Llanuras tampoco era lo que ella tenía en mente. Le aterraba un comienzo nuevo como el de Sankt Paulidorf, sola con Ottfried y sus hijos.

Entonces se sobresaltó, el bebé se movía mucho en el vientre.

—¡Estate quieto!

Se mordió el labio. No, no tenía que reñir al niño. Él no tenía la culpa de que su madre no lo quisiera.

Un día lluvioso de finales de otoño, Ida fue la primera en notar dolores de parto. Ottfried y Gibson estaban en el norte. Estaba manipulando el primitivo telar para tejer las hermosas lanas teñidas cuando una punzada le atravesó el vientre. Sintió miedo. Había pasado las últimas semanas bien de salud, pero percibía el dolor y que este empeoraría. Durante todo el embarazo la había reprimido, pero la imagen de su madre en el momento del alumbramiento surgió ante ella, a la hora de dar a luz y de morir. Y pensó en el bebé que con tanto esfuerzo había conservado con vida solo para que unos meses después siguiera a su madre. ¡No, no quería un hijo propio! ¡Por ella, el niño podía quedarse donde estaba!

Ida intentó sobreponerse al dolor. Se levantó trabajosamente y limpió el charco de líquido amniótico caído a sus pies. Ignoraba lo que ocurriría, de su madre se habían ocupado entonces las mujeres de Raben Steinfeld. La niña de trece años que era Ida solo había oído los gritos; de vez en cuando la enviaban a hacer algún recado, a buscar agua y paños, y al final la dejaron entrar en la habitación para despedirse de su madre. El recuerdo era puro espanto, y en esos momentos se apoderó de Ida.

—¡No quiero! —balbuceó cuando Cat acudió y vio su rostro, de una palidez mortal, cubierto de sudor.

La joven comprendió que algo no iba bien y vio que el vestido de su amiga estaba mojado. Entonces Ida se dobló presa del dolor.

—Ahora no es momento de querer o no querer —dijo Cat dulcemente—. El niño está por venir y es mejor que colabores. De lo contrario tardarás mucho y te dolerá más. Ponte de pie y te desvestiré. Con el camisón estarás más cómoda. O desnuda del todo, como dan a luz las maoríes. —Desechó esta idea cuando su amiga se ruborizó.

—Tengo que ir a la cama —susurró Ida—. A lo mejor acostada se me pasa.

Cat negó con la cabeza.

—Ya no se te pasará. Y acostarse es un error. Mira, Ida, el niño quiere salir por donde ha entrado, ¿entiendes? Es decir, por abajo. Y le resultará más fácil si estás de pie o de rodillas, pero erguida. Y saldrá más deprisa si te mueves. Así que vamos a caminar un poco.

Cat hizo pasear a su reticente amiga por la casa y por la explanada frontal las siguientes dos horas, interrumpidas solo cuando Ida se doblaba por una contracción y se dejaba caer al suelo. Gemía, se sujetaba el vientre e intentaba contener el dolor. Ida luchaba contra el niño y Cat luchaba contra la desesperación de su amiga. Sin embargo, habría podido ser un parto sencillo. El bebé estaba bien colocado y quería salir al mundo, Cat lo percibía. Masajeaba el vientre de Ida tal como le había enseñado Te Ronga. Le preparó una infusión para tranquilizarla y aliviar los dolores, pero Ida solo sollozaba sobre la taza o la apartaba.

—No quiero. ¡No quiero! —se quejaba.

Hasta que Cat perdió la paciencia.

—¡No te comportas según tus preceptos religiosos! —espetó.

Pero ni siquiera eso ayudó. Al contrario, Ida, fuera de sí a causa del dolor y el miedo, hizo lo que no se había atrevido a hacer cuando su madre murió: maldijo a Dios. Al final, ya al límite de sus fuerzas, se echó a sollozar en brazos de Cat.

—¡Dios me está castigando! —lloraba—. ¡Va a castigarme!

Cuando al cabo de seis horas interminables el bebé vino al mundo, Cat estaba tan agotada como si ella misma hubiese dado a luz. Había logrado que Ida se pusiera de rodillas en el suelo de la cocina y se quedase así. Fue entonces cuando la parturienta comprendió que tenía que ayudar al bebé empujando. La niña aterrizó de forma más bien brusca sobre la tierra apisonada y enseguida protestó a voz en cuello.

Cat oscilaba entre la risa y el llanto cuando la cogió y la examinó para ver si se había hecho daño. Salvo por la comprensible indignación que Cat creyó distinguir en la carita roja y arrugada, a la pequeña no le faltaba nada.

—¡Bienvenida al mundo! —murmuró Cat con dulzura. Cortó el cordón umbilical y secó a la recién nacida con unos paños. No era muy grande, pero estaba perfectamente desarrollada y era un encanto—. Ida, mira, ¡tienes una hija! Nacida en los brazos de Papatuanuku. Trae suerte que un niño nazca directamente sobre la tierra.

Ida se había ovillado en el suelo cuando por fin cesó el dolor del parto y no se movía.

—¡Ida! —la sacudió Cat—. Mírala al menos. Es una preciosidad. ¡Y es fuerte! ¡Deja de berrear, pequeña, y saluda a tu madre!

Cuando Ida por fin se volvió, lo hizo despacio y más bien por cumplir con su obligación que por amor o, al menos, por curiosidad. Naturalmente, tenía que mirar a su hija y cogerla en brazos. Pero ¿no debería ser en una cama limpia, después de lavada y tras haberse cambiado el camisón? Pensó en cómo eran los nacimientos en Raben Steinfeld. Incluso a su madre la habían puesto guapa después de morir. Pero ella estaba ahí, sucia y ensangrentada sobre la tierra desnuda y cogiendo esa pequeña pegajosa que nunca había querido.

—¿A que es bonita? —dijo Cat.

Ida asintió, tal como se esperaba que hiciera.

—Muy bonita —murmuró—. Pero... ¿puedo acostarme ya?

Cat envolvió a la bebé en una sábana y la colocó en un cesto para recién nacidos que había trenzado de cañas. También había una cuna que Ottfried había hecho para el «primogénito», proclamando con rimbombantes palabras que a partir de entonces todo Brandmann que naciera en esa nueva tierra sería depositado ahí. A Cat le parecía demasiado grande e incómoda para una niña tan pequeña.

Luego ayudó a Ida a levantarse y la llevó a la cama, donde volvió a doblarse de dolor hasta que expulsó la placenta.

—¿Es que esto nunca se acaba? —gimió.

Cat la tranquilizó, volvió a secarle la frente y la vistió con el anhelado camisón blanco inmaculado. Al hacerlo no dejaba de vigilar al bebé, que dormía dócil en el cestito. Cuando Ida por fin pidió a su hija, casi la sacó de mal grado.

—No la despiertes —advirtió antes de depositarla en los brazos de su madre—. ¡Mira qué mona está dormida! ¡Y qué manitas! —La recién nacida tenía los puñitos apretados. Cat pensó que incluso dormida tenía una actitud decidida—. Está sana, no tienes que preocuparte.

—Mi hermana también tenía un aspecto saludable —observó Ida, poniendo en duda las palabras de Cat—. Y era igual de pequeña.

Contempló al bebé, pero le daba igual si ese pequeño ser vivía o moría. Era terrible. ¡Era una madre horrorosa!

—En cuanto se despierte tienes que darle el pecho —le dijo Cat—. Tienes leche, ¿no?

Ida notaba los pechos tirantes, pero no quería ni pensar en ponerse al bebé contra su seno desnudo para que pudiese mamar. No obstante, lo intentó, pero se interrumpió cuando los pezones empezaron a dolerle.

—Mañana lo volveremos a probar —la consoló Cat, y aclaró con agua un poco de la leche de vaca que por suerte tenían en casa.

Laura Redwood había visitado a Ida el día anterior por última vez antes de irse con su marido y sus cuñados a Port Victoria.

—Estaremos tres o cuatro días fuera —había informado—. Seguro que el niño no llega antes.

Cat lamentaba no haber compartido el secreto con Laura Redwood. Tal vez la audaz granjera la habría ayudado a comprender el comportamiento de Ida. Con los maoríes nunca se había visto confrontada con tales miedos y reacciones. Toda la tribu se habría alegrado del nacimiento de una niña tan bonita y sana.

—¿Y has pensado qué nombre ponerle? —preguntó Cat mientras mecía a la pequeña que sorbía con avidez la esquina de un pañuelo impregnada con leche—. Creo que Ottfried quería llamar Peter al bebé. Pero ya no es posible.

—Como su padre —murmuró Ida—. Quería llamarlo como su padre.

Cat asintió.

—Lo sé. Pero es una niña aunque a Ottfried no le guste. ¿Se llamará entonces como tu suegra?

Ida contrajo el rostro.

—Ottilie —contestó—. Pero no me parece...

—¡Descartado! —zanjó Cat—. Aquí nadie sabría pronunciarlo. ¿Y el abuelo? ¿Cómo se llamaba el abuelo de Ottfried?

Ida hizo un esfuerzo por recordarlo.

—Karl... —dijo al final—. Sí, estoy segura, se llamaba Karl.

Cat sacó el pañuelo de la boquita de la niña para empaparlo de nuevo en leche. El bebé lanzó una especie de maullido de impaciencia. Cat rio.

—Pues bien, ese sí es un nombre bonito y ella ya reacciona al oírlo. Además a ti también te gusta, ¿verdad, Ida? —Su voz era suave, pero también tenía un tono de complicidad.

Ida se encogió de hombros.

—Una niña no puede llamarse Karl —respondió.

Cat puso los ojos en blanco.

—Pero sí Karla. O Carol. Sería la forma inglesa. ¿A que suena muy bien?

Ida miró al bebé y ante sus ojos surgió la imagen de Karl Jensch. Todavía recordaba cómo él había pronunciado su nombre cuando empezaba a hablar en inglés. Un nuevo nombre para un nuevo país.

—Carol... —Ida pronunció el nombre a media voz, y, por primera vez desde que habían comenzado las contracciones, sonrió.

9

Ottfried Brandmann no había visto a su primer hijo cuando nació el segundo. Cat notó las contracciones por la noche. Habían acordado que despertaría a Ida para que la ayudase. Desde el nacimiento de la pequeña Carol, había dejado la cama grande a la madre y la niña, y se había instalado en la cocina. Ida, pese a todo, le había dicho que no era necesario. Podía seguir durmiendo con ella, como solían hacer, mientras Ottfried y Joe estaban de viaje. Carol podía dormir en su cestita. Pero esa actitud a Cat le resultaba extraña. Entre los maoríes, a nadie se le habría ocurrido separar al bebé y la madre durante la noche, así que insistió en retirarse a la cocina. No obstante, a la mañana siguiente comprobó que Ida había dejado a la niña en el cestito y compartía la cama grande con *Chasseur*.

—Me daba miedo aplastarla —se justificó.

Pese a esa explicación, Cat se preocupaba. Entre Ida y su hija algo no funcionaba. Tan solo esperaba que Ida no sintiera ese mismo resentimiento hacia su propio bebé cuando lo adoptara.

Y ahora también dudaba de que su amiga fuera capaz de ayudarla en el parto. Solo habían pasado tres días desde el de Ida. ¿Tendría valor para volver a experimentar el proceso de nuevo? Pero a Cat le daba igual: necesitaría la ayuda de su amiga, ninguna mujer podía estar sola durante esas horas. Por otra parte, Ida tendría que poder amar al menos a ese bebé.

Así pues, Cat se puso trabajosamente en pie, se preparó una

infusión que según Te Ronga adelantaba el parto e incluso rezó las oraciones adecuadas a los dioses pertinentes: de ese modo tenía la sensación de estar más cerca de Te Ronga.

A continuación empezó a caminar hasta que los dolores se agudizaron demasiado, entonces se puso de rodillas en el suelo de tierra apisonada. En aquel momento pensó que el lecho forrado de tussok del establo sería más adecuado para el nacimiento del niño. Allí no tendría que reprimir los gemidos ni los gritos cuando los dolores fuesen excesivos. Una vez en el establo, Cat se colocó en la posición que la abuela Turakihau enseñaba a las parturientas. Y a continuación, aturdida por los dolores, creyó oír la voz amable de Te Ronga: *Ko te tuku o Hineteiwaiwa*... Una *karakia*, una canción que ayudaba en los partos complicados. Cat intentaba pronunciar las sílabas en lugar de gritar. Empujaba al compás de la canción y hablaba a su hijo, hasta que al final este resbaló sobre la paja.

Cat había necesitado más tiempo que Ida, pero sufrió menos; aunque tras los dolores pensó que nunca más volvería a calificar un parto de *rauru nui*, sencillo y sin complicaciones. No le había resultado fácil empujar al niño, que todavía yacía sobre la paja unido a ella por el cordón umbilical y movía inseguro bracitos y piernecillas.

—Tienes que gritar —gimió Cat, una vez hubo cortado el cordón.

Se irguió, levantó al bebé cogiéndolo por los pies y le palmeó el trasero hasta que gritó. Fue entonces cuando se tomó su tiempo para contemplarlo más detenidamente y resplandeció de alegría al descubrir que también ella había alumbrado a una hija.

—A tu padre no le gustará —bromeó tiernamente estrechando a la recién nacida contra su vientre para tranquilizarse ambas antes de limpiarse y echarse algún abrigo por encima. El otoño era lancinantemente frío en Purau. Seguro que estaría más cómoda en la cama de la cocina que en el establo—. Pero yo me alegro. ¡Quería una hija!

Resopló cuando de nuevo empezaron los dolores. Ahora sí

que hubiera necesitado ayuda, alguien que se ocupara de la niña. Tuvo que cuidarse de no aplastar a la pequeña mientras volvía a empujar para expulsar la placenta. Al final, se tendió temblando, sudada y agotada en la paja, y consiguió coger una manta de los caballos para taparse y dormirse totalmente desfallecida con el bebé contra su pecho.

Cat despertó por la mañana, la niña permanecía caliente y acurrucada entre sus brazos. Ya iba a ponerse a llorar, pero antes de que tomara aire, su madre le puso un pezón en la boca. La pequeña pareció explorar prudentemente la nueva situación, pero luego empezó a mamar con fuerza y avidez. Cat se mareó de alivio. No quedaba en la despensa demasiada leche de vaca y ninguna de ellas se hallaba en condición de caminar quince kilómetros para pedir a los Redwood leche fresca. Ella sola alimentaría a las dos niñas si Ida no se hallaba en disposición de hacerlo.

Se envolvió bien con la manta antes de levantarse y volver a la casa. Todo el cuerpo le dolía y protestaba al tener que moverse, pero a cada paso que daba se sentía mejor. Cat se colocó trozos de tela entre las piernas para contener la ligera hemorragia posterior al parto, y puso agua al fuego para hacer té y limpiar a la recién nacida. Cuando salió el sol, su hija estaba limpia, satisfecha y recién cambiada en sus brazos, y Cat se dispuso a presentársela a Ida.

Abrió sin hacer ruido la puerta de la habitación donde su amiga y Carol todavía dormían. Una en la cama, la otra en el cestito. Carol se movía en ese momento y Cat la levantó antes de que se pusiera a berrear. Colocó con cuidado a su propio bebé junto a Ida y le dio el pecho a Carol, que se puso a chupar con fuerza. El nutritivo calostro parecía gustarle mucho más que la leche de vaca aguada. Cat la meció con el mismo cariño que a su hija mientras mamaba. Seguro que Carol no estaba del todo saciada, pero sí satisfecha cuando Cat la cambió y la colocó junto a Ida. Despertó entonces a su amiga.

—¡Mira, Ida! ¡Nuestras mellizas!

Ida contempló desconcertada primero a Cat y luego a las niñas, que yacían a izquierda y derecha sobre la almohada.

—¿Has parido? Pero ¿cómo... cómo lo has hecho? ¡No me has llamado! ¿Has alumbrado tú sola?

Cat asintió sonriendo.

—No ha sido tan horrible —afirmó. Cuanto más miraba a su perfecto bebé, más se desvanecían los horrores de la noche—. Y también es niña —sonrió—. Pero todavía no le he encontrado nombre.

Ida sabía que a Cat le habría gustado llamar a la niña Te Ronga, pero Ottfried nunca se lo permitiría. Por otra parte, Cat se habría puesto furiosa si le proponían llamar a su hija como a alguna parienta de Ottfried.

Ida retiró con cautela la tela de la tierna carita de la niña. La hija de Cat no tenía el mismo aspecto arrugado y enrojecido que Carol al nacer. El breve descanso entre los brazos de su madre había distendido sus rasgos y no había chillado enfurecida. A Ida le pareció un milagro, un bebé encantador que le habían llevado los ángeles. Precisamente así había imaginado de niña la maternidad, antes de toparse con la cruda realidad durante el nacimiento de su hermana. Sonrió atónita cuando la recién nacida movió el labio como si fuese a contestar su sonrisa.

¡Un sueño! ¡Esa niña era un sueño! Y de repente, en la mente de Ida se formaron palabras. Palabras que Karl había dicho en una ocasión, en un país, que también había sido un sueño y a una hora tan irreal que parecía una quimera...

—*Você é linda* —susurró—. Significa «eres bonita».

Cat se la quedó mirando y frunció el ceño.

—¿Hum? ¿Cómo se te ocurre ahora? ¿Y qué lengua es esa?

—Una lengua preciosa... —respondió Ida ensimismada, y volvió a sonreír como tres días antes, cuando le había puesto el nombre de Karl a su hija—. Tu bebé es bonita.

Cat la miró. ¿De qué hablaba?

—¿Crees que tendríamos que llamarla Linda? —preguntó, intentando seguir el hilo de los pensamientos de su amiga—. En maorí sería *pai*.

—*Pai* suena bien —señaló Ida—. Pero si la llamas Pai, el padre se pondrá hecho una furia. Linda sí podría ser un nombre aceptable. Dile que es el nombre de tu madre.

Cat arqueó las cejas. El último nombre que le pondría a su hija sería el de su madre biológica: ¡Suzanne! Pero luego se acordó de Linda Hempelmann y se le humedecieron los ojos.

—Hasta es un poco cierto —reconoció a media voz.

Cuando Ottfried y Joe llegaron un par de días más tarde de su viaje al norte, Ida yacía limpia y aseada en la cama con aspecto descansado y fresco. En cada brazo tenía un bebé, uno de los cuales frunció el ceño ante la presencia del desconocido y el otro lo miró con sus dulces ojos azules. Poco después, las niñas le fueron presentadas como Linda y Karla.

—Por la madre de Cat y por tu abuelo —explicó Ida tensa.

Ottfried hizo una mueca, pero no dijo nada cuando Cat prosiguió con las explicaciones.

—Y a Karla podemos llamarla Carol, es el nombre inglés. Linda suena igual en las dos lenguas.

Cat lo miraba decidida; Ida más bien amedrentada. Pero Ottfried parecía interesado en otra cosa, ajeno al hecho de que Ida hubiese puesto el nombre de su antiguo rival a su hija.

—¿De verdad las dos son niñas? —preguntó decepcionado.

—Uno no puede elegir —respondió Cat mordaz.

Ottfried resopló y arrojó una mirada amenazadora a Ida.

—¡Pues la próxima vez sí! —dijo.

No solo había que achacar el humor sombrío de Ottfried (que no mejoró en los días siguientes) al hecho de su frustrado primogénito. Por lo que Cat e Ida fueron deduciendo, las negociaciones para atraer colonos no habían dado buenos resultados. En efecto,

Ottfried no había encontrado en Nelson ningún interesado en las tierras, y Joe, en Wellington, solo uno. Pero este, un antiguo cazador de ballenas que había incrementado sus ingresos comerciando con pieles, no pensaba mudarse a su parcela de inmediato. Necesitaría un par de meses para liquidar sus negocios en la Isla Norte. Además, a saber si serviría como granjero. El motivo de su interés en asentarse era sin duda su esposa.

—¿Nadie en Nelson quería tierras? —preguntó Ida sin dar crédito—. Con la de tiempo que tuvimos que esperar nosotros entonces.

Ottfried hizo un gesto de resignación.

—Sí, tuvimos mala suerte. Pero los nuevos colonos de Mecklemburgo están contentos. Su Rantzau está en un buen sitio. Por cierto, cerca del viejo Sankt Paulidorf los pastores tienen una nueva congregación. Solo que están más altos y no corren riesgo de sufrir inundaciones. La tierra es fértil, no hubo problemas en la compra y están contentos. También nuestros paisanos, los que se unieron a los de Rantzau. El Junker que organizó la apropiación de tierras es sorprendentemente generoso, o al menos así lo parece. A la larga querrá ver dinero de los beneficios que obtengan los colonos. Pero les ha dado tierras a todos y todos le están muy agradecidos. No se marcharán de allí; al contrario, hablan incluso de traer gente de Australia.

Ida asintió. Acababan de recibir una carta de su padre y de los Brandmann (el encargado de correos de Port Victoria distribuía las cartas en las granjas alejadas), pero no era muy estimulante. La comunidad seguía resquebrajándose también en Australia. A los alemanes, ese país les resultaba más extraño, exótico y peligroso que Nueva Zelanda. Si bien, según la señora Brandmann, los peligros, más que de arañas, serpientes y cocodrilos, procedían de los ingleses, en su mayor parte descendientes de presidiarios.

—Solo es un período difícil —se apresuró a afirmar Joe Gibson, cuando Ida planteó prudentemente cómo pensaba alimentar Ottfried a su familia en el futuro si no vendía las tierras—. A la larga vendrán colonos, como que dos y dos son cuatro. ¡No desesperemos!

Los hombres no pensaban arrojar la toalla. Al contrario, no solo habían invertido el dinero obtenido con Butler en el viaje, sino que habían llenado los dos carros con artículos en Nelson.

—Al menos los Partridge se ganan bien la vida —comentó Cat tras examinar las compras—. ¿Qué queréis hacer con todos estos trastos? Y toda esta semilla hay que plantarla, no se puede almacenar eternamente.

—¿Vas a ponerte a labrar ahora, Ottfried? —preguntó Ida, entre preocupada y resignada a lo inevitable. Aunque no quería tener una granja, había que alimentar a la familia. Lo más fácil sería cultivar la tierra allí mismo, junto al *pa*.

Ottfried sacudió la cabeza.

—¡Ni hablar, cariñín! —fanfarroneó—. Para Ottfried Brandmann se acabó trabajar la tierra, ahora me dedico a la venta de terrenos. Y lo que más desean los maoríes son semillas. ¿O es que no lo entendimos bien la vez pasada?

Cat frunció el ceño.

—¿Queréis volver a visitar las tribus? ¿Negociar más tierras? ¿Para qué? ¡Si ni siquiera habéis vendido estas!

Gibson alzó los ojos al cielo ante tanta cortedad de miras femenina.

—Solo es una etapa difícil —repitió—. A la que seguirá una avalancha de colonos, ¡hazme caso! Y entonces tendremos que estar preparados. ¿Cuándo podemos marcharnos, Cat? ¿Puedes salir ya de viaje? ¿Dentro de una semana, tal vez?

Cat negó con la cabeza y vio que las caras de los hombres se iban demudando a medida que les informaba que estaba dando de mamar a las niñas.

—¡No sirves para nada! —le soltó Ottfried a Ida, que se estremeció y estrechó tan fuerte a Carol que la pequeña se echó a llorar enfadada—. ¡Primero me traes una niña y luego ni siquiera sabes alimentarla!

Los ojos se le anegaron en lágrimas. Ese día no se encontraba bien e iba con la cabeza gacha como en Sankt Paulidorf tiempo atrás. La noche anterior, Ottfried, por primera vez en meses, había vuelto a tener relaciones con ella y, tras el reciente parto, sus toscas «caricias» le habían resultado más dolorosas que antes. Además temía volver a quedarse embarazada. Cat sabía por Te Ronga que era improbable que eso sucediera cuando la madre estaba dando de mamar, e Ida había estado intentando todo el día, con ayuda de Linda, que chupaba pacientemente, sacar algo de leche de sus pechos. Pero, claro, era demasiado tarde y en un momento dado la pequeña reclamó una fuente de leche más fecunda. Ida lloraba cuando dejó a la niña en brazos de Cat.

—Yo no tengo la culpa... —susurró—. Dios... Bueno, he rezado, yo...

—A Dios se le ha ocurrido una cosa —la interrumpió Cat con brusquedad—: que no se puede dejar a Ida sola con las niñas solo para ir por tierras que después nadie quiere comprar. Así que déjala en paz, Ottfried, y adáptate a esto: en los próximos tres meses no habrá viajes de negocios. Tal vez así aprovechéis el tiempo en pensar cómo vender las tierras que ya tenéis. Lo mejor es que contactéis con alguien de Inglaterra o Alemania que os reclute colonos.

—¿Tal vez se podría hablar de eso con los pastores? —sugirió Ida cuando, más tarde, se quedó sola con su amiga y las niñas. No quería proponérselo a Ottfried, sobre todo porque la idea se le habría podido ocurrir a él mismo. A fin de cuentas, acababa de estar en Nelson—. Si vuelven a Mecklemburgo y cuentan que aquí hay tierras... Bueno, no que les hablen de Sankt Paulidorf, sino de las nuevas comunidades. De Rantzau, por ejemplo. ¡Entonces volverían con colonos!

Cat asintió y le tendió a Carol después de haberle dado de mamar. Ida la dejó en el cesto y, en cambio, le hizo carantoñas a Linda.

—Sería más fácil —dijo Cat—. Los pastores están en contacto con misiones o con hermanos de oficio o como se los llame. A lo mejor bastaría con un par de cartas. Pero también esto llevaría su tiempo. ¿Cuánto tardasteis desde que Beit apareció en Alemania hasta que desembarcasteis aquí?

Ida calculó casi un año desde que se mencionó por primera vez la emigración hasta la llegada a Nelson.

Cat se mordió el labio.

—Ya me lo imaginaba —respondió—. Y Beit era un negociante experimentado. Vuestros pastores serían... hum... más lentos.

Ida tapó a Linda para acostarla. Era obvio que le costaba más separarse de ella que de su propia hija.

—Así pues, pasará tiempo hasta que Ottfried y Joe vuelvan a ganar dinero —resumió—. Y ahora apenas queda algo de lo que pagó Butler y de esa venta fallida. En cualquier caso, si compramos la vaca de los Redwood...

Laura Redwood había ido a visitarlas el día anterior, muy orgullosa por los elogios que sus quesos habían recibido en Port Victoria. Ahora estaba fascinada con las niñas de Ida, y preocupada porque esta tuviese tan poca leche. Cat escondió sus hinchados pechos bajo una bata holgada, pero Laura era demasiada observadora como para que le hubiese pasado por alto los pequeños pechos de Ida y el berreo de Carol cuando chupaba de ellos sin obtener nada. Por recomendación de Laura, Ida les había dado el pecho a las niñas cuando estas habían empezado a inquietarse.

—¡De ahí no sale prácticamente nada! —exclamó sorprendida—. Qué extraño, porque las dos tienen un aspecto muy saludable. Pero está claro que necesitan leche adicional. Jo, los chicos me matarán cuando se enteren de que os hago esta oferta: cincuenta libras y os quedáis a *Jennifer*.

Jennifer era su mejor vaca lechera y estaba preñada. En un lugar como la Isla Sur, donde el ganado doméstico era tan escaso, la vaca valía una fortuna.

Naturalmente, el gasto no convencía a Ottfried, pero Cat hizo uso de sus dotes de persuasión para persuadirlo. La leche de *Jennifer* les permitiría no depender más de los Redwood, quienes les proporcionaban queso y leche. ¡Se ahorrarían quince kilómetros a pie o en carro cada vez que iban a comprar!

—Lo mejor sería tener también un par de ovejas —opinó Gibson, aunque no se ofreció a colaborar con parte de su dinero.

Cuando Ottfried se lo señaló, se encogió de hombros y explicó que él ya había aportado el terreno, el suelo y las casas donde vivían.

—¡Ni que lo hubiese construido él mismo! —bufó Ida—. Ni siquiera ha pagado por la tierra, solo se la ha apropiado...

Cat se preguntaba si los maoríes a quienes los Redwood pagaban un arrendamiento no se presentarían para exigírselo a Gibson en cuanto vieran que tenía ganado y ampliaba las superficies de cultivo. Para sus adentros, había decidido cultivar sola un campo de trigo más grande si Ottfried seguía negándose. Era posible que tuviesen que vivir más años en el viejo *pa* y necesitaban pan.

—Hay que comprar la vaca —insistió Cat—. Ottfried y Joe puede que tengan razón en que solo es un mal período. Vendrán más *pakeha*, todo el mundo lo dice. Solo que si tardan tanto en ocupar sus tierras como para que las mantas y los vestidos se deshilachen, los cuchillos se vuelvan romos y el trigo se acabe, podrían surgir problemas con las tribus...

10

Ottfried y Gibson se resignaron y esperaron a que Cat acabase de dar el pecho a las niñas para emprender la siguiente expedición al interior. Fue un período atroz para Ida, pues Ottfried cada noche ejercía sus derechos maritales. Carol y Linda no podían excusarla de su deber por mucho que berrearan. Ottfried se limitó a desterrarlas al establo la primera vez que eso ocurrió y Cat, como era de esperar, se levantó para ocuparse de las «mellizas».

—Primero el perro, luego las crías —se quejó Ottfried. También había sacado de malas maneras a *Chasseur*—. ¡Todos quieren aguarnos la fiesta! Así no podemos seguir, Ida. Necesitamos intimidad. Si no nunca tendremos a nuestro primogénito.

Ida apretó los dientes y no dijo nada. Daba la impresión de que Ottfried hablaba en serio. ¿De verdad pensaba que ella disfrutaba con sus embestidas nocturnas?

—Las putas que frecuenta deben de fingir muy bien —apuntó tranquilamente Cat cuando Ida se lo mencionó—. Acuérdate de Lucie, siempre actuaba como si él fuese el gran macho. Y a la chica maorí incluso le gustó. Ellas no se cansaban, querían más.

Ida se sonrojó.

—No me hables de sus adulterios —susurró.

Cat puso los ojos en blanco.

—Ida, Ottfried seguramente te ha traicionado desde el principio. Yo siempre pensé que a ti te daba igual. ¿O tanto te interesa su «amor»?

Ida se ruborizó más.

—Él lo juró —murmuró—. Amor, fidelidad y todo eso. Lo juró ante Dios...

—Y Dios tampoco prestó atención esa vez —se burló Cat—. Basta, Ida, Dios no te castigará. Al menos, no en este mundo. Si vuestros sacerdotes tienen razón, después de morir irá al infierno. Y eso te conviene, así al menos te habrás librado de él cuando estés sentada en tu nube y cantando o lo que sea que se hace en vuestro cielo. Así que olvídate de los votos. No lo obligan a nada.

Esos días, Cat estaba en malos términos con Ottfried. No solo le daba pena Ida, sino que había tenido que rechazar varias veces sus intentos de acercamiento cuando regresaba por las tardes y llevaba los caballos al establo. En esas ocasiones despedía un fuerte tufo a whisky, lo que no resultaba extraño. Durante esos meses, los hombres pasaban con frecuencia días y noches en Port Victoria, que recientemente había cambiado su nombre por el de Port Cooper y tenía más habitantes. Ottfried y Joe afirmaban que iban a reclutar campesinos, pero, naturalmente, seguían siendo marineros, cazadores de ballenas y otros aventureros los que pululaban por ahí. Y cuando decidían asentarse, lo hacían en el puerto, donde se habían abierto dos nuevas tabernas.

Ottfried y Joe eran los mejores clientes de estas, pero Ottfried se gastaba el poco dinero que le quedaba mientras Joe, por el contrario, aumentaba su capital. En los dos pubs se jugaba y Gibson destacaba en el póquer y el black jack. Ottfried no tenía ni idea. Los antiguos luteranos tenían prohibidos los juegos de azar. Ahora intentaba, por medio de las últimas reservas de dinero que le quedaban de la venta de Butler, compensar esa carencia, por supuesto con resultados mediocres. Pese a todo, antes había comprado la vaca y dos ovejas. Las mujeres tenían, pues, leche, mantequilla y queso, y en el huerto crecían los *kumara*, trigo y col, y en el bosque se encontraban hierbas y bayas. No iban a morirse de hambre.

—A lo mejor tiene su lado positivo —dijo Cat cuando Ida la miró amedrentada por si había blasfemado. Mecía con torpeza el canasto en que dormían las dos niñas. Cat solía llevarlas también, como las maoríes, en una cesta con asas que ella misma había tejido con caña; la echarían de menos cuando tuviese que marcharse a comprar tierras—. Piensa, Ida. Si Ottfried no está sujeto a los votos que pronunció en su día, ¡tú tampoco lo estás!

Los hombres seguían sin haber vendido ninguna parcela cuando se prepararon para emprender el siguiente viaje a los poblados tribales. Habían transcurrido casi cuatro meses desde el nacimiento de las niñas. Incluso Ottfried y Joe habían comprendido al final que era absurdo viajar en invierno. Pero había llegado la primavera, la hierba brotaba en las Llanuras y las flores de rata y kowhai aparecían por doquier. Cat aprovechaba cualquier descanso para ir a coger plantas con las que elaborar remedios, otras se las daba a Ida para los quesos. Se preocupaba un poco por Ida cuando las aves iniciaban sus conciertos nocturnos. En Nueva Zelanda, en lugar de cantar amablemente, los animales soltaban molestos graznidos o silbidos. Esperaba que su amiga no se viera invadida por el pánico cuando estuviera sola. Pero las dos pequeñas, los animales, el trabajo en los campos y la elaboración de los quesos probablemente no le dejaran tiempo libre para darle vueltas a la cabeza y asustarse. Además, ya llevaban casi nueve meses en el viejo fuerte. Si hasta ahora los espíritus no los habían visitado, los dejarían tranquilos también en el futuro.

La expedición a los poblados maoríes transcurrió del mismo modo que la anterior. Sin embargo, en lugar de miedo ante el encuentro con los nativos, Ottfried sentía en esta ocasión alegría anticipada, por lo que Cat se encontraba en un estado de tensión permanente. A Ottfried le habría gustado intimar con ella, y a esas alturas, incluso Joe parecía cortejarla.

—Qué bonito sería que fuésemos dos parejas en nuestro fuerte, Cat. Yo duermo solo y tú duermes sola. ¡Así no vamos a ningún sitio!

Ella alzaba los ojos al cielo.

—Por el momento, Joe, no duermo sola, sino con un perro aullador y dos niñas lloronas que se vuelven locos cuando Ottfried tiene relaciones con Ida. Hazme caso, ahí no te sentirías a gusto.

Joe sonreía.

—Ahora mismo no veo ni chuchos ni críos. Así que ¿por qué no empezar esta misma noche, mi dulce Cat?

La joven sacó su cuchillo y jugueteó con él.

—Porque yo te lo metería antes de que tú me la metieras, Joe —observó—. Y Ottfried, ni se te ocurra sujetarme. O le cuento al primer guerrero maorí que violas los *tapu* e irritas a los espíritus. A ellos les da igual darte tierra por tus mercancías o cogerlas después de haber hecho contigo un sabroso cocido. ¡Y aún más si les aseguro que no contaré nada a nadie!

Todo eso era absurdo, claro, pero Cat observaba divertida que Ottfried palidecía y Joe tragaba saliva. Necesitaba a Cat como intérprete, así que era aconsejable no irritarla.

—Solo era una broma —respondía—. Ya sé, cariño, que tú eres *tapu*.

Cuando apareció una tribu (tan alejada de cualquier colonia occidental como la primera que habían visitado), ese problema volvió a solucionarse por sí mismo. También en esa ocasión había un puñado de muchachas maoríes dispuestas a introducirse en la tienda de Ottfried y Joe después de que los maoríes hubiesen dado la bienvenida a los visitantes. Una vez más, las negociaciones transcurrieron sin problemas y de nuevo intercambiaron, al menos según contrato, mucha tierra por un par de carretadas de telas y semillas.

Entretanto, Ida se esforzaba por llevar bien su soledad y, de hecho, lo conseguía bastante bien. Se ocupaba del ganado y de las niñas, esquilaba las ovejas y trabajaba la lana. Además, se había montado una pequeña quesería improvisada en uno de los viejos almacenes y experimentaba ahí con nuevas recetas. Tal vez Laura

Redwood le pagara incluso con dinero si daba un nuevo impulso a su quesería profesional. Al menos la compensaba con regalos como, por ejemplo, la levadura. Hasta el momento Ida y los otros se habían contentado con los panes ácimos que Cat asaba al fuego según la manera maorí, pero ahora Ida podía hacer pan con levadura, y era tan fresco y sabroso como el de Raben Steinfeld y el de Sankt Paulidorf.

El cuarto día, cuando entró en la casa tras ocuparse de los animales y hacer una mantequilla dulce, se sentía cansada y hambrienta. Se sentía impaciente por untar con la mantequilla su preciado pan casero antes de que despertasen las niñas. Las dos dormían en un cesto que había colocado delante de la casa y que *Chasseur* vigilaba a conciencia. El perro era más diestro en el pastoreo que en la caza, demostraba ser muy hábil con las ovejas y, en cuanto a las niñas, era impagable lo que hacía. Enseguida reaccionaba con un gañido alarmado o incluso con ladridos cuando una de ellas se movía. Ida podía trabajar en paz, así como entrar un momento en casa para desayunar y calentar la papilla de las pequeñas que había preparado de madrugada.

Ida abrió la puerta de la cocina y se quedó petrificada. Había dejado el pan despreocupadamente sobre la mesa, la plaga de ratas de la primera época en el *pa* había dejado de ser un problema desde hacía meses. Laura Redwood había perseguido a esas alimañas después de haber encontrado a Ida presa del pánico en su dormitorio y de haber visto que las ratas habían saqueado la despensa. Una vez, en casa de Laura, esta le había dicho: «Niña, el perro no acabará con esos animales. Necesitarías diez gatos, pero no los tenemos. Sin embargo... —Había sacado del armario de cocina, donde al parecer guardaba todas las armas letales, un paquete de raticida—. Me encargaré de rociar tu casa con esto, no vaya a ser que por descuido envenenes al perro y las ratas, encima, se pongan a brincar de alegría. Mañana temprano iré a tu *pa* a caballo, mientras tú te quedas aquí y cocinas para los hombres.»

Laura así lo hizo y lo repitió cinco días después. Desde entonces no había vuelto a verse ni oírse ningún roedor.

Hasta ese día.

En medio de la mesa de la cocina, una enorme rata negra, de cara puntiaguda, ojos grandes y larga cola roía el pan y miró con insolencia a Ida. Su primer impulso fue soltar un grito. En la casa de Raben Steinfeld su grito desde la cocina o la despensa habría servido para que su padre o Anton acudieran corriendo y mataran la rata a palos o con la honda. Por su parte, Gibson era diestro con el bastón para aniquilar a esos animales, pero ahora no estaba... Si gritaba, *Chasseur* vendría en el acto, pero Ida sabía que había cerrado la puerta de la casa.

Rígida y asqueada, miró al repulsivo animal, que atareado en olisquear y sin el menor temor se estaba poniendo las botas con el pan. En la cabeza de Ida se desplegó todo lo que sabía sobre ratas. No era un ejemplar aislado: donde había una, había más. Los víveres que no comían los contaminaban... y tampoco se detenían ante la cuna de las niñas. En un ataque de horror, imaginó a Carol y Linda acosadas por esos bichos negros, pestilentes y llenos de pulgas; casi creyó oír sus gritos, pero ella misma solo consiguió emitir un chillido ahogado. Y de nuevo la invadió el horror: estaba completamente sola, desamparada...

Pero, un momento, ¡claro que no lo estaba! Sintió cómo se relajaba su rigidez. Caminando de espaldas, sin perder la rata de vista, retrocedió por la cocina y abrió con dedos temblorosos el armario donde guardaba el Colt. No se lo había enseñado a nadie, ni siquiera había vuelto a pensar en él desde que los hombres y Cat habían regresado. Ahora palpaba en busca del estuche, solo tenía que abrirlo y sacar el arma. En efecto, todo ocurrió con sorprendente facilidad. Y el arma encajó en su mano de forma tan inquietante como bienhechora.

Apuntó a la rata. Recordaba perfectamente el modo en que se sostenía el arma y cómo se le quitaba el seguro. Sintió náuseas al hacerlo y se asustó cuando el roedor reaccionó ante el sonido del percutor. Se quedó mirando a Ida un instante, se movió ágilmente y bajó por la pata de la mesa... Ida esperaba que desapareciese por algún agujero antes de disparar, aunque después no soportara el miedo de que volviera. Pero el animal se detuvo y se dispuso a trepar por el armario de la cocina. Ida respiró hondo. No podía permitirlo, la papilla de las niñas estaba junto al horno... Decidida, apuntó y apretó el gatillo.

La detonación fue ensordecedora y el retroceso la hizo tambalearse hacia atrás. Había olvidado lo fuerte que era y cómo resonaba en los oídos. Necesitó unos segundos para volver a situarse en la cocina una vez que el eco del restallido se extinguió. El revólver humeaba y la rata había desaparecido. Seguramente había escapado detrás del armario, no creía haberle dado. Entonces descubrió el agujero que la bala había dejado en el armario, para su sorpresa, solo a dos o tres dedos de distancia del sitio donde acababa de estar el roedor. Había fallado por muy poco. Cuando había alcanzado aquel leño en la valla de los Redwood, ¿había sido solo la suerte del novato? ¿Tenía razón Joseph Redwood y solo había sido casualidad? ¿O es que tenía ese talento natural del que había hablado Laura?

Ida contempló el arma con renovado interés. Ciertamente había sido sencillo disparar y su nerviosismo se le antojaba ahora estúpido. Inspeccionó el tambor en el que todavía quedaban cuatro balas.

Pero sus meditaciones se vieron interrumpidas. *Chasseur* ladraba y una de las niñas estaba llorando... Naturalmente, el disparo debía de haber alertado al perro y despertado a las pequeñas, y además ya era la hora de comer. Todavía agitada, Ida calentó la papilla y guardó el pan tras cortar el trozo que había roído la rata. También metió la mantequilla bien tapada en el armario. Había perdido el apetito.

Por la ventana vio lucir el sol. Tenía que reponerse y dejar de pensar en la rata antes de alimentar a las niñas. Un inquieto *Chasseur*, dudando entre la expectación por el disparo y su tarea de velar por las niñas, la esperaba delante de la casa. Tranquilizado, se tendió delante de sus pies cuando ella sacó del cesto a Carol, que berreaba, y a Linda, que gemía confusa, y les fue dando la papilla a una y otra alternadamente. No dejaba de pensar en el arma, tampoco mientras cantó una nana hasta que los bebés volvieron a dormirse.

—Ahora os llevo al dormitorio. —Cogió decidida el cesto y lo llevó dentro.

El dormitorio era la habitación más aislada del ruido, todavía recordaba que los graznidos de las aves nocturnas le llegaban muy ahogados cuando se había escondido allí atemorizada. Dejó a las niñas en la cuna y cerró las cortinas.

—¡Y no ladres! —ordenó a *Chasseur*, que había ido tras ella y saltó contento sobre la cama para vigilar desde ahí la cuna—. Solo vigila.

Cogió el revólver, lo sacó al exterior y colocó piedras de distintos tamaños sobre el corral de los caballos. Probaría puntería y volvería a disparar. ¡Y aprendería a dar en el blanco!

En los días siguientes, *Chasseur* y las niñas tuvieron que acostumbrarse a los ejercicios de tiro de Ida. La joven dejó de dedicar las tardes a lavar lana, teñirla y tejerla, para limpiar su arma, cargarla y fundir nueva munición. Lo hacía todo sumamente excitada. Por el momento, la rata no había vuelto a aparecer, pero podía hacerlo cualquier día. Ida no dejaba de mirar angustiada la cuna de las niñas, durante la noche incluso las metía en su propia cama aunque temiera aplastar a la tranquila Linda, mientras que la vivaz Carol no la dejaba dormir manoteando en sueños y a veces lloriqueando. Durante el día, Ida no se separaba del revólver, que llevaba en el bolsillo de la falda. Era una agradable sensación; ya no se sentía una tonta por tener miedo de los espíritus. La amenaza era real, solo tenía que hacerle frente.

Una mañana, cuando Ida iba a ordeñar a *Jennifer* y cogió el cubo y el taburete, descubrió a la rata, o a una de sus semejantes, olfateando el suelo. Como la vaca se quedaba más tranquila si rumiaba algo, Ida le había puesto delante un cubo con cereales. Era obvio que la rata había puesto su mira en él. Y entonces ocurrió. Ida sacó tranquilamente el arma del bolsillo, quitó el seguro y apuntó. Un segundo más tarde disparaba un tiro fría y segura de sí misma. Sintió el retroceso, pero ya no cerró asustada los ojos. Vio explotar la rata y volvió a disparar a los restos ensangrentados. Era inútil, el animal no podía haber sobrevivido al primer disparo, pero el tiro había despertado algo en Ida.

—¡Muere! —gritó—. ¡Muérete, bicho asqueroso... muérete, muérete!

Vació el revólver sobre la rata despedazada, sedienta de venganza. Disparó a todos sus demonios, a sus espíritus y sus miedos. Y se sintió tan liberada, tan ligera y tan dichosa como nunca antes, salvo, tal vez, aquel momento inolvidable en que se había besado con Karl Jensch.

A continuación bajó el arma, apartó los restos sanguinolentos y con ello tomó conciencia del entorno. Se había dejado llevar tanto por el arrebato, que había percibido lo ocurrido como envuelta en una niebla, pues lo único que había tenido claro era su objetivo; solo había sentido que se fusionaba con el arma. Pero ahora oía chillar a las niñas. Tenían que haberse asustado, había dejado la cesta delante del corral y *Chasseur* seguramente estaba ovillado en algún rincón. El revólver le daba mucho miedo.

Ida llamó al tembloroso perro para que saliera de su escondite y tranquilizó luego a las pequeñas. Linda le tendió los brazos para que la cogiera, mientras Carol volvía a tener el ceño fruncido y la miraba fijo. Tendría los ojos azules. Pero Ida no pensaba tanto en la porcelana como en el acero cuando miraba el rostro de su hija. Y ese día por primera vez se sintió orgullosa. Esa niña ya sabía sentir rabia.

—Te enseñaré a disparar —le prometió—. ¡Nunca rezarás por ser sumisa!

NEGOCIOS

*Llanuras de Canterbury, Isla Sur
Wellington, Isla Norte*

1845-1846

1

Mientras Chris Fenroy trabajaba de sol a sol, su joven esposa batallaba con el mal humor y el aburrimiento casi como lo había hecho en casa de su padre desde que tenía uso de razón. Naturalmente, no era porque en la granja de las Llanuras no hubiese nada que hacer. Al contrario, Jane estaba más ocupada que nunca antes, lo que, principalmente, era de agradecer a su «personal». Las muchachas maoríes que ella misma había seleccionado como asistentas en la casa y el huerto aparecían, de hecho, casi cada día. Cuando en una ocasión Jane se dejó llevar por la impaciencia y les soltó un par de gritos, pasaron un tiempo sin dejarse ver. Sin embargo, después hicieron nuevo acto de presencia; pero Jane pronto tuvo que renunciar a que se acostumbrasen a cumplir un horario fijo. Las maoríes, mujeres seguras de sí mismas, no se contentaban con que Jane les indicase qué trabajo hacer. Estaban habituadas a trabajar codo con codo con las personalidades de rango de la tribu y querían que las distrajeran. De ahí que Jane les enseñara inglés, y no solo eso, Omaka insistió en que Jane colaborase en las labores en el huerto y que repitiera pacientemente las *karakia* adecuadas para plantar los *kumara* y sembrar cereales.

—Tú cantar con nosotras. Tú aquí vivir con espíritus. Si no cantar, espíritus enfadados y grano no crecer...

Todo eso sacaba a Jane de quicio, pero le faltaban las palabras para hacer comprender a las mujeres la relación entre patrón y sirviente. Entre los maoríes esto parecía darse como mucho entre patrón y esclavo (se tomaban como esclavos a los derrotados en una guerra). De todos modos, hacía mucho tiempo que los ngai tahu no luchaban contra nadie y no consideraban que la diferencia del color de la piel fuera un signo de estatus, sino solo un elemento de interés. Christopher tenía que rechazar continuamente a mujeres que deseaban tener un hijo con él.

Tampoco había manera de hacer entender a los nativos la superioridad intelectual de la raza blanca. Al contrario, si Jane tenía que ser sincera, los maoríes aprendían más rápido el inglés que ella el maorí. Solo con la ayuda de una Biblia mal traducida, el estudio del idioma de Jane avanzaba de modo tormentosamente lento. Era una persona de pensamiento analítico y como mejor aprendía una lengua era por medio de la gramática y el vocabulario. Sin embargo, no existía ninguna gramática del maorí. Así que, o bien se aprendía de forma intuitiva, algo de lo que Jane era incapaz, o estudiaba trabajosamente las formas verbales y las preposiciones a través del análisis comparativo de la Biblia. Jane intentó hacer esto último y casi se desesperó, además de que su marido no le servía de gran ayuda. Chris no era un ignorante, pero nunca había asistido a una escuela propiamente dicha. La madre del joven, que en Inglaterra había tenido una formación para señoritas, le había enseñado a leer y escribir y despertado en él un gran interés por los libros. Chris leía todo lo que caía en sus manos, pero entre sus lecturas nunca había encontrado una gramática inglesa. Así pues, no sabía a qué se refería Jane con los conceptos de conjugación y declinación. Le podía traducir palabras y frases del maorí, pero no sabía elaborar tablas, artículos y lecciones como los que ella había conocido a través de gramáticas y manuales. A eso se añadía el hecho de que los maoríes pensaban de una manera totalmente distinta. Para ciertas frases simplemente no había traducción, o cuando mucho traducciones literales que era fácil malinterpretar. Y en todo lo que decían u opinaban había retazos de mitos y elementos espirituales. Jane se desesperaba hablando con las mujeres aunque entendiera lo que decían.

«Solo tienes que amoldarte más», era lo único que Christopher podía decirle al respecto. Cuánto hubiese deseado él que Jane se adaptara más a esa nueva vida en el mundo al que él la había llevado. No entendía que Jane no tuviese el impulso de adaptarse sino más bien de moldear el entorno a su medida. Y de ahí que, pese a todas sus ocupaciones, ella tuviera la misma sensación que en casa de sus padres: no avanzaba, era como si nadase por un fango espeso en lugar de deslizarse ágilmente a través del agua clara. Cada esfuerzo que hacía era agotador y no la llevaba hacia donde realmente quería ir.

Jane había descargado ese sentimiento de insatisfacción sobre el servicio, tal como había visto hacer a su madre. Pero después de que eso no hubiese funcionado con las maoríes, era Christopher quien tenía que aguantar su mal humor y descontento. Jane se quejaba de que la casa no avanzaba porque él pasaba todo el día en el campo, pero también de que la granja nunca daría beneficios si él descuidaba el campo para ocuparse de la casa. Criticaba la comida que la cocinera maorí servía, pese a lo mucho que esta se esforzaba. A Arona le gustaba cocinar e intentaba pacientemente preparar los platos preferidos de Jane, como el rosbif y el *yorkshire pudding*, pero no le salía bien porque, aunque Jane conocía el sabor de los platos, ignoraba sus recetas. Tampoco mostraba gran interés en hacer experimentos, por lo que la maorí solía limitarse a los platos comprobados: en la mesa de los Fenroy casi cada día se servía pescado asado con boniatos.

Christopher no hacía comentarios al respecto. Le gustaba el pescado fresco y le era indiferente lo que le sirvieran, mientras quedase saciado. Más que la soberanía en la cocina, habría preferido tenerla en el dormitorio o al menos el derecho a opinar sobre lo que allí sucedía. Pero para eso, Jane era inabordable. Solo ella determinaba cuándo Christopher dormía con ella; además, disfrutaba haciéndolo sufrir. Así, por ejemplo, lo invitaba a que fuera a su cama, lo excitaba y, en el último momento, con un pequeño comentario acababa con su erección. A Chris todo eso le resultaba indescriptiblemente penoso. Nunca antes había sufrido esa clase de problemas, pero Jane no le atraía demasiado sexualmente y además lo intimidaba. Le habría gustado negarse a dormir con ella, pero consideraba que era su obligación satisfacer a su esposa. Además, deseaba tener un hijo. ¡Incluso Jane se volvería más dulce y equilibrada con la maternidad!

Chris hacía lo mejor que podía, pero sus noches con ella eran demasiado irregulares como para esperar que concibiera pronto. Jane tampoco se esforzaba. No deseaba tener hijos, afirmó sin ambigüedades cuando un día él abordó el tema.

—¡Cielos, Chris, si no consigo que el servicio haga la cama por iniciativa propia ni que lave los platos! ¿Cómo voy a formar a una niñera aceptable?

La idea de ocuparse ella misma del bebé ni siquiera se le pasaba por la cabeza.

—No soy demasiado maternal —declaró en otra ocasión con indiferencia—. Los niños me aburren...

—Por Dios, ¿qué es lo que no te aburre? —replicó Chris soliviantado un día.

Jane se encogió de hombros.

—Nada que pueda hacer aquí —respondió cáustica—. Podría llevar la contabilidad de la granja si produjera algo. Pero por el momento no llevas nada a término.

Christopher abandonó todo intento de hablar con Jane. Solo podía esperar que sus primeras cosechas dieran buenos resultados y que la granja prosperara por fin. Al menos así ella tendría un motivo para respetarlo, ya que era imposible que ambos llegaran a amarse.

Sin embargo, Jane Fenroy encontró un campo de acción en un terreno inesperado.

Te Haitara, el jefe de la tribu maorí más próxima, a quien Jane ya había conocido en el *powhiri*, solía ser invitado a la casa de Chris Fenroy. El *ariki* se interesaba por todo lo que sucedía en la granja. Por lo visto, quería conocerlo todo sobre el modo de vida de los *pakeha*. Así que atendía a las explicaciones de Chris sobre la función de las máquinas agrícolas, acariciaba con respeto el pelaje de los caballos y contemplaba fascinado cómo un hombre de su tribu ordeñaba la vaca de los Fenroy. Apoyaba explícitamente que los miembros de su tribu trabajasen para Jane y Chris y aceptaba que les pagasen con semillas y mantas en lugar de con dinero. Chris daba gracias a Dios por ello pues, en primer lugar, estaba sin blanca, y, en segundo, sin la intercesión de Te Haitara no habría conseguido que las muchachas y mujeres a quienes Jane había ofendido hicieran un segundo intento por volver a las tareas. Para Te Haitara, la granja de Chris Fenroy era el País de las Maravillas de los adelantos modernos y cuando los trabajadores maoríes le podían explicar o enseñar algún avance, los elogiaba con entusiasmo. Examinaba la cocina de leña sobre la cual Arona preparaba los platos que Jane le pedía y la chimenea que Reka encendía y que daba mucho más calor que las hogueras de la tribu. Pero sobre todo se esforzaba por aprender el inglés. Y era el único que intentaba que Christopher le diera lecciones metódicas en lugar de repetir palabras y frases como los otros maoríes. A Jane se le escapó la risa cuando en una ocasión pilló a su marido utilizando como material de clase la gramática que ella se había tomado la molestia de confeccionar.

—Por lo visto, aquí hay uno que no puede adaptarse simplemente a hablar en una lengua nueva —se burló—. ¡Luego todavía te enseñará gramática!

Fuera como fuese, desde entonces Jane creía reconocer cierta afinidad espiritual con el jefe, quien además siempre le hablaba con respeto y le dirigía floreos como *How do you do, madame?* A esas alturas ya no encontraba extraños sus tatuajes. Una se acostumbraba si siempre estaba rodeada de maoríes.

Sin embargo, la joven se sobresaltó el día que lo descubrió inmóvil y sumido en sus pensamientos junto a la orilla del Waimakariri. Jane había remontado el río, como solía hacer casi cada día desde el inicio del verano. No era por el paseo, sino que era aficionada a la higiene periódica del cuerpo. Había disfrutado de los baños modernos en las casas de los Beit en Hamburgo y Nelson. Y en la granja no había nada similar. Si bien disponían de una bañera, no había criado que la llenara. Christopher se había reído cuando ella propuso que un ayudante maorí se encargara de ello.

—Jane, por favor, no tengo ganas de que los nativos nos tomen por chiflados. Si quieres bañarte, hazlo en el río.

En su primer verano y tanto más en el invierno que siguió, había rechazado la idea por inadmisible y se había lavado refunfuñando con agua caliente y jabón. Ahora, en su segundo verano, había descubierto el río. Era refrescante zambullirse en sus aguas y había lugares discretos donde las hojas de los helechos caían como una cortina sobre la corriente. Jane podía desnudarse despreocupadamente y chapotear en recodos silenciosos y tranquilos, lejos de miradas curiosas. Amaba esa penumbra verdosa de su rincón favorito, que la rodeaba cuando brillaba el sol como si una lámpara tiffany proyectase su íntima luz, y había dejado de tener miedo a los insectos que zumbaban por ahí.

Jane no era una histérica. No le gustaban los wetas ni los insectos, pero tampoco sentía asco ni un miedo irracional hacia ellos. En Nueva Zelanda no había animales venenosos o peligrosos. Se lo habían dicho y ella se lo había creído. Y al final hasta sentía cierto placer al recorrer el camino a pie que llevaba desde la granja hasta su rincón favorito. Intentaba identificar los árboles que le daban sombra, como el sabal palmetto y el mirto de Nueva Zelanda, que los maoríes llamaban manuka, incluso se permitía encontrar bonitas algunas plantas, como unas parecidas al nomeolvides que crecían a la orilla del río. En cualquier caso, ¡más bonitas que el rata omnipresente en la granja! Jane inspiró el perfume de las flores y se alegró de su colorido, pero no se le ocurrió cogerlas y ponerlas en un jarrón en la granja. No malgastaba su energía en decorar la casa.

Y allí estaba sentado, entre el lino silvestre y el raupo, un poderoso guerrero maorí. Jane no reconoció al jefe tribal a primera vista y su indumentaria le pareció extraña. Llevaba el traje tradicional que consistía, también el masculino, en una especie de faldellín. El torso quedaba al desnudo. Del cinturón colgaban cuchillos y otras armas, y había dejado la lanza a un lado. Cuando visitaba a Christopher en la granja solía llevar camisa y pantalones de montar, como los demás miembros de la tribu que trabajaban para los Fenroy. Todos parecían orgullosos de esas prendas y preferirlas a la indumentaria tradicional. Y, sin embargo, ahí estaba acuclillado Te Haitara, erguido, el cabello negro y largo recogido en moños de guerra y los ojos entornados. Miraba el río como en trance y Jane dudó en molestarlo, aunque habría sido descortés pasar de largo. Tampoco quería bañarse mientras el jefe estuviera cerca. De acuerdo, para Te Haitara era normal, las mujeres de su poblado andaban por ahí semidesnudas, pero Jane se habría muerto de vergüenza.

—*Kia ora, ariki!* —lo saludó, esperando no sobresaltarlo.

El jefe se volvió pausadamente, era probable que siendo un guerrero experimentado se hubiera percatado de su presencia antes que ella de la de él.

—¡Buenos días, señora! —Te Haitara la saludó cortésmente y se puso en pie.

—Oh, no se levante por mí. Tampoco quería molestarle.

El *ariki* sonrió.

—Nadie tiene que estar de pie cuando el *ariki* sentado —respondió—. Es *tapu*. No quiero que tú tener que pedir perdón a espíritus.

Jane arqueó las cejas.

—Yo no tengo miedo a los espíritus —contestó con tranquilidad.

Te Haitara se echó a reír.

—Tú, mujer con mucho *mana*. A lo mejor espíritus tener miedo de ti. —Suspiró—. A lo mejor espíritus tener miedo de *pakeha* —meditó—. Hoy no hablar conmigo.

Jane deslizó la mirada por el raupo, el lino y el manuka más cercano.

—Está usted aquí para... ¿para hablar con los espíritus? —preguntó—. ¿Los de... las plantas? —Las mujeres que trabajaban para ella lo hacían asiduamente, pero Jane había confiado en que el jefe tendría más sensatez—. ¿Son... son especiales? Porque... también cerca del poblado hay lino y raupo.

Te Haitara negó con la cabeza.

—Con espíritus del río. Espíritus de plantas no pueden saber. Siempre en el mismo lugar. Pero el río corre. También hasta *pakeha*. A lo mejor sabe respuesta.

—¿Respuesta a qué?

Jane estaba segura de que con esa pregunta iba a tropezar con algún *tapu*, pero se acercó a una de las cuatro rocas que surgían de la hierba junto a la orilla. Si al jefe no le parecía bien, que se limitara a decirlo. No tenía que conversar con ella si no quería.

—A pregunta —respondió Te Haitara—. Aquí lugar sagrado, señora. Río, piedras, muchos espíritus. Mejor sentar entre piedras, no encima.

Con un gesto de resignación, Jane se deslizó sobre la hierba. El jefe hizo lo mismo a cierta distancia.

—Si su pregunta está relacionada con los *pakeha*, tal vez yo pueda ayudarle —se ofreció Jane—. Seguro que para ese tema los espíritus no son los interlocutores más apropiados.

—¿Hum? —dijo el jefe. Luego siguió cavilando—. *Ariki* busca consejo de espíritus cuando tribu no feliz.

Jane se preguntó si los espíritus se tomarían a mal que ella se apoyase sobre una piedra. Hacía calor y tenía ganas de ponerse cómoda. El jefe se sentaba erguido sin esfuerzo, pero parecía muy preocupado.

—Su tribu no está contenta... ¿con usted? —inquirió.

Jane reflexionó un instante qué debía esperar el *ariki* en tales casos. ¿Lo destituirían? ¿Tendría que reprimir levantamientos? ¿Se lo comerían si no lo conseguía? Esta última idea la divirtió, nunca había creído esos rumores sobre el canibalismo de los maoríes.

—No conmigo —la corrigió Te Haitara—. Y «feliz» no palabra correcta. Es más... cuando querer algo y no tener.

—¿Su tribu no está satisfecha? —sugirió Jane.

El jefe asintió vehemente.

—Sí. Esta palabra.

—¿Y qué quiere su tribu?

Te Haitara arrancó un par de hojas de raupo y jugueteó con ellas, seguramente las *tohunga* de su tribu no lo habrían aprobado sin una *karakia* previa. Jane se apoyó en la piedra.

—Dinero —respondió lacónico el jefe—. Tribu querer comprar cosas. Cosas que tener *pakeha*.

Jane asintió.

—Sí. Lo sé. Pero no es nada reprochable. Bueno, hoy hace bastante calor y su... bueno... su falda... tal vez sea más agradable que mi vestido. Pero en invierno se congelará con ella. Y esas mantas de lino y las blusas son muy bonitas, pero no por ello adecuadas al clima. Sin contar con que a nadie le gusta comer solo boniatos. Si estuviera en el lugar de su gente, también yo querría tener mantas, semillas, ganado y todo eso.

—No es... ¿cómo decir? ¿Re-pro-cha-ble? Palabra difícil. ¿No puede decir solo «malo»? Esta palabra fácil. Eso: no malo, solo caro. Falta dinero. Yo pregunto espíritus: ¿cómo conseguir dinero?

A Jane se le escapó la risa.

—Eso también se lo pregunta siempre mi marido. A lo mejor tendría que enviarlo aquí de vez en cuando.

El jefe se la quedó mirando muy serio.

—Sí. Yo preguntar a Chris. Pero él tampoco saber. —Desmenuzó las hojas de raupo.

Jane se mordió el labio meditabunda. Hasta entonces ningún hombre la había escuchado cuando hablaba de dinero. Al menos nunca la habían tomado en serio. A lo mejor podía hacer aquí un intento más.

—Preste atención, *ariki* —dijo—. Lo del dinero funciona así: se intercambia. Por objetos o por trabajo. Usted no puede plantearse lo del trabajo, el único que tiene trabajo que dar es mi marido, y él no tiene dinero. Además no se gana mucho entrando al servicio de alguien. Un comerciante gana mucho más.

—¿Qué ser «comerciante»? —preguntó el jefe. Escuchaba con atención.

—Comerciante es alguien que compra y vende cosas. Otra palabra para «vendedor».

—Vendedor como Ca-pin-ta —señaló alegre Te Haitara—. Tom Ca-pin-ta. Venir con carro y querer vender cosas. Mantas, vestidos, todo como *pakeha*. Pero nosotros no tener dinero.

—Ya —dijo Jane—. Nada se regala. Mire, *ariki*, Carpenter no hace él mismo la mercancía. Él la compra en un sitio para venderla, a su vez, en otro sitio. Así que antes tiene usted que hacerlo en el sentido inverso: usted venda a Carpenter algo que él quiera tener. Él le da a cambio dinero y usted compra con ese dinero todo lo que su tribu quiere tener.

El jefe frunció el ceño.

—¿Por qué no cambiar directamente? —preguntó—. Pero no importar. Nosotros no tener cosas para cambiar. Nada que *pakeha* querer.

Jane hizo una mueca.

—Pues yo no estaría tan segura —objetó—. Se trata de la oferta y la demanda. De lo que se codicia y del precio que se pone a las cosas. Y de propaganda. Debería leer a Stilling y Adam Smith. ¡Bah, olvídelo! —Y se echó a reír cuando el jefe la miró sin entender nada—. Veamos: tiene que poner de su parte a los espíritus apropiados. Cuando ese vendedor pase por aquí... Hasta ahora ha sido Chris quien le ha ayudado como intérprete, ¿verdad?

El *ariki* asintió.

—O nosotros mismos hacer. No necesitar muchas palabras para negocio.

Jane negó con la cabeza.

—¡Error! —señaló—. Escúcheme bien. Mañana iré al poblado. Veremos qué tiene usted para vender. Y luego tenemos que empezar a fabricar cosas sensatas, no vaya a ser que luego haya oferta pero no demanda. Y cuando el vendedor llegue, ¡ya traduciré yo!

2

Jane y el voluntarioso aunque perdidísimo maorí estaban preparados cuando, dos meses más tarde, el vendedor ambulante Carpenter entró en el *marae* de los ngai tahu con su carro entoldado. En realidad, más que en hacer negocios, estaba interesado en comer gratis, encontrar un sitio seguro donde dormir y tal vez un poco de amor en los brazos de una complaciente mujer. En esa tribu nunca se había producido otra transacción que no fuera el trueque de un cuchillo por unas hierbas curativas o de semillas por un poco de aceite del árbol del té. A lo sumo, regalaba a su compañera de juegos nocturnos una tela estampada barata. En esta ocasión, algo parecía haber cambiado. En lugar del cordial Chris Fenroy, con quien Carpenter solía disfrutar charlando, apareció en el pueblo, a la mañana siguiente de la llegada del vendedor, una espléndida joven *pakeha* con un elegante vestido granate y un cabello castaño y abundante, discretamente recogido bajo una sobria capota. Los maoríes la contemplaban con no menos reverencia que al vendedor cuando ella lo saludó con palabras comedidas.

—Soy Jane Fenroy Beit y estoy aquí por indicación del *ariki* Te Haitara para hablar de negocios con usted.

—¿Qué? —gruñó Carpenter.

Jane sonrió con superioridad.

—Sí, señor Carpenter. El jefe Haitara y su pueblo han decidido crear una pequeña manufactura para mejorar su situación económica. Estarían dispuestos a hacer negocios con usted, en principio, tal vez a comisión. Pero estoy segura de que nuestras ofertas convencerán a sus clientes y, sobre todo, a los colonos. Por ejemplo, usted bien sabe que las colonias disponen de muy poca asistencia médica. Sin embargo, abundan los remedios tradicionales, totalmente equiparables a los que se venden en las boticas alemanas e inglesas, pese a que los inmigrantes de esos países suelen mostrarse escépticos cuando los nativos se los ofrecen. Y aquí tenemos una esencia de flores amarillas, muy buena para el tratamiento de heridas y contusiones. Y nuestros polvos de verónica, así llamados por el arbusto de cuyas hojas se obtiene, muy eficaces para tratar la... diarrea.

—¿Unos polvos para la diarrea? —repuso Carpenter—. No está mal, seguro que habría demanda.

—¡Sin duda, caballero! —aseveró Jane—. Y este es nuestro jarabe para la tos y las afecciones pulmonares. Lo llamamos el jarabe de la abuela.

Carpenter sonrió.

—¿Han encontrado un nombre inglés para el rongoa?

Jane sonrió.

—Ha entendido usted el principio, señor. Los clientes deben confiar en nuestros remedios y lo harán más fácilmente si no llevan nombres exóticos.

A Jane le había costado tres cartas convencer a su madre de que le enviase un libro sobre botánica que su padre guardaba en su biblioteca. Desde los viajes del capitán Cook se investigaban, dibujaban y catalogaban las plantas de Polinesia. Pocas eran las veces que se empleaban los nombres que les daban los nativos. Lo habitual era que el botánico bautizara su descubrimiento de forma arbitraria. De ese modo, Jane había encontrado que al koromiko lo llamaban «verónica de Nueva Zelanda». Pero la esencia de flores amarillas había conservado su nombre porque kowhai era la palabra maorí para amarillo.

—Ya ve, hemos envasado los remedios en recipientes de madera dura para que se conserven mucho tiempo. Así que yo sugeriría que se llevara veinte de cada uno y...

—¡Yo no compro a la buena de Dios! —la interrumpió Carpenter.

Jane movió la cabeza indulgente.

—Si me escucha... Tal como le iba diciendo, en principio podemos acordar una comisión. De modo que por cada venta que realice se quede usted con un porcentaje...

—¿Qué es lo que quieres? —preguntó volviéndose a Te Haitara, por lo visto para abreviar y simplificar el asunto—. ¿Te va bien una paca de cotón por todo esto?

Señaló los remedios almacenados en cajas preparadas para su transporte. No había sido fácil convencer a los *tohunga* de la tribu, que solían hacer instrumentos de música, cuencos y cucharas de madera dura, para que tallaran los envases de los ungüentos y tinturas. Y las mujeres utilizaron a regañadientes la tela que Jane había encontrado en el arcón de su ajuar para coser los saquitos para los polvos en lugar de para confeccionar camisas para sus hijos. Pero al final todos los envoltorios habían quedado muy bonitos y Jane había aportado su papel de cartas para poner unas etiquetas pulcramente escritas.

Al escuchar la oferta de Carpenter las mujeres soltaron gritos de júbilo. Como siempre que sucedía algo especial, todos se habían reunido y ya veían bastante cerca los frutos de su trabajo. El jefe parecía dudar y miró inseguro a Jane. Esta hizo un gesto negativo con la cabeza.

—No, señor, no nos interesa un trueque. Como ya le he dicho, esto es una manufactura, trabajamos con ánimo de lucro. Nosotros cobramos un precio fijo de medio chelín por cada artículo, lo que usted obtenga con la venta no es asunto nuestro. Y como sabemos que antes quiere sondear el mercado, nos daríamos por satisfechos si nos dejase un penique por artículo en concepto de paga y señal. Después, cuando vuelva usted a pasar por aquí, ya ajustaremos las cuentas.

Carpenter se la quedó mirando estupefacto. El jefe asintió aprobando esas palabras, pero las mujeres protestaron descontentas.

—¡Cinco peniques por cada artículo! —empezó a regatear Carpenter—. Y medio penique a cuenta.

Jane se lo pensó unos segundos.

—Cinco peniques está bien, pero el pago a cuenta tiene que ser de un penique. Ah, sí, tengo algo más que enseñarle...

Antes de que Carpenter siguiera regateando, cogió un saquito de una caja y sacó unos colgantes de jade *pounamu* tallados. Carpenter miró con desconfianza las figurillas de los dioses.

—¿Y esto qué se supone que es? —preguntó.

—Se los llama *hei-tiki* —respondió Jane— y se llevan colgados del cuello. Nosotros los llamaríamos amuletos. Traen suerte. Estos de aquí son especialmente eficaces en la caza de la ballena.

—¿Sí? —preguntó incrédulo Carpenter. Deslizó la mirada por los cuellos de varios maoríes y reconoció los pequeños dioses colgados de cintas de piel—. ¿Pescan muchas ballenas por los alrededores?

—También traen suerte para pescar piezas más pequeñas —improvisó Jane—. En cualquier caso, debería ofrecerlos. Quizá no tan abiertamente. Por las noches, mejor, en el pub.

—¡Aquí también dios de río! —intervino Te Haitara, que parecía empezar a entender de qué iba ese asunto—. Este traer...

—¡Dinero! —concluyó Jane, guiñando el ojo a Te Haitara—. Porque el dinero siempre está en movimiento... como el río. Y este Dios... bueno, ha retenido las aguas de uno. Me refiero a un río.

—Ajá. —Carpenter sonrió—. Y por cada una de estas figuras quiere usted medio chelín, ¿correcto?

Jane negó con la cabeza.

—No; solo diez peniques. Y dos de anticipo. Más barato imposible.

Carpenter pagó al final cien peniques, es decir, ocho chelines y cuatro peniques como anticipo de sesenta cajas de remedios y veinte *hei-tiki*.

El atónito *ariki* comprobó que con eso ya podía comprar una bala de cotón y tres navajas.

—Ya ve, el trueque no le habría salido a cuenta —explicó Jane satisfecha, antes de despedirse—. Ahora debería darme diez peniques. Necesito cola y papel para las próximas etiquetas.

—¿Próximas? —repitió Te Haitara—. ¿Tú pensar que él comprar más?

—¡Seguro! Espere y verá. ¡Pero no negocie con él en mi ausencia! Ese hombre no obtendrá ni una gota de jarabe para la tos si no paga antes todo lo que nos deba.

—¡Y luego nosotros ricos! —Kutu, el trabajador de la granja de Chris, resplandecía. Había aprendido a contar y calcular un poco. En ese momento intuía más o menos las sumas que su tribu percibiría en breve.

—Poco a poco —advirtió Jane, sofocando el entusiasmo—. Carpenter irá primero a un par de granjas y luego a Port Cooper, de ahí a Nelson. Tardará meses en volver a pasar por aquí.

Esta predicción no se cumplió. El carro del vendedor ambulante volvió a aparecer dos semanas después en el poblado maorí. Te Haitara mandó al joven más rápido de la tribu para que avisara a Jane.

—¡Otra vez Ca-pin-ta! —anunció, chapurreando el muchacho—. ¡Con nada de rongoa! —Con esa palabra genérica los maoríes denominaban genéricamente a los remedios.

Jane se puso de inmediato en camino y se encontró con el ansioso vendedor regateando con Te Haitara.

—Vendido todo. Pero quiere dar menos —resumió el jefe lo que había entendido—. Pero es mucho.

Jane miró al vendedor con severidad. Ese día no iba tan elegante, sino que llevaba un sencillo vestido de andar por casa, sin corsé. Aun así, el éxito de su empresa la hacía resplandecer de seguridad en sí misma.

—Bien, si ya ha vendido todos los artículos, calculo un precio general de quinientos peniques, lo que redondeo en cuarenta y un chelines. A los que hay que restar los ocho chelines y cuatro peniques que ya nos pagó, así que, redondeando a su favor, debe al jefe treinta y tres chelines. Si hace el favor de pagarlos ahora mismo quedaremos tan amigos. —Jane se esforzó por esbozar una sonrisa simpática, pero hasta ella misma tenía la sensación de parecerse a un tiburón hambriento—. Y ahora, cuénteme cómo ha ido la venta, señor Carpenter. Y qué le ha traído tan pronto de vuelta. ¿Quizás el dinero de la tribu le quemaba en el bolsillo y quería librarse de él de inmediato?

A Haitara los ojos se le desorbitaron cuando Carpenter se resignó a pagar la suma exigida, renunciando a embaucar a los maoríes. Tenía claro que aquella mujer regordeta no se dejaría timar. Y a continuación informó entusiasmado sobre el negocio de su vida.

—La gente me los quitaba de las manos. Pasé por tres granjas camino de Port Cooper y todas las mujeres me compraron remedios. Por cierto, quieren saber si los polvos también sirven para las náuseas de... bueno, del estado de buena esperanza. Y los cazadores de ballenas y los marineros se quedaron con el resto. ¡Podría haber vendido el triple de todo! Por lo demás, hay demanda de algún remedio para los forúnculos y el dolor de las articulaciones. Los capitanes suelen sufrir de gota a causa de la humedad que hay a bordo. En cualquier caso, ya en Port Cooper se me habían agotado las existencias. Igual con los *hei* no sé qué, esos colgantes, todos los cazadores de ballenas querían uno, y los capitanes también. También les vendí esos pequeños demonios tan graciosos que sacan la lengua. Les dije que era un talismán contra las tempestades. Que cuidaba de que la travesía fuera segura.

Carpenter sonrió buscando aprobación. Jane esperaba que el jefe no lo entendiese todo. Era mejor para el negocio no herir sus sentimientos religiosos.

—Así que pensé —prosiguió Carpenter— que valía la pena volver. Para reponer existencias. ¿Cuánto tiempo necesitan para reemplazar todo el material vendido? O más todavía. Me llevo todo lo que pueda conseguir en... digamos dos semanas. Durante ese tiempo me quedaré aquí.

—¡Claro que sí! —resplandeció Jane—. Calculamos entonces un penique al día por la comida y el hospedaje, y otro por sus caballos, los llevaremos a la granja de mi marido, allí estarán en el establo. Ah, sí, y estimo que en una semana podremos producir cien unidades más de remedios. Tal vez no en un envoltorio tan elaborado, sino en frasquitos de vidrio. Y en cuanto a los *hei-tiki*... seguro que habrá cincuenta piezas.

Te Haitara estaba encantado con las perspectivas de seguir ganando dinero, pero los *tohunga* de su tribu, no tanto.

—¡Tan rápido no podemos! —se quejó la herborista—. Ya solo las flores de rongoa que hay que recoger es mucho trabajo. Tengo que hacerlo yo misma, no puedo pedir ayuda a nadie, sería *tapu*. Y la cocción de la corteza de kowhai... necesita que se cante *karakia*. ¡También al cosechar el koromiko!

Jane puso los ojos en blanco cuando Chris, a quien la anciana consideraba un mediador más comprensivo que su propio *ariki*, tradujo lo que decían.

—Solo la *tohunga* puede coger las flores de rongoa —explicó—. Y con el kowhai hay que ir con mucho tiento, algunas partes de la planta son venenosas.

—Pues que adiestre a un par de aprendizas más y a las que ya tiene que las declare sacerdotisas o lo que sea. Y en lo que concierne a esos cánticos, diles que nosotros aquí estamos rindiendo homenaje a los dioses del río, y estos son superiores a los dioses de las plantas. Cuando Sankt Paulidorf fue arrasado por el río, el Moutere se lo llevó todo, si he entendido bien. Así que tienen que cantar sus *karakia* más deprisa para que todo fluya.

3

Karl Jensch recibía el correo en Wellington, y cada dos meses estaba en la ciudad para vaciar el buzón. Por lo demás, sus tareas lo habían conducido a todos los rincones de la Isla Norte durante los dos últimos años. Desde la bahía de las Islas en el norte hasta Wellington en el sur de la Isla Norte, había realizado mediciones primero para Tuckett y luego, después de que a este lo destinaran a Nelson como sucesor de Wakefield, para otros clientes. A menudo trabajaba para el gobierno, pero también para particulares o incluso para tribus maoríes que vendían tierras y querían hacerlo del modo correcto. Todo ello le permitió conocer a fondo la Isla Norte. Exploraba sus bosques y se maravillaba de los gigantescos árboles del kauri, medía parcelas para criadores de ovejas en la llanura de Waikato y se estremecía de admiración al contemplar el enorme volcán al que los maoríes daban extraños nombres, como Ngauruhoe, Ruapehu o Taranaki. Además, siempre se contaban leyendas acerca de todo. Para los nativos, las montañas y los árboles estaban poblados de dioses y espíritus. Karl habría querido conocer mejor su lenguaje para escuchar sus historias de primera mano. Nadó en las aguas claras del lago Taupo, aprendió el arte de pescar la trucha de los maoríes y anduvo por las playas extensas y mimadas por el sol del este de la isla. Contemplar el mar, sin embargo, siempre lo ponía un poco melancólico, le recordaba a Ida y lo cautivada que estaba con Bahía.

¡Qué distinto habría sido todo si entonces hubiera tenido

arrestos para huir con él! O más tarde, después de la fatal elección que los colonos habían hecho de fundar el poblado junto al Moutere. En el extremo septentrional de Nueva Zelanda los veranos eran casi tan cálidos como en el trópico, y en Waipoua las palmeras y los helechos formaban selvas equiparables a las del Caribe. A veces, Karl todavía anhelaba encontrar para Ida un hogar que se pareciera más al paraíso que ella soñaba, cálido, ligero y con un mar azul brillante distinto al de la lluviosa Isla Sur.

Pero Ida se había marchado, la había perdido para siempre, y Karl tenía que resignarse.

Australia era todo un continente, enorme e inabarcable. Incluso si lo dejaba todo en Nueva Zelanda y se iba allí para buscarla, nunca daría con la pista de los Lange o los Brandmann en ese gigantesco país. Karl solo podía esperar que Ottfried no la hiciera demasiado infeliz y que la gente de Raben Steinfeld encontrara al menos su tierra prometida en el segundo intento, tal vez en un clima más agradable para Ida. Si la vida de la joven tenía que ceñirse a la modesta misión autoimpuesta de permanecer junto a un hombre que no la quería, Karl le deseaba una casa desde la que viera el mar y una playa de arenas blancas. ¡A ser posible sin cocodrilos!

Karl había oído hablar un poco de Australia y había leído al respecto desde que Tuckett le había informado de la partida de la gente de Raben Steinfeld. Sabía que no todos se habían ido, pero había averiguado que Peter Brandmann y Jakob Lange seguían empeñados en fundar una comunidad. Y, claro está, Ottfried e Ida se habrían unido a ellos. No obstante, Tuckett no había obtenido datos más precisos sobre el paradero de las familias. Les había seguido el rastro hasta los alrededores de Adelaida, pero desde ahí los colonos habrían seguido su camino.

Karl suspiró y abrió su buzón, como siempre, con la absurda esperanza de ver la letra algo infantil de Ida en un sobre. Era imposible, ella no tenía su dirección, pero si hubiera intentado con «Karl Jensch-Wellington»... Karl no dejaba de advertirle al encargado de correos que podía llegarle una carta así. El hombre seguro que no la tiraría ni la devolvería. Fuera como fuese, tampoco en esa ocasión encontró ninguna letra prometedora entre las pocas cartas que había. Una de Tuckett, otra de Christopher Fenroy, que cada dos semanas le escribía, y una o dos misivas relacionadas con su trabajo. Estas últimas podían esperar; Karl no estaba ansioso por aceptar nuevos encargos.

Tal vez se tratara solo de su renovada decepción y de su constante dolor por la pérdida de Ida, pero últimamente el joven sentía menos interés por su trabajo. Por mucho que lo hubiese disfrutado al principio, cada vez lamentaba más tener que pasar tanto tiempo viajando. Le habría gustado asentarse, le agradaba ese país. Durante una temporada había sido bonito explorar para otros, pero ahora también él tenía ganas de poseer casa y tierras propias, ¡incluso se lo podía permitir! Se había ganado bien la vida esos últimos años y no había gastado casi nada. Cuando estaba en Wellington se permitía un buen hotel, buenas comidas y ropa nueva y de calidad que lo mantuviera abrigado y protegido de la lluvia durante sus viajes, pero salvo por ello, dormía en una tienda y él mismo se procuraba el pescado y se hacía el pan ácimo. Si disponía de guías maoríes, lo que solía ser frecuente, también aprendía qué raíces y frutos eran comestibles y completaba su comida con bulbos de raupo, por ejemplo. Solía encontrar alojamiento en las granjas o en las distintas tribus maoríes. El dinero que ganaba iba a parar a un banco de Wellington y su fortuna no dejaba de crecer, más que suficiente para una parcela de tierra.

Pero no se decidía respecto a dónde instalarse, y solo, sin familia, le parecía poco razonable. Pensaba permanecer un par de meses en Wellington y buscar esposa. Alguna chica habría para él. ¡Ida no podía ser la única a quien él fuera capaz de amar! Pero hasta el momento no había conseguido encontrar a nadie, ni siquiera haciendo verdaderos esfuerzos, por ejemplo, por sentir algo hacia alguna de las maoríes que se le insinuaban cuando pernoctaba en sus poblados. Casi siempre se llevaba a una a su tienda (a fin de cuentas, tampoco era un santo) y a veces también daba con alguna de cabello no tan negro, rostro en forma de corazón y ojos dulces. No obstante, por muy hermosas que fueran esas chicas, a Karl casi le resultaba más doloroso despertar junto a ellas que junto a las que no se parecían a Ida. Era absurdo buscar a una segunda Ida, así que se propuso encontrar una muchacha rubia.

Se guardó las cartas y salió de la oficina de correos. No tenía ganas de leerlas allí mismo, fuera brillaba un reconfortante sol primaveral y le resultaría más agradable ponerse cómodo en algún sitio. Al otro lado de la calle le llamó la atención una cafetería que tenía mesas y sillas fuera. En el cartel que había sobre la entrada se leía Petit Paris. ¿Inmigrantes franceses? ¿O alguien que se esforzaba por dar un aire distinguido a su local? Como fuere, se sentó en el asiento tapizado de una de las delicadas sillas de metal, cuyo respaldo curvo la hacía muy cómoda. También las mesitas estaban forjadas, y la joven que en ese momento salía del local para tomarle el pedido presentaba un aspecto agradable. Era rubia, tal vez debería prestarle atención. Karl se rio de sí mismo cuando miró a la camarera a la cara y descubrió unos rasgos asombrosamente familiares.

—¿Tú... usted...? ¡No puede ser! Perdón, pero se parece usted mucho a una muchacha que conocí. Usted... —Karl se enredó al intentar explicar su perplejidad.

La rubia sonrió.

—Un intento simpático —observó—. Pero no arreglo citas con nadie. Y tampoco tiene que invitarme a un café. Aquí puedo beber todo el café que quiera.

La joven hablaba el inglés con fluidez, aunque con acento alemán.

—Perdón —repitió Karl, y de repente se sintió seguro de su intuición—. Tú... es imposible, pero estoy seguro... ¡El parecido es total! Eres Elsbeth, ¿verdad? ¿Elsbeth Lange? ¿La hermana de Ida?

—Soy Betty —corrigió la muchacha—. ¿Cómo lo sabe?

Ella también estudió a Karl y, de pronto, sobre su rostro fino y ligeramente tostado asomó un viso de reconocimiento.

—¡Usted es Karl Jensch! —afirmó sorprendida—. Perdone que no le haya reconocido enseguida, no suelo mirar directamente a los clientes, Celine dice que sería provocador. Pero... ¿de dónde ha salido? ¿Dónde se metió mientras el resto de Raben Steinfeld se ahogaba rezando?

Karl no pudo evitar reírse. Elsbeth siempre había sido la más franca e insolente de las dos hermanas. Seguro que en alguna ocasión habría rezado para pedir valor, pero no sumisión. Y, por lo visto, Dios la había escuchado. No era coraje lo que parecía faltarle y encajaba sorprendentemente bien en ese café. Estaba guapa y se la veía contenta con su vestido negro, el delantalito de encaje blanco y una elegante cofia de puntillas coquetamente colocada sobre el cabello rubio. Nada que ver con la púdica capota almidonada que formaba parte de la indumentaria diaria de las mujeres de Raben Steinfeld.

—Se lo advertí a los de Raben Steinfeld —dijo Karl, alzando teatralmente las manos para acentuar su inocencia—. Pero no quisieron escucharme. Y tampoco me invitaron a rezar mientras se ahogaban. Por lo demás, tu forma de expresarte no es grata a Dios.

Betty soltó una risita.

—¡Dios, allí, brillaba por su ausencia! —comentó la joven deslenguada. Karl pensó que Ida la habría reñido con severidad por hablar con tal desfachatez—. Allí eran más bien los espíritus del río los que controlaban el tinglado. Al menos eso decía Cat. Y la madre de acogida de Cat. Ella había advertido a los maoríes que no vendieran las tierras a los colonos. Y estos tampoco le hicieron caso... En fin, no seré yo quien derrame lágrimas por Sankt Paulidorf. Trabajar de la mañana a la noche para después perderlo todo por las inundaciones... Y encima tenía que casarme con Friedrich Hauser. ¿Te lo imaginas? Oh... ¿debería llamarle de usted?

Betty había empezado a hablar en alemán utilizando sin más el tuteo. En Raben Steinfeld nunca se le habría ocurrido utilizar el usted con Karl Jensch. Pero ese hombre joven, bien vestido y seguro de sí mismo, que se sentaba con toda naturalidad en un café y podía pagarse la comanda tenía poco que ver con el muchacho desharrapado de antaño.

—Puedes tutearme. A fin de cuentas, fuimos juntos a la escuela... bueno, casi, tú acababas de entrar cuando yo tuve que marcharme. —Karl sonrió—. Pero ¿qué haces aquí, en Wellington? Creía que estarías en Australia con tu familia. ¿No os marchasteis todos, como los Brandmann?

Betty hizo una mueca.

—Es una larga historia —respondió—. Y ahora tengo que seguir trabajando. Celine, la propietaria del café, ya está mirando a través de la cortina, aunque es... muy, muy amable. Creo que antes... ¡Bueno, ya te lo contaré más tarde! Todavía me queda una hora para acabar mi turno. Si me esperas tomando un café, podemos hablar después.

Karl asintió.

—Está bien. Entonces tráeme un café y un trozo de tarta. Todavía tengo que leer unas cartas.

Volvió a sacar el correo mientras Betty se marchaba apresurada. Poco después le sirvió una taza humeante de café y una porción de tarta de manzana.

—Hasta luego, pues —dijo complacida, y se marchó al interior.

Karl abrió primero la carta de Frederick Tuckett. Su anterior jefe le informaba con su precisión habitual acerca de sus negociaciones con los maoríes respecto a una parcela de tierra en Otago. Según su opinión, era el lugar ideal para la nueva ciudad que la Iglesia de Escocia quería fundar en la Isla Sur. Por otra parte, había oído los rumores sobre los problemas de insolvencia de la New Zealand Company y volvía a indignarse de que todavía le exigieran precisamente timar a los maoríes.

«Creo que voy a renunciar y regresar a Inglaterra —concluía la carta que había enviado desde Nelson—. O primero a Australia, donde tengo una oferta atractiva. ¿Le interesaría acompañarme y volver a trabajar conmigo? Siempre mostró usted preocupación por el destino de las familias de colonos que tras el desastre de Sankt Paulidorf tuvieron que emigrar a Australia. Si las circunstancias lo permiten, tal vez pueda restablecer allí el contacto.»

Karl se frotó las sienes. ¡Una propuesta realmente inesperada!

Hasta el momento siempre le había parecido un imposible reunirse con Ida. Pero si se iba con Tuckett sería... en fin, sería una excusa para, en contra del sentido común, obedecer al corazón. Y a lo mejor Elsbeth estaba en contacto con su hermana y podía indicarle dónde encontrarla.

Pasó un par de minutos dichosos soñando despierto que paseaba por Raben Steinfeld e Ida salía radiante a su encuentro como si él fuera su salvador. Hasta que sacudió la cabeza y se centró. Ida estaba casada, su vida ya estaba encarrilada. Él no tenía ningún derecho a perturbar su tranquilidad.

Dejó a un lado la carta de Tuckett y abrió la de Chris Fenroy. Eran tres páginas cubiertas de una escritura estrecha y precipitada. Karl arqueó las cejas. Ya en la forma de escribir se notaba que Chris volvía a sincerarse.

«Acabamos de recolectar la primera cosecha —informaba su amigo después de mostrar su interés por el estado de Karl y de haberle contado que en la granja todo estaba en marcha y que tanto Jane como él se encontraban bien—. El rendimiento del cereal no fue nada malo, aunque resultó muy difícil vender el grano. El trayecto con los carros cargados hasta Port Cooper fue complicadísimo y cuando llegué constaté que la demanda de la colonia ya estaba cubierta por las granjas más cercanas. Así que tuve que cargar el cereal en un barco y transportarlo a Nelson, donde la demanda es realmente alta. Durante un período ha habido graves problemas de abastecimiento...»

Karl sabía que formaba parte de los problemas que Tuckett, como sucesor de Wakefied, había tenido que afrontar.

«Yo mismo no pude viajar hasta allí para encargarme de la venta y tuve que confiar en vendedores y agentes. Me pidieron una parte de los beneficios y el transporte en barco tampoco me salió barato, porque tuve que pagar primero el trayecto fluvial para llevar el grano por el Waimakariri hasta Port Cooper. Yendo por tierra con los carros habría tardado demasiado tiempo. Al final, el beneficio neto de la cosecha quedó muy por debajo de mis expectativas... y ya te imaginarás lo que opinó Jane al respecto. Nos hemos mudado a la casa nueva y le prometí amueblarla conforme a nuestra posición social con las ganancias de la cosecha, pero no ha sido posible, solo me quedó dinero para completar y mantener las cosas necesarias para trabajar la tierra. Remover la tierra aquí no es fácil, la hierba es rebelde. Necesito una yunta de bueyes, pues con los caballos es casi tarea imposible. Tendré que arar más terreno para rentabilizar la granja. Pero el suelo parece rebelarse a que lo cultiven. Ese tussok omnipresente siempre rebrota, los campos nunca acaban de estar preparados. A eso se añade que Jane no cesa de reprocharme lo poco rentable que resulta hasta ahora mi trabajo. Últimamente maneja no sé qué teorías económicas sobre los mercados de consumo y las infraestructuras y vete tú a saber. Yo solo entiendo la mitad de lo que dice. Pero, según ella, cabe prever que mi granja nunca dará dinero si no se transforma radicalmente. La fundación de una ciudad en la desembocadura del Otakaro, por ejemplo, podría crear nuevos mercados de consumo para los productos agrícolas, y el proyecto existe. Pero ¿qué hago yo hasta entonces? ¿Cómo sobrevivo económicamente a este período tan difícil? ¿Y cómo aguanto a Jane? No es solo que haga de mi vida un infierno a causa de la granja. Recientemente se ha volcado en unas actividades propias que, en el mejor de los casos, podrían calificarse de dudosas. Y eso que al principio me alegré de que empezara a aprender el maorí. Creí que a lo mejor haría amigas entre las mujeres de la tribu. En lugar de ello, está desbaratando la estructura tribal. Casi cada semana tengo a una *tohunga* en casa contándome sus penas.»

Karl parpadeó. Podía imaginarse muy bien lo desesperado que estaba Chris.

«Cuentan que el jefe tribal y Jane rinden tributo a los dioses del dinero. Y eso que yo hasta ahora no sabía que los maoríes tuviesen esos dioses. Al parecer, Jane y Te Haitara han fundado una especie de manufactura para que los habitantes del poblado produzcan en grandes cantidades los remedios tradicionales y las estatuillas de los dioses. Pero eso exige unos rituales complicados, al menos eso dice la *tohunga*. Jane afirma que la corteza del kowhai es siempre corteza de kowhai, sin importar la *karakia* que se cante al recolectarla. Por lo visto, el jefe es del mismo parecer que Jane. En cualquier caso, la tribu gana dinero y, aunque me cueste reconocerlo, más que yo. Por añadidura me temo que en adelante me quede sin ayudantes en los campos y en el establo. Creo que ya vienen más por amistad que por el par de peniques que puedo pagarles. Los maoríes cultivan más tierras ahora que pueden permitirse comprar tantas semillas como quieran. Además, tienen una vaca y están pensando en adquirir ovejas. Te Haitara acudió a mí el otro día y dándose aires me dijo: "¡Fenroy, yo oír que ovejas aquí en Te Wai Pounamu tener futuro!"»

A Karl se le escapó la risa. Por mucha simpatía que sintiera por su amigo, la imagen de un jefe maorí analizando seriamente la situación económica de la Isla Sur le hacía gracia. Y aún más cuando se imaginaba la cara que habría puesto Christopher. Sin embargo, el jefe no andaba errado. Karl había seguido la evolución de la Isla Norte durante dos años y también él veía que las granjas de ovejas tenían más éxito que aquellas con una meramente actividad agrícola. Tal como decía Christopher, grandes extensiones de las islas estaban cubiertas de hierba, pastos naturales para rumiantes. En el fondo no se requería hacer gran cosa, salvo construir corrales para los animales. También podía optarse por dejarlos pacer en libertad; con perros pastores se recogían fácilmente. Con poco gasto se conseguía así leche y carne, y sobre todo lana, que se cargaba fácilmente en barcos rumbo a Inglaterra. Ya ahora los primeros granjeros obtenían en este sector provechos suficientes no solo para vivir sino para amasar grandes fortunas.

Karl reflexionó un momento sobre la Isla Sur. Según se decía, allí el paisaje y el clima eran semejantes a los países europeos donde se criaban ovejas, como Irlanda y Gales. Los animales tenían que desarrollar lana más gruesa que en la Isla Norte, más cálida, y la zona de las estribaciones de los Alpes Meridionales era ideal para que los rebaños pacieran en libertad todo el verano en tierras altas. Tal vez fuera realmente una alternativa para Chris convertir la granja agrícola en un criadero de ovejas. Cuando Karl le contestara, se lo plantearía. Pero ahora Betty volvía a su mesa, muy sonriente. Se había cambiado el uniforme de trabajo por un sencillo vestido de cotón azul y balanceaba complacida una bolsa.

—Mira, le he contado a Celine que te conozco de mi pueblo y me ha dado un par de pastelillos de carne. Podríamos ir al puerto, sentarnos en el muelle y contemplar los barcos mientras los comemos, ¿no? Celine dice que lo único que no debes hacerme es una proposición deshonesta. —Soltó una risita—. Le he dicho que no representas ningún peligro porque siempre has estado enamorado de mi hermana.

Karl notó que la sangre se le agolpaba en las mejillas. Betty era incorregible y su patrona parecía cuidarla con celo.

Betty asintió cuando él se lo comentó.

—Sí, seguro que Celine solo me contrató para protegerme de un destino peor que la muerte. Bueno, claro que ella no utilizó estas palabras, pero así lo aseguran en las revistas que leo. Yo creo que cuando Celine llegó aquí... pues... se vio obligada a vender su cuerpo. —Betty bajó la voz—. Vino con colonos de Francia que intentaron establecerse en Akaroa, en la Isla Sur, pero sus padres murieron durante el viaje y nadie quiso hacerse cargo de ella. Así que tuvo que hacer... las cosas más horribles para sobrevivir. Ahora tiene este café y cuando le pedí trabajo me contrató sin vacilar. También puedo dormir aquí, en un cuarto detrás de la cocina. Está muy bien. Eric no lo tiene tan fácil, él...

—¿Eric? —preguntó Karl, interrumpiendo el torrente de palabras—. Ve al grano, Elsbeth... Betty, quiero decir. ¿Has llegado aquí sola? ¿O no estás sola? ¿Tu padre se lo pensó mejor y se instaló en la Isla Norte?

La muchacha negó con la cabeza.

—No, papá se marchó con Franz a Australia y los Brandmann, también con sus hijos e hijas. Pero yo no quería ir con ellos, y Eric, me refiero a Erich Brandmann, él tampoco quería. Así que nos escondimos antes de que zarpara el barco en el carro de Ida y no nos descubrieron hasta...

—¿El carro de Ida?

Karl se detuvo alarmado. Hasta entonces había caminado pausadamente junto a Betty por las calles flanqueadas de palmeras hacia la bahía natural, que había sido el motivo de que los ingleses se hubieran instalado ahí muy temprano. La ciudad todavía era pequeña, pero bonita y pulcra. Se extendía entre el boscoso Mount Victoria y una bahía protegida de vientos y tormentas, en la que ese día se reflejaba el cielo de un azul intenso. Pero Karl ya no tenía ojos para los barcos y el ajetreo del puerto.

—¿Para qué necesitaba Ida un carro? —preguntó—. ¿No se marchó a Australia?

—Claro que no —contestó Betty, volviéndose hacia el muelle. Acababa de atracar un barco y los marineros se disponían a descargarlo por una ancha rampa—. Podemos sentarnos aquí y comer —dijo—. Y ver cómo descargan. No sé cómo lo ves tú, pero a mí me gusta contemplar cómo trabaja otra gente. —Rio traviesa.

—Betty —insistió Karl—, ¿cómo le va a Ida?

—Está con Ottfried en Purau —informó, tomando asiento con garbo en el murete del muelle. Disfrutaba de las miradas de admiración que le dedicaban los marineros al verla—. Ottfried ya no quiere ser campesino ni carpintero, persigue metas más elevadas. Quiere comprar tierras a los maoríes y luego vendérselas a los colonos. O al menos eso he entendido. Tiene un socio, un inglés. Y Cat tiene que hacer de intérprete para los dos. Cat vivió con los maoríes, ya sabes.

Karl resopló. Le costaba mantener la calma y sentarse. Si por él fuese, se habría puesto a pasear arriba y abajo delante de Betty.

—Sí, sí, conozco a Cat, al menos me hablaron de ella. Pero ¿cómo ha ido a parar con Ottfried? Da igual, ya me lo contarás. Ahora háblame de Ida. ¿Está bien? ¿Quería ir a Purau? ¿Y por qué allí? ¿Y cómo viven? ¿Tienen tierras? ¿Una casa? ¿Hay colonos en esa zona?

Betty no conseguía responder a tantas preguntas y darle bocados a su pastellillo de carne. Karl no podía ni pensar en comer, estaba demasiado emocionado.

—A mí no me gustaría vivir en ese horripilante *pa* —concluyó Betty—. Y si además tiene que quedarse ahí sola, con el niño...

Betty se despidió después de que ambos se pusiesen al corriente de las novedades más importantes. Había cerrado de mal grado la bolsa con los pastelillos tras haberse comido uno y dijo que el otro se lo llevaría a Eric.

—Él no ha encontrado un trabajo tan bueno, está de mozo de los recados en una agencia comercial. Y cuando les falta gente también tiene que echar una mano en estibar los barcos. No tiene un sitio donde dormir, tiene que apañárselas. Pero ahorra, dice, y cuando cumpla los dieciséis trabajará en la construcción de carreteras o del ferrocarril. De todos modos, piensa que cualquier cosa es mejor que ser devorado por los cocodrilos en Australia, y tampoco quiere vivir en un pueblucho de mala muerte como Sankt Paulidorf, donde todo el rato se hable alemán y se esté rezando. A nosotros nos gusta más la ciudad. ¡Y quién sabe qué puede ocurrirnos todavía!

Betty se despidió alegre de Karl y se marchó mientras él permanecía sentado en el murete, pensativo. Lo que ella le había contado había puesto su mundo patas arriba. ¡Ida no estaba en Australia! ¡No tenía que buscarla por todo un continente! Sin embargo, no podía presentarse en Purau como quien se acerca a charlar con el vecino. Tenía que encontrar algún motivo para visitar a Ida y Ottfried. Pero en principio eso daba igual. Lo importante era que ella estaba en la Isla Sur, y que de ella solo lo separaba un trayecto en barco. Naturalmente, eso desbarataba sus planes de marcharse a Australia. No acompañaría a Tuckett, sino que se buscaría un trabajo en la Isla Sur. A lo mejor echaba un vistazo en la granja de Christopher, tal vez necesitara ayuda.

Sonrió irónico. Por supuesto, también podía fingir que estaba buscando tierras y acudir a Ottfried como cliente. Aunque en realidad era una locura hacerse ilusiones, y más sabiendo que había un hijo de por medio, tenía la sensación de que, una vez conocido el paradero de Ida, se abrían muchas posibilidades para ella y él. Sintió alegría e inquietud, le brincaba el corazón de solo pensar en volver a verla.

De repente, el barco que estaban descargando llamó su atención. Ya se había montado la rampa y en la cubierta se apretujaba la carga: un rebaño de ovejas bien alimentadas que balaban. Los estibadores y los marineros estaban preparados para descargarlas, pero el capitán del puerto intentaba evitarlo. Tras intercambiar unas ásperas palabras con el cabo, llegó el capitán del barco, alertado por sus hombres.

—¡Y tanto que las voy a descargar aquí! —vociferó el hombre rechoncho al tiempo que se sacaba la gorra y se secaba el sudor de la frente—. No puedo volver a llevármelas. Me han pagado para que lo transportara de Sídney a Wellington y eso voy a hacer, descargar el ganado.

—¡Pero el propietario no ha llegado! —replicó el capitán del puerto. Intentaba conservar la calma, pero la visión de docenas de ovejas sin vigilancia en su puerto y probablemente escapando a la ciudad lo ponía frenético—. ¿Quién es el dueño? A lo mejor es posible encontrarlo...

El contramaestre echó un vistazo a los documentos.

—Un tal señor Pidgin, solo pone eso. Comprendemos su problema, capitán, pero mañana hemos de estibar una carga nueva y necesitamos despejar y limpiar la bodega. ¡No se imagina lo que apesta ahora! Así que los animales han de ser desembarcados.

El capitán del puerto levantó las manos.

—Deme al menos un par de horas para montar un corral o un establo donde alojar a los animales de momento. ¿Cuántos son?

—Cien —respondió el contramaestre—. Si es que no ha parido alguna. En los documentos pone que son cien ovejas madre preñadas. Ah, sí, y también pone que la entrega se hará efectiva contra giro bancario. Así que deben enseñarnos el justificante del giro bancario.

El capitán del puerto enarcó las cejas.

—¡Pues ya está! Si no hay giro bancario, no hay pago, y sin pago no hay descarga. ¡Vuelva a llevarse esos animales!

El capitán del barco sacó un reloj de bolsillo.

—Una hora, capitán. Esperaré una hora, luego las ovejas saldrán del barco. Me da igual si el vendedor recibe el dinero o no. Así que encuentre a ese señor Pidgin u organice lo que sea.

Karl se acercó a los dos. Se le acababa de ocurrir una idea.

—Si ponemos los animales en un sitio sin aclarar quién es el propietario... ¿qué pasará luego? ¡Alguien tendrá que pagar el establo! —dijo el capitán del puerto, y miró a las ovejas como si deseara verlas asándose en un pincho.

El capitán del barco se encogió de hombros.

—Le dejo la dirección del criador en Australia, un tal señor Holder. Las puede vender por él y cobrarse lo que le cueste el alquiler del establo.

—¡Venderlas! —El capitán del puerto casi soltó un gallo—. Capitán Peters, ¡yo no soy un vendedor!

Mientras los hombres seguían discutiendo Karl echó un vistazo a las ovejas. Daban la impresión de ser vivaces y estar bien nutridas. Las habían esquilado no hacía mucho tiempo, pero ya les crecía una lana regular y clara.

—Disculpe... —dijo Karl dirigiéndose a los tres hombres que discutían—. He escuchado por casualidad su conversación y a lo mejor puedo ayudarles. Si el comprador de estos animales realmente quisiera renunciar al contrato... yo estaría interesado.

4

Encontrar un refugio temporal para las ovejas no resultó muy complicado. Desde Wellington solía enviarse con frecuencia ganado a la Isla Sur y un granjero de las afueras de la ciudad ponía corrales a disposición para antes de la partida; naturalmente, cobrando. Puesto que el capitán del puerto no había encontrado a nadie que asumiera los costes si no hallaba al misterioso señor Pidgin, organizó rápidamente la conducción de los animales. Karl, que colaboró con él, intuía que estaba a punto de hacer un buen negocio. Las ovejas parecían gozar de buena salud y estar bien alimentadas, si el precio era más o menos correcto, podría darse por satisfecho. Aunque todavía no sabía qué iba a hacer con esa familia lanuda. ¿Establecerse en una granja en las Llanuras cuyos terrenos le facilitara Ottfried Brandmann? ¿O debía llevar los animales a Chris y negociar con él una participación?

En cualquier caso, la compra espontánea encajaba con esa nueva alegría de vivir y ansias de cambio que experimentaba Karl. Se hallaba de excelente humor cuando dejó las ovejas en un corral rumiando heno y se dirigió hacia su hotel. Escribiría de inmediato una carta a Chris y le contaría sus nuevos planes. Había acordado con el capitán del puerto escribir al criador de los animales una misiva que el capitán Peters llevaría en su barco a Australia. En la misma, Karl explicaba que estaba de acuerdo con hacerse cargo de las ovejas en las mismas condiciones que se habían planteado en un principio, con lo que suponía que el precio sería razonable.

Que el señor Holder le comunicara cuál era, que él se lo pagaría lo antes posible. El capitán del puerto añadió que los animales se hallaban a buen resguardo bajo la vigilancia de la administración del Wellington Harbour. Se entregarían al señor Jensch una vez el señor Holder recibiera el giro bancario.

De hecho no era necesario esperar respuesta del ganadero. El asunto del negligente señor Pidgin se convirtió rápidamente en tema de conversación en el puerto y ya el segundo día tras la llegada del barco, un estibador se lo encontró en un pub. John Pidgin, granjero de Foxton, estaba desmoralizado, trasnochado y a punto de emborracharse. Aunque el dinero no le alcanzaba ni para eso.

—Se ha quedado sin blanca —informó el estibador al capitán del puerto—. Y eso que ha venido aquí para recoger las ovejas con una buena suma de dinero. Los animales eran para crianza en su granja, su esposa ya se veía como una futura baronesa de la lana. —«Barones de la lana» era la nueva denominación que se aplicaba, algo peyorativamente, a los granjeros que se hacían ricos criando ovejas en Nueva Zelanda—. Pero Pidgin fue a dar al pub, bebió un par de copas y se atrevió a jugar. Pues sí, y un timador de una estación ballenera lo ha desplumado. Así que el dinero para las ovejas ha volado. Pidgin todavía está ahí, no se atreve a volver a casa. Lo he invitado a unas copas para que se esperase hasta que usted llegara y pudiera hablar con él de los animales.

Karl, a quien llamaron con urgencia, reembolsó el dinero de las bebidas y preguntó cómo se llegaba a la taberna. Con John Pidgin no tardó en llegar a un acuerdo. El quejumbroso hombrecillo estaba desesperado por haber perdido sus ahorros, pero contento de que el propietario de las ovejas no lo demandase por incumplimiento de contrato. Cedió a Karl sus derechos, le dijo qué precio iba a pagar por las ovejas y se abandonó de nuevo a sus penas. Karl, que tenía una cuenta en Wellington, enseguida realizó el giro bancario y entregó el justificante al capitán del puerto.

—Estupendo, le deseo que tenga usted suerte. —El capitán sonrió aliviado—. ¿Y qué va a hacer ahora con esos animales?

¿Tiene una granja o algo similar por aquí? Ayer dijo que era agrimensor.

—Ya no —repuso Karl, no menos complacido—. Ya ve, voy camino de convertirme en un barón de la lana. Lo único que necesito son las tierras apropiadas y el título nobiliario. Bromas aparte, las ovejas, mi caballo y yo necesitamos viajar a la Isla Sur. A Port Victoria o Port Cooper, como se le llama ahora. ¿Sabe de algún barco que pueda llevarnos?

El siguiente barco a Port Cooper zarpaba una semana después. Karl aprovechó el tiempo para familiarizarse con las ovejas y, sobre todo, con la perrita negra y blanca que le había vendido el granjero que había dado cobijo al rebaño. Su collie acababa de tener crías.

—No son de pura raza —dijo con franqueza el granjero, mientras dejaba que Karl escogiera entre una maraña de cachorros de pelaje sedoso que parecían oseznos—. Bueno, *Winnie* sí, la madre, me la traje de Irlanda, ella sí que es una auténtica collie. Pero los pequeños son de un macho desgreñado del vecindario. De otra raza, aunque también tiene el instinto del perro pastor, si no, no lo hubiese dejado arrimarse. Naturalmente, no puedo garantizar nada de los cachorros, pero en la mayoría de los casos el instinto se hereda. Y que necesita un perro pastor, de eso no hay duda.

Karl lo consideró, entusiasmado con la idea de tener un perro. En Raben Steinfeld siempre había deseado uno, pero puesto que en su familia no había suficiente dinero para mantener a las personas, menos lo había para un perro. Y el animal tampoco habría prestado ningún servicio, en la familia Jensch no había nada que valiese la pena guardar.

Ahora dejó que el granjero lo aconsejase y eligió el macho más vigoroso de la camada. El cachorro se parecía a la madre y, pese a lo pequeño que era, tenía ojos solo para las ovejas. Karl tuvo que refrenarlo para que, ansioso como estaba por guiar a los ovinos, estos no lo pisotearan. Puesto que era muy simpático y cariñoso y ya al segundo día andaba pisándole los talones, Karl lo bautizó como *Buddy*, algo así como «colega», y se alegró de su compañía.

La travesía a la Isla Sur fue agitada, como era habitual. Karl no se mareó a causa del oleaje, igual como había sucedido tiempo a atrás en el *Sankt Pauli*, pero *Buddy* vomitó tres veces y, cuando por fin llegaron a Port Cooper, el pobrecillo andaba tambaleándose. Karl estaba preocupado por las ovejas, pero estas soportaron el viaje con estoicismo. El estómago de las rumiantes no parecía especialmente sensible. En cambio, se mostraron tercas cuando Karl las desembarcó. En Port Cooper el tussok llegaba hasta el muelle, y las ovejas se pusieron a pacer. Karl y el cachorro mareado no podían evitarlo. El joven pensó en montar a caballo e intentar agruparlas, pero *Brandy* estaba entumecido tras la travesía. No podía obligarlo a hacer galopadas rápidas y paradas en seco. Mientras reflexionaba, pasaron como un rayo dos perros sin el pelaje liso y sedoso de los collies, pero igual de diestros y decididos en el trato con las ovejas. Ambos rodearon el rebaño en un abrir y cerrar de ojos, reunieron todas las ovejas y se tendieron satisfechos y jadeantes uno a cada lado del círculo cuando concluyeron su tarea. *Buddy*, que había corrido con ellos fascinado, se puso en un tercer lado y se quedó concentrado mirando alternadamente a las ovejas que guardaba y a los dos perros grandes. Era evidente que había encontrado a sus maestros.

Karl buscó con la mirada al propietario de los perros. No le había pasado por alto que los animales no habían actuado por propia iniciativa, sino dirigidos por los silbidos de alguien. Y entonces descubrió a su salvador. Un hombre rechoncho y bajo, de cuya gorra asomaba un cabello rojo; su abrigo cerrado daba testimonio de muchas horas de pastoreo sin importar el tiempo que hiciera. Se acercó sonriente.

—William Deans —se presentó, dándose un toquecito en la gorra—. ¡Espero que le hayamos sido de ayuda!

—¡Me ha salvado! —exclamó Karl—. Gracias. Tengo que ir con las ovejas Waimakariri arriba hasta Fenroy Station. Pero, por lo visto, los animales no se limitan a seguirme. Y el perrito...

Deans sonrió.

—Muy prometedor, pero con esa cantidad de animales sería pedirle demasiado. Y usted no hace mucho que se dedica a esto, ¿me equivoco?

Karl negó con la cabeza.

—No; debo reconocerlo. Además tengo que dejar a los animales en algún lugar esta noche. ¿No tendrá también usted ovejas?

William Deans soltó una carcajada.

—¿Que si tengo ovejas? Joven, se nota que es usted nuevo en el oficio. Mi nombre es Deans, como ya he dicho. Soy uno de los hermanos Deans, de Riccarton. Qué, ¿no le suena a nada?

Karl hizo un gesto de ignorancia.

—Lo siento. He estado dos años en la Isla Norte. Soy agrimensor. Al parecer me he perdido algo.

Deans echó un vistazo a las ovejas y silbó a uno de los perros al ver que dos se escapaban. El animal las devolvió con toda naturalidad al rebaño.

—Mi hermano y yo trajimos las primeras ovejas a la Isla Sur —explicó—. Desde Australia. Tenemos una granja aquí cerca. Y en caso de que quiera vender las suyas, le pagaré un buen precio. Son ovejas madre espléndidas. Podrían ser perfectamente de Holder.

Karl confirmó la hipótesis no sin elogiar el conocimiento en la materia de su interlocutor. Y cinco minutos más tarde ambos se habían puesto de acuerdo.

William Deans se llevaría las ovejas de Karl a Riccarton. Conocía a Christopher Fenroy y explicó que su granja se encontraba en el camino de la de Chris.

—Y como compensación me quedo dos machos cabríos jóvenes que yo mismo elegiré cuando las ovejas hayan parido. Encajan muy bien con las que criamos. ¿Le parece bien?

Le tendió la mano a Karl y este se la estrechó aliviado. Por fin, el problema de las ovejas quedaba solucionado. Deans se alegró por el trato y por la renovación de la sangre que cabía esperar en su rebaño. Sin embargo, cuando Karl mencionó a Ottfried Brandmann y que pensaba comprarle tierras para su granja, el rostro del prominente granjero se ensombreció.

—¿Para qué necesita usted a Joe y Otie, hombre? —replicó el robusto escocés—. Limítese a hacer como mi hermano y yo: escoja un trozo de tierra, a ser posible no muy alejado, que no esté a más de tres días de viaje del vecino blanco más cercano, y luego pregunte a los maoríes del lugar si se lo dan. Lo mejor es arrendarlo, ellos casi siempre lo aceptan. Y casi es un regalo, por unas mantas o pacas de tela, o un surtido de ollas y cuchillos. Al año (en total pagamos unas seis libras). Y ya tiene usted sus tierras.

—Pero yo preferiría comprarlas —objetó Karl—. Y he oído decir que el señor Brandmann las vende.

Deans se encogió de hombros.

—Es lo que hace. Y también tiene contratos con los maoríes, es todo seguro desde el punto de vista *pakeha*. Pero ¿comprenden realmente los jefes tribales lo que están firmando? En fin, yo no me fiaría de un papel si tuviera enfrente a veinte guerreros aguerridos. No, yo prefiero pagarles el arrendamiento y luego ya les pagaré la tierra. Por lo general son pacíficos, si no se les pone nerviosos, y algunos hasta duchos en los negocios. La tribu que está ahí arriba, junto a Fenroy, ¡esos hacen un dineral con amuletos y jarabe para la tos! Mi esposa también consume remedios y esos realmente funcionan. Si quiere saber mi opinión, ganan más dinero que Fenroy con sus campos. La agricultura aquí no funciona. El futuro tiene lana y cuatro patas. —Señaló sonriente las ovejas de Karl, que seguían tranquilas, juntas y mordisqueando hierba—. En fin, piénselo usted.

Deans silbó a sus perros para ponerse en marcha. Debía emprender el camino si quería llegar a la granja Riccarton antes del anochecer.

—Y si negocia con Joe y Otie, ¡cuidado! Los dos son unos bribones, especialmente Joe se las sabe todas. ¡No se deje timar!

Karl también silbó a *Buddy*, pero tuvo que cogerlo bajo el brazo para evitar que siguiese a Deans y las ovejas.

—Ya te devolverán las ovejitas —consoló al cachorro, que gruñía—. Y cuando crezcas también te harán caso.

Karl salió en busca de un lugar donde pasar la noche. Ahora que las ovejas ya estaban atendidas tenía que pensar en qué quería hacer a continuación. Lo que Deans le había dicho acerca de Ottfried le extrañaba. De acuerdo, nunca le había gustado Ottfried y lo tenía por un sujeto bastante cretino, pero lo consideraba más un santurrón que un granuja. Además, Ottfried siempre había sido un holgazán. Bajo la batuta de su padre no se le notaba, pero ni en los campos ni cuando era niño en la escuela había echado una mano a nadie. La idea de negociar con tierras antes que trabajarlas encajaba con esa idea. Y Ottfried tal vez no se percataba de los fraudes que había detrás de eso. Karl no creía que ya hablase inglés con fluidez.

Sumido en sus pensamientos, subió por la colina. El terreno en Port Cooper era en proporción escarpado. Al lado del mar era plano, pero la colonia se hallaba en la pendiente. Contó una docena de viviendas y tiendas. Por desgracia, todavía no había una pensión donde pernoctar. No obstante, sí había dos tabernas. Karl se dirigió a la primera de ellas. Después de la travesía y del exitoso trato con Deans, tenía la garganta seca y una cerveza le sentaría bien. Seguido por *Buddy*, todavía algo ofendido, entró en el pub, donde reinaba la penumbra característica de esos establecimientos. A esas horas de la tarde, todavía no estaba muy lleno. Había dos hombres junto a la barra conversando. Otro hombre, muy bien vestido y a ojos vistas no de la zona, tomaba un whisky. En una mesa jugaban al black jack.

Karl pidió una cerveza pero, antes de que llegara a situarse en la barra, la puerta se abrió de par en par e irrumpió un hombre bajo de estatura, musculoso y sin duda fuerte. Por su indumentaria, chaqueta de piel, botas y pantalones de montar, Karl habría deducido que era granjero, pero el paso vacilante y la piel curtida por el tiempo revelaban más bien a un marino o un cazador de ballenas. En cualquier caso, el recién llegado no se tomó tiempo ni para quitarse el sombrero, un sueste de ala ancha, antes de ladrarle al patrón:

—Busco al hijoputa de Joe Gibson. Y a ese alemán cabrón, Otie.

El tabernero no perdió la calma.

—Tranquilo, amigo. Si quieres pelear o pegar tiros, hazlo fuera. Aquí no me gusta andar limpiando sangre, ¿entendido?

—Descuida. Cuando haya acabado con ellos yo mismo cogeré la fregona —contestó el hombre, sarcástico—. ¿Y bien? ¿Están aquí? En el otro pub me han dicho que suelen venir a este.

El tabernero señaló con la barbilla la mesa del black jack. Karl se volvió tenso hacia ellos, ¿se suponía que Ottfried estaba allí? Pero el recién llegado se plantó junto a los jugadores, tapándole la vista.

—¡Gibson, tú, hijoputa! Solo te lo diré una vez: ¡devuélveme mi dinero! Y también deberías compensarnos, a mí y a mi esposa, que la pobre ha pasado un miedo de muerte. ¡De mí no te ríes, cabrón! —Y de pronto sacó un revólver y lo apuntó.

Los jugadores lo miraban perplejos.

—¿Quién es este, Joe? —preguntó alguien.

Karl reconoció la voz de Ottfried y logró distinguir a medias al marido de Ida. Estaba repanchingado en su silla, al parecer no demasiado preocupado. Había engordado y parecía hinchado. Además, se había afeitado la barba y ya no tenía el aspecto de un buen luterano, sino de un borracho y jugador que frecuentaba todos los pubs entre Auckland y Nelson.

El desconocido resopló antes de que Gibson contestara.

—Me llamo David Potter, por si no lo recordáis. Claro, ¿quién va a recordar a un comerciante de pieles de Wellington?

—¡El señor Potter, por supuesto!

Karl supuso que quien terciaba con voz solemne era Joe Gibson. Su tono recordaba al de un predicador dando las gracias a Dios por algo que ha levantado las quejas de su rebaño.

—¿Dónde le aprieta el zapato? ¿Qué hemos hecho para enfadarle? Por lo que sé, usted todavía no se ha instalado en su propiedad.

—¡Pero la he pagado, miserable cabrón! —replicó Potter—.
Y el mes pasado vine aquí. Con mi esposa y todos nuestros enseres. Pensé que no tardaría en construir una cabaña, y mi Susan es
valiente, una auténtica pionera. No le importaba pasar un par de
días en una tienda, lo veía como una aventura.

—¿Y? —preguntó Gibson con candidez—. ¿Qué ha pasado?
¿Les entró un weta en la tienda? ¿Un par de aves nocturnas la han
asustado? Son cosas que pasan, señor Potter, esas son tierras vírgenes.

—¿Aves? ¡Maoríes con tatuajes azules! —vociferó Potter—.
Con lanzas, mazas y haciendo muecas espantosas. Susan casi se
me muere del susto. Se acercaron a nuestra hoguera con mala cara.
Al principio no entendíamos qué querían. Llegamos por la tarde,
cuando oscurecía, montamos la tienda, y bueno, no sabíamos que
estábamos en medio de un campo de *kumara*. De ahí su enfado.
Pero ¿qué demonios hacen esos salvajes cultivando *kumara* en
nuestras tierras? Al lado había un campo de trigo, y un par de cabañas donde viven esos maoríes con sus esposas. Les enseñé el título de propiedad, pero ni caso. ¡Parecían querer asarnos al fuego! Lo primero que hicieron fue quedarse la mitad de nuestras
cosas por haberles dañado el cultivo. Por suerte, pasaba por ahí
un vendedor ambulante que sabía un poco de maorí para traducir. Y así nos enteramos de que esa tierra no es nuestra. Los maoríes dijeron que habían hablado con el jefe antes de la última fiesta de año nuevo. Y como entonces no había aparecido nadie a
trabajar la tierra, el jefe se la había dado a dos familias emparentadas con la tribu. ¡Qué sé yo! ¡Y ahora quiero que me devuelva mi
dinero, Gibson! ¡Ya mismo!

Gibson parecía estar pensándoselo, pero Ottfried sonrió a
Potter.

—¿Dónde problema? Bien, traductor dice que cuando colono
no viene pronto maoríes pensar que nunca vienen. Tontería. ¡Te
pones en parcela vecina! ¡Cambiamos papeles, tú instalas y ya todo
bien!

—¿Qué dice usted? —Potter apretó los puños—. ¿Que recojamos nuestras cosas y nos marchemos? ¿Que les preguntemos amablemente si reconocen un nuevo papel cuando el primero lo han usado para limpiarse el culo? ¿Se burla de mí o qué? Yo no sé qué negocio han hecho ustedes con los salvajes, pero ¡no lo hicieron correctamente!

—¡Pues claro que sí, señor Potter! —protestó Gibson con la misma solemnidad de antes—. Está todo oficialmente registrado y reconocido en Auckland por el gobernador y las oficinas gubernamentales. Si los maoríes ahora lo desconocen, tiene usted que imponerse. Tiene que presentar una demanda, pedir ayuda a las autoridades. La verdad, no sé con exactitud cómo hay que actuar en estos casos, pero seguro que no es nuestro problema. Nosotros hemos negociado legalmente, los documentos están en orden.

—¿Que no es su problema? —Potter se abalanzó sobre el hombre y lo cogió por el cuello de la camisa—. Pues ahora mismo voy a crearle yo un par de problemas a usted, señor Gibson. No se librará de esta. No voy a ser yo quien emprenda una guerra privada por esas tierras. ¡Me devuelve usted mi dinero y me compro otra!

—¡Tranquilícese! —El hombre elegantemente vestido que bebía whisky en la barra intervino—. Su dinero le será devuelto, señor Potter, no se preocupe. Si permite que me presente: soy Reginald Newton, abogado. Tengo un bufete en Wellington y estoy aquí porque otro cliente de estos señores se ha dirigido a mí. Es una coincidencia que todos nos hayamos reunido aquí. —Sonrió—. Pero, naturalmente, el mundo todavía es pequeño en la Isla Sur, aunque el país es grande. Represento a Rudyard Butler, al parecer su vecino, señor Potter. El capitán Butler ya está asentado en las tierras que le vendieron el señor Gibson y el señor Brandmann. Y en su caso también ha habido irregularidades. Los nativos reclaman su derecho a ciertas áreas de su parcela y afirman poder probar sus reclamaciones. En cualquier caso, poseen planos en los que están marcados sus santuarios.

Ottfried gimió.

—Los *tapu*. ¿Tú no contar a comprador los *tapu*, Joe? Lo que Cat dice es importante.

—¡Venga, Otie, cierra el pico! —Gibson movió la cabeza—. Estabas presente cuando negociamos con Butler. ¿Acaso tuviste en cuenta los sitios donde se puso a bailar la *tohunga*?

Newton frunció el ceño.

—Sea como fuere, el señor Butler no quiere ofender a los maoríes —prosiguió—, solo desea llegar a un acuerdo amistoso. Y aún más por cuanto a esa gente ya se la engañó bastante al comprarle las tierras. El señor Butler se alteró mucho cuando se enteró del modo en que se había formalizado el negocio. También él presentará demanda. Así que puede usted hacer causa común con mi cliente, señor Potter, si llevo el caso a los tribunales.

Potter volvió a resoplar y miró al elegante caballero.

—¿De dónde sales tú tan peripuesto? —le espetó—. ¿De Wellington? ¿O más bien de Londres? Y vas a llevar este caso nuestro ante la reina, ¿verdad? Yo me las he apañado siempre solo para arreglar mis asuntos y más deprisa de lo que Victoria tarda en decir «Alberto». —De repente se volvió hacia Gibson y le propinó un puñetazo en la mandíbula, derribándolo aparatosamente—. ¡Y ahora tú, Otie! —Potter se dispuso a darle su merecido, pero Ottfried alzó las manos apaciguador.

—¡No... no golpes! Yo nada hecho. Todos amigos, ¿no?

—Voy a darte yo amigo, ya verás.

Gibson se había repuesto y se lanzó con un grito sobre Potter, que evitó el golpe ladeándose. Otro jugador, amigo de Gibson, lo agarró por la espalda. Y en un abrir y cerrar de ojos se armó una reyerta en toda regla.

—¡Señores, por favor! —El abogado de Wellington contempló con ceño el barullo y luego miró a Karl, que permanecía junto a la barra, pensando en si debía intervenir y a favor de quién—. ¡Esto es inadmisible! —exclamó Newton.

Karl no respondió, pero se mantuvo apartado como el abogado. Era evidente que David Potter se las arreglaba muy bien sin ayuda. Ya había derribado al amigo de Joe y en ese momento propinaba a Ottfried un gancho de derecha. Con el labio hinchado, Joe intentó atacar de nuevo, lo que le valió un puñetazo en la nariz, que empezó a sangrarle.

—¿Es suficiente? —preguntó el fornido hombrecillo algo jadeante, pero dispuesto a seguir tumbando adversarios—. ¿Ha quedado claro?

Ottfried asintió amedrentado.

—Tu dinero de vuelta —dijo con dificultades, al parecer tenía flojos un par de dientes.

Joe Gibson se levantó de nuevo.

—Sí... hum... lamento las dificultades que ha tenido, señor Potter. Pero está bien, en su caso haremos una excepción y en lugar de ofrecerle otras tierras le devolveremos el dinero. Nosotros...

—Venga, afloja la mosca —zanjó Potter—, o te cierro esa bocaza de una vez por todas. Ya puedes ahorrarte la cantinela de predicador. ¡No me embaucarás por segunda vez! —Volvió a levantar a Joe por la solapa.

—De momento no podrá ser —gimió Joe—. Por favor... tiene que entenderlo... No llevamos encima doscientas libras. Aquí, yo... —rebuscó en sus bolsillos—. Tenga, le doy todo lo que tenemos, cincuenta libras, ¿de acuerdo? En el banco no tenemos nada, ¿verdad, Otie?

Karl advirtió que intentaba guiñarle el ojo a Ottfried, pero este no entendió el gesto.

—Yo solo dos libras —masculló Ottfried—. Todo demás en... banco. Yo nada más aquí. Lo siento.

Gibson gimió. Karl se preguntó si debido a lo cretino que era su socio.

—Está bien —transigió—, creo que tenemos algo en el banco. Pero para retirarlo de la cuenta he de ir a Nelson, a la sucursal.

Potter entornó los ojos.

—¿Sabes qué le ocurrirá a tu amigo si intentas engañarme?

Gibson alzó las manos.

—¡Por todos los cielos! Yo jamás lo engañaría... sería una tontería, usted no es nuestro único cliente. Además, si yo no volviese, Otie podría agenciarse los beneficios de las demás parcelas. No, no, señor Potter, no se preocupe. A lo mejor... sí, a caballo iría más rápido, ¿no le parece?

Karl no se quedó para conocer el resultado de aquel acuerdo. En el ardor de la reyerta, Ottfried no se había percatado de él y sin duda no era el momento más indicado para reanudar su relación. Además veía una oportunidad: si Potter no era del todo idiota (y a Karl no le daba esa impresión), no le quitaría la vista de encima a Ottfried. Karl no habría dejado solo a ninguno de esos dos, los habría acompañado a Nelson y al banco. Si Potter dejaba marchar a Gibson, retendría a Ottfried como rehén y esperaría su regreso en Port Cooper.

Entretanto, Karl podía ir a caballo hasta Purau para reencontrarse con Ida. ¡Quería saber cómo vivía ella a la sombra de ese «nuevo» Ottfried!

5

—¡Ahí hay otro! —Cat señaló un conejo que *Chasseur* acababa de hacer salir de un matorral—. Pero ten cuidado, ¡no le des al perro!

Ida ya había apuntado. Hacía tiempo que reconocía por el ladrido de *Chasseur* si perseguía un conejo y, por supuesto, no existía el menor riesgo de que confundiese al cazador con su presa.

La bala del Colt destrozó la cabeza del animalito y lo lanzó por los aires unos metros. *Chasseur* lo recogió servicial.

—Ya tenemos la cena —anunció Ida.

Cat no cabía en sí de entusiasmo. Apenas si podía creer que la dulce y tímida Ida dominara con tal maestría aquella arma. Últimamente había demostrado su habilidad más de una vez. Los conejos que abatía en el bosque y la llanura enriquecían notablemente el menú. Pero Ida solo salía a cazar cuando Ottfried y Joe no estaban en casa. En el fondo, ignoraba por qué les ocultaba su destreza con el Colt, pero algo le impedía hablar de ello aunque había recibido a los hombres y a Cat, a su regreso de su segundo viaje de negocios, con un asado de conejo. Tal vez había sido la desagradable respuesta de Ottfried a su sorpresa culinaria lo que la había hecho optar por el silencio.

—¿Otra vez has estado en casa de los Redwood? —había preguntado su marido—. ¿O uno de ellos ha traído el conejo? A mí esto no me gusta, Ida, dos hombres solteros en esa casa y tú rondando por ahí. ¿Cuál te gusta más? ¿James o Edgard?

La joven lo había mirado ofendida y apretando los labios. De hecho, le gustaba la amabilidad de los hermanos Redwood; siempre la trataban como a una dama. Los hombres de Raben Steinfeld también respetaban a las mujeres, pero hasta ese momento Ida nunca había oído ese «señora por aquí», «señora por allá» de los Redwood, ni sus pequeños gestos de cortesía: le abrían la puerta, le evitaban cualquier tarea ardua y daban las gracias amablemente por una comida o cualquier servicio que ella les prestara. Sin embargo, sugerir que podría alimentar pensamientos impuros en relación a Ed o James era absurdo. Nunca había dado a Ottfried motivos de celo.

—Soy amiga de Laura —se defendió concisa—. Y de nadie más. Y también a Laura le debes el asado. Así que cómetelo o déjalo. A mí me da igual.

Naturalmente, Ottfried se lo comió. Cómo era que «le debiera» a Laura el asado, se lo explicó más tarde a Cat a solas, cuando los hombres estaban fuera. Cat acarició incrédula y admirada la culata del revólver.

—¡Yo ni siquiera he disparado nunca un mosquete! —reconoció, aunque había visto algunos en el poblado de los ngati toa—. Y tampoco sabía que tuvieran tanta precisión... un conejo es un animal pequeño.

Ida sonrió.

—Esto no es un mosquete, es un revólver. Mucho más pequeño y manejable. Y yo misma te enseñaré a utilizarlo, aunque Laura dice que a la gente le cuesta aprender. Por lo visto, yo tengo facilidad.

Cat arqueó las cejas y en sus bonitos ojos brilló una chispa.

—En tu caso quizá se trata de pura necesidad —bromeó—. Con un hombre como Ottfried... Una mujer se siente más seguro estando armada.

Ida había enseñado a Cat a cargar y disparar el arma, aunque la joven rubia ni de lejos tenía la puntería de su maestra. Por añadidura, no se lo pasaba bien pegando tiros. Incluso después de varios días de ejercicio, se sobresaltaba al ver el fogonazo y sentir el retroceso.

—No hay manera, no me acostumbro —reconoció Cat al final, antes de abandonar—. Las armas de fuego me dan miedo. Me recuerdan a Te Ronga y el orificio en su pecho. He intentado superarlo, pero ya ves que no puedo. Tendrás que seguir cazando tú sola, Ida, yo pondré trampas y pescaré.

Cat comprobó que a Ida su nueva actividad le hacía mucho bien. La joven ya no se quedaba amedrentada en casa mientras ella iba al bosque a recoger hierbas y cazar de vez en cuando algún pájaro. En lugar de ello, cogía el arma y la acompañaba. Y también parecía haber cambiado su relación con Carol. Mientras que antes prefería tener a Linda en brazos, ahora cogía a Carol con toda naturalidad y se la llevaba consigo. La niña la acompañaba así en sus cacerías y se acostumbró al ruido de los disparos antes que Cat y *Chasseur*. El perro había comprendido su utilidad desde que Ida abatía los conejos que él espantaba. Si bien la detonación le desagradaba, los conejos eran más fáciles de atrapar una vez muertos. *Chasseur* carecía de talento como cazador, cobrarse las presas se ajustaba más a su naturaleza.

Ese día, el segundo conejo cobrado ya estaba en el morral de piel que Cat llevaba. Se disponían a emprender el camino de vuelta al *pa*, cuando *Chasseur* volvió a ladrar, esta vez a unos arbustos frente al matorral del que había salido el conejo. Pero no se escondía allí ningún animal. Cuando Cat e Ida se aproximaron, oyeron voces.

—Maoríes —dijo Cat sorprendida y se dirigió amablemente hacia los arbustos.

—*Kia ora. Haere mai.* ¡No tengáis miedo, no os disparábamos a vosotros!

A continuación, los maoríes se dejaron ver y se mostraron dolidos.

—¡*Ariki* Te Kahungunu no es miedoso! —dijo con voz firme su cabecilla—. ¡Ni tampoco sus guerreros!

Pero él sí infundió miedo a Ida, con el rostro cubierto de *moko*. Así denominaban los maoríes los tatuajes, había explicado Cat. También le inspiraba temor y le resultaba extraña su indumentaria de guerra tradicional, a la que se añadía una pesada hacha, una maza de piedra decorada y una capa tejida con esmero. Cat, por el contrario, reconoció al jefe que la había acogido a ella y los hombres durante su primera expedición. Al igual que a la menuda anciana con el cabello suelto y casi blanco. Iba ahora vestida al modo occidental, por lo visto esas eran sus nuevas galas de fiesta, pero el *hei-tiki* que llevaba, los adornos de conchas y la capa adornada la señalaban como una dignataria de su tribu. Era la *tohunga* que les había señalado los lugares que su pueblo consideraba sagrados. Ambos iban acompañados por cuatro guerreros, armados con lanzas, mazas de guerra y fusiles. Cat pensó que eso no presagiaba nada bueno, pero no se asustó.

—¡Nadie lo ha pensado! —confirmó al *ariki* con dignidad—. Te Kahungunu no se asustaría ni ante toda una tribu enemiga, y tampoco sus guerreros y la *tohunga* Harata a quien acompañan los espíritus.

Cat se inclinó respetuosamente y dio un paso adelante para intercambiar el *hongi* con la anciana de la tribu. Los maoríes verían que Linda iba en el portador que llevaba la joven a la espalda. Daba igual si antes habían sentido miedo, ahora no podrían creerse que dos mujeres con sus hijas iban a declararles la guerra.

La anciana dijo algo.

—¿Podrías traducir? —preguntó Ida angustiada.

Todavía empuñaba el arma y luchaba contra el impulso de apuntar a los maoríes, lo que sería un grave error. Aunque esa gente tenía un aspecto peligroso, no parecía dispuesta a atacarlas.

—Harata dice que han venido porque los espíritus están encolerizados —tradujo Cat, y se volvió de nuevo a la *tohunga*—. Eso nos inquieta. Pero ¿qué podemos hacer para que nos sean propicios otra vez? ¿Es posible que mi amiga los haya asustado al disparar? No era nuestra intención, no queremos asustar ni amenazar a nadie. —Levantó las manos y abrió con lentitud el morral—. Mira, solo hemos cazado los animales que los *pakeha* trajeron a Aotearoa y que desde entonces se han multiplicado en tal cantidad como estrellas hay en el cielo.

—¿Es porque estamos viviendo en el *pa*? —preguntó Ida—. ¿Han venido para echarnos o pedirnos algo?

Cat negó con la cabeza y le pidió que callara.

—No están aquí por el *pa*. Se trata de otra tribu, viven a seis días de marcha. Y los conozco. Tendrán sus motivos para venir hasta aquí armados, pero no estamos en peligro inmediato. —Y volvió a dirigirse a los nativos—: Os invitamos a compartir la comida con nosotras. Podemos encender aquí mismo una hoguera. ¿No queréis intercambiar el *hongi* con nosotras?

La *tohunga* no respondió y el jefe pronunció un par de palabras duras.

—Les he invitado a comer, pero el jefe ha dicho que no quiere sentarse al fuego con nosotras —tradujo Cat, suspirando—. Entre ellos y nuestros hombres no reina la paz. Viene para quejarse. Y quiere saber dónde están Joe y Ottfried.

A continuación tranquilizó al jefe con unas palabras, y entonces el guerrero se explicó. Cat traducía para Ida.

—Han surgido dificultades con las tierras que vendieron a Ottfried y Joe. Al principio nadie las quería. Luego llegó el señor Butler (lo llaman Mis-ta Urdía, supongo que se llama Rudyard, Rüdiger o algo parecido). Se entendieron bien con él hasta que se puso a labrar la tierra de uno de sus santuarios. Y puso a pastar las ovejas en otro. Sin embargo, Ottfried y Joe les habían asegurado que los colonos respetarían los *tapu*. Pidieron explicaciones a Butler y este no sabía nada. Ahora quiere encargar a alguien que presente la cuestión ante el gobernador o algo así. Pero Te Kahungunu no está de acuerdo. Dice que el gobernador no es quien le dio las garantías, sino Joe y Ottfried. Y yo, naturalmente, pues fui la traductora. Algo por lo que ya me he disculpado tres veces. Espero que crean que lo digo en serio. Por otra parte, los espíritus no pueden esperar a que el gobernador tome sus decisiones. Su ira tiene que ser aplacada y en ningún caso deben cometer más violaciones de los *tapu*. Por eso están aquí. Quieren pedir explicaciones a los hombres.

—¿Les has dicho que no están?

Cat asintió.

—Esperarán. O saldrán a buscarlos. Hay otra cosa más. Han averiguado que les han timado. Solo Butler ha pagado diez veces más por sus tierras de lo que la tribu ha obtenido por el conjunto. Ahora quieren más dinero.

Los maoríes alzaron las lanzas amenazadores.

Ida se frotó la frente.

—¿Y ahora qué hacemos? —preguntó. Carol ya empezaba a removerse en el portador, esperaba que la pequeña no se pusiese a llorar.

Cat se encogió de hombros.

—Para empezar, ofrecerles regalos. A lo mejor darles parte de nuestras provisiones. Pero para eso tenemos que conducirlos al *pa*, lo que no conviene. Verían que se ha violado una vez más un *tapu*. Harata se enfadaría. Y luego tenemos que pensar si debemos enviarlos o no a Port Cooper.

—¡Bajad las armas! —Una voz masculina, clara y decidida, cortó de repente el aire.

Todos se sobresaltaron. Inmersos en su discusión, ninguno de ellos se había percatado del jinete que se acercaba procedente del *pa* y que ahora apuntaba con una escopeta de caza a Te Kahungunu y su gente. El hombre titubeó un poco al reconocer a las mujeres entre los nativos. Al parecer dudaba de lo que ocurría allí, pero el lenguaje de las lanzas siempre era intimidatorio.

—¡Karl!

Ida reconoció al jinete y en el acto se olvidó de los maoríes y la comprometida situación en que se hallaban ella y Cat. Todo lo demás perdió importancia. ¡Delante de ella, a lomos de un hermoso alazán, se encontraba Karl Jensch!

—¡Karl, eres tú...! Pero ¿de dónde sales? ¿Cómo me has encontrado? —Si bien el rostro de Ida mostraba estupefacción, sus ojos brillaban.

La *tohunga* hizo un comentario a Cat, quien negó con la cabeza.

—No, no es su marido —respondió—. Su marido es Otie. Pero sí, hay luz entre ellos. Ellos... bueno... son viejos amigos.

Uno de los guerreros rio.

—¿Tan amigos como Kupe y Kura-maro-tini antes de que él matara a su marido y se la llevara a Aotearoa? —bromeó.

Cat tuvo que reprimir una sonrisa.

—No, así no, creo. Más como amigos que han jugado juntos de niños.

Harata pasó la mirada entre Karl e Ida. Los ojos del joven tenían una extraña claridad.

—Ya no son niños —señaló—. ¿Qué quiere el hombre? Lleva un arma, pero no veo en sus ojos deseo de pelear.

—¿Qué está pasando aquí? —preguntó Karl.

Intentaba no abandonarse a la contemplación de Ida, sino sostener la mirada de los hombres a los que seguía apuntando, aunque ellos no parecían tomárselo muy en serio. La anciana se entretenía charlando con la hermosa muchacha rubia, en quien de pronto reconoció a la joven que había hecho de intérprete en Wairau. Poti. O Cat, como se llamó después. La Cat de Chris Fenroy.

—¿Te está amenazando esta gente, Ida?

Ida no era capaz de tomar posición. No podía dejar de mirar a Karl. Todavía estaba delgado, pero más fuerte que en Raben Steinfeld. Seguro que en los últimos dos años no había pasado hambre. El cabello rubio y ondulado le enmarcaba el rostro. Media melena, cubierta por un sombrero de ala ancha, y una barba corta que le hacía más viril. Las arrugas de la risa y los ojos brillantes que siempre le daban un aire jovial seguían ahí. Y debía de pasar mucho tiempo fuera, pues tenía la tez tostada y curtida.

—No —respondió Cat en lugar de su amiga—. Nadie está amenazando a nadie. Se confunde usted. Por favor, señor Jensch... Es usted Karl Jensch, ¿cierto? Por favor, baje su arma. Esta gente tiene problemas con Ottfried, pero no con nosotras y las niñas. No los haga enfadar, eso podría ponernos en peligro.

Karl asintió y bajó el arma.

Cuando el jefe golpeó amenazador la lanza en el suelo, soltó la escopeta y le enseñó las manos en gesto de capitulación; intentaba recordar cómo se formulaba una disculpa en maorí.

—*Mo taku he*. Lo siento —dijo finalmente—. *Kia ora*. Solo quería...

Harata, la *tohunga*, tranquilizó a Te Kahungunu, que emitió una especie de gruñido.

—Harata ha dicho que usted solo quería proteger a Ida —tradujo Cat—. Pese a ello, el jefe está enfadado.

Karl reflexionó. Luego cogió su preciado abrigo encerado, que llevaba detrás de la silla, desmontó y colocó la prenda a los pies de Te Kahungunu, muy cautelosamente para no ofenderlo. En la Isla Norte los *ariki* eran intocables. Aquí esta norma no parecía tan severa, pero no quería cometer otro error.

—Por favor, Cat, dígale que le pido disculpas y que si he ofendido a alguien, acepte este presente como desagravio.

La joven rubia sonrió con aprobación.

—Usted mismo se ha disculpado muy bien. Por supuesto, esto último los apaciguará del todo.

Se dirigió a los maoríes y tanto Karl como Ida suspiraron aliviados cuando Te Kahungunu asintió.

—Quisiera saber si conoce a Ottfried y Joe —tradujo Cat las palabras que pronunció después el jefe—. Y si es usted amigo de ellos.

Karl hizo un gesto de rechazo con las manos.

—*Hoa nohea* —dijo torpemente en maorí, algo así como «amigos, nunca»—. Pero ayer los vi en Port Cooper —prosiguió volviéndose hacia Cat—. Y esta gente no es la única que tiene cuentas pendientes con ellos. Conocí a un granjero que cuando llegó a las Llanuras se encontró con que sus tierras habían sido concedidas a otros. También hay un colono que violó por ignorancia algunos *tapu* y puede estar contento de que no lo hayan matado por eso. Y un peripuesto abogado de Wellington...

—¿Ottfried se ha metido en líos? —preguntó Ida nerviosa.

—¿Joe y Otie en Te Whaka Raupo? —la interrumpió el jefe—. ¿Lugar que los *pakeha* llaman ahora Port Cooper?

Karl asintió.

Te Kahungunu dijo algo a su comitiva y esta se dispuso a emprender la marcha. Harata musitó unas palabras a Cat y también se volvió para partir.

Cat pareció aliviada, pero también algo compungida cuando tradujo para Karl e Ida.

—El jefe y su gente se encaminan ahora hacia Port Cooper para hablar con los hombres. Han comprendido que usted, Karl, no tiene nada que ver en este asunto. Están algo enfadados conmigo porque yo traduje. Harata dice que tendría que haber sabido cómo son los hombres. Como he trabajado para ellos, me he mancillado. Y no se equivoca. Le he dado la razón y he jurado purificarme. Pero dice que los espíritus ya se han calmado cuando han visto tu sonrisa, Ida. Les has hecho felices con tu dicha.

6

—¿De dónde vienes, Karl? ¿Cómo me has... como nos has encontrado?

—Me dijeron que estabas en Purau, Ida.

¿Qué le ocurría a su voz? Era sofocada, vacilante, como si estuviese sosteniendo esa conversación en sueños. Sin embargo, él estaba ahí, en un claro soleado de un bosque de hayas del sur, helechos, kamahi y mañíos parasitados por arbustos de rata, y ante él se encontraba Ida. En carne y hueso y más bonita de lo que la recordaba. Había cambiado, se había vuelto más mujer. Tal vez parecía más dulce y accesible porque ya no llevaba capota, delantal ni vestido oscuro. Su espléndida melena tampoco estaba recogida en lo alto, sino peinada en una trenza gruesa y larga. En lugar de la severa indumentaria de cuello cerrado, habitual en las aldeas de los antiguos luteranos, llevaba un vestido de cotón ligero azul claro, viejo y sucio, pero el color le sentaba bien a sus ojos y constituía un bonito contraste con su cutis levemente tostado. Esa ya no era la mujer que vivía con la cabeza gacha, durante el verano inclinada sobre un bancal del huerto y en invierno sobre las labores. Ida levantó la vista hacia él y él descubrió atónito que empuñaba un revólver.

—Ida, ¿eras tú la que disparaba? Estaba en vuestra granja, los Redwood me indicaron el camino, y vine aquí cuando oí un tiro. Pero no habría pensado... ¿Has disparado tú a los maoríes?

Cat sacó sonriente un conejo del morral y lo sostuvo ante él.

—No, solo a esto, de lo contrario ahora estaríamos muertas. Ida tiene buena puntería, pero no habría podido derribar a cuatro maoríes.

Karl frunció el ceño y miró el Colt.

—¿Cuatro? —preguntó—. Pensaba que admitía cinco balas. Es un revólver de tambor, ¿verdad? Después tienes que enseñármelo.

Ida enrojeció. No podía decir nada y Karl pensó de golpe que la situación era absurda. Estaba frente a Ida y no se le ocurría otra cosa que hablar de la evolución de las armas gracias al señor Colt.

Se acercó a la mujer con la que siempre había soñado.

—Ida, ¡háblame de ti! ¿Cómo te ha ido? Pensaba que estabas en Australia. Pero me encontré con Elsbeth y me contó que estabais aquí. He venido enseguida.

Le cogió las manos. Ida dejó caer el arma para tenerlas entre las de él. Estaban frías como el hielo.

Carol se movió en el canasto y se puso a llorar cuando el desconocido se acercó. *Chasseur* ladró. Durante la reunión con los maoríes se había mantenido lo más apartado posible, disponía de un buen instinto de supervivencia. Estaba preparado para defender a su dueña contra un hombre, pero no contra muchos hombres.

El ladrido de advertencia atrajo a *Buddy*, que estaba detrás del caballo de Karl. El cachorro meneó el rabo cuando se percató de la presencia del perro mayor. *Chasseur* se lo quedó mirando mientras emitía un gruñido y el pelaje del lomo se le erizaba. Cat lo tranquilizó.

—*Chasseur*, ¡no te hagas el importante! ¡Todavía es un bebé!

Ida y Karl no se percataron de nada. Cuando sus manos se tocaron, un círculo se cerró. Se miraron a los ojos y se olvidaron del mundo que los rodeaba. Entonces Ida se enderezó.

—¿Por qué? —preguntó, apartando lentamente las manos.

Karl frunció el ceño.

—¿Por qué qué?

—¿Por qué has venido? Me alegro de verte, no me malinterpretes. Pero no deberías haber dejado tu trabajo para venir solo... solo a visitarme.

Carol no se tranquilizaba, así que Ida la sacó del canasto antes de que pasara de llorar disgustada a berrear. Mecer a la niña le dio un buen motivo para dejar de mirar a Karl.

—Quería saber cómo te iba —respondió Karl—. A ti y a Ottfried.

Ida bajó la cabeza. Después de haberse recuperado del susto provocado por el encuentro con los maoríes, parecía volver a recordar lo que se esperaba en Raben Steinfeld de una mujer virtuosa.

—A mí me va bien —respondió de modo inexpresivo—. A nosotros nos va bien. Nosotros... ya ves, tenemos... tenemos hijos. Mellizas.

Karl miró atónito a las dos niñas. Había supuesto que el bebé que llevaba Cat era de ella. Pero observadas con mayor atención, las dos se parecían. Eran rubias y de la misma edad.

—Señor Jensch —se inmiscuyó Cat, que percibió la inseguridad de su amiga y de nuevo no la entendió—. Seguro que Ida le cuenta todo lo que ha pasado desde que ustedes se separaron. Pero ahora hay que llevar a las niñas a casa. Tenemos que darles de comer o Carol se pondrá a berrear, y...

—¿Carol? —preguntó Karl, y su sonrisa eclipsó el desencanto que acababa de sentir—. ¿Una se llama Carol?

Entonces el orgullo de madre superó la reserva de Ida.

—Karla —dijo—. Por... por el abuelo de Ottfried.

La sonrisa de Karl se desvaneció.

—Y la otra se llama Linda —añadió Ida como para cambiar de tema.

Cat sacó a su hija de la cesta para que Ida pudiese presentarla.

—*Você é linda...* —musitó Karl. Se acordaba. Y miró a Ida, no a la niña.

—Ahora debemos marcharnos —insistió Cat, pero cuando Ida levantó la vista, enmudeció.

La *tohunga* no había errado en su observación, entre Ida y Karl

Jensch había mucho más que una amistad de juventud. Cuando se miraban, parecía tejerse entre ellos una cinta de estrellas.

—¡Sí, por supuesto! —exclamó Ida antes de que su mirada se perdiese en la de Karl—. Tenemos que ir a casa. ¿Vienes?

—No quisiera molestar... —respondió educadamente Karl.

Cat puso los ojos en blanco.

—¿Prefiere montar su tienda en la espesura y comer un trozo de pan seco antes que disfrutar de un asado de conejo con nosotras en casa? —preguntó sonriente—. ¿Después de haber cruzado montañas, mares y desiertos solo para ver a Ida de nuevo? Por cierto, ¿dónde se ha encontrado con Betty? Venga con nosotras y cuéntenos.

Naturalmente, Karl las siguió rumbo a la casa. *Brandy* encontró sitio en el establo y *Chasseur* permitió que *Buddy* se sentara a su lado junto al fuego.

—Es un perro pastor, ¿verdad? —preguntó Ida, acariciando al cachorro—. Los Redwood tienen uno igual. Pero tú no tienes ovejas.

Karl se echó a reír.

—¡Pues sí! —respondió, y se puso a contarles de su reciente adquisición.

Ida parecía muy interesada en las ovejas. Preguntaba esto y aquello, mientras Cat trajinaba en la cocina y miraba nerviosa a su amiga. Ida habría querido ayudarla a cocinar, pero Cat había insistido en que se sentase con Karl y hablase con él. Sin embargo, el auténtico sentimiento de intimidad no aparecía entre ellos. Ida se esforzaba para que la conversación no derivase hacia un terreno demasiado personal. Prefería hablar de las ovejas, los perros y la topografía de la Isla Norte.

Karl le seguía la corriente relajadamente. Era probable que la casa de Ida y su entorno dieran respuesta a muchas de sus preguntas. Por mucho que ella asegurase que le iba bien, vivía en una casa de asambleas rehabilitada a la ligera, en un *pa* ruinoso. Cat cocinaba en un fuego abierto y la vivienda se ahumaba porque la chimenea no tiraba bien. Seguramente, tampoco se calentaría en invierno. Los muebles eran escasos y toscos. Precisamente Ottfried, como carpintero, podría haberlos realizado mejor, pero por lo visto no se interesaba por esa morada. Se trataba de un alojamiento temporal, no del hogar con que solían soñar las esposas de los colonos. El único mueble hecho con cariño era la cuna de las niñas. Se había montado con sumo cuidado y en el cabezal brillaba con letras delicadamente trazadas el apellido «Brandmann».

—Se supone que debe acoger a las futuras generaciones de este país —bromeó Ida cuando Karl elogió el trabajo—. Sobre todo a...

Se interrumpió, pero Karl ya había escuchado suficiente. Seguro que, al hacer la cuna, Ottfried pensaba en un primogénito. Se habría sentido decepcionado ante el nacimiento de dos niñas.

En la casa de los Brandmann escaseaban los muebles y era evidente que también la ropa. Tanto Ida como Cat iban casi harapientas; al parecer nada había podido salvarse del ajuar de Ida cuando el desastre de Sankt Paulidorf. Solo las niñas llevaban prendas bonitas de lana tejida. Karl supuso que los Redwood habían ayudado a Ida dándole lana de oveja, pero Ottfried no se había preocupado de cómo la trabajaría su mujer. Descubrió una rueca y unos bastidores en un rincón, seguramente obra de Cat. Entonces se preguntó qué hacía realmente Cat con los Brandmann. Según había contado Betty, Ottfried se la había llevado a Sankt Paulidorf como doncella, pero ahí estaba claro que no se necesitaba a ninguna.

Karl decidió preguntarlo más tarde, por el momento no quiso tensar más la atmósfera ya de por sí tirante. Ida era tímida. Se avergonzaba de su pobre hogar, pero tampoco hablaba con franqueza de su situación. «Ensuciar el propio nido.» Karl se acordó del dicho de Raben Steinfeld. Ida había crecido oyéndolo. Y ya había tenido motivos suficientes para quejarse después de la muerte de su madre. Las mujeres habían comentado entonces si esa chica tan joven no necesitaría ayuda para cuidar de la casa y educar a sus hermanos. Pero Jakob Lange lo había rechazado todo. Ida entonces había callado, y ahora tampoco diría nada negativo acerca de Ottfried. Tampoco tenía por qué hacerlo.

Cat, a quien no le había gustado la conversación forzada entre Karl e Ida, sirvió por fin el asado de conejo y una botella de whisky en la mesa de la cocina. Sabía exactamente dónde guardaba Ottfried sus reservas. Sirvió a todos generosamente; si Ida seguía conteniéndose, el alcohol al menos soltaría las lenguas a Karl y Cat. El joven habló de su trabajo en la Isla Norte, y al final de Betty, a quien había encontrado por casualidad en Wellington, y de Eric, a quien había visitado. Solo podía contar cosas buenas de ambos. Eric todavía lo tenía complicado para encontrar un trabajo aceptablemente pagado. Así que aún tenía que vivir con estrecheces, incluso con la ayuda de Betty, quien con el trabajo en el café había tenido muy buena suerte. Karl también había conocido fugazmente a la propietaria, Celine, y la describió.

—Esa respetable dama ganó el dinero para comprar el café siendo una mujer de vida ligera. Fue muy divertido el modo en que Betty intentó explicármelo con rodeos. Una chica decente de Raben Steinfeld antes se arrancaría la lengua que pronunciar la palabra «puta». Todavía hoy Celine da la impresión de alguien exótico, se viste con más colores y más escotada de lo habitual. A lo mejor para las francesas es normal. En cualquier caso, hoy en día es uno de los pilares de la buena sociedad de Wellington y se ocupa de Betty. No pongas esa cara, Ida, en esta tierra no es fácil para una mujer sola ganarse la vida. Seguramente, Celine no tuvo otro remedio que venderse y de ello sacó el mejor partido. Y ahora defiende como una leona la pureza de Betty. Creo que ve en ella una especie de hija. A tu hermana no habría podido sucederle nada mejor.

Ida apretó los labios. No podía ni imaginar lo que su madre habría dicho respecto a que una antigua prostituta ocupara el puesto de madre de Elsbeth. Y mejor no pensar lo que diría su padre.

De todos modos, Karl aprovechó ese momento para sacar el tema del trabajo de Cat en casa de los Brandmann.

—Usted trabajó anteriormente para los Beit, ¿no es así? Chris

Fenroy me habló de usted. Siempre lamentaba no haberle encontrado un puesto cualificado.

A Cat, que ya había bebido unos sorbos de whisky, se le agolpó la sangre en las mejillas al oír el nombre de Chris Fenroy. De vez en cuando todavía se acordaba de aquel joven inglés, inteligente y vivaz, que había tenido mucho más en común con ella que con la mujer complicada y refunfuñona con quien se había casado. No obstante, se rehízo y explicó relajada su desempeño en casa de los Beit, cómo había conocido a Ida y la época de Sankt Paulidorf. Ida escuchó en silencio cómo contaba el ocaso de la colonia.

—Entonces yo quería marcharme a las Llanuras para unirme a alguna tribu maorí. Ya estaba harta de los antiguos luteranos —comentó Cat despreocupadamente—, pero Ida estaba embarazada, no se encontraba bien, y no quise dejarla sola. Y luego surgió el asunto con Ottfried y Gibson. Del que ahora no estoy precisamente orgullosa.

Habló sobre su actividad como intérprete y explicó los antecedentes de la visita de los belicosos maoríes. Entonces Karl les comentó su encuentro con Ottfried, Joe, Potter y el abogado en Port Cooper.

—Y ahora los dos tendrán más problemas —señaló al final—. Esperemos que tengan dinero suficiente para indemnizar a toda la gente. De lo contrario, su situación se complicará. Yo no me preocuparía mucho por el abogado, hasta que el caso llegue a los tribunales pueden pasar años, pero el jefe tribal me pareció muy decidido.

Cat asintió.

—Sí, pero no creo que recurra a la violencia en Port Cooper —puntualizó, también para tranquilizar a Ida, que había palidecido de nuevo—. Además, lo acompaña la *tohunga*, que seguramente lo sosegará. No obstante, a Gibson y Ottfried les costará como mínimo otro carro cargado hasta los topes satisfacer a los maoríes. Y a saber si admitirán en su territorio a los nuevos colonos que hayan reclutado.

—Ottfried no tiene dinero —apuntó Ida en voz baja. Mientras Karl había contado lo ocurrido en Port Cooper, también ella había vaciado su vaso de whisky—. Lo ha gastado y se lo ha jugado. ¿Qué hará ahora? ¿Qué será de nosotras?

Cat se encogió de hombros.

—Seguiremos de algún modo —la consoló—. Gibson no se ha gastado nada y ha ganado con el juego. Se lo prestará a Ottfried o conseguirá que ambos salgan del apuro. Ese sujeto se las sabe todas. No te preocupes, Ida, todo irá bien. ¿Dónde quiere dormir, Karl? Tenemos un lugar muy cómodo en el establo.

Karl lo aceptó, ya que se había dejado la tienda en el pub de Port Cooper; habría necesitado una mula para transportarla. Así pues, se instaló en el cobertizo de Cat, junto al recinto de los animales, y se dejó arrullar por el sonido regular que *Brandy* hacía al masticar. El caballo había encontrado suficiente tussok seco en el establo y estaba contento en compañía de otros dos caballos, dos ovejas y una vaca.

Sin embargo, Karl no iba a poder disfrutar de mucho tiempo de tranquilidad. Todavía no había amanecido cuando lo despertó la puerta al abrirse, el golpeteo de cascos y el relincho sorprendido de los caballos al ver entrar a un congénere. Se oía el jadeo del caballo recién llegado y que su jinete tenía prisa. Al parecer, no disponía de tiempo para desensillarlo. Pese a ello, encendió el farol del establo rápidamente. Iluminado por la luz mortecina, Karl reconoció a Ottfried, y también este se percató de que había alguien allí.

—¿Cat? —preguntó acercándose—. Tienes que levantarte, nosotros... Pero qué... —Miró atónito al hombre que yacía bajo las mantas y no tardó en reconocer a Karl Jensch—. ¡¿Tú?! ¿Qué haces tú aquí?... ¡Esta sí que es buena! Llego por la noche a casa y me encuentro un tipo en la cama de mi mujer. Y encima un viejo conocido. ¿De dónde has salido, Karl Jensch? ¿Qué buscas aquí?

Karl levantó apaciguador la mano izquierda mientras con la derecha tanteaba en busca de su escopeta. Ottfried podía estar borracho y con ganas de pelea, aunque no lo parecía. Se diría que estaba malhumorado y enfadado, pero sobrio.

—En primer lugar ya es de día y no de noche. Y no estoy en la cama de tu mujer, sino en la de la sirvienta, si se la puede calificar así, aunque no creo que esté empleada aquí. ¿Acaso le pagas un salario? Y como tú mismo puedes ver, ni Cat ni Ida están conmigo. Así pues, buenos días, Ottfried, me alegro de volver a verte. Cuando ayer vine a visitaros, solo encontré a tu esposa y a vuestras dos preciosas mellizas. Te felicito por tu paternidad. Bien, y ya que estamos conversando como personas adultas, te tocaría preguntarme cómo me va, qué he hecho en estos últimos años y qué me trae a la Isla Sur. Entonces te daré de buen grado mis respuestas.

Ottfried resopló.

—Bah, olvídalo, qué me importa a mí lo que tú hayas hecho en los últimos años. Tengo otras preocupaciones en la cabeza. Así que, disculpa, pero tengo que ir a despertar a Ida.

Sin preocuparse más por Karl o por el jadeante caballo que todavía iba ensillado, salió precipitadamente en dirección a la casa. Karl puso al animal en uno de los compartimentos y le acercó el cubo de agua de *Brandy*. Luego siguió a Ottfried. No pensaba marcharse sin saber qué ocurría, aunque podía imaginárselo. Parecía que todo era mucho peor de lo que había temido Ida.

—¡Levantaos, Ida, Cat! ¡Bah, deja ese cuchillo, no quiero nada de ti, mujer! Además tampoco tenemos tiempo, si queremos salir de aquí sanos y salvos. Empacad vuestras cosas, ¡tenemos que irnos!

—¿Irnos? ¿Por qué?

Karl oyó a Ottfried desde fuera. El marido de Ida no se había tomado la molestia de cerrar la puerta tras de sí. En ese momento vio salir a Ida, todavía adormilada, de una habitación contigua. La joven solo se había echado un chal sobre el camisón y Karl volvió a verla por primera vez desde su infancia con el cabello suelto, cayendo sobre su espalda. Estaba preciosa, pese a su rostro pálido y preocupado, en el que apareció un leve sonrojo cuando vio asomar a Karl en la puerta detrás de su marido.

—Si tiene que ver con Karl… —Ida miró a los dos hombres, pero su marido no se había percatado de que su viejo rival había presenciado la escena.

—Claro que no tiene que ver con Karl. —Cat apareció detrás de Ida, metiéndose la blusa por dentro de una falda que se había puesto a toda prisa. No le gustaba que Ottfried la viera en camisón—. Tiene que ver con Gibson, seguro. ¿Qué pasa, Ottfried? ¿Lo han encerrado?

—¡Qué va! —Ottfried empezó a echar los enseres en un arcón de tosca hechura—. ¡Daos prisa, ayudadme a recoger! Tenemos que irnos antes de que ese Potter haya dormido la mona. Gibson se ha largado, ha sido muy astuto. Nos ha dejado en la estacada con todo un follón. Y se ha llevado un caballo. Y eso que Potter lo acompañó hasta el barco. Pero de algún modo volvió a bajar, recogió el caballo del establo de alquiler y se largó, a saber adónde.

—Entonces es que no tenía el dinero en el banco de Nelson —observó Karl, al tiempo que entraba en la habitación.

—¡Claro que no lo tenía, coño! —respondió iracundo Ottfried—. Yo sabía que era una treta. ¡Pero suponía que se le ocurriría alguna idea! ¿Tú qué sabes de esto? ¿Y qué haces todavía aquí? ¡Lárgate, Karl! Si a alguien no necesitamos aquí es a ti.

—¿Dejaste que Gibson se fuera aun sabiendo que no tenía dinero en Nelson? —preguntó Cat—. Diablos, Ottfried, ¿cómo se puede ser tan memo? ¡Estaba claro que no volvería! ¡Tendrías que haberlo obligado a que desembolsara el dinero!

—Tendría, tendría… —Ottfried la taladró con la mirada—. Pensaba que… que… Me guiñó el ojo, creía que nos sacaría a los dos de ese lío. Pero ahora todo eso da igual. ¡Daos prisa! Recoged vuestras cosas, Ida, Cat, no os quedéis como unas pasmadas. En un par de horas, Potter se habrá enterado de que me he ido. Y es un tipo que no se anda con medias tintas. Si llega aquí y no tenemos su dinero…

—Pero si no lo tenemos —susurró Ida—. Y tampoco el de los maoríes.

—¿Qué maoríes? —preguntó Ottfried y siguió llenando el arcón—. No sé nada de maoríes.

—Parece que no sabes nada de nada —intervino Karl tranquilamente—. Ni siquiera tienes idea de adónde quieres ir con tu familia, ¿me equivoco?

Ottfried se encogió de hombros.

—En primer lugar, lejos de aquí. A lo mejor a Nelson, o a la Isla Norte. A lo mejor a Australia. Estaría bien, nuestra familia vive ahí.

—Pero el barco no te llevará gratis hasta allí —objetó Karl, mientras que Ida, visiblemente asustada ante la idea de tener que volver a emigrar, se sentaba en una silla de la cocina. No tenía aspecto de ponerse a empaquetar nada. También ella era consciente del sinsentido de esa huida a ciegas. Una de las niñas se echó a llorar y Cat fue a atenderla. Volvió de inmediato con la pequeña en brazos.

—Toma, Ida, tranquilízala. Voy a calentarles la leche, espero que todavía quede un poco. No tengo ganas de ponerme a ordeñar la vaca ahora. Entonces, ¿qué, Ottfried? ¿Adónde piensas llevar a Ida y las niñas?

A Cat le dolía en el alma, estaba bastante segura que su vida y las de Ida y las pequeñas pronto iban a separarse para siempre. Tal vez podría acompañarlas un par de días en su huida, pero no iría con ellos a una colonia cualquiera y, desde luego, no a Australia. En cualquier comunidad normal, enseguida preguntarían qué función desempeñaba ella en casa de los Brandmann. Y esta vez Ottfried no podría eludir una colonia. Alquilaría un alojamiento para Ida y las niñas y tendría que buscarse un trabajo. Si era prudente y se presentaba como carpintero, no le resultaría difícil encontrarlo.

—Yo sé de un lugar.

Las palabras de Karl causaron sorpresa y su voz no sonó nada firme. Ida se lo quedó mirando como si fuese su salvador e incluso Ottfried mostró una pizca de astuto interés. Ya debía de estar pensando cómo vender gato por liebre a su antiguo vecino.

—Sentémonos y hablemos tranquilamente de ello. No sirve de nada escapar precipitadamente, Ottfried. Allá donde vayas, ya sea a Nelson u otra colonia, tu perseguidor te encontrará. El único lugar al que huir en esta isla sería a una granja aislada. Si te alojas allí un par de meses, el asunto del dinero tal vez quede relegado al olvido. O Potter quizás encuentre a Gibson y se lo haga pagar a él. Ese hombre no quiere ver sangre, sino dinero.

—¿Te refieres a que debería asentarme? ¿En algún lugar de nuestras tierras?

Ottfried no parecía entusiasmado, pero sí esperanzado. Hasta entonces no se le había ocurrido la idea.

Karl negó con la cabeza.

—No. También los maoríes van detrás de ti. Se han dado cuenta de que los habéis estafado, tú y Gibson. Yo sería muy prudente en este asunto. También ellos quieren dinero, y serán más expeditivos que Potter para conseguirlo.

El rostro de Ottfried se mudó en una máscara de horror.

—¡Pero entonces no tengo adónde ir! ¡Nos matarán a todos! Ya lo pensé cuando... Nos matarán como a Wakefield... —balbuceó.

Karl volvió a hacer un gesto negativo.

—No; porque yo os llevaré conmigo. A Fenroy Station, en las Llanuras. Chris Fenroy os alojará si intercedo por vosotros. Participaré en la producción de la granja con mis cien ovejas y tú, Ottfried, puedes trabajar para nosotros.

Cat paseó una mirada atenta de Ida a Ottfried. Esa oferta, enseguida lo entendió, era lo mejor que podía pasarles, al menos a Ida y las niñas. Jane Fenroy no era precisamente la vecina que Cat habría deseado para su amiga, pero Carol y Linda estarían seguras en Fenroy Station. Cat vio que Ida se santiguaba con aire ausente. Murmuraba una oración de gracias, aunque Cat no habría sabido decir si rezaba de corazón o solo para mostrar a Ottfried que ella se encomendaba a Dios y no a Karl Jensch. En el rostro de Ottfried, por el contrario, pugnaban la resignación y el orgullo herido. También él debía de saber que no tenía opción. Pero

¿trabajar para alguien? ¿No como un orgulloso artesano, sino como empleado, y encima para el antes tan despreciado Karl? Un bocado duro de tragar...

De pronto pareció ocurrírsele algo. Su rostro se contrajo en una especie de sonrisa irónica.

—Bien... esto... de acuerdo, Karl. Yo, nosotros... sí, podríamos instalarnos por ahí arriba en las tierras de tu amigo. ¡Pero no voy a trabajar como criado o jornalero! Todavía me queda algo del dinero que hemos ganado. Sí, sí, Ida, no te lo había dicho... —Dirigió una sonrisa cómplice a Karl—. ¡A las mujeres no puedes contárselo todo, tienen un agujero en la mano! Pero sí, recientemente vendimos algo más.

—¡Estupendo! —lo interrumpió Cat—. ¡Ya tenemos a otro en la cola para reclamar su dinero!

—Y también he ganado algo jugando al póquer —prosiguió Ottfried—. Compraré unas ovejas y me haré socio de esa granja. No tengo que mendigar, Karl. Y tú no serás la esposa de un jornalero, Ida Brandmann. ¡No mientras yo viva!

7

Ida pensaba que Ottfried debería comprar sus ovejas a los Redwood. Pero su marido no hacía caso a nadie, pues aseguraba tener unos contactos fabulosos en el mercado de ganado de Nelson. A fin de cuentas, era allí donde había comprado los caballos, que habían dado buena prueba de su valía, y las vacas de Sankt Paulidorf.

—Antes no tenían ovejas allí —señaló Ida.

—Antes no había ovejas en toda la Isla Sur —aclaró Karl—. Pero han aparecido varios ganaderos que las crían. Al menos, eso he oído decir. Los animales pacen incluso en los lugares sagrados de los maoríes, ¿o es que lo entendí mal en el pub, Ottfried? ¿Acaso Butler no aspira a ser un barón de la lana? Sea como fuere, hay ovejas en el mercado de ganado de Nelson. Solo que, ¿por qué ir hasta tan lejos, Ottfried? Los Redwood son vecinos vuestros y, de todos modos, hemos de pasar por la granja de los Deans para recoger mi rebaño.

—¡Precisamente por eso! —replicó Ottfried—. Sí, pasemos a visitarlos a todos para que luego le cuenten a Potter que me han visto y les he comprado ovejas. ¡Así sabrá que tengo dinero! En el mercado de Nelson, por el contrario, no me conoce nadie.

—Pero si acabas de decir que tienes ahí unos contactos estupendos —le recordó Cat.

Ottfried resopló.

—Claro, los tengo. Me refiero a que... allí nadie irá contando que me conoce. Esa gente sabe mantener la boca cerrada.

—El silencio suele costar un suplemento —le recordó Karl—. Y dudo de que los tratantes de ganado tengan mejores animales y mejores precios que los criadores. Pero está bien, Ottfried, haz como quieras. Si prefieres ir primero a Nelson, adelante. Yo me llevo a Ida y las niñas, y a Cat si lo desea, a Fenroy Station. Sería demasiado peligroso que acabaran en medio de una trifulca entre Potter y tú.

Karl se sorprendió de que Ottfried no se opusiera a esta propuesta. Había pensado que pondría reparos, a fin de cuentas Karl se quedaría solo varios días con las mujeres y ninguna barrera se levantaría entre él e Ida. Naturalmente, el joven no pensaba aprovecharse de la situación y la idea de romper su matrimonio era ajena a Ida; respecto a la confianza que Ottfried tenía en su mujer, no era demasiada.

En ese instante, sin embargo, pareció tomar conciencia de que Ida y las niñas solo constituirían una molestia en el largo trayecto hasta Nelson, y, por añadidura, tendrían que llevarse la vaca y las dos ovejas si no quería desprenderse o vender los valiosos animales. En el camino de regreso a las Llanuras habría que conducir, además, el rebaño de Karl, lo que dificultaría todavía más el avance. Karl se preguntaba cómo iba a recorrer una distancia tan grande guiando él solo los animales que adquiriese. Era tarea casi imposible para un hombre solo. Pero le daba igual, llevaría a buen puerto a Ida, a las niñas y a Cat. Esta planeaba acompañar a su amiga a Fenroy Station y luego unirse a una tribu maorí. Afirmaba estar harta de los *pakeha* y preferir volver al estilo de vida de Te Ronga. Karl no sabía hasta qué punto dependería esa determinación de Chris y si llegaría a modificarse cuando Cat volviera a verlo. La muchacha había rechazado viajar a Nelson con Ottfried para buscarse allí un empleo, y Ottfried no insistió.

Ida y Cat consiguieron cargar todos sus enseres y provisiones en el carro en apenas dos horas. Le engancharían los dos bayos, a los que Ida ya conocía cuando estaban en Sankt Paulidorf y podía guiar sin problemas. Karl cabalgaría a un lado a lomos de *Brandy* y Ottfried se quedaría con el caballo restante para marcharse a Nelson. En realidad, Karl había supuesto que también se llevaría el segundo carro para venderlo en Nelson o en el trayecto. No estaba convencido de que Ottfried tuviera ahorros ocultos.

—Si fuera cierto, le habríamos oído ufanarse de que habían vendido más tierras. Ottfried habría fanfarroneado —opinó Cat cuando Karl mencionó lo que pensaba.

Ida seguía esforzándose por no hablar mal de su marido. Se había alegrado sin más de que Ottfried asegurara tener unos ahorros secretos. Cat lo veía de forma mucho más crítica. La repugnancia que ese hombre le producía se reflejaba en su rostro y en su opinión.

—Usted mismo lo ha escuchado, Karl, es un fanfarrón incorregible. Que sus increíbles contactos con esos tratantes de ganados, que sus formidables propiedades. ¿Y ahora, de repente, negocios maravillosos de los cuales no sabíamos nada? No, más bien pienso que ha ganado algo jugando al póquer. De pura chiripa, seguro. O a lo mejor sabe dónde Gibson tiene dinero escondido, aunque este llevaba ventaja suficiente para agenciárselo él mismo. Como siempre. Ya veremos si llega con un rebaño de ovejas a Fenroy Station o si se marcha con viento fresco como su querido socio.

Se notaba que Cat deseaba esto último, y por la noche Karl se sorprendió rezando para que sucediera de ese modo.

Karl condujo su pequeño convoy primero a Port Cooper para recoger las cosas que había dejado allí. Además, allí había una oficina de correos y, tal como esperaba, ahí tenía la respuesta de Chris a la carta que le había enviado desde Wellington. El joven abrió el sobre con cierto recelo. Por todos los cielos, ¿qué iba a hacer con las mujeres, las niñas y las ovejas si Chris rechazaba su propuesta?

Pero no tenía nada que temer. Chris parecía eufórico. No cabía en sí de júbilo por la llegada de más ovejas y, principalmente, por la idea de tener a su viejo amigo como ayudante y asociado de Fenroy Station. «Por supuesto —escribía—, tendremos que adquirir más tierras, pero eso no me preocupa. Los maoríes nos arrendarán toda la que necesitemos. Puedes instalarte sin problemas en nuestra antigua casa, desde que nos mudamos está vacía. Y si en algún momento encuentras esposa, construiremos una segunda granja grande para ti. Espero tu llegada. Jane también se alegra. Chris.»

Karl hizo un gesto irónico al leer la apostilla «Jane también se alegra». Chris redactaba cartas vivaces y espontáneas. Y siempre que utilizaba fórmulas como esa, se sabía que era puro protocolo.

Ahora, Karl ya podía ponerse tranquilamente camino de las Llanuras. Al menos sería bien recibido, aunque todavía ignoraba qué pensaría Christopher de un segundo socio. Nada menos que Ottfried, un tipo de trato difícil. Pero Chris sabía lo que Karl sentía por Ida. No se negaría a alojarla cuando se lo pidiera. Y con ella llegaba también Cat, la mujer por la que Chris sentía lo mismo que Karl por Ida. La vida en Fenroy Station no sería más fácil al crecer el número de sus moradores, pero sí mucho más interesante.

Karl no volvió a ver a David Potter en Port Cooper. En el pub le dijeron que había salido hacia Purau en busca de Otie. El abogado, Reginald Newton, también se había marchado. Había alquilado un caballo y partido hacia la granja de Butler, probablemente para estudiar el caso in situ y redactar entonces la demanda. Todo ello costaría lo suyo al granjero y no le reportaría ningún beneficio inmediato, pero por lo visto Butler tenía dinero. En cualquier caso, Ida no salía perjudicada, así que Karl llevó a las mujeres sin dilación a Riccarton.

William Deans lo saludó sorprendido.

—¡Por todos los diablos, muchacho! Qué prisa tiene por instalarse... En un par de días se ha hecho usted con cien ovejas, que ahora se han convertido en ciento quince (han parido ocho, la mayoría gemelos) y viene con dos mujeres. —Miró asombrado, y a ojos vistas con envidia, a Ida y Cat. Luego su mirada se detuvo en las niñas y esbozó una amplia sonrisa—. ¡Y también criaturas! ¡No tiene rival, Jensch! ¡Y un perro nuevo!

Señaló a *Chasseur*, que enseguida se hizo amigo de los perros pastores de Deans y se puso, en su compañía, a rodear el corral que había delante de la casa, donde una cincuentena de ovejas madre esperaban ser ordeñadas. *Buddy* los seguía alborozado y dando tropezones.

—Si hasta parece que tiene instinto de pastor, ese perro. Podría llevar sangre Briard con ese pelaje revuelto. O ser como el mío, un collie barbudo. —Señaló el perro pastor de pelaje largo al que *Chasseur* se parecía vagamente—. Quédese aquí un par de días con su familia, así echará un vistazo. A lo mejor consigue llegar a Fenroy Station usted solo con su pequeño collie y el mestizo.

Karl conoció entonces a John, el segundo de los hermanos Deans, y Cat e Ida disfrutaron de la amable acogida de sus esposas. Ida explicó que su marido todavía tenía que arreglar algunos asuntos en Nelson antes de seguirlos a Fenroy Station. Ida se mostraba como una buena esposa; con los Deans volvía a llevar delantal y capota. Cat se preguntaba, no obstante, cómo podía creerla una persona que se percatara de las miradas que Karl le dirigía. Ella había dejado de mirarlo a los ojos, obviamente temerosa de que entre ellos volviera a cerrarse aquel círculo de amor y dicha, pero lo seguía con la mirada, contenta de verlo, de oír su voz. Ida nunca engañaría a Ottfried, a esas alturas Cat estaba segura, pero se consolaba estando cerca de su auténtico amor.

Ida acabó intercambiando recetas para hacer queso con las esposas de los Deans, pero no les contó todos sus secretos. Había planeado abrir una quesería por su cuenta y esperaba conseguir buenos ingresos, pese a que los hermanos Deans afirmaban que el futuro de la crianza de ovejas en Nueva Zelanda estaba en los beneficios que reportaría la lana.

—¡Aquí hay sitio para miles de ovejas! —exclamó William, y parecía estar viendo enormes rebaños poblando los alrededores—. Pero hay que mantenerlas medio salvajes. Se necesitan razas robustas, que no sean de leche ni necesiten establo. ¿Quién querría ordeñarlas para utilizar la leche y hacer queso? Sí, todos hablan de Christchurch, esa ciudad que se va a fundar en la desembocadura del Avon o del Otakaro, como lo llaman los maoríes, pero de momento en Port Cooper son más los que beben whisky que los que beben leche. Ya tenemos suficientes ovejas de leche para suministrar queso a toda una ciudad. ¡Y piensen en la distribución! Los Deans estamos cerca de Port Cooper, llevamos fácilmente a las tiendas los productos lácteos. Pero para los Redwood es una tortura tener que transportar sus quesos hasta la colonia, y Fenroy Station queda todavía más lejos. La lana, por el contrario, puede almacenarse y ser transportada cuando a uno le vaya bien. La venta está garantizada, las manufacturas inglesas y las nuevas fábricas de paños la piden a gritos. Pronto habrá aquí cuadrillas de esquiladores, como en Australia, yendo de granja en granja. Deberíamos pues concentrar nuestra atención en las razas de lana. ¡Y eso lo ha hecho usted muy bien, Karl! Sus animales son fantásticos, ¡no los cruce con ninguno de inferior categoría!

Karl asintió, y rogó que el acuerdo con Ottfried no acabara resultando perjudicial para la cría de ovejas en Fenroy Station. A fin de cuentas, nadie sabía qué calidad tenían los animales del mercado de Nelson. Como fuere, Karl se concentró en el aprendizaje que los hermanos Deans le proporcionaron sobre la crianza de ovejas. Siempre le había gustado trabajar con animales y se sentía dichoso de ver que Ida florecía en compañía de las señoras Deans. Las ovejas seguían pariendo, y las mujeres intervenían cuando había dificultades. Con la mano más menuda que la de los hombres, les resultaba más fácil girar el cordero y ayudarlo a salir si se atascaba en el canal de parto.

Cat era muy diestra en ello, tenía experiencia acumulada asistiendo a mujeres parturientas, materia en la que Te Ronga había compartido con ella muchos conocimientos. Y había encontrado un placer insospechado trabajando con las ovejas. También le habían gustado las vacas en Sankt Paulidorf y Purau, pero su tamaño siempre le imponía cierto respeto. Las ovejas, por el contrario, eran más pequeñas y manejables, y sus corderitos, una monada. A ello se añadía el hecho de que a Cat se le daba bien el trato con los perros pastores, con los que no tardó en familiarizarse; tenía oído y enseguida aprendió los silbidos para dirigirlos con destreza. Y también le sorprendió ver a Ida pasárselo tan bien ayudando a parir a las ovejas. Tenía coraje y no se amilanaba por la sangre y otros fluidos orgánicos. Para sorpresa de Cat, su inculcada mojigatería se limitaba a la relación con los seres humanos. Cuando esas crías lanudas y pequeñas balaban junto a su madre, buscando la fuente de la leche, Ida se sentía orgullosa y sumamente feliz.

—Entonces, ¿te gustaría estar en una granja donde se críen ovejas? —preguntó con cautela Karl cuando ella le mostró a sus protegidos. Los últimos tres corderitos pertenecían a sus ovejas.

Ida sonrió con timidez.

—¿A quién no iba a gustarle esto? —inquirió, señalando la granja y los prados de Riccarton.

El paisaje era realmente idílico, Raben Steinfeld nunca había sido tan bonito, ni en los días claros de verano. Aun así, el entorno recordaba un poco a Mecklemburgo si se apartaba de la vista la silueta majestuosa, unas veces claramente reconocible y otras rodeada por la niebla, de los Alpes Meridionales. Daba al paisaje un viso de irrealidad. A veces se diría que las ovejas pastaban delante de la entrada al cielo. El entorno de la granja Riccarton era levemente ondulado. Por esas fechas, principios del verano, el tussok ya brillaba con un verde intenso y las ovejas, en los prados, daban la impresión de ser salpicaduras blancas. Las sencillas casas de ambas familias Deans eran de madera, pero el color con que las habían pintado alegraba la vista. Detrás se hallaban los establos y los cobertizos de los esquiladores. En el cielo azul flotaban nubecillas de algodón, como si también allí pastara un rebaño de ovejas, y sus sombras se proyectaban en el indolente río Avon, algo alejado de la granja.

—Esto es precioso —dijo Ida.

Karl asintió.

—Así es. Pero ¿sería lo que siempre has soñado? ¿Te imaginas viviendo en una granja de este estilo? ¿Te... te haría eso feliz?

Una sombra cruzó el rostro de Ida.

—¿Cuántas veces he de repetirte que yo no puedo desear gran cosa? —respondió—. A mí no me sonríe la suerte. Si insistes en saberlo, mi mayor sueño es conseguir un hogar seguro para las niñas. Deseo levantarme por las mañanas sin tener miedo. Y por las noches... —Se interrumpió. Era consciente de que nunca se acostaría sin sentirse atemorizada mientras estuviese casada con Ottfried, pero Karl no debía saberlo—. Por las noches quiero disfrutar en paz y tranquilidad de un hogar cristiano —concluyó.

No eran palabras que sonaran graves, sino quejumbrosas. Karl sintió congoja.

Al final, permanecieron dos semanas en casa de los Deans antes de emprender la marcha hacia Waimakariri. Como muestra de gratitud, Karl regaló a William una oveja madre con un cordero, un macho estupendo.

—Un día se convertirá en un gran progenitor —se alegró William, e invitó a Karl a seguir colaborando con los Deans—. Siempre es bueno intercambiar animales de vez en cuando, también ganado vacuno. Cuando vuestra vaca tenga un ternero... nosotros estaríamos interesados. —Los hermanos tenían varios bueyes, pero casi todos de la propia cría y emparentados entre sí.

Conducir el rebaño río arriba resultó más fácil de lo que Karl se imaginaba. *Chasseur* demostró su talento natural para el pastoreo; después del breve período en que los Deans habían trabajado con él, ya conocía las órdenes más importantes. *Buddy* llevaba en la sangre la conducción de ovejas y *Brandy*, el caballo de Karl, también parecía disfrutar controlando a los animales. Con frecuencia presentía dónde se necesitaba ayuda y perseguía de motu proprio una oveja descarriada. Así, el rebaño seguía obediente el carro, cuya velocidad dependía de la vaca. La comitiva avanzaba con relativa lentitud.

Por las noches, Karl montaba su tienda mientras las mujeres y las niñas dormían en el carro. Hacía calor pero encendían una hoguera para asar pescados y conejos. Ida no le ocultaba a Karl su habilidad en el tiro. Él ya había visto su revólver y ahora elogiaba la puntería con que disparaba.

—Estos elogios suelen dedicarse a los pistoleros del Lejano Oeste. Y seguramente también los Junkers daban en el blanco con sus rifles de caza. Pero acertar a un conejo en plena carrera... ¡eso sí es excepcional!

—¿Pistoleros? —preguntó asombrada Ida.

Cat se echó a reír y se lo explicó al anochecer.

—Conozco un par de historias sobre pistoleros en el Lejano Oeste —dijo—. Pero no sé si son ciertas.

Le habló entonces de las revistas baratas que Mary tenía en el cuarto de las criadas, en casa de los Beit, y con cuya ayuda había estudiado inglés. De hecho, volvieron a adquirir la costumbre de contarse historias al caer la noche, igual que durante el viaje con Gibson, Elsbeth y Erich. Karl no tenía gran cosa que aportar, en los últimos años había leído mucho, pero solo libros especializados en geología y técnicas de agrimensura. Nunca había oído hablar de *Romeo y Julieta*. Cat repitió la narración de Gibson porque a Ida le resultaban demasiado violentas las historias del Lejano Oeste.

—Bueno, también corre bastante sangre en esa obra de teatro —señaló el joven—. Y además acaba de manera muy triste... ¿No podría contarse de forma que el final sea feliz?

Cat se encogió de hombros.

—Para eso me falta imaginación —respondió—. Inténtalo tú. Creo que a Ida le gustan las historias que terminan bien.

Ida se ruborizó cuando la mirada amorosa de Karl la acarició. Y entonces él improvisó de forma inesperadamente poética: Romeo quedaba abatido ante la visión de la supuesta muerte de Julieta y recordaba todos los momentos bonitos de su amor, y cuando iba a tomar el veneno aparecía Lorenzo; y mientras este intentaba aclararlo todo, Julieta despertaba.

—Y entonces llegaron los padres de ambos y todos volvieron a discutir —bromeó Ida—. O el padre de Julieta mató a Romeo con la espada y entonces Julieta tomó el veneno y...

—No —dijo con dulzura Karl—. Romeo y Julieta huyeron y tuvieron una vida maravillosa en unas tierras cálidas junto al mar y donde siempre brilla el sol.

Buscaba la mirada de Ida y en un instante breve e incontrolado ella le respondió. El círculo se cerró en ese momento: los dos se imaginaron de nuevo en la exuberante Bahía, sintieron el calor del sol, oyeron los tambores y las olas rompiendo en la playa de arenas blancas.

—No existe un país así —observó Cat—. Al menos yo no lo creo. De vez en cuando habrá días grises, frío y lluvia. Y los dos tendrán que ganarse la vida de algún modo. Y encima es casi seguro que Romeo no sepa hacer otra cosa que medirse con la espada. Como mucho, podría alistarse en el ejército y luego...

—Es solo una historia —dijeron Karl e Ida al unísono. Y se echaron a reír a la vez hasta que ella volvió a romper la magia.

—En realidad... —susurró, forzándose en apartar la mirada de Karl y dirigirla a las llamas que se consumían— en realidad no fueron felices, pero tampoco murieron. Julieta se casó con Paris y Romeo se marchó a Mantua. Y al final se buscó a otra chica.

Karl negó con la cabeza.

—Nunca se buscó otra chica —afirmó.

8

Christopher y Jane se enteraron horas antes de que se avecinaba un convoy de ovejas y personas. Los oteadores ngai tahu habían descubierto al jinete, el carro y el rebaño en cuanto habían entrado en las tierras de la tribu y Te Haitara envió la noticia a Fenroy Station. Christopher ya había preparado al jefe para su nuevo socio. Anexionar nuevas tierras para la cría de ovejas no debía constituir ningún problema. Sin embargo, Te Haitara pidió consejo a Jane antes de estipular el precio del arrendamiento, y la propuesta de la mujer provocó una fuerte discusión con su marido.

—Dime, Jane, de qué lado estás tú —planteó disgustado Chris después de que el jefe le hubiese comunicado lo que pedía. Era raro que se enfrentara abiertamente con ella, pero en ese momento descargó toda la cólera que llevaba acumulada—. Está bien y es correcto que defiendas un arrendamiento justo, ¡pero esto es excesivo!

Jane había aconsejado al jefe que reclamase el triple de lo que solía pagarse en metálico o, más frecuentemente, en especie. Por tres mantas y una paca de tela no se arrendaba la mitad del reino de Te Haitara. De eso ya se había ocupado Jane de instruirlo.

—Aun así es más ventajoso que todo lo que la New Zealand Company ha vendido y arrendado a los colonos —respondió ella tranquilamente—. A un blanco le pagarías este dinero sin reparos, ¿y pretendes contentar a los maoríes con unas chucherías?

—¡Por Dios, Jane, tampoco se lo pagaría a un blanco, simplemente porque no lo tengo! —contestó indignado Christopher—. Y bien que lo sabes. ¿A qué viene esta trastada?

Jane puso los ojos en blanco y se apartó un mechón castaño de la frente. Llevaba un recogido liviano: peinar no era uno de los puntos fuertes de las doncellas maoríes.

—Tienes que empezar de una vez a calcular, Chris —advirtió gélida—. De lo contrario tampoco conseguirás nada con las ovejas. Piénsate si con esta granja se puede hacer negocio; si es que sí, el banco te prestará algo de dinero o Te Haitara te dará el plazo de un año. Si no vas a poder explotarla, es mejor que no inviertas ni tiempo ni dinero en ese proyecto con las ovejas.

Y dicho esto se dio media vuelta y se marchó, la nueva casa ofrecía mejores posibilidades para salir dignamente que la pequeña en que habían vivido al principio. Christopher ya se había arrepentido de habérsela construido a Jane.

Para su fortuna, Te Haitara demostró ser un hombre de negocios menos despiadado. Después de pelearse con Jane, Chris solicitó una segunda entrevista formal con el jefe en aquel lugar a orillas del Waimakariri, donde, según le había dicho la indignada *tohunga*, él conjuraba a los dioses del dinero. Los hombres se acuclillaron, contemplaron el agua del río, que quebraba los rayos del sol como flechas de oro, y Chris volvió a sacar el tema del arrendamiento. Le dijo al maorí que no disponía del dinero que le exigía.

—Y tu amigo, el que traer ovejas, ¿tampoco tener? —preguntó condescendiente Te Haitara.

Chris se encogió de hombros.

—No lo sé —respondió con franqueza—. Solo sé que no es un hombre rico. Y si ahora os prometemos tanto dinero por los pastizales, nos veremos presionados a tener que ganar mucho con las ovejas ya el primero o el segundo año.

El jefe asintió comprensivo.

—Así ser. —Señaló el río—. Si espíritus del dinero contentos, siempre enviar más dinero, igual que río crece cuando nieve derrite en las montañas. Pero también exigen más. Ca-pin-ta cada vez reclamar más medicina y más *hei-tiki*. A muchos de mi tribu eso no gusta. Dicen que induce a jóvenes a violar *tapu*. Algunas chicas ya no cantar *karakia* cuando recogen plantas y los hombres tallan *hei-tiki* con madera, porque más barato y más deprisa que con jade.

Chris asintió.

—Ya —dijo abatido—. Eso también es importante. Si tenemos que pagar tanto arrendamiento por las tierras, no podremos respetar todos los *tapu* que haya en este u otro bosque o en este u otro río. Deberíamos poder dejar pastar los animales en toda la zona. Y eso no le gustaría a tus *tohunga*.

Te Haitara suspiró. Luego se enderezó.

—Chris, me pregunto qué suceder con nosotros —dijo con gravedad—. Hemos celebrado *powhiri* con vosotros cuando llegar, vosotros y nosotros somos una tribu. Y ahora hablar de dinero y derechos y de romper tradiciones. Son tiempos nuevos, yo saber. Pero ¿dónde acabar esto? —Se veía confuso y desamparado al mismo tiempo.

Chris levantó las manos, se puso también en pie y respondió.

—Puede acabar aquí y ahora —aseguró con firmeza—. No necesitamos hablar de dinero. Podemos seguir hablando de regalos, como hasta ahora. —Como compensación por la tierra en que se encontraba la granja, Christopher llevaba cada año algunos regalos de Port Cooper. Si bien poseía un título de propiedad que le había dado John Nicholas Beit, sabía que los maoríes no habían comprendido del todo el negocio que habían hecho con el padre de Jane y no quería peleas—. Y de amistad. Os traeré mantas, cuchillos y ollas y todo lo que necesitéis, y a cambio mis ovejas pastarán en vuestras tierras. Naturalmente, no en los santuarios, yo acepto que hay que respetar los *tapu*.

El jefe hizo una mueca con los labios.

—Sucede que ya no necesitamos mantas, cuchillos y ollas —explicó lleno de orgullo, pero también un poco perplejo—. Podemos comprar todo eso nosotros mismos. Podrías darnos una oveja. Jane dice que puede hacerse mucho con ellas. Dar leche como la vaca y en su cuerpo crecer algo como... lino. —Parecía no creérselo del todo.

Chris rio.

—Lana, *ariki*. Se llama lana. Y es cierto, las ovejas se pueden esquilar y luego hilar y tejer la lana. Las mantas y los vestidos que nos protegen del frío son de lana. ¡Hecho, *ariki*! Como arriendo por las tierras, cada año os daremos una oveja. Y de buen grado una que esté preñada, así tendréis pronto vuestro propio rebaño. Os enseñaremos cómo esquilarlas, bueno, en cuanto nosotros lo hayamos aprendido. Yo no soy ningún *tohunga* y es probable que Karl tampoco. Y en cuanto a hilar y tejer —sonrió sardónico—, es trabajo de mujeres. Se lo preguntas a Jane.

Jane se disgustó tanto con su marido como con el *ariki* por el acuerdo al que habían llegado. Una vez más, no le habían hecho caso y eso la encolerizaba, si bien hacía mucho tiempo que los maoríes la consideraban una mujer con mucho *mana*. Con toda certeza, Te Haitara no había desoído su consejo sin antes reflexionar al respecto, pero era demasiado blando. Y era posible que también los ancianos de la tribu, para quienes el dinero no era tan importante como debería serlo, hubiesen participado en esa toma de decisión. Solían ignorar las sugerencias de Jane, por ejemplo, que no se gastasen enseguida el dinero que ganaban con la próspera manufactura, sino que lo invirtieran en algún lugar de forma sensata. Jane incluso había pensado ya en un rebaño de ovejas, ya que sabía que ese nuevo sector de la economía ofrecía buenas oportunidades.

Te Haitara parecía entenderlo todo, pero hasta el momento su tribu no se había interesado por la cría de ganado. Y sus hombres tendían a dormirse en los laureles. En los últimos tiempos había tentativas de abandonar el trabajo retribuido, ahora que todos tenían ropa de abrigo, mantas y enseres domésticos. Si se imponían los partidarios de ese plan de vuelta al ocio, la vida de Jane volvería a ser aburrida. Así y todo, Te Haitara era un regalo del cielo. En general hacía lo que Jane quería, a lo mejor incluso su acuerdo con Christopher debía ubicarse dentro de ese contexto. Cuando llegasen las primeras ovejas, su gente obedecería. El pastoreo probablemente les agradaría más que el trabajo en la manufactura, que a veces tenía que realizarse bajo la presión de los plazos impuestos por Carpenter. Las ovejas comían despacio, al cuidarlas tendrían tiempo para cantar tantas *karakia* y respetar tantos *tapu* como la *tohunga* quisiera. Entonces Jane solo tendría que ocuparse de la comercialización, que por el momento no sabía cómo era mejor abordar. Naturalmente, Chris tampoco lo sabía. Ya se vería si el nuevo socio, ese alemán, tenía ideas concretas al respecto.

En cierta forma, Jane estaba impaciente por conocer a Karl Jensch, a quien solo había saludado fugazmente el día de su boda. El nombre le resultaba conocido. Debía de haberse carteado con él cuando había confeccionado la lista de los pasajeros del *Sankt Pauli*. En cualquier caso, debía de ser un hombre competente: de piadoso aldeano de Mecklemburgo a respetado agrimensor en Nueva Zelanda había un largo trecho. Los colonos que aprendían inglés para trabajar en cosas como la construcción de carreteras eran minoría. Y Karl Jensch hablaba la lengua con fluidez.

Jane dudaba entre desear que la granja prosperara por fin a través de la participación de Karl o cebarse en un nuevo fracaso de Chris. Todavía se lo pasaba bien jugando al gato y el ratón con su marido. Tenía a Chris aterrado ante su afilada lengua y sus cambios de humor. Si un socio le ofrecía ahora su apoyo, quizá le aguaran la fiesta. Cabía la posibilidad de que ese Karl Jensch no se dejara manipular con tanta facilidad.

Ahora estaba en camino y era evidente que no llegaba solo. El pequeño maorí que le había enviado el jefe con la noticia había contado algo de una mujer rubia y otra de cabello oscuro y de niños muy pequeños. Desconcertada, Jane observó cómo Chris casi se ponía fuera de sí al oírlo.

—¡Tiene que ser Ida! La Ida de Karl, ¿lo entiendes, Jane? La chica de la que está enamorado desde que tiene uso de razón y que se casó con otro. ¡Mira que si es Ida! ¡Ojalá Karl haya conseguido quitarle a ese Ottfried su Ida! ¡Qué increíble! ¡No puede ser verdad!

—Ojalá —masculló Jane—. Sería bastante raro que se viniera aquí justo después de romper un matrimonio y quitarle la mujer a otro. Sería algo simpático en una leyenda maorí, pero en la realidad suele aparecer también un marido furioso con un mosquete cargado.

Chris hizo un gesto de rechazo.

—¡Bah! Todo debe de estar en regla. A lo mejor entre los antiguos luteranos se practica el divorcio. Karl nunca hace nada que esté prohibido. Por lo visto, tiene suerte en todo lo que toca. ¡Ahora también prosperará la granja, Jane! ¡Ya verás, las ovejas nos harán ricos!

Ella puso los ojos en blanco.

—De acuerdo, entonces ve a dar la bienvenida a tu salvador y portador de fortuna. Entretanto me asearé para saludar a la dama como es debido. O las damas... ¿no mencionó el chico que eran dos? Tu amigo ha de ser un don juan si les hizo un hijo a ambas. ¿Cuánto lleva en la Isla Sur? ¿Y admiten la bigamia los antiguos luteranos?

Debido al ritmo lento que la vaca y los corderitos imponían a los viajeros, el viaje a Fenroy Station se había prolongado casi una semana. Llegaron a la finca al mediodía. A la luz del sol, vieron las casas y los establos, un par de campos y un extenso prado. Allí el Waimakariri fluía tranquilo y claro como el Avon por las propiedades de los Deans. Ni siquiera la preocupada Ida vio algún indicio de que alguna vez se hubiera desbordado. Tenía las orillas cubiertas de raupo en abundancia, había bosquecillos cerca de la granja y más matas de rata de lo que solía ser habitual. A Cat eso le recordó a los Hempleman.

—Hasta ahora has conocido el rata como árbol —explicó a

Ida—. Pero cuando el terreno es pedregoso toma la forma de arbusto. La señora Hempelmann lo llamaba «flores en llamas» —dijo, y habló de las muchas veces que había cogido ramos de flores para su amiga enferma—. Mira ese mar de flores rojas. En realidad es una mala hierba, pero me gusta que Chris Fenroy no la haya arrancado.

Ida se contuvo. Ahora que veía Fenroy Station empezaba a sentirse mal. Había tanta tierra, era una granja tan grande... y en la colina sobre el río se erguía una auténtica casa señorial. ¿También ellos iban a participar de todo ello? ¿Con un par de ovejas? ¿Cómo iba a apañárselas Ottfried para compartir todo eso con Karl y Chris Fenroy? Y más cuando Fenroy llevaría la voz de mando. ¿Por qué iba a renunciar a su autoridad sobre ese pequeño reino? Y además estaba Jane, la hija de Nicholas Beit. Ida recordaba su actitud arrogante y su carácter impaciente. ¿Qué postura adoptaría ante el hecho de que se instalaran ahí?

Estuvo cavilando hasta que vio salir a Chris Fenroy de uno de los establos y acercarse a Karl y a su comitiva. Al menos supuso que se trataba de Fenroy, no se acordaba con exactitud de él, solo lo había visto un par de veces delante de la tienda de los Partridge. Karl y Chris, por el contrario, parecían buenos amigos. Karl enseguida saltó del caballo y los dos se abrazaron afectuosamente.

—¡Qué buen aspecto tienes, Karl! —Chris contempló resplandeciente a su amigo, sujetándolo con los brazos estirados frente a sí—. ¡Qué temerario, todo un cazador! ¡La Isla Norte te ha sentado bien, y también el viaje!

Karl también miró sonriente a Chris, aunque no podía devolverle sinceramente sus halagos. A Chris no le habían sentado bien ni el matrimonio ni la granja. Había envejecido y no se le veía tan optimista. Llevaba el cabello más corto y la barba recortada, y en su rostro ya se le marcaban las primeras arrugas. Surcos de preocupación, no leves arrugas de expresión.

—Y a ti el matrimonio te ha hecho madurar —observó Karl—. Nunca te había visto con un corte de pelo tan prolijo. ¿Es Jane quien te hace de peluquera?

Chris forzó la sonrisa.

—No tiene tanto espíritu pionero como para cortarle el pelo a su marido, remendarle la ropa y prepararle la comida. ¡Pero pobre de mí si me atrevo a ir a Port Cooper sin haber pasado antes por el barbero! Jane opina que uno no tiene que abandonarse ni siquiera en la selva.

Karl sonrió.

—Pues le causaré mala impresión. En serio, no he ido al barbero en Port Cooper. Da igual, Jane tendrá que aceptarme como soy.

—¡Como te acepta Ida! —señaló complacido Chris, volviéndose hacia el carro.

Ida y Cat estaban sentadas en el pescante, pero habían colocado un toldo para proteger a las niñas del sol. Esto dificultaba un poco el descenso. Chris no podía ver del todo a las mujeres, pero tendió la mano para ayudar a bajar a la primera.

—¡Usted debe de ser Ida! Me alegro de cono... —Chris enmudeció al ver a la muchacha rubia que se apoyaba en él para bajar del asiento. Y vio un rostro que ahora solo veía en sueños, pero que tenía tan presente como en su primer encuentro: la «maorí rubia»—. Poti... —susurró—. Cat. Pero... ¿cómo tú aquí? No estarás...

Miró a Cat y luego a Karl y se le heló el corazón. Pero se repuso. Karl le habría escrito si él y Cat fuesen pareja. Habrían coincidido por azar los últimos días.

Cat sonrió, pero era una sonrisa forzada. De hecho, la mirada de Christopher la había conmovido profundamente. Tenía que obligarse a no arrojarse en sus brazos.

—Christopher —dijo formalmente—. Me alegro de que te vaya bien.

—Pero dónde... cómo... —Chris no sabía qué decir—. Pero primero acaba de bajar.

—¿Coges a las niñas, Cat? —oyó Chris que preguntaba una voz dulce y melodiosa.

Ida tendió a su amiga el canasto en el que dormían las dos pequeñas. A esas alturas era bastante pesado, no podrían compartirlo mucho tiempo más. Ya empezaban a gatear y pronto andarían. Y ahora que el viaje había concluido podían volver a dormir en la cuna hecha por Ottfried.

—¿Tus hijas? —preguntó Chris a Cat con voz ahogada.

Ella negó con la cabeza.

—De Ida. Carol y Linda son mellizas.

Karl ayudó a Ida a bajar del pescante.

—Chris, te presento a Ida Brandmann. Este es Christopher Fenroy. No sé si os habéis visto alguna vez antes.

Chris recordaba vagamente a la muchacha con el nacimiento del cabello en forma de corazón, la raya de Virgen y el rostro grave y angelical. Siempre se cubría el cabello oscuro con una capota. Todavía ahora, Ida daba la impresión de ser una antigua luterana sumisa, al contrario de Cat, que llevaba un vestido de cotón de colores combinado con un delantal azul y capota. Seguro que antes había sido la indumentaria de los domingos.

—Una dama tan bonita no es fácil de olvidar —respondió galantemente Chris al tiempo que se inclinaba—. ¿Cómo es que venís juntos? No me contaste nada en la carta, Karl. Bueno, por supuesto es usted bien recibida, señora Brandmann. Pero ¿dónde está su... marido?

—Mi marido llegará después —respondió Ida a media voz—. Es decir, si está usted de acuerdo. Karl tiene que explicárselo todo, él... nosotros...

—Vas a tener un segundo socio, Chris —anunció Karl—. Enseguida hablaremos de ello. Sé que es un asalto por sorpresa, pero también es una urgencia. No pudo solucionarse de otro modo.

Chris estudió con la mirada a su amigo y reconoció que también él era otro, no el aventurero despreocupado que dejaba suponer su aspecto audaz. Karl había vuelto a encontrar a Ida, pero ni mucho menos la había conquistado. Y seguía dispuesto a hacer todo lo humanamente posible por esa mujer.

—Deberíamos desenganchar los caballos —sugirió Chris—. Mi esposa nos espera en casa, ha... bueno, ha preparado un banquete.

Karl arqueó las cejas.

—¿Un banquete? ¿Algo así como «manjares selectos servidos en porcelana de Meissen y rodeados de copas de cristal y servilletas de Damasco»?

Chris sonrió y por vez primera dejó aparecer al joven travieso que había sido.

—Algo así. Lo de «manjares selectos» tienes que tacharlo. Jane tiene una cocinera cuya especialidad es el pescado con boniatos, preferentemente cocinados en un fuego abierto. Jane intenta que abandone esta costumbre con ayuda de un libro de recetas de su madre. Desde entonces también tenemos de vez en cuando suflé de boniatos y pescado al horno, a la sal o con alguna hierba. Arona va a la estantería y coge por azar, no lo que pone en la receta. Aunque Jane se lo lee diez veces, no sirve de gran cosa. Debería enseñarle a preparar los platos ella misma, pero no sabe cocinar. Ni siquiera pescado con boniatos. Por eso Arona no le hace caso.

—¿Y cómo es que se queda esa mujer? —preguntó Cat—. Una Arona que ase pescado y boniatos debe de ser maorí, ¿no? ¿Cómo es que se presta al trato algo... hum... rudo de Jane con el personal doméstico?

Chris sonrió y esta vez casi se cerró a la vista de todos el círculo de estrellas, calidez y comprensión mutua que había entre él y Cat.

—Jane se modera —observó—. Se imagina que está formando a los maoríes, de hecho se produce un intercambio. Si grita y ofende a las chicas, estas no vienen al día siguiente. Nos ocurrió al principio una vez y fueron necesarias algunas gestiones diplomáticas por mi parte y la del jefe tribal para que todas se tranquilizaran de nuevo. Jane descarga en mí sus enfados con ellas. Estoy pensando en aprender a cocinar y peinar.

—No lo harías bien —sonrió Cat.

—Yo sé cocinar bien —terció Ida—. Tal vez yo...

—Ida, hablaremos más tarde de estos asuntos —la interrumpió Karl. ¡A ver si era tan ingenua de ofrecerse ahora para cocinar en la mansión de Jane Fenroy! Ottfried no se lo permitiría y su entrada ya iría acompañada de problemas—. ¿Dónde podrían... refrescarse antes del banquete Ida y Cat? ¿Se dice así, no? —preguntó a Chris, con una mirada de complicidad.

Chris entendió el guiño. Karl quería... Karl tenía que hablar urgentemente a solas con él.

—En la casa vieja —contestó diligente—. Está preparada para ti, Karl, pero pueden ocuparla las damas. Está amueblada, y será un placer colocar también los muebles que haya usted traído, señora Brandmann.

—Ida —señaló ella—. Creo que es más sencillo que me llame Ida. Ahora que vamos a vivir juntos aquí.

—Te aseguro que no pude solucionarlo de otro modo —se disculpó Karl después de haberle contado todo a Chris en el establo. *Brandy* y los dos bayos mordisqueaban el heno junto a los dos pesados caballos de labor y el caballo de montar, una pequeña yegua blanca. Los hombres se iban pasando la botella de whisky que Chris atesoraba en el establo para las «urgencias»—. De verdad, no quería invadirte de este modo. Y Ottfried es... bueno, como socio no ganaría ninguna medalla, para expresarlo con suavidad. Pero entonces habría vuelto a perder a Ida. ¿Y qué habría sido de ella? Es muy paciente, nunca la oirás decir ninguna palabra desagradable sobre el inútil de su marido, pero no tenía otra salida. Ese Gibson se ha marchado y es listo, a él no lo encontrarán nunca. Así que harán a Ottfried responsable de todos los chanchullos que han hecho los dos. Uno de los acreedores es un hueso duro de roer y el otro ha contratado a un peripuesto abogado de la Isla Norte que sin duda tendrá sus contactos... y sus hombres para el trabajo sucio. ¡Uno no puede huir con una familia sin dinero ni destino!

Chris levantó la ceja.

—Bueno, tampoco parece estar en la miseria si está a punto de comprar ovejas. Tal vez le habría alcanzado para un pasaje a Australia. —Sonrió irónico—. Pero no te habría gustado.

Karl se mordió el labio.

—No. No me habría gustado. Puedes llamarme idiota, a fin de cuentas no puedo tener a Ida tanto si está aquí como allá. He intentado alejarme de ella, pero la amo y lo sabes. Creía que hacía tiempo que estaba en Australia y si ahora que he vuelto a encontrarla la viera feliz, la dejaría en paz. ¡Pero no lo es! Ottfried es un cabrón, un perezoso inútil. En parte hasta me da pena que yo...

Chris hizo un gesto con la mano.

—Tengo la impresión —suspiró— de que nos espera una época maravillosa. Con Ida y Ottfried. Y Jane y Cat. —Se esforzó por sonreír—. Amo a Cat, y lo sabes. Y puedes decirme con toda tranquilidad que yo también soy un imbécil. Podría haberla hecho mía en Nelson, entonces. Al menos podría haberla cortejado, pero en lugar de ello intenté separarme de ella. Con Jane... ya sabes cómo me ha ido. Dame un trago más, Karl, y volvamos a la casa. Jane nos espera. Ahora solo me queda rezar para que no sospeche nada de mí y de Cat.

9

—Tiene usted una casa preciosa —dijo Ida al tenderle la mano a Jane para saludarla.

Hablaba de corazón, la casa de los Fenroy sobre la colina junto al río la impresionaba mucho. Se componía de una planta baja y un primer piso, era de madera y tenía torrecillas y balcones más trabajados que los de las sobrias viviendas de los Redwood y los Deans. Con las sombrías casas de los campesinos de Raben Steinfeld no tenía nada en común.

—Debía parecerse un poco a las casas en que vivió Jane —explicó Christopher, dirigiendo una mirada a su esposa buscando aprobación pero que más bien parecía pedir clemencia. Jane se mostraba circunspecta, no hablaba más de lo necesario con sus invitadas, a las que, por lo demás, miraba con discreto desdén.

Ida Brandmann, con aspecto de campesina del *Sankt Pauli*, parecía un ama de casa pusilánime. Jane se sorprendió de que hablase inglés. Y con ella llegaba Cat, antes sirvienta en casa de los Beit y ahora en la de los Brandmann, si Jane lo había entendido bien. Con lo que se planteaba la pregunta de para qué necesitaba alguien una doncella cuando ni siquiera tenía casa. Y Jane supuso que tampoco venía al caso ofrecer al servicio doméstico un banquete de bienvenida. Era probable que Cat tuviese que ocuparse de las niñas. Dos, había tenido esa Ida, y Christopher estaba encantado con las crías. Seguramente, después la agobiaría pidiéndole que tuvieran descendencia.

—Acostumbrada —observó Jane mordaz en ese momento— estaba a casas de piedra, que suelen lindar con otras casas de piedra. Una casa de madera en medio de la naturaleza salvaje es más bien... cuestión de aclimatarse, precisamente. Pero antes tendrán ustedes que contentarse con la vieja cabaña, así que no debería quejarme. ¿Puedo preguntar con cuál dama ha pensado usted instalarse ahí, señor Jensch? No está usted casado con ninguna de ellas, ¿verdad?

—Quizá sea mejor que nos sentemos primero —repuso Chris, visiblemente molesto por sus palabras.

Señaló las sillas que rodeaban la mesa. El mobiliario era tosco, lo que contrastaba con el delicado mantel que cubría la mesa, la valiosa vajilla y las copas de vino de fino cristal. Ida se precipitó ruborizada al sitio que le adjudicaron. Karl, por el contrario, respondió a la mirada desdeñosa de Jane sin la menor turbación.

—Había pensado no instalarme con ninguna de las señoras, señora Jane. Como bien ha mencionado, estoy soltero y está lejos de mis intenciones ofender a nadie. Ya se encontrará algún rincón para mí en otro sitio, me conformo con un cobertizo en el establo. Su vieja casa será ocupada primero por la señora Ida y la señorita Cat, y después por la primera y su marido.

Con un ligero asentimiento, cedió la palabra a Christopher. Sería mejor que él mismo explicara a su esposa que había un segundo socio. Christopher lo hizo atropelladamente y omitiendo las circunstancias dudosas. Explicó que los nuevos planes que había trazado para la granja se harían antes realidad cuanto más grande fuera el rebaño de ovejas con que se empezara la crianza.

Jane frunció el ceño, sin que se supiera si esa expresión de enojo respondía al asunto de Brandmann o a la hermosa chica maorí que en ese momento servía la comida con tanta aplicación como torpeza. Parte de la sopa de pescado se derramó sobre el mantel de Damasco. Karl encontró que tampoco era un desperdicio: Chris no se había quedado corto en la descripción de las penosas habilidades culinarias de su personal. Ese caldo acuoso no tenía mucho que ver con la anunciada *bouillabaisse*.

—Así que esperamos seguir creciendo —dijo Jane, poniendo una mueca—. ¿Alguien ha oído el dicho de que muchos cocineros echan a perder el caldo?

Karl alzó la cabeza.

—Bueno, en este caso... —respondió mientras removía con desgana la sopa— un par añadido no podrían empeorarla más.

—¡Chris, no deberías permitir que Jane se metiese tanto contigo! —le dijo Karl más tarde. Estaba arreglando un lugar donde dormir esa noche en el establo, y Chris lo había acompañado, se suponía que para indicarle un lugar donde dormir pero en realidad porque allí los esperaba la botella de whisky—. Se divierte poniéndote en ridículo. Y tampoco veo ninguna razón de humillarse ante ella. Ni siquiera es cierto que le debas la granja. Tú mismo sostienes que su padre la adquirió de forma no del todo cristiana. Pagas un arrendamiento y si los maoríes algún día llegan a entender cómo funciona el nuevo mundo tendrás que volver a comprar la tierra. ¡Así que no dejes que Jane te trate tan mal!

Christopher se encogió de hombros.

—Bah, no importa. Ya no le hago caso. Pero ¿qué dices de Cat? ¿Conocías sus intenciones?

Jane no había perdido la oportunidad de tocar también el tema de Cat durante la tensa comida. La casita, señaló mordaz, tenía que mantenerse limpia sin personal de servicio, en condiciones para una diligente campesina de Mecklemburgo.

—¿Tenía usted sirvienta en casa, Ida? —había preguntado con voz dulce—. ¿O una doncella?

Ida, que iba a coger nerviosa la copa de vino, casi rompió el delicado pie de la misma.

—No —contestó—. Pero...

—Tampoco aquí tendrá. —Cat se entremetió tranquila—. He viajado con el señor Jensch y los Brandmann para llegar a las Llanuras de modo más seguro y cómodo, pero no tengo pensado quedarme aquí. Como usted sabe, crecí en una tribu maorí y deseo volver a reunirme con ellos. Creo que no tardaré en encontrar un *ariki* que me acoja. Con mis conocimientos lingüísticos y generales sobre los *pakeha* debería ser útil en cualquier *iwi*.

—¿Ah, sí? —Jane sonrió con superioridad, mientras que Chris e Ida apenas lograban ocultar su desconcierto—. ¡Háganos partícipes de sus conocimientos, Cat! ¿Cuáles son las diferencias esenciales entre *pakeha* y maoríes?

Cat la fulminó con la mirada.

—Sobre todo en lo relativo a la franqueza, señora Jane. Un maorí no le sonríe a otro cuando, por ejemplo, quiere golpearle con la maza en el cráneo.

Ahora, Karl sonrió al recordar esa réplica ácida.

—¿Que si lo sabía? ¿Que quiere seguir su camino? Chris, eso no puede sorprenderte. ¿Qué va a hacer aquí? Jane ya está chinchando con lo de la «sirvienta» de Ida y Ottfried. Al final deducirá que eres tú quien retiene aquí a Cat. Y ella no tomará parte en este juego, para eso es demasiado orgullosa. Así que déjala marchar. Todavía está libre, tal vez encuentre a un hombre que la haga feliz.

Pero de momento Cat se quedó con Ida. Las mujeres se instalaron con las niñas en la vieja cabaña y ayudaron a Chris y Karl a construir los corrales para las ovejas y los cobertizos para los esquiladores. Ida eligió un par de ovejas tratables para ordeñarlas y volvió a hacer queso. Cat reunía hierbas para sus recetas y haciéndolo se encontró con las mujeres ngai tahu. Atrajo la atención de las maoríes cuando al desenterrar una raíz de raupo cantaba ensimismada la *karakia* que Te Ronga le había enseñado. Naturalmente, eso rompió el hielo entre ella y las *tohunga* del lugar. A los pocos días, ya intercambiaba con ellas conocimientos sobre hierbas medicinales e invitaba a un par de mujeres jóvenes a que la visitaran y aprendieran a ordeñar ovejas. Karl ya había pagado su primer arrendamiento con una bonita oveja madre y dos corderitos, pero hasta el momento ninguna mujer maorí se atrevía a acercarse tanto a los animales.

—En general se muestran muy diestras —le dijo Ida a Karl después de haber estado trabajando con las chicas—. Bueno, en el trato con los animales. Y además son muy agradables. Nunca lo habría pensado, con esos *moko* dan miedo.

Karl observó divertido que se refería al *moko* y no al tatuaje. Tomaba a Cat como referencia y empezaba a pronunciar sus primeras palabras en maorí.

—Los únicos que quieren provocar miedo son los hombres —le señaló él—. En las mujeres los *moko* recuerdan que los dioses les han infundido el aliento vital. Observa que solo llevan tatuajes alrededor de la boca.

—¡Era Adán el del aliento vital! —objetó escandalizada Ida—: Eva fue creada de su costilla.

Karl rio.

—Los maoríes son de otro parecer y Dios no los ha castigado por eso. ¿Qué tal con los partos? ¿Falta mucho para que terminemos? Entonces podríamos llevar el rebaño a los buenos pastos que hay lejos de la casa y quedarnos aquí solo con tus ovejas de leche.

A Ida le gustaba trabajar con Karl, y aún más porque siempre era amable con ella y nunca la reñía ni gritaba como Ottfried. A él también le gustaba que ella lo acompañase cuando conducía a las ovejas o hacía algo para lo que necesitaba un perro, pues *Chasseur* a quien más obedecía era a Ida. Karl observaba que ella parecía mucho más feliz tras esos pocos días pasados con él en Fenroy Station. Volvía a salir a cazar y empezó a cocinar al mediodía para los hombres.

—Solo espero que Jane no tenga nada en contra —comentó con timidez, cuando no solo Karl y los dos ayudantes maoríes, sino también Chris se abalanzaron con voracidad sobre el cocido de conejo—. ¿Es que no cocina para usted, Chris?

Él negó con la cabeza.

—La cocinera prepara algo por la tarde. Al mediodía suele haber restos de la cena o un emparedado. Jane no cocina.

—¿Qué hace todo el día, entonces? —se sorprendió Ida.

Chris se encogió de hombros.

—Lee, escribe... también aprende maorí, y con frecuencia visita la tribu que hay más arriba y controla la manufactura.

Cat rio.

—Con lo que saca de quicio a las *tohunga*. Ya me han contado algo. Pero el jefe la apoya y los resultados son impresionantes. La tribu se hará rica.

—El dinero no lo es todo —refunfuñó Chris, sirviéndose más—. Mañana le enviaré a la cocinera, Ida, aceptará sus consejos. —Se levantó y alzó las manos—. Queda usted nombrada *tohunga*, Ida Brandmann. En lo que respecta a los conejos, nadie los prepara como usted. ¿Vienes a ayudarme con el corral, Cat?

Cat trabajaba feliz y armoniosamente con Chris, como Ida con Karl. Ninguno hablaba de ello, pero esos pocos días previos a la llegada de Ottfried tenían para todos una magia que disfrutaban sin plantearse nada. Karl bromeaba con Ida y ella ya no bajaba la vista cuando hablaba con él. Chris rozaba a veces la mano de Cat como por distracción y ella ya no la retiraba enfadada.

Jane no intentaba entablar contacto con ninguna de las mujeres. No se sentía celosa por el hecho de que trabajasen armoniosamente con los hombres ni envidiaba la extraordinaria belleza que ambas recuperaron una vez superadas por fin las fatigas del viaje, los alumbramientos y las preocupaciones. Cat revoloteaba despreocupadamente por la granja, con el cabello rubio y largo hasta la cintura trenzado o suelto como una maorí. Y también Ida abandonó el sobrio uniforme de antigua luterana y estaba irresistible cuando los mechones de cabello oscuro se desprendían del recogido hecho a la ligera. Jane observaba todo impertérrita. Tampoco le importaban las miradas que los hombres posaban complacidos en las jóvenes.

Todo eso no era motivo para no relacionarse con Ida y Cat, pero Jane no tenía nada que hacer con la casera Ida ni con la pragmática Cat. Pese a ello, receló de las visitas de Cat al poblado maorí. ¡Pobre de ella si se atrevía a ocupar su sitio allí! Pero pronto se percató de que Cat no sabía hacer cuentas especialmente bien y que los negocios no le interesaban. Jane la tomó por una tonta y supersticiosa cuando la oyó cantar conjuros en el huerto mientras recogía boniatos. Por lo demás, envió a la cocinera a Ida, pues había oído a Chris elogiar su forma de cocinar. Lo que esta pensara de ella, le daba igual.

Ottfried apareció con sus ovejas en Fenroy Station cinco semanas después de su marcha a Nelson. Karl ya daba casi por hecho que se había ido a la Isla Norte o al fin del mundo, tanto le daba. Pero los oteadores maoríes informaron de su llegada. Apareció a caballo, flanqueado por dos jóvenes collies, al parecer estupendamente adiestrados y que se esmeraban en obedecer sus torpes gestos y silbidos, y con un rebaño de cincuenta ovejas madre que subía trotando por la ribera del Waimakariri.

—Qué, ¿contento? —Sonrió irónico a Karl, que miraba admirado a los ovinos—. ¿Satisfacen tus exigencias?

—¡Son espléndidos! —exclamó Karl—. ¡Nunca hubiera pensado que criasen allí animales tan buenos! Es probable que hayan llegado algunos de Australia a Nelson, tienen enlace directo con el barco. En cualquier caso, estas son perfectas. ¡Y esos perros tan bonitos! ¿Son también del mercado?

—Me los han dado de propina —respondió Ottfried desdeñoso—. Unos contactos estupendos, ¡ya lo dije yo! ¿Me enseñáis la granja? ¿Y qué tal si humedeciéramos los gaznates? ¡Un negocio así hay que celebrarlo!

Chris descorchó una botella de whisky después de que Karl lo presentase. Ya no se acordaba de Ottfried, no se había fijado en él en Wairau.

—¡Porque solo tenías ojos para la dulce Cat! —se burló Ottfried—. Y ahora está aquí. ¡Ah, pero vigila que tu esposa no se dé cuenta!

Hizo una mueca y Chris intentó no ruborizarse. Cat estaba con él cuando llegó Ottfried y había dirigido un saludo gélido al marido de Ida. También se había marchado inmediatamente cuando Ottfried había empezado a fanfarronear de sus ovejas. Pero probablemente el alemán enseguida había percibido la atracción mutua que sentían la joven y Fenroy. Chris se forzó a sonreír, Ottfried ya le resultaba en ese momento desagradable. Tal vez las ovejas fueran un enriquecimiento para Fenroy Station, pero era posible que estuvieran pagando un precio demasiado alto admitiendo a Ottfried. Pese a todo le sirvió. El recién llegado brindó con él sonriendo.

Karl se mordió el labio.

—¡Vamos! —dijo—. Si quieres ver la granja estando sobrio, Ottfried, tendremos que hacerlo ahora. De todos modos hoy no conseguiremos recorrer a caballo todo el perímetro. Tienes que imaginártela aproximadamente así... —Se acuclilló y dibujó en la arena un rectángulo—. Aquí está el Waimakariri, limita los terrenos por el sur. Al este da a un lago que los maoríes consideran sagrado, así que por favor, no se te ocurra bañarte o pescar allí. Eso no representa ningún problema, a las ovejas les podemos dar de beber en cualquier otro sitio, hay muchos arroyos y lagunas. Al norte se encuentra el poblado de los maoríes, que dentro de poco también tendrán muchas ovejas a las que llevarán a apacentar al norte del poblado. Pese a ello, los rebaños se mezclarán. Así que a la larga tendremos que marcar nuestros animales y evitar que se produzcan confusiones o abusos por alguna de las dos partes.

Ottfried torció el gesto.

—¿Me estás sermoneando? ¡A quien hay que vigilar es a esos tipos tatuados!

Chris negó con la cabeza. No había entendido toda la conversación, que se sostenía en alemán, pero sí lo esencial.

—Tenemos una buena relación vecinal que no debe ponerse en peligro. Se trata de eso, Karl. Así que, por favor, hágale caso.

—Y al oeste, las tierras se extienden prácticamente hasta los Alpes —finalizó Karl—. En teoría las controlan los ngai tahu de Te Haitara, en la práctica no se explotan. Los animales pueden pacer sin límites y permanecer en las montañas todo el verano, como en Gales, Yorkshire y las demás regiones inglesas donde se crían.

—A veces también migran hacia allí otras tribus —especificó Chris—. También tenemos que entendernos con ellas cuando las veamos.

—¿Y cuando no las veamos? —preguntó Ottfried, suspicaz—. Entonces se llevarán nuestro ganado y pondrán como pretexto que no sabían qué es mío y qué es tuyo, como cuando se compran terrenos.

Karl tradujo.

—No saben lo suficiente de ovejas como para escogerlas —lo tranquilizó Chris—. A lo mejor se apropian de alguna y la sacrifican para darse un festín. Hay que contar con ello, pero no con el robo de ganado a lo grande. Y no aparecen y desaparecen sin que nadie las vea. Te Haitara controla las tierras, como ya he dicho. Cuando otras tribus pasan por aquí, se saludan, se hablan, aquí solo hay *iwi* de los ngai tahu, no están enemistados. Yo iré con ellos y aclararé lo de las ovejas. No se preocupe, Ottfried, no pasará nada.

Ottfried resopló.

—Eso os lo creéis vosotros —respondió—, pero yo no confío en esos tipos. Mis ovejas, al menos, no irán a la montaña. Yo no las pierdo de vista.

Chris lanzó a Karl una mirada significativa. Esperaban tropezar con dificultades y ahí estaban. Pero lo peor estaba por venir. Esa tarde, Karl y Chris condujeron a su nuevo socio hacia el oeste, donde a lo lejos había unas colinas desde las cuales se divisaba una parte de la granja. Chris subió orgulloso al galope y señaló las amplias praderas, los bosquecillos y las esporádicas formaciones rocosas que surgían de la tierra recordando castillos o torres de piedra.

—¡Y ahí abajo está Fenroy Station! —anunció. La granja se distinguía vagamente—. ¿A que es maravilloso? Todo esto nos pertenece. ¡Pronto apacentarán ovejas por doquier! Tenías razón, Karl, las ovejas son el futuro de la Isla Sur y de las Llanuras en especial.

Ottfried puso el caballo a su lado, también sus ojos brillaban al contemplar esa extensión. Se irguió sobre la silla y se puso tieso como un monarca dominando con la mirada sus territorios.

—¡Esto es mucho más grande que Raben Steinfeld! —dijo satisfecho—. Más grande que lo que tenía el Junker.

Karl rio.

—¡Es casi tan grande como todo Mecklemburgo! —exclamó—. Pero es otro tipo de propiedad. Aquí no pondremos vallas ni fundaremos pueblos. Seremos pastores. Conduciremos nuestros rebaños por esta tierra, pero no la transformaremos.

Ottfried volvió a resoplar despectivo.

—Así lo verás tú. Otros a lo mejor lo ven distinto. ¿Y ahora cómo lo hacemos? *How we now make it?*

—¿Qué? —preguntó Chris, que ya dirigía su caballo colina abajo.

—Pues lo de la tierra. Y lo de la granja. Si todo es de todos, entonces ya no puede llamarse Fenroy Station. Y también deberíamos repartirnos la tierra en parcelas. Para que sepamos qué es de quién.

Karl tuvo que tomar aire antes de traducir estas palabras a Chris.

—Ottfried, esto es una granja dedicada a la cría de ovejas —dijo entonces—. Una gran empresa. En la Isla Norte ya hay granjeros que tienen miles de animales. Los rebaños crecen deprisa. Y deben agruparse en ovejas madre, animales jóvenes, carneros, ganado lanar, de carne y de leche, no según pertenezcan a Jensch, Fenroy o Brandmann. Necesitamos grandes superficies, no puedes encerrar en corrales tantas ovejas. Si pisotean toda la tierra, se destruye la capa vegetal y no crece nada más. Sugiero que trabajemos juntos y que al final repartamos los beneficios entre tres. Con los hermanos Deans y Redwood esto funciona muy bien.

—Entre hermanos queda en familia —objetó Ottfried—. Pero ¿qué pasa si al final yo tengo un heredero y tú no?

Chris movió la cabeza mientras Karl traducía.

—Brandmann, todavía no hemos ganado ni un penique. ¡De momento no podemos hablar de herencias!

Ottfried rio.

—Todavía no se ha ganado nada pero ya se han desembolsado varios peniques —dijo—. ¡Cincuenta bonitas ovejas! ¡Me gustaría tenerlas en mis tierras!

Chris alzó la vista al cielo, luego sonrió sardónico.

—Está bien, Ottfried —respondió con calma—. Tengo un documento firmado por John Nicholas Beit. Según su letra, esta tierra me pertenece. Puede usted quedarse con un tercio. Pero, por favor, solo sobre el papel. En lo que respecta a la explotación, haremos como ha propuesto Karl. Ha dado buenos resultados en la Isla Norte con los Redwood y los Deans.

—Y todos nos querremos como hermanos —observó Karl cuando en el camino de regreso puso a *Brandy* al lado de la yegua de Chris. Ottfried galopaba delante animado por la visión de sus nuevas tierras—. ¿Cómo era lo de Caín y Abel? ¿Cuál de los dos empezó a engañar al otro? ¡Admite que el título de propiedad que te dio Beit ni siquiera vale el papel en que está escrito!

Chris sonrió.

—Al menos no para los maoríes. En lo que respecta a los *pakeha*, Ottfried puede presentar sus quejas al gobernador. Dudo de que envíe al ejército para que imponga sus exigencias. Yo también formularé con mucha precaución y me remitiré al documento de Beit cuando os transfiera las tierras para que ninguno pueda cargarme el muerto cuando al final Te Haitara me la venda debidamente.

—¿«Os» transfiera? —inquirió Karl.

Chris asintió con gravedad.

—Pues claro. Si Ottfried se queda con una parte de Fenroy Station, tú también, por supuesto. Todo tiene que seguir un orden.

Karl soltó una carcajada.

—¡Eres demasiado generoso! De todos modos, Ottfried tiene razón. La granja ya no podrá seguir llamándose Fenroy Station. ¿Cómo la llamaremos ahora? ¿Paradise Station? ¿O directamente Garden of Eden?

KARAKIA TOKO

Llanuras de Canterbury, Port Cooper

1846

1

Ottfried volvió a tomar posesión de Ida de forma tan triunfal como de sus pretendidas nuevas tierras. Bebió algo con sus reticentes socios y se marchó a «su casa», con la que se mostró decepcionado.

—Construiremos una nueva en nuestras propias tierras, Ida —anunció después de observar la sencilla cabaña—. Como en Sankt Paulidorf. ¡Aquí tenemos mucha más tierra y menos trabajo! Las ovejas casi se cuidan solas. Por una vez, Karl Jensch ha tenido una buena idea. Pero los Jensch nunca se las apañaron bien con el trabajo, por eso no llegaron a nada.

A continuación ordenó a Ida que se metiera en el dormitorio y envió la cuna con las niñas a la cocina cuando Carol y Linda empezaron a llorar. Ida se preguntó si las pequeñas sentirían su tensión y miedo como los sentía *Chasseur* y pasó esa noche, terrible como siempre, escuchando preocupada y con sentimiento de culpabilidad el llanto de las pequeñas. Pero al menos no tenía que pensar en el perro, que había corrido tras Cat cuando ella se dirigió al establo a dormir. En cambio, pensaba con una mezcla de preocupación y esperanza en Karl. También él dormía en algún rincón de uno de los establos, tal vez no tan lejos. Si tal vez oyera cómo Ottfried la poseía, si escuchaba los gritos que ella no podía reprimir a veces... ¿acudiría? ¿Intentaría salvarla?

Ida sabía que era una idea absurda. Carol y Linda hacían más ruido del que la misma Ida se hubiese permitido y era evidente que el sonido de sus llantos no llegaba hasta el establo. De lo contrario, Cat se hubiese acercado para ocuparse de las niñas. No obstante, qué sueño más consolador era imaginar a Karl salvándola, arrancándole de encima a Ottfried y ocupando él el lugar del marido. Ida se avergonzaba de pensar así, pero en los momentos más dolorosos recordaba Bahía y el beso de Karl.

Cat no se había instalado en el establo de los caballos, sino en el corral de las vacas, más alejado, para no tropezar con Karl. No deseaba que él malinterpretara nada por su parte. Le daban vueltas pensamientos aciagos. Ahora tendría realmente que abandonar Fenroy Station. No podría pernoctar eternamente en el corral y representar el inverosímil papel de doncella de los Brandmann. Jane no tardaría en plantearse la pregunta de por qué se quedaba y tendría intuición suficiente para sospechar que Linda era la causa. Además, Cat temía que Ottfried volviera a acosarla o, incluso, que hiciera un estúpido alarde de sus proezas. Si bebía demasiado whisky, un día podía llegar a decir que no solo había poseído a Ida, sino también a Cat. Y si bien a ella le importara muy poco lo que Gibson supiera de su niña y de la paternidad de Ottfried, le resultaría lamentable que Chris y Karl se enterasen.

En ese momento, mientras extendía sus mantas junto al compartimento de *Jennifer*, no solo *Chasseur* se apretujó contra ella, sino también los collies de Ottfried, que, era evidente, se sentían perdidos teniendo que dormir en un establo sin ovejas ni nada que guardar. Cat se preguntaba si habrían dormido alguna vez en una casa. Debían de proceder de un tratante de ganado, y estos no solían mimar a sus animales. Otro interrogante más entre los muchos que planteaba el viaje de Ottfried a Nelson.

Meditabunda, Cat empezó a dar vueltas sobre el jergón de paja y poco después se percató de que en el establo no reinaba la tranquilidad habitual. Se había acostumbrado a que los caballos relincharan de vez en cuando, masticaran el heno, se echaran sobre la paja y volvieran a levantarse. Pero la inquietud que *Jennifer* mostraba esa noche no era normal. Después de tumbarse, volvió a levantarse, empezó a dar vueltas en el box y mugió.

«Parirá dentro de poco...» En ese momento recordó lo que Ida había mencionado por la mañana. Pero nadie había vuelto a pensar en *Jennifer* y el ternero porque Ottfried y sus ovejas habían llegado. Los hombres habían tenido cosas que hacer e Ida había estado yendo como en trance de un lugar otro, inquieta y temerosa a la espera de la noche.

Cat apartó a un lado a los ofendidos perros, se puso en pie y observó a la vaca que, justo en ese momento, volvía a tumbarse. Era obvio que tenía contracciones. Pensó si llamar a Ida, pero tal vez lo conseguía ella sola. Decidida, expulsó a los perros del box y se agachó junto a la vaca, la acarició y le cantó un *karakia* aun sintiéndose un poco tonta. Nunca había creído que las oraciones y los conjuros realmente ayudaran, pero aun así sus cánticos habían tranquilizado a la misma Ida mientras daba a luz. Y parecía producir el mismo efecto en la vaca, aunque esta ya sabía lo que se hacía. Según Laura Redwood, ese era su tercer ternero. En el fondo, Cat no tenía que hacer nada más que esperar hasta que el pequeño asomase al mundo. Estaba bien colocado, Cat ya podía ver las patas delanteras y la cabeza.

Observó fascinada cómo salían las paletillas y el ternero al fin se deslizaba sobre la paja con una última y fuerte contracción. *Jennifer* permaneció unos segundos tendida, como para tranquilizarse, luego se puso en pie, mugió a su cría y empezó a lamerla. Cat la ayudó frotándola con paja y sin cesar de canturrear. Era ahora una tonada de júbilo, la que Te Ronga cantaba para dar la bienvenida a un nuevo ser al mundo...

Chris oyó la voz de Cat cuando regresaba a casa tras beber un último whisky con Karl. El «trago de francachela» con Ottfried se había celebrado en la sala de caballeros de la casa, pero cuando este se hubo reunido con Ida, Chris y Karl habían preferido retirarse al establo de los caballos. Su estado de ánimo, ya de por sí abatido, no remontaría con las desdeñosas observaciones de Jane. Chris todavía tenía reparos en beber whisky en su presencia.

Ahora habían tapado la botella con que tan a gusto habrían ahogado las preocupaciones que les causaba trabajar con Ottfried, y en el caso de Karl también los pensamientos de lo que su nuevo socio estaba haciendo con Ida. A la mañana siguiente les esperaba un montón de trabajo y ninguno podía arriesgarse a tener resaca. Así pues, Chris estaba relativamente sobrio cuando regresaba a su casa bajo la noche estrellada. Pasó junto a la vieja cabaña, oyó llorar a las niñas y rio irónico para sí. Una mala noche para Ottfried, probablemente Ida estaría ocupada tranquilizando a los bebés. Luego tenía que pasar junto al corral de las vacas y percibió las *karakia* maoríes entonadas por la bonita y argentina voz de Cat. Chris se quedó perplejo. A lo mejor se lo estaba imaginando. ¡Pero tampoco había bebido tanto!

Abrió vacilante la puerta del establo. Fuera cual fuese el hechizo que Cat estaba pronunciando, seguro que no quería que la oyesen. ¿Y qué estaba haciendo en el establo? En la casa de Ida y Ottfried había una «habitación de los niños» en la que ella podría haberse instalado. Y entonces vio a Cat de rodillas junto a la vaca y su ternero, el rostro transfigurado de dicha por el milagro del alumbramiento. Llevaba la ropa de trabajo y el cabello se derramaba en suaves ondas sobre sus hombros. Casi se diría que acariciaba con sus cabellos al recién nacido. Y al mismo tiempo cantaba en voz baja y con ternura e imploraba a la diosa madre Papa que bendijera al ternero. Papa, que también era la diosa de los amantes.

—¡Cat!

Chris pronunció el nombre de la joven para no asustarla. Luego se acercó. Ella levantó el rostro hacia él. Resplandecía, era evidente que aquella labor la hacía feliz y su brillo interior se intensificó todavía más al mirar a Chris a los ojos.

—Un ternero macho —anunció en voz baja—. Para los Deans. Estoy contenta de que viva. No me habría gustado ayudarlo a nacer para matarlo después.

Christopher se acercó más.

—Está sano y se ve fuerte —dijo, y miró a Cat a los ojos—.

Y tú estás preciosa, Cat. Desearía... desearía... que pudieses cantar algún día *karakia* para mi hijo.

Ella le devolvió la mirada.

—¿Para tu hijo y el de Jane? —preguntó seria. Cuando mencionaba a Jane se notaba cierto sarcasmo en su voz, pero no esa noche.

Chris negó con la cabeza.

—No. Para el hijo tuyo y mío, Cat.

Extendió los brazos y sintió una infinita sensación de alivio cuando Cat se puso en pie y se estrechó contra él.

—Yo no quería que esto sucediera —susurró ella, pero él selló sus labios con un beso, el primer beso de su vida, aparte de las brutales «caricias» de Ottfried aquella espantosa noche. Cat se lo devolvió, primero algo comedida y luego llena de curiosidad. Se había preguntado qué encontraban en eso los *pakeha*, los maoríes no se besaban, tenían una palabra para ese acto desde que los ingleses habían inmigrado. Ahora disfrutaba de la proximidad de Chris, su lengua en su boca, que ella acariciaba dulcemente. Sus suaves toquecitos en el paladar la excitaban. Cat apretó su cuerpo contra el de él y se estremeció cuando Chris la acarició.

—Chris, ¿qué va a salir de esto? —musitó cuando él apartó un momento sus labios—. No podemos...

—Sí podemos —respondió Chris, besándola de nuevo.

Esta vez Cat se entregó y fue más permisiva. Chris la besó en la comisura de la boca, en la frente, en la barbilla, en el cuello y el escote. La intención de Cat de no ceder hasta el punto de perderse en ese amor sin esperanzas, se desvanecía por momentos. Y al final se rindió a la pasión, se permitió dejar de pensar y tan solo sentir. No experimentaba ningún sentimiento de culpabilidad cuando llevó a Chris a su camastro. Los dos rieron cuando tuvieron que apartar enérgicamente tanto a *Chasseur* como a los collies.

—Esperemos que no se ponga a aullar —murmuró Cat, mirando al mestizo marrón y blanco.

El perro solo parecía un poco ofendido por tener que dejar su sitio. En lugar de defender a Cat del hombre, no hizo nada.

Chris se detuvo un instante cuando ella se quitó el vestido, sus gestos le recordaron los desapasionados preparativos de Jane la noche de bodas. Pero Cat no se tendió simplemente encima de la sábana, sino que se estrechó contra él y lo acarició, supo apreciar que él se tomara tiempo para excitarla y, al final, penetrarla muy lentamente.

A él no le extrañó que no fuese virgen. Las chicas maoríes tenían muy pronto sus primeras experiencias sexuales, así que Chris suponía que Cat ya había yacido con hombres cuando estaba con los ngati toa. Sin embargo, en muchos aspectos actuaba como si todo fuera nuevo para ella, y Chris disfrutó iniciándola en los matices del amor.

Nunca antes había sido él tan dichoso con una mujer; el amor de Cat le curaría de los agravios de Jane. Cat era cariñosa ahí donde Jane era fría; reía y lo animaba donde Jane, con una observación sarcástica, destruía toda la magia. Por primera vez en años, se sintió de nuevo un hombre. Con Jane siempre le resultaba difícil cumplir con sus «obligaciones», pero con Cat todo era fácil y natural. Se amaron una y otra vez, se besaron, se acariciaron, exploraron sus cuerpos y gozaron de ellos.

Para Cat, esa noche borró todo lo que hasta entonces había enturbiado sus ideas sobre el amor físico: los comentarios obscenos de los hombres de la estación ballenera, los suspiros y gruñidos de los clientes en la tienda de su madre, y al final la horrible experiencia con Ottfried. Lo que ahora estaba experimentando era amor puro, complaciente y sin duda bendecido por los dioses. Todo lo demás no significaba nada.

Al final yacieron uno junto al otro, sudorosos, y Chris la cubrió con cuidado para que no tuviese frío.

—¿No tienes que irte a casa? —preguntó ella adormecida cuando se apoyó en el hombro de él—. ¿No se sorprenderá Jane?

Chris negó con la cabeza.

—Jane y yo dormimos en habitaciones separadas —dijo—, y la palabra «sorpresa» no pertenece a su vocabulario.

—Pero sí al tuyo —murmuró Cat.

Él la besó.

—Hasta hoy, no realmente —susurró—. Acabas de introducirla tú.

Cat durmió dichosa en brazos de Chris, pero los dos despertaron a tiempo para que ni Karl ni Ida los descubriesen. A Ida se le podría haber ocurrido ir a echar un vistazo a primera hora a la vaca que estaba a punto de parir, en eso era muy responsable. Pero esa mañana no apareció. Después de pasar la noche con Ottfried estaba magullada y agotada. Necesitó además más tiempo para tranquilizar a las niñas, que hasta la mañana no dejaron de llorar y se sumieron en un sueño inquieto. Carol volvió a despertarse temprano gimiendo.

—Este es el gusano tuyo, ¿no? —preguntó Ottfried malhumorado cuando Ida acunaba a Carol—. El otro es más tranquilo. Qué raro, con las madres pasa lo contrario. A lo mejor debería criar a mi primogénito con esa fiera.

—¡A lo mejor yo también debería dormir con un cuchillo bajo la almohada! —replicó Ida, asustándose de su propia osadía. Ya esperaba un castigo, pero Ottfried se limitó a reír.

—¡Tú, pobrecilla, ni siquiera sabes cómo se utiliza! —se burló sin sospechar las ideas que incubaba Ida...

Cuando esta por fin se hubo recuperado lo suficiente para ir al establo a ordeñar las ovejas y ver a *Jennifer*, Chris, Cat y Karl ya rodeaban felices el compartimento de la vaca y elogiaban al pequeño ternero.

—¿Cómo se llama? ¿Ya tiene nombre? —preguntó Ida arrebatada, tendiendo al ternerito un dedo que él se puso a chupar.

Chris rio. Parecía feliz, Ida no necesitó más que un vistazo para percibir el aura de dicha que rodeaba a su amiga y al anfitrión.

—¡Sí, Cat lo ha bautizado! —respondió Chris y deslizó la mano con toda naturalidad por la espalda de la joven rubia—. Dilo, Cat, a ver si Ida sabe qué significa.

Hasta entonces, Cat había estado relajada, pero en ese momento eludió la caricia. Como por azar, como si la caricia de Chris no significase nada, pero Ida vio la sombra que pasó fugazmente por su rostro.

—Ah, es raro —dijo—. Lo he llamado *Kihim*, «beso». Porque la mancha blanca que tiene en la frente parece una boca al besar. Hacía falta imaginación para verlo.

—Es bonito —apuntó Ida, por decir algo.

Con toda certeza, esa noche había ocurrido algo entre su amiga y Chris, y ella ignoraba si podía darlo por bueno. ¿Podía? ¿O debía? Decidió que le daba igual lo que hubiese pensado la comunidad de Raben Steinfeld al respecto. Estaba decidida a alegrarse por Cat, si es que había algo de lo que alegrarse. La dicha de Cat por su encuentro con Chris parecía de nuevo empañarse un poco. Cuando él intentó poner su mano sobre la de ella, Cat lo rechazó y se fue con Ida, que se dirigía al establo de las ovejas.

—¿Te ayudo a ordeñar? —preguntó Cat.

Era difícil no darse cuenta de que su amiga, tras pasar la noche con su marido, apenas podía moverse. Y para ordeñar las ovejas se requería cierta agilidad.

Ida asintió angustiada.

—Sí, sería muy amable. Pero primero ve a buscar a las niñas. No quiero que se despierten solas. Están agotadas y lloriquean. Hemos tenido una noche movida.

Mientras Ottfried fanfarroneaba de su noche con Ida delante de un Chris indiferente y de un Karl que casi experimentaba dolor físico, Ida planteó con prudencia la pregunta a su amiga... y se extrañó de que esta le respondiera con franqueza.

—Ha sido maravilloso —dijo en voz baja—. Fue como estar en el cielo. Para los dos, creo. Pero, claro, no debe repetirse.

—¿Por qué? —preguntó Ida, y hasta ella se extrañó de sí misma. A fin de cuentas, una buena cristiana debería tener clara la respuesta. Pero Cat no era una buena cristiana. Y en cuanto a ella misma... Esa noche se había descubierto sin rezar. Y aún peor, en lugar de pedir a

Dios que acabase con ese martirio al menos por esa noche, se le había aparecido la imagen que había soñado durante el día de Karl como caballero con una brillante armadura—. Bueno... tú dices que no te avergüenzas. No crees que sea pecado. Y entre los maoríes está permitido. ¿Por qué no quieres volver a hacerlo?

Cat cogió un cubo y se agachó delante de una oveja.

—Entre los maoríes me está permitido hacer lo que quiera, soy libre. Pero lo que Chris hace, también para ellos es romper un matrimonio. Y eso puede convertirse en algo feo. Piensa en la historia de Kupe, que mató al marido de Kura-maro-tini. Jane seguramente no acabe conmigo, lo suyo es herir con su lengua afilada, solo que... ¿cómo puede continuar esto? ¿Voy a quedarme a vivir aquí como la amante de Chris? ¿Como su segunda esposa? ¿Abiertamente o en secreto? Lo último no funcionará, ya has visto que es un sobón. ¿Y qué ocurrirá si vuelvo a quedarme embarazada? ¿Deberá Jane educar al niño como tú a Linda? No creo que se ofrezca a ello, y yo tampoco le daría a mi hijo. ¡Es como una trituradora! Así que llegaría al mundo sin apellido, como me sucedió a mí. Y yo no quiero hacerle eso a ningún niño. No, Ida, hoy me marcho con los ngai tahu, a ver si me acogen. Amo a Chris y precisamente por eso debo marcharme. Es imposible, esto no puede seguir adelante.

Te Haitara y el consejo de ancianos escucharon con serenidad el ruego de Cat. Se había dirigido a Makutu, una de las curanderas más ancianas, y le había pedido un acto de admisión formal. La anciana *tohunga*, una mujer menuda y encogida, pero que irradiaba una gran dignidad y autoridad, la había convocado en la casa de asambleas. Ahora estaba acuclillada en una postura incómoda delante de hombres y mujeres para someterse a sus preguntas.

—Has vivido con los ngati toa y Te Rauparaha te ha desterrado —resumió el jefe la historia de Cat formalmente expuesta.

Te Ronga le había enseñado a formular correctamente un *pepeha* y los ngai tahu se mostraron satisfechos, pese a que presentaba lagunas, pues Cat no conocía a sus antepasados y no tenía idea de cómo se llamaba el barco en que habían viajado Suzanne, Noni, Priscilla y Barker desde Australia hasta Aotearoa.

—Te desterró porque en una cuestión decisiva no te pusiste del lado de la tribu, sino en el de los *pakeha* —siguió Te Haitara—. ¿Qué garantía tenemos de que no vayas también a traicionarnos?

—Por lo que sé, vosotros no tenéis ninguna confrontación con los *pakeha* —respondió Cat—. Así que tampoco existen dos bandos. Y tú ya conoces a Te Rauparaha. Él busca guerra. Aun así, yo era la hija de Te Ronga y ella odiaba la guerra. Su espíritu me guio. Y yo no le hice nada a nadie, nadie sufrió ningún perjuicio por mi culpa. Anhelar la paz no es traicionar. —Jugueteaba con el *hei-tiki* de Te Ronga, que siempre llevaba colgado del cuello.

Te Haitara asintió.

—Pero ahora has vivido con los *pakeha* —objetó—. Has llegado con estos nuevos *pakeha*. Se dice que perteneces al hombre de pelo ralo que ayer cruzó nuestras tierras sin dignarse saludar a Te Konuta.

Te Konuta, un joven sobrino del jefe, se había encontrado el día anterior, mientras pescaba, con los hombres de Fenroy Station. Karl y Chris habían intercambiado con él unas palabras amables; Ottfried, que había pasado antes que los demás, ni siquiera se había percatado del joven maorí.

—¡Yo no pertenezco a nadie! —dijo Cat con firmeza—. Y menos que a nadie a Ottfried Brandmann. Es cierto que he viajado con esos *pakeha*, he trabajado para ellos.

—¿Y ahora por qué no quieres seguir trabajando para Christopher Fenroy? —preguntó el jefe—. ¿Lo has encolerizado? ¿A lo mejor porque has enseñado a nuestras mujeres cómo ordeñar las ovejas? ¿Has enfurecido a los maoríes defendiendo a los blancos y ahora enfureces a los blancos defendiendo a los maoríes? ¿Eres una nómada que vas entre tribus y no sabe a quién pertenece?

Cat suspiró, aunque tuvo que disimular una sonrisa.

—Lo dices muy bien, *ariki*, soy una nómada entre tribus. Pero no he enfurecido a Chris. ¡Eso no ha sucedido! Chris y Karl no tienen nada en contra de que Ida y yo os enseñemos a trabajar la lana y la leche. ¡Chris es vuestro amigo! Pero él... —Bajó la vista al suelo—. Ya no quiero seguir trabajando para él porque me mira con deseo.

Entre el consejo de ancianos se elevó un murmullo.

—¿Te ha agredido? —preguntó Makutu.

Cat negó con la cabeza.

—No, nada de eso. Es un buen hombre, pero...

Te Haitara frunció el ceño.

—No sé si creer tus palabras —señaló el jefe—. Chris Fenroy tiene una mujer muy bonita. Una mujer con mucho *mana*. Una mujer por la que cualquiera le envidiaría. ¿Por qué iba a mirarte con deseo?

Cat comprendió que Jane Fenroy tenía en el jefe a un admirador y levantó resignada las manos.

—También en Hawaiki debía de haber muchas mujeres bonitas —objetó—, pero Kupe quería a Kura-maro-tini. Ya sabéis cómo pueden acabar las cosas cuando los hombres se dejan llevar por sus deseos.

—También Kura-maro-tini quería a Kupe —indicó Makutu, estudiando a Cat con la mirada.

Ella asintió.

—Eso todavía puede empeorar más las cosas —convino vagamente.

En el rostro arrugado de la anciana *tohunga* surgió una sonrisa experimentada.

—Yo voto para que Poti se quede —dijo—. Puede servirnos de ayuda. Habla nuestra lengua y la de los *pakeha*. Puede representar nuestros asuntos frente a Ca-pin-ta.

—¿Ante quién? —preguntó Cat, pero el jefe la interrumpió.

—¡Es Jane Fenroy quien nos representa frente a Ca-pin-ta! —declaró categórico.

Cat se estremeció.

—Yo no quiero ser un obstáculo para Jane Fenroy. ¡Eso es lo último que deseo!

Dos mujeres rieron hasta que Makutu las hizo callar, al igual que a Cat y al *ariki*.

—Uno de los nuestros debería representar nuestros asuntos —dijo—. Y Poti es más una de nosotros que Jane. Yo he cantado *karakia* con ella, conoce más oraciones, no solo la de los dioses del dinero. Y puede enseñar inglés a nuestros hijos. Entonces ya no necesitaremos a ningún extraño que hable por nosotros.

El jefe hizo un mohín y reflexionó.

—Está bien —convino al final—. Que se quede. Pero no hablará a Ca-pin-ta en nuestro nombre. Enseñará inglés a los niños, a leer, escribir y contar.

—Yo no sé contar —admitió Cat—. Bueno, no muy bien.

Era verdad. Claro que siendo niña había aprendido a contar dinero y a realizar cálculos sencillos, pero ninguno de los libros que había leído desde su vuelta con los *pakeha* contenía explicaciones de cómo se dividía y multiplicaba sobre el papel. Cuando Ida repasaba las cuentas de las compras con Paddy para la cocina del pub, Cat nunca conseguía seguirlas.

—¡Pues aprende! —contestó el jefe—. Jane Fenroy dice que todos deberíamos aprender, que es lo más importante.

La anciana *tohunga* movió la cabeza apesadumbrada.

—No, *ariki*. Lo más importante son...

—... los seres humanos —acabó Cat la frase.

La anciana se la quedó mirando.

—Nos entenderemos bien —dijo con gravedad.

Cat no pudo evitar pensar en Chris al desplegar la esterilla en la casa común de los ngai tahu. Por una parte se sentía de regreso al hogar, escuchando las bromas y el parloteo que intercambiaban sus nuevas compañeras antes de acostarse; pero, por la otra, cada fibra de su cuerpo anhelaba repetir la noche con Chris, amarlo y dormir entre sus brazos.

Para distraerse, escuchaba las conversaciones que se desarrollaban a su alrededor. Se había acostado en la zona de las jóvenes solteras y las escuchaba charlar de las telas y collares de colores que muy pronto se comprarían. Y una y otra vez aparecía el nombre que ya antes había sorprendido a Cat.

—Reka —preguntó al fin a la muchacha que estaba a su lado—, ¿quién es Ca-pin-ta?

2

Cat apenas si daba crédito a que el vendedor ambulante con quien la tribu maorí hacía negocios bajo la égida de Jane fuera realmente el viejo Tom Carpenter, el mismo a quien ella debía la huida de la estación ballenera. Pero bien mirado, tenía su lógica. Desde que Cat fuera «adoptada» por los ngati toa, Carpenter solo se había dejado ver una vez por la Isla Norte, ya antes había preferido desplazarse por la península de Banks y por las Llanuras. Las expediciones a la bahía de Tasmania eran caras y complicadas, no era de extrañar que Carpenter dejara el mercado de allí para otros y se concentrase en la población que crecía en los alrededores de Port Cooper y entre las tribus maoríes que se habían enriquecido con la venta de tierras.

Visitó a la nueva tribu de Cat solo dos semanas después de que ella se hubiese despedido de Fenroy Station. Dos semanas en las que Cat había hecho todo lo posible para integrarse en el poblado, mientras Chris había ido a verla casi cada día para suplicarle que volviera a la granja.

—¡Alguna solución encontraremos, Cat! ¡Nos amamos! Lo que teníamos, lo que tenemos, es único. ¡Por favor, no lo deseches!

A Cat se le encogía el corazón cuando él le suplicaba de este modo, pero se mantenía en sus trece.

—Ya hemos encontrado la solución, Chris. Yo vivo aquí y tú vives con tu esposa en Fenroy Station. Y no he sido yo, sino tú quien desechó lo que podría haber sido. Pero no te lo reprocho.

Por aquel entonces todo sucedió demasiado rápido, ambos estábamos en estado de shock tras lo sucedido en Wairau. Tú apenas me conocías, y yo a ti lo mismo, yo era presa de mi fidelidad hacia Te Ronga y tú de tu sueño de una granja propia. Sentimos que entre nosotros ocurría algo, pero perdimos la oportunidad. Ambos tenemos que asumirlo; por favor, no lo pongas aún más difícil.

Pero Chris no se rendía. Una y otra vez encontraba motivos para acudir al poblado maorí y hablar con Cat o al menos verla, y su mirada desesperada no se despegaba de ella cuando la joven iba a Fenroy Station para visitar a Ida.

—No me siento cómoda aquí —se lamentó a su amiga—. El modo en que Chris me mira... Seguro que Jane se da cuenta. Y Ottfried también. Karl seguro que ya lo sabe, pero me gustaría que Ottfried no se enterara. Es mejor que no le demos ninguna excusa para presionarnos.

Ida solo podía asentir. También ella observaba preocupada cómo la relación entre Ottfried, Chris y Karl se complicaba. Su marido casi no participaba en las tareas comunes de construir corrales para las ovejas y cobertizos para esquilar. En lugar de ello, afirmaba que iba a construir todo eso en sus propias tierras para sus propios animales. Planeaba edificar una casa para su familia al menos tan lujosa como la de los Fenroy, pero no hacía ningún gesto de ponerse manos a la obra porque carecía de los materiales. Chris y Karl cortaban madera para sus pajares y establos en los bosques de hayas del sur de las cercanías. Pero no se mostraban dispuestos a ayudar a Ottfried en sus asuntos personales.

—Administramos la granja juntos, ese fue el acuerdo —decía Chris, negándose a hacer lo que les pedía—. Eso significa que todas las ovejas van al mismo establo y que el forraje para todas se almacena en los mismos pajares. Para concluir las instalaciones comunes antes del invierno, necesitamos todas las horas del día y a todos los hombres. Así que no pidas a Kutu y Hare que te ayuden, a no ser que les pagues de tu propio bolsillo. Construir los establos es previo a construir la casa. Todos tenemos techo y tu familia tiene un alojamiento confortable. Karl sí podría quejarse. Así pues, ¿colaboras o no?

En los proyectos comunes, el afán de trabajar de Ottfried se mantenía dentro de unos límites, pero, por supuesto, no podía negarse a colaborar sin más. Así que aparecía cada día a horas dispares, mientras se cortaba leña o se construían las instalaciones, y se limitaba a impartir órdenes a los trabajadores maoríes. Naturalmente, estos no se lo permitían, por lo que no tardó en suceder lo mismo que había ocurrido al principio con Jane: los trabajadores, ofendidos, dejaron de presentarse y Chris tuvo que bajar la cabeza, disculparse ante el jefe tribal y distribuir regalos para que los hombres volvieran. En esta ocasión, la necesidad de la mano de obra era mucho más perentoria. Fenroy Station podía salir adelante sin personal doméstico, pero Chris y Karl no podían construir solos los establos. Al final, ambos acordaron no presionar a Ottfried para que cooperase con ellos. Si bien como carpintero habría sido de ayuda, con su desgana constituía más un obstáculo que un refuerzo.

—Prefiere ir a Port Cooper en busca de provisiones —informó Ida a Cat. Las dos estaban en la quesería, lejos de los hombres. Cat ayudaba a su amiga a desmoldar los quesos que ya casi estaban listos y a envolverlos en hierbas o a marinarlos en líquidos especiados—. Se da ínfulas de que también lo hacía para la comunidad de Sankt Paulidorf. Dice que tiene mano para los negocios. Pero es un riesgo; el abogado o Potter podrían estar en Port Cooper o regresar y echarle el guante. Y además es absurdo. En Sankt Paulidorf todos hablaban un inglés peor que Ottfried, por eso era oportuno que lo enviaran a él. Pero aquí Karl y Chris podrían negociar cien veces mejor que él.

Cat rio irónica.

—La que mejor podría hacerlo sería Jane. De nuevo está metiendo prisa a los ngai tahu. Esperan al vendedor que les compra los remedios naturales y las tallas. Eso significa que la mercancía debe estar lista. Cielos, sabía que es pesada, pero lo mandona que llega a ser... Se lo permiten solo porque el jefe la apoya y, por supuesto, porque todos quieren tener los vestidos, mantas, enseres y baratijas que Carpenter les ofrece. El *ariki* es generoso y todos obtienen lo que quieren, cosa que también indigna a Jane. Ella preferiría invertir el dinero en lugar de repartirlo a manos llenas. Es probable que optara por construir una fábrica. Pero Te Haitara no es tonto, sabe hasta dónde puede exigir a su gente. De lo contrario lo destituirán. Algunos de los ancianos lo están considerando seriamente. Le reprochan que esté rompiendo con su *tikanga*, con las tradiciones antiguas. Los jóvenes, por el contrario, toman de buen grado a los *pakeha* como referencia. Han dejado de tatuar a sus hijos, lo que enfada al maestro de *moko*.

—Pero a Chris le va muy bien que Jane se mantenga ocupada —señaló Ida.

Cat puso los ojos en blanco.

—Sin duda, al menos por el momento. Ahora, sin embargo, su asidua presencia en el poblado empeora la situación. Chris va y se planta ahí suspirando por mí. ¡Jane acabará dándose cuenta! Debería haberme unido a una tribu más alejada. Pero no quería distanciarme demasiado de Carol y Linda.

Las dos niñas jugaban delante de la quesería. Balbuceaban en un lenguaje que solo ellas entendían y se entretenían con restos de madera y piedrecitas.

Ida sonrió comprensiva.

—¡Ni de Chris! —se burló—. Venga, Cat, no te engañes. Lo mismo a Jane le da mañana un patatús... ¡Ay, Dios, no puedo creer que yo haya dicho esto! —Se tapó la boca con la mano.

Cat se encogió de hombros.

—Ya no eres la cristiana obediente de Sankt Paulidorf. Pero Jane disfruta de una salud excelente, así que no te hagas ilusiones. Aunque echemos pestes contra ella, todavía nos enterrará a todos. Yo tampoco es que la odie. Jane es tan desdichada en su matrimonio como Chris. Pero entre los *pakeha* no existe el divorcio.

—¿Entre los maoríes sí? —preguntó interesada Ida.

Cat asintió.

—Sí. Y es muy fácil. Ni siquiera tienen que estar de acuerdo los dos. Si uno de ellos lo desea, la separación se realiza por medio de una ceremonia sencilla. Solo que... ante tu Iglesia eso tendría tan poca validez como ante el gobernador.

Ida suspiró.

—Espero que al menos los hombres consigan ponerse de acuerdo a la larga. ¡Ni quiero ni puedo marcharme de aquí otra vez!

Ida parecía tan desesperada que Cat dudó en devolverle la broma y mencionar a Karl. Seguro que era mejor no decir la verdad. Cat podría vivir sin Chris, pero Ida ya no podría vivir sin Karl.

Cat reconoció a Tom Carpenter cuando su carro llegó traqueteando. Se puso de pie en el pescante para saludar a los maoríes. Casi todos se habían reunido en la plaza del poblado, la mayoría trajinando jubilosos. Las mujeres envasaban botellas y crisoles con elixires y ungüentos en cajas, los hombres las tapaban y las apilaban unas sobre otras. Makutu se esforzaba por cumplir más o menos la tradición pronunciando oraciones sobre las cajas listas para ser expedidas, pero nadie le dedicaba demasiada atención. Cat ayudaba a la anciana para incomodar un poco a Jane y cantaba *karakia* con su bonita voz. Sin embargo, se interrumpió cuando Carpenter detuvo el tiro y saltó ansioso del pescante.

—¡Muy buenas noticias, señora Jane, *ariki*!

Se inclinó delante de Jane y del jefe, que frunció el ceño. Te Haitara sabía que correspondía a los buenos modales *pakeha* saludar primero a las mujeres, pero le daba cierta rabia esa falta de respeto hacia su persona. Cat, que era quien se lo había explicado, estaba contenta de que fuera una reina quien ocupase el trono. En caso contrario, no habría sabido contestar a la pregunta de Te Haitara: «¿Y si están delante del rey? ¿Saludan también primero a todas las *wahine*?»

—Las ventas han resultado muy satisfactorias, la gente se pelea por los remedios, en especial por el jarabe para la tos y la esencia para el dolor de articulaciones. La próxima vez necesitaré todavía más. El triple de cantidad. De lo que deduzco que me hará usted un precio especial, señora Jane. —Carpenter deslizó la mirada sobre los habitantes del poblado, todos a la expectativa pero sin entender sus palabras, e intentó, diplomáticamente, traducir para todos—. ¡Buen *hokohoko*! ¡Todos *rawa uruhau*! ¡*Rawa moni, rawa* comprar cosas!

—Ha vendido toda la mercancía que hemos producido —tradujo Cat en correcto maorí—. Todos los compradores estaban muy contentos... —Se detuvo, se frotó un momento la frente y tradujo libremente lo que seguía—. Y dan gracias a las *tohunga* y sus ayudantes por todas las medicinas que han sanado a sus hijos y ancianos. Os incluyen en sus oraciones a sus dioses. Y Ca-pinta os ha traído mucho dinero con el cual podréis comprar cosas bonitas.

Te Haitara dirigió a Cat un gesto de reconocimiento. Jane parecía más bien incómoda a causa de la intromisión de la joven, pero no le pasó por alto que no solo resplandecían los jóvenes de la tribu a la espera de la alegría que les producía comprar, sino también el rostro apergaminado de la *tohunga* Makutu. La anciana sanadora se alegraba de que su trabajo fuese reconocido. Sin embargo, Jane puso una mueca de disgusto cuando Carpenter desvió su atención de ella y Te Haitara, y se quedó mirando a Cat, que se hallaba junto a los ancianos del poblado.

La joven rubia llevaba un vestido de lana. Había llegado ya el otoño y hacía bastante frío, tenía el cabello suelto, a la manera maorí, y apartado del rostro con una cinta en la frente. El peinado le daba un aire más juvenil y Tom Carpenter la reconoció de inmediato.

—¡Vaya, vaya! ¡No puedo creer lo que ven mis ojos! ¡La gatita huida de Barker! Y qué guapa te has puesto, por todos los diablos, ¡si siempre fuiste guapa! ¡Todavía me acuerdo de los espumarajos de rabia que soltaba el viejo Morton cuando la mujer maorí te compró!

—Yo pienso que usted no me habría vendido —bromeó Cat—. ¿No dijo entonces algo como que «un buen cristiano no comercia con chicas»?

Carpenter sonrió.

—No. Eso lo dijo Morton, para diversión de todos. Pero dejemos a Morton de lado. ¿Cómo has llegado hasta aquí? ¡Por aquel entonces te dejé con una tribu muy diferente!

—Bien, hacemos cuentas ahora, señor Carpenter, ¿o prefiere cultivar sus antiguas amistades? —intervino Jane Fenroy con voz cortante—. Si bien me interesa saber a quién y cuándo vendió a esta señorita, nos lo podrá contar más tarde. Ahora sería mejor ocuparnos de las facturas y el dinero... no tengo todo el día...

Carpenter puso los ojos en blanco.

—Perdona, Kitten, el silbato me llama. Pero no te vayas. Tengo que hablar contigo. Ahora que por fin has vuelto a aparecer.

—Ya no soy ninguna gatita —informó con frialdad Cat—. Si tiene que hablar conmigo llámeme Poti o bien Cat. Y en cuanto... es decir, si se trata de mi madre, o de algo que tal vez deba al señor Barker... —Su voz se endureció.

Carpenter negó con la cabeza.

—¡Qué va! Claro que por entonces Barker se puso furioso, pero hace mucho que se fue. Ya no existe la estación ballenera de Piraki, se marchó con sus putas. No tengo ni idea de adónde. No, no, se trata de otra cosa. George Hempleman te busca. Lleva años haciéndolo y no arroja la toalla, para él debe de ser muy importante.

Cat frunció el ceño.

—¿Qué quiere George Hempleman de mí?

Intentó parecer relajada, pero cuando el vendedor mencionó el nombre, recordó la expresión que tenía Hempleman en su último encuentro. Parecía asqueado y en cierto modo ofendido. Y todavía oía las palabras que había dirigido a aquella niña de maquillaje chillón y provocativo vestido encaramada al improvisado podio. «¡Putilla insolente!» Cat se frotó las sienes.

—Creo que quiere disculparse —respondió el vendedor—. Y... y algo de una herencia.

3

Todavía habría que esperar para averiguar las intenciones de Hempleman, por muchas que fuesen sus preguntas acuciantes y lo difícil que le resultara contener su impaciencia. Pero antes había que repasar las cuentas con la tribu, Jane Fenroy era implacable. No perdió de vista a Carpenter hasta que el más diminuto botellín de ungüento no estuvo registrado y las cifras de las ventas asentadas en los libros de contabilidad. Al final, el jefe informó ceremoniosamente el total de los ingresos y la tribu lo ovacionó. Todos los habitantes del poblado podrían satisfacer un deseo al día siguiente, cuando Carpenter ofreciera sus artículos. Mientras Jane y el vendedor discutían sobre las condiciones de la siguiente entrega de mercancía, las mujeres de la tribu preparaban un banquete. No tenían que darse prisa, ya que las negociaciones se prolongaban durante horas. Makutu, la vieja *tohunga*, que participaba en ellas como anciana del consejo, las enlentecía acudiendo una y otra vez a Cat para comentarle lo que creía haber entendido.

—El vendedor quiere que hagamos más medicina por menos dinero. Y Jane y el jefe quieren que hagamos menos por más. No lo entiendo. ¿La cantidad de medicina no depende del número de enfermos? ¿Niegan los *pakeha* la medicina a quien no puede pagar? Eso sería intolerable. Y ¿no es ya desagradable que se pida dinero a cambio de medicina?

Cat se esforzaba por explicar y tranquilizar a la mujer. Compartía la opinión de la anciana sanadora, pero uno no podía dirigirse a Jane y Te Haitara con esa forma de pensar. Además, los *pakeha* solo valorarían las medicinas de los maoríes si pagaban por ellas.

No era sencillo hacérselo comprender a Makutu y, encima, Cat no se ganaba simpatías con ello. Jane Fenroy la miró iracunda cuando al final, tras duras negociaciones, salió de la casa de asambleas. Al parecer, Makutu había retrasado mucho las transacciones, lo que había conllevado una reducción de la ganancia. Jane hacía responsable de ello a Cat. Esta le devolvió insolente la mirada, pero respiró aliviada cuando el jefe le dirigió un gesto de aprobación. A Te Haitara le interesaba tanto estar en armonía con el consejo como obtener provechos de las ventas y, a ese respecto, Makutu parecía ese día más satisfecha que tras las anteriores negociaciones.

Esto también se plasmó en las conversaciones que se mantuvieron después de haber alcanzado por fin un acuerdo. La misma Makutu invocó a dioses y espíritus para que bendijeran los nuevos contratos y su lectura de los astros fue positiva. Se cantaron de nuevo *karakia* y se bailaron *haka* y, naturalmente, todos comieron y bebieron juntos. Cuando al final Carpenter pudo dedicar algo de tiempo a Cat, ya hacía mucho que había oscurecido y Jane Fenroy se había ido a su casa.

Cat había esperado junto a una hoguera, cerca del carro del vendedor, y se envolvía tiritando de frío en una manta cuando Carpenter se reunió con ella. Era una noche maravillosamente clara, las estrellas iluminaban el plácido escenario de los aldeanos de fiesta y desde otras hogueras llegaban música y cánticos.

—Espero que traiga tela de lana —saludó Cat al comerciante—. Ya empieza a hacer frío.

Carpenter asintió.

—Todo. Telas, ropa, también un par de abrigos. Y legumbres para que hagáis sopa. —Sonrió—. ¡Y whisky! —Sacó una botella de la bolsa, la descorchó y se la tendió a Cat—. Toma, bebe un trago, es el mejor remedio para entrar en calor. Deberíais aprovisionaros bien, no volveré hasta la primavera. Venderé este cargamento y luego pasaré el inverno en Akaroa, un bonito lugar en la península de Banks. Habitado por franceses. No se entiende ni jota de lo que dicen y no parece que tengan intención de aprender inglés, pero ¡qué bien cocinan! Y le tengo echado el ojo a una mujer de allí... —Dirigió complacido un guiño a Cat.

La joven frunció el ceño.

—Entonces, espero que conozca al menos el significado de «sí» y «no» cuando esté con ella delante del altar. ¿Y qué se contarán el uno al otro durante las largas noches de invierno? —Carpenter sonrió e iba a contestar, pero Cat lo detuvo con un gesto; en realidad no le interesaba la relación del hombre con la francesa—. ¿Qué ocurre ahora con Hempleman? —preguntó, devolviéndole el whisky—. ¿Y quién ha heredado de quién?

—La pequeña Kitten de la esposa de Hempleman, si he entendido correctamente. Te mencionaba en su testamento. George no te dio nada. Se enfadó mucho cuando vio el modo en que Barker te presentaba en el pub. Los hombres vociferando y tú allá medio desnuda... y el cadáver de su esposa todavía caliente.

Cat asintió y volvió a coger la botella. Esta vez tomó un buen trago. «No te mereces nada...» De repente, las últimas palabras que Hempleman le había espetado adquirieron sentido. El cazador de ballenas opinaba que ella no merecía la herencia.

—Y bueno, luego te fuiste —siguió contando Carpenter—. Entonces debió de reflexionar. Me preguntó por ti cuando volví a Piraki. Le conté lo que sabía, que te escapaste de Barker y que no querías convertirte en una puta. También le hablé del reverendo Morton y se quedó muy afectado. Por lo visto no se había percatado de que era un viejo verde.

—Linda Hempelmann lo tenía en gran consideración —murmuró Cat—. Pero, claro, ella no podía juzgarlo. Era muy piadosa. Y, en fin, la mayoría de la gente que es muy piadosa también es bastante ingenua.

Carpenter se echó a reír.

—¡Y que lo digas! En fin, qué más da, que la paz la acompañe. Y si sus últimos días ese hombre iluminó algo con tanto rezo, habrá hecho al menos algo bueno en su vida. Pero no debía de ser tan ingenua. Si quiso dejarte algo seguramente fue para ayudarte. Así al menos lo ha visto George y se arrepiente de su comportamiento. Me hizo jurarle que estabas en un lugar seguro y me encargó que cuando volviera a verte te dijera que acudieras a su presencia. Después ya no volví a Wairau. Primero no tuve la oportunidad y luego estallaron conflictos. En cualquier caso, hasta hoy no sabía dónde estabas.

—Pues ahora ya lo sabe —señaló Cat, avivando la lumbre.

Carpenter negó con la cabeza.

—No George. Cada vez que nos vemos vuelve a preguntarme por ti. Siempre espera encontrarte. Ahora vive cerca de Akaroa con su segunda esposa. Se casó hace cinco años. Así que si no tienes nada que hacer, te llevaré encantado, así podrás hablar tú misma con él.

Akaroa, una pequeña bahía donde los colonos franceses habían fundado una ciudad, quedaba a unos cuarenta y cinco kilómetros al suroeste de Purau. Desde Fenroy Station el viaje duraría una semana larga. Y luego había que regresar. Cat pensó que lograría llegar fácilmente desde allí a Port Cooper a pie, donde podría esperar en casa de los Deans a que Karl o Chris pasaran y remontaran de nuevo el Waimakariri.

—Si es que quieres volver aquí —le advirtió Carpenter—. Es posible que la herencia te haga rica y que se te ocurra algo mejor que dejar que Jane te lance miradas asesinas.

Cat rio.

—Aquí tengo obligaciones —respondió vagamente—. Pero tiene usted razón, me lo pensaré. ¿Cuánto tiempo se quedará aquí? Al menos hasta pasado mañana, ¿verdad? Entonces sabré si me voy con usted...

Ida lloró cuando Cat le contó lo de la herencia y le dijo que tenía intención de marcharse a Akaroa con Carpenter. Cat había tomado esta decisión justo al día siguiente, cuando Chris había vuelto a aparecer por el poblado y no podía apartar los ojos de ella. Solo intercambió unas pocas palabras con él, pero Tom Carpenter sonrió cuando el joven granjero partió a caballo.

—La buena de Jane tiene motivos de peso para asesinarte con la mirada —observó.

Cat se mordió el labio inferior. Si el vendedor ambulante era capaz de reconocer la relación que había entre ella y Chris... ¿cómo iba a pasarles desapercibida a Jane y Ottfried?

También le mencionó esto a Ida.

—Es mejor que Chris no me vea durante unos días. Necesita tiempo para adaptarse a la situación.

Pero a Ida eso no la consolaba, al contrario, atizaba sus peores miedos.

—¡A saber si vas a volver! —sollozó—. Y entonces me quedaré aquí completamente sola.

Cat quería mencionar que Karl y Chris estarían con ella, pero ese día su amiga estaba muy alicaída. Tenía un ojo morado y la capota escondía una herida en el comienzo del cabello. Cat adivinaba la causa de estas marcas. Pero si Ida contaba lo ocurrido a Chris o Karl las consecuencias podían ser peores.

—¡Ida, solo estaré un mes fuera! —le aseguró—. Y si esa herencia me hace realmente rica, cosa que no creo porque Linda Hempelmann no tenía tanto que legar, si realmente es una suma alta, podemos marcharnos las dos de aquí. Cogemos a las niñas y nos vamos, a la Isla Norte, a Australia, o a Bahía si quieres.

Suspiró cuando vio sonreír a Ida entre las lágrimas.

—Nos inventaremos otros nombres y diremos que te has quedado viuda. A Karl y Chris les enviaremos una carta... pasado un año o así, para entonces ya se habrán librado de Ottfried. Y entonces ya veremos si abandonan por nosotras a sus ovejas y su Jane.

—Karl iría —dijo Ida en voz baja—. Karl iría a cualquier sitio por mí.

Incluso al infierno, pensó cuando Cat la abrazó y se despidió de las niñas. Y de repente, el infierno ya no le pareció tan espantoso. Si iba a ser condenada a causa de sus pensamientos pecaminosos y puede que en algún momento también por sus actos, al menos estarían los dos juntos.

Viajar en el pescante del carro de Tom Carpenter resultaba más agradable que detrás, bajo las lonas. El comerciante rio cuando Cat se lo comentó. El clima otoñal, despejado pero frío, se mantuvo y la joven disfrutó de la vista de las Llanuras y luego de las colinas boscosas de la península. Tom Carpenter se reveló como un compañero de viaje inesperadamente interesante. El vendedor era listo y había corrido mundo. Tenía alguna anécdota de todas las granjas por las que pasaban y entretenía a Cat con historias de los primeros tiempos de la colonización de Nueva Zelanda, cuando en la isla solo había cazadores de ballenas y de focas que tropezaban con mayor o menor frecuencia con los maoríes. Tales encuentros se producían a veces de forma sangrienta, pero la mayoría se limitaban a sorprenderse de las costumbres de los otros. Por aquel entonces, pocas veces se luchaba por las tierras, los cazadores no necesitaban mucha.

—Después de haber abandonado la estación ballenera, George Hempleman quería dedicarse a lo grande a la venta de terrenos. Algo había tramado con Hone Tuhawaiki, de los ngai tahu. Iba a quedarse prácticamente con toda la península de Banks por un precio de risa: un barco viejo, un poco de tabaco y unas mantas. Si hubiese vendido las tierras a colonos habría hecho una fortuna. Pero cuando llegó, los franceses ya estaban ahí. Y por lo visto, el viejo Tuhawaiki, el muy taimado, había vendido dos veces las tierras. Ahora Hempleman ha presentado sus quejas al gobierno, pero ¿le servirá de algo? Los franceses no se pondrán a demoler sus casas.

Cat se encogió de hombros. Alguien más que tampoco se haría rico vendiendo tierras. Y eso pese a que llevaba casi un decenio en el país y debería haber conocido la forma de pensar de los maoríes. Pero ¿consolaría esto a Ottfried y Gibson? Carpenter se echó a reír cuando Cat le contó las aventuras de esos dos.

—Al menos uno ha sacado provecho —comentó, refiriéndose

a Gibson—. Mientras no lo encuentren. Y el otro también, o no podría haber comprado ovejas. Una buena inversión, por lo demás. Las ovejas se están poniendo muy de moda en la Isla Sur. Incluso las roban, he oído decir. Los hermanos Redwood están muy enfadados, al parecer les birlaron unas cuantas. Esos animales son todo un negocio, en especial por la lana; lógico, con este frío... Bien, ahora me apetece sentarme junto al fuego con un whisky. Aquí, a orillas del río, hay un buen sitio para pernoctar. ¿Qué te parece, enciendo un fuego y tú pescas un par de peces?

También las tardes y noches transcurrían sin problemas. El vendedor estaba acostumbrado a cuidar de sí mismo, a Cat le gustaba que siempre la ayudara a montar el campamento. Había pedido prestada la tienda de Karl, y Carpenter se la montaba cada noche. No la molestó durante el trayecto con comentarios obscenos. A los dos días, Cat estaba totalmente relajada. Ya no llevaba el cuchillo listo para sacar cuando se sentaba por las noches al fuego con Carpenter. Escuchaba sus historias y tomaba con él unos sorbos de whisky. También *Chasseur*, que Ida la había obligado a llevarse, se quedaba tendido tranquilamente junto a Carpenter y se dejaba acariciar.

De todos modos, *Chasseur* tampoco podría haber evitado que alguien la agrediese. Ida más bien había pensado en protegerlo a él que a Cat, cuando le puso una correa y lo obligó a irse con su amiga. Ottfried forzaba cada noche a Ida a practicar lo que él llamaba «amor» y *Chasseur* no dejaba de ladrar, por lo que ella temía que en cualquier momento su marido acabara con esa situación mediante la violencia. El argumento de que el perro era imprescindible para cazar las ratas ya había perdido vigencia. Los collies que Ottfried había llevado eran más aplicados y efectivos para combatir a esos dañinos roedores.

Tras una apacible semana de viaje llegaron a Akaroa, una colonia que gustó a Cat. El pueblo estaba por encima de la bahía Francesa, y casi todas las casas tenían espléndidas vistas sobre la bahía, incrustada en un paisaje montañoso verde intenso. Todo parecía limpio y aseado, las casas estaban pintadas de colores, provistas de porches y balcones y adornadas con tallas. Casi todas disponían de jardines cuidados, y Nadine, el nuevo amor de Carpenter, daba más valor a las flores que a las verduras. Vivía a las afueras del pueblo en una casa de campo que recordaba un poco a una casa de muñecas. Pintada de amarillo vivo, y con puertas y ventanas azul cielo, por todas partes tenía macetas con plantas aromáticas o flores. En una terraza había dispuesto unas graciosas sillitas alrededor de una mesa de metal igual de bonita. Cat entendía a Carpenter: ese era un lugar donde sentirse a gusto.

Y, entonces, una puerta se abrió de par en par, se oyó un caudal de palabras en francés y una mujer se precipitó al exterior para dar un cariñoso abrazo a Carpenter. El bajo y achaparrado vendedor pareció sumergirse en ese gesto: Nadine era una cabeza más alta que él y realmente corpulenta. Todo en ella parecía blando y torneado, tenía un rostro alegre de mejillas redondas y sonrosadas y su cabello moreno y abundante estaba cubierto por una graciosa capota de puntillas. Nadine llevaba un vestido granate, con un delantal que se tensaba sobre sus voluptuosos pechos, y ella desprendía un irresistible aroma a vainilla y pastel recién horneado.

—¡Yo acabag pastel! —anunció en un inglés elemental y soltando una risa cristalina. Tenía un brillo de picardía en sus ojos negros—. Los espíguitus desig que Tom viene. ¡Este me lo ha dicho! —Complacida, mostró uno de los *hei-tiki* que la tribu de Cat vendía y que colgaba alrededor de su cuello. Carpenter debía de habérselo regalado—. ¡Oh, entga! ¿Has tgaído visita? Bonita, ¿cómo te llamas? Y el peggo... Entga, pegguito... —Llamó a *Chasseur*, quien de inmediato se apretujó contra ella. Por lo visto, el aroma de la francesa también lo cautivaba.

Sin embargo, una voz masculina con tono irritado deshizo el idilio.

—¡Nadine! —Un hombre delgado y de cabello oscuro apareció por una esquina de la casa y lanzó a la mujer un torrente de palabras en francés—: *Vos foutues brebis sont encore dans mon po-*

tager! Quand est-ce que ça arrêtera? Enfermez-les, enfin! Mes belles laitues! ¡Sus malditas ovejas! —vociferaba—. ¡A ver si dejan de meterse en mi huerto! ¡Enciérrelas de una vez! ¡Con lo bonita que tengo la lechuga! —protestaba enfadado.

—¡Oh!... —El amable rostro de Nadine se contrajo en una mueca—. ¡Oh, *pardon*, Monsieur Jules, *pardon*! Tom, tengo... tengo que ig pog mis ovejas. Animales teguibles que se escapan siempge... Siempge a las vegduras de Monsieur Jules...

Nadine se puso en marcha, rodeando la casa, tras el indignado vecino. Allí había un establo de ovejas y un corral donde el rebaño debería haber estado, pero la valla de madera estaba rota por distintos sitios y los animales se dispersaban por las superficies herbosas del entorno y por los bancales de verdura vecinos. Al parecer, Monsieur Jules no solo cultivaba verduras para consumo propio, sino que poseía un pequeño establecimiento de horticultura. Las lechugas y coles crecían en ordenadas hileras, o eso habían hecho antes de que irrumpieran las ovejas de Nadine. Habían tumbado la graciosa estacada que rodeaba el huerto del mismo modo que parte de su propio corral. Unas diez o veinte ovejas se daban la buena vida con las últimas lechugas y las primeras verduras de invierno. Nadine y su vecino intentaron en vano sacarlas de ahí. Ni las amenazas de Jules con un bastón ni los gritos de llamada de Nadine, que intentaba reforzar su autoridad agitando el delantal conseguían impresionar a los animales.

Cat silbó a *Chasseur* y, como siempre, el diligente perro pastor acudió a reunir las ovejas. *Chasseur* no era tan diestro como los collies de Laura Redwood y William Deans, pero se bastaba para impresionar a Nadine, Carpenter y al irritado Monsieur Jules. El mestizo marrón y blanco agrupó rápidamente a los animales en un rebaño y miró inquisitivo a Cat, que abrió la puerta del corral. A continuación los ovinos se metieron dentro en fila india.

—Volverán a escaparse si no arregla las vallas, Nadine —le señaló a la fascinada francesa, que se acercó a darle las gracias y parecía dispuesta a dar un abrazo a *Chasseur* como antes había hecho con Tom.

—¡Qué peggo tan bueno! ¡Es lo que nesesito! ¡Un peggo así!
—Se volvió hacia Carpenter, como si él pudiese sacarse de la chistera un perro pastor.

—¡Lo que necesitas es alguien que te compre estas ovejas! —gruñó Carpenter—. Vamos, Monsieur Jules, seguro que tiene herramientas. Vamos a arreglar esta valla.

—¡Oh, yo también tengo heggamientas! Seguro que Pieggot tenía buenas heggamientas. Solo que... —Nadine buscó con la mirada alrededor.

—Para cuando las encuentre, ya habremos terminado —señaló Carpenter.

Jules parecía compartir su opinión. Se fue al cobertizo de su huerto y luego los dos hombres se pusieron a reparar la valla con alambre y tenazas. Entretanto, *Chasseur* se encargó de vigilar el rebaño.

Nadine explicó el dilema que tenía con las ovejas que había adquirido su fallecido esposo y de las cuales ahora no podía separarse.

—Tom dise que tengo que vendeg las ovejas. Pego me da mucha pena... Se dise así, ¿no? —Nadine sonrió melancólica y miró a Cat—. Pogque mi pobgesito Pieggot queguía mucho las ovejas. Siempge desía: Nadine, las ovejas son *future*, nos hagán guicos. Y, entonses, cuando llegagon las ovejas y Pieggot estaba feliz, va y se muegue. No sé cómo. Su última migada fue a las ovejas y luego cayó... cayó... cayó muegto. ¡Pobresito Pieggot, amaba las ovejas! Yo no puedo vendeg las ovejas del pobresito Pieggot a gente que no conosco... Si todavía no me han hecho guica.

Carpenter, que volvía a reunirse con las mujeres una vez hecho el trabajo, levantó los ojos al cielo.

—Nadine, más bien se diría que esas ovejas te hacen pobre —dijo con severidad a su amiga—. Tienes que pagar a Monsieur Jules las lechugas y las coles; lo sabes, ¿no? ¿Dónde está el chico que tenía que guardar las ovejas?

Nadine se encogió de hombros.

—Hoy se ha magchado antes.

Cat echó un vistazo a los pesebres y abrevaderos vacíos.

—Por lo que se ve, los animales no habían comido lo suficiente cuando él los trajo —indicó—. ¿Tiene forraje en algún lugar, Nadine? Y también necesitaría usted agua.

La francesa suspiró desdichada.

—Tengo comida paga invierno. Pego ahora todavía hiegba. En guealidad, todavía pgado. Si no demasiado cago.

Carpenter asintió.

—Precisamente. Se te acabarán comiendo todos los ahorros. Mañana hablaré con ese, ya le enseñaré yo a largarse sin siquiera dejarles agua a los animales. Esto no puede seguir así, Nadine. No tienes que conservar las ovejas, no las necesitas para nada. Tienes tu profesión. Y, cariño mío, yo diría que no has nacido para pastora.

Nadine le guiñó los ojos burlona.

—Ah, paga ti soy una *bergère* muy dulce, cuando jugamos, yo me estigo en el prado con flores en la cabesa... y tú vienes como el dios Pan.

—¡Y entretanto las ovejas se van a dar una vueltecita por el huerto del vecino! —Carpenter se frotó la frente—. Nadine, no es divertido. Tienes que deshacerte de estos animales, por mucho que los quisiera tu fallecido esposo.

—Oh *non*! ¡Yo no vendo las ovejas del pobgesito Pieggot a desconosidos que a lo mejog no las quieguen!

Monsieur Jules dijo algo que Cat no entendió, pero el vecino parecía haber escuchado a menudo el tema del pobrecito Pierrot y era evidente que le ponía de los nervios. Era probable que también él aconsejara a su compatriota que vendiera de una vez las ovejas.

—Pego ahoga nos metemos dentgo y comemos *mes biscuits*. ¡Espesialmente hechos paga Tom! *Et vous*, Monsieur Jules...

Nadine parecía haberse hartado del tema y optó por hacer una oferta de paz a su vecino. Este replicó, pero siguió a Nadine y sus invitados a la casa. Enseguida se marchó con una bandeja llena de aromáticas pastitas de vainilla y de hojaldre.

—¡Ahoga está contento! —Nadine sonrió—. *Mes biscuits* son magia. Hasen felises a los hombges.

Indicó solícita a Cat y Carpenter el camino a la sala de estar, contigua a una amplia cocina. Estaba provista de muebles sencillos, con cojines de colores y alfombras tejidas. Cat contó tres jarrones con flores cuyo perfume se mezclaba con el aroma de las pastas. En la cocina, una gran bandeja de masa de levadura esperaba a que siguieran trabajándola.

—Todavía tengo que haseg un poco para mañana, he pgometido a Monsieur Revé un pag de *brioches* —explicó Nadine—. Y ahoga sentaos. Comeg *biscuits*. Yo hago un café. Y lo bebemos enseguida. —Fue a la cocina, puso agua a calentar y empezó a amasar la masa formando bolas.

Algo cohibida, Cat cogió una pasta de la bandeja, mordió un trocito de *biscuit* y pensó que nunca había probado algo tan rico.

—¡Qué delicia! —exclamó—. ¿Cómo se hace esto? A lo mejor podría llevarle la receta a Ida.

—¡Con mucho asúcag, *chérie*! —respondió desde la cocina Nadine—. ¡Y mucho amog!

Carpenter sonrió. Ya se le había pasado el enfado. Al parecer, en cuanto habían perdido de vista las ovejas, él y Nadine las habían olvidado.

—Nadine es repostera —le explicó a Cat—. Era su profesión en París antes de casarse con Pierrot. Y ahora, desde que enviudó, vende los pasteles y pastas en colmados. Podría vivir bien así, si no tuviera que alimentar a un rebaño de ovejas que no le dan ningún beneficio.

—¡Pieggot desiá que nos haguían guicos! —insistió Nadine mientras entraba en la sala con una bandeja con las pastas recién sacadas del horno y un café de exquisito aroma, y de inmediato le dio disimuladamente a *Chasseur* una galleta. El café contenía nata líquida, azúcar, tal vez algo de cacao...

Cat, que había tomado asiento en una butaquita, nunca había probado algo así.

—Una pastelería te haría rica —señaló Carpenter—. Si vendes

las ovejas, podrías abrir una. Aquí en la plaza del mercado. ¡Iría todo el mundo!

Nadine soltó un gracioso suspiro.

—*Oui*, una *pâtisserie* seguía mi sueño. ¡Pego no puedo vendeg las ovejas del pobgesito Pieggot!

Había metido en el horno los *brioches* y se apretó contra Carpenter en el frágil sofá, que ya parecía demasiado débil para aguantar el peso de él. Pese a ello, *Chasseur* intentó subirse también. Nadine le dio otra galleta.

—Tú, ¡peggo bueno! Si tú me dejas el peggo, las ovejas estagán mejog. ¡Y me quiegue!

Chasseur le gemía.

—Ya, mientras le dé de comer —respondió Cat—. Escuche, señor Carpenter...

Encontraba muy acogedora la sala de estar de Nadine e irresistibles sus pastas, pero en cierto modo se sentía fuera de lugar. Por muy amable que fuese Nadine, no querría emplear el tiempo que tardaban en hornearse los *brioches* en conversar con Cat, sino en hacerse carantoñas con Tom.

—Ahora debo marcharme.

—Puede quedagse. Los amigos de Tom también son míos. ¿Se dise así? —preguntó alegremente Nadine.

No parecía conocer los celos, hasta el momento no había preguntado qué había llevado a Cat hasta allí y, además, en compañía de su amigo.

Cat negó con la cabeza.

—No; tengo que... que...

—Es la chica que anda buscando George Hempleman —explicó brevemente Carpenter.

Nadine prorrumpió en otro caudal de palabras en francés que arrancó con un *Mon Dieu* y con el que expresaba su alegría porque al final hubiese aparecido Cat.

—Simpge pgegunta pog usted. Se pgeocupa, dise Tom. Yo lo entiendo bien, usted segugo que como... como una hija pegdida.

—No del todo —murmuró Cat—. Pero ahora tengo que irme,

de lo contrario se hará demasiado tarde para visitarle. No quiero ser descortés. ¿Viven los Hempleman aquí mismo?

Carpenter negó con la cabeza.

—No precisamente. George vive en la bahía Alemana. Está en la costa, como el mismo nombre indica, y es una colonia alemana. Con los franceses llegaron unas familias alemanas que construyeron allí sus casas. Hempleman se unió a ellas cuando llegó. La casa más bonita de la colonia es la suya, no tiene pérdida. Ya había construido una espléndida para Linda en la bahía de Piraki y ahora otra todavía mejor para Elizabeth.

—¿Así se llama su nueva esposa? —preguntó titubeante Cat. No podía imaginarse a George Hempleman junto a otra mujer que no fuese Linda—. ¿Es... es mucho más joven?

La idea de verse confrontada poco después con una mujer de su misma edad le resultaba desagradable, pero también era de suponer que el exitoso comerciante, ya entrado en años, se jactase de tener una esposa joven.

Por fortuna, Carpenter la tranquilizó.

—No, no, en eso es un hombre sensato —contestó—. Ella es mayor que él y también viuda. Una mujer muy digna, no muy distinta de Linda, pero con más experiencia en la vida. Y que quiere mucho a George. Ve y conócela. La bahía Alemana está apenas a tres kilómetros de aquí, los maoríes la llaman Takamatua. Akaroa es una pequeña península, un par de colinas entre dos bahías. Los franceses están a un lado y los alemanes al otro: la bahía Francesa y la bahía Alemana. Así que rumbo al norte y todo recto.

—Hay caminos —añadió Nadine—. Nosotgos no enemigos de alemanes.

4

Cat encontró la colonia alemana sin siquiera tener que preguntar a nadie por el camino. Solo tuvo que cruzar Akaroa y seguir luego la ancha carretera, muy transitada, que discurría entre las colinas. Los habitantes parecían desplazarse con frecuencia y Cat averiguó el motivo de ello con solo echar un vistazo a la bahía Alemana. El pueblo alemán se componía solo de tres o cuatro casas. No disponía de comercios ni de pensiones, había que ir a Akaroa para abastecerse. Cat se preguntó por qué los alemanes no se habrían instalado directamente ahí. Como Nadine había comentado, no había grandes diferencias entre ellos y los franceses, incluso habían llegado en la misma embarcación. Pero tras una mirada más atenta, se advertía la diferencia entre las dos colonias. Las casas alemanas estaban igual de cuidadas, pero eran más sobrias, menos intrincadas y recargadas que las francesas. Además, estaban más separadas las unas de las otras, los colonos trabajaban más tierra. Las granjas eran sencillas y concebidas para familias grandes, además de provistas de establos para el ganado. A Cat le recordaban un poco a Sankt Paulidorf, aunque esta colonia no estaba en construcción. Alrededor de las granjas pastaban ovejas y vacas, los campos estaban preparados para la siembra de invierno.

Una casa, por encima de la bahía y en una colina, destacaba sobre las demás. Era más grande y con más pretensiones arquitectónicas. Sin duda se trataba de la residencia de George Hempleman.

Carpenter tenía razón, era imposible equivocarse. Cat se dirigió pendiente arriba y pensó nostálgica en la casa de Linda en Piraki. También su maternal amiga había disfrutado de una maravillosa vista sobre el mar, pero esto era todavía más idílico y, sobre todo, no apestaba a grasa de ballena y muerte. La casa que George Hempleman había construido para su segunda esposa se erguía entre dos árboles vetustos y un cuidado jardín. En el aire flotaba la fragancia de rosas tardías.

Cat llamó a *Chasseur*, abrió la valla del jardín y siguió un cuidado sendero que conducía a la puerta de entrada. Reconoció con nostalgia la aldaba de latón que también había colgado de la puerta de Linda. Entonces nunca la había hecho sonar, siempre había sido bien recibida. Pero ahora...

Cat miró su indumentaria. Comparado con la ropa con que George Hempleman la había visto la última vez, ese día su aspecto era aseado y serio. Llevaba un vestido nuevo de lana verde oscuro con cuello y puños blancos que había comprado a Carpenter, además de una esclavina negra. Y el cabello recogido en un moño.

Había acertado con su atuendo, como reconoció Cat cuando por fin se atrevió a llamar con la aldaba y, tras un momento, abrió una mujer de unos sesenta años. Elizabeth Hempleman recordaba un poco las imágenes que Cat había visto en Nelson de la reina Victoria. Se mantenía erguida y digna, no era delgada pero tampoco gorda, una mujer llenita. La segunda esposa de Hempleman llevaba un vestido azul sencillo, que recordaba lejanamente al traje típico de los antiguos luteranos pero confeccionado con un tejido bueno y caro, y un delantal adornado con puntillas. Su cabello castaño oscuro, severamente recogido en lo alto, estaba cubierto más por una especie de velo que por una capota, también algo que Cat solo había visto hasta entonces en fotografías de la reina. Pero esa mujer no daba la impresión de ser tan intransigente como la soberana inglesa. Su rostro era redondo y todavía casi sin arrugas, dominado por unos inteligentes ojos azul claro, y sonreía amistosamente.

—¿Qué puedo hacer por usted? —preguntó.

—Soy Poti... bueno, Cat. Yo era... —La joven no sabía por dónde empezar.

Elizabeth Hempleman frunció el ceño y de repente se le aclararon las cosas, pues su rostro resplandeció.

—¡Kitten! —exclamó—. Antes la llamaban Kitten, pero ha crecido usted, ¡por supuesto! Siempre me pregunté cuál sería su auténtico nombre, pero George lo ignora y su primera esposa siempre la llamaba *Kätzchen*, gatita.

Cat asintió, más calmada ante ese amable recibimiento. Elizabeth Hempleman no parecía tener dificultades a la hora de hablar de su antecesora. Un vistazo al vestíbulo de su casa mostró a Cat que vivía con la memoria de Linda. La joven reconoció el pesado mobiliario alemán de la casa de la fallecida, cuyo retrato colgaba de la pared.

—No tengo otro nombre —reconoció Cat, una vez recuperada el habla—. Solo Cat. Y le pido que me disculpe por presentarme en su casa de forma tan imprevista.

—¿Imprevista? —Elizabeth Hempleman rio, se hizo a un lado y la invitó a pasar—. Querida niña, no sabe cuánto me alegro de su llegada. Y mi marido todavía más. Desde que enviudó se siente muy apenado por lo injustamente que la trató. Si acabó usted en la calle, fue por culpa suya, dice siempre. —Estudió a Cat con la mirada y le gustó lo que vio—. Al parecer sus preocupaciones eran injustificadas —constató satisfecha—. Tiene usted muy buen aspecto. Y dicho sea de paso, me llamo Elizabeth y soy su segunda esposa. Venga, mi marido está en el jardín, lo llamaré. ¡Póngase cómoda! Lamentablemente no tenemos sirvienta, tendrá que darme su abrigo. En la sala de estar hace calor, la chimenea está encendida y acabo de preparar té. Por favor, Cat...

El segundo recibimiento afectuoso del día. Elizabeth Hempleman señaló un sillón junto al fuego y le sirvió té. Le tendió una bandeja llena de *scones*. *Chasseur* intentó ganarse los favores de esta nueva anfitriona con su mirada suplicante, pero Elizabeth Hempleman no era como Nadine.

—*Platz!* —ordenó con determinación, al tiempo que señalaba una esterilla delante de la chimenea.

Chasseur la miró un momento y comprendió que lo decía en serio. Con un suspiro, se tendió a los pies de Cat.

—¡Voy a buscar a mi marido! —dijo Elizabeth, y se alejó a paso ligero.

Cat paseó la mirada por el mobiliario de la sala. No conocía los muebles, quizá procedían de la casa anterior de Elizabeth y George tenía que convivir ahí con los recuerdos del primer marido de ella. Se preguntó cómo lidiaría con eso, pero entonces oyó unos pasos. George Hempleman ya debía de estar camino de casa cuando Elizabeth salió a avisarlo. Ahora entraba y su esposa lo seguía con el rostro iluminado como si le hubiera hecho un regalo de Navidad.

—¡Ahí está! —exclamó dichosa—. ¿La reconoces?

Hempleman observó a Cat. Él no había cambiado mucho con los años, al menos apenas había envejecido. Por el contrario, tenía mejor aspecto que en el pasado, en la estación ballenera. Claro, ahora no estaba sometido al viento y a las inclemencias del tiempo a diario, seguramente bebía menos whisky y no tenía que preocuparse por una esposa agonizante. Elizabeth rebosaba salud.

—Eres realmente tú —declaró incrédulo—. Ya no contaba con encontrarte. Mandé buscarte hasta en la costa Oeste, ¿sabes?, en los burdeles y en la Isla Norte. Pero habías desaparecido.

—Me quedé donde Carpenter me dejó —explicó Cat—. Con los ngati toa. Usted conocía a Te Rauparaha.

Hempleman soltó una risita amarga.

—¿El viejo guerrero? Sí, claro, y por eso dudaba de que fueras a hacerte vieja allí.

En los primeros años de la estación ballenera, Hempleman y el jefe habían tenido enfrentamientos a menudo, hasta que Te Rauparaha había dirigido sus actividades bélicas a los alrededores de Purau y luego hacia el norte.

—Sea como sea, lo has conseguido. Pese al error que cometí. Entonces no me ocupé de ti, Kitten.

—Cat —lo corrigió la joven.

El hombre esbozó una sonrisa de disculpa.

—Ni siquiera me tomé la molestia de preguntarle a alguien tu nombre verdadero. Y eso que prácticamente creciste delante de mis narices. En circunstancias horribles, como luego supe. Debería haberme dado cuenta y haberte ayudado. Linda seguro que te habría adoptado. Pero tampoco ella conocía todos los detalles, ¿verdad?

Cat negó con la cabeza. Se preguntaba cuántos detalles de su educación conocía George Hempleman. Priscilla y Noni posiblemente le habían contado muchas cosas.

—No quería inquietar a la señora Hempelmann —dijo—. Usted siempre dijo que no debía preocuparla. Así que al final no le conté nada. Ya sabe, de esa subasta que Barker planeaba hacer conmigo.

—Pero Linda algo tuvo que sospechar —señaló Hempleman—. Quería ayudarte. Dos días antes de morir escribió en su testamento que tenías que heredar todas sus posesiones. Es decir, sus vestidos (los podríamos haber vendido para ti) y, sobre todo, sus joyas.

—¡Esto! —intervino Elizabeth. Mientras George hablaba con Cat, había salido unos minutos de la sala y ahora regresaba con un cofrecillo en la mano—. Y también esto. —Se quitó el collar de perlas sencillo, pero sin duda valioso, que llevaba al cuello y abrió el cofre—. ¡Mire, Cat!

Elizabeth añadió el collar a las otras joyas que descansaban sobre un terciopelo negro. Cat miró desconcertada las cadenas y brazaletes de oro, un anillo centelleante y pendientes de perlas y piedras preciosas engastadas en oro.

—¡Todo esto le pertenece ahora! —dijo Elizabeth.

—Pero... —Cat pensó en las perlas, que reposaban en el cofre todavía con el calor corporal de su anfitriona—. ¿No ha llevado nunca estas joyas? ¿Va a desprenderse sin más de ellas?

La sonrisa de Elizabeth adquirió un viso melancólico.

—No se trata de lo que uno quiere —dijo—. Es cierto que he

llevado estas joyas. George quería regalarme algunas, pues aquí no se pueden comprar. Parte de ellas pertenecen al legado de la familia de Linda. Son muy bonitas y yo las tengo en gran consideración. Pero siempre supe que no eran mías.

Cat se mordió el labio.

—Yo no puedo utilizarlas —dijo a media voz—. Vivo en medio de las Llanuras y estas joyas son para los salones. Si las cojo, será solo para venderlas. Y me parece un acto de ingratitud hacia Linda.

George Hempleman movió la cabeza.

—¡Qué va, Cat! Linda sabía que tú venderías estas joyas, quería ayudarte a salir de Piraki. Así que no sientas remordimientos. Además... ¡acaba de ocurrírseme una idea! Por favor, no me malinterpretes, Cat. Las joyas son tuyas, puedes hacer con ellas lo que quieras, venderlas a quien desees. Pero acabo de pensar que Elizabeth desearía conservarlas y a ti te gustaría saber que están en manos de alguien que las tiene en gran estima. Así que ¿por qué no me las vendes a mí? Hay un relojero en Akaroa que podrá tasarlas. O nos informamos del precio del oro en Inglaterra. En la Isla Norte hay bancos y puede que también en Nelson ya los haya. En ningún caso pretendo aprovecharme de ti.

Cat miró confusa las joyas y a los Hempleman. George parecía inseguro y apesadumbrado, como si con su sugerencia la estuviese ofendiendo, pero Elizabeth lo miraba radiante.

—¡Qué idea tan maravillosa, George! —lo alabó con su voz agradable y bien modulada—. ¿No lo cree así, Cat? A mí me haría muy feliz. No lo cogería todo, claro. Usted necesita conservar un recuerdo de Linda. Elija simplemente lo que desea quedarse y George le hará una buena oferta por el resto. ¿Qué opina, Cat? Es una buena solución. De ese modo, las joyas de Linda se quedarían en la familia.

Cat miró el cofrecillo y descubrió un camafeo que solía llevar Linda. Contenía una imagen diminuta, una miniatura pintada por su hermana. Un retrato de Linda cuando era niña. Cat pensó en su propia Linda y cogió esa pieza.

—Me gustaría conservar esto —dijo con ternura y comprobando el mecanismo. El camafeo se abrió de inmediato y la niñita rubia de la imagen le sonrió.

—¡Pero para llevarlo necesitará una cadenilla de oro! —señaló Elizabeth, y rebuscó servicial en el cofrecillo—. Tenía una... yo... yo nunca me la he puesto. ¡Aquí está! —Sacó una pesada cadenilla de oro y la deslizó por el aro del camafeo—. Se lo puede colgar ahora mismo. —Cat lo hizo—. ¡Le sienta muy bien!

La joven sonrió. Imaginaba la joya más bien en torno al cuello de su hija cuando fuese mayor.

—¿Puedo coger algo más? —preguntó vacilante.

—¡Lo que quieras, Cat, por favor! —Hempleman empezó a dar más disculpas y aclaraciones.

Elizabeth tendió el cofrecillo a Cat.

—¡Míreselo con calma! —la animó.

Ya había encontrado la segunda pieza. Una cruz de plata con aguamarinas, otra de las joyas preferidas de Linda. Cat la sacó. Se la regalaría a Ida. Conmovida, miró el resto de las joyas. De algunas se acordaba, otras no las había llevado Linda en su presencia, pero todas desprendían su amor. Cat recordó con ternura y gratitud a su maternal amiga. Acarició una vez más el terciopelo antes de cerrar el joyero.

—Vuelva a ponerse el collar de perlas, señora Hempleman —dijo, tendiendo el cofre a Elizabeth—. Conjuga muy bien con su vestido.

Dos días más tarde, después de que el relojero, un antiguo joyero parisino, hubiera comprobado meticulosamente y evaluado las joyas, y convertido el valor calculado de francos franceses a libras inglesas, Cat era poseedora de una pequeña fortuna. Había pasado esos días en la habitación de invitados de los Hempleman. Ahora se sentaba en su cama, miraba el dinero y se preguntaba qué hacer con él.

—Sería suficiente para abrir una tienda en algún lugar —la

alentó Elizabeth—. Surgirán ciudades más grandes en los próximos años, podría instalarse con un negocio en la nueva colonia junto al Avon, Christchurch. O tal vez en la Isla Norte, aquí todavía resulta algo complicado para una mujer sola. ¿Qué idea se le ocurre a usted, Cat?

La joven estuvo meditándolo largo tiempo pero no se le ocurría qué negocio abrir. Ni siquiera sabía contar. De acuerdo, al menos sabía contar ese dinero y no dejaría que la timaran en una compra, pero ella no era una mujer de negocios como Jane Fenroy. A ella no le divertiría andar regateando y negociando.

—¿Y una pensión? —propuso Elizabeth—. ¿Una tetería o una cafetería?

—Eso sería más adecuado para Ida —susurró Cat.

Recordó el restaurante que Ida podría haber montado en el Paddy's Pub. ¿Y si lo hablara con Ida? ¿Se atrevería a marcharse con ella a la Isla Norte, dejar a Ottfried e intentar montar un negocio? Pero si Ottfried buscaba a su esposa con tesón, la encontraría. Una pensión no podía administrarse en secreto. E incluso si Ottfried renunciaba a Ida, ¡la encontraría Karl! Lo que provocaría nuevos problemas. Si es que Ida aceptaba separarse de Karl... Además, Cat no se veía como patrona. Ni cocinar ni servir le gustaban especialmente. Para eso había que nacer, como Nadine.

«*Oui*, una *pâtisserie* seguía mi sueño. —Cat todavía oía la voz anhelante de la talentosa repostera—. Yo no puedo vendeg las ovejas del pobgesito Pieggot a gente que no conosco...»

Sonrió de repente.

5

Las ovejas de Fenroy Station solían pastar en las colinas de los alrededores, pero Ida mantenía en casa las ovejas madre que ordeñaba diariamente para la producción de queso, y solo las dejaba pacer un par de horas en el prado vecino al río, vigiladas por los collies de Ottfried. Estaba ocupada recogiéndolas para ordeñarlas por la noche, cuando vio que se acercaba un bote por el Waimakariri.

Saludó al barquero, sin mirar antes si Ottfried andaba por ahí cerca y podía reaccionar con un arrebato de celos. En las últimas semanas el comportamiento de su marido tendía a los extremos. Parecía desagradarle el aislamiento de la apartada granja y observaba todo su entorno con prevención. Se enfurecía si descubría a Chris o Karl llevando «sus» ovejas a un nuevo pastizal sin antes consultarle, o reuniéndolas con otro rebaño. A menudo también lanzaba a Ida absurdos reproches si era amable con algún hombre de la granja. La acusaba falsamente de coquetear con Chris y Karl y también echaba en cara a los trabajadores maoríes que mirasen con lascivia a su esposa. Eso los disgustaba tanto que dejaban de ir a trabajar durante días. Al final, Chris y Karl habían transigido. Ottfried llevaría los últimos productos de la quesería de Ida a Port Cooper y negociaría la venta y compra de las reservas de comestibles, forraje y material de construcción. Les daba igual que no obtuviera los mejores precios o que se gastara una parte de los beneficios en beber, lo importante era disfrutar de unos días de tranquilidad. Ahora ya llevaba una semana fuera e Ida por fin se sentía bien y segura. Solo lamentaba que Cat no estuviera allí.

El barquero giró el bote hacia la orilla, donde Chris había construido un sencillo embarcadero. ¿Les traería noticias de Cat?

—¡Buenos días, señora Ida! —la saludó muy sonriente.

Conocía Fenroy Station, siempre pasaba por la granja. Río arriba habían surgido nuevas colonias, y sus habitantes recibían artículos por vía fluvial. Chris lo hacía pocas veces, pero la avispada Jane pensaba cada vez más en distribuir los artículos maoríes por esa vía. De ese modo tal vez tendría acceso a otros comerciantes que pagaran más que Carpenter. De momento los maoríes hacían oídos sordos, ellos relacionaban la venta de sus productos con la compra de chucherías y se alegraban de que Carpenter fuese a visitarlos.

—Saludos de la señorita Cat. Está con los Deans, con su perro y un montón de ovejas, y pide que por favor vaya alguien a recogerla.

El hombre sonrió más y miró a Ida con cierta lascivia. Estaba bonita con el rostro enrojecido por el sol y el cabello oscuro recogido en una coleta.

—¿Un montón de ovejas? —preguntó Ida—. Pero baje, Pete. Karl y Chris están en el establo, seguro que se alegrarán de verlo.

El barquero rehusó con un gesto.

—No tengo tiempo, llevo noticias para Butler. Gasta mucho en su abogado de la Isla Norte, cada dos días se comunican por las compras de tierras o lo que sea. Y se supone que es algo urgente. A lo mejor aparezco por aquí cuando regrese.

Se dispuso a soltar el bote que había atado con un nudo rápido en el embarcadero y a remar al centro del río.

—Espere, cuénteme algo más de Cat. ¿De dónde ha sacado las ovejas? ¿Y qué debo entender por «un montón»?

El barquero se encogió de hombros.

—Yo diría que unas ochenta. Sobre todo ovejas madre y corderos. Bueno, mientras no sea ella la que ha robado el ganado de los Redwood... —bromeó y rio a mandíbula batiente—, entonces es que lo ha comprado en algún sitio. No sé, señora Ida, los Deans han enviado un mensajero que solo ha hablado con mi esposa. —Y dicho esto, alzó la mano en señal de despedida y partió. Con vigorosos golpes de remos se deslizó corriente arriba.

Chris estaba en el establo dando de comer a los caballos cuando Ida llegó con las ovejas lecheras. *Buddy*, que estaba junto a él, enseguida saltó para unirse a los collies. Mientras los ovinos se ponían a rumiar la avena de más que les daban por ser las que producían leche, Ida contó a Chris las noticias de Cat. Tal como esperaba, el rostro del joven se iluminó.

—¿Ha comprado ovejas? ¿Con la herencia? ¡Oh, Ida, eso es buena señal! A lo mejor quiere convertirse en socia, quizá podamos construirle una casa aquí. Mañana mismo iré a buscarla. ¡Es maravilloso, Ida! Al final tendrá que pensárselo. No es sensato que viva con los maoríes, y yo...

Ida se volvió hacia el sitio donde ordeñaba las ovejas sin responder a la verborrea de Chris. No podía compartir su euforia. Antes de partir hacia Akaroa no parecía que Cat hubiese reflexionado sobre el asunto con Chris. En silencio, Ida daba gracias al cielo por el regreso de su amiga. Pero ¿una casa en Fenroy Station junto a la de Jane? ¿Y otra socia más para una granja en realidad pequeña? Seguro que Ottfried se oponía, y Karl tal vez solo se avendría para hacerle un favor a Chris. No, Ida no creía que Cat tuviera intención de que sus ovejas pastaran en Fenroy Station. Pero de momento no quería preocuparse por eso. Tenía otros asuntos pendientes. Ida llevaba meses en Fenroy Station sin haber abandonado nunca la granja y la casa ya se le caía encima. Le habría encantado coincidir con una mujer no maorí y más accesible y menos huraña que Jane. Se había entendido bien con las esposas de los Deans. Tenía ganas de visitarlas.

—Chris... —dijo algo titubeante cuando Fenroy terminó de ordeñar la tercera oveja—. ¿Podrías llevarme contigo a Riccarton? Sé que enlenteceré la marcha pues tendremos que ir en carro. Pero podríamos llevar queso fresco y cambiarlo por lana, así tendré algo que hilar y...

Chris levantó sonriente la mano.

—Está bien, Ida, no tienes que justificarte. Es natural que tengas ganas de salir de aquí, no hay problema. Prepara a las niñas, tus quesos y lo que tengas que llevar, y nos marchamos al amanecer. ¡Cat se alegrará! Y *Chasseur* seguro que también.

Ida se puso a ordeñar, animada, mientras Chris pensaba en lo que ella le había pedido. ¡Ida quería por propia iniciativa y sin consultar a Ottfried hacer un viaje! ¡También eso era una buena señal! Karl así lo vería. Se alegraba de todas las decisiones que tomaba ella independientemente.

Y el estado de las cosas todavía podía mejorar...

—Por mí puedes ir tú en mi lugar. —A Chris no le resultó fácil hacer esta sugerencia a su amigo, pero cuando vio cómo se le iluminaba el semblante, supo que había hecho lo correcto.

—¿Estás seguro? —preguntó pese a todo Karl—. Veo que te mueres de ganas de volver a ver a Cat y de saber qué piensa hacer con las ovejas. ¿Y me envías a mí?

Chris asintió.

—Da igual que vea a Cat dos días antes o dos días después —sonrió—. Incluso puede que esté bien que no vaya a recibirla con los brazos abiertos. ¿Qué opinas, deberíamos tomarle el pelo al principio y fingir que estamos reflexionando sobre si aceptamos o no que se asocie con nosotros? Y tú e Ida... No sé, Karl, ¡viajaréis juntos un buen rato! Te sientas en el pescante a su lado, por la noche enciendes una hoguera, le cuentas algo... A lo mejor os encontráis de una vez. Es muy doloroso ver cómo os consumís sin que ninguno diga nada.

—¿Y Ottfried? —preguntó Karl.

Chris suspiró.

—Deberías dejar a Ida en Riccarton e ir a Port Cooper. No será agradable para Ida que lo traigas enseguida, pero no podemos permitir que se gaste en alcohol, en juego y probablemente en puterío todo lo que gana. Y seguro que está haciendo algo de eso, de lo contrario ya habría vuelto. Así que ve allí y sácalo a rastras del pub.

Ida se quedó encantada, y también un poco insegura, cuando por la mañana salió de casa con un cesto lleno de comida y vio a Karl en el pescante del carro entoldado. Carol y Linda la seguían gateando.

—¿Tú? —preguntó a media voz, antes de contestar al alegre saludo de Karl. También él estaba turbado—. Pensaba que iría con Chris.

—Chris tiene... ha de quedarse con los maoríes... —Ambos amigos habían ideado un buen motivo para explicar el cambio de cochero, pero en ese momento a Karl se le olvidó—. Chris me ha cedido su sitio —confesó— para que tengamos tiempo de hablar. Para que por una vez tengamos tiempo para nosotros.

Ida se mordió el labio.

—No sé para qué necesitamos tiempo nosotros...

Karl se inclinó hacia ella para coger a Carol y luego a Linda, y al final para ayudarla a subir al pescante. Y, una vez más, el mundo pareció detenerse cuando sus manos se tocaron.

—Lo sabes muy bien, Ida. Pero no tenemos... que hablar de ello. Podemos contentarnos con estar juntos. Como amigos, como en Raben Steinfeld.

Ella sonrió tímidamente.

—¿Y comparar nuestros deberes de cálculo?

Karl se encogió de hombros.

—O fantasear sobre los viajes del capitán Cook. Todavía no he visto ningún canguro, pero ahora sí sé que los hay.

—Yo me alegro de no tener que ver ninguno —repuso Ida, y colocó a Carol entre los dos y sentó a Linda en su regazo.

Karl se preguntó si colocaba de forma consciente a Carol ahí para no sentarse directamente a su lado. Qué tonterías pensaba. No podía sentar a la niña en la parte exterior, podía caerse.

Carol agarró las riendas.

—¡Hop, hop, hop! —exclamó, dando grititos de contento.

Karl se echó a reír.

—Vaya, tenemos a una pequeña pionera —dijo—. No necesitarás ningún hombre cuando seas mayor, Carol.

—No se lo digas a Ottfried, pero ese es el objetivo de mi educación —anunció secamente Ida, y los dos rieron.

Si Ida hubiese sabido que iba a viajar con Karl, se habría desvelado toda la noche buscando temas de conversación neutrales. La sorpresa, sin embargo, no permitió que surgiera demasiada tensión. Hablaron de Nueva Zelanda, de las diferencias entre la Isla Norte y la Isla Sur, y de los problemas causados por la apropiación de las tierras. Karl le habló de sus viajes y de los libros que había leído. Ida solo podía repetir las historias que contaba Gibson.

—Siempre me había gustado leer —se lamentó ella—. Pero en Sankt Paulidorf no había ningún libro.

Y de repente le resultó fácil hablar de la colonia. No de Ottfried y del martirio al que la sometía en la cama, de sus fanfarronerías y escapadas, sino de la formación de la comunidad, de los misioneros, de la construcción de las casas y las horribles inundaciones.

—Me imagino muy bien la reacción de tu padre —observó Karl—. «Demos gracias a Dios porque el agua solo nos ha arrebatado la mitad...» —Alzó las manos e imitó la voz de predicador de Jakob Lange.

Ida soltó unas risitas.

—Todavía peor —apuntó—. La primera vez el lodo acarreado cubrió todo mi huerto. ¡Entonces me pidió que diera gracias a Dios por la nueva madre tierra!

Karl también rio.

—Y la vez siguiente porque en las aguas se habían ahogado un par de ratas.

—Y porque en los siguientes meses no iríamos escasos de agua... —siguió bromeando Ida.

Ambos compitieron por quién tenía la idea más estrambótica de aquello por lo que habría que dar las gracias por la inundación de Sankt Paulidorf. Ida se sintió culpable, pero hacía años que no se reía de forma tan despreocupada, o tal vez nunca lo había hecho.

—En cualquier caso, doy gracias a Dios por haberte sacado de Sankt Paulidorf, Ida —dijo al final Karl, poniéndose serio de repente—. Sé que es pecado, que no debería haber deseado que saliera mal ese proyecto de colonia, pero os lo advertí, no podía hacer más. En este aspecto, creo que Dios no me condenará por haberte deseado otra clase de vida. ¿Cuándo... cuándo se volvió así?

Ella frunció el ceño.

—¿Quién? ¿Dios?

Karl esbozó una sonrisa forzada.

—No. Perdona que haya saltado a otro tema de golpe. Me refiero a Ottfried. ¿Cuándo cambió tanto? Nunca me gustó, Ida, y nunca pensé que te mereciera. Pero creía que era un hombre honrado, alguien como tu padre... o como el suyo.

—Ellos tampoco son fáciles de soportar —murmuró Ida.

Karl rodeó con el brazo a Carol, que seguía jugueteando con las riendas mientras los caballos trotaban tranquilamente. Karl cubrió sus diminutas manitas con las suyas, y al hacerlo rozó ligeramente a Ida.

—¿No opinas que minimizas el asunto cuando calificas a Ottfried solo de difícil? Ida, tu marido bebe, no trabaja, se gasta todo su dinero en el juego...

—Todavía le quedaba algo para las ovejas —murmuró Ida. Apretaba tanto contra sí a Linda que la pequeña protestó. Había sido tan bonito bromear con Karl... ¿Por qué tenía que arruinarlo todo ahora? Odiaba tener que defender a Ottfried, pero era su esposo.

—Lo que no deja de asombrarme —respondió Karl—. Y te trata mal. No, nadie me lo ha contado, ni siquiera Cat, aunque sus ojos reflejan rabia cada vez que apareces en el establo con el rostro lloroso. Y oigo ladrar al perro y a las niñas llorar. Y... y siento tu tristeza, Ida, y tu miedo. Hay veces que me resulta insoportable.

Hablaba manteniendo la vista al frente, pero en ese momento

la volvió hacia ella. Sus ojos reflejaban preocupación, pero también observaban inquisitivos, y en ellos había la esperanza de que Ida por fin se sincerase con él.

—Si yo lo soporto —susurró Ida—, también tú puedes soportarlo. ¿O es que sigues pensando en huir? ¿En subir al próximo barco rumbo a Bahía?

Karl cogió las riendas con una mano y con la otra estrechó contra sí a Ida y las dos niñas.

—Basta con que digas una sola palabra, Ida. Si lo deseas, si consigues entenderte con tu Dios, con tu conciencia o con lo que sea que te retiene con Ottfried, cogemos el primer barco que zarpe y nos vamos al fin del mundo.

Ida intentó no pensar en las consecuencias cuando se entregó al cauteloso abrazo de Karl. No quería suponer que él después se tomaría más libertades al no oponer ninguna objeción en ese momento. Se limitó a gozar de la calidez de su proximidad, escuchó cómo bromeaba y charlaba con las niñas y por la noche se sentó relajada a su lado junto al fuego. Durmió a las niñas mientras él pescaba, asaba el pescado, desenterraba raíces y las preparaba casi con la misma destreza con que lo hacía Cat.

—En la Isla Norte envuelven la comida en hojas y la cocinan en cavidades debajo de piedras calientes. Se desentierra cuando está cocida —explicó, e Ida volvió a tener ganas de reír y bromear.

—Uno siempre desentierra la comida —observó—. Acuérdate de los kiwis. El hermano de Ottfried, Erich, que ahora se hace llamar Eric, tenía una especie de sexto sentido para saber dónde debía remover la tierra para cazarlos.

Karl enterró una raíz en las brasas de la hoguera para que se cociera.

—Eric es un joven amable —dijo.

Ida se frotó la frente.

—Es diferente de Ottfried. Y creo que, de algún modo, siempre fue así.

Ahora le tocó el turno a Karl de preguntar sorprendido:

—¿Quién? ¿Eric? Puede que siempre haya tenido una buena predisposición, pero ha sido en este nuevo país donde ha llegado a ser provechoso. En Raben Steinfeld...

—No; me refiero a Ottfried —susurró ella, con la mirada clavada en las llamas—. En la escuela ya era así. Tan colérico y respondón y nunca aplicado. Una vez te peleaste con él, ¿te acuerdas? Todavía éramos bastante pequeños. El profesor Brakel os castigó. Y Ottfried averiguó que con las peleas no se llegaba lejos en Raben Stainfeld. Mejor rezando y adaptándose. Creo que lo más importante para Ottfried es lo que los demás piensan de él. Lo que más le gusta es que lo admiren. Necesita... amigos no es la palabra... —Se interrumpió.

—Colegas —apuntó Karl—. Gente que conspire con él, que hable con él y que también beba y juegue con él.

Ida asintió.

—También a mi padre le gustaba conspirar. En Raben Steinfeld, Ottfried habría sido un pilar de la comunidad. Intransigente y firme en sus creencias, y pronto asistente de la iglesia, recitador, y luego en el consejo de los ancianos.

—Y su hermano Erich habría sido la oveja negra de la familia, el que siempre decepciona. Pero ahora... —Sonrió—. Estamos al otro lado del mundo. Donde aquí está el norte, allí está el sur. Donde uno triunfa, fracasa el otro.

Ida negó con la cabeza.

—Ottfried no fracasará. De alguna manera siempre sale airoso. Tiene suerte y me tiene a mí... y a vosotros, a ti y Chris. Sé perfectamente lo que hacéis por mí, Karl, y lo difícil que os resulta entenderos con él. Pero no puedo dejarlo. No soy capaz, sería un pecado mortal. Mi madre se removería en su tumba. «Lo que Dios ha unido que no lo separe el hombre.»

—¿No hay límites? —preguntó apesadumbrado Karl—. ¿Haga lo que haga? Ida, estamos en Nueva Zelanda, pero a veces te comportas como si siguieras en Raben Steinfeld.

—Puede que yo siga allí —respondió a media voz.

6

A partir del segundo día de viaje llovió sin cesar, e Ida y Karl se entristecieron cuando la tarde del tercer día vieron las primeras ovejas de Riccarton Station. Los animales rumiaban por doquier, en las colinas que rodeaban la granja, las últimas hierbas. Era evidente que buscaban la cercanía de la granja, es posible que habitualmente ya estuvieran en los establos y les dieran heno. Ahora, sin embargo, al menos el mayor de los establos de las ovejas estaba ocupado por un rebaño extraño. Cien ovejas madre y corderos se apretujaban en el corral que había delante de la casa.

—¡Seguro que esas son las de Cat! —exclamó Karl—. ¡Bonitos animales! ¡Podrían ser merinos! ¡No puedo ni creerlo!

—No va desencaminado. —Rio William Deans.

Había visto acercarse el carro y salió con un impermeable y un sueste de un cobertizo de esquileo.

—Ustedes, los de Fenroy, están de suerte, siempre les llegan las mejores ovejas. Estas son rambouillets, también llamadas merinas francesas. Dan una lana estupenda y no son tan sensibles como sus antepasadas españolas. Al menos resisten la intemperie. A diferencia de ustedes, por lo que veo. Vengan, Karl, Ida... ¡Dios mío, las niñas están despiertas! Entremos en casa para que puedan secarse.

Pero Karl no podía apartarse tan pronto de la nueva adquisición de Cat. Fascinado, contemplaba la espesa lana de los animales y los cuernos amplios y retorcidos de los carneros.

—¿Cómo es que Cat tiene ovejas francesas? —preguntó.

—¡Le han caído del cielo! —bromeó Dean—. Ya se lo explicará ella misma. Vamos, entre en casa.

Chasseur corrió hacia Ida en cuanto William Deans abrió la puerta. No sabía si saltar y lamer primero a Ida o a las niñas.

—¡Fuera, fuera! —gritó Carol.

Ida y los Deans se rieron de la resoluta pequeña.

—A esta nos la envía para que trabaje con los perros cuando sea mayor. ¡Y después sacará adelante su granja sin ayuda de nadie! —dijo William.

Linda abrazó y besó al perro, antes de correr con Carol hacia Cat y echarse las dos en sus brazos. Cat las besó y acarició riendo y saludó después a Ida con un abrazo.

—¡Lo ves, he vuelto! —dijo cuando las dos se separaron—. Y hasta te traigo un regalo.

Ida frunció el ceño.

—¿No irás a regalarme ovejas? —preguntó.

Cat sonrió.

—No. Esas no se las regalo a nadie, son para mí. La señora Hempleman me dijo que tenía que hacer negocio con mi herencia. Y para eso una granja vale tanto como otra.

Ida palideció.

—¿Quieres una granja propia? ¿Vas a irte? ¿No te quedarás en Fenroy Station?

Cat rebuscó en su bolsillo, sacó la cruz guarnecida de piedras preciosas y la colgó al cuello de Ida.

—Aquí tienes mi regalo. Tu *hei-tiki* cristiano. Que tu Dios te proteja y te guarde de las tribulaciones. Y no, no me marcho. Pero ahora saluda a Emma y Alison. Y ven junto al fuego, estás empapada.

Ida no se lo hizo repetir. Abrazó a las esposas de los Deans, recibió las felicitaciones por lo bien que estaban las dos niñas y se dejó agasajar con té y pastas. También Karl se unió a las mujeres en el salón. Quería escuchar por encima la historia de Cat antes de que los hermanos Deans se lo llevaran a la sala de caballeros, la única habitación de la casa donde las mujeres les permitían disfrutar sin restricciones del tabaco y el whisky.

Cat les contó con detalle sobre Carpenter, Nadine y las ovejas del pobrecito Pierrot.

—Logré convencerla de que conmigo las ovejas estarían en las mejores manos, que las querría, las mimaría y las llamaría por su nombre. Aunque no lo creáis, les ha puesto nombre a las noventa y ocho. Me ha entregado una lista, aunque por desgracia ninguna acude cuando la llaman. Sea como fuere, Nadine ha recibido un precio justo por ellas y ahora me pertenecen. Hay también un carnero que ya ha cubierto de nuevo a varias ovejas madre —concluyó Cat su relato. Pero no mencionó qué planes tenía para los animales.

—¡Luego brindaremos por ello! —declaró William Deans, guiñándole un ojo a Karl—. Ven, deja que las mujeres hablen de las niñas, la cocina y la iglesia.

Emma, una mujer con mucho coraje, le lanzó un ovillo de lana. Las cuatro mujeres hablaron más bien de la lana, de su producción y de sus queserías. Respecto a estas últimas, las Deans tenían la intención de cerrar las suyas.

—Desde que tú también estás en el negocio, Ida, ya no nos merece la pena —señaló Emma, sin ningún deje de reproche—. Por lo que ganamos, no nos compensa el esfuerzo, la granja Riccarton se dedica ahora enteramente a la producción de lana. En la ganadería extensiva los animales de cría se conducen en verano a las montañas y se dejan allí en libertad. Estamos incluso pensando en mudarnos para estar más cerca de las tierras altas. Los Redwood lo tienen así planteado, ya están buscando algún interesado en su granja. Entonces podrás distribuir tu queso por todo Port Cooper, Ida. Y por la futura colonia de Christchurch. Si es que queréis continuar con la industria lechera.

Ida miró inquisitiva a Cat, que se encogió de hombros.

—Mis rambouillet son conocidas sobre todo por la lana —explicó—. Pienso comentarlo todo con Te Haitara y las mujeres maoríes. En caso de que les apetezca una quesería...

No sonaba demasiado optimista. La tribu de Te Haitara ya estaba lo bastante agobiada confeccionando remedios medicinales y *hei-tiki* para Jane. Era improbable que los maoríes fueran a cargarse todavía con más trabajo cuando ya tenían más dinero del que necesitaban.

—¿Vas a quedarte con los maoríes? —preguntó atónita Ida—. ¿Y hacerles la competencia a Chris y Karl?

Cat levantó las manos.

—Pero bueno, Ida, ¿quién habla de hacer la competencia? Por lo que sé, las fábricas textiles de Londres compran toda la lana que pueden. Todo el mundo hace el mismo negocio. Yo pensaba más bien en trabajar en colaboración con Fenroy Station. En lo que respecta al esquileo, por ejemplo, pronto necesitaremos esquiladores profesionales que instruyan a nuestros hombres. Y escasean mucho. Todos los criadores de ovejas de la Isla Sur van detrás de hombres que realmente sepan esquilar las ovejas. Lo natural es que todos juntos, los Redwood, los Deans, Fenroy Station, los ngai tahu y yo, contratemos a algunos.

—¡Mamá, pipí!

Antes de que Ida contestara, resonó la vocecita de Linda. La madre se puso de inmediato en pie. Estaba empezando a habituar a las niñas a ir sin el pañal y ellas avisaban a veces cuando tenían que ir al baño. Aunque en la mayoría de los casos, demasiado tarde.

—Enseguida vuelvo —se disculpó—. Ven, Linda, vamos. Y tú también, Carol.

Ida corrió por el pasillo con las niñas en brazos hacia el retrete. Al hacerlo pasó junto a la puerta entreabierta que daba a la sala de caballeros, una habitación más bien sombría y llena de humo, en la que los hermanos Deans se repantigaban en unos sofás de piel delante de la chimenea, con los collies a sus pies y los vasos llenos de whisky. Karl estaba con ellos y saludó sonriente a Ida con la mano cuando ella pasó con las niñas. Los hombres estaban inmersos en una conversación, pero Ida tenía demasiada prisa para prestar atención. Solo cuando regresaba, unos minutos después —las niñas ya se le habían adelantado gateando para informar a Cat de que habían cumplido con éxito la misión— percibió las voces de Karl y William. Y se detuvo en el pasillo, delante de la sala, para escucharlos.

—¿Y ahora qué sucederá con Cat y sus ovejas? —preguntó John.

—No lo sé —respondió Karl—. Ella no ha dicho nada. Chris supone, claro está, que añadirá sus animales a nuestros rebaños.

—¿Otro socio más? —inquirió escéptico William—. ¿No son demasiados si todos pretenden tener voz en el negocio? En adelante habréis de convocar una asamblea parlamentaria antes de cubrir a una oveja.

Los hermanos rieron.

—Y ahora que estamos en ello... —era John, y su tono era grave— hay algo más que tenemos que hablar contigo o con Chris. No es de nuestra incumbencia, pero Ida es una mujer tan amable, y esas niñas tan preciosas... No puede seguir así...

Ida creyó que casi veía cómo Karl se enderezaba.

—¿Qué ocurre con Ida? —preguntó.

Ella oyó un gorgoteo, al parecer uno de los Deans volvía a servir whisky.

—Su esposo, Otie, está todo el día en el pub de Jefferson en Port Cooper. Se gasta el dinero jugando y bebiendo. Eso no está bien, pero lo peor es que suelta la lengua, Karl. Presume de cosas inimaginables con... con las dos mujeres con que llegó a las Llanuras. —William se interrumpió para beber un trago de whisky.

—No nos malinterpretes, Karl —tomó la palabra John—. No nos creemos nada de lo que dice y a los tipos de Port Cooper, los cazadores de ballenas, los marineros y cazadores de focas, les resulta indiferente a cuántas mujeres ha dejado embarazadas Otie. Pero la colonia crece y la gente nueva que construye una ciudad en la desembocadura del Avon es muy religiosa. Hasta se llamará Christchurch, «iglesia de Cristo», eso lo dice todo. Son anglicanos o qué sé yo. En cualquier caso, están levantando una iglesia en la que cualquier día se casarán Linda y Carol, probablemente con honorables miembros de la comunidad. Pero si se extienden esos rumores... Estas cosas no se olvidan...

Ida no escuchó lo que Karl respondía. Retrocedió como si alguien la hubiese golpeado y comprendió por fin a qué se referían los hombres cuando decían que se les encendía la sangre. El sentimiento que la invadió era salvaje y destructivo. Equiparable tal vez al arrebato con que había matado a aquella rata, pero mucho más visceral y apremiante. Temblaba de rabia como nunca antes en su vida, tal vez fuese la primera vez que montaba en cólera. Lo que antes había tenido por cólera no era más que enfado, decepción e indignación sofocados. Ahora ardía en un único deseo: chillar a Ottfried, golpearlo, arañarlo y morderlo. ¿Cómo había podido airear su secreto y pavonearse, borracho, de su potencia viril? Había destruido la vida de Ida y, en cierta medida, también la de Cat. ¿Cómo podía destrozar ahora la de las niñas, la de sus propias hijas?

Ida ya no pensó en volver con las mujeres. En el agitado estado en que se encontraba se delataría a sí misma, mientras que por el momento cabía la posibilidad de que los Deans no hubiesen contado la historia a Emma y Alison. A fin de cuentas, acababan de asegurarle a Karl que no se creían ni una palabra. Se dirigió a donde había visto colgado un abrigo encerado, lo cogió y salió fuera sin ser vista.

La rabia la cegaba. Iría a Port Cooper y arreglaría ese asunto con Ottfried. ¡Ante todo el mundo!

Ida no era una buena amazona, pero no pensaba recorrer a pie los más de diez kilómetros que la separaban de Port Cooper ni tampoco demorarse enganchando los caballos a un carro. No quería perder tiempo. Ardía en deseos de espetarle a Ottfried toda su rabia.

Fue al establo. *Brandy*, el castrado alazán, era obediente, Ida ya lo había montado alguna vez para conducir las ovejas. La silla estaba detrás, en el carro entoldado. Karl pensaba ir a Port Cooper y había cargado los arreos antes de enganchar a *Brandy* con uno de los otros caballos. Ida también sacó el revólver de debajo del pescante del carro. Antes de que llegara a Port Cooper ya habría oscurecido y una ciudad portuaria por la noche no era el lugar más seguro para una mujer sola.

Karl y los Deans todavía no se habían percatado de la ausencia de Ida cuando sacó el caballo del establo y lo montó. Por suerte, entretanto había dejado de llover e Ida incluso creyó ver que el cielo se despejaba cuando espoleó con prudencia a *Brandy*, que se puso tranquilamente al trote en dirección a Port Cooper. Conocía el camino y se podía confiar en él. No tenía nada que temer de *Brandy*.

—¿Dónde está Ida?

Cat había conversado animadamente con las mujeres Deans, pero cuando al final se dispusieron a preparar la cena, se percataron de que faltaba Ida.

—Debe de estar con los hombres —dijo Emma—. Se habrá quedado con ellos después de ir al retrete con las niñas.

Cat no lo tenía tan claro. No era que Ida tuviese miedo de John y William Deans, pero tampoco era una mujer que se sumara sin más a un grupo de hombres que estaban fumando y bebiendo whisky. Y, naturalmente, no vio a su amiga cuando se asomó a la sala de caballeros.

—¿Ida? No, aquí no ha estado —informó William.

Karl levantó la vista alarmado.

—Sí, ha pasado por el pasillo antes con las niñas —señaló—. Pero pensándolo bien, no la he visto regresar.

—A lo mejor no te has dado cuenta —objetó John.

Pero Karl ya se había levantado.

—¡Debe de haber oído algo! —pensó en voz alta—. Justo después de que saliera con las niñas estuvimos hablando de Ottfried. Cielos, Cat, si... si ha escuchado... ¡tiene que haberse enfurecido!

Cat se encogió de hombros.

—Tendríais que haberle contado algo realmente nuevo. Por las escapadas de Ottfried ya hace mucho que no nos enfurecemos. ¿De qué se trataba? ¿Se gasta en bebida lo que se ha ganado con el queso? ¿Tiene una nueva puta? Eso es moneda corriente. En Nelson...

Karl tomó nota de que hablaba en plural.

—Cat —preguntó, cambiando al alemán, pues era mejor que los hermanos Deans no entendieran sus palabras—. ¿Es posible que sea cierto?

—¿El qué? —Cat empezó a preocuparse. La desaparición de Ida, la urgencia en la voz de Karl...

—Ottfried fanfarronea en Port Cooper de sus conquistas femeninas. Y él... bueno, no quiero repetirlo, pero afirma que tú eras su amante. Que se ha acostado contigo y con Ida —precisó con gesto de repugnancia—. Y que os dejó embarazadas a las dos.

Cat se estremeció. ¡Con esto no había contado! Por un momento pensó en negarlo todo, pero Karl leyó la verdad en la expresión de su rostro.

—No fue tal como él probablemente lo cuenta —dijo con exagerada serenidad para que los Deans no dedujeran nada por el tono de voz—. A Ida la molió a palos y a mí me violó. —Quería seguir hablando, pero Karl la hizo callar con la mirada.

—¿Dónde puede estar? —preguntó ronco—. ¡Oh, Dios, Cat, debe de estar muerta de vergüenza! ¡Para ella es una deshonra! En Raben Steinfeld algo así...

Cat negó con la cabeza.

—Ya no es la muchacha indefensa de Raben Steinfeld. Aunque a veces todavía lo parezca o ella se sienta así. Su deshonra o mi deshonra... ya hace tiempo que dejó ese asunto atrás. Solo peleará por la buena reputación de las niñas. ¡Y tal vez esta vez por fin esté lo suficientemente rabiosa como para meterle una bala en la barriga a Ottfried! Si quieres saber mi opinión, va camino de Port Cooper.

Después de recorrer un par de kilómetros al trote, a Ida le dolía todo el cuerpo de los rebotes, pero seguía estando lo bastante furiosa como para poner a *Brandy* al galope. Sabía que era más suave que el trote, que los botes se sentían menos, pero solo había galopado una vez. Se sorprendió de la presteza con que el castrado se lanzó cuando ella lo azuzó fustigándole con las riendas sus cuartos traseros. El caballo empezó a moverse con zancadas largas y regulares, avanzando realmente deprisa.

No obstante, el sol ya se había puesto cuando alcanzó a distinguir las primeras casas de Port Cooper. Mejor, seguro que Ottfried se encontraba en el pub, pues ¿dónde iba a estar si no? A lo mejor todavía negociaba en las tiendas de comestibles y forraje.

—¿Dónde queda el pub de Jefferson? —preguntó a un hombre que pasaba por ahí.

Este la miró con curiosidad. Ella le sostuvo la mirada sin sentirse intimidada. Llevaba la falda arremangada, pues iba a horcajadas sobre el caballo. Pero el abrigo encerado, de montar y abierto por detrás, le cubría las piernas decorosamente y solo quedaban a la vista las botas de cordones que apoyaba en los estribos.

—¿Qué se te ha perdido ahí? —preguntó el hombre—. Si buscas trabajo, la casa de putas está al lado de Bailey.

—¡Busco el pub de Jefferson! Y lo que quiera hacer ahí a usted no le incumbe.

Sus ojos debían de echar chispas, porque el hombre alzó las manos disculpándose.

—Está bien, está bien, joven. Está aquí al lado, calle abajo y luego a la derecha, en dirección al puerto.

Ida no le dio las gracias y puso al paso a *Brandy*. Estaba temblando, pero no sentía el frío nocturno. Seguía sintiendo solo una cólera ardiente.

Ató a toda prisa a *Brandy* delante del pub y se dirigió a la puerta. De la taberna salían las risas y el griterío de los hombres. Los parroquianos ya estaban borrachos, aunque todavía no era tarde. Probablemente un grupo de jugadores. Y entonces distinguió la voz de Ottfried.

—¡Entonces deja ver tus cartas, Ben!... Vaya, vaya... Debes a mí...

—¡No te debo nada, Otie! —Ida oyó una voz relajada, que, a diferencia de la de su marido, se notaba que era de alguien sobrio—. Incluso si ahora ganases, tu cuenta se igualaría con la mía. Pero primero enseña lo que tienes, ya que estás tan ufano.

—¡Puedo estar ufano! Mira: diamantes dos, picas siete ¡y la reina! Hace diecinueve. ¡Black jack! —murmuró Ottfried ebrio.

—Pse, no está mal. —Su rival no parecía impresionado—. Y ahora mira tú aquí...

Ida no sabía qué naipes colocaba el otro en silencio sobre la mesa, pero las exclamaciones de los demás lo decían todo. No cabía duda de que había ganado a Ottfried.

—Rey y as... pero... pero demonios, esto... —Ottfried había recuperado la sobriedad de golpe.

El tal Ben emitió una carcajada.

—Pues sí, algunos tienen suerte en el juego, Otie, y otros en el amor. ¡Cuéntanos otra vez de esas dos putas con que te lo montaste a la vez, Otie! Pago otra ronda. Y mientras, Georgie que baraje las cartas. ¿O alguien quiere dejarlo?

Detrás de Ida aparecieron unos hombres que venían al pub. Ida se apartó a un lado cuando entraron y los siguió al interior del salón. Ellos ni se percataron. En la penumbra y con el largo abrigo encerado, con cuya capucha se había cubierto la cabeza, no se reconocía a primera vista que era una mujer.

—Pues sí, en la cama sí que tiene suerte el viejo Otie... —Otro jugador intentaba sonsacar a Ottfried—. ¿Cómo era? ¿Eran hermanas?

—¡Qué va! —Ottfried se llevó el vaso a los labios, bebió un trago y sonrió—. Una era mi... mi esposa legítima... buena, ¿cómo se dice... virtuosa? Solo rezaba antes de meterse en la cama conmigo. Pero el viejo Otie le enseñó cómo funciona. Al final, como fuego, solo gritar «¡más, más!». Y la otra una... una mondonga maorí. Pero rubia, inglesa, ¿comprendes? Solo está con la tribu para... para aprender...

El movimiento de la mano con que describió el aprendizaje de Cat entre los maoríes todavía enfureció más a Ida. Se quitó la capucha y atrajo la atención de los hombres que tenía más cerca. Los recién llegados y los dos o tres parroquianos acodados en la barra no dijeron nada, se limitaron a mirar a la joven.

Ottfried seguía fanfarroneando.

—Salvaje la pequeña, muy salvaje. —Rio—. Gata como pantera, pero cuando Otie listo, ella como gatita... pero caliente como gata. Al final, ¡las dos parir casi mismo día! ¡Este es Otie, chicos! Y ahora dame cartas. Compro tres. Nuevo juego, nueva suerte. —Cogió las cartas que la banca le repartió, pero en ese momento Ida se abrió paso hacia él.

—Ahora vas a dejar de gastarte el dinero que me pertenece —dijo con voz cortante—. Y de calumniar a mi amiga. Además de a mí y... ¡a tus hijas! —Y alzó la mano y le dio un sonoro bofetón.

—*Madame*... —Jefferson, el tabernero, acudió a apagar el incendio incipiente—. *Madame*, lo siento, pero aquí no servimos a señoras. Por favor, venga...

—¡No quiero que me sirvan nada! —Ida le lanzó una mirada ceñuda. No sentía ni miedo ni vergüenza de estar en esa taberna y de alzar la voz delante de esos hombres. Ya había callado suficiente en su comunidad—. Mi nombre es Ida Brandmann. Mi quesería produce el dinero que mi marido se juega aquí. Y está claro que la suerte no le acompaña. ¿O es que no sabes jugar, Ottfried? —Miró a su marido, que, desconcertado, se había llevado la mano a la mejilla—. ¿Es que ni siquiera sabes jugar a las cartas? —Se volvió hacia Jefferson y los otros hombres y miró al grupo, segura de sí misma—. Mi marido no sabe muchas cosas —les dijo con un tono cortante—. Su inglés, por ejemplo es penoso. Apenas sí conoce un puñado de palabras. «¡Más», seguro que eso no se lo ha dicho ninguna mujer jamás. Y en cuanto a mí... Bien, en la cama con Otie, por lo único que yo... que una mujer rezaría sería por que acabara pronto. —Ida se ruborizó en ese instante, ya que su última observación arrancó una carcajada general. Pero los hombres enseguida callaron cuando Ida siguió hablando. Estaban encantados—. De ahí que tal vez sea cierto que estuviera pensando en evitar a nuestro gato doméstico —dijo Ida con astucia—. Por el animal no me preocupo. Araña y muerde. Y sus crías no se parecen demasiado a mi marido. —Nuevas carcajadas burlonas—. Así que en algo debe de haberse confundido —finalizó Ida, volviéndose entonces hacia su marido, que la estaba mirando estupefacto—. En el futuro, piensa en lo que vas diciendo por ahí, Ottfried. Y a ver si aprendes al menos cómo se juega al black jack antes de que endeudes a toda la familia. Lo mejor es que vengas a casa, vuelvas a rezar y eduques a tus hijas. ¡Que son también las mías! ¡Puede ser que entonces al menos Dios te perdone!

Y dicho esto intentó darse media vuelta y marcharse, pero Ottfried se había repuesto por fin de su estupor. La cogió del brazo.

—Tú no te vas, zorra. Voy a enseñar lo que yo sé delante... delante de todo el mundo...

Empujó a Ida contra la pared, le abrió el abrigo, le tiró del vestido y se soltó el cinturón.

—¡Déjame! —Ottfried golpeó a un hombre que intentó sujetarlo—. ¿No oyes? Esta mi esposa. Y yo con ella hacer lo que quiero.

—¡Tú, pedazo de cabrón! —Karl Jensch apareció súbitamente y lo separó de Ida. Ottfried se tambaleó y cayó—. ¿Cómo te atreves? Aquí, delante de toda esta gente... ¡Súbete los pantalones! Ida...

Karl se volvió hacia su amada mientras dos hombres agarraban a Ottfried y le impedían que se abalanzara sobre Karl.

—¡A ver si te serenas, Otie! —terció el tabernero—. La mujercita se ha... hum... envalentonado un poco, pero eso no justifica, ni mucho menos, que aquí, delante de toda esta gente...

—Ida... —Karl se olvidó de Ottfried en cuanto lo hubo lanzado al suelo. Se olvidó también de los hombres que los rodeaban, parte de los cuales estaban a favor de Ida y parte a favor de Ottfried, unos se indignaban y otros todavía seguían tronchándose de risa. Karl solo tenía ojos para la joven que, pálida, se apoyaba contra la pared—. ¿Estás bien?

Ella asintió con la cabeza.

—Sí —respondió.

Llevaba un vestido de lana de tela gruesa, que no se había desgarrado con el tirón. Solo habían saltado un par de botones del abrigo de Emma Deans.

—¡Sácame de aquí, Karl, por favor!

Él asintió. Los parroquianos abrieron, diligentes, un pasillo cuando él la condujo al exterior. Ottfried gritaba algo a sus espaldas, pero Ida no le hizo caso y Karl comprobó con un rápido vistazo que los hombres seguían manteniéndolo sujeto.

En la calle recibieron una bocanada de aire fresco.

—¿De dónde sales tan de repente? —preguntó Ida—. Yo...

—He venido siguiéndote —contestó Karl en voz baja—. Siempre te sigo. Y siempre intento ayudarte, solo que la mayoría de las veces no me dejas.

—Tenía que hacer esto —susurró Ida.

Karl sonrió.

—Ya. ¡Y ha sido estupendo! No me he enterado de todo, llegué demasiado tarde, pero...

—Ha sido una desfachatez por mi parte —admitió Ida, temblorosa—. Ha sido... horrible, cargaré con esto toda la vida.

Karl negó con la cabeza.

—El que cargará con esto toda la vida es Ottfried. En este pub se reirán de él durante décadas. Y ahora ven, nos vamos a casa de los Deans. Debemos marcharnos de aquí. Yo al menos no tengo ganas de volver a encontrarme con Ottfried.

Ella levantó la vista hacia él. Su mirada era tranquila y firme.

—No quiero ir a casa de los Deans —dijo—. Llévame... llévame a una playa.

—¿A una playa? —Karl frunció el ceño—. Pero Ida, hace un frío de muerte. Si ya estás temblando. Si nos vamos a orillas del mar...

—Tengo mucho calor. Vamos a una playa, por favor. Aquí hay playas, ¿no?

—Claro. Ven, te ayudo a subir al caballo. —Le sujetó el estribo de *Brandy*. Junto al alazán había un bayo sin silla. Karl simplemente había saltado a la grupa del animal y lo había puesto al galope rumbo a Port Cooper cuando Cat había expresado sus sospechas acerca del paradero de Ida.

La joven negó con la cabeza.

—No, tú... sube tú antes. Quiero montar contigo.

—¿En un único caballo? —Karl sonrió—. Como en los cuentos, cuando el príncipe lleva a la princesa a lomos de su corcel.

—Sí, exacto. Quiero que me abraces.

Karl no entendía lo que estaba pasando, pero tampoco le dio muchas vueltas cuando tuvo a Ida en la silla, delante, y la joven se estrechó contra él. *Brandy* salió tranquilo al paso, no estaban lejos de la playa. Por la noche, en el puerto de Port Cooper no había nadie, pero sí muchos rincones que quedaban ocultos a la vista. Finalmente, Karl detuvo al caballo en una cala con playa de arena, enmarcada por rocas y colinas verdes.

—¿Aquí? —preguntó.

—Sí, aquí está bien. Una playa más larga sería mejor, pero esta está al resguardo. Y las estrellas brillan como es debido.

Las nubes del día habían desaparecido en el ínterin. La luna estaba casi llena y el cielo estrellado se reflejaba en el mar, que estaba casi totalmente plano, solo alterado por pequeñas olas que rompían en la orilla.

Ida se deslizó del caballo. Karl la siguió y vio cómo ella se embebía de la arena y el mar, la luna y las estrellas.

—¿No quieres besarme? —preguntó.

Karl la cogió incrédulo entre sus brazos.

—Siempre quiero besarte —musitó.

—Entonces, ¡hazlo!

Y acto seguido se fundió en el abrazo de Karl. Los labios del joven buscaron los suyos. Fue tan bonito, tan excitante, tan tierno y tan cálido como en el pasado, en Bahía. Esta vez, Ida no opuso resistencia alguna.

Karl la besó una y otra vez y ella disfrutó de sus caricias, del olor a sudor y cuero y caballo... y amor. A partir de esa noche, el amor siempre tendría para Ida ese olor. Karl la acarició, deslizó tiernamente sus manos por el rostro, la espalda, el cabello de la mujer, como si no pudiese creer que realmente la tuviese allí.

—Puedes soltarme el pelo —susurró ella cuando la capota cayó al suelo entre caricias—. Siempre he soñado que me sueltas el pelo. Antes...

Cuando empezó a desabotonarse el vestido, la respiración de Karl se agitó. Él la deseaba, pero eso... era una locura. Era una fría noche de otoño.

—Ida, tal vez deberíamos... Hace mucho frío. No quiero que...

Ella dejó resbalar su vestido sobre la arena.

—No hace frío —dijo—. ¿No entiendes? Hace frío en Raben Steinfeld. Pero acabo de abandonar Raben Steinfeld y estamos en la playa de Bahía. Dentro de nada oiremos tambores, música...

—Espera —susurró Karl.

Fue hacia *Brandy*, le quitó la silla y cogió la manta para caballerías con que tapizaba el lomo del animal. Picaba y olía a sudor de caballo, pero era de lana gruesa y los mantendría calientes.

Ida extendió los impermeables de Emma y Karl sobre la arena.

—Me gustaría notar la arena —dijo—. Pero por desgracia todavía está húmeda. Tienes razón, hace demasiado frío... Tal vez esto no sea Bahía.

Karl la besó y la recostó sobre el peculiar lecho.

—¡Sí! —susurró—. La arena se secará con nuestro calor. Ya sabes cómo es. Y yo te mantendré caliente. Donde yo esté, estará Bahía para ti...

Se amaron al compás de los tambores que ambos oían, aunque resonaran en otra playa, en otro mundo más cálido. Ida no pensó en que el acto podría hacerle daño, como siempre le había hecho. Esa noche vivió su sueño y en él nunca habían existido ni el dolor ni el miedo. Karl la poseyó con suavidad y ternura, despacio, como si ella fuera virgen. La acarició, le susurró palabras de amor y cubrió su cuerpo con besos. Al final se movió con ella al ritmo de las olas. Ambos se fundieron en uno, pero también con la bahía y el cielo estrellado y el mar. Ida sintió que la inundaba el calor, que se disolvía en una nube de felicidad, y creyó flotar.

—¿Y por esto hay que ir al infierno? —preguntó más tarde, cuando estaban abrazados bajo la abrigada manta—. A mí más bien me parece haber tocado el cielo.

Karl sonrió.

—Tal vez sea así. Tal vez los dioses se hayan servido de nuestros cuerpos. Tú eras Papa, la Tierra, y yo Rangi, el Cielo, y a partir de ahora siempre nos estarán agradecidos por haberles permitido reunirse. ¡Qué hermosa eres, Ida! —Y la besó de nuevo.

—Tú también. —Veía solo la silueta de su cuerpo, y lo que veía le gustaba. Karl era nervudo y delgado, fuerte pero no tan pesado como para que resultara desagradable sentir su peso sobre ella—. *Você é linda.*

—Creo que, siendo un hombre, debe decirse *lindo*. Pero no te has olvidado. Yo lo dije una vez, cuando conocí a tu hija. Es Linda, ¿verdad? ¿Tu hija es Linda?

Ida negó con la cabeza.

—Las dos son hijas mías. Y las dos son hijas de Cat, solo de ese modo es posible. En caso contrario, Linda sería una hija bastarda.

Karl arqueó sorprendido las cejas.

—Linda es... ¿la hija de Cat? Pensaba que sería la tuya.

—No. —Ida sonrió—. La mía es Carol. Cuando nació... fue difícil, yo tenía miedo, dolores, solo me alegré cuando todo hubo pasado. Pensé que nunca llegaría a quererla.

—¿Y por eso la has llamado «amada»? —preguntó Karl—. Consulté a Chris el significado de Carol y me dijo que era algo así como «amada» o «canción alegre».

—No... —Ida empezó a acariciarlo de nuevo y a excitarlo mientras hablaba—. Cat le puso el nombre. Carol como Karla. Y creo que sabía exactamente lo que se hacía. Pues, ¿cómo no habría amado yo a una niña que lleva tu nombre?

7

Ida había abandonado Raben Steinfeld y llegado a Bahía. Pero esto no significaba que también hubiese arribado a Nueva Zelanda. Karl lo experimentó dolorosamente cuando, tras su maravillosa noche en la playa, tuvieron que regresar a casa de los Deans y luego a Fenroy Station. Ni Cat ni los Deans plantearon preguntas, pese a que en la sonrisa de Cat parecía reflejarse la dicha de Ida y Karl. Sin embargo, ya en el camino de vuelta a la granja de Chris, la realidad alcanzó a los amantes. Ottfried les dio alcance en su carro cuando llevaban un día de camino.

Ida se estremeció al verlo. A esas alturas su rabia se había desvanecido, sustituida por cierto temor. Por mucho que hubiese puesto en ridículo a Ottfried delante de sus amigotes en el pub, seguía estando casada con él y temía sus represalias. Más aún si averiguaba que lo había engañado con Karl.

Pero al principio se mostró cohibido, sobre todo cuando Cat tomó la delantera:

—¿Qué, has perdido lo ganado con el queso y te han fiado todo lo que traes en el carro?

Ottfried puso una mueca y fingió estar ofendido.

—Tenía el encargo de vender el queso y con el dinero resultante comprar forraje y clavos —respondió dignamente—. Y es lo que he hecho.

En efecto, en el carro venía la mercancía que habían requerido Chris y Karl, pero Cat sospechaba que había comprado al fiado a los comerciantes de forraje y en la ferretería.

—Y por otra parte... —Ottfried se mordió el labio, al parecer se había resignado a, al menos de momento, mostrarse arrepentido— por otra parte, lo siento, Ida. Había bebido un poco.

—¿Un poco? —inquirió Cat—. ¡Nos has dejado a todos en ridículo! Solo damos gracias a Dios de que sigas hablando tan mal el inglés. Podremos salir del apuro diciendo que se trata de un malentendido. Karl ya lo sabe todo, claro. A Chris también habrá que explicarle el secreto, y los Deans sospechan que en tu verborrea se esconde algo. ¡En el futuro procura dominarte! Lo mejor es que te quedes en la granja. Chris o Karl harán las compras mejor que tú. Sin perder nada en el juego y el triple de rápido.

Ida callaba. Logró evitar a Ottfried durante el viaje durmiendo con Cat y las niñas en el carro entoldado. Karl montaba la tienda, pero Ottfried rehusó compartirla con él y durmió bajo la lona del segundo carro. Era evidente que al menos lamentaba su patético comportamiento. Tampoco se habló del incidente entre Karl y Ottfried en el pub. Karl dejó en paz al marido de Ida. Pues por mucho que le asqueara ese hombre, también él estaba impregnado de Raben Steinfeld y se sentía culpable por engañar a Ottfried.

—Yo tomo este desvío —anunció Cat cuando, el tercer día de viaje, se acercaban a Fenroy Station. La carretera principal hacia el noroeste corría paralela al Waimakariri y junto a Fenroy Station se había formado una pequeña bifurcación. Por la izquierda uno llegaba a la granja y por la derecha al poblado maorí—. Muchas gracias por ir a recogerme y ayudarme con las ovejas, Karl, y saludos a Chris. ¡Que venga a verme y eche un vistazo a las ovejas! ¿Puedo quedarme con *Chasseur* un día más, Ida? Sin él no llegaré al poblado con las ovejas.

—¿No quieres acompañarnos y saludar a Chris? —preguntó Karl. Sabía que su amigo se sentiría muy apenado si Cat se marchaba sin más.

Pero la joven hizo un gesto de negación.

—No; si lo hago intentará convencerme de que me quede y me haga socia vuestra. Y acto seguido estaréis discutiendo otra vez con Ottfried.

Ottfried ya había mirado con recelo las ovejas de Cat y, una vez que se recuperó un poco, había empezado a lamentarse acerca de admitirlas en Fenroy Station. En cualquier caso, él votaría en contra de aceptar como socia a Cat, pues era mujer y ni siquiera estaba casada. ¿Cómo iba a realizar la parte proporcional de trabajo en la granja que le correspondía?

Karl se había callado, aunque tenía en la punta de la lengua un: «¡Ni queriendo podría aportar menos que tú!» Pero Cat ya había explicado claramente que quería llevar sus ovejas al poblado maorí. Los mismos ngai tahu ya tenían animales a esas alturas y, con las rambouillet de Cat, el poblado ascendería al nivel de los productores de lana que merecían ser tomados en serio.

—Pero Chris querrá verte —insistió Karl.

Aun así, la muchacha volvió a negar con la cabeza.

—Ya he dicho que venga. De todos modos, sería absurdo dar un rodeo de tres kilómetros con todo el rebaño. ¡Saludadlo de mi parte!

Y acto seguido, dio un silbido a *Chasseur* provocando de nuevo el descontento, pues los dos collies de Ottfried también la siguieron. Ignoraron la llamada de su dueño y este montó un número, como si Cat le hubiese robado los perros.

—Ya te los devolverá —lo tranquilizó Karl—. Y, además, podrías haber practicado. Los perros no saben a quién pertenecen. Obedecen a quien más se ocupa de ellos.

Como era de esperar, la decisión de Cat entristeció a Chris, pese a que Karl le explicó sus motivos y le comunicó su invitación. No obstante, la primera que vio las ovejas de Cat en el poblado maorí fue Jane. Al día siguiente mismo fue allí y encontró a Cat hablando animadamente con Te Haitara.

—*Kia ora, ariki!* —saludó Jane—. ¿Se ha decidido pues por subirse al carro de las ovejas?

—¿Subirme? —preguntó Te Haitara. A esas alturas ya hablaba bien el inglés, pero no acababa de entender algunos giros—. ¿A un carro de ovejas?

Jane puso una mueca cuando Cat sonrió y tradujo.

El jefe respondió encantado en inglés.

—Sí. Mira, bonitas ovejas, ¿verdad? Hacemos como tú decir. Pero con ovejas de Cat, no con «inversión». Así mejor, ¡podemos vender lana y también comprar más cosas de Ca-pin-ta para gente!

—*Ariki*, tu gente ya tiene todo lo que necesita —suspiró Jane, aunque ya habían mantenido esta discusión bastantes veces como para saber que era inútil insistir—. ¿Y qué sucederá con el trabajo adicional? ¿Habrá voluntarios?

—¿Voluntarios...?

Estaba claro que ese día, las palabras que elegía Jane superaban los conocimientos del jefe.

—Gente que quiera trabajar con las ovejas —dijo en inglés Cat para no dejar al margen a Jane.

Te Haitara asintió vehemente.

—¡Oh, sí! ¡Más que hacer medicinas! Para las ovejas no necesitar mucha *karakia*. Las *tohunga* las hacen, claro, ¡hoy ya han pedido la bendición de los dioses para *hipi*!

Señaló las ovejas, que no parecían muy alteradas por la bendición, sino bien comidas y satisfechas. Incluso ahora, a comienzos del invierno, había hierba alrededor del poblado.

—Bonitas —dijo Jane—. Entonces habría que pensar en la logística. ¿De dónde sacaremos forraje para todos estos animales?

El rostro del jefe volvió a resplandecer.

—¡Oh, Cat también hacer! Todo el carro lleno con heno y avena, todavía en Chris Station, pero venir pronto. —Miró a Jane esperanzado y luego, con franca admiración, a Cat.

La joven había cargado el carro de Ida con forraje en casa de los Deans y había pedido más heno. Sabía que con las provisiones de Chris no podían alimentar a cien animales más durante el invierno, incluso si él la ayudaba. Y tampoco había problemas económicos. De la venta de las joyas había sobrado algo para mantener a las ovejas hasta obtener los primeros ingresos.

—Bien, entonces ya no me necesitan más —refunfuñó Jane, y se dio media vuelta—. Pero me informaré acerca del esquileo. Algunos hombres deberían aprender a hacerlo, me he estado documentando. Han de ser esquiladores profesionales para conseguir el mejor precio por los vellones.

Mientras Chris luchaba con el hecho de que Cat siguiera evitándolo y Karl se esforzaba por ser tolerante con Ottfried y convivir con Ida, Jane entabló conversaciones de negocios con algunos grandes criadores de ovejas de la Isla Norte. El barquero Pete se detenía en Fenroy Station durante casi todos sus viajes al oeste, llevaba cartas a Jane e informaba sobre las novedades. Las tierras junto a la desembocadura del Avon, donde tenía que fundarse la ciudad de Christchurch, se estaban por fin midiendo. Los Redwood planeaban seriamente mudarse. Ya tenían personas interesadas en quedarse con la granja. Pese a todo, aún no se había aclarado el asunto del robo de una parte de sus ovejas.

—Pero alguien tiene que haberlo hecho —opinaba Pete—. Tampoco hay tantas granjas de ovejas en la Isla Sur.

—A lo mejor las han matado, simplemente —sugirió Jane sin interés—. Alguna tribu maorí todavía sin civilizar.

A la suya ella intentaba seguir «civilizándola», en algunos aspectos con ayuda de Cat. La joven se había tomado en serio las obligaciones que había adquirido al ser acogida por la tribu, enseñaba inglés a los niños y a leer y escribir. Solo el cálculo le resultaba difícil. Jane tenía un dilema acerca de la actividad pedagógica de Cat. Por una parte, celebraba cualquier esfuerzo por enseñar; pero por otra observaba con disgusto que Cat cada vez ejercía más influencia en la tribu. Odiaba verla hablar confidencialmente con el jefe. Hasta entonces, Te Haitara solo había mirado con admiración a Jane cuando le hacía comprensibles algunos asuntos *pake-*

ha. A Cat, con la fluidez con que hablaba el maorí, eso le resultaba más fácil, por supuesto. Jane experimentaba celos por primera vez en su vida.

Durante todo el invierno, Karl e Ida consiguieron ocultar a Ottfried su amor. Un amor que Ida por fin había admitido. No era sencillo, Chris y Cat encontraban que las miradas con que se seguían mutuamente y sus fugaces caricias no pasaban desapercibidas. Los eventuales encuentros entre ambos tampoco podían realizarse, con ese tiempo lluvioso y frío, en los prados y llanuras que rodeaban la granja o en los bosquecillos en las riberas del río. Cuando ya no soportaban más estar el uno sin el otro, tenían que encontrar lugares cubiertos. La mayoría de las veces se amaban en el establo, en el pajar o en los cobertizos recién construidos para los futuros esquiladores. A ello se añadía que Ida ya no podía contentarse con poner a las niñas en un capazo y dejarlas dormir. Carol y Linda ya caminaban y eran sumamente activas y curiosas, por lo que había que tener mucho cuidado de que no aparecieran cuando ellos hacían el amor. Así que los encuentros secretos de Karl e Ida exigían complicados preparativos. Las niñas tenían que ir al poblado maorí con Cat o ponerse bajo la tutela de las otras mujeres, lo que no carecía de riesgos. Ottfried habría preguntado por el paradero de Ida si se hubiese enterado de que las niñas estaban en el poblado. No obstante, los amantes seguían corriendo el riesgo y no solo a instancias de Karl.

De hecho, era más bien Ida quien apenas podía entender ese milagro y deseaba una y otra vez que él le confirmara su amor. Cada vez era mayor la pasión con que abrazaba a Karl, y lentamente iba transformándose en la muchacha y la mujer que habría podido ser fuera de Raben Steinfeld. Ya no se encogía ni se mortificaba pensando si todos sus actos eran o no gratos a Dios. Rebosaba de ideas y ocurrencias, hacía reír a Karl y lo sorprendía. Cuando se amaban, él seguía tocándola con cuidado, pero cuanto más juntos estaban más confianza adquiría ella.

Tras el bochorno del pub, Ottfried había dejado tranquila a su esposa. El arrebato de Ida parecía haber debilitado su autoestima, o no se atrevía a tomarse venganza bajo la mirada vigilante de Karl y Chris. Los dos cuidaban de Ida, y Ottfried era consciente de que no podía abusar de su esposa. Además, al ir a comprar a Port Cooper sus socios se habían enterado de que Fenroy Station debía dinero a los comerciantes de forraje y al ferretero, y eso había provocado una fuerte discusión. Chris no tenía pelos en la lengua y amenazó con expulsar a Ottfried de la sociedad. En realidad, nunca lo hubiese llevado a término por Ida y Karl, pero Ottfried no lo sabía y tampoco podía arriesgarse a tener que instalarse por su cuenta en pleno invierno, con su familia y con un rebaño de casi cien cabezas. Al fin y al cabo, los Brandmann seguían viviendo en la antigua granja, y la tan estupenda casa que Ottfried había anunciado a bombo y platillo que construiría en terrenos propios todavía no había pasado de ser un proyecto.

Pero aunque el marido de Ida ya no la torturaba todas las noches, un tiempo después de lo ocurrido en Port Cooper empezó a dormir con ella. La mayoría de las veces la poseía deprisa, de mal humor y sin cuidado, al igual que un niño majadero maltrata un juguete. Ida se sentía manchada como antes y luego se acercaba a Karl cohibida y con miedo. En una ocasión él le descubrió heridas cuando se reunieron en un lecho de paja improvisado, y prefirió no hacer nada para no hacerle daño. Pero Ida protestó para que, a pesar de todo, tuvieran relaciones.

—Llévame un poco contigo a Bahía, Karl. O este frío y esta lluvia me volverán loca.

Karl no dejaba de pensar en cómo ayudarla a liberarse del matrimonio, pero solo se le ocurría huir e instalarse en otro lugar con nombres falsos. Karl habría estado dispuesto a ello, pero Ida todavía no estaba preparada, y menos cuando comprobó a principios de la primavera que volvía a estar embarazada.

—¡Precisamente ahora tenemos que irnos! —se lamentó Karl—. ¡Es mi hijo, Ida! ¡Debe de ser nuestro hijo!

Ella lo miró con tristeza.

—Solo Dios lo sabe —respondió—. También puede ser hijo de Ottfried. Y yo tengo miedo, Karl. No quiero traerlo al mundo en medio de una huida precipitada. No sabemos adónde iremos a parar. Y para el parto... ¡necesito a Cat!

Karl la estrechó entre sus brazos.

—No has de tener miedo mientras yo esté contigo. Y en todos los sitios del mundo hay comadronas —la consoló.

Pero Ida sacudió con vehemencia la cabeza.

—No quiero una comadrona —insistió—. ¡Quiero a Cat!

—Lo que pasa es que no quieres irte —replicó Karl.

No le lanzaba ningún reproche, comprendía a Ida demasiado bien. Tampoco él quería marcharse. Karl se sentía a gusto en Fenroy Station, esperaba contento el primer esquileo y disfrutaba del período en que nacían los terneros. Sus ovejas y las de los maoríes pasarían el verano en las montañas. Él subiría allí con Chris para conducirlas y eso sería emocionante, una aventura. Soñaba con llevarse a Ida, yacer con ella en una tienda por las noches, escuchar los sonidos nocturnos y que ambos se amaran a cielo abierto bajo una miríada de estrellas. Ella todavía pensaba en Bahía, aunque tampoco conocía lo suficiente Nueva Zelanda para amar también esta tierra. Karl lo entendía. Aotearoa, como la llamaba Cat, no había sido demasiado amable con Ida, pero eso podía cambiar. Karl encontraba que la despierta y curiosa Ida encajaba muy bien con esa parte del mundo. Dudaba de que Bahía le hubiese brindado tantas oportunidades a ella y las niñas, por no mencionar sus propias perspectivas profesionales. Karl se hubiese encontrado bien trabajando de agrimensor, pero de granjero todavía se sentía mejor. Y, por supuesto, descartaba de plano volver a deslomarse como jornalero por dos peniques la hora.

A Ottfried no le gustaba ser granjero, y si lo pensaba en serio tampoco hubiera deseado nunca una granja. Sin embargo, todos los arrendatarios de Raben Steinfeld habían codiciado tanto ser propietarios de tierras que a Ottfried no se le había ocurrido otra cosa. Fue en Sankt Paulidorf cuando comprobó lo fastidioso que resultaba trabajar la tierra, cuando tomó conciencia de que él no estaba hecho para eso. Pero tampoco su oficio de carpintero lo satisfacía del todo, aunque como artesano reconocido en una ciudad o un pueblo uno tenía más posibilidades de salir por las noches a un restaurante, de vestirse mejor, de pavonearse los domingos en la iglesia, de tener un bonito carruaje de caballos y salir de paseo... todo esto le habría parecido mejor que asentarse en una parcela de tierra y matarse trabajando de la mañana a la noche.

¡Claro que todavía mejor sería tener una tienda! Había disfrutado del tiempo pasado con Gibson, lástima que las cosas no hubiesen ido como las imaginaban, quizá se habían precipitado. Ahora llegaban más colonos a las Llanuras. Cuando por fin se fundara la ciudad a orillas del Avon, seguro que todavía habría más. Pese a todo, ahora tenía una segunda oportunidad: ¡ascender al rango de barón de la lana! Las ovejas daban mucho menos trabajo que el cultivo de la tierra, y por el momento Ottfried se limitaba a ocuparse él de las suyas o dejárselas a Ida para la quesería. De acuerdo, los maoríes se habían quejado a Chris de que los animales pastaban en sus prados o se mezclaban con las ovejas de Cat, pero a Ottfried no le preocupaba. A fin de cuentas, había hierba suficiente en las Llanuras y no costaba nada. Por la lana, en cambio, sí se pagaban buenos precios.

En resumen, Ottfried habría mirado el futuro con optimismo si no hubiese tenido que compartir la granja con Fenroy y Jensch. Ese miserable jornalero de Karl, que de golpe quería controlarlo. Y encima había sido testigo de la vergüenza pasada en Port Cooper. Ottfried apretaba los puños solo al recordarlo. ¡Algún día se lo haría pagar a Ida!

Ottfried todavía no había olvidado el bochorno en el pub, aunque ya habían pasado un par de meses. Él había creído que el suceso quedaría relegado al olvido si no volvía a acercarse al pueblo durante una temporada. Había puesto al mal tiempo buena cara cuando Karl y Chris le habían obligado a quedarse en las Llanuras. Por desgracia, lo mantenían a raya con el whisky, y tampoco había podido abastecerse de reservas, pues había tenido que abandonar el lugar deprisa y corriendo. Así que estaba en Fenroy Station sin un trago que llevarse al gaznate, como en los primeros tiempos de Sankt Paulidorf. ¡E Ida tampoco se esforzaba tanto con la quesería! Naturalmente, afirmaba ella, esto era porque las ovejas en esa temporada del año daban menos leche y antes de parir pasaban por el período seco. Pero Ottfried las consideraba excusas absurdas y aprovechó la oportunidad de volver a Port Cooper cuando ella por fin hubo confeccionado suficiente cantidad de quesos. Esta vez no pidió permiso a Chris y Karl, ni a Ida. ¡Al diablo con los beneficios iniciales de la granja que se suponía que había que seguir invirtiendo! Esos quesos eran de su propiedad, ¡hechos por su mujer con la leche de sus ovejas! Y él podía venderlos por su propia cuenta, e iba a hacerlo.

Ida y Karl respiraron aliviados la mañana en que, sin dar grandes explicaciones, cargó el carro y se marchó a Port Cooper. De acuerdo, tendrían que prescindir de los beneficios de los quesos, pero al menos se verían liberados de la presencia de Ottfried por unos días.

—¿Y si vuelve a fanfarronear por ahí? —señaló Cat. Había pasado para hablar del inminente esquileo—. ¿Eso no te preocupa, Ida?

Ella se encogió de hombros, pero Karl quitó importancia al asunto.

—El bueno de Ottfried se llevará una desagradable sorpresa —predijo—. Port Cooper es un lugar pequeño en el que no pasa gran cosa. Ahí todavía recordarán dentro de diez años lo que sucedió en el pub de Jefferson. ¡Ottfried ya no levantará cabeza, hacedme caso!

Naturalmente, estaba en lo cierto. Ni la aparición de Ida en el pub había sido relegada al olvido ni la indignación de Chris al saber que Ottfried se había endeudado sin que él lo supiese. Así pues, Ottfried pudo vender los quesos, pero no se le reconoció como representante autorizado de Fenroy Station. Y hasta sus colegas de juego y de copas lo decepcionaron. Todavía tenía deudas que pagó obedientemente con lo obtenido de los quesos, pero ni el dueño del pub ni sus colegas de juego le volvieron a fiar.

—¿Qué pasa con vosotros? Yo con cien ovejas, ¡rico! Podéis cogerlas si yo no pago. —Ottfried no podía creer que los hombres le dieran la espalda.

—Puede que tengas ovejas, pero apuesto a que antes tendríamos que pasar por tu esposa y luego por Jensch y Fenroy si quisiéramos quedárnoslas. —Se rio Georgie—. No queremos más problemas. A mí todavía me duele la cabeza de la última vez, cuando quise ayudarte con lo de Potter. Ni hablar, Otie, vale más pájaro en mano que ciento volando. ¡Así que o pones dinero en la mesa o no puedes jugar!

Cuando al tercer día Ottfried volvió a enganchar el carro para volver a las Llanuras, estaba de peor humor que al marcharse de ahí. ¡No participaría en la sociedad de la granja por mucho tiempo más! A lo mejor después del esquileo tendría dinero suficiente para construirse una granja propia. Seguro que sí, si encontraba a alguien que le comprara las tierras que Chris le había cedido. En algún otro lugar, quizás en Otago. Y en cuanto se hubiesen ido de allí, ¡le enseñaría a Ida cómo se comporta una esposa obediente!

Karl Jensch sabía esquilar y podía enseñarle a Chris Fenroy y sus dos ayudantes maoríes. Así habían planeado llevar a término su primer esquileo sin ayuda. Jane no podía más que mostrarse escéptica al respecto.

—Los chicos maoríes se os marcharán e irán a esquilar las ovejas de Cat en cuanto sepan más o menos cómo se hace —vaticinó—. ¿Y cuántas ovejas tenéis ahora? ¿Trescientas? ¿Cuánto tiempo pensáis estar esquilando si necesitáis una hora por oveja? ¿Tanto habrán de esperar los compradores ingleses? Esto no se hace así, Chris. Pero... —agitó una carta— ¡por suerte hay aquí alguien que piensa de verdad! Voy a contratar esquiladores de Australia. Podrán ayudaros y enseñar a nuestros trabajadores. Por

Dios, Chris, ¡llegará un día en que tendréis dos mil, cuatro mil, tal vez hasta diez mil ovejas! ¡Debéis estar preparados!

—¡Ni siquiera podemos pagar a los trabajadores! —objetó Chris—. Ya solo el viaje desde Australia ha de costar una fortuna.

Seguía encogiéndose siempre que Jane lo sermoneaba, pero esta vez tenía que admitir que ella llevaba razón. Esquilar era una tarea pesada que no estaban listos para realizar en solitario.

—Por eso tenemos que unirnos a otros —indicó Jane—. Mañana iré a ver a Te Haitara. Será el primero al que reclutemos.

En esta ocasión, sin embargo, el plan de Jane fracasó. Te Haitara no estaba en el poblado cuando ella llegó para hablar con él.

—El jefe migrar. Hacia el oeste, a *mahinga hipi* de Mis-ta Bat-la —informó una niñita en un inglés correcto.

—¿Ha ido a la granja de ovejas de Butler? —preguntó Jane atónita—. ¿Y qué hace allí?

—Con Cat —explicó la niña—. Cat dice que hay que sacar la lana de *hipi*. Pero no podemos solos, demasiadas *hipi*. Necesitamos gente que enseña cómo hacer a hombres. Y hacerlo con Mis-ta Bat-la.

Jane se estremeció, como si la pequeña la hubiese abofeteado, pero se concentró en dominarse.

—¿Cat quiere organizar el esquileo con la granja de Butler? —preguntó con voz ahogada—. ¿Y el jefe se ha ido con ella? Los dos... ¿solos?

La niña negó con la cabeza.

—No solos. Con cuatro guerreros. No pueden ir solos. ¡*Ariki* gran hombre! Y encontrará otros *ariki* de los que tiene tierras Mis-ta Bat-la. ¡Pero no tener miedo, Miss Jane! —La niña había entendido mal la palidez de Jane—. No guerra. La otra tribu también ngai tahu. Amigos, parientes.

Jane tuvo que hacer un esfuerzo para darle las gracias antes de irse. Hasta ese punto habían llegado. Cat se marchaba con el jefe tribal. Solos, pues la escolta de guerreros no contaba, ellos no le disputarían a la mujer. Pero no sabía qué la inquietaba tanto. Cat era libre, podía hacer lo que quisiera. El jefe, por supuesto. Y que Cat se le hubiese adelantado con la idea de esquilar las ovejas... No tenía la obligación de ponerse de acuerdo con Jane o los hombres de Fenroy Station. Eran sus propias ovejas. A lo mejor... a lo mejor simplemente tendría que haberle hablado de sus relaciones epistolares con Australia.

Jane se frotó la frente. Volvía a sentirse tan ignorada e inservible como en casa de su padre. Pero esta vez se añadía algo más. Era como si le doliera el corazón, como si Cat y Te Haitara la hubiesen traicionado. Volvió a la granja con la cabeza gacha. Un rato antes estaba sedienta de actividad, ahora solo sentía cansancio.

Mucho antes de que oscureciera, se ovilló en su cama y no habría podido explicar por qué lloraba.

8

Cat estaba de un humor excelente cuando regresó del curso superior del Waimakariri e informó a Chris y Karl. Naturalmente, Ottfried estaba presente con aire avinagrado, porque Cat no se tomaba la molestia de resumir en inglés y alemán los resultados de su viaje, y Jane también se había unido a todos ellos. Con un semblante casi tan hosco como el de Ottfried escuchaba al tiempo que contemplaba a su rival. Por vez primera se percató de lo hermosa que era esa joven, con su cabello rubio brillante y los ojos color avellana que en ese momento centelleaban de entusiasmo. No era extraño que Te Haitara se sintiera atraído por ella. Al final, lo que contaba para los hombres siempre eran las nimiedades; si bien Jane no podía negar que Cat también se desenvolvía bien en los asuntos de negocios.

—El capitán Butler dio el visto bueno a los esquiladores de Australia y tiene ahí excelentes contactos —explicaba—. Pero dice que nosotros también los tenemos. Jane, ¿por qué no nos ha contado que mantiene correspondencia con los criadores de ovejas Morgan y Holder?

Jane torció el gesto pero no contestó cuando Cat la interpeló con naturalidad.

—El señor Butler ya se temía que había algún tipo de rivalidad o una especie de competición, por decirlo de algún modo, entre nuestro esquileo y el suyo: gana el primero que llegue al mercado con la lana. Pero sería absurdo, por supuesto. Es mucho mejor unirse. El señor Morgan de Adelaida nos enviará complacido una cuadrilla de esquiladores y, si todos nos unimos, los profesionales podrían llegar a Port Cooper y empezar con los Redwood, luego ir a la granja de los Deans, después venir aquí y por último visitar al señor Butler. Lo mejor es que también organicemos juntos el transporte de los vellones. Es más barato, y los mayoristas no tendrán que visitar las granjas una a una. Les llevaremos todo el producto a Port Cooper. Jane, ¿escribirá usted a Australia para comunicarles que así procederemos?

Jane resopló.

—¿Es usted quien da las órdenes ahora, Cat? —preguntó con aspereza

La joven frunció el ceño, sorprendida y algo herida.

—Solo pensaba que...

—Escribiré yo —la interrumpió Chris. Si se trataba de defender a Cat, estaba dispuesto a llevarle la contraria a su mujer—. Es por todos conocido que mi esposa no es muy diplomática, Cat. Las actividades colectivas le causan en general recelo, ya podría ser que, en lugar de ella sola, alguien más sacara provecho.

Jane lo fulminó con la mirada.

—Podría asumir el principio de *primus inter pares* —replicó—, pero no encuentro a nadie que esté a mi altura.

—¿A su altura? —preguntó desconcertada Cat—. Dígalo en inglés, o no podré traducírselo a Te Haitara. Era él quien quería pedirle si podía usted escribir al señor Morgan. En nombre de los ngai tahu. Está dispuesto a firmar, y también acepta que invitemos a gente a sus tierras. A fin de cuentas él es el jefe.

Chris rio.

—Esto en cuanto al tema «primero entre iguales» —señaló—. A Te Haitara no le parecería nada divertido enterarse de que lo consideras intelectualmente inferior, Jane. —Se sorprendió de que su esposa se ruborizara. Y entonces ella empezó también a balbucear:

—Yo no lo considero un... bueno, Te Haitara, naturalmente, es algo diferente, es... —Pero se recobró enseguida—. Por supuesto que tendré el gusto de escribir la carta en su nombre.

Cat intercambió unas miradas de extrañeza con los hombres, también sorprendidos por la conducta de Jane.

—Qué bien que al menos el jefe tribal responda a las elevadas exigencias, por todos conocidas, de Jane... —criticó Chris—. Está bien, entonces hazlo tú. Pero ¿qué sucede con los Deans y los Redwood? ¿Se sabe ya si colaborarán?

Cat negó con la cabeza.

—Pensaba que uno de vosotros podría ir a verlos —respondió—. De todos modos, tenéis que volver a Port Cooper.

Contaba con que Ottfried se ofreciera, pero para su sorpresa se quedó callado. En lugar de él, se apuntó Chris.

—Yo me encargo —anunció—. Y seguro que no hay problema. Los Deans se quejan desde el año pasado de que el esquileo es una prueba de fuerza. Y los Redwood ya deben de haberse recuperado de la pérdida de sus ovejas. Aunque seguro que fue difícil. Fuera quien fuese el que se las robó, cogió lo mejor del rebaño.

Cat asintió.

—Los Redwood no se han olvidado de eso —dijo—. Acaban de preguntar a Butler si alguien le ha ofrecido ovejas o si le han llegado noticias al respecto. También se les llevaron unos perros.

Jane escribió la carta a Australia al día siguiente y tomó eso como pretexto para subir al poblado maorí y dársela a firmar a Te Haitara. Ella misma había enseñado al jefe a dibujar su nombre pulcramente en la parte inferior de contratos o cartas, algo que a él lo satisfacía mucho y cumplía con gran solemnidad. No obstante, Makutu insistía en que además se recitara o cantara la correspondiente *karakia* para incluir a los espíritus. Puesto que no había ninguno específico, recurría a las oraciones que se entonaban cuando se remontaban cometas para establecer contacto con los dioses.

—Es lo mismo —advirtió con gravedad—. Las *manu* llevan hojas de raupo para hablar y tú envías palabras sobre vuestro papel.

Jane hacía tiempo que había dejado de extrañarse o enfadarse por esas cosas. Al contrario, había aprendido *karakia* de memoria y las recitaba antes de enviar una carta. En algún momento se había percatado de que, desde que lo hacía, no se había extraviado ninguna misiva.

Pero ese cálido día de primavera no encontró al jefe. Solo los adultos más ancianos permanecían en el poblado. El resto trabajaba en los campos. Cat se sentó en el corro formado por unos veinte alumnos y escuchó paciente cómo una niña recitaba la tabla de multiplicar.

—Siete por uno es siete, siete por dos catorce, siete por tres veintidós, siete por cuatro...

—¡Veintiuno! —exclamó Jane. Seguía chapurreando el maorí, pero dominaba los números—. ¡Siete por tres veintiuno! ¿Está dormida, Cat? Ha estado a punto de dejar pasar un grave error.

Cat se encogió de hombros.

—No me he dado cuenta —admitió—. Ven, Kiri, vamos a sumar tres veces siete con las piedras y veremos quién tiene razón.

—¿Qué es eso de quién tiene razón? —se enfadó Jane—. ¡Estas son reglas aritméticas!

Cat alzó las manos disculpándose.

—Hacer operaciones no es lo mío, Jane, yo nunca fui a la escuela. Pero sé que los niños entienden las multiplicaciones más fácilmente si se ayudan con piedras. Si usted lo hace mejor, adelante; yo no es que me muera por dar clases. Me parecerá muy bien que se ocupe usted, al menos de la clase de aritmética.

Jane le lanzó una mirada furibunda. Lo último que le hubiese gustado ser era maestra; irónicamente, la única profesión que se le ofrecía como alternativa al matrimonio.

—Busco al *ariki* —anunció en lugar de responder, y estudió a Cat con la mirada. ¿Se traicionaría si mencionaba a Te Haitara? Decían que se notaba si una persona estaba enamorada. Y si tenían intención de casarse, ¿Cat no empezaría a jactarse pronto de ello? Jane se convencía a sí misma de que solo temía que eso ocurriera porque entonces perdería su influencia sobre el jefe y los negocios de la tribu. Pero los asuntos de negocios no solían acelerarle de ese modo el corazón.

Pero Cat ni siquiera levantó la vista del conjunto de piedras que su alumna distribuía en hileras en ese momento.

—El jefe ha ido al río —contestó despreocupada—. Habla con los espíritus. Tiene que reflexionar sobre un asunto. El establecimiento de Butler lo ha impresionado, pero creo que la idea de que nuestro pequeño negocio de cría de ovejas pudiera desarrollarse en esa dirección le da miedo.

—¿Miedo? —se extrañó Jane—. ¿Y por qué? Eso sería...

Pero Cat la hizo callar con un gesto.

—Creo que ya sabe usted dónde encontrarlo —zanjó la discusión—. En efecto, Kiri, veintiuno. ¡Quién lo hubiese dicho! Y, entonces, ¿cuánto es siete por cuatro?

Jane dejó la escuela y se dirigió directamente hacia el bosquecillo junto al río donde Te Haitara solía rezar. Pensaba en Cat y el jefe. A la joven parecía darle igual si en el futuro iba a estar al frente de una empresa floreciente o si se quedaba dando clases en el poblado. ¿O acaso lo único que quería era a Te Haitara? Pero entonces ¿por qué la enviaba a ella sola? ¿No debería sentirse celosa? Jane desearía conocer mejor los sentimientos humanos. Tal vez debería haber leído un par de esas ridículas novelas de amor con que sus hermanas pasaban el tiempo.

Te Haitara estaba acuclillado en el bosque de raupo como entonces, cuando Jane se topó con él por primera vez. Y de nuevo él se levantó cuando ella se aproximó.

—*Kia ora*, Jane. —Sonreía—. Justo ahora estaba pensando en ti y los dioses te envían a mí.

El jefe hablaba maorí despacio para que ella pudiese entenderlo. Cuando estaban solos, casi siempre lo hacía. Sabía que la enorgullecía tener una buena conversación en maorí, mientras que odiaba no entenderlo todo en las rápidas discusiones en el poblado y luego tener que preguntar.

—Enviarme a mí Cat —respondió Jane—. Yo a ti buscar en poblado.

—Los dioses eligen sus instrumentos —respondió Te Haitara y se dirigió a las piedras ante las cuales se había sentado en la hierba. Con un gesto indicó a Jane que se sentara ella la primera.

Jane no acababa de entender.

—Cat... ¿instrumento para ti? Yo pensaba... mujer.

Los tatuajes de Te Haitara se fruncieron cuando arrugó la frente.

—Claro que Poti es mujer —contestó—. ¿Qué va a ser si no? Me refería a que los dioses se han servido de ella para enviarte aquí. No es tan importante.

—¡Pero Cat muy importante para ti! —objetó Jane—. Ella a ti ayudar con *pakeha*.

Te Haitara asintió.

—Sí, ella habla con fluidez mi lengua. Y la de los *pakeha*. Eso es muy útil. —Su tono era relajado.

—También a ti ayudar con negocios —añadió Jane.

Te Haitara pareció inseguro.

—¡Pero si eres tú quien nos ayuda con los negocios! —corrigió—. ¿O es que ya no quieres hacerlo? Porque la tribu no quiere... —buscó la palabra que hasta entonces solo existía en inglés— invertir.

Jane sonrió.

—No; yo a vosotros con gusto ayudar. Solo pensar que tú preferir Cat. —Se interrumpió—. Cat... —musitó— mujer muy bonita.

Te Haitara se quedó mirándola como si Jane no estuviese en sus cabales.

—¿Poti? ¿Bonita? —pareció reflexionar—. Bueno, el cabello tiene un color bonito. Como monedas de oro. ¿Te gusta por eso? Yo sé que los *pakeha* aman el oro. A nosotros nos gusta más el jade.

Inexplicablemente, Jane se sintió mejor.

—A mí no gustar nada —reconoció—. A mí no tener que gustar. Y también mujer.

—Pero entonces ¿por qué preguntas? —inquirió Te Haitara—. ¿Te preocupas porque... le gusta a tu marido? —Su voz sonaba forzada.

Jane se echó a reír incrédula.

—¿A mi marido? —Cambió al inglés—. ¡Jefe, me da igual que le guste a mi marido!

—¿Tu marido te da igual?

Jane se encogió de hombros. Esperaba que Te Haitara no la despreciara por sus palabras. No tenía ni idea de lo que pensaban los maoríes del santo sacramento del matrimonio. Pero el jefe era... ¿su confidente? Otra vez volvió a sorprenderse de los sentimientos que bullían en ella. Frente a Te Haitara era incapaz de mentir.

—Jefe, a mi marido y a mí nos casaron —dijo en inglés—. Se trataba de un apellido y de tierras. No de amor. Él no me importa y yo no le importo. Es así.

—¡Pero tú eres una mujer con mucho *mana*! —se asombró el jefe.

Jane volvió a reír.

—Por eso —respondió—. Precisamente por eso yo no puedo hacer nada con Chris ni él conmigo. Es un buen hombre. Pero no tiene demasiado *mana*.

—¿Preferirías a un hombre con mucho *mana*? —quiso saber Te Haitara, y levantó como de paso las insignias de su rango. Llevaba la capa adornada de plumas para hablar con los dioses.

—Depende del hombre —respondió Jane, y sintió de repente una extraña expectación—. Tiene también que gustarme. Y yo a él.

Cada uno hablaba en ese momento su idioma y parecían entenderse mejor que nunca.

—¿A quién no ibas tú a gustarle? —repuso Te Haitara—. Tienes ojos de jade, tu cabello es tan castaño y suave como la flor del raupo... ¡Yo te llamaría Raupo! Un regalo de los dioses. Ya sabes lo que la planta significa para nosotros.

Los maoríes confeccionaban con las cañas esteras, las techumbres de sus casas y las velas de sus canoas. Comían las raíces y trabajaban las hojas secas para hacer vestidos de baile y las pelotitas llamadas *poi poi*. Y consideraban los eneales a la orilla del río y de los lagos como el hogar de las aves acuáticas.

—Eres una mujer bonita... para mí, la más bonita.

Jane se ruborizó.

—Y tú eres... —buscó las palabras en el idioma maorí— un hombre fuerte, un gran hombre...

—¿Yo te gusto? —preguntó Te Haitara.

Ella asintió. Se preguntó qué ocurriría ahora, los maoríes no se besaban. Pero sin sentir ningún temor observó que el jefe se ponía en pie pese a que ella seguía sentada, la ayudaba a levantarse y la estrechaba y ponía su rostro contra el de ella. Ya había intercambiado en una ocasión el *hongi* con él, pero entonces no había sido más que una fastidiosa obligación. Sin embargo, ahora sintió la piel cálida de Te Haitara, se envolvió en su olor y compartió su aliento.

—Los dioses me han concedido aquello que les he pedido —dijo, mientras levantaba a Jane y la depositaba sobre un lecho nupcial de cañas.

Jane no había rezado. Pero todo en ella cantaba y reía y bailaba cuando Te Haitara la poseyó. Era fuerte y rápido, no prudente y dulce como Chris. Un hombre con *mana*.

—¿Tenemos que cantar ahora *karakia*? —preguntó Jane cuando volvió a recuperar el aliento—. Me... me parecería oportuno.

Te Haitara sonrió y le apartó con una caricia el cabello del rostro. Ella estaba sobre él y los mechones castaños caían sobre sus cuerpos.

—Ahora no. Ahora no es tiempo de *karakia*. Pero me gustará cantarte *waiata aroha*. Escribiré uno para ti. Para la mujer hecha de raupo para mí. Cantaré cuando seas totalmente mía.

—Pero ya lo soy —dijo Jane—. Esto... esto no puede llegar a más. Estoy casada...

Te Haitara se encogió de hombros.

—Habrá que decir *karakia* —respondió lacónico.

9

Chris Fenroy estaba justamente esquilando una oveja cuando Te Haitara apareció por la granja. El maorí iba vestido a la manera tradicional. Llevaba las armas del guerrero y la capa de mandatario. A Chris le resultó lamentable acercarse a él sudado y con la ropa de trabajo sucia, pero Te Haitara tendría que haber avisado si había algún asunto serio que tratar formalmente. Chris solo esperaba que esa aparición inesperada no significara nada malo. Era posible que Ottfried hubiese hecho alguna de las suyas.

—¿Esquiláis vosotros mismos? —preguntó el jefe, siguiendo con la mirada la oveja que Chris soltó y se alejaba aliviada hacia el pasto—. Pensaba que la gente de Australia también venía aquí.

Chris asintió, tranquilizado al ver que el maorí empezaba la conversación con palabras corteses. Si hubiese estado enfadado se las habría ahorrado.

—Sí, también pasarán por aquí —respondió—. Pero no quiero presentarme ante ellos como si no tuviese idea. Karl me ha enseñado a esquilar y ahora estoy practicando un poco. Incluso aunque nunca llegue a hacerlo tan bien como los australianos.

Y guardó silencio para que Te Haitara explicara el motivo de su visita. No obstante, el jefe parecía vacilar. Chris se sorprendió: el jefe maorí no era nada tímido.

—¿En qué puedo servirte, *ariki*, amigo mío? —preguntó—. ¿Ha sucedido alguna cosa que requiera la indumentaria de gue-

rrero? No has venido a entonar una canción de guerra, ¿verdad?
—Miró nervioso las armas del jefe.

—No. Entre nosotros reina la paz, somos una tribu. Y mi deseo es que así permanezca. Por eso quiero hacerte una proposición.

Chris arqueó las cejas.

—No me imagino qué puede perturbar la paz entre nosotros —señaló—. Pero habla. Sea lo que sea, seguro que llegaremos a un acuerdo.

El jefe inspiró profundamente y a Chris se le apareció de repente como un joven inseguro que va a pedir la mano de su novia.

—Quiero proponerte un intercambio. En nombre de los ngai tahu te regalo las tierras donde está tu granja y donde pacen tus ovejas...

Chris se lo quedó mirando. No había esperado algo así...

—Y a cambio tú me das a tu esposa Jane Fenroy.

Chris tragó saliva.

—*Ariki*, eso es... no es posible.

—Sí. —El jefe recuperó su orgullo y dignidad en cuanto hubo formulado su deseo—. Me gusta tu esposa y quiero hacerla mía. Como compensación te doy las tierras.

Chris se frotó nervioso las sienes.

—*Ariki*, ¡no puedo creer que estemos hablando de esto! ¡No puedo vender o trocar a Jane! ¡No es una esclava!

—Claro que no —respondió ofendido el jefe—. Un *ariki* de los ngai tahu no suele elegir a su mujer entre los prisioneros. Una esclava no sería digna de mi rango. Quiero a una mujer bonita y con mucho *mana*. Quiero a Jane.

Chris meneó la cabeza.

—No es posible. Ni siquiera si yo estuviese de acuerdo con hacer este... intercambio. Tienes que entenderlo, Te Haitara: Jane me ha sido confiada ante Dios y los hombres. Esta es la *tikanga* de los *pakeha*. El matrimonio es indisoluble.

El maorí se encogió de hombros.

—Pero ella también quiere —añadió—. No es un rapto, ¿entiendes? No es una guerra.

Chris frunció el ceño.

—¿Ella también quiere? —preguntó perplejo—. ¿Lo has hablado con ella?

El jefe esbozó una leve sonrisa.

—Más que hablado —contestó, haciendo un significativo gesto con la mano—. Por supuesto, eso no estuvo bien. Sé que puedes pedir una compensación por ello. Pero Jane también me dijo que entre vosotros no hay amor. Hay solo... algo de *taumou*.

Por *taumou* se entendía un matrimonio de conveniencia. Los cónyuges, en general descendientes de dignatarios, se prometían siendo niños. Por supuesto, este no había sido el caso de Chris y Jane, pero él entendió a qué se refería Te Haitara.

—¿Hay entre vosotros... atracción? —quiso confirmar incrédulo—. ¿Entre tú y Jane?

Te Haitara asintió alegre.

—Para mí, ella es la luz y el día —contestó—. Ella disipa la oscuridad de mi alma. Y tampoco los ancianos tienen nada en contra. Los he consultado, también ellos te dan la tierra a cambio. Jane también es de alto rango. ¿Acaso no es su padre algo así como un *ariki* entre los blancos?

¿John Nicholas Beit, un jefe tribal? Chris se hubiera echado a reír. Se limitó a dejar la pregunta sin contestar, y el maorí prosiguió.

—Tampoco nos importaría cambiarla por Poti —amplió Te Haitara su oferta—. Si ella está de acuerdo. Cuando se estableció con nosotros dijo que no le parecía bien el modo en que la mirabas. Pero Makutu objetó que sus ojos hablaban de otro modo. A lo mejor si le envías un *miromiro*... —El jefe sonrió.

Miromiro, en la mitología maorí, es un pájaro que canta canciones de amor a una mujer cortejada. Chris sintió que el rubor cubría sus mejillas. No había pensado que Cat hubiese hablado con tanta sinceridad al mudarse al poblado maorí. Pero a lo mejor Makutu sabía leer los pensamientos, esa anciana era capaz de muchas cosas. Por unos segundos se ensimismó en la idea de unirse a Cat abiertamente, mientras Jane era feliz con el jefe maorí. Si él fuese un hombre libre, Cat accedería a sus deseos. Ella lo amaba, igual que él a ella. Pero eso era inconcebible...

—Te Haitara, no es posible —repitió abatido—. Los matrimonios *pakeha* duran hasta la muerte, no hay divorcio. Y tampoco sabría cómo conseguirlo.

El jefe levantó de nuevo las cejas, haciendo bailar sus tatuajes. Era un hombre inusualmente alto, muy fornido. Chris se preguntaba cómo no se había dado cuenta hasta ese día de lo bien que armonizaba físicamente con Jane.

—Yo puedo explicarte cómo conseguir el divorcio —dijo tranquilamente el jefe—. No es difícil. Solo tienes que pedirle a una *tohunga* que cante una *karakia toko*. Separa al hombre y la mujer, como se apartó a Papa de Rangi. Luego los dos pueden unirse de nuevo, cada uno por su lado.

Chris rio nervioso. Era demasiado tentador, un sueño hecho realidad. Librarse de Jane, no volver a escuchar sus críticas ni sus burlas. Y a cambio, Cat, con su suave voz, su risa... El cambio por fin haría su vida dichosa.

—No puedo consentirlo, pese a todo —insistió con el corazón encogido—. Se opone a las buenas costumbres. Se opone a la tradición, es como *tapu*. Tienes que entenderlo.

Te Haitara negó con la cabeza.

—Entre nosotros no es *tapu* —declaró—. Y para Jane tampoco. —Se enderezó y de ese modo pareció todavía más alto e imponente—. Eres tú el que tiene que entender —advirtió elevando la voz—. No estoy aquí para pedirte consentimiento. Quiero ofrecerte *utu* para que entre nosotros no haya sangre.

Chris sabía que *utu* se refería a una especie de compensación para enmendar una injusticia. El consejo de ancianos lo decretaba cuando alguien había herido o robado a otro. A veces designaba también una especie de rescate y podía evitar la guerra entre dos tribus.

—Pero en lo que se refiere al divorcio —siguió el jefe con toda tranquilidad—, ya es un asunto cerrado. Jane se lo ha pedido a la *tohunga*. Makutu se encargará. La ceremonia se celebrará al ponerse el sol, en el eneal junto al río. Junto a las rocas delante del bosque. Puedes venir o no, aceptar nuestras tierras o seguir pagando un arrendamiento. Una cosa no cambia: Jane hoy será libre.

Chris asistió estupefacto a la ceremonia de separación y Karl lo acompañó. También a Ida le habría gustado ir, estaba tan sorprendida como fascinada ante la oportunidad de poder poner punto final de modo tan sencillo a un matrimonio infeliz. Ya hacía tiempo que había dejado de interesarle si su forma de proceder o la de los demás era o no grata a Dios. Había llegado a la conclusión de que Dios, si no era totalmente indiferente o maligno con sus criaturas, bendeciría más su unión con Karl que con Ottfried. Precisamente Ottfried la acaparó esa noche. Algunas ovejas estaban a punto de parir y él exigía la presencia de Ida por si surgía algún problema. No admitió el argumento de que ella estaría junto al río y que tardaría poco más de media hora. Además, con su voz de predicador de Raben Steinfeld clamó contra esa ceremonia profana en la que Ida, de ninguna manera, podía participar.

—Esta noche me requiere —confió Ida a Karl bajando la vista, antes de que él se marchara.

El joven experimentaba un dolor casi físico al tener que verla sufrir. Ya no sentía celos, pues sabía que Ottfried solo podía poseer el cuerpo de Ida, mientras que hacía mucho tiempo que su alma le pertenecía a él. Pero lo enfermaba la idea del dolor y las continuas humillaciones que ella toleraba. Pasaba casi cada noche patrullando entre los establos y la casa de Ida.

Sin embargo, la ceremonia del divorcio lo arrancó de sus reflexiones. Toda la tribu ngai tahu se había reunido ya cuando Chris y Karl llegaron a la orilla del río. La *tohunga* Makutu estaba de pie entre las rocas antes del cúmulo de enea y junto a ella se encontraban Jane y Te Haitara. El *ariki* volvía a llevar el traje de gala de guerrero y las insignias de su rango de jefe tribal. Chris había creído que también Jane vestiría el atuendo tradicional, pero esa noche hacía frío y la joven regordeta había optado por ropa de abrigo *pakeha*, un vestido de tarde amplio y verde oscuro que le sentaba bien. El jefe le había colocado sobre los hombros la capa de plumas, lo que le daba un aire solemne. Pero era sobre todo su expresión lo que casi confería belleza a Jane Beit ese día. Sus ojos verdes irradiaban felicidad. Levantaba la vista casi con veneración hacia Te Haitara y la bajaba llena de respeto y fe hacia la menuda sanadora que cantaba con voz vigorosa e invocaba a diversos dioses y espíritus como testigos de la ceremonia.

—¿Estás lista? —preguntó a Jane—. Si realmente es lo que quieres, recitaré ahora la *karakia toko*.

Jane levantó la vista buscando el apoyo de Te Haitara y luego distinguió a Chris entre el público. Pareció dudar entre bajar la vista avergonzada o responder con firmeza a su mirada incrédula. Jane se decidió por esto último, mientras que Chris se esforzaba por ponérselo a ella algo más fácil. Levantó la mano y le hizo un gesto para animarla. Te Haitara se percató de ello y dirigió un gesto de asentimiento a Chris y luego alentador a Jane.

La joven se enderezó.

—Sí quiero —dijo en voz alta.

La *tohunga* alzó los brazos y permaneció así unos segundos para unir su espíritu con el cielo y las estrellas que acababan de aparecer. Luego entonó la *karakia*, tan deprisa que Chris apenas logró seguirla. Las oraciones más importantes de los maoríes solían componerse de un recitado que se cantaba con rapidez. En este caso era, además, uno sumamente breve.

—*Ka tokona atu nei korua. Tu ke Rangi, tau ke Papa.*

—Ambos seréis ahora separados a la fuerza como si fueseis Rangi y Papa —tradujo Chris para Karl—. Conoces la historia. Tane, el dios del bosque, y los demás hijos de la Tierra y el Cielo separaron a la pareja para dar a la creación luz y aire. El primer divorcio, por decirlo de algún modo...

—Pero no en interés del matrimonio —objetó Karl.

Chris se encogió de hombros.

—Pero por el bien del mundo. Bueno, por la cara de Jane, en este caso, sin duda en interés de la novia.

—Y también en el tuyo. —Karl sonrió y saludó con un gesto a Cat, que estaba entre las mujeres—. ¿Ya has hablado con ella? ¿Qué opina de esta ceremonia?

—¿Cuándo debería haber hablado con ella? —replicó Chris—. ¿Entre este mediodía y esta noche? Ni yo mismo sé lo que me ocurre.

Cat sonrió a los jóvenes y luego formó un corro con las otras mujeres en torno a Jane, a quien volvieron a incluir en el grupo de las solteras. Makutu entonó unas *karakia* más, luego cantaron todas. Y al final el jefe anunció que había comida y whisky para todos en el poblado y los presentes se dispersaron rápidamente.

—Qué rápido ha ido —se asombró Karl.

Chris hizo un gesto de resignación.

—También el casamiento se celebra con rapidez —observó—. Tres palabras y ya estás casado. Solo que una boda es reconocida por todos, mientras que esto no vale nada a los ojos del resto del mundo.

—En el mundo de los *pakeha* no vale nada —confirmó Karl—. Pero para las tribus maoríes es ley. Según sus reglas, Jane se casará con el jefe y tú te quedas con Cat. —Sonrió a Jane, que estaba radiante junto a Te Haitara y recibía las felicitaciones del resto de la tribu. Parecía más relajada y contenta que nunca antes—. Cielos, Chris, en Auckland a nadie le importará. Quien calla, otorga. Y ¿quién va a escandalizarse por esto? Los Beit están en Australia y ella misma sabrá qué contarles. A fin de cuentas, ella quería separarse, no tú. Los maoríes, nuestros vecinos directos, reconocen la ceremonia a todos los efectos. Y los pocos *pakeha* que conocemos, los Redwood y los Deans y los otros criadores de ovejas, no son unos mojigatos. Más bien se alegrarán de que seas feliz con Cat y de que Jane lo sea con su Te Haitara. Así que asúmelo y considéralo un designio de la Providencia.

Chris se mordió el labio. Quizá Karl estaba en lo cierto. En este nuevo país regían otras reglas, aunque al final todo dependería de cómo lo viera Cat.

RATA STATION

Llanuras de Canterbury

1846

1

En las semanas siguientes, Chris no tuvo tiempo de hablar con Cat, sobre todo para cortejarla de manera formal. Las ovejas parían una tras otra, y Cat e Ida, Chris, Karl y en la mayoría de las ocasiones también Ottfried, estaban las veinticuatro horas del día ocupados atendiendo a las ovejas madre y el cordero o los dos corderos, torpes y que no paraban de balar, que parían. Siempre había algún huérfano o corderos rechazados por sus madres. Ida los reunía en un aparte en la cocina, mientas Cat y las mujeres maoríes los llevaban consigo de un lado a otro como si fuesen sus propios hijos, dándoles calor bajo sus chaquetas y abrigos. En medio de todo ese trajín, Carol y Linda se deshabituaron rápidamente de los biberones que habían tomado hasta entonces antes de dormir, y las dos se reían cuando Ida los llenaba para los corderos. Linda, con ayuda de Ida o Cat, les daba el biberón a las crías. Era cuidadosa y paciente, mientras que Carol se interesaba más por los cachorros de perro: una de las perras collie de Ottfried había parido.

—¡Todos míos! —anunciaba decidida, al tiempo que golpeaba la cesta de la camada—. ¡Todos a cuidar ovejas!

Antes de lo previsto, también apareció la cuadrilla de esquiladores de Australia. Los cinco hombres debían de haber tomado el primer barco en cuanto la carta de Jane hubo llegado al criador de ovejas con el que estaban trabajando. Tal como se había planeado, empezaron a esquilar las ovejas de la Isla Sur en la península de Banks y necesitaron solo diez días, algo impensable, para esquilar todos los animales de los Redwood y los Deans. Poco tiempo después esos hombres de aspecto resuelto irrumpieron en Fenroy Station y llenaron la granja con sus risas, sus burdas bromas y el olor a lanolina de los cobertizos de esquileo. Acompañados del repiqueteo de sus tijeras, liberaron a las ovejas de sus vellones más deprisa de lo que Chris, Karl y los ayudantes maoríes eran capaces de seguir sus movimientos. Al final se solicitó a los trabajadores que por la noche dieran un par de clases de esquileo a Chris, Karl y los hombres de Te Haitara.

—Claro, no podemos venir cada año desde Down Under —coincidió el capataz Nils, un sueco bonachón ya entrado en años—. Aunque... pensando en el arte culinario de la señora Brandmann, quién sabe. Si me ofrece usted un empleo fijo...

Era una broma, por supuesto. Ningún salario de un pastor empleado se acercaba al de un miembro especializado de las cuadrillas de esquiladores, quienes, además, se consideraban aventureros y espíritus libres y nunca se habrían sometido al dictado de un criador de ovejas. La cocina de Ida, sin embargo, se había ganado desde el primer día su reconocimiento incondicional, y lo mismo había ocurrido con el arte de la joven para elaborar cerveza. Los esquiladores consumían cantidades ingentes de cerveza y whisky. En un abrir y cerrar de ojos agotaron todas las provisiones de Chris y Karl, así como las reservas de los maoríes que aportó diligentemente Te Haitara.

A la llamada de socorro de Chris, el jefe tribal no acudió solo con sus guerreros y montones de botellas y barriles para la fiesta de despedida que se celebraba en Fenroy Station. También traía un documento correctamente redactado con la pulcra caligrafía de Jane y firmado por él y dos de los ancianos del poblado.

—¡Aquí tienes! —anunció con solemnidad al tiempo que le tendía los papeles—. Ya ves que mantengo mis promesas. Y Jane te da gracias por tu comprensión. Debo comunicarte de su parte que es muy feliz.

Chris cogió el certificado de propiedad y casi se sintió conmovido. Luego sonrió.

—Al final todo se perfila como cabe esperar de una buena boda —susurró a Karl tras haber brindado con el jefe por el éxito de la negociación—. ¡He conservado mi granja y a cambio he hecho feliz a Jane!

—Pero no a Ottfried —observó Karl, mirando con el rabillo del ojo al marido de Ida, quien, como cada noche, empinaba el codo con los esquiladores. Sin duda no le había pasado desapercibida la entrega del título de propiedad de Te Haitara. Su expresión adusta lo decía todo—. Tendríais que haber gestionado lo de las tierras más discretamente —prosiguió Karl—. Ahora sabe que le has tomado el pelo con el reparto de la granja...

Chris iba a contestar, pero un guerrero maorí acaparó su atención y luego ya no volvió a salir el tema de que Ottfried reclamara sus tierras. Chris y el jefe estaban con ánimo festivo, al igual que los esquiladores, y Karl siguió su ejemplo.

Cuando oscureció fueron apareciendo las mujeres maoríes en la granja. Se encendieron hogueras en torno a las cuales se cocinó y bebió, y la fiesta concluyó con una tranquila comilona. Solo Ida se mantuvo apartada. Se contentó con beber en casa un poco de whisky con Cat. No tenía la menor intención de participar en la fiesta.

—Si salgo, Ottfried me acusará de tener un lío con algún esquilador —explicó preocupada—. Ahora ha tomado esta actitud. Anda maquinando algo, lleva toda la noche con un aire muy raro... Espero que no me haga nada. Hoy no puedo contar con que Karl y Chris me ayuden. Los dos ya están bastante bebidos.

—Ambos tienen algo que celebrar, al menos Chris —respondió Cat, comprensiva—. Por fin tiene su granja.

—¿Y tú? ¿Te casarás con él ahora que es un hombre libre?

Cat se encogió de hombros.

—Primero me lo tendrá que pedir. Y solo sería válido según el rito maorí, a ojos de los *pakeha* nuestros hijos siempre serían bastardos. Además, quedaría pendiente la cuestión de la cría de ovejas. La tribu ya se ha familiarizado con la tarea y los ngai tahu son maravillosos con los animales. ¿Debería ahora quitarles de nuevo el rebaño y, por decirlo de algún modo, «aportarlo al matrimonio»? No, desde luego no voy a tomar decisiones precipitadas. Pero... —sonrió— dicho con diplomacia, la situación ha mejorado. Tampoco tenemos que casarnos mañana.

—¿Y qué opina usted de nuestras ovejas? —preguntó Chris el día después de la fiesta al capataz de la cuadrilla de esquiladores.

Los hombres ya habían concluido en Fenroy Station, solo les quedaba ocuparse del rebaño de los maoríes y luego seguir viaje hacia la granja de Butler. En ese momento bebían un último whisky con Chris y Karl. También Ottfried estaba presente, no solo porque siempre acudía cuando se servía alcohol, sino para controlar lo que se pagaba a los trabajadores. Desde lo ocurrido con el documento, hacía notar claramente a Chris que no confiaba en él. Se notaba que estaba disgustado, pero hasta el momento no había encontrado la oportunidad para hablar de las tierras. Karl daba gracias al cielo por ello. Sabía exactamente que Chris no volvería a pactar. Por mucha comprensión que sintiera hacia Ida y él, trabajar con Ottfried resultaba imposible.

—Si quiere irse, Ida tendrá que decidirse —había respondido categóricamente cuando Karl había vuelto a preguntarle al respecto—. A la larga esto será lo que tenga que ocurrir. ¿O es que pretendéis pasaros toda la vida encontrándoos a escondidas en el establo y yendo al bosque para besaros?

—Tiene miedo de fugarse conmigo, y más ahora que está embarazada —explicó Karl—. Tendríamos que llevarnos también a las niñas. Y yo, en el fondo, no quiero marcharme. Nosotros...

Chris hizo un gesto de impotencia y sonrió.

—Tú mismo has pronunciado recientemente la respuesta: se llama *karakia toko*. Makutu estaría dispuesta a deshacer el matrimonio de Ida, solo tiene que pedírselo. Después enviamos a Ottfried a las montañas y vivimos todos en pecado. Es posible que en algún momento volvamos a encontrarnos en el infierno con el bueno de Otie. Pero hasta entonces estaremos tranquilos. Con mi tierra, sea como sea, no se queda. ¡Y ni si te ocurra darle la tuya!

La participación de Karl en la granja se había fijado por escrito. Podría haber insistido en que Chris le transfiriera la mitad de sus tierras, pero no era su intención, estaba satisfecho con el arreglo existente.

Ahora escuchaba con interés la opinión del experimentado trasquilador sobre la calidad de los animales de cría de Fenroy Station.

—¿Es suficiente la calidad de nuestra lana para permanecer en el negocio a largo plazo? —preguntó.

El capataz reflexionó unos instantes y asintió.

—Sin duda. Tiene animales muy bonitos. El éxito dependerá del modo en que combine las dos o tres razas que hay en sus animales de cría. Las ovejas que usted tiene de Australia, Karl, son cruces de merino. Francis Holder está experimentando con ellas en Adelaida. Es él quien se las vendió, ¿no es así?

Karl asintió, fascinado por los conocimientos específicos del esquilador. En efecto, Holder era el criador de las ovejas que había adquirido en Wellington.

—La lana es muy bonita, pero los animales bastante sensibles. Tiene que ver con cómo se comportan en verano en los pastos de montaña. Y luego sus romney, Otie. También muy buenas, me recuerdan mucho a las de los Redwood. ¿Dónde las adquirió? —Miró a Ottfried inquisitivo.

—¿Qué querer decir usted con esto a mí?

El capataz alzó la mano para tranquilizarlo.

—Nada, nada en absoluto. Solo me ha llamado la atención el parecido. Y además está la historia de los animales que robaron. ¿Podría ser que se las hubiese vendido un encubridor de esos cuatreros?

—¡Qué insolencia! —El ancho rostro de Ottfried enrojeció—. Usted a mí acusar en falso...

Karl meneó la cabeza.

—Cierra la boca, Ottfried, nadie te está acusando de nada. Compró los animales en el mercado de ganado de Nelson —informó al capataz—. Por lo que sé, los compró antes de que sustrajeran las ovejas a los Redwood, y desde luego antes de que pudieran llegar al mercado. El ladrón no debe de haberlas vendido directamente, ¡nadie puede ser tan caradura! De todos modos, no queremos que surjan dudas. La próxima vez que vea a James, Joseph o Edward los invitaré para que echen un vistazo a nuestros animales.

—¿Y cómo ellos reconocerlos? —se burló Ottfried—. ¿Vienen cuando llamarlos por el nombre, como los de Cat?

—Claro que no —lo interrumpió Karl, molesto—. Ya has oído que Nils ha reconocido quién es el criador de mis ovejas. Y los Redwood...

—Era cría propia, y Joseph Redwood dice que reconoce a sus animales —explicó el capataz—. Exactamente cómo, no me lo ha explicado, en general se trata de marcas en las orejas. La mayoría de las de Fenroy Station tiene alguna, por eso también he reconocido a la cría de Holder. Tienen que idear alguna para sus propios corderos.

Chris asintió y llenó otra vez los vasos.

—Lo haremos, gracias por el consejo —dijo—. Y en cuanto a los Redwood, en cualquier momento serán bien recibidos. No tenemos aquí nada en absoluto que esconder.

Karl bebió un sorbo de whisky y contempló disgustado cómo Ottfried vaciaba su vaso de un trago. El rubor había desaparecido de sus mejillas. Karl lo estudió con la mirada.

—No tenemos nada que esconder, por supuesto. ¿No es así, Ottfried?

—¡Yo sé lo que me hago!

Ottfried tenía un tono triunfal cuando habló con Ida en casa. Por primera vez desde que Te Haitara había transferido la tierra a Chris, no se lo veía ceñudo y reconcomido por la rabia, sino de buen humor.

—Tendremos tierras, Ida. Tierras que nos pertenezcan a nosotros con todas las de la ley. ¡Y no me dejaré engañar como pasó con Wakefield y luego con los salvajes y ahora con este lechuguino inglés! Esta vez firmará personalmente el jefe de la tribu y su puta Jane redactará el título. Como con Fenroy. Y luego que lo certifique el gobernador. Esta vez...

—Un momento... —le interrumpió desconcertada Ida—. ¿De qué tierras estás hablando? ¿Y cómo vas a pagarlas? Te Haitara no te las dará por unas mantas y unas ollas como la tribu del Oeste. Jane estará alerta.

—Hablo de las tierras que hemos arrendado a esos tipejos.

Una vez que hubieron llegado sus ovejas, Chris había vuelto a negociar con el jefe para obtener más pastizales. También Ottfried había tenido que dar cada año una oveja madre preñada a cambio de la explotación de unas hectáreas de prado. A diferencia de Karl y Chris, había insistido en que los límites estuviesen bien definidos, y Karl le había hecho el favor de medir las tierras que le cedían. Era una bonita parcela al norte de Fenroy Station cubierta en parte por bosques.

—La compraré.

—Si te la da la tribu —objetó Ida—. Y si puedes pagarla.

—Querrás decir si «podemos» pagarla —replicó Ottfried con tono amenazante—. ¡Tú y yo! —Odiaba que su mujer se refiriese en plural a Chris, Karl, Cat y a sí misma, y lo excluyera a él.

Ella se encogió.

—Tú y yo —cedió—. ¡Pero nosotros no tenemos dinero! Claro, ahora un poco más después del esquileo, Chris y Karl están muy contentos de que al fin la granja arroje beneficios. Karl opina que deberíamos invertir ese dinero durante un tiempo antes de concedernos ningún lujo. Comprar más ovejas...

—¡Karl, siempre Karl! —Ottfried se puso en pie y empezó a pasearse inquieto—. ¡No soporto volver a oír ese nombre! ¿Quién es ese Karl? Un jornalero, un muerto de hambre, ¡nada más! Nunca ha tenido nada y nunca tendrá nada, y además le da igual. ¡Pero yo vine a Nueva Zelanda para tener tierras! ¡Tierras en propiedad! ¡No para pagar tributo a unos salvajes! Maldita sea, Ida, ¡esto es como en Mecklemburgo con el maldito Junker! —Golpeó la pared con el puño.

Ida se estremeció. ¿A qué venía todo eso? Te Haitara no podía compararse con los Junkers de Mecklemburgo.

—Pero esto no cambia la situación, si no tenemos dinero —respondió, arriesgándose de nuevo—. Y tampoco sabemos si Te Haitara quiere vender. Ahora que los propios maoríes están criando ovejas...

Ottfried sonrió.

—Precisamente. ¡Y precisamente eso les ofreceré!

—¿Qué es lo que quiere? —Karl se frotó la frente cuando escuchó lo que Ottfried proyectaba. Se había encontrado con Ida en el bosquecillo, en el rincón escondido en que Jane solía tomar un baño; pero la joven, en lugar de lanzarse a sus brazos como solía, contenta y despreocupada, le contó abatida los planes de su marido—. ¿Vender vuestras ovejas?

—No todas —precisó ella, y se sentó sobre el tronco de un árbol caído. En el lugar de la haya del sur, un rata se elevaba ahora hacia el cielo, la planta de flores rojas había vencido a su anterior anfitrión—. Solo las primeras cincuenta. Dice que vosotros os podríais oponer a que vendiera las crías.

—¡Y lo haríamos! —exclamó Karl, y se paseó por la orilla del río tan indignado como Ottfried el día antes en la cocina—. Dios mío, Ida, hasta mi paciencia está llegando a su límite. Lo hago todo por ti, pero Ottfried... ¿Cómo puede ser tan desagradecido? Lo acogimos cuando estaba con el agua al cuello. ¡Y ahora no nos dice que tiene intenciones de vender!

—Asegura que Chris tampoco se lo contó todo. Sobre la tierra. Bueno, y es verdad que le ha... timado un poco cuando le cedió un tercio de la granja, pese a que no le pertenecía. —Ida no se sentía bien defendiendo a Ottfried, pero a lo mejor era cierto que Chris había ido demasiado lejos.

—A pesar de todo —insistió—, no las tengo todas conmigo.

Y menos aún por cuanto se trata de las ovejas que se supone que compró en el mercado. Cuando al mismo tiempo robaron unos animales muy similares a los de los Redwood. Tiene pinta de que quiere librarse de ellas.

Se sentó y pasó el brazo por los hombros de Ida.

—Ida, esto no me gusta nada. Si Ottfried quiere marcharse ahora, no puedes acompañarlo. Tienes que decidirte. ¡Por mí!

Ida sacudió la cabeza.

—No, no, Karl, ¡así no se hacen las cosas! A ver, Ottfried no es una... una buena persona, ¡pero tampoco un ladrón! No quiere vender las ovejas en un lugar cualquiera. Se quedarán aquí, solo que no con nosotros. Quiere ofrecérselas a Te Haitara a cambio de la tierra arrendada.

Karl volvió a ponerse en pie. Las consecuencias de esa negociación le preocupaban y pensaba mejor si se movía.

—Así que entonces quiere quedarse aquí... —reflexionó.

Ida asintió.

—Eso está bien, ¿no? —preguntó a media voz—. Así no tendré...

Karl suspiró.

—Bien y mal —murmuró—. Claro que me alegro de que no tenga intención de raptarte y llevarte a Australia. Pero al final esto solo posterga tomar la decisión, y será más difícil separarse si Ottfried tiene aquí tierras de propiedad. No podemos pasar toda la vida engañándole, Ida... ni vivir con él de vecino. No es como Chris y Jane. Ottfried querrá conservarte a su lado. No reconocerá un divorcio a la manera maorí.

—Él no reconocería ningún tipo de divorcio —susurró Ida—. Ante Dios, no puedo llegar a ser libre.

Karl no comentó el papel de Dios en la cuestión del divorcio.

—Podrías quedarte aquí si Ottfried se marchase, u Ottfried podría quedarse y tú irte conmigo —señaló—. ¡Pero qué digo, ya te lo he pedido suficientes veces! —La voz de Karl tenía un deje colérico—. Lo que pasa es que no tienes valor. Y en algún momento esto puede acabar con sangre, ¡bien que lo sabes!

Ida se mordió el labio. La noche después de la alegre fiesta con los esquiladores, Ottfried había vuelto a pegarle. Delante de Karl y Chris había contado que el morado de la mejilla se debía a que una de las ovejas le había dado una coz mientras la ordeñaba. Pero al menos Karl sospechaba la verdad.

—No te enfades conmigo —dijo en voz baja—. Mejor, ámame. Hace un día tan bonito... hace calor y este sitio... podríamos imaginar que es una playa.

De hecho, la orilla del río en ese lugar era de arena y bajo las palmas de nikau era fácil soñar que uno estaba en el Caribe.

Karl hizo un esfuerzo por tranquilizarse y cogió a Ida entre sus brazos.

—No quiero enfadarme —susurró—, pero tienes que salir de una vez de Bahía. ¡Antes de que Ottfried te catapulte a Raben Steinfeld!

Chris escuchó con sentimientos encontrados los planes de venta de Ottfried. Había hablado el día anterior con Cat... ¡y no solo hablado! Ahora que se había aclarado la cuestión entre Jane y él, había vuelto a ofrecerle con toda naturalidad sus labios mientras los esquiladores hacían su trabajo en el poblado maorí. Lo había acompañado camino de Fenroy Station y habían conversado, y al final se habían amado entre los matorrales de rata, en un lecho de flores y hierba. Ambos estaban envueltos en perfume y calidez y se alegraban de ver sus cuerpos a la luz del sol. Ninguno de ellos volvería a negar que estaban hechos el uno para el otro, pero Cat rechazó la posibilidad de hacer pública la relación. No quería casarse, ni siquiera según el rito de los indígenas, y tampoco quería ninguna participación en la granja de Chris. Para ello habría tenido que dejar a los maoríes sin sus ovejas, y eso le parecía ingrato.

Si Te Haitara aceptaba las ovejas de Ottfried, Cat no tendría que preocuparse más. Los maoríes tendrían su propia cría y Te Haitara sabía que Chris amaba a Cat. Seguro que no insistiría en que ella se quedara en el poblado con su rebaño. Cat, por su parte, estaría más decidida a trasladarse a la granja de Chris si dejaba de tropezar cada día con Ottfried.

—Tener a Ottfried de vecino tampoco es algo que me guste, pero no puedo hacer nada por remediarlo —se sinceró Chris con Karl—. Si te soy franco, estoy contento de no tenerlo al menos en nuestra granja. Que haga lo que quiera con la cría de sus ovejas, por estúpido que sea. Son muy muy pocas ovejas para explotarlas como cría propia, y además están todas emparentadas. Pero él mismo debería saberlo. Saldremos adelante sin él, con las ganancias del esquileo compraremos nuevas ovejas. Si Cat se instalara conmigo y trajera sus animales, hasta me las arreglaría por mí mismo. Podría pagarte con lo que haya ganado del esquileo si quisieras marcharte con Ida.

Karl se encogió de hombros.

—Gracias, pero Ida todavía no está preparada. —Se frotó la frente y luchó contra un incesante dolor de cabeza—. Y es posible que nunca lo esté. Si no tienes inconveniente, preferiría quedarme aquí. Sé que estoy loco. Debería renunciar a ella y buscarme otra mujer, intentar ser feliz en otro lugar. Cat actuó correctamente al abandonarte porque estabas unido a Jane. Pero... yo no soy tan fuerte como Cat. E Ida no es tan fuerte como tú. Los dos nos haríamos daño.

2

Te Haitara estuvo de acuerdo con el intercambio que Ottfried le ofrecía. Jane redactó otro documento de cesión, que el jefe firmó con esmero y luego envió a un par de hombres con cuya ayuda Ottfried separó del rebaño las cincuenta ovejas iniciales. No fue del todo sencillo, pero ahora que los hombres prestaban atención, reconocieron que, en efecto, los animales que no habían nacido en Fenroy Station llevaban una marca en las orejas. Ahí solía ser donde los criadores señalaban a los corderos de su propiedad con cortes en distintos puntos para distinguirlos. Chris y Karl, que no ayudaban directamente en la tarea pero sí vigilaban que Ottfried y los maoríes no se equivocaran en la selección de los animales, tomaron nota de que las ovejas de Ottfried llevaban todas la misma marca.

—Lo único que esto confirma es que proceden todas del mismo criador —señaló Chris para tranquilizarse a sí mismo y a su amigo—. A diferencia de las ovejas de Cat, por ejemplo, que vienen de distintos criadores franceses. No puede ser que esos animales sean de los Redwood.

Karl hizo un gesto de impotencia.

—Ojalá. En caso contrario tendremos problemas. Se podría forzar a Ottfried a devolver los animales, las leyes son muy claras respecto a mercancías robadas. Pero los maoríes los han adquirido de buena fe. No creo que Te Haitara los devuelva, digan lo que digan las leyes *pakeha*. ¡Si pudiera recordar con exactitud si Ottfried compró el rebaño antes o después de que robaran a los Redwood! Fue en esa época cuando viajó a Nelson, de eso estoy seguro. Además, es imposible que los ladrones ya hubiesen llevado las ovejas al mercado. Conducirlos hasta allí requiere su tiempo...

Chris se mordió el labio. Desearía tanto como su amigo partir del supuesto de que Ottfried era inocente. No obstante, Cat había expresado el día anterior una sospecha mucho más fea. Ottfried había declarado que tenía unos supuestos ahorros, pero no debería haber tenido ni un penique. ¿Qué pasaría si no hubiese comprado las ovejas en el mercado de Nelson? ¿Acaso no podía haberlas robado él mismo en los pastizales de los Redwood?

Un par de días después de que las ovejas de Ottfried hubiesen sido conducidas a los maoríes, volvieron a pasar los esquiladores por Fenroy Station. Habían concluido sus tareas en la granja de Butler y regresaban a Port Cooper.

—Os tenemos que decir algo de parte del capitán Butler —indicó Nils, el capataz—. Le hemos contado que queríais comprar más ovejas y nos ha dicho que tiene unas tres docenas de corderos que estaría dispuesto a vender. De espléndida calidad, los he estado viendo. Encajarían muy bien con vuestros animales. Así que, si os interesa, deberías pasaros por ahí. Además, ya es hora de que os conozcáis personalmente... ¡Sois prácticamente vecinos!

—¿Deberíamos ir a visitar a Butler? —preguntó Christopher a Karl cuando los esquiladores se hubieron marchado definitivamente—. Lo de los animales que tiene en venta pintaba muy bien.

—¡Se diría que es un golpe de suerte! —convino Karl—. ¡No deberíamos perder esta oportunidad ni contarles nada a Jane y el *ariki*! O se nos adelantarán; al parecer le han encontrado el gusto a la cría de ovejas. Y eso que yo nunca hubiese pensado que a Jane le entusiasmara algo así.

Unos días antes, Jane había pasado por allí y había discutido con Chris, Karl y Cat sobre el programa común de crianza. Al hacerlo se había mostrado sorprendentemente informada respecto a las calidades de la lana y criterios de crianza. Parecía haber leído libros sobre el particular.

—Jane se entusiasma por cualquier cosa con la que se puede hacer negocios —comentó Chris—. Y se aguanta si esa cosa bala y deja excrementos a su paso. Pero los maoríes colaboran mejor en la cría de ovejas que en la producción de remedios naturales. En eso, al final, las *tohunga* estaban a punto de rebelarse. Veían muy limitada la faceta espiritual de su disciplina y el trabajo era excesivo. Pero no hay ningún *tapu* que impida la crianza de ovejas, exceptuando que estas vayan a pacer a ciertos lugares, y expansión no significa necesariamente más trabajo, al menos no todo el año. De ahí que todos pongan más ahínco. A Jane lo que no le gusta es que todavía tenga que depender de nosotros. Preferiría ir a la suya, como Ottfried. Pero es más inteligente, sabe que sola, con cincuenta animales, no llegará lejos, y si se entera de que puede comprar más, lo hará. Así que tendríamos que ir a ver a Butler cuanto antes y asegurarnos de que las ovejas van a ser nuestras.

Karl asintió.

—Lo que no me gusta es dejar a Ottfried aquí solo —objetó—. Con Ida y Cat.

Chris jugueteó con una caña. Ambos habían acompañado a los esquiladores un trecho y en ese momento descansaban en el lugar favorito de Te Haitara, a orillas del río.

—Cat sabe defenderse sola —dijo—. Mi casa se cierra con llave y ella ya le ha parado los pies en más de una ocasión. Si es que realmente se atreve a molestarla. Solo es peligroso cuando ha bebido. Y los esquiladores tampoco han dejado tanto whisky sobrante. En lo que respecta a Ida, de todos modos no podemos hacer nada. Tú siempre crees que tu presencia lo contiene, pero si observas con atención... Ida siempre lleva morados o los labios partidos. ¡Y no me creo los pretextos que da! Así que no me preocuparía más de lo habitual por las mujeres. Más bien por las ovejas. También aquí podrían desaparecer algunas.

Karl se mordió el labio.

—No estarás pensando en Jane y Te Haitara, ¿verdad? —preguntó en voz baja.

Chris movió negativamente la cabeza.

—Pienso en Ottfried —declaró con dureza—. ¡No me fío de él!

—¡Yo tampoco me fío de él! —espetó Cat cuando más tarde los hombres le contaron que pensaban ir a hablar a Butler—. ¡Pero aquí seguro que no roba ninguna oveja! Nos daríamos cuenta. ¿Y adónde iría con ellas? En Port Cooper es posible que se tropezara con los esquiladores, o con los Deans o los Redwood. Debería marcharse a Nelson y tardaría días en llegar. Ida le plantearía preguntas. Y tendría que dejar solas a sus propias ovejas, a las que guarda como si fueran un tesoro de oro.

Era cierto que a Ottfried no le gustaba perder de vista a sus animales. Recelaba de la tendencia, habitual en Inglaterra e Irlanda, de criarlas asilvestradas, estaba decidido a tratar sus ovejas como antaño lo hacía el Junker en Mecklemburgo, cuyos animales estaban en establos o en dehesas cercadas o bien se confiaban a un pastor, bajo cuya vigilancia se llevaban a pacer.

—Pese a todo, bastaría con que uno de nosotros dos fuera a ver a Butler —sugirió Karl, aunque no del todo convencido—. Yo puedo quedarme aquí, Chris, y tú vas con Cat.

Pero la joven negó con la cabeza.

—Todavía tienen que parir algunas de nuestras ovejas. Y otro tanto las de los maoríes. He prometido que les ayudaría. —Rio—. ¿O es que os imagináis a Jane en el establo? No se le puede reprochar que no trabaje. Tiene unos libros fantásticos sobre cómo asistir a las ovejas durante el parto. En cuanto aparezco en el poblado tengo que traducírselos a las mujeres. Ellas me miran entonces sin entender y me preguntan si son *karakia* o si tienen que aprenderse todo el texto en inglés de memoria. Simplemente no comprenden las teorías que hay detrás de la asistencia al parto. Pero ¿la misma Jane con la mano metida en el trasero de una oveja?

¡Impensable! No puedo marcharme de aquí, no y no. Además, no veo ningún problema en que vayáis juntos. Sobre todo cuando el mes que viene os tendréis que ir de todos modos. ¿O va a llevar uno de vosotros solo las ovejas a las montañas?

Los hombres habían planeado conducir las ovejas de Fenroy Station y las de los maoríes a las estribaciones de los Alpes y dejar que pacieran allí en libertad durante el verano. Ottfried seguía obstinado con que sus ovejas no irían. Así que, de todas maneras, se quedaría solo con Ida entre una y dos semanas en Fenroy Station o en Raben Station, como había pensado llamar su propia granja.

Chris asintió.

—¡Tiene razón, Karl! Mañana mismo deberíamos marcharnos, de ese modo volveremos antes. Y tú, Cat, lo vigilas y les pides a los maoríes que no le quiten ojo mientras estemos fuera y se esté cerrando el trato. Así a Jane no se le ocurrirá ninguna idea absurda. Es capaz de aprender a montar con tal de...

James y Joseph Redwood llegaron a Fenroy Station justo después de la marcha de Chris y Karl. Ida, que fue la primera en recibirlos pues Ottfried estaba con las ovejas, experimentó sentimientos encontrados. Tenía claro que ambos no habían emprendido ese largo camino simplemente porque tuvieran ganas de volver a ver a unos viejos amigos. Y pese a que quería creer a Ottfried cuando él le decía que no había nada turbio con las ovejas que había adquirido en Nelson, se sentía insegura. Sin embargo, al final se impuso la alegría de ver de nuevo a los hermanos Redwood, así como el alivio de ya no estar sola con Ottfried.

Las noches le resultaban duras y ni siquiera podía consolarse con Cat. Esta se quedaba con los ngai tahu para ayudarlos en los partos de sus ovejas. Probablemente, los maoríes habrían podido resolver solos la mayoría de los problemas, pero Jane insistía en que Cat estuviera presente, controlando todo. Aun así, Makutu y muchas mujeres maoríes tenían la misma experiencia que Cat, incluso más, en lo relativo al parto de los animales. Exceptuando el breve período de iniciación con los Deans, los conocimientos de la joven se basaban en sus tareas de comadrona con Te Ronga. Ahora también estudiaba los libros de Jane, mientras que Makutu cantaba las *karakia* tradicionales y confiaba meramente en sus diestros dedos cuando ayudaba a los corderos a llegar al mundo. De ese modo salvaba como mínimo a tantos animales débiles como Cat; pero Jane se sentía mejor cuando un *pakeha* supervisaba y Cat no quería llevarle la contraria. A fin de cuentas, estaba muy satisfecha de la buena armonía que reinaba entre el poblado maorí y Fenroy Station.

Así pues, Ida dio una sincera bienvenida a los hermanos Redwood, al tiempo que se esforzaba por no mostrar demasiada alegría para que Ottfried no tuviera celos. Intentaba mantener la vista baja, aunque ya hacía tiempo que había aprendido que a los hombres también se los podía mirar abiertamente a los ojos sin parecer por eso una descarada. Preguntó con interés por Laura y su quesería.

—Laura se morirá de envidia cuando le contemos lo espléndidas que están creciendo sus dos hijas aquí —señaló James con la cálida cortesía de los Redwood, mirando a Carol y Linda, que estaban sentadas en el suelo de la cocina y jugaban con unas pelotitas de lino que Cat les había hecho. Ida había ofrecido a los hombres pan y queso y los dos se servían en abundancia—. Laura está bien, pero su queso aún no es tan sabroso como el suyo, Ida. De todos modos, dentro de poco volverán a verse con frecuencia. Tenemos la intención de comprar tierras a los maoríes. Solo a unos veinte kilómetros río arriba, entre los Butler y ustedes. Esta será pues nuestra última mudanza y Laura tendrá por fin su casa de piedra. Ya se alegra sabiendo que volverá a verla, Ida. Pero ¿dónde está su marido? ¿Y Chris Fenroy? Hemos oído hablar de su peculiar «divorcio». Maggie y Karen Rhodes (las esposas de los hermanos que van a ocupar nuestra granja) están impresionadas. A Laura, en cambio, le resulta divertidísimo. Joseph tiene que escuchar tres veces al día que, como no se comporte bien, pedirá que le canten la *karakia toko*.

Joseph Redwood sonrió, pero Ida se ruborizó.

—Sí, nosotros tampoco tenemos claro qué postura tomar. Jane así lo quiso. Y los maoríes...

—¿Qué pasa con los maoríes? —Ottfried entraba en la casa en ese momento—. ¿Qué estás contando?

Ella se sobresaltó.

—Nada —susurró—. Solo hablo de Jane. James y Joseph querían saber cómo fue... lo del divorcio.

Ottfried resopló desdeñoso, aunque también parecía aliviado.

—Es una puta, va de hombre a hombre —sentenció con desprecio—, y cree que Dios de salvajes da su bendición. ¡Los dioses de salvajes! ¡Qué vergüenza! ¡Si mi mujer hacer algo así, la arrastro por los pelos hasta la cama! ¡Y le bajo la calentura de golpe!

Ida se mordió el labio y calló avergonzada. Los hermanos Redwood parecían igual de incómodos.

—Pero yo diría que Ida está fuera de cualquier duda —señaló James, haciendo una ligera inclinación hacia la joven.

Ottfried contrajo el rostro.

—¡Faltaría más! ¡Ida buena mujer! Si no... —Su voz adquirió un deje amenazador y miró con suspicacia a los tres.

—¿Por qué no saludas primero a nuestros invitados, Ottfried? —dijo Ida, apaciguadora—. James y Joseph han recorrido un largo trecho. Seguro que todavía te queda algo de whisky para ellos. Se nos ha acabado la cerveza, tengo que hacer más después de la cosecha.

—¡Tú siempre pretextos! —exclamó Ottfried—. Pero sí, Joseph, James, bienvenidos a Fenroy Station... y a Raben Station. ¡Este nombre de nueva granja! ¡De mi granja! —informó triunfal.

Los Redwood parecían sorprenderse.

—¿Dividen la granja? —preguntó Joseph—. Yo en su lugar no lo haría. Las granjas pequeñas no tienen mucho futuro en este país. Cultivar el campo no da mucho rendimiento. Al menos no por ahora, hasta que la ciudad no se haya construido. Y para la cría de ovejas son necesarias grandes extensiones de tierras y muchos animales.

—Poder crecer —respondió despreocupadamente Ottfried—. Muchos planes. Pero ¿por qué venir? ¿Qué querer?

James Redwood frunció el ceño. Las palabras de Ottfried no eran muy amistosas.

—Mi esposo quisiera saber qué les trae por aquí y si podríamos ayudarles en algo —intervino Ida en un inglés fluido—. Chris y Karl no están aquí, ahora mismo iba a decírselo. Han ido a ver a los Butler para echar un vistazo a sus ovejas y quizá comprar algunas.

Joseph asintió.

—Estamos aquí por las mismas razones —explicó y miró a Ottfried—. Queremos ver algunas ovejas, quizá nos interese comprar. Nos ha llegado un rumor... no lo tomen ustedes a mal, pero se dice que entre sus ovejas hay algunas que son exactas a las nuestras. Y ya saben que nos robaron hace un tiempo.

—¿Vosotros acusar a nosotros robar? —Ottfried se irguió indignado—. ¿Nosotros vuestras ovejas robar?

James hizo un gesto de rechazo con la mano.

—Nosotros no acusamos a nadie de nada. Pero las ovejas no se han disuelto en el aire. En algún lugar tienen que estar. No descansaremos hasta encontrarlas y verificamos cualquier pista. Estoy seguro de que Chris Fenroy no tendrá nada que objetar si usted nos enseña sus ovejas, incluso en su ausencia. Así que, por favor, no discutamos. Nos lleva a dar una vuelta por la granja, echamos un vistazo a los rebaños y luego nos bebemos un whisky. ¿De acuerdo? —Joseph esbozó una sonrisa forzada y cogió su alforja—. Hemos traído una botella —anunció, sacándola—. Considere que esta es una visita cordial, Otie. Usted no tiene nada que ocultar.

—¡Claro que no! —respondió nerviosa Ida—. Ottfried, por favor... ¿Quieren ir ahora mismo, o...?

—¡Ahora mismo! —exclamó Ottfried—. Si hay que hacer, hacer ahora. Controlar, señores Redwood, luego ver. Yo ganas de echar a vosotros. Pero bueno, si querer ser amigos, entonces amigos.

Se dio media vuelta y salió sin esperar a los Redwood, que tenían que levantarse y ponerse las chaquetas.

—Con Fenroy y Jensch esto habría sido más sencillo.

Avergonzada, Ida escuchó que James susurraba estas palabras a su hermano. Ottfried se comportaba fatal. Si los Redwood todavía no habían sospechado de él, ahora sí lo harían.

Una vez que los hombres se hubieron marchado, Ida pasó varias horas ocupada en prepararles un cocido. Seguro que habrían preferido asado de conejo, pero no tenía en casa carne fresca. Ottfried seguía sin saber nada de su revólver y su destreza en el uso del arma. Cuando servía conejo o pato siempre afirmaba que Karl y Chris los habían cazado o que habían caído en una de las trampas de Cat.

Tuvo tiempo para hornear dos panes antes de que los hombres volvieran. Para alivio de la joven, todos parecían de un humor excelente.

—¿Todo en orden? —preguntó Ida, preocupada pese a todo, y suspiró aliviada cuando James y Joseph asintieron sonrientes.

—Falsa alarma, Ida, como suponíamos. Ninguna de sus ovejas tiene nuestra marca. Por cierto, felicidades, ¡su marido tiene unos animales estupendos! Se parecen a los nuestros, casi romney puros. Deberíamos pensar en confeccionar un programa de cría común. Y las mezclas de merino de Jensch y Fenroy, además de esas fantásticas rambouillet, ¿de verdad que son de Cat? A veces no llego a entender a Otie cuando habla. ¡Tiene que explicárnoslo, Ida!

Ottfried sonreía satisfecho e incluso parecía relajado cuando los Redwood hablaron más con Ida que con él durante la comida. Su inglés no le permitía mantener largas conversaciones. De todos modos, esa tarde se mostró algo reservado ante los Redwood. Se había tomado a mal que sospechasen de él y hasta el cuarto o el quinto whisky no se dignó perdonarlos. Cuando finalmente los Redwood se retiraron, Ida les había preparado una habitación en casa de Chris. Entre los tres habían vaciado la botella de los hermanos. Ottfried propuso abrir otra, pero James y Joseph rehusaron. Querían volver a casa al día siguiente y, a ser posible, sin resaca.

Aun así, Ottfried descorchó la botella y se sirvió otro vaso. Parecía satisfecho y tranquilo. Ida, que estaba ordenando la cocina, decidió aventurarse a hacerle una pregunta.

—¿Les has enseñado también las ovejas del poblado maorí? Ottfried hizo una mueca.

—Claro que no. ¿Por qué iba a hacerlo? ¿Por qué iba a interesarles el ganado de los salvajes? —Sonrió—. Solo querían ver nuestras ovejas. Y ya las han visto. Es de esperar que se den por satisfechos.

Ida se frotó la frente. No sabía si era inteligente mencionarlo en ese momento, pero si en un par de semanas lo sorprendía la mudanza de los Redwood ella podría tener problemas por haberse callado.

—Pero a la larga verán los animales del poblado maorí —advirtió—. No te has enterado, pero dentro de poco serán vecinos nuestros. Van a comprar prácticamente todas las tierras entre Fenroy Station... bueno... Raben Station y los Butler.

—¿Qué? —Ottfried se puso en pie—. ¿Esos... esos condenados maoríes van a venderles tierras? Pero... ¡eso significa que no podremos crecer! ¡Vamos a quedarnos con las pocas hectáreas que les hemos pillado con el chanchullo de las ovejas!

Ida temblaba de miedo ante su rabia, pero también se sentía aliviada. Ottfried no parecía preocupado por las ovejas de Te Haitara.

—Es lo que han contado —afirmó a media voz—. Lo siento, quizá tendrías que haberle dicho a Te Haitara que estabas interesado. —De repente se le ocurrió una idea—. ¡Pero todavía puedes hacerlo! —exclamó—. No parece que hayan firmado ningún contrato. Habla con Jane y el *ariki*. ¡Seguro que alguna solución habrá!

Él resopló.

—¡Y tanto que hay solución! —gruñó—. Pero no así. ¡No voy a humillarme! Esto ya está durando demasiado... Tú espera a mañana. Estos... estos se van a quedar con un palmo de narices.

Preocupada, Ida siguió con la mirada a Ottfried y los Redwood cuando abandonaron la casa a la mañana siguiente, después de desayunar.

—¡Hay otra cosa que quiero enseñar! —anunció Ottfried cuando los hermanos se preparaban para marcharse—. Tener una idea. Con ovejas. Vamos, venir conmigo. Ah, Ida... —se dirigió a su esposa en alemán—. Puede ser que acompañe a los Redwood a Port Cooper. Tengo un asunto que solucionar allí. Ya sabes, ayer hablamos de ello.

Ida frunció el ceño pero permaneció callada. Ignoraba qué relación había entre un viaje a Port Cooper y las amenazas que Ottfried había lanzado, pero tampoco quería irritarlo. Después de que su esposo hubiera pasado repentinamente de su talante pacífico a una cólera extrema contra todo y contra todos, a Ida le dolía todo el cuerpo. Él le reprochaba que debería haberle contado antes los planes de los Redwood. Entonces él habría podido actuar de otro modo. A saber a qué se refería con eso, aunque ahora quería marcharse a Port Cooper con los hermanos... ¡Tanto mejor!

Después de que Ottfried se hubo ido, Cat regresó del poblado maorí y escuchó con interés lo que su amiga le contó sobre la visita de los Redwood.

—Les ha enseñado todas las ovejas salvo las de Te Haitara. ¿Crees que eso significará algo? Me parece inconcebible que guarde relación con el robo de los Redwood. No lo han educado así, es cristiano y de Raben Steinfeld... Siempre hemos sido personas decentes. Pero pienso que teme que el comerciante de Nelson le haya vendido ovejas robadas y que tenga que devolverlas y ser pobre otra vez, y...

Cat puso los ojos en blanco.

—No le des tantas vueltas, Ida. ¡Y olvídate de Raben Steinfeld! Si quieres saber mi opinión, tu Ottfried es un bribón de pura cepa y lo veo capaz de robar. Por otra parte, en lo que se refiere a las ovejas de Te Haitara... si ha conseguido que los Redwood no las vean ha sido por pura casualidad. Suelen pacer alrededor del poblado y se mezclan con las mías y las de Karl. Solo ahora, que están pariendo, las dejamos en el establo. Aunque no debería ser así, bastaría con que retuviéramos a las que todavía tienen que dar a luz, pero Makutu es de otro parecer. El rebaño debe permanecer unido, dice, no es bueno para sus almas que la familia se separe.

—¿Las almas de las ovejas? —preguntó Ida, frunciendo el ceño. Cat rio.

—Pues sí, para los ngai tahu cada oveja tiene un alma, al igual que cada árbol y cada matorral de rata. Y ahora no pongas esa cara de chica de Raben Steinfeld que ve blasfemias en todas partes. Puede que las *tohunga* tengan razón. Hasta ahora ninguna de sus ovejas ha rechazado a una cría. Al cordero cuya madre ha muerto al parir lo ha adoptado otra, y todas parecen disfrutar de las canciones que les canta Kunari. Hasta tú misma has dicho que su queso fresco sabe mejor que el tuyo.

Kunari era una joven que parecía un poco retrasada. Era dulce y cariñosa, pero lerda e incapaz de recordar las cosas. Kunari no hablaba demasiado y cantaba con palabras incomprensibles, o, como decía Makutu, en su propio idioma. Sin embargo, desde que la tribu criaba ovejas, Kunari estaba a punto de convertirse en una *tohunga*. Desde que Ida le había enseñado a ordeñar, la muchacha se encargaba del cuidado de las ovejas de leche y tenía instinto para saber si estaban bien. Ida había ordeñado diez animales cada día para su quesería, pero había tenido que dejarlo desde que ya no pertenecían al rebaño de Ottfried. No le había resultado fácil, pero era consciente de que con Kunari las ovejas estaban en las mejores manos. La maorí las ordeñaba por la mañana y por la noche, elaboraba queso fresco y de vez en cuando llevaba a los animales al campo para que disfrutasen de la jugosa hierba. Entretanto, les cantaba y les contaba largas historias. No necesitaba perro pastor. Las ovejas obedecían su voz. «Kunari habla la lengua de las *hipi* —había dicho respetuosamente Makutu en una ocasión—, durante mucho tiempo nos hemos preguntado qué don le habrían concedido o iban a concederle los dioses, ¡y ahora ya lo sabemos!»

—Por otra parte, Kunari estuvo ayer todo el día fuera con sus ovejas —recordó de repente Cat—. Y anteayer también. Ottfried y los Redwood deben de haberse cruzado con ella en el camino. Así que no te preocupes. En cualquier caso, no por los ngai tahu y sus ovejas ni por Ottfried. Yo más bien me inquietaría por los Redwood. Ahora están con Ottfried y él sí que se ha enfadado con ellos. Ojalá no le vuelvan la espalda.

Ottfried tampoco apareció en los días siguientes y el alivio de Ida se fue trocando en creciente preocupación. Por supuesto, Cat posiblemente tuviese razón y Ottfried estuviese en algún pub gastándose en el juego y la bebida el poco dinero que había ganado con el esquileo.

—Quería invertirlo en la construcción de la casa de Raben Station, y lo pensaba en serio —objetó Ida.

Cat hizo una mueca.

—Ida, bebe y juega. Y al parecer no es algo que los hombres puedan remediar. Una vez que Ottfried se sienta a una mesa de juego, está perdido y no para hasta que se pule todo el dinero. Igual le ocurre con la bebida. Mientras tenga whisky a su disposición, se queda pegado a la botella. Solo cabe esperar que no vuelva a endeudarse. Aunque la gente de Port Cooper ya lo conoce y lo más probable es que nadie le preste más dinero.

3

—Lo preguntaré una vez más: ¿está usted seguro?

El joven oficial de Policía detuvo una vez más a sus hombres para descansar en un bosquecillo junto al río, cerca de Fenroy Station y el poblado ngai tahu. Se sentía incómodo desde que los hermanos Redwood habían ido a su oficina de Port Cooper a poner una denuncia. Una acción como esa le superaba; había aceptado el puesto de sheriff del pueblo, como lo llamaban en broma los colonos, porque nadie quería desempeñar esa tarea. También necesitaba el dinero, claro, y, al contrario que a la mayoría de sus conciudadanos, las labores burocráticas relacionadas con el cargo le resultaban fáciles. En Irlanda había sido maestro de escuela rural. Pero ahora, este caso tan delicado... Sean O'Malley tenía que asegurarse una vez más antes de abordar el asunto en serio.

—¿No es posible que se haya usted equivocado?

—No, señor. —Joseph Redwood contestó con tono impaciente—. Ya se lo he dicho tres veces, y mi hermano y el señor Brandmann también son testigos. Esa gente tiene nuestras ovejas. No nos cabe la menor duda, esos animales llevan nuestra marca, podemos probarlo cuando estén confiscadas.

—¿Y cómo es que no las han escondido mejor? —O'Malley se estiró el uniforme, asegurándose por enésima vez de que iba perfectamente armado—. Usted mismo ha dicho que las ovejas estaban pastando al aire libre y que la pastora no dio muestras de sentirse culpable.

—¡Oficial, por favor! —A Joseph le resultaba cada vez más difícil contenerse—. La joven que vigilaba las ovejas es una retrasada. De ahí que carezca de conciencia de la injusticia. Por eso pasó muy orgullosa por delante de nosotros con las ovejas y pudimos verlas de cerca. Estamos seguros, así que vayamos al poblado y confisquemos las ovejas. Según el señor Brandmann, el jefe debe de estar implicado en el robo; parece un hombre astuto, dado que la tribu disfruta de cierta prosperidad. Es posible que haya por ahí algunos chanchullos. Lo mejor será apresar a ese tipo, para eso precisamente ha reunido usted una partida de hombres.

—Claro. —O'Malley se mordisqueó el labio inferior.

Él habría presentado el caso a los cargos superiores de Auckland, pero los Redwood habían insistido en que actuara de inmediato. Y no había sido difícil encontrar voluntarios para la expedición de castigo. Los Redwood eran gente apreciada y no les había costado movilizar a amigos y conocidos en Port Cooper, además había nuevos colonos que todavía no podían tomar posesión de sus tierras. No tenían nada que hacer y estaban sumamente interesados en asegurar la región donde iban a vivir. Nunca habían establecido contacto con los maoríes pero todos conocían los espantosos relatos de los colonos americanos sobre la crueldad de los indios.

—De acuerdo. —El oficial se enderezó—. Permanezcan tranquilos y alertas. Hemos de tener en cuenta que los guerreros disponen de armas de fuego. Es lo que dijo usted, ¿no, señor Brandmann?

Ottfried se dio aires de importancia. Le latía con fuerza el corazón, este era el mayor riesgo que había corrido en su vida. Y si tenía suerte, si lo conseguía, saldría indemne del asunto de las ovejas y habría que volver a barajar las cartas en cuanto a la propiedad de las tierras.

—¡Armados hasta dientes, oficial! —respondió—. ¡Ir con cuidado! ¡Pero nosotros más potentes!

Los nuevos colonos, campesinos, palparon inquietos sus mosquetes y escopetas de caza.

—¡Yo me encargaré de las negociaciones! —anunció O'Malley, mientras se ponía en marcha a la cabeza de sus hombres—. Esperemos que hablen inglés.

Naturalmente, a los habitantes del poblado de Te Haitara no les había pasado por alto que se aproximaba un grupo de jinetes con dos carros. Jane dedujo por la descripción del uniforme de O'Malley que se trataba de un destacamento de Policía, y no se imaginó qué motivo los traía ahí.

—A lo mejor quieren hablar con Chris —reflexionó—. Aunque... no concibo que haya hecho algo prohibido. O tal vez busquen a un delincuente. En ese caso, quizá vengan hasta aquí y nos pregunten. Como sea, no debe preocuparnos.

—Entonces ¿no tengo que poner en guardia a los guerreros? —preguntó Te Haitara.

Los hombres enseguida se habían reunido con las lanzas y las mazas. La mayoría no poseía ni mosquetes ni revólveres, Carpenter no vendía armas. El vendedor ambulante abastecía a sus clientes de casi todo lo que deseaban, pero las armas eran una línea roja. «Sí, claro que timo a la gente de vez en cuando y es seguro que no iré al cielo —solía decir—, pero no tengo las manos manchadas de sangre, y eso no cambiará. ¡Si os queréis matar los unos a los otros, id a buscar las armas a otro sitio!» En el pueblo solo había dos escopetas de caza que Chris Fenroy había comprado en Port Cooper para Te Haitara. El jefe y sus súbditos no querían más. Los ngai tahu eran una tribu pacífica y no tenían enemigos en la Isla Sur desde que los ngati toa habían dado por concluidas sus campañas bélicas.

—Prepararemos un *powhiri* —decidió Makutu antes de que Jane respondiera—. Si esos hombres vienen aquí tendrán que ser saludados como corresponde, y al hacerlo nuestros guerreros mostrarán, como es natural, su vigor.

La noticia provocó una actividad frenética en el poblado. Las mujeres y niñas cambiaron sus vestidos de cotón de colores por las faldas tradicionales de lino tieso y el cuerpo tejido con los colores de la tribu. El jefe se vistió con las insignias de su rango, y los guerreros, armados, descalzos y medio desnudos, a la manera tradicional, se posicionaron a su alrededor. Todos aplaudieron cuando también Jane se puso un vestido maorí. Era un cálido día primaveral, no pasaría frío y para ella era importante sentar precedente.

Un par de mujeres empezaron a cantar cuando los visitantes llegaron, y dos jóvenes parientes de Te Haitara se dirigieron hacia los hombres. Llevaban adornos y capas que los distinguían como representantes de la tribu de un rango elevado.

En la mente de Ottfried surgió el tétrico recuerdo de Wairau, pero reprimió su pánico. En aquel entonces lo había conseguido, y ahora también. Esta tribu era más pequeña que la de Te Rauparaha y menos guerrera. Ottfried sabía perfectamente que la mayoría de los hombres de Te Haitara no tenían armas.

—*Kia ora!* —Los jóvenes del comité de bienvenida se inclinaron con expresión grave pero amistosa delante de los *pakeha*.

O'Malley, y sobre todo los colonos recién llegados, se asustaron de los tatuajes. Ottfried todavía recordaba muy bien cómo se había sentido en Wairau.

—*Haere mai!* Damos nuestra sincera bienvenida al *marae* de nuestro *iwi*. Nuestro jefe Te Haitara espera a ustedes. ¡Encantado de conocerlos!

—Tengan ustedes... esto... un buen día —musitó el oficial—. Nos trae aquí un motivo más bien desagradable. Soy Sean O'Malley, oficial de Policía de Port Cooper, y...

Uno de los jóvenes se acercó a él.

—¡Encantado! —repitió—. Yo Te Konuta. Sobrino del *ariki*. *Hongi?*

Hizo el gesto de acercar el rostro al del agente para intercambiar el saludo tradicional. O'Malley retrocedió asustado, pero luego recordó sus buenos modales y tendió a Te Konuta la mano. El joven resplandecía, a ojos vistas fascinado. Consideraba un honor realizar por una vez el saludo propio de un auténtico *pakeha*. La mano de O'Malley desapareció en la enorme del guerrero cuando este la estrechó con vehemencia.

—¡Encantado! —dijo el joven en correcto inglés.

O'Malley arrugó la nariz.

—Escuchen, es todo... esto... muy bonito, que se alegren de que estemos aquí. Pero como ya le he dicho, el motivo de nuestra visita es, en conjunto... esto... más bien desagradable.

—¡Deje de andarse por las ramas! —James ya tenía suficiente—. Esta no es una visita de cortesía. Soy James Redwood y este es mi hermano Joseph. Hace un tiempo nos robaron un rebaño de ovejas y hemos visto que al menos una parte de los animales están aquí. Exigimos que nos los devuelvan y que se castigue a los responsables.

Te Konuta arrugó la frente tatuada.

—¿Andarse... por las ramas? —repitió desconcertado—. ¿Ovejas... comer? Nosotros comer cuando saludo terminado.

Joseph Redwood puso los ojos en blanco.

—¡Santo cielo! ¿Es que no hay nadie aquí que hable inglés como Dios manda?

El segundo joven asintió.

—Sí. Hablar con Jane. Disculpe, aprender inglés, todavía no demasiado bien. Cuando hablar despacio, entender mejor. Ahora venir. Y dar también mano o *hongi*. ¡Amigos!

Redwood suspiró y estrechó la mano del joven, aunque por su expresión se hubiera dicho que habría preferido ahorrárselo.

—Está bien, hablaremos con la señora Fenroy. Pero se lo advierto, tendrá que darnos explicaciones.

—¿Cuándo piensas decírselo a Ottfried de una vez? —preguntó Cat y le cogió a *Chasseur* el pato que el satisfecho chucho había recogido. Ya era el tercero que Ida había bajado del cielo ese día. Con tres disparos exactamente.

—¿Decirle qué? ¿Lo de mi puntería o lo del embarazo?

—En este momento estaba pensando en tu puntería. Lo de que esperas un hijo no podrás ocultarlo mucho tiempo más. Ya deberías habérselo dicho. Sabes que así te habría dejado en paz por las noches, como la vez anterior. Pero todavía quieres dejarte abierta la posibilidad de fugarte con Karl, ¿verdad?

Ida suspiró. Con sus sospechas, Cat daba en el blanco. Si cedía a los ruegos de Karl, era mejor que Ottfried no supiese nada de su embarazo. De la pérdida de su esposa sabría reponerse, pero seguro que no superaría la pérdida de un posible primogénito. Tampoco le resultaba difícil esconder el embarazo. Esta vez se sentía mejor, incluso tenía pocas náuseas por las mañanas.

—Creo que si realmente nos mudamos, tendré que decírselo —respondió respecto a su destreza como tiradora—. Si es que voy a seguir cazando. Ottfried no querrá renunciar a comer carne y, francamente, prefiero cazar conejos que matar corderos.

Deslizó una mirada escrutadora por la hierba. Hacía un día precioso para cazar, despejado y soleado. Habían dejado las niñas en el poblado maorí y les habían prometido a las mujeres un pato o un conejo como muestra de gratitud por cuidarlas. En primavera los conejos eran especialmente imprudentes. Se apareaban y en otros lugares se habría impuesto la veda, pero en Nueva Zelanda, donde los animales no tenían enemigos naturales, uno se alegraba por cada conejo que dejaba de multiplicarse.

—Pero corres el riesgo de que te quite el revólver —señaló Cat.

Ida se encogió de hombros.

—Entonces se acabaría el conejo asado —respondió, y descubrió dos orejas largas detrás de una de las rocas erráticas que parecían crecer del suelo por todas partes como diseminadas por algún dios maorí. Disparó en cuanto el conejo saltó de la piedra. De inmediato cayó al suelo.

—Me queda una bala —comentó Ida mientras *Chasseur* iba a buscar la pieza—. Tendremos que volver a fundir más antes de que regrese Ottfried.

Chasseur recuperó el conejo mientras Ida buscaba otras presas con la mirada.

—¡Espera! Alguien se acerca —dijo de repente—. Desde el poblado. ¿No es Kunari? Vaya, pues sí que lleva prisa.

No recordaban haber visto correr a la joven antes. Sin embargo, la muchacha se precipitaba hacia las dos amigas y casi tropezó con sus propios pies. En su cara ancha, tatuada alrededor de la boca, se reflejaba verdadero pánico.

—Yo... yo... tu... tu... fu... fu... fusil. Tú... tú... disparar hombres malos... querer coger ovejas. Yo... yo... escuchar. Estaban al... al... lado del río. Pero son mis ovejas. Y... y... ahora en poblado. Yo... yo... tengo miedo

Cat frunció el ceño, no entendía qué ocurría. Por otra parte, Kunari se expresaba más claramente que nunca antes. Jamás había hablado tanto y tan rápido en el «lenguaje humano».

—¿Qué dice? —preguntó Ida.

Cat se encogió de hombros.

—Si entiendo bien, tienes que venir con nosotras al poblado y matar a un par de bribones que quieren quitarle a Kunari las ovejas. Al parecer han hablado de ello junto al río y ella los ha escuchado.

Ida se frotó la frente.

—¿Maorí o *pakeha*, Kunari? —preguntó alarmada.

—Kunari no entiende el inglés —observó Cat, pero Kunari sacudió la cabeza.

—¡Sí entender, *hipi* entender, *hipi* se dice ovejas! *Pakeha*, hombre enfadado, ¡hombre querer mis ovejas!

—¡Vamos! —Ida se puso en marcha—. ¡Deprisa! ¡A saber qué está pasando en el poblado!

—Debe de haber entendido algo mal. Ella... —Cat seguía a Ida. Kunari se apresuraba junto al excitado *Chasseur*.

—*Kamakama!* —iba repitiendo—. ¡Deprisa!

—A lo mejor no ha entendido las palabras, sino el sentido —repuso Ida jadeante—. Está aterrorizada. Debe de haber dejado solas las ovejas, seguro que estaba paseando con ellas cuando vio a esos hombres. Y no lo habría hecho si no hubiese sentido un miedo espantoso. Algo está pasando en el poblado. ¡Y las niñas están allí!

Chris y Karl casi habían llegado a Fenroy Station cuando oyeron los disparos. Con ayuda de *Buddy* conducían un rebaño de ovejas madre jóvenes y vivaces en dirección a la granja. El capataz de los esquiladores no había exagerado. Las ovejas de Butler encajaban de maravilla con sus propios animales y el capitán les había pedido un precio justo. Por lo demás, también se habían entendido bien con Butler, y su bella esposa no había querido dejar marchar a la inusitada visita sin agasajarla. Al final, los hombres habían permanecido más tiempo allí que el que tenían planeado. Karl ya estaba preocupado por Ida. Cuando oyeron los disparos, las ovejas corrieron de un lado a otro asustadas.

—¿Qué pasa? —preguntó inquieto Chris.

Karl silbó a *Buddy* y corrió con *Brandy* tras dos ovejas descarriadas.

—Ida está cazando —respondió—. No es un fusil, sino un revólver. Hoy los Brandmann seguramente coman conejo. A lo mejor nos invitan.

Chris negó con la cabeza.

—Si Ida está de caza, significa que Ottfried no está —observó—. ¿Dónde se habrá ido? ¿Y de dónde provenían los disparos?

Escrutó los alrededores, pero no distinguió ni a Ida ni a Cat en la ribera del río. En cambio, sí vio un bote que se acercaba por el Waimakariri.

—¡Ahí está Pete! —Sonrió y saludó al barquero.

—¡Fenroy, Jensch! —Pete devolvió el saludo y dirigió el barco hacia la orilla—. ¡Qué bien que estén de vuelta! Si no les habría ido a buscar a la granja de Butler. He salido en cuanto oí lo de los Redwood...

—¿Qué es lo que ha oído? —lo interrumpió Chris, saltando del caballo. Cogió el cabo cuando Pete lo lanzó a la orilla y tiró del bote—. Acabamos de llegar.

—¿Nos estaba buscando? —Los ojos de Karl reflejaban miedo, aunque no podía haberle pasado nada a Ida. ¿Quién si no ella estaría cazando allí con un revólver?—. ¿Ha ocurrido algo?

—No, por el momento no —dijo Pete, al tiempo que desembarcaba—. Pero puede ocurrir. Los Redwood vienen hacia aquí con la Policía de Port Cooper. Ese chico pálido, ya saben, O'Malley. Al parecer han encontrado las ovejas robadas, en una tribu maorí. Quieren que las devuelvan. Y apresar al jefe tribal.

Karl y Chris se miraron, cada uno sabía lo que pensaba el otro. Karl intentó no dejarse llevar por el pánico.

—Vamos a enmendar este desaguisado —dijo Chris, volviendo a montar—. Los maoríes compraron las ovejas de buena fe. A Ottfried...

—¿Otie? —Pete sonrió irónico—. Es él quien les ha dado el soplo a los Redwood. Y es quien está conduciendo a la tropa de búsqueda o como se llame.

—¿Tropa de búsqueda? —preguntó desconcertado—. No creo que los Redwood y O'Malley...

Pete movió la cabeza.

—¡Nada de eso! Los Redwood no dejan las cosas a medias. Y ese oficial se caga en los pantalones si se le pone delante un maorí. Sin caballería no va a detener a un jefe tribal.

Chris gimió.

—¿Cuántos? —preguntó.

Pete se encogió de hombros.

—Unos veinte.

Los hombres que estaban con O'Malley se sobresaltaron cuando oyeron dos disparos seguidos.

—¿Una encerrona? —preguntó amedrentado O'Malley—. Hay alguno de ellos detrás de nosotros.

Te Konuta y los otros jóvenes guerreros se acercaron lentamente y pasaron también por la puerta de la sencilla cerca de hojas de raupo trenzadas que rodeaba el poblado. Los maoríes se habían reunido entre las casas, nadie reaccionó ante el disparo. Pero los *pakeha* cogieron sus armas de nuevo. Alguno toqueteaba nervioso con la bayoneta de su arma, como dispuesto a calarla.

También Ottfried temblaba. Ahí en las Llanuras no había contado con un tiroteo. ¿Habrían regresado ya Chris y Karl? Eso podía aguarle los planes. Por lo demás, los disparos llegaban a tiempo. Los hombres y el oficial parecían más que inquietos.

Los hermanos Redwood podrían haber dado explicaciones a Ottfried, pues sin duda reconocieron que los disparos procedían del revólver de Laura. Pero estaban demasiado concentrados en los maoríes como para percibir el nerviosismo entre sus propias filas.

Ottfried percibía claramente su inquietud. En medio de un poblado de guerreros vestidos al uso tradicional, musculosos y armados de lanzas y mazas de guerra, los nuevos colonos estaban muertos de miedo... y el oficial al mando todavía temblaba más de espanto que sus subalternos. Si Ottfried tenía un poco de suerte, no tendría que tomar la iniciativa. Era muy posible que alguno perdiera los nervios.

Pero entonces, Te Haitara y Jane se adelantaron entre el grupo de dignatarios. Un par de guerreros escoltaban al jefe tribal. La tensión de los hombres detrás de Ottfried creció. Te Haitara tenía un aspecto amenazador, con su estatura y su corpulencia. Irradiaba poder. No obstante, Jane Fenroy consiguió aplacar los ánimos. La mujer blanca ofrecía una imagen imponente con su falda de colores y su ceñido corpiño bordado. O'Malley y sus hombres contemplaron como hechizados sus *hei-tiki*, y todavía más sus caderas y el cabello suelto que una cinta ancha mantenía apartado del rostro. Nunca habían visto a una inglesa así. La tensión de los hombres cedió paso al desconcierto. Y luego al interés cuando Jane habló.

—Me llamo Jane y les doy la bienvenida a este poblado en nombre de mi marido Te Haitara. El pueblo de los ngai tahu es hospitalario, los ancianos y el jefe los recibirán de buen grado con una ceremonia. Nosotros...

—*Madame*, no deseo interrumpirla. —Joseph se había quitado educadamente el sombrero, y Ottfried se percató de que también los hombres que lo rodeaban se relajaban—. Pero estamos aquí por un motivo muy grave.

Ottfried cavilaba febrilmente mientras Redwood formulaba su petición. Tranquilizado por la presencia de aquella mujer blanca, O'Malley se inclinó cortésmente e incluso pidió el parecer del jefe respecto a las acusaciones de los Redwood. Los colonos habían apartado las manos de los mosquetes. La situación no iría a peor por sí misma. Si Ottfried quería salvarse, tenía que actuar. Y tenía que hacerlo ahora. Si Jane lo acusaba, todos lo mirarían...

Ottfried levantó su mosquete y apuntó cuidadosamente. Esta vez era más importante que en Wairau. Allí daba igual si acertaba o no, lo principal era disparar el primer tiro. Ahora, por el contrario, el éxito de la acción dependía de que el tiro diese en el blanco... Ottfried se tranquilizó pensando que seguramente podría disparar varias veces. Los hombres de Te Haitara no responderían al fuego, al menos no de forma efectiva. Dos guerreros llevaban escopetas de caza, pero eso no era nada en comparación con el armamento *pakeha*.

Ida y Cat irrumpieron en el poblado seguidas por Kunari y *Chasseur*. Enseguida distinguieron que los maoríes estaban frente a unos jinetes blancos. Ida se tranquilizó. El ambiente parecía pacífico. Los maoríes aparentaban estar a punto de celebrar un *powhiri* y Jane estaba pronunciando unas palabras de bienvenida. Fuera cual fuese el tema de discusión, la joven regordeta tenía suficiente capacidad oratoria para enderezar cualquier malentendido. Las mujeres se acercaron más y se percataron de que Jane fruncía el ceño cuando James Redwood y el oficial O'Malley hablaron.

—Así que la exhortamos a que nos enseñe los animales en litigio y nos los entregue si se confirman las acusaciones de los señores Redwood.

El oficial O'Malley había alzado la voz. Ida y Cat vieron que el rostro de Jane reflejaba estupor y luego indignación. A continuación se dispuso a replicar.

Cat comprendió que aquella escena en la plaza del poblado no era pacífica, ni siquiera tranquilizadora. Se parecía demasiado a las imágenes de Wairau que siempre habían ardido en su mente. De nuevo dos pueblos enfrentados, de nuevo hombres inseguros pero armados. Cat deslizó su mirada alerta por las filas de los *pakeha* y vio brillar el cañón de un arma al sol.

—¡Jane! ¡Al suelo, Jane! —gritó, pero el disparo ahogó su aviso.

Chis y Karl oyeron el disparo cuando sus caballos acababan de entrar en el poblado. También ellos se sintieron conmocionados por la imagen que vieron: Wairau... La historia se repetía y tal vez hubiesen llegado demasiado tarde.

Cat vio asustada que Jane retrocedía tambaleándose. Temió, petrificada por el espanto, que la mancha roja de su pecho se extendería tal como le había sucedido tiempo atrás a Te Ronga, pero Jane no se desplomó. Cat tenía la sensación de que los pocos instantes en que todo estaba ocurriendo se dilataban horas. Buscó al tirador y descubrió a Ottfried, que en ese momento se llevaba las manos al pecho y caía al suelo. Y entonces oyó a Ida junto a ella:

—Lo he matado, Cat, lo he matado de un tiro. —El revólver todavía humeaba.

Chris y Karl colocaron con determinación los caballos entre los maoríes y los ingleses cuando vieron a Ottfried tendido en el suelo. Los hermanos Redwood se ocupaban de él. O'Malley, desconcertado, solo miraba horrorizado a los maoríes y a sus propios hombres, que poco antes parecían a punto de huir a galope tendido. Los hombres sacaron sus armas y alguien gritó: «¡Preparados para el combate!» Otras voces invitaban a conservar la calma y la mayoría solo expresaba consternación y estupor.

Los guerreros de Te Haitara se apiñaban en torno a su jefe, quien, a su vez, se esforzaba por proteger a Jane de otros ataques.

La joven estaba blanca como la cera y se agarraba la ensangrentada mano izquierda con la derecha. El disparo de Ottfried debía de haberla rozado, pero no era una herida grave. Posiblemente, la bala se había disparado cuando el tirador ya caía, alcanzado por el último proyectil de Ida.

—Lo he matado, Dios me castigará, lo he matado de un tiro, he disparado a mi marido, yo... —El susurro de Ida se convirtió en un balbuceo y en un llanto—. Dios me castigará. ¡Oh, Dios! ¡Oh, Dios! He... he matado a mi marido.

—¡Si no lo hubieras hecho, él habría matado a Jane! —le espetó Cat, pero entonces se percató de algo más importante que sacar a su amiga del trance.

Chris y Karl estaban intentando contener a los *pakeha*, pero también los maoríes iban armados. Tenía que evitar que se produjeran más disparos. La situación no podía desembocar en una tragedia como la de Wairau... ¿Wairau? En Cat germinó una sospecha.

—¡Que nadie dispare! —gritó Karl mientras Chris repetía las mismas palabras en maorí. Sus caballos formaban una barrera entre los dos bandos—. ¡Que nadie dispare en ningún caso! ¡Bajen las armas! Esto ha sido un error, una bala perdida...

La vieja disculpa por los incidentes del valle del Wairau. Pero Cat lo veía ahora con claridad, y la convicción le llegó de golpe.

—¡No! —gritó, y atrajo la atención de Chris, Karl y los demás blancos—. ¡No ha sido un error, como tampoco lo fue entonces! ¡Fue un disparo intencionado, en Wairau y aquí! Ha sido Brandmann. Lo he visto. Apuntó exactamente a Jane, la esposa del jefe.

Cat miró el cuerpo sin vida de Ottfried y sintió crecer su certeza. Levantó la vista hacia Fenroy.

—¡Fue él, Chris! —dijo—. ¡Él mató a Te Ronga!

—¿Quién ha disparado?

Lentamente, la calma iba volviendo a la plaza y el oficial

O'Malley empezaba a recuperarse por fin. Se había evitado una escalada de la violencia con consecuencias imprevisibles.

—¿Quién ha sido el primero en disparar? —insistió Joseph, dirigiéndose a los maoríes con actitud amenazante. Nadie podía ya hacer nada por Ottfried Brandmann.

Chris miró a Cat y luego a Ida, quien sollozando sin consuelo se había derrumbado con el revólver todavía en la mano.

—Es evidente que Ida —se contestó lo más serenamente que pudo Joseph—. Una fracción de segundo antes que Ottfried. De otro modo, Jane estaría muerta. Pero ¿por qué todo...?

—¿Quién es Ida? —preguntó O'Malley, mirando sin entender a la delicada joven que empuñaba un pesado revólver.

Mientras Chris buscaba las palabras adecuadas, Karl desmontó, cogió el arma de Ida y la abrazó para consolarla.

—Ella es Ida Brandmann —la presentó—. Es...

—Soy su esposa —sollozó Ida—. Lo he matado yo...

O'Malley se pasó la mano por la frente.

—¿Podría alguien explicarme todo esto? ¿Se trata del robo de unas ovejas o del asesinato de un marido?

Cat se enderezó. Tendría que poner las cosas en su sitio. Sin embargo, en el fondo, no se sentía menos abatida y afligida que Ida. Esta tendría que apañárselas por la muerte de su marido, y Cat con el descubrimiento de que su madre de acogida no había muerto por accidente, sino asesinada.

—Se trataba del intento de ocultar un robo —aclaró—. A cualquier precio. Los ngai tahu no han robado sus ovejas, Joseph y James. Fue Ottfried Brandmann. Y cuando se temió que ustedes podrían descubrirlo, vendió los animales a los maoríes.

—Y luego acusó al jefe del robo —razonó acertadamente James Redwood.

—En principio solo quería desprenderse de los animales y los vendió a la tribu. Pero cuando se enteró de que ustedes querían trasladarse aquí, a los alrededores, se dio cuenta de que su plan fracasaría. En algún momento se toparían a la fuerza con sus ovejas, así que necesitaba inculpar a alguien.

—¡Pero esto acabaría sabiéndose! —observó Joseph.

—¡Claro! —dijo Cat—. Jane Fenroy estaba a punto de desvelarlo todo.

—¡Y por eso ese cerdo intentó matarla! —cayó en la cuenta Chris—. ¡Oh, Dios, Cat! Ahora lo entiendo. Ahora entiendo a qué te referías con Wairau. Entonces también estaba él y...

O'Malley no veía paralelismo con otros incidentes. Ya tenía suficiente con intentar comprender todo aquel enredo.

—Pero había más gente que estaba al corriente —objetó—. No habría sido suficiente con solo Miss Jane...

James Redwood alzó los ojos al cielo. Él tampoco sabía demasiado de Wairau, pero podía imaginarse cómo reaccionaría un jefe tribal ante la muerte de su esposa.

—Brandmann esperaba que los maoríes devolvieran los disparos —aclaró al cándido oficial—. Es bien sabido: en cuanto suena un disparo, le sigue una lluvia de balas. Brandmann quería provocar precisamente eso.

Te Haitara, para quien Chris y Cat iban traduciendo alternadamente, dijo algo.

—No un tiroteo —corrigió Chris—, ¡una masacre! Los ngai tahu no tienen armas de fuego. Llevados por la cólera se habrían lanzado sobre los *pakeha* con sus lanzas y mazas, sin posibilidades de salir victoriosos. ¡Sus hombres habrían aniquilado esta tribu, O'Malley! Y exactamente eso era lo que Ottfried pretendía.

El oficial palideció.

—Y cómo es que a su esposa se le ha ocurrido...

Contempló abatido a la llorosa Ida. Makutu estaba a su lado y le hablaba en maorí dulcemente. Dijo a Karl que era mejor sacarla de allí y la condujo a una casa del poblado.

—Ida y yo hemos llegado aquí justo cuando él apuntaba a Jane —explicó Cat—. Vimos el arma brillar, al menos yo la vi. Grité, pero nadie me oyó, solo Ida... Era la única posibilidad de detenerlo, oficial. Ha sido legítima defensa, la única manera de impedir un baño de sangre.

—Hum... —O'Malley asintió. Luego se inclinó para estudiar el cadáver de Ottfried.

—El ángulo de entrada del proyectil concuerda —dijo—. Todo esto me resulta increíble, aunque parece que ha sucedido así. Una mujer disparando un revólver, ¡increíble! Y que además acierte... ¡Qué coincidencia! Como si la mano de Dios...

James sonrió irónico.

—Ida no necesitaba la ayuda de Dios —observó—. Esa mujer tan delicada dispara como el mismísimo diablo.

4

Era una manifiesta ruptura de la tradición, pero ni siquiera Makutu protestó cuando el jefe eludió el *powhiri*. Jane Fenroy, que se había repuesto después de que una maorí le curara y vendara la herida, ordenó que los Redwood, O'Malley y sus hombres fueran aceptados sin ceremonia formal en el círculo de amistades de la tribu y que los agasajaran. Había cerveza y whisky y las mujeres asaron la comida ya preparada en unas hogueras que corrieron a encender. Llevaron el cadáver de Ottfried Brandmann a la casa del jefe para que lo arreglasen para el entierro y el oficial de Policía detalló en un cuaderno todo lo acontecido. Interrogó con detenimiento a los implicados, desde Te Haitara hasta los hermanos Redwood, y tomó por escrito las declaraciones.

—De todos modos, la añagaza no habría salido bien —opinó al final—. Había gente que sabía de la venta de las ovejas. Y si se hubiera producido un incidente grave con los maoríes, el gobernador habría ordenado también una investigación.

—Ya, pero solo nosotros sabíamos lo de la venta —intervino Chris—. Karl, Cat y yo. Y quién sabe qué había planeado hacer Ottfried. Hasta que se hubiera iniciado una investigación oficial habría tenido meses para ocuparse de ello.

—Antes tampoco le salieron bien las cosas... —dijo Cat a media voz.

Acababa de reunirse con los hombres tras sacar a Karl de la cabaña donde Makutu había llevado a Ida. La joven se había lamentado y llorado hasta que al final se había sumido en un sueño inquieto y, como Cat temía, febril. Makutu se había quedado vigilándola y Kunari entonaba canciones sin fin e incomprensibles, en su idioma. Cat había visto que ni ella ni Karl servían allí de gran ayuda, y ella necesitaba urgentemente un whisky. Bebió un buen trago y aclaró:

—En Wairau.

—¿Allí no mataron de un tiro a la esposa de un jefe tribal? —recordó de pronto O'Malley, que había estudiado la joven historia de su nuevo hogar—. Pero ¿qué tiene que ver con lo de hoy?

Chris y Cat le resumieron la situación que se vivía entonces en Nelson, el campamento de los colonos alemanes y la expedición de Wakefield a la tribu ngati toa para obtener por la fuerza las tierras del valle del Wairau.

—Se produjo una escalada de violencia cuando se disparó un arma *pakeha* —explicó Cat—. Por azar, creíamos. Mató a mi madre de acogida, Te Ronga. Pero no fue un accidente, hoy lo he visto claro. ¡Ya entonces se había urdido un plan siniestro! Ottfried pretendía provocar un tiroteo, quería que estallara una guerra entre maoríes y *pakeha*. Si Arthur Wakefield hubiese aniquilado a los ngati toa, habría tenido vía libre para acceder al valle del Wairau.

Chris asintió.

—¡Y casi funcionó! Podría haber ocurrido. El coronel Wakefield estuvo a punto de enviar soldados. Por suerte intervinieron Tuckett y un gobernador sensato...

—Pero ese no era el plan de Ottfried —intervino Karl y aguantó que todos lo mirasen recelosos porque parecía defender al asesino—. Yo lo conocía desde pequeño. Y sabe Dios que no me caía nada bien. ¡Pero un plan tan pérfido, tan complicado...! ¡Nunca podría haberlo maquinado Ottfried! Y menos entonces. Sé que lo conocisteis como un aventurero, jugador y bribón. Pero entonces, antes de Sankt Paulidorf, era un joven piadoso e ingenuo. Un poco chulo, un poco taimado, pero no un asesino a sangre fría. Si detrás del caso Wairau se escondía un plan, fueron otros quienes lo urdieron.

—Brandmann y Lange —señaló Cat, y bebió otro trago de whisky antes de pasarle la botella a Chris—. Su padre y el padre de Ida. Ellos querían hacer realidad su sueño de construir un nuevo Raben Steinfeld en esta punta del mundo, fuera cual fuese el precio. Enviaron a Ottfried a Wairau con un mosquete. Ida me contó que le compraron el arma. Y seguro que le dieron instrucciones precisas.

—Tan precisas no debieron de ser —objetó Karl, recordando su experiencia con el arma que le habían suministrado entonces. Le habría resultado imposible dar en ningún blanco, y seguro que tampoco Ottfried había aprendido a disparar de la noche a la mañana—. Es probable que no quisiera matar a Te Ronga. Quizás el encargo se limitaba a disparar al aire en el momento oportuno. Habría bastado para provocar un tumulto.

—Y habría sido mejor —opinó Chris—. Entonces Te Rauparaha no habría matado al capitán Wakefield ni a sus hombres. Se habrían disparado un par de tiros, los maoríes habrían obligado a los ingleses y colonos alemanes a embarcar de nuevo y se habrían burlado de ellos. Y Wakefield habría regresado colérico con sus soldados y habría arrasado el poblado... sin informar al gobernador de Auckland.

—De ese modo murieron Te Ronga... —dijo Karl en voz baja, frotándose los ojos— y Wakefield y sus hombres. ¡Dios mío, qué mal debió de sentirse Ottfried, entonces y durante todo este tiempo! Ida y yo hablamos una vez sobre qué fue lo que lo cambió tanto, por qué la trataba tan mal, por qué bebía. Esto lo explica todo. Aquel recuerdo debía de torturarlo... Dios mío, hasta yo me horrorizo cuando me vuelve aquella imagen: Te Ronga y Te Rangihaeata inclinado sobre ella, entonando el lamento fúnebre. ¿Cómo encajaría una cosa así Ottfried? No es extraño que necesitara el whisky para ahuyentar esos fantasmas del pasado.

Cat volvió a pedir la botella. Nunca antes se había emborrachado, pero imaginaba que ese día lo haría.

—Y cada vez que veía a su esposa —añadió en un susurro—, veía a la hija del responsable de todo eso. Ida no tenía ninguna posibilidad. Era imposible que él la amara. Ni siquiera que la respetase. Y cada vez que me veía a mí...

Pugnó por contener las lágrimas. Chris la entendía. Cada vez que Ottfried veía a Cat, veía a la hija de la mujer a quien había matado.

Chris la rodeó con un brazo.

—No llores, amor mío —dijo con ternura—. Ya ha pasado todo. Para ti ya hace tiempo, y ahora también para Ida.

Cat negó con la cabeza.

—Para Ida nunca pasará —susurró—. Igual que nunca pasó para Ottfried.

—No se encuentra bien —avisó Makutu.

Fuera, el ambiente tenso de la primera confrontación y la posterior comida de los *pakeha* con la tribu se habían convertido en una alegre fiesta. Los hombres de O'Malley flirteaban con las chicas maoríes, quienes ponían a prueba el inglés que habían aprendido con Cat, y los Redwood conversaban con Jane y Te Haitara acerca de la cría de ovejas. Era evidente que ya no hablaban de exigir la devolución de los animales que les había vendido Ottfried. Probablemente los hermanos se pondrían de acuerdo con Chris para que les devolviera una parte de las crías.

El oficial de Policía se abandonaba al whisky y la música. Los maoríes habían sacado sus instrumentos tradicionales y el joven irlandés estudiaba la diferencia entre las flautas *putorino* y *tin whistle*. Considerado como era, ya había dado por concluida, al menos oficialmente, la investigación.

—Después tendré que hablar con la señora Brandmann, cuando su estado se lo permita —explicó—. Pero recomendaré al gobernador que califique el crimen como en defensa propia o bien como una intervención para evitar un asesinato. La señora Brandmann no será acusada. ¿Cómo se encuentra?

Lo mismo querían averiguar Cat y Karl cuando volvieron a la cabaña donde Makutu y Kunari cuidaban de Ida. Karl había esperado que el sueño borrara sus peores impresiones y que Ida despertara relajada. Pero de hecho los temores de Cat se hicieron realidad: Ida tenía fiebre y sufría pesadillas. Se movía intranquila en la estera sobre la que Makutu la había tendido y murmuraba incoherencias.

—Está embarazada —señaló Karl preocupado.

Makutu asintió.

—Lo sé. Ya me lo ha dicho Cat...

—¿Perderá al niño?

La anciana maorí negó con la cabeza.

—No creo. El espíritu del niño es fuerte, permanecerá. Y el cuerpo de la mujer también es fuerte, mantendrá al niño.

Karl se inclinó sobre Ida, cuyo cuerpo no le parecía nada fuerte. Al contrario, a la luz de la lámpara de aceite con la que Makutu, sin duda fruto de las relaciones comerciales con Carpenter, iluminaba su cabaña, la joven tenía un aspecto frágil, como una estatuilla de porcelana. Bajo la piel de su rostro pálido y hundido parecían perfilarse todos los huesos. Llevaba suelto el cabello castaño que, humedecido por el sudor, se ensortijaba ligeramente sobre la frente. Karl besó el arranque del cabello en forma de corazón que desde niño lo había maravillado. No podía evitar pensar en una elfa o en una mariposa: Ida le parecía igual de delicada y vulnerable. Karl le cogió la mano y le resultó inconcebible que esta hubiese asido un pesado revólver y acabado con la vida de un ser humano.

—Pero ¿volverá a despertar? —preguntó Karl.

Makutu hizo una mueca y el tatuaje que le rodeaba la boca pareció cobrar vida.

—Tiene fiebre —contestó—. Le arde el cuerpo porque su espíritu está confuso. Su espíritu no sabe decir en qué canoa llegó a Aotearoa.

Karl miró a Cat, que le traducía, desconcertado.

—¡Pero claro que Ida lo sabe! —exclamó—. Llegó con el *Sankt Pauli*, como todos nosotros.

Makutu respiró hondo e hizo un pequeño fuego en medio de

la cabaña para quemar unas hierbas encima. Karl tosió a causa del humo. Ida no reaccionó. La *tohunga* murmuró.

—Su espíritu no ha llegado aún —tradujo Cat—. Para los maoríes, el ser humano se compone de *tinama*, *mauri* y *wairua*, cuerpo, alma y espíritu. El *wairua* puede viajar mientras soñamos. El espíritu de Ida estaba preso, lo habían obligado a venir aquí. Y ahora que está libre...

—Ahora que está libre, ¿quiere marcharse? —preguntó incrédulo Karl—. ¿Lejos de mí? Pero... si yo la amo.

—Mamá... —Linda, que estaba dormida junto a Ida, se despertó.

Como los demás niños del poblado, las pequeñas no habían corrido ningún peligro. Jane se había encargado de que los miembros más jóvenes de la tribu permaneciesen a buen recaudo en la casa de asambleas y bajo la vigilancia de dos mujeres durante el encuentro con los blancos. Según su opinión, los niños no tenían nada que hacer en las actividades de los adultos. A los maoríes les resultaba extraño, pues entre ellos los niños participaban de todos los acontecimientos, si bien en este caso había sido sensato mantenerlos a distancia. Las niñas no se habían enterado de los disparos. Después del incidente, Cat había llevado a las niñas junto a Ida con la esperanza de que pudieran consolarla y tranquilizarla. Carol se había estrechado contra *Chasseur* buscando seguridad en su suave pelaje, y enseguida se había dormido. Linda se había apretado contra Ida y le había acariciado el rostro húmedo de lágrimas, hasta que Kunari también la durmió con su canción.

—¡Despierta, mamá! Viene papá... —La voz de Linda tenía un deje asustado.

Karl le apartó con cautela el cabello de la frente.

—No, Linda, tu papá ya no volverá. Puedes dormir tranquila.

—¿Papá?

La voz de Carol era de alarma. A diferencia de Linda, parecía haberse despertado completamente al presentir que su padre entraba en la casa. *Chasseur* reaccionó con unos ladridos.

Karl esperó que Ida abriese los ojos, pero ella solo suspiró y se dio media vuelta. Cat cogió en brazos a Linda y la meció hasta volver a dormirla.

—Tienes que atraparlo, atraer su espíritu —aconsejó Makutu—. Y tienes que quitarle el miedo.

Karl reflexionó.

—Voy a buscar una cosa —anunció entonces y se puso en pie, no sin antes acariciar de nuevo la frente de Ida—. No sé si eso le quitará el miedo, pero sé que es algo que unió en algún momento nuestros espíritus.

El librito, tan manoseado y deshilachado de leerlo una y otra vez, que había pasado años yendo de una alforja a otra, seguía en su sitio habitual. Karl lo había sostenido muchas veces, aunque fuera solo para tocarlo, para estar cerca de Ida pese a la distancia. *Los viajes del capitán Cook*. Karl introdujo su amuleto de la suerte como un tesoro en la cabaña de Makutu.

—Si no os importa, dejadnos ahora solos... —El joven se volvió hacia Cat y Makutu, que miraron escépticas aquel librito que no parecía demasiado apropiado para conjurar los espíritus.

—¿Y las niñas? —preguntó Cat.

—Las niñas pueden quedarse —respondió Karl—. No tendrán miedo de mí. Ida querrá verlas cuando despierte.

Kunari no siguió a las mujeres. Sacudió con vehemencia la cabeza cuando Karl la instó a salir.

—Yo canto para que *kehua* del hombre que coger ovejas fuera —explicó.

—Dice que sus cánticos mantienen alejado el espíritu de Ottfried —tradujo Cat—. No se marchará.

—Tendríamos que haberla contratado antes —observó Karl con una pizca de humor, y sonrió a la muchacha.

»De acuerdo, gracias, Kunari. Yo llamo el *wairua* de Ida y tú mantienes el lugar despejado.

Entonces Karl empezó a leer acerca de los viajes del capitán Cook, sus experiencias, los animales exóticos que había visto y descrito y sus contactos con los nativos. Invocó la magia que ejercían en ellos esos mundos desconocidos. Y le recordó lo mucho que entonces ella había fantaseado acerca de la Royal Society, la asociación de eruditos que había financiado los viajes de Cook. El científico se había interesado sobre todo por las mediciones astronómicas, algo que Ida nunca había expresado de ese modo. Ella había hablado de estrellas, de estrellas desconocidas...

—E imagínate —dijo al final Karl con voz dulce—, mucho después hubo otra asociación que equipaba barcos para viajar a países que el capitán Cook había descubierto. Sus fundadores no se veían movidos por el ansia de saber, sino que más bien querían hacer negocios. Los representantes de la New Zealand Company prometían mucho y cumplían poco, pero nos dieron un barco. ¿Es que no te acuerdas de las estrellas, Ida? ¿Las estrellas sobre Bahía? Y las estrellas sobre nuestra playa en Port Cooper. Estabas aquí, Ida. Aquí en la Isla Sur de Aotearoa. En cuerpo, alma y espíritu. Conmigo. Hoy no puedo ofrecerte una playa, Ida, pero sí estrellas...

Karl levantó en brazos a la joven y se estremeció. ¡Qué liviana era! La sacó bajo el cielo estrellado y siguió hablándole, ahora de la segunda parte del viaje en el *Sankt Pauli*, de los días en Bahía y de la amplitud del océano, de la imagen de la isla de los condenados en Tierra de Van Diemen, junto a Australia, y al final de la primera vista de Nueva Zelanda que Ida, como la mayoría de los colonos, no había visto porque estaba durmiendo. Karl había estado en cubierta y había contemplado el nuevo país que se perfilaba como una sombra oscura en el horizonte nocturno.

—Recordaba un poco a una canoa —dijo tiernamente—. Por eso uno de los nombres maoríes para la Isla Sur es Te waka a Maui, «la canoa de Maui». ¿Te lo imaginas, Ida? Hagamos otra vez el viaje. ¿No notas cómo nos mece el mar, no ves las estrellas que nos indican el camino? ¿La luna que nos ilumina?

Ida no despertó, pero ya no parecía tan inerte en los brazos de Karl. Se estrechó contra él cuando el joven se tendió con ella junto a la hoguera que se consumía delante de la casa de Makutu. Karl la meció entre sus brazos mientras Kunari pedía en la casa protección contra los malos espíritus. En otra hoguera, unas jóvenes entonaban una canción de amor, y más allá resonaba una extraña versión de *The Maids of Mourne Shore* en flauta *putorino*.

Karl notaba la suave hierba estival y el suelo, que todavía almacenaba el calor de ese día soleado. Intentó fundirse con la tierra y el cielo, al igual que los maoríes se convirtieron en parte de Aotearoa. Asimiló la silueta de los Alpes Meridionales en el horizonte y dejó que lo inundasen las imágenes de las llanuras de Canterbury: el Waimakariri siguiendo con ímpetu su cauce, las palmas de nikau, los bosquecillos de hayas del sur que a Karl todavía le resultaban extraños y los matorrales de rata que a Cat tanto le gustaban.

—Me gustaría vivir aquí —musitó—. Aquí, entre los arbustos de rata, en Fenroy Station. Le he cogido cariño a la granja. Pero si quieres que nos marchemos a otro sitio, Ida, iré ahí donde tu espíritu y tu alma estén. Los busco. Los llamo...

En algún momento, cuando las primeras luces del alba quebraron la oscuridad, Karl se quedó dormido acunando a Ida entre sus brazos. Cat, que había pasado la noche en la casa de la comunidad con Makutu y los miembros de la tribu que no habían dormido junto a las hogueras, quiso despertarlo cuando salió para ver a su amiga y las niñas.

—¡Cómo es posible! —se enfadó—. ¿Ella tiene fiebre y la saca al aire libre? ¡Y encima se duerme! ¿Quién está cuidando de las niñas? E Ida...

Makutu colocó la mano sobre la frente de Ida y sonrió.

—Ida ya no tiene fiebre —dijo, y fue a buscar una manta. Cuando regresó, dijo—: Las niñas todavía duermen. También Kunari. Parece haber vencido a los espíritus. —Con cuidado de no despertarlos, la anciana *tohunga* extendió la manta sobre Karl e Ida—. ¿No lo sabías, Poti? —susurró—. Mientras dormimos y soñamos nuestro espíritu vaga. Y estos dos... Sus cuerpos y sus almas están juntos. Y el espíritu de él trae de vuelta el de ella.

5

Ida todavía no se había liberado de su horror y culpabilidad cuando dos horas más tarde despertó en brazos de Karl, pero se sentía mejor. Sobre todo, más segura que nunca desde que había embarcado en el *Sankt Pauli*. No habría podido decir de dónde provenía ese sentimiento, pero estaba aliviada, como si le hubiesen sacado un peso de encima.

Cat le contó sus sospechas acerca de los acontecimientos de Wairau e Ida volvió a derramar lágrimas por Te Ronga y los hombres que entonces habían perdido su vida, y por Cat, que había perdido a su madre y su tribu... y también por Ottfried y por su propio padre. Lo recordaba como un hombre severo, sabía que nunca había tenido grandes miramientos cuando opinaba que algo era correcto y justo. Pero disolver todo un pueblo, destruir docenas de vidas solo para volver a construir un nuevo Raben Steinfeld...

—Seguro que rezó a Dios para pedirle ayuda —susurró Ida con expresión de horror—. Estaba totalmente cegado. Y ahora está... oh, Dios, si realmente fue así, entonces... ¡están todos condenados!

—Es probable que Dios no lo escuchara —la consoló Cat—. Nunca lo hace. —Sonrió—. Salvo a Karl, a cuyas oraciones hoy sí ha respondido.

Karl resplandecía desde que Ida había despertado. No podía apartar la vista de ella, atizaba el fuego junto al que la joven estaba sentada pese a que pronto volvería a hacer calor, le llevaba té y pan ácimo y la protegía del oficial de Policía, que todavía quería hablar con ella.

—Nunca me atreví a rezar por eso —murmuró Ida—. Bueno, para que Dios nos uniera a Karl y a mí. Siempre lo deseé, pero...

Cat sonrió con picardía.

—Makutu seguramente diría: «Los dioses te leen el pensamiento y escuchan las otras oraciones que hay detrás de las oraciones.» De todos modos, para Te Ronga los dioses tampoco eran tan importantes. Claro que están ahí, como la tierra en que vivimos, los animales que cazamos y las plantas que recogemos. Pero lo más importante son los seres humanos. *He tangata*. Así que olvídate de tu Dios y de los malvados ancianos que lo han configurado a su imagen y semejanza. Sé feliz por Karl, las niñas y por ti misma.

Se puso seria cuando, junto a los sonidos y ruidos normales del poblado, oyó cánticos y oraciones y percibió el olor a hierbas quemadas.

—Son Makutu y sus mujeres —señaló—. ¿Tienes alguna objeción para que se entierre hoy mismo a Ottfried? Makutu dice que lo prepararían y que los *pakeha* podrían hacer lo que sea habitual entre ellos. Sé que suelen esperar dos o tres días, mientras que los maoríes entierran enseguida a sus muertos. Así sus almas, *mauri*, pueden ponerse en camino hacia Hawaiki. En el caso de Ottfried, parecen temer que su espíritu vaya deambulando por el poblado. Kunari ha cantado toda la noche para expulsarlo. Ha dicho que te acechaba. Makutu está confeccionando amuletos. Así que si no te importa...

Ida negó con un gesto.

—Lo único que quiero es que descanse en paz —musitó.

El oficial O'Malley dirigió al final el servicio fúnebre. El antiguo maestro de escuela rural, versado en la Sagrada Escritura y creyente, ofició con gran seriedad y solemnidad, y rogó a Dios que perdonara a Ottfried sus pecados. Ida oyó impertérrita sus ruegos, la lectura de la Biblia y las oraciones. Karl se preguntó si se percataba de que se estaba dando el último adiós a su marido, un antiguo luterano creyente y riguroso, según el rito católico romano de la Iglesia de Irlanda. No pudo evitar sonreír. Primero los sortilegios del más allá de los maoríes y luego las oraciones de los papistas... Incluso si Ottfried encontraba abiertas las puertas del cielo, no llegaría a la parte deseada.

Pero era probable que eso no importara mucho. Cat tenía razón, lo importante eran los seres humanos. Los vivos.

—¿Qué vais a hacer ahora? —preguntó Chris cuando acabaron los funerales.

Sean O'Malley, los Redwood y sus hombres habían regresado a Port Cooper después de que Ida se hubiese sobrepuesto lo suficiente para responder a las preguntas del oficial. No, había declarado, ella no sabía nada del probable trasfondo del incidente de Wairau y tampoco tenía idea del paradero exacto de su padre y Peter Brandmann. De todos modos, ambos negarían su participación y no se les podría acusar. A fin de cuentas, el único hombre que podría desenmascararlos con fundamento, Ottfried, había muerto. Y añadió que no había oído el grito de alerta de Cat y tampoco había pensado en las posibles intenciones de Ottfried antes de disparar.

—Solo vi el arma y que apuntaba hacia los maoríes. Todo sucedió de forma espontánea. No pensé en nada. Disparar y pensar, oficial, no suelen ir juntos.

O'Malley había vuelto a darle el pésame y se había mostrado perplejo por la extraña situación, antes de dar el asunto por cerrado.

—Bien, ahora sí me casaré con Ida —anunció Karl feliz—. Después del período de duelo, claro, pero a ser posible antes de que nazca el niño. Da igual que sea hijo mío o de Ottfried. Ya no se llamará Brandmann. Y si estás de acuerdo, Chris, nos quedaremos en Fenroy Station. Nos construiremos una casa. En las tierras de Ottfried, cerca de las vuestras, por las niñas. Por supuesto, también podríamos conservar la antigua, aunque me parece que Ida no podría seguir viviendo ahí.

Chris asintió comprensivo.

—Cat y yo también hemos pensado en eso —dijo—. Provisionalmente, os dejamos la nuestra.

—La de Jane —corrigió Cat.

Christopher sonrió.

—Tal vez deberíais quedárosla y nosotros construirnos una nueva. En cualquier caso, podéis instalaros allí todo el tiempo que sea necesario.

Karl meneó la cabeza.

—Es muy amable por vuestra parte, gracias. Pero, mientras el embarazo lo permita, Ida y yo viajaremos un poco. Migraremos, según Makutu. Será bueno para el alma, pero en la práctica cogeremos un carro y dos caballos. Le enseñaré Nueva Zelanda. Aotearoa. Las playas de la Isla Norte, las palmeras, los helechos, las montañas... Tiene que ver lo bonito que es esto. Y tiene que instalarse de verdad aquí, no estar siempre mirando atrás. Tiene que abandonar de una vez por todas Raben Steinfeld.

Chris sonrió.

—Creo que ya lo ha hecho. Por fin está junto a ti.

—¿Y qué va a suceder con nosotros? —preguntó más tarde Chris en la casa de Fenroy Station.

Cat acababa de recoger los restos de una cena rápida y, para su satisfacción, había encontrado media botella de whisky. Había transcurrido el día, era de esperar que el alma de Ottfried ya hubiese encontrado la paz y Karl e Ida se habían retirado a una de las habitaciones de invitados de Jane. En los días siguientes se repartirían la casa entre los cuatro, todavía tenían que hablar de lo que ocurriría con Carol y Linda. Mientras Karl e Ida estuvieran de viaje, se quedarían con Cat, pero aún no habían decidido si las dejarían seguir creciendo como «mellizas» o cada una sería educada por su madre biológica.

—Pues ahora nos bebemos este whisky —respondió Cat, complacida—. ¿O todavía te queda vino? Me encantó. Solo me temo que Jane se haya llevado las otras botellas.

Jane Fenroy siempre tenía una reserva de vino, y recientemente Chris había descubierto una botella olvidada y la había abierto con Cat.

—¡Tómatelo en serio, Cat! Sabes perfectamente que no me refiero al vino ni al whisky. Se trata de nosotros. Karl e Ida van a casarse. ¿Y nosotros?

—Nosotros no podemos casarnos —respondió ella, sonriendo—. ¿O crees que las autoridades de Auckland admitirán que te has divorciado mediante un *karakia toko*? ¿Y los sacerdotes? ¡Me gustaría estar presente cuando se lo expliques a un diligente reverendo anglicano!

Chris suspiró teatralmente.

—A lo mejor Ida disparó demasiado deprisa. Al menos podría haber dejado que Ottfried diera en el blanco.

Cat movió la cabeza y arrugó el ceño.

—¡No lo dirás en serio! —lo reprendió—. Solo estás enfadado porque Jane te hace la competencia en el asunto de la cría de ovejas. ¿Qué era todo eso que tenía que hablar con los Redwood? Hemos de estar atentos a que no nos quite en nuestras narices los próximos animales de cría que estén a la venta.

—Cat, ¡no estamos hablando de ovejas! Estamos hablando de ti y de mí. ¿Qué vas a hacer si no quieres que nos casemos? ¿Seguirás al menos viviendo conmigo? No querrás marcharte, ¿verdad? —añadió con voz ahogada. No concebía perderla...

La joven dejó el whisky a un lado, abrazó a Chris y se apoyó en su hombro.

—No —respondió con ternura—. Pero no puedo instalarme como si tal cosa en esta casa. Es la casa de Jane y para mí siempre será así. Sin contar con que aquí me siento perdida. ¡Es demasiado grande, Chris! No quiero un dormitorio en el primer piso ni una sala de estar con parquet. Soy demasiado maorí para eso. Quiero sentir la tierra bajo los pies.

—Pues vayámonos a la casa vieja.

Cat se apartó de él y se lo quedó mirando.

—Yo me voy a la casa vieja —dijo—. Mientras Ida y Karl estén de viaje, con las dos niñas, y luego ya veremos. Tú puedes conservar la casa de Jane. O dársela a Karl e Ida y construirte una nueva. Si no necesitas habitación de invitados, sala de recepciones, sala de caballeros o salón para fumadores o lo que sea que Jane tan urgentemente precisaba aquí, la acabarás en un periquete.

—Yo no necesito nada —aseguró Chris—. Solo a ti. Y la verdad es que pensaba que tú también me necesitabas a mí. ¿En serio quieres vivir sola? Sola del todo, bueno... ¿solo con Linda?

Cat sonrió y le acarició la mejilla.

—Creo que Linda y Carol permanecerán juntas y vivirán con Ida. La casa de Jane es enorme, y sería una crueldad separarlas. Y yo... —lo besó— yo invitaré con mucha frecuencia a mi vecino.

—¿Y qué va ser de las ovejas? ¿Querrás ahora tener tu propia granja, como Ottfried? ¿Con tu rebaño y tu tierra particular?

—¡Qué va! Aunque no me importaría tener la tierra que se apropió. Al menos la mitad; tendré que hablar con Ida de ello. Me corresponde *utu* por Te Ronga. Y me gustaría tener un poco de tierra propia.

Chris se llevó las manos a la cabeza.

—¡Si te casas conmigo tendrás todo Fenroy Station!

Cat se echó a reír.

—No lo tendría. ¡Piensa en la *karakia toko*! Siempre seguiría siendo tu granja, Chris. Pero claro que ahora no hago ninguna diferencia entre tus ovejas y las de Karl y las mías. Considérame simplemente como una socia. No obstante, me gustaría tener algo que fuera todo mío. Algo que nadie pueda arrebatarme, incluso si llega el día... en que ya no nos amemos. Chris, toda mi vida he estado oyendo que una mujer solo puede ser esposa o puta. ¡Yo no quiero ser ninguna de las dos cosas!

—Pero si te casaras conmigo tendrías un apellido —musitó Chris—. Así no tendrías que llamarte «simplemente Cat».

La joven hizo un gesto de rechazo.

—Como ya te he dicho, no puedes hacerlo. Y yo tampoco quiero. Yo siempre me he dado mi propio nombre, Chris. Convertí Kitten en Cat, de Cat pasé a Poti, y ahora pasaré de Poti a Rata. ¡Insisto en ello! La granja que compartiremos se llamará Rata Station. Y pronto se hablará de mí, Chris. De Catherine Rata, propietaria de Rata Station. —En sus ojos había orgullo. Un orgullo que superaba al amor.

Chris se pasó la mano por la frente.

—Pero ¿me necesitas o no?

Cat ya iba a reírse, pero vio el rostro abatido del joven y se estrechó cariñosa contra él. No quería herirlo ni apartarlo de su lado. Solo quería confirmar que amar y ser libre no eran términos excluyentes.

—¿Cómo me llamarías tú a mí? —preguntó dulcemente.

Chris colocó un dedo bajo la barbilla de ella y la miró a los ojos. Y entonces pronunció el nombre que durante tanto tiempo había guardado para ella en su mente. Un signo de que sus almas iban al unísono. Se pertenecían mutuamente y permanecerían juntas tanto si compartían casa como si no. Pese a su libertad.

—Flor en Llamas —respondió con ternura—. Te llamaría Flor en Llamas.

Nota de la autora

Como siempre sucede en mis novelas de Nueva Zelanda, la acción de *La estación de las flores en llamas* transcurre sobre un trasfondo histórico que se ha investigado lo más a fondo posible. En este caso se trata de la historia de Sankt Paulidorf, el conflicto de Wairau y los comienzos de la cría de ovejas en la Isla Sur. Fue relativamente fácil reconstruir los acontecimientos de Wairau. Exceptuando que se ignora quién disparó el tiro funesto que mató a Te Ronga, esposa e hija de jefes tribales, los acontecimientos están documentados con todo detalle. Incluso se han transmitido las palabras del lamento fúnebre de Te Rangihaeata. Sin embargo, ni por parte de los maoríes ni por parte de los ingleses había intérpretes tan aplicados como mis personajes ficticios, Cat y Christopher Fenroy. De hecho, el peso de la mediación entre las dos partes del conflicto recayó enteramente sobre las espaldas del sobrino del jefe tribal, Te Puaha. También han quedado para la posteridad algunas palabras en inglés de Te Rauparaha. Con su falta de conocimientos del idioma, el representante de la New Zealand Company, el capitán Wakefield, y el oficial de Policía Thompson no debieron de granjearse ninguna simpatía.

La ejecución de Wakefield y de los otros prisioneros debió de realizarse tal como la describo. Sin embargo, no sobrevivió ningún testigo. Fue a través de un misionero que la noticia de la muerte de Wakefield llegó a Nelson.

La descripción de los acontecimientos que siguieron, como la investigación del incidente que realizaron los agrimensores Spain y Tuckett y el perdón que al final concedió el gobernador a los maoríes, se corresponde básicamente con los hechos históricos. La versión oficial que se presenta hasta hoy del tumulto de Wairau (la designación anterior de «masacre de Wairau» ya no se considera políticamente correcta) es que el tiro se debió a un error al manipular el mosquete, o que el arma se disparó sola. No obstante, expertos en armas explican que ambas hipótesis son prácticamente imposibles según el mecanismo de los mosquetes corrientes. Este descubrimiento me sirvió de inspiración a la hora de interpretar el trasfondo de la muerte de Te Ronga.

Indagar sobre el viaje del *Sankt Pauli* y la aventura de sus pasajeros en el valle del Moutere resultó mucho más difícil que investigar el conflicto de Wairau. También respecto a este tema se encuentran datos diversos, pero, lamentablemente, las fuentes se contradicen en los detalles. Lo que sí es seguro es que John Nicholas Beit reclutó a los colonos de Mecklemburgo en las circunstancias que se mencionan en el libro. Viajó a Nelson con su familia en el *Sankt Pauli* —en primera clase, lo que con toda certeza exasperó los ánimos de los pasajeros de la entrecubierta—. Por desgracia, no encontré ningún dato acerca del número de hijos de John Nicholas y Sarah Beit ni los nombres de los mismos. Si hubiese existido una hija llamada Jane, se trataría de pura coincidencia.

En lo que respecta a los colonos, la lista de pasajeros del *Sankt Pauli* se ha conservado hasta la actualidad. De ella se desprende que en su mayor parte eran trabajadores de oficio con sus familias, probablemente, pues, arrendatarios. Los emigrantes tenían mucho interés en permanecer juntos en su nuevo hogar, por lo que es de suponer que los pasajeros del *Sankt Pauli* fueran miembros de una o dos comunidades rurales que iban a probar suerte juntos en ultramar. Las razones que para ello menciono en mi libro son auténticas. En aquellos tiempos, muchos arrendatarios y labradores partían de su tierra natal a causa de la religión, el descontento con un sistema prácticamente feudal y, sobre todo, la imposibilidad de poder adquirir tierras sin restricciones. No obstante, he elegido de forma arbitraria el pueblo de Raben Steinfeld como lugar de origen de los primeros emigrantes alemanes a Nueva Zelanda. Todos los miembros de la congregación son personas ficticias, incluso si algunos deben sus nombres a la lista de pasajeros del *Sankt Pauli*.

Las particularidades de la travesía del *Sankt Pauli* fueron relativamente fáciles de reconstruir. La arrogancia de John Nicholas Beit y el trato despótico que dispensó a los colonos están lo bastante documentados, así como las protestas en su contra, como la petición que escribieron los once hombres en Bahía y la huida de dos jóvenes del severo régimen impuesto por Beit. Los informes se contradicen, sin embargo, en los pormenores, por ejemplo, en torno a la cuestión de si la estancia en Brasil ya se había planificado con antelación o si se decidió durante la travesía como consecuencia de una epidemia de viruela. Aun así, testigos de esa época confirman la fantástica atmósfera que se respiraba en los alojamientos temporales de Bahía. Muchos pasajeros recordaron hasta el final de sus vidas la música procedente de la ciudad, las frutas tropicales y la playa.

Vuelven a aparecer informaciones contradictorias respecto al alojamiento de los alemanes en Nelson cuando supieron que el reparto de tierras se retrasaría. Lo que es seguro es que la comunidad de Nelson los hospedó y apoyó. Si fueron familias quienes los acogieron o si se instalaron en alojamientos provisionales construidos a toda prisa, difiere según las fuentes. Asimismo, la información es distinta al referirse a si la misión del valle del Moutere existía ya antes de que llegara el *Sankt Pauli* o si fue fundada por los misioneros Wohlers y Riemenschneider. A quién querían convertir allí los misioneros no queda nada claro. Está confirmado que el valle no estaba habitado por maoríes, y tampoco se habla de que los misioneros hubieran establecido contacto con los indígenas. Según una fuente, los maoríes de la región de Nelson ya estaban cristianizados cuando llegaron Wohlers y Riemenschneider. De todos modos, yo no lo creo muy probable, doy más crédito a la interpretación que presento en el texto: la misión fue fundada por individuos que huían de las medidas políticas de Federico Guillermo III de Prusia contra la Iglesia, y los antiguos luteranos cultivaron allí en silencio y soledad su fe mientras que abajo, en el valle, el Moutere se desbordaba.

Sea como fuere, lo que sí es un hecho contrastado es que el valle del Moutere era conocido como territorio de inundaciones y el capitán Arthur Wakefield permitió que lo engañaran vendiéndole una tierra inadecuada para fundar una colonia, lo que fue uno de los motivos, seguramente, de sus malas relaciones con Te Rauparaha. El caso debió de suavizarse un poco al darlo a conocer a los colonos alemanes, pero en realidad estos deberían haber sabido el riesgo que corrían al fundar su poblado a orillas del Moutere. Pese a todo, la escena de Karl frente a la asamblea de la congregación en el pajar es ficticia, aunque sí es un hecho que el agrimensor Frederick Tuckett desaconsejó con vehemencia que se ocupara esa tierra y que la asignación de parcelas a los alemanes provocó su indignación. Sobre qué movió a los colonos a no hacer caso de todas las advertencias solo se puede especular.

Es posible que ocurriera de forma parecida a como se describe en mi novela: los inmigrantes temían la pérdida de su identidad nacional y actuaban precipitadamente para evitar integrarse en la comunidad inglesa de Nelson. A ello se debió añadir la creencia de que sus acciones debían de ser gratas a Dios, si bien los antiguos luteranos no eran ni mucho menos tan severos y fanáticos como los representantes de la Iglesia de Escocia o los bóers de Sudáfrica. De hecho, el culto era más relajado que el de los reformados; por ejemplo, se cantaba más. Aun así, la atmósfera de Sankt Paulidorf debió de estar impregnada de religiosidad y del rigor de los portavoces de la congregación. A fin de cuentas, se necesita cierta obcecación y fe ciega en Dios para rechazar por razones de fe todas las advertencias ante las catástrofes naturales.

Hay diversas fuentes y crónicas respecto a la vida en Sankt Paulidorf, lamentablemente con datos distintos sobre las fechas, las distancias y los acontecimientos importantes. Me he tomado la libertad de interpolar en la narración los «hechos» que mejor encajaban; pero la base es cierta: Sankt Paulidorf se fundó en agosto de 1843 y un año después, tras la más dura de las tres o cuatro (según las fuentes) inundaciones, fue abandonado. A partir de ahí pude reunir muchos detalles que espero hayan conferido autenticidad a la vida en Sankt Paulidorf. *Chasseur*, el perro que debía encargarse de cazar ratas, pero cuya eficacia dejaba mucho que desear, es, por ejemplo, un «personaje histórico». Solo le he atribuido su posterior carrera como perro pastor.

Después de dejar Sankt Paulidorf, la comunidad, tal como se cuenta en la novela, se desperdigó. Mientras algunas familias se adaptaban a las nuevas condiciones de vida en esa tierra extraña, otras se marcharon a Australia. De estas, más tarde regresaron algunas para unirse a las florecientes comunidades alemanas de Ratzau y Sarau.

Las primeras ovejas llegaron a la Isla Sur entre 1843 y 1844. O con los hermanos Greenwood (a los que he rebautizado como Redwood debido a que coinciden con el apellido del George Greenwood de mis anteriores novelas) o los hermanos Deans. Es posible que a los Greenwood y los Deans se les ocurriera más o menos al mismo tiempo la idea de desarrollar en las llanuras de Canterbury el nuevo sector de la economía que era la cría de ovejas. De hecho, en un principio tenían la intención de dedicarse a la producción de queso y carne, pero luego explotaron los precios de la lana en Inglaterra con la prometedora industria textil. Las llanuras de Canterbury, con sus interminables extensiones de pastizal, enseguida se convirtieron en el centro de la cría de ovejas de Nueva Zelanda y muchos granjeros amasaron grandes fortunas.

Tomé como modelo de Fenroy Station la empresa de crianza de ovejas de los hermanos Deans, quienes, al menos en un comienzo, trabajaban en colaboración con otras familias. La apropiación de tierras (los precios que en la novela se pagan a los maoríes por el arrendamiento se corresponden con la realidad) y la crianza de ovinos con animales procedentes de Australia, de la Isla Norte o de Europa debió de realizarse tal como se describe o de forma similar.

Y también el primer robo de ganado en las Llanuras, que en el libro comete Ottfried, cuenta con modelos históricos: en 1844, los hermanos Greenwood fueron víctimas en Purau del primer atraco a mano armada de Nueva Zelanda. Los autores fueron una banda de cuatreros llamada Blue Cap and his Gang.

Por el contrario, el emprendedor jefe maorí Te Haitara y su cría de ovejas son fruto de mi imaginación. Al menos en la década de 1850, las tribus maoríes no se dedicaban a ello ni tampoco vendían remedios naturales. En cuanto al derecho de familia, los maoríes eran en realidad sumamente modernos. La ceremonia de la *karakia toko* es auténtica, al igual que las condiciones de la separación. Un hombre o una mujer podían divorciarse sin el consentimiento de la pareja por medio de unas pocas palabras rituales.

Chris, sin embargo, se equivoca: ¡a partir de Enrique VIII el matrimonio en Inglaterra dejó de ser indisoluble! En teoría también habría sido posible que se divorciase de Jane según el derecho británico. En la práctica, a mediados del siglo XIX, eso costaba una fortuna. Solo iniciar la *Act of Parliament* costaba unas cinco mil libras.

Índice